中國文學作品選注　第三卷

袁行霈　主編

許逸民　副主編

劉石　吳書蔭　本卷主編

中華書局

圖書在版編目(CIP)數據

中國文學作品選注. 第三卷/袁行霈主編. —北京:中華書局,
2007.6(2024.9 重印)
　ISBN 978-7-101-05691-4

　Ⅰ. 中… 　Ⅱ. 袁… 　Ⅲ. 文學-作品綜合集-中國-高等學校-
教材 　Ⅳ. I211

中國版本圖書館 CIP 數據核字(2007)第 075112 號

書　　　名	中國文學作品選注　第三卷
主　　　編	袁行霈
副 主 編	許逸民
本卷主編	劉　石　吳書蔭
責任編輯	聶麗娟
責任印製	陳麗娜
出版發行	中華書局
	（北京市豐臺區太平橋西里 38 號　100073）
	http://www.zhbc.com.cn
	E-mail:zhbc@zhbc.com.cn
印　　　刷	北京新華印刷有限公司
版　　　次	2007 年 6 月第 1 版
	2024 年 9 月第 24 次印刷
規　　　格	開本/710×1000 毫米　1/16
	印張 30¾　插頁 8　字數 460 千字
印　　　數	131001-135000 册
國際書號	ISBN 978-7-101-05691-4
定　　　價	62.00 元

居士集卷第一　歐陽文忠公集一

古詩三十八首

顏跖

顏回飲瓢水陋巷臥曲肱盜跖獸人肝九
州恣橫行回仁而短命跖壽死免兵愚夫
仰天呼禍福豈足憑跖身一腐鼠死朽化
無形萬世尚遭戮筆誅甚刀思其生所
得豺犬飽臭腥顏子聖人徒生知自誠明
惟其生之樂豈滅跖所榮死也至今在光
輝（一作先）如日星譬如埋金玉不耗精與英

歐陽文忠公集

北宋歐陽修撰

南宋慶元二年周必大刻本

東坡集卷第十二

詩八十九首

游武昌寒溪西山寺

連山蟠武昌翠木藹樊口我來巳百日欲濟空
搔首坐看鷗鳥沒夢逐麞鹿走今朝橫江來一
葦寄襄朽高談破巨浪飛颿輕重阜去人曾幾
何絕壁寒溪吼風泉兩部樂松竹三益友徐行
欣有得芝术在蓬荟西上九曲亭衆山皆培塿
却看江北路雲水渺何有離離見吳宮莽蓁真
楚藪空傳孫郎石無復陶公柳爾來風流人惟

東坡集

北宋蘇軾撰

南宋初年江西刻本

戲呈孔毅父 平仲

管城子無食肉相孔方兄有絕交書文章功用
不濟世何異絲窠綴露珠校書著作頻詔除猶
能上車問何如忽憶僧房同野飯夢隨秋鴈到
東湖

以團茶洮州綠石研贈無咎文潛

晁子智囊可以括四海張子筆端可以回萬牛
自我得二士意氣傾九州道山延閣委竹帛清
都太微望晁流貝宫胎寒弄明月天網下罩一

豫章黄先生文集
北宋黄庭堅撰
南宋乾道年間刻本

金石錄卷第四

目錄　唐　儀同

第六百一唐孔頴達碑　于志寧撰正書無撰名
第六百二唐長廣長公主墓誌　觀二十二年無書撰人姓名貞
第六百三唐太府卿李襲譽墓誌　觀二十二年十一月
第六百四唐晉州刺史裴府君碑殘缺　上官儀撰正書撰人姓名觀二十三年三月
第六百五唐溫泉銘　太宗陶製并行書
第六百六周大宗伯唐瑾碑　于志寧撰歐陽詢正書
第六百七隋皇甫誕碑　于志寧撰歐陽詢正書
第六百八隋工部尚書陝文振碑　歐陽詢撰并書以上四碑皆在京兆府

金石錄
北宋趙明誠撰
南宋淳熙年間龍舒郡齋刻本

放翁先生劍南詩稿

南宋陸游撰

南宋嘉泰年間刻本

東園小飲四首

少年萬里走塵埃歸卧紫荊畫不開十事真成九敗
意一春知復幾街盃波清憑檻觀魚樂風緊鈎簾待
鶯鴦回催喚比隣同晚酌旋燒笋摘青梅
進世緣已與夢俱空高枝灌灌辛夷紫密葉深深蹛
入東又見幾春風苑囿寂寞中道業雖如詩不
獨紅村巷斷無軒蓋到一樽猶得伴鄰翁
三月園林日漸長閒從鄰曲苔年光醉醺獨殷群芳
後醨酴釅能令萬事忘下敗尊羮誇舊俗供鹽梅子喜

白石道人歌曲

南宋姜夔撰

清康熙年間知不足齋刻本

白石道人歌曲卷之□

番陽姜　夔堯章

歌曲

聖宋鐃歌鼓吹曲十四首

慶元五年青龍在已亥番陽民姜夔頓首
上尚書臣聞鐃歌者漢樂也殿前謂之鼓
吹軍中謂之騎吹其曲有朱鷺等二十二
篇由漢逮隋承用不替雖名數不同而樂
紀罔墜各以詠歌祖宗功業唐宋鐃部有
柳宗元作十二篇亦棄弗録神宋受命帝
績皇烈光耀震動而逸典未舉迺政和七

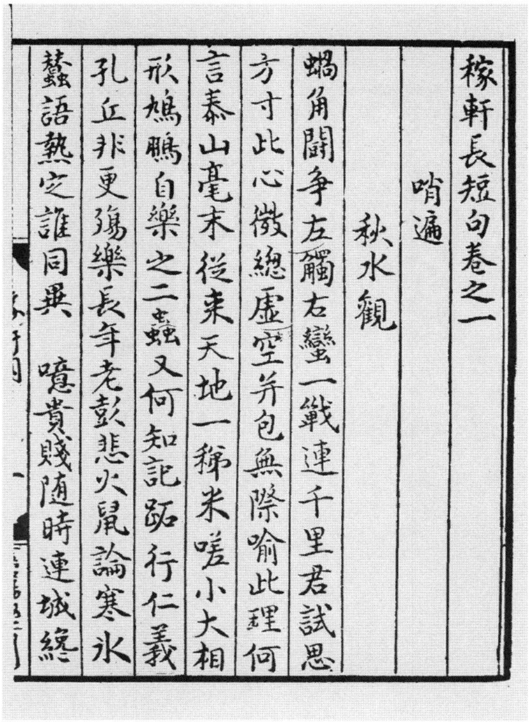
稼軒長短句卷之一
哨遍
秋水觀
蝸角鬬爭左觸右蠻一戰連千里君試思方寸此心微總虛空并包無際喻此理何言泰山毫末從來天地一稊米嗟小大相形鳩鵬自樂之二蟲又何知記跖行仁義孔丘非更殤樂長年老彭悲火鼠論寒氷蠶語熱定誰同異　噫貴賤隨時連城纔

稼軒長短句

南宋辛棄疾撰

元大德三年廣信書院刻本

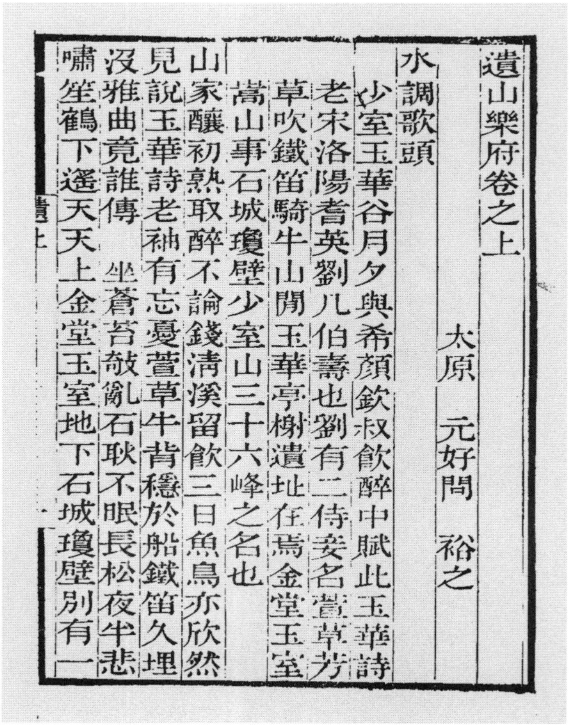
遺山樂府卷之上
太原　元好問　裕之
水調歌頭
少室玉華谷月夕與希顏欽叔飲醉中賦此玉華詩老宋洛陽耆英劉几伯壽也劉有二侍妾名萱草芳草吹鐵笛騎牛山間玉華亭榭遺址在焉金堂玉室嵩山事石城瓊壁少室山三十六峰之名也
山家釀初熟取醉不論錢清溪留飲三日魚鳥亦欣然見說玉華詩老袖有忘憂萱草牛背穩於船鐵笛久埋沒雅曲竟誰傳　坐蒼苔敧亂石耿不眠長松夜半悲嘯笙鶴下遥天天上金堂玉室地下石城瓊壁別有一

遺山樂府

金元好問撰

一九一七年《彊村叢書》本

趙氏孤兒

元紀君祥撰

元刻本

古本董解元西廂記

元董解元撰

明海陽適適子校刻本

《竇娥冤》卷首版畫
載明臧懋循編《元曲選》
明萬曆間博古堂刻本

墨梅圖
元王冕繪

本卷注者分工

第五編　宋遼金文學

　　劉　石　宋遼金全部篇目

第六編　元代文學

　　吳書蔭　宋元話本、董解元、王實甫、趙孟頫、馮子振、鮮于樞、安熙、楊載、范
　　　　　　椁、虞集、薩都剌、揭傒斯、貫雲石、王冕、宋聚、楊維楨

　　李　簡　吳書蔭　耶律楚材、郝經、關漢卿、楊顯之、白樸、康進之、紀君祥、劉
　　　　　　　　　　因、馬致遠、張可久、睢景臣、鄭光祖、喬吉、施惠、顧瑛、高明

總　　目

第三卷

第五編　宋遼金文學

第六編　元代文學

第四卷

第七編　明代文學

宋濂　劉基　楊基　高啓　方孝孺　袁凱　于謙　馬中錫　李東陽　陳鐸　唐寅　文徵明　王磐　李夢陽　王守仁　徐禎卿　何景明　楊慎　謝榛　歸有光　唐順之　馮惟敏　茅坤　李攀龍　徐渭　宗臣　王世貞　李贄　薛論道　朱載堉　袁宏道　袁中道　鍾惺　徐弘祖　張岱　張溥　陳子龍　夏完淳　《掛枝兒》　《山歌》　羅貫中　施耐庵　吳承恩　蘭陵笑笑生　馮夢龍　李開先　高濂　湯顯祖　周朝俊

第八編　清代文學

錢謙益　吳偉業　顧炎武　吳嘉紀　施閏章　王夫之　陳維崧　朱彝尊　屈大均　王士禎　查慎行　納蘭性德　侯文曜　方苞　沈德潛　厲鶚　鄭燮　袁枚　趙翼　姚鼐　汪中　黃景仁　張惠言　舒位　蒲松齡　吳敬梓　曹雪芹　李玉　洪昇　孔尚任

第九編　近代文學

張維屏　周濟　林則徐　龔自珍　魏源　西林春　曾國藩　王闓運　黃遵憲　王鵬運　陳三立　嚴復　文廷式　朱孝臧　康有爲　況周頤　丘逢甲　譚嗣同　章炳麟　梁啓超　秋瑾　寧調元　蘇曼殊　劉鶚　李寶嘉　柳亞子

目　録

第五編　宋遼金文學

蘇　軾

第六編　元代文學

第五編

宋遼金文學

王禹偁

【作者簡介】

王禹偁(954—1001)，字元之，濟州鉅野(今山東巨野)人。宋太宗太平興國八年(983)進士。雍熙元年(984)以大理評事知蘇州長洲縣。淳化二年(991)拜左司諫、知制誥，旋謫商州團練副使，五年除禮部員外郎。至道元年(995)拜翰林學士，旋出知滁州，二年移知揚州，三年宋真宗即位，起爲尚書刑部侍郎。咸平二年(999)黜知黃州，人稱王黃州。北宋初期提倡文學革新的重要人物。文推韓愈、柳宗元，詩推杜甫、白居易。題材豐富，平易有味。有《王黃州小畜集》三十卷、《小畜外集》二十卷等。《宋史》卷二九三有傳。

村　　行

【題解】

宋太宗淳化三年(992)秋，作於商州(今陝西商縣)貶所。寫景如畫中思鄉之情隱見，透露出貶謫時的心境。詩風平淡，感情醇厚。

馬穿山徑菊初黃，信馬悠悠野興長[1]。萬壑有聲含晚籟[2]，數峰無語立斜陽。棠梨葉落胭脂色[3]，蕎麥花開白雪香[4]。何事吟餘忽惆悵[5]，村橋原樹似吾鄉[6]。

《王黃州小畜集》卷九

【校注】

[1]信：任憑。　　[2]籟：孔穴中發出的聲音。　　[3]棠梨：又名杜梨，春初開小白花，結實小球形，有褐色斑點，可食。葉落：原作“落葉”，於律不合，茲據清乾隆二十五年(1760)趙熟典愛日堂刻本《宋王黃州小畜集》卷九改。　　[4]“蕎麥”句：蕎麥爲草本植物，開白色花，故云。　　[5]何事：爲何。　　[6]原：平野。

【集評】

錢鍾書《宋詩選注》：“按邏輯説來，‘反’包含先有‘正’，否定命題總預先假設着肯定命題。詩人常常運用這個道理。山峰本來是不能語而‘無語’的，王禹偁説它們‘無語’，或如龔自珍《己亥雜詩》說：‘送我搖鞭竟東去，此山不語看中原’，並不違反事實；但是同時也仿佛表示它們原先能語、有語、欲語而此刻忽然‘無語’。這樣，‘數峰無語’、‘此山不語’纔不是一句不消說得的廢話……改用正面的説法，例如‘數峰畢静’，就削減了意味。”

黄州新建小竹樓記

【題解】

宋真宗咸平二年(999)八月，作於黄州(今湖北黄岡)貶所。文章駢散相間，刻畫竹樓周遭清幽之景，將寒儉的貶謫生活描寫得美不勝收，作者高雅的品性和幽獨的懷抱可以概見，其中暗含的感慨與不平亦十分明顯。

黄岡之地多竹[1]，大者如椽[2]。竹工破之，刳去其節[3]，用代陶瓦[4]。比屋皆然[5]，以其價廉而工省也。

子城西北隅[6]，雉堞圮毀[7]，蓁莽荒穢[8]，因作小樓二間，與月波樓通[9]。遠吞山光[10]，平挹江瀨[11]，幽闃遼夐[12]，不可具狀。夏宜急雨，有瀑布聲；冬宜密雪，有碎玉聲。宜鼓琴，琴調虛暢；宜詠詩，詩韻清絕。宜圍棋，子聲丁丁然[13]；宜投壺[14]，矢聲錚錚然：皆竹樓之所助也。公退之暇[15]，披鶴氅，戴華陽巾[16]，手執《周易》一卷[17]，焚香默坐，銷遣世慮[18]。江山之外，第見風帆沙鳥、煙雲竹樹而已[19]。待其酒力醒，茶煙歇，送夕陽，迎素月，亦謫居之勝概也[20]。彼齊雲、落星[21]，高則高矣；井幹、麗譙[22]，華則華矣。止於貯妓女，藏歌舞，非騷人之事[23]，吾所不取。

吾聞竹工云：“竹之爲瓦僅十稔[24]，若重覆之，得二十稔。”噫！吾以至道乙未歲自翰林出滁上[25]；丙申移廣陵[26]；丁酉又入西掖[27]；戊戌歲除日[28]，有齊安之命[29]；己亥閏三月到郡[30]。四年之間奔走不暇，未知明年又在何處，豈懼竹樓之易朽乎？幸後之人與我同志[31]，嗣而葺之[32]，庶斯樓之不朽也[33]。咸平二年八月十五日記。

【校注】

[1]黄岡:今屬湖北。 [2]椽(chuán 船):人字形屋頂横置的粗木稱檁,與檁成九十度角,連接兩根或數根檁以承受屋瓦的木條稱椽。通常以之形容器物之粗壯。 [3]刳(kū 窟):剜削以使空。 [4]用:以,以之。 [5]比:並,連。 [6]子城:大城所屬的小城,有内城、甕城和月城等。 [7]雉堞(dié 蝶):城上短墙,又稱女墙。泛指城墙。圮(pǐ 匹):坍塌。 [8]榛(zhēn 針)莽:雜亂叢生的草木。榛,通"榛",叢生的樹木。荒穢:二字原缺,兹據《宋文鑒》(中華書局1992年版)卷七七補。 [9]月波樓:在黄州城墙西北角,地勢高而開闊。參王禹偁長詩《月波樓詠懷》。 [10]吞:包含,容納。 [11]挹(yì 義):舀取。瀨(lài 賴):激於石間的水。 [12]闃(qù 去):寂静。夐(xiòng 雄去聲):遥遠。 [13]丁(zhēng 争)丁:擬聲。 [14]投壺:游戲名。賓主對坐,中置一壺,雙方以次投矢壺中,中多者勝,負者罰飲酒。 [15]公退:辦公後回家。 [16]"披鶴"二句:鶴氅(chǎng 廠)與華(huà 話)陽巾原爲道士的穿戴,亦多用作高雅之士的妝扮。《新五代史·盧程傳》:"程戴華陽巾,衣鶴氅,據几决事。"氅:鳥羽所製外衣。華陽巾:道冠。 [17]《周易》:又稱《易經》,儒家經典之一。 [18]世慮:世俗的思慮。 [19]第:但,衹。 [20]勝概:佳境。概,景象。 [21]齊雲:樓名,唐曹恭王建,在蘇州(今屬江蘇)子城上。唐白居易《和柳公權登齊雲樓》:"樓外春晴百鳥鳴,樓中春酒美人傾。"落星:樓名,三國吳建,在建鄴(今江蘇南京)東北。晉左思《吳都賦》有"饗戎旅乎落星之樓"句。 [22]井幹(hán 寒):樓名。漢武帝建。《史記·孝武本紀》:"乃立神明臺井幹樓,度五十餘丈,輦道相屬焉。"因用萬木築累,轉相交架,故名。幹,井上圍欄。麗譙(qiáo 橋):樓名,傳爲三國魏曹操建。白居易《白孔六帖》卷一〇:"魏武有麗譙樓。"譙,通"瞧"。樓可登高以望,故譙有樓義。
[23]騷人:詩人。戰國屈原作《離騷》,後代詩人多仿效之,故稱詩人爲騷人。
[24]十稔(rěn 忍):十年。稔,穀物成熟。穀物一年一熟,故稔有"年"義。
[25]"吾以"句:宋太宗至道元年(995)五月,王禹偁因議宋太祖皇后宋氏葬禮事,罷翰林學士等職,出知滁州(今屬安徽),六月抵滁。乙未:即至道元年。
[26]"丙申"句:至道二年(996)十一月,王禹偁奉詔改知揚州(今屬江蘇)。丙申:即至道二年。廣陵:即揚州。 [27]"丁酉"句:至道三年(997)三月宋太宗死,真宗即位。王禹偁應詔上疏言事,真宗召其還朝,九月返京,任刑部郎中、知制誥。西掖:中書省別稱。知制誥爲中書省屬官,故云。 [28]戊戌:宋真宗咸平元年(998)。除日:除夕之日。 [29]"有齊"句:謂被謫黄州。齊安:即黄州,南齊時置齊安郡。咸平元年,王禹偁因預修《太祖實錄》,直書其事,被指以私意輕重其

間,罷知制誥職,出知黃州。　　　[30]己亥:咸平二年(999)。　　　[31]幸:希望。
[32]嗣:繼續。　　　[33]庶:表期望。

【集評】

　　(宋)黃庭堅《豫章黃先生文集》卷二六《書王元之〈竹樓記〉後》:"或傳王荆公
稱《竹樓記》勝歐陽公《醉翁亭記》,或曰此非荆公之言也。某以謂荆公出此言未失
也。荆公評文章,常先體制而後文之工拙。蓋嘗觀蘇子瞻《醉白堂記》,戲曰:'文詞
雖極工,然不是"醉白堂"記,乃是韓白優劣論耳。'以此考之,優《竹樓記》而劣《醉翁
亭記》,是荆公之言不疑也。"

　　(金)王若虛《滹南遺老集》卷三六《文辨》:"《醉翁亭記》雖淺玩易,然條達迅
快,如肺肝中流出,自是好文章。《竹樓記》雖復得體,豈足置歐文之上哉!"

寇　　準

【作者簡介】

　　寇準(961—1023),字平仲,華州下邽(今陝西渭南東北)人,生於大名府(今河
北大名)。宋太宗太平興國五年(980)進士。淳化二年(991)知青州,五年拜參知
政事。至道二年(996)出知鄧州。宋真宗咸平五年(1002)權知開封府。景德元年
(1004)爲同中書門下平章事。遼南侵,力促真宗北征,而成"澶淵之盟"。三年出
知陝州。大中祥符元年(1008)徙知天雄軍,七年爲樞密使,九年徙判永興軍。天
禧三年(1019)再拜相,四年貶道州司馬。乾興元年(1022),宋仁宗即位,再貶爲雷
州司户參軍。封萊國公。諡忠愍。以風節著稱於時,亦善屬文。詩作含思淒婉,
具晚唐風致。有《忠愍公詩集》三卷。《宋史》卷二八一有傳。

書河上亭壁
其　　三

【題解】

　　宋太宗至道二年(996)閏七月,寇準罷參知政事,出知鄧州(今屬河南)。宋真

宗咸平元年(998)五月,移知河陽軍(治所在今河南孟縣),作七絕四首,分記四時景物。此爲第三首,寫秋景,思致盎然。詩題原作《余頃從穰下,移蒞河陽,泊出中書,復領分陜,惟茲二鎮,俯接洛都,皆山河襟帶之地也。每憑高極望,思以詩句狀其物景。久而方成四絕句,書於河上亭壁》,以其過長,今取末句爲題。河,黃河。

　　岸闊檣稀波渺茫[1],獨憑危檻思何長[2]。蕭蕭遠樹疏林外,一半秋山帶夕陽。

《忠愍公詩集》卷中

【校注】

[1]檣(qiáng 强):船上的桅杆,代指船。　　[2]危檻:亭樓上的欄杆。危,高。思(sì 似):思緒。

林　逋

【作者簡介】

　　林逋(967—1028),字君復,錢塘(今浙江杭州)人。初遊江淮間,後隱於西湖孤山,二十年不出。終生不仕、未娶,性愛梅花、白鶴,有“梅妻鶴子”之譽。卒後賜號和靖先生。善書畫,其行書風格峻峭。詩以五、七言律爲主,出入晚唐,平淡邃美。有《林和靖先生詩集》四卷。《宋史》卷四五七有傳。

孤山寺端上人房寫望

【題解】

　　詩作緊扣“望”字行筆,鉛華不御,格高韻雅。孤山,在杭州西湖西北,東連白堤,西傍蘇堤,一山聳立,四面環湖,故名。上有孤山寺,又名廣化寺,南朝陳時建。上人,佛教稱内有德智、外有勝行之人,後多用以尊稱僧人。

底處憑欄思渺然[1]，孤山塔後閣西偏[2]。陰沉畫軸林間寺，零落棋枰葑上田[3]。秋景有時飛獨鳥，夕陽無事起寒煙。遲留更愛吾廬近[4]，祇待重來看雪天。

《林和靖先生詩集》卷二

【校注】

[1]底：何。　　[2]偏：邊，側。　　[3]葑（fèng 鳳）上田：古時在沼澤水鄉無地可耕處，將菰根等水草和泥土置於木框架上，浮於水面，種植穀物，稱葑田，又稱架田。葑，菰根（菰爲草本植物，長於池沼，其嫩莖的基部膨大，即平時食用的茭白）。[4]遲：晚。

【集評】

錢鍾書《宋詩選注》：“這一聯（指頷聯）寫暮春昏黄的時候，陰森森的樹林裏隱約有幾所寺院，黯淡得像一幅退了顏色的畫，而一塊塊架田又像棋盤上割了來的方格子，零星在水面飄蕩。從林逋這首詩以後，這兩個比喻——尤其是後面一個——就常在詩裏出現……其實韓愈《和劉使君三堂二十一詠》裏的《稻畦》詩早説：‘罫布畦堘數’，可是句子不醒豁，所以這個比喻也就沒有引起林逋以前詩人的注意。”

劉　筠

【作者簡介】

劉筠（971—1031），字子儀，大名（今屬河北）人。宋真宗咸平元年（998）進士。五年爲秘閣校理，景德元年（1004）知大名府觀察判官事。大中祥符六年（1013）進左正言，直史館，七年遷右司諫，知制誥。天禧三年（1019）左右知鄧州，四年拜翰林學士，五年知廬州。乾興元年（1022），宋仁宗即位，除御史中丞。天聖二年（1024）進禮部侍郎、樞密直學士，知潁州，六年以龍圖閣學士再知廬州。謚文恭。曾預修《册府元龜》。文章工對偶，尤工爲詩，宗李商隱，與楊億並稱“楊劉”，爲西崑派重要作家。著作亡佚較多，今存《肥川小集》一卷。《西崑酬唱集》收其詩七十二首。《宋史》卷三〇五有傳。

漢　武

【題解】

　　秦皇、漢武廣事封禪,復巡蓬瀛,惑於方士之説,妄求長生不死。而宋真宗亦於咸平(998—1003)、景德(1004—1007)間崇信符瑞,佞道求仙,並於大中祥符元年(1008)作天書降於泰山,又封泰山,祀汾陰。景德三年(1006),楊億、劉筠等七人以《漢武》爲題,各賦一詩,借詠漢武、始皇故事以諷真宗。此篇用典雖多,貴能章法開闔,氣機流走,近於李商隱詠史諸作。

　　漢武天臺切絳河[1],半涵非霧鬱嵯峨[2]。桑田欲看他年變[3],瓠子先成此日歌[4]。夏鼎幾遷空象物[5],秦橋未就已沉波[6]。相如作賦徒能諷,卻助飄飄逸氣多[7]。

《西崑酬唱集》卷上

【校注】

[1]"漢武"句:《漢書·武帝紀》:"(元封二年,前109)夏四月,還祠泰山。至瓠子,臨決河,命從臣將軍以下皆負薪塞河堤,作《瓠子之歌》……還,作甘泉通天臺。"唐顏師古注:"通天臺者,言此臺高,上通於天也。《漢舊儀》云高三十丈,望見長安城。"切(qiē 且陰平):切割。絳河:即銀河。　　[2]涵:包容。非霧:喻祥雲。《史記·天官書》:"卿雲,喜氣也,若霧非霧。"嵯峨:高貌。首聯謂漢武帝好神仙。

[3]"桑田"句:舊題晉葛洪《神仙傳》卷三:"麻姑自説'接待以來,已見東海三爲桑田。向到蓬萊,水又淺於往昔'。"後以滄海桑田喻變化之大與時間之長。欲看:一作"準待"。　　[4]"瓠子"句:《史記·孝武本紀》、《史記·河渠書》、《漢書·武帝紀》等載,黃河瓠子堤決口二十餘年,方士欒大引其師言"黃金可成,而河決可塞,不死之藥可得,仙人可致也"。元封二年(前109),漢武帝乃至瓠子大堤(在今河南濮陽),命群臣負薪塞河堤,而功不成,作《瓠子之歌》禱之。頷聯譏諷漢武帝欲求長生而美夢難成。　　[5]"夏鼎"句:《左傳·宣公三年》、《史記·孝武本紀》、《史記·封禪書》、《漢書·郊祀志》、《漢書·武帝紀》等載,夏禹收九州金屬而鑄九鼎,以象九州。夏德衰,鼎遷於殷;殷德衰,鼎遷於周;周德衰,鼎遷於秦。秦德衰,鼎乃沉淪不見。漢武帝元鼎元年(前116),得鼎於汾水上。武帝聽信公卿方士之言,認爲寶鼎出而與神通,乃封泰山,更巡蓬萊,冀逢神仙,長生不死。後二十餘年間,更遍封五嶽四瀆以

求仙,而終無有驗。　　　　[6]"秦橋"句:《史記·秦始皇本紀》載,秦始皇屢封山
川,並遣使入海求仙人神藥。又晉伏琛《三齊略記》載,"秦始皇於海中作石橋",入
海四十里與海神相見。海神相約不得圖其形貌,而從者暗以脚畫其狀,"神怒曰:
'帝負約,速去!'始皇轉馬還,前脚猶立,後脚隨崩,僅得登岸,畫者溺死於海。"又
《史記·封禪書》:"始皇南至湘山,遂登會稽,並海上,冀遇海中三神山之奇藥。不
得,還至沙丘崩。"頸聯將漢武帝同另一位遍祀山川、妄求長生的秦始皇相提並論,
意在諷喻宋真宗。　　　　[7]"相如"二句:《史記·司馬相如列傳》:"相如既奏《大
人之頌》,天子大説,飄飄有凌雲之氣,似游天地之間意。"又太史公曰:"相如雖多
虚辭濫説,然其要歸引之節儉,此與《詩》之風諫何異。楊雄以爲靡麗之賦,勸百風
一,猶馳騁鄭衛之聲,曲終而奏雅,不已虧乎?"尾聯謂自己勸諫不力,實謂真宗不能從
諫。相如:司馬相如,西漢著名辭賦家。《史記》卷一一七、《漢書》卷五七有傳。

【集評】

　　(元)方回《瀛奎律髓》卷三:"五、六言興亡之運,理所必有,雖漢武帝之力鉅心
勞,終亦無如之何也。末句謂諫者之不切。"

　　(清)紀昀:"五句夏鼎變遷,言武帝時海内凋散。六句言武帝好大,以秦皇比之
也。虚谷(方回)此評(指上評)不了了。"(李慶甲《瀛奎律髓彙評》卷三引)

楊　億

【作者簡介】

　　楊億(974—1020),字大年,建州浦城(今屬福建)人。宋太宗淳化三年(992)
賜進士及第。至道二年(996)遷著作佐郎。宋真宗咸平元年(998)出知處州,三年
拜左司諫。景德三年(1006)爲翰林學士,大中祥符元年(1008)爲兵部員外郎、户
部郎中,七年知汝州。天禧二年(1018)拜工部侍郎,四年復爲翰林學士,兼史館修
撰。謚文,人稱楊文公。曾與王欽若同領《册府元龜》編纂事。善駢文,詩效李商
隱之包蘊密緻、典雅華美,與劉筠唱和,並稱"楊劉"。編《西崑酬唱集》二卷,倡成
西崑體,時人争效之。著作亡佚較多,今存《武夷新集》二十卷。《西崑酬唱集》收
其詩七十五首。《宋史》卷三〇五有傳。

南　朝

【題解】

吟詠南朝齊、陳諸昏君沉溺游獵、女色諸事，或有諷今之意。末句轉以景結，餘韻不盡。然一、三句同用一段典故，而分爲兩處；次句用陳文帝凤興夜寐事，其意或在與齊武帝作對照，殊覺不當。詩擬李商隱《南朝》（玄武湖中玉漏催），前人多以爲不及李作。

五鼓端門漏滴稀[1]，夜籤聲斷翠華飛[2]。繁星曉埭聞雞度[3]，細雨春場射雉歸[4]。步試金蓮波濺襪[5]，歌翻玉樹涕沾衣[6]。龍盤王氣終三百[7]，猶得澄瀾對敞扉[8]。

《西崑酬唱集》卷上

【校注】

[1]“五鼓”句：齊武帝事。《南齊書·武穆裴皇后傳》：“上數游幸諸苑囿，載宮人從後車，宮內深隱，不聞端門鼓漏聲，置鐘於景陽樓上，宮人聞鐘聲，早起裝飾，至今此鐘惟應五鼓及三鼓也。”五鼓：古時一夜分五段。亦稱五更、五夜。第五鼓約爲黎明時。端門：宮殿南面正門。漏滴：古代於銅壺上刻節，滴水計時。

[2]“夜籤”句：陳文帝事。《陳書·世祖本紀》：“世祖起自艱難，知百姓疾苦。國家資用，務從儉約……每雞人伺漏，傳更籤於殿中，乃敕送者必投籤於階石之上，令鏗然有聲，云：‘吾雖眠，亦令驚覺也。’始終梗概，若此者多焉。”翠華：以翠羽爲飾的旗或車蓋，爲天子儀仗。　　　[3]“繁星”句：齊武帝事。《南齊書·武穆裴皇后傳》：“車駕數幸琅邪城，宮人常從，早發至湖北埭，雞始鳴。”故稱埭爲雞鳴埭，在玄武湖畔。埭（dài 代）：堵水的土壩。度：一作“渡”。　　　[4]“細雨”句：齊東昏侯事。《南齊書·東昏侯本紀》：“教黃門五六十人爲騎客，又選無賴小人善走者爲逐馬，左右五百人，常以自隨，奔走往來，略不暇息。置射雉場二百九十六處，翳中帷帳及步鄣，皆袷以綠紅錦，金銀鏤弩牙，玳瑁帖箭。郊郭四民皆廢業。”

[5]“步試”句：齊東昏侯事。《南史·廢帝東昏侯紀》載，東昏侯爲潘妃起殿，窮奢極麗，“又鑿金爲蓮花以帖地，令潘妃行其上，曰：‘此步步生蓮花也。’”三國魏曹植《洛神賦》：“凌波微步，羅襪生塵。”　　　[6]“歌翻”句：陳後主事。《陳書·張貴妃傳》：“後主每引賓客對貴妃等游宴，則使諸貴人及女學士與狎客共賦新詩，互相贈

答,採其尤艷麗者以爲曲詞,被以新聲,選宮女有容色者以千百數,令習而歌之,分部迭進,持以相樂。其曲有《玉樹後庭花》、《臨春樂》等,大指所歸,皆美張貴妃、孔貴嬪之容色也。"翻:按照曲譜製作新詞。　　[7]"龍盤"句:吳、東晉、宋、齊、梁、陳六朝均建都南京,共得三三三年,故云。龍盤:指南京。宋李昉等《太平御覽》卷一五六引張勃《吳録》記諸葛亮稱南京:"鍾山龍盤,石頭虎踞,此帝王之宅。"終三百:舉其成數。唐李商隱《詠史》:"三百年間同曉夢,鍾山何處有龍盤?"　　[8]澄瀾:指玄武湖。

【集評】

　　(清)紀昀:"有意思,議論頗得義山之一體。"(李慶甲《瀛奎律髓彙評》卷三引)

　　(清)馮班:"頗傷瑣雜,未足擬玉溪詠史也。"(李慶甲《瀛奎律髓彙評》卷三引)

柳　永

【作者簡介】

　　柳永(987?—1055?),初名三變,字景莊,後改今名,字耆卿。行七,人稱"柳七"。崇安(今福建武夷山)人。宋仁宗景祐元年(1034)進士。歷睦州推官,餘杭縣令,定海曉峰鹽場監,泗州判官,著作郎,靈臺令,太常博士,屯田員外郎,人稱"柳屯田"。畢生專力於詞,多寫都市繁華、男女情事、羈旅行役等,亦有自抒懷抱、感慨平生之作。精於音律,多創新聲,善於鋪敍。有《樂章集》三卷。

雨　霖　鈴

【題解】

　　詞作多方鋪敍,着力點染,善用白描,手法細膩,於清秋景色中寫離別情懷,寓平生感慨。一本有題"秋別"。

　　寒蟬凄切[1]。對長亭晚[2],驟雨初歇。都門帳飲無緒[3],方留戀處、蘭舟催發[4]。執手相看淚眼,竟無語凝噎[5]。念去去[6]、千里煙波,暮靄沉沉楚天闊[7]。　　　多情自古傷離別。更那堪、冷落清秋節。今宵酒醒何處,楊柳岸、曉風殘月[8]。此去經年[9],應是良辰好景虛設。便縱有、千種風情,更與何人說[10]。

《樂章集校注》卷中

【校注】

[1]寒蟬:又名寒螿,較夏蟬爲小,鳴於秋天。《禮記·月令》:"涼風至,白露降,寒蟬鳴。"　　[2]長亭:秦漢道路置亭,供行人休息。十里一長亭,五里一短亭。北周庾信《哀江南賦》:"十里五里,長亭短亭。"近城的十里長亭常爲遠行餞別之所。北周王褒《送別裴儀同》:"河橋望行旅,長亭送故人。"　　[3]都門:京城城門,此指汴京(今河南開封)。帳飲:於郊野道旁張設帷帳,宴飲以送行。《漢書·疏廣傳》:"公卿大夫、故人邑子設祖道,供張(通"帳")東都門外。"緒:心情。
[4]方:原缺,茲據明毛晉《宋六十名家詞》本《樂章集》補。蘭舟:木蘭所作之舟,舟之美稱。　　[5]凝噎(yē頁陰平):哽咽。噎,本義爲食物塞喉。　　[6]去去:猶言"行行"。重言之,表行程遙遠。　　[7]楚天:泛指南方天空。楚,古時長江中下游一帶。　　[8]"楊柳"句:唐溫庭筠《更漏子》(星斗稀):"簾外曉鶯殘月。"鄭騫《詞選》:"耆卿添換兩三字,意境完全不同。然文章本天成,妙手偶得之,耆卿此句未必即從溫出。"　　[9]經年:經過一年或多年。　　[10]更:一作"待"。

【集評】

　　(清)劉熙載《藝概·詞曲概》:"詞有點有染。柳耆卿《雨淋鈴》云:'多情自古傷離別。更那堪、冷落清秋節。今宵酒醒何處?楊柳岸曉風殘月。'上二句點出離別、冷落,'今宵'二句乃就上二句意染之。點染之間,不得有他語相隔,隔則警句亦成死灰矣。"

鳳　棲　梧

【題解】

　　登樓傷春,漂泊之感與思親之情相交織,情緒濃烈而沉鬱。本篇一作歐陽修詞,誤。

　　獨倚危樓風細細[1]。望極春愁,黯黯生天際[2]。草色煙光殘照裏。無言誰會憑闌意。　　擬把疏狂圖一醉。對酒當歌[3],强樂還無味[4]。衣帶漸寬終不悔[5]。爲伊消得人憔悴[6]。

《樂章集校注》卷中

【校注】

[1]獨:一作“佇”。危:高。　　[2]“望極”二句:言愁緒隨春色黯然而生。望極:極目遠眺。　　[3]“對酒”句:三國魏曹操《短歌行》:“對酒當歌,人生幾何。”[4]强(qiǎng 搶):勉强。　　[5]“衣帶”句:《古詩十九首·行行重行行》:“相去日已遠,衣帶日已緩。”衣帶漸寬,説明逐漸消瘦。　　[6]伊:第三及第二人稱代詞。此處爲前者。消得:消受,禁得起。一釋爲值得。

【集評】

　　(清)賀裳《皺水軒詞筌·小詞作決絕語》:“小詞以含蓄爲佳,亦有作決絕語而妙者,如韋莊‘誰家年少足風流。妾擬將身嫁與,一生休。縱被無情棄,不能羞’之類是也。牛嶠‘須作一生拚,盡君今日歡’,抑亦其次。柳耆卿‘衣帶漸寬終不悔,爲伊消得人憔悴’,亦即韋意,而氣加婉矣。”

　　王國維《人間詞話》卷下:“專作情語而絕妙者”,“古今曾不多見”。(評末二句)

定　風　波

【題解】

　　詞屬代言體,以女性口吻寫女主人公寂寥、埋怨、悔恨、期盼等心理,多用俗詞口語,是柳永俚詞的代表作。

　　自春來、慘綠愁紅,芳心是事可可[1]。日上花梢,鶯穿柳帶,猶壓香衾臥。暖酥消[2],膩雲嚲[3]。終日厭厭倦梳裹[4]。無那[5]。恨薄情一去,錦書無箇[6]。　　早知恁麼[7]。悔當初、不把雕鞍鎖。向雞窗、衹與蠻箋象管[8],拘束教吟課[9]。鎮相隨[10],莫拋躲[11]。針綫閒拈伴伊坐。和我。免使年少,光陰虛過。

《樂章集校注》卷中

【校注】

[1]"芳心"句:意謂對任何事均了無興趣。是:所有,每种。可可:不經心貌。

[2]暖酥:喻肌膚。消:消瘦。　　　[3]膩雲:喻鬢髮。膩,滑潤光澤。嚲(duǒ躲):下垂貌。　　　[4]厭(yān淹)厭:同"奄奄",氣息微弱貌。此指心緒低沉。梳裹:指梳妝打扮。　　　[5]無那:即無奈何。"奈何"急讀而成"那"。　　　[6]錦書:《晉書·竇滔妻蘇氏傳》載,竇滔妻蘇蕙善屬文,滔"被徙流沙,蘇氏思之,織錦爲迴文旋圖詩以贈滔"。後稱夫妻間的書信爲錦書或錦字。錦,一作"音"。無箇:没有。箇,語助詞。唐王維《贈吳官》:"長安客舍熱如煮,無箇茗糜難禦暑。"　　　[7]恁(rèn任)麼:這樣。　　　[8]雞窗:晉人宋處宗買得一長鳴雞,愛養甚至,常籠於窗間,雞遂能言,與處宗談論,終日不輟。見唐歐陽詢《藝文類聚》卷九一引南朝宋劉義慶《幽明録》。後以雞窗稱書窗、書齋。蠻箋:即蜀箋,蜀中所產彩箋。蠻,古時對南方少數民族的泛稱。箋,信紙。象管:象牙所製之筆,喻筆之華美。　　　[9]吟課:指吟詩作賦之事。　　　[10]鎮:常,久。

[11]抛躲:迴避。

【集評】

　　(宋)張舜民《畫墁録》:"柳三變既以調忤仁廟,吏部不放改官。三變不能堪,詣政府。晏公曰:'賢俊作曲子麽?'三變曰:'衹如相公亦作曲子。'公曰:'殊雖作曲子,不曾道"針綫慵拈伴伊坐"。'柳遂退。"

望　海　潮

【題解】

　　詞詠錢塘(今浙江杭州)之繁華,極盡渲染之能事。上闋寫杭州全景,下闋前半寫西湖之景,末歸於歌頌杭守,次序井然。據吳熊和《柳永與孫沔的交游及柳永卒年新證》(載《吳熊和詞學論集》)考證,詞當爲宋仁宗至和元年(1054)投贈杭州知州孫沔之作。

　　東南形勝[1],三吳都會[2],錢塘自古繁華。煙柳畫橋,風簾翠幕,參差十萬人家[3]。雲樹繞堤沙。怒濤捲霜雪,天塹無涯[4]。市列珠璣,户盈羅綺競豪奢。　　　重湖疊巘清嘉[5]。有三秋桂子[6],十里荷花[7]。羌管弄晴[8],菱歌泛夜[9],嬉嬉釣叟蓮娃。千騎擁高牙[10]。

乘醉聽簫鼓，吟賞煙霞。異日圖將好景[11]，歸去鳳池誇[12]。

《樂章集校注》卷下

【校注】

[1]"東南"句：宋時杭州爲兩浙路治所，地處東南，風景壯觀。形勝：地理形勢優越。《荀子·强國》："其固塞險，形埶便，山林川谷美，天材之利多，是形勝也。"

[2]三吳都會：世稱吳興郡（今浙江湖州）、吳郡（今江蘇蘇州）、會稽郡（今浙江紹興）爲三吳（見北魏酈道元《水經注》卷四〇"漸江水"）。錢塘秦時屬會稽郡，後漢時屬吳郡，且爲吳郡都尉治所，隋、唐時爲杭州治所，五代吳越在此建都，故云。下句謂"自古繁華"，亦以此。三，原作"江"，兹據明毛晉《宋六十名家詞》本《樂章集》改。　　[3]參（cēn 岑陰平）差（cī 疵）：近於、幾乎。一説爲不齊貌，謂杭城樓閣高低錯落。宋西湖老人《西湖繁勝録》："回頭看城內，山上人家，層層疊疊，觀宇樓臺參差，如花落仙宫。"十萬人家：宋吳自牧《夢粱録》卷一九《塌房》："柳永詠錢塘詞曰：'參差十萬家。'此元豐前語也。自高廟車駕由建康幸杭，駐蹕幾近二百餘年，户口蕃息，近百萬餘家。"又卷一八《户口》："杭城者爲都會之地，人煙稠密，户口浩繁，與他州外郡不同。姑以自隋、唐朝考之。隋户一萬五千三百八十。唐貞觀中户三萬五千七十一，口一十五萬三千七百二十九。唐開元户八萬六千二百五十八。宋朝《太平寰宇記》錢塘户數主六萬一千六百八，客八千八百五十七。《九域志》主一十六萬四千二百九十三，客三萬八千五百二十三。《中興兩朝國史》該户二十萬五千三百六十九。《乾道志》户二十六萬一千六百九十二，口五十五萬二千六百七。《淳祐志》主客户三十八萬一千三十五，口七十六萬七千七百三十九。《咸淳志》九縣共主客户三十九萬一千二百五十九，口一百二十四萬七百六十。"

[4]"怒濤"二句：寫錢塘江景色。怒濤：指錢塘江潮。天塹（qiàn 欠）：天然壕溝。喻險要，不易越過。舊多以長江爲天塹。《南史·孔範傳》孔範曰："長江天塹，古來限隔，虜軍豈能飛渡？"此指錢塘江，即浙江下游流經杭州一段。無涯：謂江面寬闊。　　[5]重（chóng 崇）湖：西湖內有東北西南走向之白堤，及西北東南走向之蘇堤，二堤之西爲裏湖，東爲外湖，是爲"重湖"。巘（yǎn 眼）：山峰。西湖北、西、南三面有葛嶺山、五老峰、南屏山等環抱，故云"疊巘"。清嘉：清麗美好。

[6]三秋：農曆七、八、九月。桂子：桂花。杭州盛開桂花。唐白居易《憶江南》："江南憶，最憶是杭州。山寺月中尋桂子，郡亭枕上看潮頭。"　　[7]十里荷花：西湖及杭州城周湖泊多植荷花。白居易《餘杭形勝》："繞郭荷花三十里。"宋楊萬里《曉出净慈寺送林子方》："畢竟西湖六月中，風光不與四時同。接天蓮葉無窮碧，映日荷花別樣紅。"　　[8]羌管弄晴：晴日吹奏羌笛。羌管，即羌笛，原出古代西

部民族羌族。　　　[9]菱歌泛夜：夜間採菱而歌。泛，漂浮，此指泛舟。
[10]千騎(jì計)：指衆多隨從。一人一馬稱一騎。牙：牙旗，旗杆上飾有象牙之
旗，爲將軍、主帥等帳前所豎或出行時所立，此代指杭州知州。　　　[11]圖將：即
圖，描繪。將，動詞後語助，無實義。　　　[12]鳳池：即鳳凰池，本爲禁苑中的池
沼。魏晉南北朝設中書省於禁苑，執掌機要，以之作爲代稱(參唐杜佑《通典·職
官三·中書令》)。唐後指宰相之職，此泛指朝廷。

【集評】

　　(宋)羅大經《鶴林玉露》丙編卷一《十里荷花》："此詞流播，金主亮聞歌，欣然有
慕於'三秋桂子，十里荷花'，遂起投鞭渡江之志。近時謝處厚詩云：'誰把杭州曲子
謳，荷花十里桂三秋。那知草木無情物，牽動長江萬里愁。'余謂此詞雖牽動長江之
愁，然卒爲金主送死之媒，未足恨也。至於荷艷桂香，粧點湖山之清麗，使士夫流連
於歌舞嬉游之樂，遂忘中原，是則深可恨耳。"(按，金主聞歌而起投鞭渡江之意之説
實不可信。)

　　(清)王闓運《湘綺樓評詞》："此則宜於紅氍上扮演，非文人聲口。"

夜　半　樂

【題解】

　　宋陳振孫謂柳詞"尤工於羈旅行役"(《直齋書録解題》卷二一)，此詞可爲一證。
一疊言塗中所經，二疊言塗中所見，三疊言遠游之感。寫景平淡中見幽艷，言情盤曲
中見深厚。章法開合，行筆紆餘，風格流宕，洵爲名篇。

　　凍雲黯淡天氣，扁舟一葉，乘興離江渚[1]。渡萬壑千巖[2]，越溪
深處[3]。怒濤漸息，樵風乍起[4]，更聞商旅相呼[5]。片帆高舉。泛畫
鷁[6]、翩翩過南浦[7]。　　望中酒斾閃閃[8]，一簇煙村[9]，數行霜樹。
殘日下，漁人鳴榔歸去[10]。敗荷零落，衰楊掩映，岸邊兩兩三三，浣紗
游女。避行客、含羞笑相語。　　到此因念，繡閣輕拋[11]，浪萍難
駐[12]。歎後約丁寧竟何據[13]。慘離懷，空恨歲晚歸期阻。凝淚眼、
杳杳神京路[14]。斷鴻聲遠長天暮[15]。

《樂章集校注》卷中

【校注】

[1]渚(zhǔ 主):水邊。　　[2]萬壑千巖:南朝宋劉義慶《世説新語·言語》載,晉顧愷之贊紹興山川之美,有"千巖競秀,萬壑争流"之語。　　[3]越溪:越地之溪,此指若耶溪。出浙江紹興南若耶山,北流入運河,相傳爲西施浣紗處。越,古國名,建都會稽(今浙江紹興),後指紹興一帶,亦泛指浙東地區。　　[4]樵風:南朝宋孔靈府《會稽記》:"射的山南有白鶴山,此鶴爲仙人取箭。漢太尉鄭弘嘗採薪,得一遺箭,頃有人覓,弘還之。問何所欲,弘識其神人也,曰:'常患若耶溪載薪爲難,願旦南風,暮北風。'後果然。"(《後漢書·鄭弘傳》唐李賢注引)後稱若耶溪之風爲"樵風",又以"樵風"指順風。沈祖棻《宋詞賞析》謂,以上用典,均與越地有關,可見作者用心之細。　　[5]商旅:行商。　　[6]鷁(yì 益):水鳥,形如鷺而大,善飛翔。古時多畫其像於船頭,後即代指船,然多加形容詞,如文鷁、畫鷁等。[7]南浦:南面的水濱,泛稱。浦,小水注入大水處。　　[8]斾(pèi 配):旗幟。[9]一簇(cù 促):一群,一叢。唐杜甫《江畔獨步尋花七絶句》之五:"桃花一簇開無主。"簇,叢聚。　　[10]鳴榔:敲擊船舷發出聲響。唐李白《送殷淑三首》之一:"鳴榔且長謡。"榔(láng 郎),同"桹",漁人用以敲擊船舷、驅魚入網的長棒。[11]繡閣:閨房,指妻子。　　[12]浪萍:浪裏浮萍,漂泊不定。作者自喻。[13]後約:指與妻離別時約定之歸期。丁寧:同"叮嚀"。　　[14]神京:帝都。[15]斷鴻:離群的孤雁。

【集評】

(清)陳廷焯《詞則·別調集卷一》:"此篇層折最妙。始而渡江直下,繼乃江盡溪行。'漸'字妙,是行路人語。蓋風濤雖息,耳中風濤猶未息也。'樵風'句,點綴荒野,尚未依村落也。繼見'酒斾',繼見'漁人',繼見'游女',則已傍村落矣。因游女而觸離情,不禁歎歸期無據。別時邀約,不過一時强慰語耳。'繡閣輕抛,浪萍難駐',飄零歲暮,悲從中來。繼而'斷鴻聲遠',白日西頹,旅人當此,何以爲情。層折之妙,令人尋味不盡。"

陳匪石《宋詞舉》卷下:"合全篇觀之,前兩段紆徐爲妍,爲末段蓄勢。末段卓犖爲傑,一句鬆不得,一字閒不得,爲前兩段歸結。一詞之中,兼兩種作法。鄭文焯論詞,曰骨氣,曰高健,端在於此。至其以清勁之氣、沉雄之魄,運用長句,尤耆卿特長。美成《西平樂》、夢窗《鶯啼序》,全得力於柳詞。蓋耆卿之不可及者,在骨氣不在字面。彼嗤爲纖艷俚俗者,未深得三昧也。"

八聲甘州

【題解】

秋日旅埜登高思鄉之作。失意之態，念遠之情，俱以高華氣象出之，是柳詞中格調俊爽一類。

對瀟瀟、暮雨灑江天，一番洗清秋。漸霜風淒慘[1]，關河冷落[2]，殘照當樓。是處紅衰翠減，苒苒物華休[3]。惟有長江水，無語東流。

不忍登高臨遠，望故鄉渺邈，歸思難收[4]。歎年來蹤跡，何事苦淹留[5]。想佳人、妝樓顒望[6]，誤幾回、天際識歸舟[7]。爭知我、倚闌干處[8]，正恁凝愁[9]。

《樂章集校注》卷下

【校注】

[1]慘：一作"緊"。　　[2]關河：關山河川。　　[3]苒苒：同"冉冉"，逐漸。物華：自然景色。　　[4]思(sì 四)：思緒，情思。　　[5]何事：爲何。苦：苦於，困於。淹：滯留，久留。　　[6]顒(yóng 永陽平)：凝視。　　[7]天際識歸舟：南齊謝朓《之宣城郡出新林浦向板橋詩》："天際識歸舟，雲中辨江樹。"唐劉采春《望夫歌》："朝朝江口望，錯認幾人船。"唐溫庭筠《憶江南》(梳洗罷)："過盡千帆皆不是。"　　[8]爭：怎。　　[9]恁(rèn 任)：如此。愁：一作"眸"。

【集評】

(宋)蘇軾："世言柳耆卿曲俗，非也。如《八聲甘州》云：'霜風淒緊，關河冷落，殘照當樓。'此語於詩句不減唐人高處。"(宋趙令畤《侯鯖錄》卷七引)

(清)陳廷焯《詞則·大雅集卷二》："情景兼到，骨韻俱高，無起伏之痕，有生動之趣，古今傑構，耆卿集中僅見之作。'佳人妝樓'四字連用，俗極。擇言貴雅，何不檢點？如是，致令白璧微瑕。"

范仲淹

【作者簡介】

　　范仲淹(989—1052),字希文,吳縣(今江蘇蘇州)人。宋真宗大中祥符八年(1015)進士。宋仁宗天聖八年(1030)爲殿中丞,九年通判陳州。明道二年(1033)除右司諫。景祐二年(1035)權知開封府。康定元年(1040)爲陝西經略安撫副使,兼知延州。慶曆元年(1041)降知慶州,三年除參知政事,四年爲陝西、河東宣撫使,五年知鄧州。皇祐元年(1049)知杭州,三年知青州。諡文正。推行新政,爲北宋著名政治家。善屬文,詩文内容充實,藝術性強。詞作僅存數首,而風格多樣。有《范文正公集》二十卷、《范文正公詩餘》一卷等。《宋史》卷三一四有傳。

岳陽樓記

【題解】

　　岳陽樓爲岳陽(今屬湖南)城西門樓,西臨洞庭湖。原爲三國吳將魯肅訓練水兵之所。唐開元年間張説貶官岳州,重建樓閣。初名南樓,後改此名。宋仁宗慶曆四年(1044)春,范仲淹友滕宗諒(子京)謫知岳州,重加增飾,規制宏敞。六年九月,范仲淹應子京之囑作此文。其時子京以罪貶知岳州,范仲淹亦因推行新政,招致譏讒,出知鄧州(今屬河南)。文章緊扣雙方境遇抒發胸襟,發表見解。用駢句寫景,散句抒情言志,鋪采摛文,其文風正可用文中"浩浩湯湯"一語來形容。

　　慶曆四年春[1],滕子京謫守巴陵郡[2]。越明年[3],政通人和,百廢具興[4],乃重修岳陽樓,增其舊制[5],刻唐賢、今人詩賦於其上,屬予作文以記之[6]。

　　予觀夫巴陵勝狀,在洞庭一湖。銜遠山,吞長江;浩浩湯湯,橫無際涯;朝暉夕陰,氣象萬千[7]:此則岳陽樓之大觀也,前人之述備矣[8]。然則北通巫峽[9],南極瀟湘[10];遷客騷人[11],多會於此[12];覽物之情,得無異乎[13]?

　　若夫霪雨霏霏[14],連月不開;陰風怒號,濁浪排空;日星隱耀,山岳潛形;商旅不行,檣傾楫摧;薄暮冥冥[15],虎嘯猿啼。登斯樓也,則有去國懷鄉，憂讒畏譏，滿目蕭然，感極而悲者矣。

　　至若春和景明[16]，波瀾不驚；上下天光，一碧萬頃；沙鷗翔集，錦鱗游泳[17]；岸芷汀蘭[18]，郁郁青青[19]。而或長煙一空，皓月千里；浮光躍金，静影沉璧[20]；漁歌互答，此樂何極！登斯樓也，則有心曠神怡，寵辱偕忘[21]，把酒臨風，其喜洋洋者矣。

　　嗟夫！予嘗求古仁人之心，或異二者之爲。何哉？不以物喜，不以己悲[22]。居廟堂之高[23]，則憂其民；處江湖之遠，則憂其君。是進亦憂，退亦憂，然則何時而樂耶？其必曰“先天下之憂而憂，後天下之樂而樂”乎[24]？噫！微斯人[25]，吾誰與歸[26]？

　　時六年九月十五日。

《范文正公文集》卷八

【校注】

[1]慶曆四年：1044 年。慶曆，宋仁宗年號。　　　[2]“滕子京”句：滕子京名宗諒，河南（今河南洛陽）人，與范仲淹同年進士。因被誣私用公錢，由慶州（今甘肅慶陽）謫知岳州。《宋史》卷三〇三有傳。巴陵郡：南朝宋置，唐時改稱岳州（今湖南岳陽）。　　　[3]越明年：到第二年。越，經過。　　　[4]百廢具興：宋歐陽修《與滕待制》中亦稱其“求恤民瘼，宣佈詔條，去宿弊以便人，興無窮之長利”。具，同“俱”。　　　[5]制：規模。　　　[6]屬：同“囑”。　　　[7]“予觀”八句：寫洞庭湖之景。勝：美。銜：洞庭湖在湖南東北部，湖中小山甚多，故云。吞：湘中湘、資、沅、澧四水匯流於此，而後注入長江，故云。湯（shāng 傷）湯：水勢浩瀚貌。[8]“前人”句：前代詠岳陽樓者甚多，如唐李白有《與夏十二登岳陽樓》，杜甫有《登岳陽樓》等詩作。　　　[9]巫峽：長江三峽之一，橫跨重慶巫山和湖北巴東兩縣，全長四十餘公里。因位於岳陽西北，故曰“北通”。　　　[10]極：盡。瀟湘：古稱湘江爲瀟湘。湖南境内最大河流，發源於廣西興安海陽山，東北流經湖南永州、衡陽、湘潭、長沙入洞庭湖。湖南地區亦泛稱瀟湘。岳陽樓在湖南東北部，故稱“南極”。瀟，水清深貌。　　　[11]遷：貶謫，放逐。騷人：詩人。參王禹偁《黃州新建小竹樓記》注[23]。　　　[12]多：一作“都”。　　　[13]得無：能不。[14]霪（yín 銀）：久雨。霏霏：紛飛貌。　　　[15]薄暮：傍晚。薄，迫近。冥冥：昏暗不明貌。　　　[16]景：日光。　　　[17]錦鱗：色彩斑斕的魚。　　　[18]岸芷汀蘭：水邊花草。芷，香草，又名白芷、茝。汀，水邊小洲。　　　[19]郁郁：香氣勃發貌。漢司馬相如《上林賦》：“郁郁菲菲，眾香發越。”青（一音 jīng 精）青：草木茂盛

貌。《詩·衛風·淇澳》:"緑竹青青。"唐陸德明《經典釋文》:"本或作'菁菁',音同。"　　　[20]"浮光"二句:分寫月映水波及月沉水底。躍:一作"耀"。
[21]偕:一作"皆"。　　　[22]"不以"二句:宋周煇《清波雜志》卷四:"放臣逐客,一旦棄置遠外,其憂悲憔悴之歎發於詩什,特爲酸楚,極有不能自遣者。滕子京守巴陵,修岳陽樓。或贊其落成,答以'落甚成,衹待憑欄大慟數場'。閔己傷志,固君子所不免,亦豈至是哉!"故此二句或含規勸意。　　　[23]"居廟堂"句:指在朝做官。廟堂:指朝廷。　　　[24]乎:一作"歟"。　　　[25]微:非。　　　[26]誰與歸:歸向誰。《禮記·檀弓下》:"死者如可作(起)也,吾誰與歸?"與,助詞。歸,向往,宗仰。

【集評】

(宋)陳師道《後山詩話》:"范文正公爲《岳陽樓記》,用對語説時景,世以爲奇。尹師魯讀之曰:'《傳奇》體耳。'《傳奇》,唐裴鉶所著小説也。"

(宋)樓昉《崇古文訣》卷一六:"首尾布置與中間狀物之妙,不可及矣。然最妙處在臨了斷遣一轉語,乃知此老胸襟宇量,直與岳陽、洞庭同其廣大。"

(清)許寶善《自怡軒古文選》卷一〇:"一樓記耳,發出如許大議論、大道理,可悟古人動筆,總不爲無益之文。"

漁 家 傲

秋　　思

【題解】

宋仁宗康定元年(1040),范仲淹任陝西經略安撫副使兼知延州(今陝西延安)等地,守邊四載,以"塞下秋來"爲首句,作《漁家傲》數首,備述邊鎮"勞苦"(宋魏泰《東軒筆録》卷一一),存於今者惟此一首。詞寫邊地景象和戍邊心境,境界雄渾,氣象蒼凉,一反晚唐五代婉約嫵媚的詞風。

塞下秋來風景異[1],衡陽雁去無留意[2]。四面邊聲連角起[3]。千嶂裏,長煙落日孤城閉。　　　濁酒一杯家萬里,燕然未勒歸無計[4]。羌管悠悠霜滿地[5]。人不寐,將軍白髮征夫淚[6]。

《范文正公詩餘》

【校注】

[1]塞下:邊地險要處。 [2]"衡陽"句:衡陽(今屬湖南)城南有迴雁峰,相傳大雁南飛,至此遇春而迴轉。或曰峰勢如雁之迴(參清顧祖禹《讀史方輿紀要》卷八〇《湖廣六·衡州府》)。 [3]邊聲:邊地的聲音,如馬鳴風號之類。南朝梁蕭統《文選》卷四一漢李陵《答蘇武書》:"凉秋九月,塞外草衰。夜不能寐,側耳遠聽。胡笳互動,牧馬悲鳴。吟嘯成群,邊聲四起。晨坐聽之,不覺淚下。"漢蔡琰《胡笳十八拍》:"日暮風悲兮邊聲四起。"角:本爲樂器,後多用作軍號。

[4]燕(yān 煙)然:山名,即今蒙古人民共和國境内的杭愛山。《後漢書·竇憲傳》載,竇憲擊破北單于,登此山刻石勒功而還。勒:刻。 [5]羌管:即羌笛,原出古代西部民族羌族。 [6]將軍:自謂。范仲淹其時年逾五十,所謂"白髮",蓋紀實也。

【集評】

(清)先著、程洪《詞潔》卷二:"一幅絕塞圖,已包括於'長煙落日'十字中。唐人塞下詩最工最多,不意詞中復有此奇境。"

張　先

【作者簡介】

張先(990—1078),字子野,烏程(今浙江湖州)人。宋仁宗天聖八年(1030)進士。明道元年(1032)爲宿州掾。康定元年(1040)知吳江。皇祐二年(1050)辟都官通判,四年知渝州。嘉祐四年(1059)知虢州。宋英宗治平元年(1064)以都官郎中致仕。曾知安陸(今屬湖北),世號"張安陸"。以詞名,與柳永齊名而韻更勝。詞中善用"影"字,如"雲破月來花弄影"(《天仙子》)、"簾幕捲花影"(《歸朝歡》)、"墮輕絮無影"(《剪牡丹》),時人稱誦,號"張三影"(見宋陳師道《後山詩話》)。有《張子野詞》二卷。詞集又名《安陸詞》。

天 仙 子

時爲嘉禾小倅，以病眠，不赴府會。

【題解】

　　傷春怨別之作，風格閑雅優游。寫景出色，“雲破”一句尤爲人所激賞。嘉禾，五代時吳越置秀州，宋爲嘉禾郡，即今浙江嘉興。倅（cuì 翠），地方副職的統稱。張先時爲秀州判官，知州佐吏，掌文書。張先倅嘉禾事，夏承燾《張子野年譜》考定爲宋仁宗慶曆元年（1041）事，今人或以爲在慶曆三年（參吳熊和、沈松勤《張先集編年校注》）。詞題一本作“春恨”。

　　水調數聲持酒聽[1]。午醉醒來愁未醒[2]。送春春去幾時回？臨晚鏡。傷流景[3]。往事後期空記省[4]。　　　　沙上並禽池上暝[5]。雲破月來花弄影[6]。重重簾幕密遮燈，風不定。人初靜。明日落紅應滿徑。

《張子野詞》卷二

【校注】

[1]水調（diào 掉）：曲調名，傳爲隋煬帝製（見唐杜牧《揚州三首》之一“誰家唱《水調》，明月滿揚州”句下自注），唐人演爲大曲。大曲有散序、中序、入破三部分，中序第一章稱“歌頭”。　　　[2]醉：一作“睡”。　　　[3]流景：即今所謂“似水流年”。　　　[4]後期：對未來之事的約定。空記省：祇留在記憶中。　　　[5]並禽：指鴛鴦。鴛鴦雌雄相並，飛止相匹，故名。暝：幽暗，日暮。　　　[6]“雲破”句：唐劉瑤《暗別離》：“風動花枝月中影。”

【集評】

　　（清）沈祥龍《論詞隨筆·詞宜自然》：“詞以自然爲尚，自然者，不雕琢，不假借，不著色相，不落言詮也。古人名句，如‘梅子黃時雨’，‘雲破月來花弄影’，不外自然而已。”

　　王國維《人間詞話》卷上：“‘雲破月來花弄影’，著一‘弄’字，而境界全出矣。”

晏　殊

【作者簡介】

　　晏殊(991—1055),字同叔,臨川(今江西撫州)人。宋真宗景德二年(1005)賜同進士出身。大中祥符九年(1016)爲太常寺丞。天禧四年(1020)拜翰林學士。宋仁宗天聖三年(1025)遷樞密副使,五年知宋州。明道元年(1032)擢參知政事,二年知亳州。康定元年(1040)除知樞密院事。慶曆三年(1043)拜同中書門下平章事,四年出知潁州。謚元獻。歐陽修等一時名士皆出其門。詩文亡佚較多,詞名最著。承《花間》、南唐遺風,和婉明麗,雍榮華貴,所作不減馮延巳,有"北宋倚聲家初祖"(清馮煦《宋六十一家詞選例言》)之稱。有《珠玉詞》。《宋史》卷三一一有傳。

浣　溪　沙

【題解】

　　達官顯宦寫閑雅生活,傷時惜春的細微感受中蘊含着一定的理趣,頗耐咀嚼。

　　一曲新詞酒一杯[1]。去年天氣舊亭臺[2]。夕陽西下幾時迴？
無可奈何花落去,似曾相識燕歸來[3]。小園香徑獨徘徊。

《珠玉詞》

【校注】

[1]"一曲"句:唐白居易《長安道》:"艷歌一曲酒一杯。"　　[2]"去年"句:唐鄭谷《和知己秋日傷懷》:"流水歌聲共不回,去年天氣舊亭臺。"　　[3]"無可"二句:爲晏殊得意句,又見於其《假中示判官張寺丞王校勘》詩。

【集評】

　　(清)張宗橚《詞林紀事》卷三:"細玩'無可奈何'一聯,情致纏綿,音調諧婉,的是倚聲家語。若作七律,未免軟弱矣。"

　　(清)劉熙載《藝概·詞曲概》:"詞中句與字有似觸著者,所謂極鍊如不鍊也。晏元獻'無可奈何花落去'二句,觸著之句也。宋景文'紅杏枝頭春意鬧','鬧'字,觸著之字也。"

蝶　戀　花

【題解】

　　深秋懷遠,尋常題材,然與晚唐、五代同類作品相較,貴能化纖濃爲疏淡,傷感中見曠爽,格調高遠,境界遼闊。調一作"鵲踏枝"。本篇一作張先詞。

　　檻菊愁煙蘭泣露[1]。羅幕輕寒[2],燕子雙飛去。明月不諳離恨苦。斜光到曉穿朱戶。　　昨夜西風凋碧樹。獨上高樓,望盡天涯路。欲寄彩箋兼尺素[3]。山長水闊知何處。

《珠玉詞》

【校注】

[1]"檻(jiàn 見)菊"句:謂菊花煙氣籠罩,似乎含愁;蘭草露水沾溉,仿佛飲泣。晏殊《踏莎行》亦有"細草愁煙,幽花怯露"句。檻:欄杆。　　[2]羅幕:絲織的帷幕,富貴人家所用。借指屋內。羅,質地輕軟的絲織品。　　[3]箋:信箋。尺素:古時以尺絹書寫,後多指書信。素,白色生絹。

【集評】

　　(清)陳廷焯《詞則·大雅集卷二》:"纏綿悱惻,雅近正中。"

　　王國維《人間詞話》卷上:"《詩·蒹葭》一篇,最得風人深致。晏同叔之'昨夜西風凋碧樹,獨上高樓,望盡天涯路',意頗近之。但一灑落,一悲壯耳。"

宋　祁

【作者簡介】

　　宋祁(998—1061),字子京,開封雍丘(今河南杞縣)人。父僑寓安陸(今屬湖北),遂占籍。宋仁宗天聖二年(1024)進士。慶曆五年(1045)進龍圖閣學士、史館修撰。皇祐三年(1051)知亳州。嘉祐元年(1056)知成都府。與歐陽修同修《唐書》成,遷工部尚書。謚景文。善詩文,亦工詞,惜所存僅六首。有《宋景文集》六十二卷、《宋景文公長短句》一卷(趙萬里輯)。《宋史》卷二八四有傳。

玉　樓　春

春　　景

【題解】

　　初春泛舟,因景而生傷時憂生之感。"紅杏"句以"鬧"字撮出繁花爭艷之狀,遂成千古名句。題或爲後人所加。

　　東城漸覺風光好。縠皺波紋迎客棹[1]。綠楊煙外曉寒輕,紅杏枝頭春意鬧。　　浮生長恨歡娛少。肯愛千金輕一笑[2]。爲君持酒勸斜陽,且向花間留晚照[3]。

《唐宋諸賢絕妙詞選》卷三

【校注】

[1]縠(hú 胡):縐紗。此處形容波紋。棹(zhào 趙):船槳,代指船。　　[2]"肯愛"句:前人有"一笑千金買"(南齊王僧儒《詠寵姬詩》)、"一笑千萬金"(唐曹鄴《趙城懷古》)句,此襲其句,而易其意。肯:怎肯。　　[3]"且向"句:唐李商隱《寫意》:"日向花間留返照。"

【集評】

　　(清)李漁《窺詞管見》:"若紅杏之在枝頭,忽然加一'鬧'字,此語殊難著解。爭鬧有聲之謂鬧,桃李爭春則有之,紅杏鬧春,予實未之見也。鬧字可用,則吵字、鬪字、打字,皆可用矣……予謂'鬧'字極粗極俗,且聽不入耳,非但不可加於此句,並不當見之詩詞。"

　　王國維《人間詞話》卷上:"'紅杏枝頭春意鬧',著一'鬧'字,而境界全出。"

梅堯臣

【作者簡介】

　　梅堯臣(1002—1060),字聖俞,宣州宣城(又名宛陵,今屬安徽)人,人稱宛陵先生。宋仁宗天聖九年(1031)爲河南主簿。明道元年(1032)調河陽主簿,二年除德興令。景祐二年(1035)知建德縣。寶元二年(1039)知襄城縣。慶曆八年(1048)爲國子博士。皇祐三年(1051)賜同進士出身,爲太常博士。至和三年(1056)補國子監直講。嘉祐五年(1060)遷尚書都官員外郎。曾預修《唐書》。工詩,與歐陽修等多所唱和。覃思精微,深遠閒淡,被推爲宋詩"開山祖師"(宋劉克莊《後村詩話》前集卷二)。有《宛陵先生集》六十卷。《宋史》卷四四三有傳。

陶　　者

【題解】

　　宋仁宗景祐三年(1036)知建德(今安徽東至)時作。上繼《詩·魏風·碩鼠》,將勞而不獲者與不勞而獲者的生活與感情尖銳對立。同時人張俞有《蠶婦》詩:"昨日到城郭,歸來淚滿巾;遍身羅綺者,非是養蠶人。"兩相比較,梅詩字面不加褒貶,不帶感情,立場却鮮明地表現在其中。

　　陶盡門前土[1],屋上無片瓦。十指不霑泥,鱗鱗居大廈[2]。

　　　　　　　　　　　　　　　　　　　　　　　　《梅堯臣集編年校注》卷六

【校注】

[1]陶:製作陶器。此指燒瓦。　　　[2]鱗鱗:排列整齊貌。此指大廈之瓦。

【集評】

　　錢鍾書《宋詩選注》:"這是寫勞動人民辛苦産生的果實,全給剝削者掠奪去享受。漢代劉安《淮南子》卷十七《説林訓》裏有幾句類似諺語的話講到這種不合理的現象,也提及梅堯臣詩裏所説的燒瓦工人:'屠者藿羹,車者步行,陶人用缺盆,匠人處狹廬——爲者不得用,用者不肯爲。'可是這幾句衹是輕描淡寫,没有把'爲者'和'用者'雙方苦樂不均的情形對照起來,不像後來唐代一句諺語那樣襯托得鮮明:'赤腳人趁兔,著靴人吃肉'(慧明《五燈會元》卷十一延沼語録)。唐詩裏像孟郊《織婦詞》的'如何織紈素,自著藍縷衣',鄭谷《偶書》的'不會蒼蒼主何事,忍飢多是力耕人',于濆《辛苦行》(《全唐詩》題作《苦辛吟》)的'壟上扶犁兒,手種腹長飢;窗下擲梭女,手織身無衣',和杜荀鶴《蠶婦》的'年年道我蠶辛苦,底事渾身著苧麻',也都表示對這種現象的憤慨。梅堯臣這首詩用唐代那句諺語的對照方法,不加論斷,簡辣深刻。"

魯山山行

【題解】

　　宋仁宗康定元年(1040)知襄城(今屬河南)時作。詩寫魯山(今河南魯山東北,與襄城接壤)景致,屬對工穩,意境幽深。收尾二句,頗饒餘味。

　　適與野情愜[1],千山高復低。好峰隨處改,幽徑獨行迷。霜落熊升樹,林空鹿飲溪。人家在何許[2]?雲外一聲雞。

　　　　　　　　　　　　　　　　　　　　　　《梅堯臣集編年校注》卷一〇

【校注】

[1]野情:指愛好自然的稟性。　　　[2]許:處所。一作"處"。

【集評】

　　(宋)胡仔《苕溪漁隱叢話》後集卷二四:"聖俞詩工於平淡,自成一家……《山行》云:'人家在何許?雲外一聲雞。'……似此等句,須細味之,方見其用意也。"

　　(元)方回《瀛奎律髓》卷四:"聖俞此詩,尾句自然。'熊''鹿'一聯,人皆稱其工,然前聯尤幽而有味。"

歐陽修

【作者簡介】

　　歐陽修(1007—1072),字永叔,號醉翁,晚號六一居士,吉州永豐(今屬江西)人。宋仁宗天聖八年(1030)進士。景祐三年(1036)貶峽州夷陵令。慶曆元年(1041)遷集賢校理,三年知諫院,以右正言知制誥,五年貶知滁州,八年知揚州。皇祐元年(1049)知潁州,二年知應天府。至和元年(1054)入爲翰林學士。嘉祐五年(1060)拜樞密副使,六年遷參知政事,八年宋英宗即位,遷戶部侍郎。治平四年(1067)出知亳州。宋神宗熙寧元年(1068)知青州,三年知蔡州,四年以太子少師致仕。謚文忠。參與"慶曆新政",與宋祁等同修《唐書》。北宋詩文革新領袖,名列"唐宋八大家"。文備衆體,各極其工。詩宗李白、韓愈而力變之。詞承《花間》,而有清新之作。所著《六一詩話》爲文學史上首部詩話。在經學、史學、金石學上亦有顯著成就。有《歐陽文忠公集》一五三卷、《醉翁琴趣外篇》六卷等。《宋史》卷三一九有傳。

戲答元珍

【題解】

　　宋仁宗景祐三年(1036)十月,范仲淹因事觸忤宰相遭貶,司諫高若訥以爲當黜。歐陽修作《與高司諫書》責之,坐貶峽州夷陵(今湖北宜昌)令。詩寫謫居心境,作於次年早春。末二句强作寬解,然索莫凄清之情終不可掩。元珍,丁姓,名寶臣,時爲峽州軍事判官。一本題後有"花時久雨之什"六字,則元珍贈詩題當爲《花時久雨》。

　　春風疑不到天涯[1],二月山城未見花。殘雪壓枝猶有橘,凍雷驚筍欲抽芽[2]。夜聞歸雁生鄉思,病入新年感物華[3]。曾是洛陽花下客[4],野芳雖晚不須嗟。

《歐陽修全集》卷一一

【校注】

[1]天涯:喻夷陵之偏遠。歐陽修《夷陵縣至喜堂記》:"夷陵之僻,陸走荊門、襄陽至京師,二十有八驛;水道大江、絕淮抵汴東水門,五千五百有九十里,故爲吏者多

不欲遠來。”可知以“天涯”稱夷陵，實爲作者的真實感受。　　[2]“殘雪”二句：夷陵多竹、橘。歐陽修《夷陵書事寄謝三舍人》有“紫籜青林長蔽日，緑叢紅橘最宜秋”句，《初至夷陵答蘇子美見寄》有“野篁抽夏筍，叢橘長春條”句，《夷陵縣至喜堂記》亦謂其地“有橘柚茶筍四時之味，江山美秀”。凍雷：早春之雷。
[3]“夜聞”二句：歐陽修《初至夷陵答蘇子美見寄》有“物華雖可愛，鄉思獨無聊”語。歸雁：春至雁北飛。隋薛道衡《人日思歸》：“人歸落雁後，思發在花前。”物華：自然景物。“夜聞”七字，一作“鳥聲漸變知芳節”；“病入”四字，一作“人意無聊”。
[4]“曾是”句：宋仁宗天聖八年（1030）至景祐元年（1034），歐陽修曾任西京（洛陽）留守推官。花：指牡丹。歐陽修離西京留守推官任後作《洛陽牡丹記》，謂洛陽人不惜他花，惟重牡丹，“至牡丹，則不名，直曰花”。又有“目之所矚，已不勝其麗”之語。

【集評】

(宋)歐陽修《筆説・峽州詩説》：“‘春風疑不到天涯，二月山城未見花’。若無下句，則上句何堪？既見下句，則上句頗工。文意難評蓋如此也。”

陳衍《宋詩精華録》卷一：“結韻用高一層意自慰，又《黄溪夜泊》結韻云：‘行見江山且吟詠，不因遷謫豈能來。’亦是。”

踏 莎 行

【題解】

送別懷人之作。兩面着筆，上闋寫行人之離情，下闋寫居者之懷念。春水喻愁，春山騁望，意境深婉綿遠，情思濃郁柔厚。

候館梅殘[1]，溪橋柳細。草薰風暖搖征轡[2]。離愁漸遠漸無窮，迢迢不斷如春水。　　寸寸柔腸，盈盈粉淚。樓高莫近危欄倚[3]。平蕪盡處是春山[4]，行人更在春山外。

《歐陽修詞箋注》

【校注】

[1]候館：旅舍。《周禮・地官司徒》：“五十里有市，市有候館，候館有積。”漢鄭玄注：“樓可以觀望者也。”　　[2]“草薰”句：南朝梁江淹《別賦》：“閨中風暖，陌上

草薰。"薰:香草。此指草香。征:行。轡(pèi 配):馬繮。　　〔3〕危:高。
〔4〕平蕪:雜草茂盛的原野。蕪,叢生的野草。

【集評】

　　(明)王世貞《藝苑卮言》:"此淡語之有情者也。"(評末二句)

　　(清)王士禎《花草蒙拾》:"'平蕪盡處是春山,行人更在春山外。'升庵以擬石曼卿'水盡天不盡,人在天盡頭',未免河漢。蓋意盡而工拙懸殊,不啻霄壤。且此等入詞爲本色,入詩即失古雅。"

生 查 子

【題解】

　　詞以上下兩片作今昔對比,内容雖涉男女情事,卻無絲毫綺靡習氣,頗具重章複沓、清新真率的民歌風貌。本篇一作朱淑真、秦觀詞,非是。

　　　去年元夜時,花市燈如晝[1]。月到柳梢頭[2],人約黃昏後。
　　　今年元夜時,月與燈依舊[3]。不見去年人,淚滿春衫袖[4]。

《歐陽修詞箋注》

【校注】

〔1〕"去年"二句:隋唐以來有元宵放燈之習。唐蘇味道《正月十五夜》:"火樹銀花合,星橋鐵鎖開。"後周王仁裕《開元天寶遺事》卷四《百枝燈樹》:"韓國夫人置百枝燈樹,高八十尺,豎之高山上,元夜點之,百里皆見,光明奪月色也。"宋孟元老《東京夢華録》卷六《十六日》:"各以竹竿出燈球於半空,遠近高低,若飛星然。"元夜:又稱元夕、元宵、上元節、燈節,農曆正月十五日夜。花市:買賣鮮花之所,亦游樂之所。宋時花市甚盛,宋邵伯温《邵氏聞見録》卷一七:"(洛中)歲正月梅已花,二月桃李雜花盛,三月牡丹開。於花盛處作園圃,四方伎藝畢集,都人士女載酒争出,擇園亭勝地,上下池臺間引滿歌呼,不復問其主人。抵暮游花市,以筠籠賣花,雖貧者亦戴花飲酒相樂,故王平甫詩曰:'風暄翠幕春沽酒,露濕筠籠夜賣花。'"宋周邦彦《解語花·元宵》:"風銷焰蠟,露浥烘爐,花市光相射。桂華流瓦。纖雲散,耿耿素娥欲下。衣裳淡雅。看楚女、纖腰一把。簫鼓喧,人影參差,滿路飄香麝。
　　因念都城放夜。望千門如晝,嬉笑游冶。鈿車羅帕。相逢處,自有暗塵隨馬。

年光是也。惟祇見、舊情衰謝。清漏移,飛蓋歸來,從舞休歌罷。"宋劉昌詩《蘆浦筆記》卷十《鷓鴣天·上元詞》:"憶得當年全盛時。人情物態自熙熙。家家簾幕人歸晚,處處樓臺月上遲。　花市裏,使人迷。州東無暇看州西。都人祇到收燈夜,已向樽前約上池。"皆有助於理解歐詞。　　[2]到:一作"上"。　　[3]月與燈:一作"燈月仍"。　　[4]滿:一作"濕"。

【集評】

（明）徐士俊:"元曲之稱絕者,不過得此法。"(《古今詞統》卷三)

蝶戀花

【題解】

此詞寫閨情,意層深而語渾成,意境慘淡,詞旨深厚。庭深、樓高、亂紅飛過諸語,人多以爲有所寄託,而不止於傷春怨別。本篇一作馮延巳詞,今人多從之。然李清照認爲是歐陽修作(見其《臨江仙》詞序)。

庭院深深深幾許,楊柳堆煙[1],簾幕無重數。玉勒雕鞍游冶處[2],樓高不見章臺路[3]。　　雨橫風狂三月暮[4],門掩黃昏,無計留春住[5]。淚眼問花花不語[6],亂紅飛過鞦韆去[7]。

《歐陽修詞箋注》

【校注】

[1]楊柳堆煙:以煙狀柳,唐宋詩詞中常見。唐韓愈《早春呈水部張十八員外》:"最是一年春好處,絕勝煙柳滿皇都。"唐溫庭筠《菩薩蠻》:"江上柳如煙,雁飛殘月天。"　　[2]玉勒雕鞍:指華貴的車馬。勒,帶嚼口的馬絡頭。游冶:游蕩玩樂,多指聲色之娛。　　[3]章臺:漢長安西南街名。《漢書·張敞傳》:"敞無威儀,時罷朝會,過走馬章臺街,使御吏驅,自以便面拊馬。"後世遂以指妓院聚集、游客娛樂之地,以走馬章臺爲冶游之意。　　[4]橫(hèng 恒去聲):猛烈,粗暴。
[5]"無計"句:唐薛能《惜春》:"無計延春日,何能留少年。"　　[6]"淚眼"句:唐嚴惲《落花》:"盡日問花花不語,爲誰零落爲誰開?"　　[7]過:一作"入"。

【集評】

（清）黃蘇《蓼園詞選》：“通首詆斥，看來必有所指。第詞旨濃麗，即不明所指，自是一首好詞。”

王國維《人間詞話》卷上：“有有我之境，有無我之境。‘淚眼問花花不語，亂紅飛過鞦韆去。’‘可堪孤館閉春寒，杜鵑聲裏斜陽暮。’有我之境也。‘採菊東籬下，悠然見南山。’‘寒波澹澹起，白鳥悠悠下。’無我之境也。”

五代史伶官傳序

【題解】

　　文章有感於後唐莊宗李存勖得天下難而失之易的史實，以“盛衰”爲綫索，以“人事”爲主腦，借事論理，總結出“憂勞可以興國，逸豫可以亡身”及“禍患常積於忽微，而智勇多困於所溺”的教訓以戒惕時事。文脈抑揚起伏而又環環相扣，尺幅短章中多具縈迴不盡之態，人多以爲得司馬遷之精髓。《五代史》，指《新五代史》，歐陽修撰。伶官，樂官。

　　嗚呼[1]，盛衰之理，雖曰天命[2]，豈非人事哉[3]。原莊宗之所以得天下[4]，與其所以失之者，可以知之矣。

　　世言晉王之將終也[5]，以三矢賜莊宗，而告之曰：“梁，吾仇也[6]。燕王吾所立[7]，契丹與吾約爲兄弟[8]，而皆背晉以歸梁[9]。此三者，吾遺恨也。與爾三矢，爾其無忘乃父之志。”莊宗受而藏之於廟[10]。其後用兵，則遣從事以一少牢告廟[11]，請其矢，盛以錦囊，負而前驅，及凱旋而納之。

　　方其係燕父子以組[12]，函梁君臣之首，入於太廟[13]，還矢先王而告以成功，其意氣之盛，可謂壯哉！及仇讎已滅[14]，天下已定，一夫夜呼，亂者四應[15]，蒼皇東出[16]，未及見賊，而士卒離散，君臣相顧，不知所歸，至於誓天斷髮，泣下沾襟[17]，何其衰也！豈得之難而失之易歟？抑本其成敗之跡而皆自於人歟？《書》曰：“滿招損，謙得益。”[18]憂勞可以興國，逸豫可以亡身[19]，自然之理也。故方其盛也，舉天下之豪傑莫能與之爭[20]。及其衰也，數十伶人困之，而身死國滅[21]，爲天下笑。

夫禍患常積於忽微[22]，而智勇多困於所溺，豈獨伶人也哉！作《伶官傳》。

【校注】

[1]嗚呼：歐陽發（修子）等著《先公事跡》：“其於《五代史》尤所留心，褒貶善惡，爲法精密，發論必以‘嗚呼’，曰‘此亂世之書也’。”　　[2]“盛衰”二句：古人認爲國家治亂由於天命。三國魏李康《運命論》：“夫治亂，運也；窮達，命也。”　　[3]人事：人的作爲。　　[4]原：推究。莊宗：後唐創立者李存勖，沙陀部人，原姓朱邪，唐懿宗賜其祖父李姓（參《新五代史·唐本紀四》）。在位僅三年（923—925）。

[5]晉王：指存勖父克用。唐末割據今山西一帶，封晉王。　　[6]“梁”二句：據《新五代史·唐本紀四》，克用與朱溫本同爲鎮壓黃巢起義的軍閥，後克用軍過開封時爲朱溫偷襲幾死，從而結下深仇。梁，指後梁太祖朱溫（唐賜名全忠）。

[7]“燕王”句：據《新五代史·雜傳第二十七》，燕軍將劉仁恭攻幽州，曾得克用之助。克用並以之爲幽州留後，請命於唐，拜其爲檢校司空、盧龍軍節度使。燕王：據《舊五代史·梁書·太祖紀四》，朱溫於開平三年（909）封仁恭子守光爲燕王。然其事在克用死（908）後，克用不得預稱其爲“燕王”。此當指仁恭，《新五代史·唐本紀四》：“燕王劉仁恭來乞師。”　　[8]“契丹”句：據《新五代史·四夷附録一》，耶律阿保機曾與克用握手約爲兄弟，互贈禮物，期共舉兵擊梁。契丹：耶律阿保機所建，後改國號爲遼。　　[9]“而皆”句：仁恭後叛克用，大敗克用（見《舊五代史·梁書·太祖紀四》）。又，契丹後背約，轉與梁結盟，約共舉兵滅晉（見《新五代史·四夷附録一》）。　　[10]廟：供祀祖宗的屋舍。　　[11]從事：官名，州郡之佐吏。此指屬官。少牢：用牛、羊、豕三牲祭祀，稱太牢。單用羊、豕稱少牢。後亦專以羊爲少牢。告廟：古時天子或諸侯遇有重大事件而祭告祖廟。

[12]“方其”句：據《舊五代史·唐書·莊宗紀二》，天祐十年（913）十一月，存勖親征仁恭、守光，次年正月俘獲二人，誅守光，刺仁恭心血奠告於克用陵，然後斬之。組：絲帶。此指繩索。　　[13]“函梁”二句：據《舊五代史·梁書·末帝紀下》，龍德三年（923）十月，後梁末帝朱友貞爲存勖軍所圍，友貞知其與晉人世仇，不願落仇人之手，故命其屬臣皇甫麟盡其性命。麟不忍，舉刀將自刎，帝持之，相對大慟。麟終進刃於建國樓之廊下。存勖聞而感歎，詔收葬之，藏其首於太廟。函：用木匣封裝。太廟：天子的祖廟。　　[14]仇讎：仇敵。　　[15]“一夫”二句：據《舊五代史·唐書·莊宗紀八》，同光四年（926）二月，軍士皇甫暉等因博戲不勝作亂，隨後各州郡將士相繼叛亂者多人。一夫：指皇甫暉。　　[16]“蒼皇”句：據

《舊五代史·唐書·莊宗紀八》，同光四年三月，存勖自京師洛陽東行，避亂汴州（今河南開封）。　　[17]"未及"六句：據《舊五代史·唐書·莊宗紀八》，存勖從駕兵二萬五千，行至汜水（今河南滎陽），已失萬餘騎。自汴州還時，存勖置酒野次，悲啼不樂。行營招討使元行欽等百餘人援刀截髮，置髻於地，自誓立功，以報國恩，上下無不悲號。　　[18]"滿招損"二句：見《尚書·虞書·大禹謨》，然得字原作"受"。　　[19]逸豫：舒適。　　[20]舉：全部，所有。　　[21]"數十"二句：據《新五代史·伶官傳》，存勖好俳優，善音律，能度曲。常與俳優雜戲於庭，伶人每得重用。優人郭從謙爲從馬直（皇帝親軍）指揮使，因手下謀亂被誅，遂叛。存勖擊殺數十百人，終爲流矢所中，傷重而亡。國滅，存勖養子嗣源趁亂佔領汴州，存勖死後又入洛稱帝（即後唐明宗，參《新五代史·唐本紀六》、《新五代史·伶官傳》）。因其本非存勖親子，故稱"國滅"。　　[22]忽微：本爲極小的度量單位，亦指極細小的事物。

【集評】

（清）劉大櫆："跌宕遒逸，風神絕似史遷。"（清姚鼐《古文辭類纂》卷八引）

（清）許寶善《自怡軒古文選》卷九："叙其得處，如見莊宗當日雄心無敵一世；叙其失處，如見英雄末路索然氣盡。茅鹿門歎爲千年絕調，洵然。"

醉翁亭記

【題解】

慶曆五年（1045）十月，歐陽修因支持范仲淹、韓琦等的"慶曆新政"，得罪權貴，貶知滁州（今屬安徽）。本文作於次年，在寄情山水、與民同樂的興致中透露出文人雅士的優越感，也透露出遭受打擊後的頹唐情緒。文章行筆優游，感情醇厚。醉翁亭，滁州山僧智仙所建，名則歐陽修所取。

環滁皆山也[1]。其西南諸峰，林壑尤美，望之蔚然而深秀者，琅琊也[2]。山行六七里，漸聞水聲潺潺，而瀉出於兩峰之間者，釀泉也[3]。峰迴路轉[4]，有亭翼然臨於泉上者[5]，醉翁亭也。作亭者誰？山之僧曰智仙也[6]。名之者誰？太守自謂也[7]。太守與客來飲於此，飲少輒醉，而年又最高，故自號曰"醉翁"也[8]。醉翁之意不在酒，在乎山水之間也。山水之樂，得之心而寓之酒也。

　　若夫日出而林霏開^[9]，雲歸而巖穴暝，晦明變化者，山間之朝暮也。野芳發而幽香，佳木秀而繁陰^[10]，風霜高潔，水清而石出者^[11]，山間之四時也。朝而往，暮而歸，四時之景不同，而樂亦無窮也。

　　至於負者歌於塗，行者休於樹，前者呼，後者應，傴僂提攜^[12]，往來而不絕者，滁人游也。臨溪而漁，溪深而魚肥；釀泉爲酒，泉香而酒洌^[13]；山肴野蔌^[14]，雜然而前陳者，太守宴也。宴酣之樂，非絲非竹^[15]，射者中^[16]，弈者勝，觥籌交錯^[17]，起坐而喧嘩者，衆賓歡也。蒼顏白髮，頹然乎其間者，太守醉也。

　　已而夕陽在山，人影散亂，太守歸而賓客從也。樹林陰翳^[18]，鳴聲上下，游人去而禽鳥樂也。然而禽鳥知山林之樂，而不知人之樂；人知從太守游而樂，而不知太守之樂其樂也。醉能同其樂，醒能述以文者，太守也。太守謂誰？廬陵歐陽修也^[19]。

《歐陽修全集》卷三九

【校注】

[1]"環滁"句：宋朱熹《朱子語類》卷一三九："歐公文，亦多是修改到妙處。頃有人買得他《醉翁亭記》稿，初說滁州四面有山，凡數十字。末後改定，祗曰'環滁皆山也'五字而已。"　　[2]琅玡：山名，在滁州西南。　　[3]釀泉：在醉翁亭東南。泉清可釀酒。　　[4]迴：彎轉。　　[5]翼然：鳥展翅狀。　　[6]智仙：琅玡寺僧。　　[7]太守：漢時一郡最高行政長官名。隋唐後郡改州或府，隋唐時相應官名爲刺史，宋爲知州、知府，但仍常襲用太守之名。　　[8]"而年"二句：歐陽修時年四十，自號醉翁，有嘲戲意。其《贈沈遵》云："我時四十猶强力，自號醉翁聊戲客。"又《贈沈博士歌》："我昔被謫居滁山，名雖爲翁實少年。"　　[9]霏：雲氣。[10]秀：茂盛。　　[11]清：一作"渭"，又作"落"。　　[12]傴（yǔ 雨）僂（lǚ呂）：駝背，此指老人。提攜：牽扶。多用於小孩或晚輩。　　[13]洌（liè 列）：清醇。此句一作"泉洌而酒香"。　　[14]肴：葷菜。蔌（sù 素）：蔬菜。[15]"宴酣"二句：古時常於宴飲間置樂佐歡，故云。歐陽修《題滁州醉翁亭》："但愛亭下水，來從亂峰間。聲如自空落，瀉向兩簷前。流入巖下溪，幽泉助涓涓。響不亂人語，其清非管絃。豈不美絲竹，絲竹不勝繁。所以屢攜酒，遠步就潺湲。"又《贈沈遵》："翁歡不待絲與竹，把酒終日聽泉聲。"絲、竹：絃樂與管樂。[16]射：飲宴時的游戲，即投壺。兩人相對，中置一壺，投矢壺中，多者爲勝，負者罰酒。　　[17]觥（gōng 工）：盛酒器，獸角製成，多作獸頭形。籌：行酒令時計勝

負的籌碼。　　　［18］翳（yì 義）：遮蔽。　　　［19］廬陵：今江西吉安。按,吉安實爲歐陽修祖籍,自其曾祖起遷居永豐,故其《石本歐陽氏譜圖序》云:"今譜雖著廬陵,而實爲吉州永豐人也。"

【集評】

（宋）費袞《梁谿漫志》卷六:"文字中用語助太多,或令文氣卑弱……然後之文人,多因難以見巧。退之《祭十二郎老成》文一篇,大率皆用助語……其後歐陽公作《醉翁亭記》繼之,又特盡紆徐不迫之態。二公固以爲游戲,然非大手筆不能也。"

（明）茅坤《唐宋八大家文鈔》卷四九:"文中之畫。昔人讀此文,謂如游幽泉邃石,入一層,纔見一層。路不窮,興亦不窮。讀已,令人神骨翛然長往矣。此是文章中洞天也。"

秋 聲 賦

【題解】

此賦作於宋仁宗嘉祐四年（1059）,寫抽象之秋聲似見若聞,寫悲秋之感慨飽滿充分。主客問答,通篇用韻,而結構與句式進一步散文化和自由化,是宋代文賦的出色代表。

歐陽子方夜讀書,聞有聲自西南來者,悚然而聽之曰[1]:異哉!初淅瀝以蕭颯[2],忽奔騰而砰湃;如波濤夜驚,風雨驟至。其觸於物也,鏦鏦錚錚[3],金鐵皆鳴;又如赴敵之兵,銜枚疾走[4],不聞號令,但聞人馬之行聲。

余謂童子:"此何聲也?汝出視之。"童子曰:"星月皎潔,明河在天[5]。四無人聲,聲在樹間。"

余曰:"噫嘻,悲哉!此秋聲也,胡爲而來哉?蓋夫秋之爲狀也:其色慘淡,煙霏雲歛;其容清明,天高日晶;其氣栗冽,砭人肌骨;其意蕭條,山川寂寥[6]。故其爲聲也,淒淒切切,呼號憤發。豐草綠縟而爭茂,佳木蔥籠而可悅;草拂之而色變,木遭之而葉脱。其所以摧敗零落者,乃其一氣之餘烈[7]。夫秋,刑官也[8],於時爲陰[9];又兵象也[10],於行爲金[11]。是謂天地之義氣[12],常以肅殺而爲心[13]。天之於物[14]，春生秋實。故其在樂也，商聲主西方之音[15]，夷則爲七月之律[16]。商，傷也[17]，物既老而悲傷；夷，戮也，物過盛而當殺。嗟乎！草木無情，有時飄零。人爲動物，惟物之靈[18]。百憂感其心，萬事勞其形。有動於中，必搖其精[19]。而況思其力之所不及，憂其智之所不能；宜其渥然丹者爲槁木[20]，黟然黑者爲星星[21]。奈何以非金石之質，欲與草木而爭榮？念誰爲之戕賊，亦何恨乎秋聲！"

童子莫對，垂頭而睡。但聞四壁蟲聲唧唧，如助余之歎息。

《歐陽修全集》卷一五

【校注】

[1]悚（sǒng 聳）然：驚懼貌。　　　[2]以：而。　　　[3]鏦（cōng 匆）鏦錚錚：金屬相擊聲。　　　[4]銜枚：行軍時口中含枚（狀如筷子），以防出聲。　　　[5]明河：銀河。　　　[6]"蓋夫"九句：化用戰國宋玉《九辯》："悲哉，秋之爲氣也！蕭瑟兮草木搖落而變衰，憭慄兮若在遠行，登山臨水兮送將歸，泬寥兮天高而氣清，寂寥兮收潦而水清。"栗冽：寒冷貌。砭：石針。此處意爲刺。　　　[7]一氣：指秋氣。烈：威力。　　　[8]"夫秋"二句：周朝以天、地、春、夏、秋、冬之名命官（即六卿），司寇爲秋官，掌刑獄（見《周禮·秋官司寇》）。《禮記·月令第六》記孟秋之月："命有司修法制，繕囹圄，具桎梏，禁止姦，慎罪邪，務搏執。命理瞻傷，察創，視折，審斷。決獄訟，必端平。戮有罪，嚴斷刑。"　　　[9]"於時"句：古以陰陽配合四時，春夏屬陽，秋冬爲陰。《漢書·律曆志上》："春爲陽中，萬物以生。秋爲陰中，萬物以成。"　　　[10]"又兵"句：古代秋季征伐或練兵。《禮記·月令》記孟秋之月，"天子乃命將帥，選士厲兵，簡練桀俊，專任有功，以征不義。詰誅暴慢，以明好惡，順彼遠方"。《漢書·刑法志》："秋治兵以獮。"唐顏師古注："治兵，觀威武也。獮（秋獵），應殺氣也。"　　　[11]"於行"句：古以木、火、金、水分配春、夏、秋、冬，秋屬金。《禮記·月令》："先立秋三日，大史謁之天子曰：'某日立秋，盛德在金。'"行：指五行，古稱構成各種特質的五種元素，即木、火、土、金、水。
[12]義氣：剛正之氣。《禮記·鄉飲酒義》："天地嚴凝之氣，始於西南而盛於西北，此天地之尊嚴氣也，此天地之義氣也。"　　　[13]蕭殺：秋氣嚴酷蕭瑟貌。《禮記·月令》記孟秋之月："天地始肅，不可以贏（懈）。"《漢書·禮樂志》："秋氣蕭殺。"
[14]天之於物：一本句前有"大哉"二字。　　　[15]"商聲"句：古以角、徵、商、羽配春、夏、秋、冬，秋屬商（見《禮記·月令》）。商：五聲（古代五聲音階的五個音級）之一。古又以東、南、西、北分配春、夏、秋、冬，秋屬西方（見《漢書·五行志中

之上》）。　　　[16]"夷則"句:古以十二樂律(依《周禮·春官宗伯》,爲黄鍾、大
簇、姑洗、蕤賓、夷則、無射、大吕、應鍾、南吕、函鍾、小吕、夾鍾)分配十二月,七月
(孟秋之月,秋天三月之首月)爲夷則。夷則:《史記·律書》:"言陰氣之賊萬物
也。"唐張守節《正義》引《白虎通》:"夷,傷也。則,法也。言萬物始傷,被刑法
也。"　　　[17]商,傷也:此爲歐陽修隨文所作的聲訓,並無訓詁學依據。
[18]"人爲"二句:《尚書·周書·泰誓》:"惟人萬物之靈。"歐陽修《贈學者》亦云:
"人稟天地氣,乃物中最靈。"二句一作"人惟動物,爲物之靈"。　　　[19]"百憂"
四句:反用《莊子·在宥》:"必静必清,無勞女形,無摇女精,乃可以長生。"
[20]"宜其"句:謂色衰。渥然丹者:《詩·秦風·終南》:"顔如渥丹。"渥,潤澤。
丹,硃砂。槁木:《莊子·齊物論》:"形固可使如槁木。"　　　[21]"黝(yǒu 有)然"
句:謂髮白。黝:黑。一作"黟"。星星:斑白貌。晉左思《白髮賦》:"星星白髮,生
於鬢垂。"

【集評】

(宋)樓昉《崇古文訣》卷一八:"模寫之工,轉折之妙,悲壯頓挫,無一字塵浣。"

(清)吴楚材、吴調侯《古文觀止》卷一〇:"秋聲,無形者也,卻寫得形色宛然,變
態百出。末歸於人之憂勞,自少至老,猶物之受變,自春而秋。凜乎悲秋之意,溢於
言表。結尾蟲聲唧唧,亦是從聲上發揮,絕妙點綴。"

瀧岡阡表

【題解】

歐陽修爲其父所撰碑文,宋神宗熙寧三年(1070)知青州(今屬山東)時作。墓
表多記死者豐功偉績,本篇突破陳規,不顯揚碑主功績,甚至不正面敍述碑主事跡,
僅轉述聞于母親者一二事,而父親存心之仁,母親誨言之善,作者對亡父母之感激懷
念,千古如見。文章不事鋪陳,不施藻飾,情意真切,人多比諸韓愈《祭十二郎文》。
然文中揚名顯親及善惡必報的觀念甚濃,今日讀之,難免格格不入之感。瀧
(shuāng 雙)岡,在歐陽修家鄉江西永豐縣沙溪南鳳凰山。阡(qiān 千)表,墓表,又
稱墓碑。樹於墓前或墓道,以表彰死者。

嗚呼!惟我皇考崇公卜吉於瀧岡之六十年[1],其子修始克表於
其阡。非敢緩也,蓋有待也[2]。

　　修不幸,生四歲而孤[3]。太夫人守節自誓[4],居窮,自力於衣食,以長以教[5],俾至於成人。太夫人告之曰[6]:"汝父爲吏廉,而好施與,喜賓客。其俸禄雖薄,常不使有餘,曰'毋以是爲我累'。故其亡也,無一瓦之覆,一壟之植[7],以庇而爲生。吾何恃而能自守邪?吾於汝父,知其一二,以有待於汝也[8]。自吾爲汝家婦,不及事吾姑[9],然知汝父之能養也[10]。汝孤而幼,吾不能知汝之必有立[11],然知汝父之必將有後也[12]。

【校注】

[1]"惟我"句:宋真宗大中祥符四年(1011),歐陽修父觀葬於瀧岡,至作此文,整六十年。惟:發語詞,無義。皇考:父死稱考。皇,對先代的尊稱。崇公:修父觀,字仲賓,宋神宗時追封崇國公。卜吉:選擇吉祥之地安葬。　　[2]"非敢"二句:高官可追封祖先三代,並隨職位昇遷不斷提高贈封。有待:意即等待朝廷的贈封。[3]孤:《孟子·梁惠王》:"幼而無父曰孤。"按,修父卒於宋真宗大中祥符三年(1010)。　　[4]太夫人:歐陽修母鄭氏。守節:指不再嫁。　　[5]"以長"句:宋蘇轍《歐陽文忠公神道碑》謂修母"親教公讀書,家貧,至以荻畫地學書"。長:撫育。　　[6]之:歐陽修自指。　　[7]植:一作"殖",又作"埴"。　　[8]"吾於"三句:意謂爲善者必有報,故待修之長成。一二:指下文所述孝敬母親、以情聽獄等事。　　[9]"不及"句:指婆婆已死。姑:丈夫的母親。　　[10]養:盡孝道。《禮記·祭義》引曾子:"孝有三,大孝尊親,其次弗辱,其下能養。"　　[11]有立:有成就。　　[12]有後:指子孫能光耀門楣。

　　吾之始歸也[1],汝父免於母喪方逾年[2],歲時祭祀,則必涕泣曰:'祭而豐不如養之薄也。'[3]間御酒食[4],則又涕泣曰:'昔常不足[5],而今有餘。其何及也!'吾始一二見之[6],以爲新免於喪適然耳[7]。既而其後常然,至其終身未嘗不然。吾雖不及事姑,而以此知汝父之能養也。

【校注】

[1]歸:出嫁。　　[2]免於母喪:指母死守孝三年期滿。　　[3]"祭而豐"句:《韓詩外傳》卷七引曾子:"往而不可還者親也,至而不可加者年也。是故孝子欲養

而親不待也,木欲直而時不待也。是故椎牛而祭墓,不如雞豚逮親存也。”
[4]間:偶爾。御:食用。　　[5]常:一作“吾”。　　[6]吾始:一作“始吾”。
[7]適然:偶然。

　　汝父爲吏,嘗夜燭治官書[1],屢廢而歎。吾問之,則曰:‘此死獄
也,我求其生不得爾。’[2]吾曰:‘生可求乎?’曰:‘求其生而不得,則死
者與我皆無恨也。矧求而有得邪?以其有得[3],則知不求而死者有
恨也。夫常求其生,猶失之死;而世常求其死也[4]。’回顧乳者劍汝而
立於旁[5],因指而歎曰:‘術者謂我歲行在戌將死[6],使其言然,吾不
及見兒之立也,後當以我語告之。’其平居教他子弟常用此語[7],吾耳
熟焉,故能詳也。其施於外事,吾不能知。其居於家無所矜飾[8],而
所爲如此,是真發於中者邪。嗚呼!其心厚於仁者邪,此吾知汝父之
必將有後也。汝其勉之!夫養不必豐,要於孝;利雖不得博於物[9],
要其心之厚於仁。吾不能教汝,此汝父之志也。”修泣而志之,不敢
忘。

【校注】

[1]治:審理。官書:文書,此指案件。歐陽觀曾任推官,負責獄事。　　[2]死獄:
死刑案件。　　[3]有:一作“求而”。　　[4]“而世”句:《漢書·刑法志》引孔子
曰:“今之聽獄者,求所以殺之;古之聽獄者,求所以生之。”世:一作“況”。
[5]乳者:奶媽。劍:挾。一作“抱”。　　[6]術者:占卜算命之流。歲行在戌:古
以干支紀年,歲星經行在戌年。按,修父卒於大中祥符三年(1010),歲在庚戌。
[7]平居:平時。　　[8]矜飾:誇耀裝飾,裝模作樣。　　[9]博:普遍,散播。一
作“溥”。物:人。

　　先公少孤力學,咸平三年進士及第[1],爲道州判官[2],泗、綿二州
推官[3],又爲泰州判官[4],享年五十有九,葬沙溪之瀧岡[5]。太夫人
姓鄭氏,考諱德儀[6],世爲江南名族。太夫人恭儉仁愛而有禮,初封
福昌縣太君[7],進封樂安、安康、彭城三郡太君[8]。自其家少微時,治
其家以儉約,其後常不使過之,曰:“吾兒不能苟合於世,儉薄所以居
患難也。”其後修貶夷陵[9],太夫人言笑自若,曰:“汝家故貧賤也[10],

吾處之有素矣[11]。汝能安之,吾亦安矣。"

【校注】

[1]咸平三年:公元 1000 年。咸平爲宋真宗年號。進士:宋代取士科目之一。及第:應試中選。　　[2]道州:治所在今湖南道縣。判官:州郡長官的僚屬。
[3]泗、綿二州:治所分別在今安徽泗縣、四川綿陽。推官:州、府屬官。　　[4]泰州:治所在今江蘇泰州。　　[5]沙溪:在今江西永豐鳳凰山北。　　[6]諱:死者之名稱諱。　　[7]福昌:今河南宜陽。太君:官員母親的封號。宋時僚臣視其官階高低,其母親封國太夫人、郡太夫人、郡太君、縣太君(見《宋史·職官志十》)。
[8]樂安:治所在今山東博興。安康:今陝西石泉。彭城:今江蘇徐州。　　[9]貶夷陵:參《戲答元珍》題解。按,其時修母同往夷陵。　　[10]故:本來。
[11]處之有素:習慣於某種狀態。

　　自先公之亡二十年,修始得禄而養[1]。又十有二年,列官於朝,始得贈封其親[2]。又十年,修爲龍圖閣直學士、尚書吏部郎中,留守南京[3]。太夫人以疾終於官舍[4],享年七十有二。又八年,修以非才,入副樞密[5],遂參政事[6],又七年而罷[7]。自登二府[8],天子推恩[9],襃其三世[10],故自嘉祐以來,逢國大慶[11],必加寵錫[12]。皇曾祖府君累贈金紫光禄大夫、太師、中書令[13],曾祖妣累封楚國太夫人[14]。皇祖府君累贈金紫光禄大夫、太師、中書令兼尚書令[15],祖妣累封吳國太夫人[16]。皇考崇公累贈金紫光禄大夫、太師、中書令兼尚書令,皇妣累封越國太夫人。今上初郊[17],皇考賜爵爲崇國公[18],太夫人進號魏國[19]。

【校注】

[1]"自先公"二句:宋仁宗天聖八年(1030)三月,歐陽修進士及第,五月授將仕郎、試秘書省校書郎、充西京留守推官。　　[2]"又十有"三句:宋仁宗慶曆元年(1041),修攝太常博士,加騎都尉,改集賢校理。其官職始可得朝廷封贈祖先。
[3]"又十年"三句:事在宋仁宗皇祐二年(1050)。龍圖閣直學士:言語侍從之臣,置以備顧問。人以得之爲榮,選擇甚精。尚書吏部郎中:吏部郎中爲文臣遷轉官階,屬尚書省。一本無"尚書"二字。留守南京:全名爲知南京留守司事,由知府兼任,掌京城守衛等事。南京,即應天府,治所在今河南商丘。　　[4]"太夫人"句:

修母鄭氏卒於皇祐四年(1052)。　　　[5]"又八年"三句:事在宋仁宗嘉祐五年(1060)。副樞密:即樞密副使,樞密使副佐,協理樞密院事。　　　[6]參政事:即任參知政事,中書門下職事官名,爲副宰相之職。事在嘉祐六年。　　　[7]"又七年"句:事在宋英宗治平四年(1067)。　　　[8]登二府:指任樞密副使及參知政事。二府,指中書門下與樞密院,分別爲國家最高政事與軍事機構。　　　[9]推恩:施恩惠。　　　[10]褒其三世:指贈封其曾祖、祖、父母。　　　[11]大慶:指祭祀天地、册封后妃、立太子等。　　　[12]寵錫:恩賜。　　　[13]曾祖:修曾祖名郴。府君:對先祖的尊稱。累(lěi壘)贈:陸續封贈諸多官爵,最後的封贈稱累贈。下"累封"同。金紫光禄大夫:文散官(有官名而無固定職事)。太師:虛銜,係宰相、使相等的加官。中書令:加官名,不與政事。三字下一本有"兼尚書令"四字。[14]曾祖妣:修曾祖母劉姓。妣,曾祖母及以上的女性祖先。國太夫人:爲宰相、使相等母親、祖母及曾祖母的封贈。　　　[15]皇祖:修祖父名偃。尚書令:加官、贈官名,不預政事。　　　[16]祖妣:修祖母李氏。　　　[17]今上:指宋神宗趙頊。郊:帝王祭天。宋神宗初郊事在熙寧元年(1068)十一月。郊祀爲一國之大典,皇帝多於此時贈封臣屬。　　　[18]國公:僅次於王的封爵。宋代異姓極少封王。[19]魏:一作"韓"。

　　於是小子修泣而言曰:嗚呼!爲善無不報,而遲速有時,此理之常也[1]。惟我祖考積善成德,宜享其隆。雖不克有於其躬,而賜爵受封,顯榮褒大,實有三朝之錫命[2],是足以表見於後世,而庇賴其子孫矣[3]。乃列其世譜,具刻於碑。既又載我皇考崇公之遺訓,太夫人之所以教而有待於修者,並揭於阡[4],俾知夫小子修之德薄能鮮,遭世竊位[5],而幸全大節,不辱其先者,其來有自。

　　熙寧三年歲次庚戌四月辛酉朔十有五日乙亥[6],男推誠保德崇仁翊戴功臣、觀文殿學士、特進、行兵部尚書、知青州軍州事、兼管内勸農使、充京東東路安撫使、上柱國、樂安郡開國公、食邑四千三百户、食實封一千二百户,修表[7]。

《歐陽修全集》卷二五

【校注】

[1]"爲善"三句:歐陽修《孫氏碑陰記》:"爲善之效無不報,然其遲速不必問也。故不在身者,則在其子孫。或晦於當時者,必顯於後世。"　　　[2]三朝:宋仁宗、英

宗、神宗。　　　[3]庇賴：庇護。　　　　[4]揭：標識，此指銘記。　　　　[5]遭世竊位：
遇逢良世，盜取官位。謙詞。世，一作“時”。　　　　[6]“熙寧”句：交待作文時間。
歲次：每年歲星所值星次與其干支。熙寧三年（1070）爲庚戌年。朔：農曆每月初
一。古以干支紀日，在每月初一的干支下加朔字，以便推算。庚戌年四月初一爲
辛酉，十五日爲乙亥。月下繫朔日爲漢以後墓碑通例。　　　　[7]“男推誠”句：是歐
陽修當時擁有的全部封號、官銜和官爵。男：兒子對父母的自稱。保德崇仁翊戴
功臣：封號。觀文殿學士：任樞密使、知樞密院事等官員外調時所帶官。特進：散
官。事均在宋英宗治平二年（1065）。行：官階高而所任職低者稱行。兵部尚書：
文臣遷轉寄禄官名，正三品，而觀文殿學士爲從二品，故曰行。知青州軍州事：即
青州（今屬山東）知州。知州爲一州之長。勸農使：州官兼任之職。充：擔任。京
東東路：轄今山東東部和中部。路爲宋代行政區域名。安撫使：一路帥臣，掌撫綏
民衆，察治盜賊等事。上柱國：北宋勳級中最高等級。開國公：爵位名，北宋十二
等爵之第五等。食邑：封地。收其賦税而食，故名。食實封：受封爵並可實際享用
封户租税。宋制，食邑自二百户至一萬户，食實封自一百户至一千户，或可特加
（見《宋史·職官志十》）。按，食邑制度起自周朝，至唐宋時已有名無實，成爲宗室
或顯宦的榮譽性加銜。

【集評】

　　（清）蔡世遠《古文雅正》卷一〇：“忠孝之文，起人歌泣。余每讀《出師表》及
《瀧岡阡表》，未嘗不涕泫泫下也。”

　　林紓《林紓選評古文辭類纂》卷八：“此至文也……蓋不能以文字目之，當以一
團血性説話目之，而説話中又在在有文法……凡大家之文，自性情中流出者，不用文
法剪裁，而自然成爲文法。以手腕隨性情而行，所以特立千古，如此篇是也。”

蘇舜欽

【作者簡介】

　　蘇舜欽（1008—1049），字子美，梓州桐山（今四川中江東南）人，生於開封（今
屬河南）。宋仁宗景祐元年（1034）進士。寶元元年（1038）知長垣縣。康定元年

(1040)遷大理評事。慶曆四年(1044)授集賢校理,數月以事罷官,五年流寓蘇州滄浪亭,八年復官,爲湖州長史。不喜時文,專力古文。詩與歐陽修、梅堯臣齊名,時稱“歐蘇”、“蘇梅”。筆力豪儁,超邁橫絶。有《蘇學士集》十六卷。《宋史》卷四四二有傳。

淮中晚泊犢頭

【題解】

　　宋仁宗慶曆五年(1045)春,蘇舜欽罷官南下蘇州,塗經淮河而作。靜謐之景中含蒼勁之勢,作者鬱抑孤憤的心緒隱約可見。僅賞會所寫景致之“清新可愛”(宋吴开《優古堂詩話》),未免皮相。犢頭,渡口名。

　　春陰垂野草青青[1],時有幽花一樹明。晚泊孤舟古祠下,滿川風雨看潮生。

《蘇舜欽集》卷七

【校注】

[1]垂:覆蓋,籠罩。

【集評】

　　(宋)王直方《王直方詩話》:“山谷愛子美絶句云:‘春陰垂野草青青,時有幽花一樹明。晚泊孤舟古祠下,滿川風雨看潮生。’山谷累書此詩,或真草與大字。”(宋胡仔《苕溪漁隱叢話》前集卷三二引)

　　(宋)劉克莊《後村詩話》前集卷二:“蘇子美歌行雄放於聖俞,軒昂不羈如其爲人。及蟠屈爲吴體,則極平夷妥帖。絶句云:‘別院深深夏簟清,石榴開遍透簾明。樹陰滿地日卓午,夢覺流鶯時一聲。’又云:‘春陰垂野草青青,時有幽花一樹明。晚泊孤舟古祠下,滿川風雨看潮生。’極似韋蘇州。”

蘇　洵

【作者簡介】

　　蘇洵(1009—1066),字明允,號老泉(一説老泉非洵號),眉州眉山(今屬四川)人。宋仁宗慶曆六年(1046)應試不中。嘉祐五年(1060)以歐陽修等薦,授試秘書省校書郎,六年除霸州文安縣主簿。其文以政論見長,出入馳驟,博辨宏偉,名列"唐宋八大家"。與子軾、轍合稱"三蘇"。有《嘉祐集》十六卷。《宋史》卷四四三有傳。

六　國　論

【題解】

　　本文在蘇洵所撰《權書》十篇中列第八,宋仁宗皇祐三年(1051)至嘉祐元年(1056)間作於眉州。宋真宗景德元年(1004),宋輸遼歲幣銀十萬兩,絹二十萬匹。宋仁宗慶曆二年(1042),歲增銀絹各十萬兩匹。次年又輸西夏絹十萬匹,茶三萬斤。雖非割地,其實無殊。文章借六國賂秦而終爲所滅的舊事,諷喻朝廷屈辱求和的外交方略。說理透闢,觀點鮮明,氣勢雄健,邏輯縝密,是蘇洵史論名篇。六國,戰國末期楚、齊、燕、趙、韓、魏,與秦並稱七雄,而均亡於秦。

　　六國破滅[1],非兵不利,戰不善,弊在賂秦[2]。賂秦而力虧[3],破滅之道也。或曰:"六國互喪[4],率賂秦耶[5]?"曰:"不賂者以賂者喪,蓋失強援,不能獨完,故曰:弊在賂秦也。"

　　秦以攻取之外,小則獲邑,大則得城[6]。較秦之所得,與戰勝而得者其實百倍。諸侯之所亡,與戰敗而亡者,其實亦百倍。則秦之所大欲,諸侯之所大患,固不在戰矣。

　　思厥先祖父暴霜露[7]、斬荆棘,以有尺寸之地。子孫視之不甚惜,舉以予人,如棄草芥。今日割五城,明日割十城,然後得一夕安寝。起視四境,而秦兵又至矣。然則諸侯之地有限,暴秦之欲無厭[8],奉之彌繁,侵之愈急,故不戰而強弱勝負已判矣[9]。至於顛覆,理固宜然。古人云:"以地事秦,猶抱薪救火,薪不盡,火不滅。"[10]此言得之。

【校注】

[1]六國破滅：秦王嬴政十七年（前230）滅韓，十九年滅趙（趙公子嘉代王，二十五年始滅），二十二年滅魏，二十四年滅楚，二十五年滅燕，二十六年滅齊。

[2]賂秦：指割地事秦。漢賈誼《過秦論》：“於是縱散約解，爭割地而賂秦。”六國納地於秦以求和自保之事，載諸史籍，斑斑可考。　　[3]力虧：謂國力削弱。《戰國策·魏策一》：“蘇子（秦）爲趙合縱，説魏王曰：‘……夫事秦必割地效質，故兵未用而國已虧矣。’”　　[4]互：更遞，相繼。喪：滅亡。　　[5]率：皆。

[6]“秦以”三句：謂六國以地賂秦。邑：小城。　　[7]暴（pù 普去聲）霜露：冒着風霜雨露。暴，同“曝”，顯露。　　[8]厭：通“饜”，滿足。　　[9]判：斷定。

[10]“古人云”五句：《戰國策·魏策三》：“孫臣謂魏（安釐）王曰：‘……以地事秦，譬猶抱薪而救火也，薪不盡而火不止。’”《史記·魏世家》：“蘇代謂魏（安釐）王曰：‘且夫以地事秦，譬猶抱薪救火，薪不盡，火不滅。’”

齊人未嘗賂秦，終繼五國遷滅[1]，何哉？與嬴而不助五國也。五國既喪，齊亦不免矣[2]。燕、趙之君，始有遠略，能守其土，義不賂秦。是故燕雖小國而後亡，斯用兵之效也。至丹以荆卿爲計，始速禍焉[3]。趙嘗五戰於秦，二敗而三勝[4]。後秦擊趙者再，李牧連卻之[5]。洎牧以讒誅，邯鄲爲郡[6]，惜其用武而不終也。且燕、趙處秦革滅殆盡之際[7]，可謂智力孤危，戰敗而亡，誠不得已。向使三國各愛其地[8]，齊人勿附於秦，刺客不行[9]，良將猶在[10]，則勝負之數，存亡之理，當與秦相較，或未易量。

嗚呼！以賂秦之地封天下之謀臣，以事秦之心禮天下之奇才，并力西嚮[11]，則吾恐秦人食之不得下咽也。悲夫！有如此之勢，而爲秦人積威之所劫[12]，日削月割，以趨於亡。爲國者無使爲積威之所劫哉！

夫六國與秦皆諸侯，其勢弱於秦，而猶有可以不賂而勝之之勢。苟以天下之大，下而從六國破亡之故事[13]，是又在六國下矣。

《嘉祐集箋注》卷三

【校注】

[1]遷滅:滅亡。古代兩國交戰,勝者多遷移對方的傳國重器,故云。 [2]"與贏"三句:《史記·田敬仲完世家》:"後勝相齊,多受秦間金,多使賓客入秦,秦又多予金,客皆爲反間,勸王去從(縱)朝秦,不修攻戰之備,不助五國攻秦,秦以故得滅五國。五國已亡,秦兵卒入臨淄,民莫敢格者。王建遂降,遷於共。故齊人怨王建不蚤與諸侯合從攻秦,聽姦臣賓客以亡其國。"與:親附。贏:秦姓,代指秦。

[3]"至丹"二句:《史記·燕召公世家》:"燕見秦且滅六國,秦兵臨易水,禍且至燕。太子丹陰養壯士二十人,使荊軻獻督亢地圖於秦,因襲刺秦王。秦王覺,殺軻,使將軍王翦擊燕。二十九年(前226),秦攻拔我薊,燕王亡,徙居遼東,斬丹以獻秦。三十年,秦滅魏。三十三年,秦拔遼東,虜燕王喜,卒滅燕。"丹:燕太子。荊卿:名軻,衛人,入燕爲丹客,燕人尊稱之爲荊卿。速:召。 [4]"趙嘗"二句:《戰國策·燕策一》:"蘇秦將爲從,北説燕文侯曰:'……秦趙五戰,秦再勝,而趙三勝。'"按,此爲蘇秦説辭,非實事。 [5]"後秦"二句:《史記·趙世家》及《廉頗藺相如列傳》載,秦於公元前234年破趙,斬首十萬。明年及後年,趙國大將軍李牧連破秦軍。 [6]"洎牧"二句:《史記·趙世家》及《廉頗藺相如列傳》載,秦使王翦攻趙,趙使李牧等禦之。秦多與趙王寵臣郭開金,使言李牧等欲反,趙王斬牧。後三月,王翦滅趙。洎(jì 既):及,到。邯鄲爲郡:謂秦滅趙後設邯鄲郡(今河北邯鄲西南)。 [7]"且燕、趙"句:燕、趙同滅於秦王贏政二十五年(前222),此前韓、魏、楚等皆已爲秦所滅。 [8]向使:假如。三國:韓、魏、楚。

[9]刺客不行:謂燕不遣荊軻刺秦王。 [10]良將猶在:指趙王不聽讒言誅李牧。《史記·廉頗藺相如列傳》:"李牧者,趙之北邊良將也。" [11]并力西嚮:合力抗秦。《史記·蘇秦列傳》蘇秦曰:"六國爲一,并力西鄉(嚮)而攻秦,秦必破矣。"西嚮,六國居東,秦都咸陽,地處西部,故云。 [12]劫:脅迫。 [13]故事:舊事,前例。一本句首無"下"字。

【集評】

(明)茅坤《唐宋八大家文鈔》卷一一三:"一篇議論,由《戰國策》縱人之説來,卻能與《戰國策》相伯仲。當與子由《六國論》並看。"

(明)袁宏道:"此篇論六國之所以亡,乃六國之成案。其考證處,開闔處,爲六國籌畫處,皆確然正議。末影宋事尤妙。"(明楊慎《嘉樂齋三蘇文範》卷二引)

木假山記

【題解】

　　宋仁宗嘉祐四年(1059)在眉山作。以樹木水激蟲齧、昇沉遇合的遭際,喻自己
"田野匹夫,名姓不登於州閭"、"僥倖於陛下之科舉,有司以爲不肖,輒以擯落"、"無
所容處"(《上皇帝書》)的身世,表現其不屈從於命運安排、巍然自立的人格。

　　木之生,或蘖而殤[1],或拱而夭[2],幸而至於任爲棟梁則伐;不幸
而爲風之所拔,水之所漂,或破折,或腐;幸而得不破折,不腐,則爲人
之所材[3],而有斧斤之患。其最幸者,漂沉汩没於湍沙之間[4],不知
其幾百年,而其激射齧食之餘[5],或仿佛於山者[6],則爲好事者取去,
强之以爲山,然後可以脱泥沙而遠斧斤。而荒江之濆如此者幾何[7],
不爲好事者所見,而爲樵夫野人所薪者[8],何可勝數! 則其最幸者之
中,又有不幸者焉。

　　予家有三峰[9],予每思之,則疑其有數存乎其間[10]。且其蘖而不
殤,拱而不夭,任爲棟梁而不伐,風拔水漂而不破折,不腐。不破折,
不腐,而不爲人所材以及於斧斤。出於湍沙之間,而不爲樵夫野人之
所薪,而後得至乎此,則其理似不偶然也。

　　然予之愛之,則非徒愛其似山,而又有所感焉;非徒愛之,而又有
所敬焉。予見中峰魁岸踞肆[11],意氣端重,若有以服其旁之二峰。二
峰者莊栗刻峭[12],凜乎不可犯,雖其勢服於中峰,而岌然決無阿附
意[13]。吁! 其可敬也! 夫其可以有所感也夫!

《嘉祐集箋注》卷一五

【校注】

[1]蘖(bò 博去聲):草木砍伐後萌生的新芽,引申爲萌生。殤(shāng 商):未成
年而死,此指樹木初生即死。　　[2]拱:兩手合圍,形容粗壯。夭:少壯而死,此
指摧折。　　[3]材:通"裁",安排。此指翦裁。　　[4]汩(gǔ 骨)没:埋没。
汩,沉淪。湍沙:指水急沙濁的河流。　　[5]激射:急流沖刷。齧(niè 聶)食:咬嚼。
此指水浪沙石侵蝕或蛀蟲咬蝕。　　[6]仿佛於山:木之形狀似山。　　[7]濆(fén
焚):水邊。　　[8]薪:砍伐,打柴。　　[9]"予家"句:宋梅堯臣《蘇明允木山》:

“空山枯楠大蔽牛，霹靂夜落魚鳧洲。魚鳧水射幾千秋，蠹肌爛隨沙蕩流。惟存堅骨蛟龍鏉，形如三山中雄酋。左右兩峰相挾翊，尊奉君長無慢尤。蘇夫子見之驚且異，買於溪叟憑貂裘。因嗟大不爲梁棟，又歎殘不爲薪樗。雨侵蘚澀得石瘦，宜與夫子歸隱邱。”知木山爲蘇洵以貂裘購於溪叟。　　　　[10]數：氣數，命運。
[11]魁岸：即魁梧。踞肆：雄偉瓷肆貌。　　　　[12]莊栗：莊重。栗，嚴肅。刻峭：挺拔，高峻。　　　　[13]岌（jí　吉）然：高聳貌。

【集評】

　　（宋）黃庭堅《豫章黃先生文集》卷二六《跋子瞻木山詩》：“往嘗觀明允《木假山記》，以爲文章氣旨似莊周、韓非，恨不得趨拜其履舄間，請問作文關紐。”

　　（宋）樓昉《崇古文訣》卷二二：“首尾不過四百以下字，而起伏開闔，有無限曲折。此老可謂妙於文字者矣。其終蓋以三峰比父子三人。”

周敦頤

【作者簡介】

　　周敦頤（1017—1073），原名敦實，避宋英宗舊諱改今名，字茂叔，號濂溪，道州營道（今湖南道縣）人。宋仁宗康定元年（1040）爲洪州分寧縣主簿。慶曆六年（1046）爲郴州郴縣令。皇祐二年（1050）改桂陽令。至和元年（1054）知洪州南昌縣。嘉祐元年（1056）署合州判官，六年通判虔州。宋英宗治平元年（1064）通判永州。宋神宗熙寧元年（1068）擢廣南東路轉運判官，三年擢提點廣南東路刑獄，四年知南康軍。謚元公。宋代理學創始人。有《周濂溪先生全集》十三卷，然除《太極圖說》、《通書》等哲學著作外，多收諸儒議論、歷代褒典等，詩文所存不多。《宋史》卷四二七有傳。

愛　蓮　説

【題解】

　　宋仁宗嘉祐八年（1063）五月通判虔州（今江西贛州）時作。以菊作陪襯，用牡丹作對比，突出蓮花“出淤泥而不染，濯清漣而不妖”的品格，禮贊不避世而又不媚俗的人生態度。狀物傳神，取譬貼切，物意相合，辭情相稱，宜其傳於人口。説，文體名，用來發議論。

　　水陸草木之花，可愛者甚蕃[1]。晉陶淵明獨愛菊[2]。自李唐來，世人甚愛牡丹[3]。予獨愛蓮之出淤泥而不染，濯清漣而不妖[4]。中通外直，不蔓不枝[5]。香遠益清，亭亭净植[6]。可遠觀而不可褻玩焉[7]。予謂菊，花之隱逸者也；牡丹，花之富貴者也；蓮，花之君子者也。噫！菊之愛，陶後鮮有聞。蓮之愛，同予者何人？牡丹之愛，宜乎衆矣。

《周濂溪先生全集》卷八

【校注】

[1]蕃(fán 繁)：衆多。　　[2]陶淵明：晉宋間詩人，詩多田園隱逸之作。有“採菊東籬下，悠然見南山”（《飲酒》其五）句。南朝梁蕭統《陶淵明傳》：“嘗九月九日出宅邊菊叢中坐，久之，滿手把菊，忽值弘（江州刺史王弘）送酒至，即便就酌，醉而歸。”（《四部叢刊》影宋本《箋注陶淵明集》卷末）　　[3]“自李唐”二句：唐李肇《國史補》卷中：“京城貴游，尚牡丹三十餘年矣。每春暮，車馬若狂，以不躭玩爲恥。執金吾鋪官圍外寺觀種以求利，一本有直數萬者。”唐白居易《買花》：“帝城春欲暮，喧喧車馬度。共道牡丹時，相隨買花去。貴賤無常價，酬直看花數。灼灼百朵紅，戔戔五束素。上張幄幕庇，旁織笆籬護。水灑復泥封，移來色如故。家家習爲俗，人人迷不悟。有一田舍翁，偶來買花處。低頭獨長歎，此歎無人喻。一叢深色花，十户中人賦。”宋李格非《洛陽名園記·天王院花園子》：“洛中花甚多種，而獨名牡丹曰花王。凡園皆植牡丹。”又可參宋歐陽修《洛陽牡丹記》。李唐：唐代皇帝李姓，故云。　　[4]濯：洗。妖：艷麗。　　[5]蔓：藤蔓。謂向周圍延伸。枝：枝條。謂分枝。此連上句，形容蓮莖。　　[6]亭亭：孤立貌。植：立。[7]褻：親近，親狎。

【集評】

　　（宋）史繩祖《學齋佔畢》卷二：“濂溪周子作《愛蓮説》，謂蓮爲花之君子，亦以自況，與屈原（指《橘頌》）千古合轍。不寧惟是，而二篇之文皆不滿二百字，詠橘、詠蓮，皆能盡物之性。格物之妙，無復餘蘊。”

　　（明）蔡清《虛齋集》卷四《讀〈愛蓮説〉》：“菊曰隱逸，所謂隱者爲高也；牡丹曰富貴,所謂仕者爲通也;蓮曰君子,則所謂'君子哉蘧伯玉,邦有道則仕,邦無道則可卷而懷之'者也。後賢注此,皆未有得周子命辭之意者,故特發之。"

曾　鞏

【作者簡介】

曾鞏(1019—1083),字子固,建昌軍南豐(今屬江西)人,世稱南豐先生。宋仁宗嘉祐二年(1057)進士,三年調太平州司法參軍,五年爲館閣校勘,集賢校理。宋神宗熙寧二年(1069)通判越州,三年徙知齊州,六年知襄州,九年知洪州,十年授直龍圖閣,移知福州。元豐二年(1079)知明州,又改知亳州,四年入爲史館修撰,五年擢中書舍人。諡文定。文章條理分明,開闔有度,從容不迫,和婉緩曲。名列"唐宋八大家"。有《元豐類稿》五十卷。《宋史》卷三一九有傳。

墨　池　記

【題解】

作於宋仁宗慶曆八年(1048)九月。因州學教授之邀記王羲之墨池,故由墨池而及於勤學,由一藝之能而及於仁人莊士道德之培養。題近而小,筆簡而文,立意正而大,光焰内斂而不外爍,此亦爲曾鞏散文的基本特色。

臨川之城東[1],有地隱然而高[2],以臨於溪[3],曰新城。新城之上,有池窪然而方以長[4],曰王羲之之墨池者[5],荀伯子《臨川記》云也[6]。羲之嘗慕張芝[7],臨池學書,池水盡黑,此爲其故跡,豈信然邪?

方羲之之不可強以仕,而嘗極東方,出滄海,以娛其意於山水之間[8]。豈其徜徉肆恣[9],而又嘗自休於此邪[10]?羲之之書晚乃善[11],則其所能,蓋亦以精力自致者,非天成也。然後世未有能及者,豈其學不如彼邪?則學固豈可以少哉!況欲深造道德者邪[12]?

墨池之上,今爲州學舍^[13]。教授王君盛恐其不章也^[14],書“晉王右軍墨池”之六字於楹間以揭之^[15],又告於鞏曰:“願有記。”推王君之心^[16],豈愛人之善,雖一能不以廢,而因以及乎其跡邪?其亦欲推其事以勉學者邪?夫人之有一能,而使後人尚之如此,況仁人莊士之遺風餘思^[17],被於來世者如何哉?

慶曆八年九月十二日,曾鞏記。

《曾鞏集》卷一七

【校注】

[1]臨川:撫州臨川郡,今江西撫州臨川區。　　[2]“有地”句:指緩坡。隱然:緩貌。　　[3]臨:居高視下。又一義爲面對。　　[4]窪(wā 挖)然:低陷貌。以:而。　　[5]王羲之:東晉人,善詩文,尤以書名,後人推爲“書聖”。曾官右軍將軍,習稱王右軍。《晉書》卷八〇有傳。　　[6]荀伯子:南朝宋人,著《臨川記》六卷,今佚,唐宋諸書多稱引之。宋樂史《太平寰宇記》卷一一〇引《臨川記》:“王羲之嘗爲臨川内史,置宅於郡東高坡,名曰新城。傍臨迴溪,特據層阜。其地爽塏,山川如畫。今舊井及墨池猶存。”　　[7]“羲之”句:王羲之云:“頃尋諸名書,鍾(繇)、張(芝)信爲絶倫,其餘不足觀。”而實謂張勝鍾:“吾書比之鍾、張,鍾當抗行,或謂過之。張草猶當雁行。”尤重其苦學:“張精熟,水盡墨,假令寡人耽之若此,未必謝之。”(均唐孫過庭《書譜》引)張芝:東漢書家,字伯英,《三國志·魏書·劉劭傳》“光禄大夫京兆韋誕”句,南朝宋裴松之注引《四體書勢》謂張芝:“凡家之衣帛,必書而後練之,臨池學書,池水盡黑……韋仲將謂之草聖。”　　[8]“方羲之”四句:《晉書·王羲之傳》載,王羲之因與揚州刺史王述不合,稱病去官。“既去官,與東土人士盡山水之游,弋釣爲娱。又與道士許邁共修服食,採藥石不遠千里,遍游東中諸郡,窮諸名山,泛滄海,歎曰:‘我卒當以樂死。’”極:窮盡。東方:指浙東。滄海:浙東近東海,羲之嘗游焉。　　[9]徜(cháng 常)徉(yáng 羊):安閒自得貌。　　[10]“而又嘗”句:按,王羲之曾任臨川内史,而《晉書》失載。本句謂其去官後休於此,實誤。　　[11]“羲之之書”句:南朝宋虞龢《論書表》:“羲之所書紫紙,多是少年臨川時跡。既不足觀,亦無取焉……羲之書在始未有奇,殊不勝庾翼、郗愔,迨其末年,乃造其極。”《晉書》本傳:“羲之書初不勝庾翼、郗愔,及其暮年方妙。”　　[12]深造道德:在道德方面不斷提高,以達到精深的境地。造,到,至。　　[13]州學舍:撫州州學校舍。《宋史·職官志七》:“慶曆四年,詔諸路州、軍、監各令立學,學者二百人以上,許更置縣學。自是州郡無不有學。始置教

授,以經術行義訓導諸生,掌其課試之事,而糾正不如規者。委運司及長史於幕職、州縣內薦,或本處舉人有德藝者充。”　　　[14]盛:甚,極。一說,盛爲教授之名。章:同“彰”,顯。　　　[15]之:此。楹:廳堂前柱。揭:標識。　　　[16]推:推斷,推論。一作“惟”。惟,思考,想。　　　[17]莊士:端莊嚴正之人。思(sì 四):情思。

【集評】

(清)何焯《義門讀書記》卷四二:“‘能’與‘學’,兩層到底。因其地爲州學舍,而求文記之者即教授,故推而論之。非若今人腔子之文也……此篇如放筆數千言即無味矣。詞高旨遠,後人無此雄厚。”

(清)張伯行《唐宋八大家文鈔》卷一五:“小中見大。得此意者,隨處皆可以悟學。”

王安石

【作者簡介】

王安石(1021—1086),字介甫,晚號半山老人,臨川(今江西撫州)人。宋仁宗慶曆二年(1042)進士。嘉祐五年(1060)爲三司度支判官,直集賢院。宋英宗治平四年(1067)初,宋神宗即位,除知江寧府,召爲翰林學士。熙寧二年(1069)任參知政事,創制置三司條例司,三年加同中書門下平章事,推行變法,屢遭攻擊,七年罷相,出知江寧府,八年復起爲相。晚年退居金陵(今江蘇南京)。元豐三年(1080)封荊國公,世稱王荊公。諡文,又稱王文公。著名政治家、文學家。詩文詞兼擅。文以論辯見長,名列“唐宋八大家”。詩前期多關時事政治,後期多寫景抒情,暮年小詩尤爲出色。詞爲宋代豪放派先聲。有《臨川先生文集》一百卷。《宋史》卷三二七有傳。

明 妃 曲

其　　一

【題解】

　　作於宋仁宗嘉祐四年(1059)。明妃,即王昭君(晉時避司馬昭諱改明君),字嬙,西漢南郡秭歸(今屬湖北)人。"元帝時,以良家子選入掖庭。時呼韓邪來朝,帝敕以宮女五人賜之。昭君入宮數歲,不得見御,積悲怨,乃請掖庭令求行。呼韓邪臨辭大會,帝召五女以示之。昭君豐容靚飾,光明漢宮,顧景裴回,竦動左右。帝見大驚,意欲留之,而難於失信,遂與匈奴。"(《後漢書·南匈奴傳》)自來詠昭君事者多責毛延壽,或悲王昭君。本詩故爲翻案,甚爲精警,一時和者甚衆。末二句見解大膽,有言外意,致獲"有傷忠愛"之責。原題二首,此爲第一。

　　明妃初出漢宮時,淚濕春風鬢腳垂。低徊顧影無顏色,尚得君王不自持[1]。歸來卻怪丹青手,入眼平生未曾有。意態由來畫不成,當時枉殺毛延壽[2]。一去心知更不歸,可憐着盡漢宮衣。寄聲欲問塞南事[3],祇有年年鴻雁飛。家人萬里傳消息:"好在氈城莫相憶[4]。君不見咫尺長門閉阿嬌[5],人生失意無南北。"

《王文公文集》卷四〇

【校注】

[1]"明妃"四句:本事參題解。春風,喻昭君美麗的面龐。唐杜甫《詠懷古跡五首》之三詠昭君:"畫圖省識春風面。"低徊:徘徊。　　[2]"歸來"四句:晉葛洪《西京雜記》卷二:"元帝後宮既多,不得常見,乃使畫工圖形,按圖召幸之。諸宮人皆賂畫工,多者十萬,少者亦不減五萬。獨王嬙不肯,遂不得見。後匈奴入朝求美人爲閼氏,於是上案圖,以昭君行。及去,召見,貌爲後宮第一。善應對,舉止閑雅。帝悔之,而名籍已定。帝重信於外國,故不復更人。乃窮案其事,畫工皆棄市,籍其家,資皆巨萬。畫工有杜陵毛延壽,爲人形,醜好老少,必得其真。安陵陳敞、新豐劉白、龔寬……同日棄市。"丹青手:畫師。未曾:一作"幾曾"。由來:從來。　　[3]塞南:指漢王朝。　　[4]好在:唐宋口語,表問候。氈城:指匈奴王庭。因其居於氈帳,故云。此句以下爲家人勸慰語,假設之辭耳。　　[5]長門:漢宮名。阿嬌:漢武帝劉徹表妹。劉徹數歲時言:"若得阿嬌作婦,當作金屋貯之。"(見舊題

漢班固《漢武故事》)後果納之,即陳皇后。然因擅寵驕貴,大逆無道,"罷退居長門宮"(《漢書·外戚傳》)。

【集評】

(宋)黄庭堅曰:"往歲道出潁陰,得見王深父先生,最承教愛。因語及荆公此詩,庭堅以爲詞意深盡,無遺恨矣。深父獨曰:'不然。孔子曰:夷狄之有君,不如諸夏之亡也。人生失意無南北,非是。'"(宋李壁《王荆文公詩箋注》卷六引)

陳衍《宋詩精華録》卷二:"'低徊'二句,言漢帝之猶有眼力,勝於神宗(按當爲仁宗)。'意態'句,意人不易知。'可憐'句,用意忠厚。末言君恩之不可恃。"

登飛來峰

【題解】

越州(今浙江紹興)郊外有寶林山,相傳自瑯玡郡東武(今山東諸城)飛來,又名飛來山、飛來峰。山間有寶林寺,始建于南朝宋元徽年間,唐會昌中重修後改名應天寺。寺中有高塔逼近"天心"(宋張伯玉《書應天寺壁》)。宋仁宗皇祐二年(1050),王安石知鄞縣(今浙江寧波鄞州區)任滿返京,塗經越州而作此詩。其時作者年方而立,日後作爲政治家高瞻遠矚的襟度與激情,卻已於末二句露出端倪。

飛來山上千尋塔[1],聞説雞鳴見日昇[2]。不畏浮雲遮望眼[3],自緣身在最高層。

《王文公文集》卷六七

【校注】

[1]山:一作"峰"。千尋:極言其高。尋,八尺。　　[2]"聞説"句:宋李壁《王荆文公詩箋注》卷四八引《太(泰)山記》:"東南巖名曰日觀,言雞初鳴時見日出。"唐孟浩然《越中逢天臺太乙子》:"雞鳴見日出。"詩人登越州飛來峰,却聯想到泰山的日觀巖,遂借"聞説"引出一片豪情。　　[3]浮雲:漢陸賈《新語·慎微》:"故邪臣之蔽賢,猶浮雲之障日月也。"此處或含此意。

泊船瓜洲

【題解】

　　詩作於宋神宗熙寧元年（1068）春，自知江寧府（今江蘇南京）赴朝中任翰林學士時。一説熙寧八年（1075）自知江寧府復相位赴汴時作，似誤。第三句最負盛名，然全詩對友人的懷想，對父母靈柩所在之地江寧的存念，對天地四時、大化運行而一己之身不得自主的感慨，種種情思，蘊而不露，皆堪玩味。瓜洲，古渡口，在邗江（今屬江蘇揚州）。

　　京口瓜洲一水間[1]，鍾山衹隔數重山[2]。春風自綠江南岸[3]，明月何時照我還。

《王文公文集》卷七〇

【校注】

[1]京口：今江蘇鎮江。三國吳孫權曾在此建首府，稱京城，首府遷至建業（今江蘇南京）後，改稱京口。在長江南岸，與北岸的瓜洲相望。抵瓜洲前，王安石在京口與金山寺僧寶覺會宿一夕（參其《贈寶覺·序》）。首句提及京口，其故在此，寓懷人之意也。　　　[2]鍾山：又名紫金山，在今江蘇南京東。此處代指南京。宋仁宗景祐四年（1037），王安石父判江寧府，安石時十七歲，即隨父居江寧。宋仁宗寶應二年（1039），父卒葬江寧。宋仁宗嘉祐八年（1063），母卒於京師，安石護其柩歸葬江寧鍾山，留居至熙寧元年春止。此句何以提及鍾山，則可明矣。末句所謂“還”者，既指江寧，亦指方外友所在的京口。二地本相毗鄰。　　　[3]“春風”句：宋洪邁《容齋續筆》卷八：“王荊公絕句云：‘京口瓜洲一水間，鍾山衹隔數重山。春風又綠江南岸，明月何時照我還。’吳中士人家藏其草，初云‘又到江南岸’，圈去‘到’字，注曰‘不好’。改爲‘過’，復圈去而改爲‘入’。旋改爲‘滿’。凡如是十許字，始定爲‘綠’。”按，“自”作“又”亦佳。

【集評】

　　錢鍾書《宋詩選注》：“‘綠’字這種用法在唐詩中早見而亦屢見：丘爲《題農父廬舍》：‘東風何時至？已綠湖上山。’李白《侍從宜春苑賦柳色聽新鶯百囀歌》：‘東風已綠瀛洲草。’……於是發生了一連串的問題：王安石的反復修改是忘記了唐人的詩句而白費心力呢？還是明知道這些詩句而有心立異呢？他的選定‘綠’字是跟唐人暗合呢? 是最後想起了唐人詩句而欣然沿用呢? 還是自覺不能出奇制勝,終於向唐人認輸呢?”

江　上

【題解】

詩寫江景,宏闊開朗,末二句體現出哲理意趣。後此宋秦觀《秋日三首》其一“菰蒲深處疑無地,忽有人家笑語聲”,陸游《游山西村》“山重水複疑無路,柳暗花明又一村”,均同此風味。

江北秋陰一半開,晚雲含雨卻低迴[1]。青山繚繞疑無路,忽見千帆隱映來[2]。

《王文公文集》卷七一

【校注】

[1]低迴:徘徊。　　　[2]隱映:時隱時現。

鍾山絶句

其　一

【題解】

此爲晚年退居鍾山之作,雅麗精絶,脱去流俗。原題二首,此爲第一。題一作“鍾山即事”。

澗水無聲繞竹流,竹西花草弄春柔。茅簷相對坐終日[1],一鳥不鳴山更幽[2]。

《王文公文集》卷六四

【校注】

[1]茅簷:茅舍。　　　[2]“一鳥”句:南朝梁王籍《入若耶溪》:“蟬噪林逾静,鳥鳴山更幽。”

【集評】

　　（宋）胡仔《茗溪漁隱叢話》後集卷四：“太白云：‘解道澄江静如練，令人還憶謝玄暉。’至魯直則云：‘憑誰説與謝玄暉，休道澄江静如練。’王文海云：‘鳥鳴山更幽。’至介甫則云：‘茅檐相對坐終日，一鳥不鳴山更幽。’皆反其意而用之，蓋不欲沿襲之耳。”

北陂杏花

【題解】

　　此寫景之作，亦言志之作。陳衍《宋詩精華録》卷二評曰：“末二語恰是自己身份。”陂（bēi　碑），池塘，池岸。題原作“水花”，兹據《四部叢刊初編》影明刊《臨川先生文集》卷二八改。

　　一陂春水繞花身[1]，花影妖嬈各占春[2]。縱被春風吹作雪，絶勝南陌碾成塵。

《王文公文集》卷七六

【校注】

[1]一陂：一池。　　　[2]花：一作“身”。

【集評】

　　陳衍《石遺室詩話》卷一七：“‘一陂’云云，以上荆公佳句，皆山林氣重而時覺黯然銷魂者。所以雖作宰相，終爲詩人也。”

書湖陰先生壁

其　　一

【題解】

　　湖陰先生即隱士楊德逢，時居鍾山，與王安石比鄰。末二句以有情寫無情，以動寫静，語工意奇，爲作者得意之筆。原題二首，此爲第一首。

　　茅檐長掃静無苔[1]，花木成畦手自栽[2]。一水護田將緑繞[3]，兩山排闥送青來[4]。

　　　　　　　　　　　　　　　　　　　　　　　　　　《王文公文集》卷六八

【校注】

[1]静：義通"净"。　　　　[2]畦(qí 齊)：田園中分成的小區，田界。　　　　[3]護田：《漢書·西域傳序》："自敦煌西至鹽澤，往往起亭，而輪臺、渠犁皆有田卒數百人，置使者校尉領護。"唐顔師古注："統領保護營田之事也。"此句或暗用此典。

[4]排闥(tà 踏)：推門，破門。《史記·樊噲傳》："噲乃排闥直入。"闥，宮中小門。

【集評】

　　(宋)黄庭堅："嘗見荆公於金陵，因問丞相近有何詩，荆公指壁上所題兩句‘一水護田將緑繞，兩山排闥送青來’，‘此近所作也。’"(宋胡仔《苕溪漁隱叢話》前集卷三三引)

　　(宋)吴曾《能改齋漫録》卷八《兩山排闥送青來》："荆公詩云：‘一水護田將緑繞，兩山排闥送青來。’蓋本五代沈彬詩：‘地隈一水巡城轉，天約群山附郭來。’彬又本唐許渾‘山形朝闕去，河勢抱關來’之句。"

桂　枝　香

【題解】

　　約作於宋英宗治平四年(1067)秋知江寧府(今江蘇南京)時。以峭勁之筆，精警之思，描繪壯美之景，抒發興亡之感。清劉熙載《藝概·詞曲概》評王詞"瘦削雅素，一洗五代舊習"，此詞足以當之。一本有題"金陵懷古"。金陵，即南京。

　　登臨送目[1]。正故國晚秋[2]，天氣初蕭[3]。千里澄江似練[4]，翠峰如簇[5]。歸帆去棹殘陽裏[6]，背西風、酒旗斜矗。綵舟雲淡，星河鷺起[7]，畫圖難足[8]。　　　念往昔、繁華競逐[9]。歎門外樓頭[10]，悲恨相續[11]。千古憑高，對此謾嗟榮辱[12]。六朝舊事隨流水，但寒煙、芳草凝緑[13]。至今商女，時時猶歌，後庭遺曲[14]。

　　　　　　　　　　　　　　　　　　　　　　　　　　《臨川先生歌曲》

【校注】

[1]送目：遠望。送，一作"縱"。　　[2]故國：故都。指金陵。　　[3]肅：蕭瑟。
[4]"千里"句：南齊謝朓《晚登三山還望京邑》："澄江静如練。"千里：一作"瀟灑"。
練：白色的熟絹。　　[5]簇（cù促）：叢聚。一説爲"箭鏃"。一説"簇"爲"蔟"之
通假，即供蠶結繭之具，通用稻、麥稈爲之，上尖下寬，形略似山。參吳小如《讀書
叢札·讀詞散札》。　　[6]歸帆去棹：來往船隻。歸，一作"征"。棹（zhào趙），
船槳，代指船。　　[7]星河鷺起：南京西南江中原有白鷺洲。唐李白《登金陵鳳
凰臺》："三山半落青天外，二水中分白鷺洲。"洲上白鷺甚多。今已與陸地相聯。
此句當爲實寫。星河，銀河。美稱長江。或以爲篇末三句用杜牧《夜泊秦淮》成
句，可證自"歸帆"以下爲寫秦淮河之景，故"星河"亦當指秦淮河，而非長江。參吳
小如《讀書叢札·讀詞散札》。　　[8]畫圖：一作"圖畫"。　　[9]"念往昔"句：
六朝（吳、東晉、南朝宋、齊、梁、陳）、南唐均建都南京，故云。往：一作"自"。繁：一
作"豪"。競逐：競争追逐。晉左思《吳都賦》："結輕舟而競逐。"　　[10]"歎門
外"句：唐杜牧《臺城曲》："門外韓擒虎，樓頭張麗華。"説隋兵已經逼近，陳後主猶
迷戀美色。《隋書·高祖紀下》、《南史·張貴妃傳》載，隋文帝開皇九年（589），隋
將韓擒虎進師入建業，俘陳後主及其寵妃張麗華。歎：一作"恨"。門：南京城正南
門朱雀門。樓頭：指陳後主爲張麗華所建結綺閣（《南史·張貴妃傳》）。宋蘇軾
《虢國夫人夜游圖》："當時亦笑張麗華，不知門外韓擒虎。"意同此。　　[11]悲
恨相續：指建都於南京的各朝更疊迅速，相繼覆滅。　　[12]對此：一作"望眼"。
謾：通"漫"，徒然。榮辱：指前朝興亡事。興，所謂榮；亡，所謂辱。　　[13]"六
朝"二句：唐竇鞏《南游感興》："傷心欲問前朝事，惟見江流去不回。日暮東風春草
綠，鷓鴣飛上越王臺。"隨：一作"如"。芳：一作"衰"。凝綠：濃綠。凝，表程度深。
[14]"至今"三句：唐杜牧《夜泊秦淮》："商女不知亡國恨，隔江猶唱《後庭花》。"商
女：歌女。猶：一作"尚"。歌：一作"唱"。後庭遺曲：指陳後主所作《玉樹後庭
花》。其辭云："玉樹後庭花，花開不復久。""時人以爲歌讖"（《隋書·五行志》），
後人亦借指亡國之音。後庭，猶言後宮，宮中嬪妃所居。

【集評】

　　（宋）楊湜《古今詞話》："金陵懷古，諸公寄詞於《桂枝香》凡三十餘首，獨介甫最
爲絶唱。東坡見之，不覺歎息曰：'此老乃野狐精也。'"

　　梁啓超："李易安謂介甫文章似西漢，然以作歌詞，則人必絶倒。但此作卻頡頏
清真、稼軒，未可謾詆也。"（梁令嫻《藝蘅館詞選》乙卷引）

答司馬諫議書

【題解】

　　宋神宗熙寧二年(1069)二月,王安石拜參知政事,創制置三司條例司,推行新法。由於政治觀點不同,司馬光於次年二月作《與王介甫書》抵之。王安石覆以此書,針鋒相對,理直氣壯,而又文字簡潔,條理井然,政治家的氣魄、眼識和文學家的筆力、文采具於其中見之。司馬諫議,即司馬光(1019—1086),字君實,北宋政治家、史學家。時任翰林學士兼侍讀學士、右諫議大夫。《宋史》卷三三六有傳。

　　某啓[1]:昨日蒙教[2],竊以爲與君實游處相好之日久[3],而議事每不合,所操之術多異故也[4]。雖欲强聒[5],終必不蒙見察[6],故略上報[7],不復一一自辯[8]。重念蒙君實視遇厚[9],於反覆不宜鹵莽[10],故今具道所以[11],冀君實或見恕也。

　　蓋儒者所重,尤在於名實[12]。名實已明,而天下之理得矣。今君實所以見教者,以爲侵官、生事、征利、拒諫,以致天下怨謗也[13]。某則以謂受命於人主[14],議法度而修之於朝廷[15],以授之於有司[16],不爲侵官;舉先王之政[17],以興利除弊,不爲生事;爲天下理財,不爲征利;辟邪說,難任人[18],不爲拒諫。至於怨誹之多[19],則固前知其如此也[20]。

　　人習於苟且非一日[21],士大夫多以不恤國事、同俗、自媚於衆爲善[22]。上乃欲變此[23],而某不量敵之衆寡,欲出力助上以抗之,則衆何爲而不洶洶然[24]? 盤庚之遷,胥怨者民也[25],非特朝廷士大夫而已。盤庚不罪怨者,亦不改其度[26]。蓋度義而後動[27],是以不見可悔故也。如君實責我以在位久,未能助上大有爲[28],以膏澤斯民[29],則某知罪矣。如曰今日當一切不事事[30],守前所爲而已,則非某之所敢知。無由會晤,不任區區向往之至[31]。

《王文公文集》卷八

【校注】

[1]某啓:古人書信開端用語。某,古人屬文,多以"某"字自指,成稿時始易以姓名,但文集中常保留"某"字。啓,陳述。　　[2]蒙教:蒙受教誨,指收到對方來信

《與王介甫書》。　　　[3]"竊以爲"句:宋邵伯温《邵氏聞見録》卷一〇記司馬光言:"昔與王介甫同爲群牧司判官。"事當在宋仁宗至和元年(1054)。司馬光《與王介甫書》亦云:"自接侍以來,十有餘年,屢嘗同僚,亦不可謂之無一日之雅也。"可知此句固爲客套,亦是寫實。　　　[4]"所操"句:謂政見不同。　　　[5]强(qiǎng搶)聒(guō 郭):人不欲聽而嘮叨不休。强,勉强,强迫。聒,喋喋不休。　　　[6]見察:被理解。　　　[7]上報:此指回信。按,王安石作此答書前曾覆一短信。信今不存,司馬光《與王介甫第二書》)中曾道及。　　　[8]辯:一作"辨"。辯有辨別義,辨有争論義,二字古通。　　　[9]重(chóng 崇)念:又想。視遇:看待。厚:優厚。　　　[10]反覆:指書信往來。　　　[11]所以:原因,情由。　　　[12]"蓋儒者"二句:謂儒者注重名實相符。《孟子·告子下》:"淳于髡曰:先名實者,爲人也。"漢趙岐注:"名者,有道德之名也;實者,治國惠民之功實也。"《荀子·正名》:"知(智)者爲之分別制名以指實。"唐楊倞注:"智者爲之分界制名,所以指明實事也。"儒者:信奉孔子學説的人,亦爲士人的通稱。重:一作"争"。　　　[13]"今君實"三句:概括司馬光《與王介甫書》中的指責。侵官:指增設機構,剥奪原機構的職權。司馬光書云:"自古聖賢所以治國者,不過使百官各稱其職,委任而責成功也。"指責王安石"財利不以委三司而自治之,更立制置三司條例司"。生事:指變法擾民。司馬光書云:"今介甫爲政,盡變更祖宗舊法……矻矻焉,窮日力繼之以夜而不得息。使上自朝廷,下及田野,内起京師,外周四海,士吏兵農,工商僧道,無一人得襲故而守常者,紛紛擾擾,莫安其居。"征利:指與民争利。司馬光書云:"今介甫爲政,首制置條例司,大講財利之事,又命薛向行均輸法於江淮,欲盡奪商賈之利,又分遣使者散青苗錢於天下,而收其息,使人人愁痛,父子不相見,兄弟妻子離散。"《孟子·梁惠王上》:"上下交征利,而國危矣。"拒諫:拒絶接受意見。司馬光書云:"所見小異,微言新令之不便者,介甫輒艴然加怒。或詬罵以辱之,或言於上而逐之,不待其辭之畢也。明主寬容如此,而介甫拒諫乃爾,無乃不足於恕乎。"怨謗:怨恨,責怪。按,自"而天下之理"至"以至天下怨謗也"一段,原作"而天下侵官、生事、征利、拒諫,以致天下怨謗,皆不足問也",兹據《四部叢刊初編》影明刊《臨川先生文集》卷七三改。　　　[14]人主:國君。
[15]修:指討論、研究。　　　[16]有司:官吏。古代設官分職,各有專司,故名。
[17]舉:興,實施。先王:古代的賢君。　　　[18]難(nàn 南去聲):質問,拒斥。任(rén 人)人:佞人,巧言諂媚之人。《尚書·虞書·舜典》:"惇德允元,而難任人。"任,一作"壬",義同。　　　[19]怨誹之多:司馬光《與王介甫書》:"今介甫從政始期年,而士大夫在朝廷及自四方來者,莫不非議介甫,如出一口。下至閭閻細民,小吏走卒,亦竊竊怨歎,人人歸咎於介甫。不知介甫亦嘗聞其言而知其故乎?"怨

誹,怨恨,不滿。　　[20]前知:早知。　　[21]苟且:得過且過。　　[22]恤:顧惜,關懷。　　[23]上:指宋神宗趙頊。　　[24]洶(xiōng 凶)洶:吵嚷聲。[25]"盤庚之遷"二句:《尚書·商書·盤庚上》:"盤庚五遷,將治亳殷,民咨胥怨。"盤庚:殷商君主。王室衰亂,率衆自奄(今山東曲阜)遷亳殷(今河南安陽西北)。胥(xū 須):互相。　　[26]"盤庚"二句:《左傳·昭公四年》子産曰:"吾聞爲善者不改其度,故能有濟也。"度:法則,計劃。二句一作"盤庚不爲怨者故改其度"。[27]蓋:一本無。度(duó 奪):思量,考慮。義:宜,適宜。　　[28]大有爲:《孟子·公孫丑下》:"故將大有爲之君,必有所不召之臣。"　　[29]膏澤:恩惠。此用爲動詞。《孟子·離婁下》:"膏澤下於民。"王安石《上仁宗皇帝言事書》:"朝廷每一令下,其意雖善,在位者猶不能推行,使膏澤加於民。"　　[30]事事:做事。前"事"用爲動詞。《史記·曹相國世家》:"卿大夫已下吏及賓客見(曹)參不事事,來者皆欲有言。""如曰"句原作"曰今有當一切不事",兹據《四部叢刊初編》影明刊《臨川先生文集》卷七三改。　　[31]不任:不勝,承受不起。區區:誠心,衷心。

【集評】

(清)蔡上翔《王荆公年譜考略》卷一六:"公辨侵官、生事、征利、拒諫、致怨五事,無論其言是否,而在己無不達之情,可謂簡而明矣。其謂'人習於苟且非一日,士大夫多以不恤國事、同俗、自媚於衆爲善',而自任以天下之重,意實在此。"

(清)吳汝綸:"固由兀傲性成,亦理足氣盛,故勁悍廉厲,無枝葉如此。"(高步瀛《唐宋文舉要》甲編卷七引)

游褒禪山記

【題解】

宋仁宗至和元年(1054),王安石舒州(今安徽潛山)通判任滿赴京,游褒禪山而作。融紀游、談學、論道爲一體,見解樸素深刻。褒禪山,在今安徽含山東北。

褒禪山亦謂之華山,唐浮圖慧褒始舍於其址[1],而卒葬之,以故其後名之曰褒禪。今所謂慧空禪院者,褒之廬冢也[2]。距其院東五里,所謂華山洞者,以其乃華山之陽名之也[3]。距洞百餘步有碑仆道[4],其文漫滅,獨其爲文猶可識,曰花山。今言"華"如"華實"之華者,蓋音謬也。

其下平曠,有泉側出,而記游者甚衆,所謂前洞也。由山以上五六里,有穴窈然,入之甚寒。問其深,則其好游者不能窮也,謂之後洞。余與四人擁火以入[5],入之愈深,其進愈難,而其見愈奇。有怠而欲出者,曰不出火且盡,遂與之俱出。蓋予所至,比好游者尚不能十一,然視其左右,來而記之者已少。蓋其又深,則其至又加少矣。方是時,予之力尚足以入,火尚足以明也。既其出,則或咎其欲出者。而予亦悔其隨之,而不得極夫游之樂也。

於是予有歎焉。古人之觀於天地、山川、草木、蟲魚、鳥獸,往往有得。以其求思之深,而無不在也。夫夷以近,則游者衆;險以遠,則至者少。而世之奇偉瑰怪,非常之觀,常在於險遠,而人之所罕至焉。故非有志者,不能至也。有志矣,不隨以止也,然力不足者,亦不能至也。有志與力,而又不隨以怠,至於幽暗昏惑,而無物以相之[6],亦不能至也。然力足以至焉,於人爲可譏,而在己爲有悔。盡吾志也而不能至者,可以無悔矣,其孰能譏之乎? 此予之所得也。

余於仆碑,又以悲夫古書之不存,後世之謬其傳而莫能名者,何可勝道也哉! 此所以學者不可以不深思而慎取之也。

四人者,廬陵蕭君圭君玉、長樂王回深父、余弟安國平父、安上純父[7]。至和元年七月某甲子[8],臨川王某記。

《王文公文集》卷三五

【校注】

[1]浮圖:梵語,佛,此指僧人。舍:住宿,此指築廬居住。址:根基,此指山腳。

[2]廬冢:墓旁廬舍。　　　[3]陽:山南爲陽。上句“華山洞”,疑爲“華陽洞”之誤。

[4]仆道:倒於路上。　　　[5]擁:持,舉。　　　[6]相(xiàng 像):扶助,輔助。

[7]廬陵:今江西吉安。蕭君圭:字君玉,生平不詳。長樂:今屬福建。王回:字深父,侯官(今福州)人,曾任亳州衛真縣主簿。父(fǔ 甫):男子的美稱,故常配於表字之後。安國:字平父,進士,曾任秘閣校理等職,有文名。安上:字純父,曾爲提點江南東路刑獄,能書法。　　　[8]甲子:古以干支紀日。二字一作“日”。

【集評】

(清)吳楚材、吳調侯《古文觀止》卷一一:“借游華山洞,發揮學道。或敍事,或詮解,或摹寫,或道故。意之所至,筆亦隨之。逸興滿眼,餘音不絕。可謂極文章之樂。"

（清）浦起龍《古文眉詮》卷七〇："此游所至殊淺,偏留取無窮深至之思,真乃贈遺不盡,當持此爲勸學篇,而洞之窅渺,亦使人神遠矣。"

讀孟嘗君傳

【題解】

本文力翻《史記·孟嘗君列傳》之陳案,通篇不過九十字,卻分四層段落,起承轉合俱備。筆力簡勁,文勢峭拔,尺幅之間盡蓄千里之勢,前人以"千秋絕調"稱之,洵非虛譽。孟嘗君,田氏,名文,戰國時齊國公子,以養士好客著名,與平原君趙勝、信陵君魏無忌、春申君黃歇並稱戰國四公子。

世皆稱孟嘗君能得士,士以故歸之[1],而卒賴其力以脱於虎豹之秦[2]。嗟乎！孟嘗君特雞鳴狗盜之雄耳[3],豈足以言得士？不然,擅齊之强[4],得一士焉,宜可以南面而制秦[5],尚何取雞鳴狗盜之力哉？夫雞鳴狗盜之出其門,此士之所以不至也。

《王文公文集》卷三三

【校注】

[1]"世皆稱"二句:《史記·孟嘗君列傳》:"食客數千人,無貴賤一與文等……士以此多歸孟嘗君。孟嘗君客無所擇,皆善遇之,人人各自以爲孟嘗君親己。"

[2]"而卒賴"句:《史記·孟嘗君列傳》:"（秦）昭王即以孟嘗君爲秦相。人或説秦昭王曰:'孟嘗君賢,而又齊族也。今相秦,必先齊而後秦,秦其危矣。'於是秦昭王乃止。囚孟嘗君,謀欲殺之。孟嘗君使人抵昭王幸姬求解。幸姬曰:'妾願得君狐白裘。'此時孟嘗君有一狐白裘,直千金,天下無雙,入秦獻之昭王,更無他裘。孟嘗君患之,遍問客,莫能對。最下坐有能爲狗盜者,曰:'臣能得狐白裘。'乃夜爲狗,以入秦宮臧中,取所獻狐白裘至,以獻秦王幸姬。幸姬爲言昭王,昭王釋孟嘗君。孟嘗君得出,即馳去,更封傳,變名姓以出關。夜半至函谷關。秦昭王後悔出孟嘗君,求之已去,即使人馳傳逐之。孟嘗君至關,關法,雞鳴而出客,孟嘗君恐追至,客之居下坐者有能爲雞鳴,而雞齊鳴,遂發傳出。出如食頃,秦追果至關,已後孟嘗君出,乃還。"　　[3]特:僅,祇。雄:爲首者。　　[4]"擅齊"句:齊爲戰國

七雄之一,故云。擅:擁有。　　　　[5]"宜可以"句:指克秦稱王。南面:古以坐北朝南爲尊位,因以指帝王或尊者之位。

【集評】

（宋）李塗《文章精義》:"文章有短而轉折多氣長者,韓退之《送董邵南序》、王介甫《讀孟嘗君傳》是也。"

（清）沈德潛:"語語轉,筆筆緊,千秋絶調。"（高步瀛《唐宋文舉要》甲編卷七引）

蘇　軾

【作者簡介】

蘇軾（1037—1101）,字子瞻,一字和仲,號東坡居士,眉州眉山（今屬四川）人。宋仁宗嘉祐二年（1057）進士。宋神宗熙寧四年（1071）通判杭州,七年知密州,十年知徐州。元豐二年（1079）知湖州,又以"烏臺詩案"責授黄州團練副使。宋哲宗元祐元年（1086）遷翰林學士、知制誥,四年出知杭州,六年知潁州,七年知揚州,又遷端明殿學士、禮部尚書兼翰林侍讀學士,八年知定州。紹聖元年（1094）貶知惠州,四年再貶儋州。宋徽宗建中靖國元年（1101）赦還,卒於常州。謚文忠。著名文學家、書畫家。文章筆力曲折,無不盡意,爲"唐宋八大家"之一。詩兼學多家,晚好陶潛。詞以豪放著稱,而實風格多樣。與父洵、弟轍合稱"三蘇"。有《東坡集》四十卷、《後集》二十卷、《東坡樂府》三卷等。《宋史》卷三三八有傳。

和子由澠池懷舊

【題解】

宋仁宗嘉祐六年（1061）末,蘇軾自開封赴（今屬陝西）鳳翔簽判任,塗經澠池,得蘇轍《懷澠池寄子瞻兄》詩而和作。感喟人生,情緒深沉。前四句比喻,尤爲出色。子由,蘇軾弟蘇轍。澠（miǎn　緬）池,縣名,今屬河南。

人生到處知何似? 應似飛鴻踏雪泥。泥上偶然留指爪,鴻飛那復計東西。老僧已死成新塔,壞壁無由見舊題[1]。往日崎嶇還記否?路長人困蹇驢嘶[2]。往歲,馬死於二陵[3],騎驢至澠池。

　　　　　　　　　　　　　　　　　　　　　　　《蘇軾詩集》卷三

【校注】

[1]"老僧"二句:蘇轍原詩《懷澠池寄子瞻兄》"舊宿僧房壁共題"句自注:"轍昔與子瞻應舉,過宿縣中寺舍,題其老僧奉閑之壁。"事在嘉祐元年(1056)春,兄弟二人自蜀赴京應進士試時。塔:佛教建築,多用於供奉佛像、收藏佛經或埋葬僧人骨灰。故前句云云。　　[2]蹇(jiǎn 簡):跛足。　　[3]二陵:即二崤(東崤和西崤),在澠池西。

【集評】

　　(元)劉壎《隱居通議》卷一〇:"此《東坡集》律詩第一首……此詩若繩以唐人律體,大概疏直欠工。然'鴻泥'之喻,真是造理,前人所未到也。且悠然感慨,令人動情,世不可率爾讀之,要須具眼。"

　　(清)方東樹《昭昧詹言》卷二〇:"此詩人所共賞,然余不甚喜,以其流易。"

　　錢鍾書《宋詩選注》:"'雪泥鴻爪'是蘇軾的有名譬喻之一,在宋代就有人稱道(魏慶之《詩人玉屑》卷十七、蔡正孫《詩林廣記》後集卷三引《陵陽室中語》),後來變爲成語。"

游金山寺

【題解】

　　宋神宗熙寧四年(1071)十一月三日赴杭州通判任,塗經金山寺時所作。見眼前江水而生思鄉之情,蘇軾屢形於吟詠,而以本篇爲最著名。寺爲名刹,在今江蘇鎮江西北金山。

　　我家江水初發源[1],宦游直送江入海[2]。聞道潮頭一丈高,天寒尚有沙痕在。中泠南畔石盤陀[3],古來出沒隨濤波。試登絕頂望鄉國,江南江北青山多。羈愁畏晚尋歸楫[4],山僧苦留看落日。微風萬頃靴文細,斷霞半空魚尾赤。是時江月初生魄[5],二更月落天深黑。江心似有炬火明,飛焰照山棲鳥驚。悵然歸臥心莫識,非鬼非人竟何物^[6]？是夜所見如此。江山如此不歸山，江神見怪驚我頑^[7]。我謝江神豈得已^[8]，有田不歸如江水^[9]。

《蘇軾詩集》卷七

【校注】

[1]"我家"句：古以岷江爲長江源頭。岷江流經蘇軾家鄉眉山，至樂山入長江。

[2]"宦游"句：謂因做官赴任而游訪鎮江。鎮江屬長江下游，下此即海。

[3]中泠：泉名，在金山西北。盤陀：石不平貌。　　[4]歸檝：指返回鎮江的船。宋時金山爲江中島嶼，今則與長江南岸相連。　　[5]魄：月圓而始缺時的不明亮處。後者一般在陰曆初三日。《禮記·鄉飲酒義》："月之三日而成魄。"

[6]"江心"四句：宋王十朋《東坡詩集注》卷二三引汪革注引蘇軾語："山林藪澤，晦明之夜，則野火生焉。散布如人秉燭，其色青，異乎人火。"或以爲磷火。

[7]"江山"二句：江山景色如此，我卻戀棧不歸，故江神現怪，以示驚異於我之冥頑戀俗。見(xiàn 現)：通"現"。驚：一作"警"。　　[8]謝：道歉，認錯。

[9]"有田"句：發誓若有田地，則必辭官歸隱。如江水：古人常指水爲誓。《左傳·僖公二十四年》記晉公子重耳謂其舅子犯曰："所不與舅氏同心者，有如白水。"《晉書·祖逖傳》記祖逖中流擊楫而誓曰："祖逖不能清中原而復濟者，有如大江。"蘇軾《東坡志林》卷二《買田求歸》："浮玉老師元公欲爲吾買田京口，要與浮玉之田相近者，此意殆不可忘。吾昔有詩云：'江山如此不歸山，山神見怪驚我頑。我謝江神豈得已，有田不歸如江水。'今有田矣不歸，無乃食言於神也耶？"

【集評】

（清）紀昀評點《蘇文忠公詩集》卷七："首尾謹嚴，筆筆矯健，節短而波瀾甚闊……結處將無作有，兩層搭爲一片，歸結完密之極，亦巧便之極。設非如此挽合，中一段如何消納。"

陳衍《宋詩精華録》卷二："一起高屋建瓴，爲蜀人獨足誇口處。通篇全就望鄉歸山落想，可作《莊子·秋水》篇讀。"

六月二十七日望湖樓醉書
其　　一

【題解】

　　宋神宗熙寧五年(1072)春作於杭州。四句四畫面,轉換急速,頗能傳夏景之神。望湖樓,五代時吳越王錢氏所建,在杭州西湖邊。原題五首,此爲第一。

　　黑雲翻墨未遮山,白雨跳珠亂入船。卷地風來忽吹散,望湖樓下水如天。

《蘇軾詩集》卷七

【集評】

　　(清)紀昀評點《蘇文忠公詩集》卷七:"陰陽變化,開闔於俄頃之間。氣雄語壯,人不能及也。"

飲湖上初晴後雨
其　　二

【題解】

　　宋神宗熙寧六年(1073)春作於杭州。將往古虛無之人比眼前實有之物,出人意表,合於情理。作者亦甚自得,不惜一用再用,如"西湖真西子"(《次韻劉景文登介亭》)、"祇有西湖似西子"(《次前韻答馬中玉》)。原題二首,此爲第二。

　　水光瀲灩晴方好[1],山色空濛雨亦奇[2]。若把西湖比西子[3],淡妝濃抹總相宜[4]。

《蘇軾詩集》卷九

【校注】

[1]水:一作"湖"。瀲(liàn 練)灩(yàn 艷):波光蕩漾貌。方:一作"偏"。
[2]空濛:霧氣迷茫貌。南朝齊謝脁《觀朝雨》:"空濛如薄霧。"　　　[3]若:一作"欲"。西子:春秋越國美女西施的別稱。　　　[4]總:一作"也"。

【集評】

（宋）陳善《捫虱新話》卷八：“要識西子,但看西湖;要識西湖,但看此詩。”

（清）查慎行《初白庵詩評》卷中：“多少西湖詩被二語掃盡,何處著一毫脂粉顔色。”（評首二句）

題西林壁

【題解】

宋神宗元豐七年(1084)四月作於廬山。詩與哲理融合無間,極耐尋味。西林,寺名,一名乾明寺,在廬山。

橫看成嶺側成峰,遠近高低總不同[1]。不識廬山真面目,祇緣身在此山中。

《蘇軾詩集》卷二三

【校注】

[1]“遠近”句:一作“遠近看山了不同”,又作“遠近高低無一同”、“遠近高低各不同”。

【集評】

（清）王文誥《蘇文忠公詩編注集成》卷二三：“凡此種詩,皆一時性靈所發,若必胸有釋典,而後鑪錘出之,則意味索然矣。”

（清）紀昀評點《蘇文忠公詩集》卷二三：“亦是禪偈,而不甚露禪偈氣,尚不取厭。以爲高唱,則未然。”

惠崇春江晚景

其　　一

【題解】

宋神宗元豐八年(1085)題惠崇畫。以想像賦予畫面以生趣。惠崇,宋初畫僧,“工畫鵝雁鷺鷥,尤工小景,善爲寒汀遠渚、蕭灑虛曠之象,人所難到也”（宋郭若虛《圖畫見聞誌》卷四）。北宋詩人多有詠其畫者。亦能詩。晚,一作“曉”。原題二首,此爲第一。

竹外桃花三兩枝,春江水暖鴨先知[1]。蔞蒿滿地蘆芽短,正是河豚欲上時[2]。

《蘇軾詩集》卷二六

【校注】

[1]"春江"句:唐張謂《春園家宴》:"花間覓路鳥先知。"句式、文意略相仿佛。

[2]"蔞蒿"二句:謂蔞蒿、蘆芽生時,河豚正當時令,可以佐食。宋張末《明道雜志》:"見土人户食之(河豚),其烹煮亦無法,但用蔞蒿、荻筍、菘菜三物,云最相宜。"一説,河豚食蒿、蘆則肥。蔞(lóu 婁)蒿:水草名,初生可食。蘆芽:蘆葦嫩芽,即蘆筍,可食。河豚:魚名,味極美。欲上時:當令之時。一説,隨潮而上浮之時。

【集評】

(清)毛奇齡《西河詩話》卷五:"與汪蛟門(懋麟)舍人論宋詩,舍人舉東坡詩'春江水暖鴨先知','正是河豚欲上時',不遠勝唐人乎? 予曰:此正效唐人而未能者。'花間覓路鳥先知',唐人句也。覓路在人,先知在鳥,以鳥習花間故也。此'先',先人也;若鴨,則先誰乎? 水中之物,皆知冷暖,必先以鴨,妄矣。且細繹二語,誰勝誰負? 若第以'鴨'字、'河豚'字爲不數見,不經人道過,遂矜爲過人事,則江鰍土鼈皆物色矣。"(《毛西河先生全集》)

(清)王士禛《居易録》卷二:"毛簡討(奇齡)大可生平不喜東坡詩,在京師日,汪(懋麟)季用舉坡絶句云:'竹外桃花三兩枝,春江水暖鴨先知。蔞蒿滿地蘆芽短,正是河豚欲上時。'語毛曰:'如此詩亦可道不佳耶?'毛憤然曰:'鵝也先知,怎衹説鴨?'衆爲捧腹。"

(清)趙克宜《角山樓蘇詩評注彙鈔》卷一二:"指點境象,饒有餘味,正以題畫佳耳。若實賦則味減。"

荔　支　歎

【題解】

宋哲宗紹聖二年(1095)作於惠州(今屬廣東)。爲荔枝而發,又説到茶,又説到牡丹,諷古刺今,能開能闔,胸中鬱紆,盡現筆底。荔支,今多寫作"荔枝"。

十里一置飛塵灰，五里一堠兵火催。顛坑仆谷相枕藉，知是荔支龍眼來[1]。飛車跨山鶻橫海，風枝露葉如新採。宮中美人一破顏，驚塵濺血流千載[2]。永元荔支來交州[3]，天寶歲貢取之涪[4]。至今欲食林甫肉[5]，無人舉觴酹伯游[6]。漢永元中，交州進荔支、龍眼。十里一置，五里一堠，奔騰死亡，罹猛獸毒蟲之害者無數[7]。唐羌，字伯游，爲臨武長[8]，上書言狀，和帝罷之。唐天寶中，蓋取涪州荔支，自子午谷路進入[9]。我願天公憐赤子[10]，莫生尤物爲瘡痏[11]。雨順風調百穀登，民不飢寒爲上瑞[12]。君不見武夷溪邊粟粒芽[13]，前丁後蔡相籠加[14]。大小龍茶[15]，始於丁晉公，而成於蔡君謨。歐陽永叔聞君謨進小龍團，驚歎曰："君謨，士人也。何至作此事！"[16]爭新買寵各出意，今年鬥品充官茶[17]。今年閩中監司乞進鬥茶，許之。吾君所乏豈此物，致養口體何陋耶[18]？洛陽相君忠孝家[19]，可憐亦進姚黃花[20]。洛陽貢花，自錢惟演始。

　　　　　　　　　　　　　　　　　　　　　　　　　　　　《蘇軾詩集》卷三九

【校注】

[1]"十里"四句：用漢和帝時交州貢荔枝事。《後漢書·和帝紀》："舊南海獻龍眼、荔支，十里一置，五里一候（通"堠"），奔騰阻險，死者繼路。"置：驛站。堠（hòu後）：驛道上記里程的土壇。五里隻堠，十里雙堠。兵火催，形容督運急迫，有如戰事。枕藉（jiè借）：縱橫疊臥。"知是"句，反用唐杜牧《過華清宮絕句》三首之一："一騎紅塵妃子笑，無人知是荔枝來。"龍眼：又稱桂圓。　　　[2]"飛車"四句：言唐玄宗時涪州進貢楊貴妃荔枝事。唐李肇《唐國史補》卷上："楊貴妃生於蜀，好食荔枝，南海所生，尤勝蜀者，故每歲飛馳以進。"宋司馬光《資治通鑑》卷二一五，唐玄宗天寶五載："妃欲得生荔支，歲命嶺南馳驛致之。比至長安，色味不變。"元胡三省注："自蘇軾諸人皆云此時荔支自涪州致之，非嶺南也。"按宋吳曾《能改齋漫錄》卷一五《貢荔枝地》："近見《涪州圖經》，及詢土人，云涪州有妃子園荔枝，蓋妃嗜生荔枝，以驛騎傳遞，自涪至長安有便路，不七日可到。故杜牧之詩云：'一騎紅塵妃子笑。'東坡亦川人，故得其實。"參下"天寶"句及作者自注。"飛車"句，形容傳送之速。飛車：傳說中車名。晉張華《博物志》卷二："奇肱民善爲機巧，以殺百禽，能爲飛車，從風遠行。"鶻（hú胡）：猛禽，即鷲，一説隼。宮中美人，指楊貴妃。破顏：笑。　　　[3]永元：漢和帝年號（89—104）。交州：今兩廣南部一帶。
[4]天寶：唐玄宗年號（742—755）。歲貢：每年地方向朝廷貢獻的禮品。此指荔

枝。涪(fú 扶):涪州,治所在今重慶涪陵。　　[5]林甫:李林甫,唐玄宗時宰相,在相位十九年,妒賢嫉能,獻媚邀寵,《新唐書》列入《姦臣傳》。　　[6]酹(lèi 類):灑酒於地,以示祭奠。伯游:《後漢書・和帝紀》唐李賢注引三國吳謝承《後漢書》:"唐羌字伯游,辟公府,補臨武長。縣接交州,舊獻龍眼、荔支及生鮮,獻之,驛馬晝夜傳送之,至有遭虎狼毒害,頓仆死亡不絶。道經臨武,羌乃上書諫曰:'臣聞上不以滋味爲德,下不以貢膳爲功,故天子食太牢爲尊,不以果實爲珍。伏見交阯七郡獻生龍眼等,鳥驚風發。南州土地,惡蟲猛獸不絶於路,至於觸犯死亡之害。死者不可復生,來者猶可救也。此二物升殿,未必延年益壽。'帝從之。"　　[7]罹(lí 離):遭受。　　[8]臨武:縣名,今屬湖南。　　[9]子午谷:谷名,長六百餘里,在今陝西安南秦嶺山中,爲川陝交通要道。《史記・樊酈滕灌列傳》"賜食邑杜之樊鄉"句,唐司馬貞《索隱》引《三秦記》:"長安正南,山名秦嶺,谷名子午。"[10]赤子:百姓。　　[11]尤:珍異。唐白居易《八駿圖》:"由來尤物不在大,能蕩君心則爲害。"瘡痏(wěi 委):疤痕。痏,瘡。引申指災害。　　[12]"雨順"二句:一本無。清紀昀評點《蘇文忠公詩集》卷三九:"二句凡猥,宜從集本删之。"清王文誥《蘇文忠公詩編注集成》卷三九:"紀曉嵐以爲誤增,非是。題既曰歎,自應落到此二句。且轉韻歇處,非《虢國圖》前半用一韻可比。若痏可叶疣,其説尚可通,而疣、痏音義全别,更以後一段合全篇論之,其前必當有二仄韻,是曉嵐全未看清楚也。"登:豐收。　　[13]武夷:福建山名,産茶。粟粒芽:形爲細小顆粒的初春芽茶,極品。　　[14]前丁:指丁謂,宋真宗時宰相,封晉國公,稱丁晉公。善諂媚迎合,與錢惟演同被寇準稱爲"佞人"(《宋史・寇準傳》)。《宋史》卷二八三有傳。後蔡:指蔡襄,字君謨,宋仁宗時任起居舍人、翰林學士等職。工書畫,亦善詩文,著有《茶録》一卷。《宋史》卷三二〇有傳。籠加:籠裝加封。　　[15]龍茶:即龍團,宋時福建以模製成的印有龍鳳花紋的茶餅,爲茶中之精品。宋歐陽修《龍茶録後序》:"茶爲物之至精,而小團又其精者。録叙所謂上品龍茶者是也,蓋自君謨始造而歲貢焉。"　　[16]"歐陽永叔"五句:宋費袞《梁谿漫志》卷八引陳少陽《跋蔡君謨〈茶録〉》:"余聞之先生長者,君謨初爲閩漕時,出意造密雲小團爲貢物,富鄭公聞之,歎曰:'此僕妾愛其主之事耳,不意君謨亦復爲此。'"是富弼亦有相似之論。然《四庫全書總目・茶録》謂二語皆出於依託,不足信。　　[17]鬥品:鬥茶(比賽茶葉優劣)時勝出的好茶。官茶:貢茶。　　[18]致養:奉養。口體:指物質享受。《孟子・離婁上》謂奉養父母應重"養志"(精神滿足),而不應衹"養口體",句意本此。　　[19]"洛陽"句:指錢惟演。吳越王錢俶降宋,宋太宗稱其爲"以忠孝而保社稷"(《宋史・吳越錢氏世家》)。錢惟演爲俶子,曾爲樞密使,又以同中書門下平章事留守西京洛陽,皆爲宰相或使相之任。　　[20]可憐:

可惜。姚黄花:牡丹名品。歐陽修《洛陽牡丹記·花釋名》:"姚黄者,千葉黄花,出於民姚氏家……洛陽亦不甚多,一歲不過數朵。"又引錢惟演語:"人謂牡丹花王,今姚黄真可爲王。"蘇軾《仇池筆記》卷上《萬花會》:"錢惟演作留守,始置驛貢洛花,有識鄙之,此宮妾愛君之意也。"

【集評】

(清)查慎行《初白庵詩評》卷中:"耳聞目見,無不可供我揮霍者。樂天諷喻諸作,不過就題還題,那得如許開拓。"

(清)紀昀評點《蘇文忠公詩集》卷三九:"貌不襲杜,而神似之。出没開合,純乎杜法。"

江 城 子

乙卯正月二十日夜記夢

【題解】

宋神宗熙寧八年(乙卯,1075)正月作於密州(今山東諸城)。悼念亡妻王弗,感情凄婉,屬"純以情勝,情之至者詞亦至"(清陳廷焯《白雨齋詞話》卷一)之作。以詞悼亡,此爲開端,亦爲頂峰。

十年生死兩茫茫[1],不思量[2],自難忘[3]。千里孤墳,無處話凄凉[4]。縱使相逢應不識,塵滿面,鬢如霜[5]。　　夜來幽夢忽還鄉。小軒窗[6],正梳妝。相顧無言,惟有淚千行。料得年年斷腸處,明月夜,短松岡[7]。

《蘇軾詞編年校注》

【校注】

[1]"十年"句:王弗治平二年(1065)病逝於汴京,距此時整十年。　　[2]量(liáng梁):按律讀陽平。　　[3]忘(wáng王):按律讀陽平。　　[4]"千里"二句:王弗治平三年遷葬故鄉四川彭山父母墓旁。蘇軾其時在密州,故云。　　[5]"縱使"三句:唐白居易《東南行一百韻寄通州元九侍御澧州李十一舍人(略)》:"相逢應不識,滿頷白髭鬚。"　　[6]軒窗:堂前的窗户。　　[7]"料得"三句:唐孟棨《本事詩·徵異》載,唐開元中五兄弟遭繼母虐待,哭訴於母親墳前。母親自墳中出,題詩白布

巾贈丈夫,末二句云:"欲知腸斷處,明月照孤墳。"蘇軾此詞似從此化出。斷腸:一作"腸斷"。短松岡:指墓地,因墓地常有松樹。

【集評】

唐圭璋《唐宋詞簡釋》:"真情鬱勃,句句沉痛,而音響淒厲,誠後山所謂'有聲當徹天,有淚當徹泉'也。"

江 城 子

密州出獵

【題解】

宋神宗熙寧八年(1075)十月作。表現願爲國家效力邊陲的迫切願望。自我形象的塑造在詩中司空見慣,在詞中卻不多見。題原作"獵詞",兹據宋傅幹《注坡詞》(巴蜀書社 1993 年版)卷六改。蘇軾《與鮮于子駿》曾道及此詞:"近卻頗作小詞,雖無柳七郎(永)風味,亦自是一家。呵呵!數日前獵於郊外,所獲頗多,作得一闋(指本詞),令東州壯士抵掌頓足而歌之,吹笛擊鼓以爲節,頗壯觀也。"或謂此信元豐二年(1079)正月作於徐州,信中所謂"小詞"非此詞,已失傳;或謂此信元豐元年正月作於徐州,詞亦作於同時,信中所指即爲此詞(參劉崇德《蘇軾〈江城子·獵詞〉編年考辨》,《河北大學學報》1986 年第 2 期)。密州,今山東諸城。

老夫聊發少年狂,左牽黃,右擎蒼[1],錦帽貂裘[2],千騎卷平岡[3]。爲報傾城隨太守[4],親射虎,看孫郎[5]。　　酒酣胸膽尚開張[6],鬢微霜,又何妨。持節雲中,何日遣馮唐[7]。會挽雕弓如滿月[8],西北望,射天狼[9]。

《蘇軾詞編年校注》

【校注】

[1]"左牽"二句:寫打獵的行頭。宋李昉等《太平御覽》卷九二六引《史記》:"李斯臨刑,思牽黃犬,臂蒼鷹,出上蔡東門,不可得矣。"(今本《史記》祇言牽黃犬,不言臂蒼鷹。)《南史·張充傳》:"充出獵,左手臂鷹,右手牽狗。"黃:謂黃犬。蒼:謂黑鷹。　　[2]錦帽貂裘:作者的獵裝。一說爲隨從的穿戴。　　[3]"千騎(jì計)"句:謂隨從者之衆。騎:一人乘一馬爲一騎。　　[4]"爲報"句:爲酬謝全城的人都出來看我圍獵的盛情。晉孫楚《征西官屬送於陟陽候作》:"傾城遠追送,餞

我千里道。"隨:一作"賢"。太守:蘇軾自指,參歐陽修《醉翁亭記》注[7]。
[5]"親射"二句:《三國志·吳書·吳主傳》載,孫權"親乘馬射虎於廢亭。馬爲虎
所傷,權投以雙戟,虎卻廢,常從張世擊以戈,獲之。"句用此典。孫郎:指孫權。詩
人以孫權自比。　　　[6]尚:更加。唐元稹《説劍》:"酒酣肝膽露。"　　　[7]"持
節"二句:義即"何日遣馮唐持節雲中"。《史記·馮唐傳》載,漢雲中守魏尚抵禦
匈奴有功,卻因多報六顆首級獲罪削爵。年邁位卑的馮唐認爲不當輕罪重罰,文
帝遂"令馮唐持節赦魏尚,復以爲雲中守,而拜唐爲車騎都尉,主中尉及郡國車
士"。作者此處以誰自比,注家説多不同。若自比魏尚,則是希望得朝廷信用,爲
國立功。若自比馮唐,就是以終有機會發揮作月自期。節:使臣隨身攜帶以傳朝
命的符節。雲中:漢郡名,今內蒙古自治區托克托東北一帶。　　　[8]會:當。挽:
拉。　　　[9]"西北"二句:謂抗擊敵國。化用《楚辭·九歌·東君》:"舉長矢兮射
天狼。"西北:指位於西北的西夏國。天狼:星名,星象家視其貪殘主侵掠。

【集評】

　　夏承燾《唐宋詞欣賞》:"蘇軾最早的一首豪放詞。從宋詞的發展看來,在范仲
淹那首《漁家傲》之後,蘇軾這詞是豪放詞派中一首很值得重視的作品。"

水調歌頭

丙辰中秋,歡飲達旦,大醉,作此篇,兼懷子由

【題解】

　　宋神宗熙寧九年(丙辰,1076)中秋作於密州(今山東諸城)。出世入世的矛盾,
自然人生的思考,悒鬱愉快的情感,善自排遣的襟懷,高遠浩蕩的格調,清泠澄明的
意境,奇逸瑰麗的興象,雲鵬天馬般的筆觸,裁雲縫霧般的想像,構成這篇名作。子
由,蘇軾弟蘇轍。此時蘇轍在濟南,兄弟不見者六年。

　　明月幾時有?把酒問青天[1]。不知天上宮闕,今夕是何年[2]?
我欲乘風歸去[3],又恐瓊樓玉宇[4],高處不勝寒[5]。起舞弄清影[6],
何似在人間[7]?　　　轉朱閣,低綺户[8],照無眠[9]。不應有恨,何事
長向別時圓[10]?人有悲歡離合,月有陰晴圓缺,此事古難全。但願人
長久,千里共嬋娟[11]!

《蘇軾詞編年校注》

【校注】

[1]"明月"二句:唐李白《把酒問月》:"青天有月來幾時,我今停杯一問之。"

[2]"今夕"句:《詩・唐風・綢繆》:"今夕何夕。"唐戴叔倫《二靈寺守歲》:"已悟化城非樂界,不知今夕是何年。"　　[3]乘風:《莊子・逍遥游》:"夫列子御風而行,泠然善也,旬有五日而後返。"《列子・黄帝》:"列子師老商氏,友伯高子,進二子之道,乘風而歸。"　　[4]又:一作"惟"。瓊樓玉宇:謂月宫。唐段成式《酉陽雜俎》前集卷二:"翟天師名乾祐……曾於江岸與弟子數十玩月,或曰'此中竟何有',翟笑曰:'可隨吾指觀。'弟子中兩人見月規半天,瓊樓金闕滿焉。數息間不復見。"　　[5]"高處"句:唐鄭處誨《明皇雜録》:"八月十五日夜,葉静能邀上游月宫,將行,請上衣裘而往。及至月宫,寒凛特異,上不能禁。"(宋傅榦《注坡詞》卷一引,今本無)　　[6]"起舞"句:語本李白《月下獨酌》:"我歌月徘徊,我舞影凌亂。"起舞:謂月中仙女。或謂乃蘇軾自指。　　[7]何似:何如,意爲不如。

[8]低綺户:月光低映雕花門窗。　　[9]無眠:無眠之人。蘇軾自指。

[10]"不應"二句:宋司馬光《續詩話》:"李長吉'天若有情天亦老',人以爲奇絶無對。曼卿對'月如無恨月長圓',人以爲勍敵。"有恨:謂與人有仇。何事:爲何。長:一作"偏"。　　[11]"但願"二句:南朝宋謝莊《月賦》:"美人邁兮音塵絶,隔千里兮共明月。"唐孟郊《古怨別》:"別後惟所思,天涯共明月。"唐許渾《懷江淮同志》:"惟應洞庭月,萬里共嬋娟。"嬋娟:美好貌。此指月亮。

【集評】

　　(宋)胡仔《苕溪漁隱叢話》後集卷三九:"中秋詞,自東坡《水調歌頭》一出,餘詞盡廢。"

　　(明)徐士俊:"畫家大斧皴,書家擘窠體。"(《古今詞統》卷一二)

　　俞陛雲《唐五代兩宋詞選釋》:"明月生於何時? 天上有無宫闕? 甲子悠悠,誰爲編紀? 三者皆玄妙之語,可謂雲思霞想,高接混茫。起筆如俊鶻破空疾下,此詞本高抗之音,得公椽筆,壓倒豪傑矣。'瓊樓玉宇'二句,以高危自警,即其贈子由詞'早退爲戒'之意,上清雖好,不如戢影人間也。下闋懷子由,謂明月且難長滿,何況浮生焉能長聚,達人安命,願與弟共勉之。全篇若雲鵬天馬,一片神行,公之能事也。"

浣 溪 沙

【題解】

宋神宗元豐元年(1078)春夏間作於徐州。其時天旱,蘇軾至城外石潭求雨得驗,謝雨歸來,心情喜悦,作詞五首,有小序“徐門石潭謝雨,道上作五首。潭在城東二十里,常與泗水增減,清濁相應”云云。此爲第四首。寫農村初夏景象,富於生活氣息。

簌簌衣巾落棗花[1],村南村北響繰車[2]。牛衣古柳賣黄瓜[3]。
酒困路長惟欲睡,日高人渴謾思茶[4]。敲門試問野人家[5]。

《蘇軾詞編年校注》

【校注】

[1]簌(sù 訴)簌:紛落貌,亦擬聲。　　[2]繰車:繰絲的工具。繰,將蠶繭浸在熱水裏,抽出蠶絲。　　[3]牛衣:冬季覆蓋牛馬之物,用草或麻製成,此處比喻衣服的簡陋。《漢書·食貨志上》載漢董仲舒云:“貧民常衣牛馬之衣,而食犬彘之食。”宋曾季貍《艇齋詩話》謂見東坡此詞真跡作“半依”。按,蘇軾《夜泊牛口》有“居民偶相聚,三四依古柳”句。作“半依”,似更饒意境。　　[4]謾:通“漫”,不經意,隨意。　　[5]野:村野,鄉村。

【集評】

(清)王士禛《花草蒙拾》:“‘牛衣古柳賣黄瓜’,非坡仙無此胸次。”

卜 算 子

黄州定慧院寓居作

【題解】

宋神宗元豐三年(1080)二三月間作於黄州。思清境冷,意高格奇。擇木良禽的寂寞懷愁,實即作者心靈傲岸不諧的象徵。黄州,今湖北黄岡。定慧院,又名定惠院,在黄州東南,蘇軾初貶黄州時寓居於此。

缺月挂疏桐，漏斷人初静[1]。誰見幽人獨往來[2]，縹緲孤鴻影[3]。　　驚起卻回頭，有恨無人省[4]。揀盡寒枝不肯棲[5]，寂寞沙洲冷[6]。

《蘇軾詞編年校注》

【校注】

[1]漏斷：銅壺滴水計時稱漏，壺中水滴盡爲漏斷，表明夜深。　　[2]誰：原作"時"，兹據宋傅幹《注坡詞》（巴蜀書社 1993 年版）卷一二改。幽人：隱居之人。《周易·履》："履道坦坦，幽人貞吉。"此爲蘇軾自指。黄州地處偏僻，蘇軾初貶至此，感覺似幽居之人。另一解爲囚禁之人，引申爲含冤之人，與蘇軾謫宦身份亦相吻合。　　[3]縹緲：隱約高遠貌。　　[4]省（xǐng 醒）：明白，領會。
[5]"揀盡"句：宋、金人關於此句多有争議。或謂鴻雁本不棲息於木，故此句有語病；或謂鴻雁不棲於木而云"不肯棲"，並無語病；或謂作者明知鴻雁不棲於木而謂其"不肯"，意在嘉許良禽擇木而棲，別有寄託；或謂鴻雁並非不棲於木。參宋胡仔《苕溪漁隱叢話》前集卷三九、宋陳鵠《耆舊續聞》卷二、宋王楙《野客叢書》卷二四、金王若虚《滹南詩話》卷二。　　[6]"寂寞"句：一作"楓落吴江冷"。

【集評】

　　（宋）黄庭堅《豫章黄先生文集》卷二六《跋東坡樂府》："東坡道人在黄州時作，語意高妙，似非吃煙火食人語。非胸中有萬卷書，筆下無一點塵俗氣，孰能至此。"

　　吴梅《詞學通論·作法》："詠物詞須別有寄託，不可直賦。自訴飄零，如東坡之詠雁；獨寫哀怨，如白石之詠蟋蟀。斯最善矣。"

水　龍　吟

次韻章質夫楊花詞

【題解】

　　宋神宗元豐四年（1081）春夏作於黄州。詞詠楊花，寄寓身世之感、貶謫之情。劉熙載《藝概·詞曲概》云："鄰人之笛，懷舊者感之；斜谷之鈴，溺愛者悲之。東坡《水龍吟·和章質夫詠楊花》云：'細看來不是楊花，點點是離人淚。'亦同此意。"詞作情感幽約，意境爛然；是花是人，化成一片。次韻，和人詩詞，依其原作用韻的次序。章質夫，名楶（jié 傑），時任荆湖北路提點刑獄。章質夫原詞云："燕忙鶯懶花殘,正堤上、柳花飄墜。輕飛點畫青林,誰道全無才思。閒趁游絲,静臨深院,日長門閉。傍珠簾散漫,垂垂欲下,依前被、風扶起。　　　蘭帳玉人睡覺,怪春衣、雪沾瓊綴。繡牀旋滿,香毬無數,才圓卻碎。時見蜂兒,仰沾輕粉,魚吹池水。望章臺路杳,金鞍游蕩,有盈盈淚。"

　　似花還似非花[1],也無人惜從教墜[2]。抛家傍路,思量卻是,無情有思[3]。縈損柔腸,困酣嬌眼,欲開還閉[4]。夢隨風萬里,尋郎去處,又還被、鶯呼起[5]。　　　不恨此花飛盡,恨西園、落紅難綴[6]。曉來雨過,遺蹤何在?一池萍碎[7]。楊花落水爲浮萍,驗之信然。春色三分,二分塵土,一分流水[8]。細看來不是楊花,點點是、離人淚[9]。

《蘇軾詞編年校注》

【校注】

[1]"似花"句:楊花即柳絮,古人多將柳絮視作花,但亦有認爲非花者。梁蕭繹《詠陽雲樓簷柳》:"楊柳非花樹,依樓自覺春。"　　[2]從教(jiāo 交):任憑,不管。　　[3]"抛家"三句:楊花離開枝頭,卻又傍落路邊,想來似無情,又好像有意。"家":一作"街"。思(sì 四):意。　　[4]"縈損"三句:用美人比楊花。柔腸爲愁思縈繞,雙眼因春困倦怠。損:壞。柔腸:喻柳條。嬌眼:指柳葉。古人認爲柳葉初生似睡眼初展,稱柳眼。唐李商隱《二月二日》:"花鬚柳眼各無賴,紫蝶黄蜂俱有情。"　　[5]"夢隨"三句:以美人夢尋意中人被黄鶯驚醒,喻楊花隨風飄轉。化用唐金昌緒《春怨》:"打起黄鶯兒,莫教枝上啼。啼時驚妾夢,不得到遼西。"又還:一作"依前"。　　[6]綴:連接到枝頭。　　[7]一池萍碎:古人認爲楊花落水變成浮萍。除此首自注外,蘇軾《再次韻曾仲錫荔支》"柳花著水萬浮萍"句自注亦云:"柳至易成,飛絮落水中,經宿即爲浮萍。"宋陸佃《埤雅》卷一六《釋草·苹》:"舊説楊花入水,化爲浮萍。"按,此説實誤。　　[8]"春色"三句:形容春殘。宋葉清臣《賀聖朝》:"三分春色二分愁,更一分風雨。"　　[9]"細看來"二句:句式通常爲五、四、四,此與常格稍異。

【集評】

　　俞陛雲《唐五代兩宋詞選釋》:"起二句已吸取楊花之全神。'無情有思'句以下,人與花合寫,情味悠然。轉頭處別開一境。'西園落紅'句隱喻人亡邦瘁,愀然憂國之思。'遺蹤'、'萍碎'句仍歸到本題。'春色'三句,萬紫千紅同歸塵劫,不僅爲楊花惜也。結句怨悱之懷,力透紙背,既傷離索,兼有遷謫之感。質夫原唱,亦清麗可誦。"

吳世昌《詞林新話》卷三:"静安以爲東坡'楊花詞''和韻而似元唱,章質夫詞元唱而似和韻,才之不可强也如是'(按見《人間詞話》卷上),此説甚謬。東坡和作擬人太過分,遂成荒謬。楊花非花,即使是花,何至擬以柔腸嬌眼,有夢有思有情,又去尋郎。試問楊花之'郎'爲誰?末句最乏味,果如是則桃花可爲離人血,梨花可爲離人髮,黄花可爲離人臉,可至無窮。此詞開宋——乃至後世——無數詠物惡例。但歷來評者一味吹捧,各本皆選入,人云亦云,不肯獨立思考。"

定 風 波

三月七日,沙湖道中遇雨。雨具先去,
同行皆狼狽,余獨不覺。已而遂晴,故作此詞。

【題解】

宋神宗元豐五年(1082)三月作於黄州(今湖北黄岡)。表達一種生活體驗、處世態度和人生感悟,體現出履險如夷、憂樂兩忘的精神意志。沙湖,蘇軾《游沙湖》:"黄州東南三十里爲沙湖,亦曰螺師店,予買田其間。"

莫聽穿林打葉聲,何妨吟嘯且徐行[1]。竹杖芒鞋輕勝馬[2],誰怕,一蓑煙雨任平生[3]。　　料峭春風吹酒醒[4],微冷,山頭斜照卻相迎。回首向來蕭灑處,歸去,也無風雨也無晴[5]。

《蘇軾詞編年校注》

【校注】

[1]吟嘯:放聲吟詠。嘯,嘬口出長聲。　　[2]芒鞋:芒草所製之鞋。　　[3]一蓑:一身。蓑,用草或棕製成的雨衣,此用作量詞。一作"莎"。　　[4]料峭:早春微寒貌。　　[5]"回首"三句:蘇軾得意句。十餘年後作《獨覺》,末二句復云:"回首向來蕭瑟處,也無風雨也無晴。"向來:張相《詩詞曲語辭彙釋》卷三:"指示時間之辭。有指從前者,有指近來者,有指即時者。"此指即時,剛纔。蕭灑:細雨飄飛貌。唐李商隱《細雨》:"蕭灑傍迴汀,依微過短亭。"灑,一作"瑟"。

【集評】

　　(清)鄭文焯《大鶴山人詞話》:"此足徵是翁坦蕩之懷,任天而動。琢句亦瘦逸,能道眼前景。以曲筆直寫胸臆,倚聲能事盡之矣。"

念 奴 嬌

赤壁懷古

【題解】

　　宋神宗元豐五年(1082)七月謫居黃州時作。懷念古代英雄豪傑,感歎現實功業難成,抒發世事蒼茫的悲壯情懷。入世與超世、憂鬱與曠達、進取與無爲、施展懷抱的雄心與放情山水的意趣相交織,體現出豐富複雜的精神意態,賦予詞作以崇高美和悲壯美。赤壁,漢建安十三年(208)曹操與孫權、劉備聯軍激戰之所。今多認爲在嘉魚即今湖北赤壁(原名蒲圻)西北,亦有人認爲在今湖北武漢武昌西赤磯山。黃州亦有地名赤壁(又稱赤鼻,即蘇軾作詞之所)者,唐宋時有人指其爲三國赤壁古戰場,非是。按,蘇軾詞用"人道是"三字,《與范子豐》中又有"竟不知孰是"之語(參後《赤壁賦》題解),可知其亦疑不能決。

　　大江東去,浪淘盡、千古風流人物。故壘西邊[1],人道是、三國周郎赤壁[2]。亂石穿空[3],驚濤拍岸[4],捲起千堆雪[5]。江山如畫,一時多少豪傑。　　　遥想公瑾當年[6],小喬初嫁了[7],雄姿英發[8]。羽扇綸巾[9],談笑間、强虜灰飛煙滅[10]。故國神游,多情應笑我、早生華髮[11]。人間如夢[12],一樽還酹江月[13]。

　　　　　　　　　　　　　　　　　　　　　　　　　　　《蘇軾詞編年校注》

【校注】

[1]壘:軍營壁壘等軍事設施。　　　[2]三國:一作"當日"。周郎:周瑜,字公瑾。赤壁之戰孫劉聯軍主將。《三國志·吳書·周瑜傳》記其任建威中郎將,"時年二十四,吳中皆呼爲周郎"。　　　[3]穿空:一作"崩雲"。　　　[4]拍:一作"裂"。
[5]"捲起"句:唐孟郊《有所思》:"寒江浪起千堆雪。"　　　[6]當年:當時。一解爲正當壯年。赤壁戰時周瑜三十四歲。　　　[7]小喬:《三國志·吳書·周瑜傳》作"小橋",吳國橋公小女兒,天姿國色,嫁周瑜。其姐大喬嫁吳帝孫權之兄孫策。赤壁之戰距周瑜娶小喬已有十年,説"初嫁"是爲了突出周瑜的年輕風發。

[8]雄姿:容貌堂堂。《三國志·吴書·周瑜傳》:“瑜長壯有姿貌。”英發:《三國志·吴書·吕蒙傳》記孫權説吕蒙“言議英發”遜於周瑜,蘇軾《送歐陽推官赴華州監酒》:“知音如周郎,議論亦英發。”本義指談吐不凡,此形容精神面貌英氣勃鬱。　　　[9]羽扇綸(guān 關)巾:揮羽扇、佩綸巾是古代儒生而非武將的形象,此處形容周瑜的儒將風度。舊有諸葛亮“着葛巾、揮白羽扇指揮三軍”(宋程大昌《演繁露》卷八引《語林》)的記載(《太平御覽》卷三〇七引《語林》略同),故或以爲此句指諸葛亮。然細繹原作,“遥想公瑾”四字直貫“灰飛煙滅”,小喬嫁的是周瑜,持羽扇佩綸巾的也是周瑜。綸巾,青絲所織頭巾。　　　[10]“談笑”句:《三國志·吴書·周瑜傳》載,周瑜聽取部將黄蓋詐降建議,以輕便戰船數十隻,載以灌滿油的草木,衝向敵船,同時發火,“時風盛猛,悉延燒岸上營落,頃之,煙炎張天,人馬燒溺死者甚衆,軍遂敗退”。唐李白《赤壁歌送别》詠此事:“二龍争戰决雌雄,赤壁樓船掃地空。烈火張天照雲海,周瑜於此破曹公。”强虜:一作“狂虜”,一作“檣櫓”。宋王楙《野客叢書》卷二四《東坡水調》:“淮東將領王智夫言,嘗見東坡親染所製《水調詞》,其間謂‘羽扇綸巾,談笑處、檣櫓灰飛煙滅’,知後人訛爲‘强虜’。僕考《周瑜傳》,黄蓋燒曹公船時風猛,悉延燒岸上營落,煙焰漲天,知‘檣櫓’爲信然。”録以備考。虜,敵人。《漢書·高帝紀上》:“(項)羽大怒,伏弩射中漢王。漢王傷胸,乃捫足曰:‘虜中吾指!’”灰飛煙滅:語出《圓覺經》卷上。

[11]“故國”二句:理解多歧。一、在三國古戰場神游,應該自笑多情善感,華髮早生。二、在三國古戰場神游,多情的好友會嘲笑我早生華髮。三、在三國古戰場神游,旁人應笑我因多情而早生華髮。總之,“故國神游”的主語是作者自己,似不妥。“神游”即“神往”,是心欲往而實未往,或實未往而心已往。作者身既在赤壁,則不得稱“神游”。或又以爲二句指蘇軾因政治失意,神歸故鄉。多情,東坡自謂其亡妻王弗。王弗卒後歸葬眉山,故得見而笑之。亦覺不妥。啓功《堅浄居隨筆·坡詞曲解》:“無論黄州赤壁與夫嘉魚赤壁,固皆孫吴所屬。故國者,周瑜之故國也。周瑜往矣,‘故國神游’者,詩人設想周郎之神來游其故國也。‘多情’者,謂周郎之多情也。以彼之英發,見我之早衰,自應相笑。然其相笑,非由鄙棄,正見其多情耳。”(《學林漫録》九集)其説可取。故國,一説義爲舊地,指赤壁。多情,“多情的人”省稱,指周瑜。華,通“花”。蘇軾宋仁宗嘉祐七年(1062)二十六歲時作《九月二十日微雪,懷子由弟二首》,已有“白髮秋來已上簪”句。若是寫實,就真的是“早生華髮”了。一説,“多情”句乃倒裝,即爲“應笑我多情”。一説,“多情應笑我、早生華髮”,按律當作“多情應笑、我早生華髮”。　　　[12]間:一作“生”。
[13]酹(lèi 類):以酒灑地,表示祭奠。

【集評】

（宋）俞文豹《吹劍續録》：“東坡在玉堂，有幕士善謳，因問：‘我詞比柳永詞何如？’對曰：‘柳郎中詞，只好十七八女孩兒執紅牙板唱“楊柳岸曉風殘月”，學士詞須關西大漢執鐵板唱“大江東去”。’公爲之絶倒。”（商務印書館本《説郛》卷二四）

（清）黄蘇《蓼園詞選》：“題是赤壁，心實爲己而發。周郎是賓，自己是主。借賓定主，寓主於賓。是主是賓，離奇變幻，細思方得其主意處。不可但誦其詞，而不知其命意所在也。”

洞 仙 歌

僕七歲時，見眉山老尼，姓朱，忘其名，年九十餘。自言嘗隨其師入蜀主孟昶宮中，一日，大熱，蜀主與花蕊夫人夜起避暑摩訶池上，作一詞，朱具能記之。今四十年，朱已死，人無知此詞者，但記其首兩句。暇日尋味，豈《洞仙歌令》乎？乃爲足之耳。

【題解】

宋神宗元豐五年（1082）夏作於黄州。寫後蜀主孟昶與后妃熱夜納涼，然並非僅敷衍故實，煞尾二句使詞作寓意增深，格調提高。花蕊夫人，孟昶徐貴妃的别號。一説姓費。摩訶（hē 喝）池，孟蜀宮苑中的大池。摩訶，梵語“大”。首兩句，即“冰肌玉骨，自清涼無汗”。

冰肌玉骨[1]，自清涼無汗，水殿風來暗香滿[2]。繡簾開，一點明月窺人，人未寢，欹枕釵橫鬢亂[3]。　　　起來攜素手[4]，庭户無聲，時見疏星渡河漢[5]。試問夜如何，夜已三更，金波淡，玉繩低轉[6]。但屈指西風幾時來，又不道流年、暗中偷換[7]。

　　　　　　　　　　　　　　　　　　　　　　　《蘇軾詞編年校注》

【校注】

[1]冰肌玉骨：形容花蕊夫人瑩澈高潔。《莊子·逍遥游》：“藐姑射之山，有神人居焉。肌膚若冰雪，綽約若處子。”唐杜甫《徐卿二子歌》：“大兒九齡色清澈，秋水爲神玉爲骨。”　　　[2]水殿：摩訶池旁宫殿，池旁有宣華苑等建築。唐王昌齡《西

宮秋怨》：“水殿風來珠翠香。”　　　[3]釵橫鬢亂：唐白居易《如夢令》（前度小花静院）：“腸斷，腸斷，記取釵橫鬢亂。”宋歐陽修《臨江仙》（柳外輕雷池上雨）：“水精雙枕，傍有墮釵橫。”　　　[4]素手：漢《古詩十九首》之一〇：“迢迢牽牛星，皎皎河漢女。纖纖擢素手，札札弄機杼。”　　　[5]河漢：銀河。　　　[6]“金波”二句：寫夜深景象。金波：月光。玉繩：北斗第五星北面的兩顆星。玉繩低轉乃夜深景象。[7]“但屈指”二句：即作者《秋懷》二首之一“苦熱念西風，常恐來無時。及兹遂淒凛，又作徂年悲”之意。吳小如《讀書叢札·讀詞散札》：“此爲一篇結穴所在，最爲警策。詞人寫帝王后妃於池上納涼，已避炎歊，理宜知足，而猶覺意之不足，因盼秋涼早至。殊不知西風既來，則一年又逝矣。湯顯祖《還魂記》寫杜女游園，有‘錦屏人忒看得韶光賤’之句，正從坡詞悟出，可以互參也。”但：一作“細”。不道：不提。一説意爲“不覺”。

【集評】

俞陛雲《唐五代兩宋詞選釋》：“全篇好語穿珠，清麗而兼高渾，風格似南唐二主。”

臨　江　仙

夜歸臨皋

【題解】

宋神宗元豐六年（1083）四月作。上片寫塊然獨處、遺世獨立的醉人形象，下片抒身不由己、事與願違的“長恨”。兩年前甫遷臨皋亭時曾有句云：“我生天地間，一蟻寄大磨。區區欲右行，不救風輪左。”（《遷居臨皋亭》）意亦相似。臨皋，亭名，在黄州（今湖北黄岡）南門外江邊，蘇軾元豐三年（1080）五月起寓居於此，元豐五年春建成新寓所東坡雪堂，但臨皋寓所仍未廢棄。此首即自雪堂夜飲而歸臨皋之作。

夜飲東坡醒復醉[1]，歸來仿佛三更[2]。家童鼻息已雷鳴[3]。敲門都不應，倚杖聽江聲[4]。　　　長恨此身非吾有[5]，何時忘卻營營[6]。夜闌風静縠紋平[7]。小舟從此逝，江海寄餘生。

《蘇軾詞編年校注》

【校注】

[1]東坡：原爲黃州東南的荒地，廣數十畝。元豐四年（1081）三四月間，蘇軾在此開荒耕種，取名東坡，次年又於其旁建居所名雪堂。　　　[2]仿佛：接近。

[3]童：通“僮”。鼻息：鼾聲。已：一作“如”。　　　[4]倚杖：一作“久立”。

[5]此身非吾有：意即身不由己。《莊子·知北游》：“舜問乎丞曰：‘道可得而有乎？’曰：‘汝身非汝有也，汝何得有夫道？’舜曰：‘吾身非吾有也，孰有之哉？’曰：‘是天地之委形也。’”　　　[6]營營：往來不息貌，此形容紛擾勞神。《莊子·庚桑楚》：“無使汝思慮營營。”　　　[7]縠（hú 胡）：縐紗，此處形容波紋。

【集評】

　　俞陛雲《唐五代兩宋詞選釋》：“前首（《臨江仙·一別都門三改火》）因送友而言我亦逆旅中行人之一，語極曠達。次首（指本篇）方寫江上夜歸情景，忽欲扁舟入海，此老胸次，時有絕塵霞舉之思。《臨江仙》調凡十二首，此二首最爲高朗。”

賀 新 郎

夏　　景

【題解】

　　此詞作時，衆説不一。兹取宋哲宗元祐五年（1090）初夏作於杭州之説。寫石榴，亦寫佳人；寫佳人，亦寫自己；寫夏景，亦寫心境。比興手法的運用在似有若無之間。上片環境的幽僻，下片情緒的蘊結，詞中美人的孤芳自賞、自甘幽獨，皆隱然包含蘇軾高潔澄澈的品格、不偶於時的遭際。題或爲後人所加。

　　乳燕飛華屋[1]，悄無人、桐陰轉午[2]，晚凉新浴。手弄生綃白團扇，扇手一時似玉[3]。漸困倚、孤眠清熟[4]。簾外誰來推繡户，枉教人、夢斷瑤臺曲。又卻是，風敲竹[5]。　　石榴半吐紅巾蹙[6]，待浮花浪蕊都盡，伴君幽獨[7]。穠艷一枝細看取[8]，芳心千重似束。又恐被、秋風驚緑[9]。若待得君來向此，花前對酒不忍觸。共粉淚，兩簌簌[10]。

《蘇軾詞編年校注》

【校注】

[1]飛:宋曾季貍《艇齋詩話》謂真本作“樓”。　　　　[2]桐陰轉午:桐影移動,時至午後。　　　[3]一時:同時,一併。南朝宋劉義慶《世説新語·容止》:“王夷甫容貌整麗,妙於談玄。恒捉白玉柄麈尾,與手都無分别。”　　　[4]清熟:意爲熟睡。
[5]“簾外”四句:謂風吹人醒。瑶臺:傳爲西王母所居宫闕,此指夢中仙境。曲:深僻處。唐李益《竹窗聞風寄苗發司空曙》:“微風驚暮坐,臨牖思悠哉。開門復動竹,疑是故人來。”意境相近。卻:正,恰。　　　[6]蹙(cù 促):褶皺。唐白居易《題孤山寺山石榴花示諸僧衆》:“山榴花似結紅巾,容艶新妍占斷春。”　　　[7]“待浮花”二句:石榴花近夏始發,則諸花已盡,恰好襯托幽獨之情。唐韓愈《杏花》:“浮花浪蕊鎮長有,纔開還落瘴霧中。”　　　[8]穠(nóng 農):花繁盛貌。看取:看。取,動詞後語助。　　　[9]秋風驚綠:驚見西風吹落榴花,祇剩緑葉。秋,一作“西”。　　　[10]兩:謂石榴花瓣和佳人眼淚。

【集評】

(清)丁紹儀《聽秋聲館詞話》卷一一:“寄託深遠,與‘詠雁’《卜算子》云(詞略)同一比興。”

(清)譚獻:“頗欲與少陵《佳人》一篇互證。”“下闋别開異境,南宋惟稼軒有之,變而近正。”(清周濟《詞辨》卷二批語)

蝶　戀　花

春　　景

【題解】

約宋哲宗紹聖三年(1096)晚春作於惠州。傷春之外,復傷情傷境。傳説其妾王朝雲詠此詞則“爲之流淚”(《歷代詩話》卷一一五引宋釋惠洪《冷齋詩話》)。題或爲後人所加。

花褪殘紅青杏小,燕子飛時[1],緑水人家繞[2]。枝上柳綿吹又少,天涯何處無芳草[3]。　　墙裏秋千墙外道,墙外行人,墙裏佳人笑。笑漸不聞聲漸悄,多情卻被無情惱[4]。

《蘇軾詞編年校注》

【校注】

[1]飛:一作"來"。　　　[2]繞:一作"曉"。　　　[3]"天涯"句:《楚辭·離騷》:"何所獨無芳草兮,爾何懷乎故宇?"　　[4]多情:謂"墙外行人"。無情:謂"墙裏佳人"。惱:引逗,撩撥。

【集評】

　　(清)王士禎《花草蒙拾》:"'枝上柳綿',恐屯田緣情綺靡,未必能過。孰謂東坡但解作'大江東去'耶? 髯直是佚倫絕群。"

　　(清)黄蘇《蓼園詞選》:"'柳綿'自是佳句,而次闋尤爲奇情四溢也。"

留 侯 論

【題解】

　　本文爲宋仁宗嘉祐六年(1061)應制科考試時所上《進論》之一。以"忍"與"不忍"爲綱目,翦裁史料,忽斷忽接,或叙或議,一意反覆,滚滚無窮,闡發其"忍小忿而就大謀"的觀點。留侯,即張良,字子房,輔佐劉邦建立漢朝,封留侯。與蕭何、韓信合稱"漢興三傑"。《史記》卷五五、《漢書》卷四〇有傳。

　　古之所謂豪傑之士者,必有過人之節。人情有所不能忍者,匹夫見辱,拔劍而起,挺身而鬥,此不足爲勇也[1]。天下有大勇者,卒然臨之而不驚[2],無故加之而不怒,此其所挾持者甚大[3],而其志甚遠也。

　　夫子房受書於圯上之老人也[4],其事甚怪[5],然亦安知其非秦之世有隱君子者出而試之[6]。觀其所以微見其意者,皆聖賢相與警戒之義[7]。而世不察,以爲鬼物[8],亦已過矣。且其意不在書[9]。

　　當韓之亡,秦之方盛也[10],以刀鋸鼎鑊待天下之士,其平居無罪夷滅者不可勝數[11]。雖有賁育[12],無所復施。夫持法太急者,其鋒不可犯,而其末可乘[13]。子房不忍忿忿之心,以匹夫之力而逞於一擊之間。當此之時,子房之不死者,其間不能容髮,蓋亦已危矣[14]。千金之子不死於盗賊,何者? 其身之可愛,而盗賊之不足以死也[15]。子房以蓋世之才,不爲伊尹、太公之謀[16],而特出於荆軻、聶政之計[17],以僥倖於不死,此固圯上之老人所爲深惜者也。是故倨傲鮮腆而深折之[18]。彼其能有所忍也,然後可以就大事。故曰"孺子可教"也。

【校注】

[1]"人情"五句:《孟子·梁惠王下》:"夫撫劍疾視曰:'彼惡敢當我哉!'此匹夫之勇,敵一人者也。"匹夫:獨夫,指有勇無謀之人。又一義爲普通人。　　[2]卒(cù促):通"猝",突然,倉促。　　[3]挾持:謂抱負。　　[4]"夫子房"句:指秦時隱士黃石公於圯上授張良《太公兵法》事。《史記·留侯世家》:"良嘗間從容步游下邳圯上,有一老父,衣褐,至良所,直墮其履圯下。顧謂良曰:'孺子,下取履。'良鄂(通"愕")然,欲毆之。爲其老,彊忍,下取履。父曰:'履我。'良業爲取履,因長跪履之。父以足受,笑而去。良殊大驚,隨目之。父去里所,復還,曰:'孺子可教矣。後五日平明,與我會此。'良因怪之,跪曰:'諾。'五日平明,良往。父已先在,怒曰:'與老人期,後,何也?'去,曰:'後五日早會。'五日雞鳴,良往。父又先在,復怒曰:'後,何也?'去,曰:'後五日復早來。'五日,良夜未半往。有頃,父亦來,喜曰:'當如是。'出一編書,曰:'讀此則爲王者師矣……'旦日視其書,乃《太公兵法》也。良因異之,常習誦讀之。"圯(yí移):橋。　　[5]其事甚怪:《史記·留侯世家》:"太史公曰:'學者多言無鬼神,然言有物。至如留侯所見老父予書,亦可怪矣。'"　　[6]然亦安知其非:一作"而愚以爲或者"。隱君子:隱士。指圯上老人。　　[7]義:一作"心"。[8]"而世"二句:漢王充《論衡·自然》:"張良游泗水之上,遇黃石公,授太公書。蓋天佐漢誅秦,故命令神石爲鬼書授人……妖氣爲鬼,鬼象人形,自然之道,非或爲之也。"　　[9]"且其意"句:謂圯上老人之意不在授良以書。　　[10]"當韓"二句:韓爲戰國七雄之一,秦亡六國,首滅者即爲韓國(秦王嬴政十七年,前230)。[11]"以刀鋸"二句:漢賈誼《過秦論》:"秦俗多忌諱之禁,忠言未卒於口,而身爲戮没矣。"刀鋸鼎鑊(huò獲):刑具。刀用於割刑,鋸用於鑕刑。鼎、鑊,烹煮之刑。鑊,似大鼎而無足。平居:平時。夷:削平。　　[12]賁(bēn奔)育:孟賁、夏育,傳説中的勇士。戰國宋玉《高唐賦》:"賁育之斷,不能爲勇。"或謂孟賁爲戰國秦武王時人(見《孟子·公孫丑上》"夫子過孟賁遠矣"句漢趙岐注"賁,勇士也",宋孫奭疏引《帝王世説》),夏育爲周時衛人(見《史記·范睢蔡澤列傳》"夏育之勇焉而死"句,南朝宋裴駰集解引《漢書音義》)。或謂二人皆秦武王時人(見南朝梁蕭統《文選》卷八漢揚雄《羽獵賦》"賁育之倫"句吕延濟注)。　　[13]"而其末"句:一作"而其勢未可乘"。　　[14]"子房"六句:據《史記·留侯世家》,張良其先爲韓人,秦滅韓,良"得力士,爲鐵椎重百二十斤。秦皇帝東游,良與客狙擊秦皇帝博浪沙中,誤中副車。秦皇帝大怒,大索天下,求賊甚急,爲張良故也。良乃更名姓,亡匿下邳"。"其間(jiàn件)"句,相距至近,喻形勢之緊迫。漢枚乘《上書諫吳

王》：“其出不出，間不容髮。”間：空隙。　　　　[15]“千金”四句：《史記·越王勾踐世家》：“吾聞千金之子不死於市。”千金之子：指富貴子弟。不足以死：不值得爲之而死。　　　　[16]伊尹、太公之謀：謂安邦定國之謀。伊尹：名摯，佐商湯伐夏桀，被尊爲阿衡（宰相）。事見《史記·殷本紀》。太公：即太公望，吕氏，名尚，周武王尊爲師尚父，輔武王滅商。事見《史記·齊太公世家》。　　　　[17]荆軻、聶政之計：指行刺之計。荆軻刺秦王、聶政刺韓相俠累，均見《史記·刺客列傳》。　　　　[18]“是故”句：指圯上老人授兵書過程中對張良的種種刁難。事見《史記·留侯世家》。倨傲：傲慢自大。鮮腆（tiǎn 舔）：缺少禮貌，腆，厚（臉皮）。折：爲難，羞辱。

　　楚莊王伐鄭，鄭伯肉袒牽羊以逆。莊王曰：“其君能下人，必能信用其民矣。”遂捨之[1]。勾踐之困於會稽，而歸臣妾於吳者，三年而不倦[2]。且夫有報人之志[3]，而不能下人者，是匹夫之剛也。夫老人者，以爲子房才有餘，而憂其度量之不足，故深折其少年剛鋭之氣，使之忍小忿而就大謀。何則？非有平生之素[4]，卒然相遇於草野之間，而命以僕妾之役[5]，油然而不怪者[6]，此固秦皇之所不能驚[7]，而項籍之所不能怒也[8]。

　　觀夫高祖之所以勝[9]，而項籍之所以敗者，在能忍與不能忍之間而已矣。項籍惟不能忍，是以百戰百勝而輕用其鋒[10]。高祖忍之，養其全鋒而待其弊，此子房教之也[11]。當淮陰破齊而欲自王，高祖發怒，見於詞色。由此觀之，猶有剛强不忍之氣，非子房其誰全之[12]。

　　太史公疑子房以爲魁梧奇偉，而其狀貌乃如婦人女子[13]，不稱其志氣[14]。嗚呼[15]！此其所以爲子房歟！

　　　　　　　　　　　　　　　　　　　　　　　　　《蘇軾文集》卷四

【校注】

[1]“楚莊王”六句：事見《左傳·宣公十二年》。肉袒牽羊：表示臣服。古人謝罪時脱去上衣，裸露肢體。逆：迎。下人：居於人下，或謂謙遜，忍辱含垢。

[2]“勾踐”三句：《左傳·哀公元年》記吳王夫差“入越，越子（勾踐）以甲楯五千，保於會稽”。《史記·越王勾踐世家》記勾踐派大夫文種至吳求和，曰：“勾踐請爲臣，妻爲妾。”《國語·越語下》記勾踐“令大夫種守於國，與范蠡入宦於吳，三年而吳人遣之”，三國吳韋昭注：“宦，爲臣隸也。”勾踐：越王勾踐，卧薪嚐膽，而終滅吳。

[3]報人：向人報仇。　　　　[4]素：舊交情。　　　　[5]僕妾之役：指圯上老人命張良

爲其取鞋、穿鞋之事。　　　[6]油然:悠然,安然。　　　[7]秦皇:秦始皇嬴政。不能驚:不能使之驚。下“不能怒”同。　　　[8]項籍:西楚霸王,字羽。　　　[9]高祖:漢高祖劉邦。　　　[10]“項籍”二句:謂項籍自矜功伐,奮其私智,欲以武力經營霸王之業。詳見《史記·項羽本紀》。　　　[11]“高祖”三句:謂劉邦常避忍項羽而蓄其勢。詳見《史記·高祖本紀》。弊:一作“斃”。　　　[12]“當淮陰”六句:韓信欲爲齊王,劉邦大怒,卒聽張良建議而立之。詳見《史記·淮陰侯列傳》。淮陰:指韓信。信爲江蘇淮陰人,又曾爲淮陰侯。　　　[13]“太史公”二句:《史記·留侯世家》:“太史公曰:‘……余以爲其人(指張良)計魁梧奇偉,至見其圖,狀貌如婦人好女。’”太史公:司馬遷任太史令,自稱太史公。女子:一作“好女”。[14]稱(chèng 逞去聲):相符。　　　[15]嗚呼:一作“而愚以爲”。

【集評】

　　(宋)呂祖謙《古文關鍵》卷二:“格製好。”“先説忍與不忍之規模,方説子房受書之事,其意在不忍,此老人所以深惜。命以僕妾之役,使之忍小恥就大謀,故其後輔佐高祖,亦使忍之有成。”

　　(明)歸有光《文章指南》信集:“作文須立大頭腦,立得意定,然後遣詞發揮,方見氣象渾成。如韓退之《代張籍與李浙東書》以‘盲’字貫説,東坡《留侯論》以‘忍’字貫説是也。”

赤　壁　賦

【題解】

　　宋神宗元豐五年(1082)七月游黃州赤壁作。蘇軾次年八月所作《與范子豐》云:“黄州少西山麓,斗入江中,石室如丹。傳云“曹公敗所”所謂赤壁者。或曰非也,時曹公敗歸華容路,路多泥濘,使老弱先行,踐之而過,曰:‘劉備智過人而見事遲,華容夾道皆葭葦,使縱火,則吾無遺類矣。’今赤壁少西對岸,即華容鎮,庶幾是也。然岳州復有華容縣,竟不知孰是? 今日李委秀才來相別,因以小舟載酒飲赤壁下。李善吹笛,酒酣作數弄,風起水湧,大魚皆出。山上有栖鶻,亦驚起。坐念孟德、公瑾,如昨日耳。”可爲讀此賦之參考。賦中借景興感,採用主客問難的形式,表達不以得失爲懷的哲理與情思。句式或駢或散,用韻時有時無,要皆勢之所到,出以自然,爲宋代文賦的典範之作。一本題前有“前”字。赤壁,見《念奴嬌·赤壁懷古》題解。

　　壬戌之秋[1]，七月既望[2]，蘇子與客泛舟游於赤壁之下。清風徐來，水波不興，舉酒屬客[3]，誦明月之詩[4]，歌窈窕之章[5]。少焉，月出於東山之上，徘徊於斗牛之間[6]。白露橫江，水光接天。縱一葦之所如[7]，淩萬頃之茫然[8]。浩浩乎如憑虛御風[9]，而不知其所止；飄飄乎如遺世獨立，羽化而登仙[10]。

　　於是飲酒樂甚，扣舷而歌之。歌曰：“桂棹兮蘭槳[11]，擊空明兮泝流光[12]。渺渺兮予懷，望美人兮天一方[13]。”客有吹洞簫者[14]，倚歌而和之。其聲嗚嗚然，如怨如慕，如泣如訴，餘音嫋嫋，不絕如縷[15]。舞幽壑之潛蛟[16]，泣孤舟之嫠婦[17]。

【校注】

[1]壬戌：宋神宗元豐五年（1082）。　　[2]既望：舊曆每月十六日。望，十五日。[3]屬(zhǔ 主)：通“囑”，託付。此處意爲勸。　　[4]明月之詩：三國魏曹操《短歌行》有“明明如月”和“月明星稀”之句，《詩·陳風·月出》有“月出皎兮”之句。不知何指。　　[5]窈窕之章：《月出》有“舒窈糾兮”句，“窈糾”與“窈窕”音近義同。《詩·周南·關雎》有“窈窕淑女”句。不知究竟何指。　　[6]斗牛：二十八宿中的斗宿和牛宿。或以爲以曆法論，既望日，月不當在斗、牛間。　　[7]一葦：喻小船。《詩·衛風·河廣》：“誰謂河廣，一葦杭之。”如：往，到。　　[8]淩：越。蘇軾墨跡《赤壁賦》(今藏臺北故宮博物院)作“陵”，字通。　　[9]御風：《莊子·逍遙遊》：“夫列子御風而行，泠然善也。”御，駕。　　[10]羽化：道家用語，飛昇成仙。《抱朴子·對俗》：“古之得仙者，或身生羽翼，變化飛行。”　　[11]“桂棹(zhào 趙)”句：極言船之美。《楚辭·九歌·湘君》：“桂櫂兮蘭枻。”櫂通棹。棹：船槳，代指船。　　[12]泝(sù 訴)：通“溯”。　　[13]“渺渺”二句：一斷作“渺渺兮予懷望，美人兮天一方”。渺渺：悠遠貌。懷望：懷念，想望。　　[14]客：楊世昌，字子京，綿竹道士。參宋施元之《施注蘇詩》卷二〇《次韻孔毅父久旱已而甚雨三首》題注、清趙翼《陔餘叢考》卷二四《〈赤壁賦〉洞簫客》。洞簫：以竹管編排、蠟蜜封底者爲排簫，不封者爲洞簫，與今稱單管豎吹者爲洞簫不同。　　[15]“餘音”二句：《列子·湯問》：“韓娥東之齊，匱糧，過雍門，鬻歌假食。既去，而餘音繞梁欐，三日不絕。”嫋嫋：謂聲音婉轉不絕。　　[16]“舞幽壑”句：《荀子·勸學》：“瓠巴鼓瑟，而沉魚出聽。”《列子·湯問》：“瓠巴鼓琴，而鳥舞魚躍。”　　[17]嫠(lí 梨)：寡婦。

　　蘇子愀然[1]，正襟危坐[2]，而問客曰："何爲其然也?"客曰："'月明星稀，烏鵲南飛。'此非曹孟德之詩乎[3]? 西望夏口[4]，東望武昌[5]。山川相繆[6]，鬱乎蒼蒼。此非孟德之困於周郎者乎[7]? 方其破荆州，下江陵，順流而東也[8]，舳艫千里[9]，旌旗蔽空，釃酒臨江[10]，橫槊賦詩[11]，固一世之雄也，而今安在哉? 況吾與子漁樵於江渚之上，侶魚蝦而友麋鹿[12]。駕一葉之扁舟，舉匏尊以相屬[13]。寄蜉蝣於天地，渺滄海之一粟[14]。哀吾生之須臾，羨長江之無窮。挾飛仙以遨游，抱明月而長終[15]。知不可乎驟得，託遺響於悲風[16]。"

【校注】

[1]愀(qiǎo 巧)：憂愁貌。　　[2]正襟危坐：《史記·日者列傳》："宋忠、賈誼瞿然而悟，獵纓正襟危坐。"　　[3]"月明"三句：爲曹操《短歌行》句。孟德：曹操之字。[4]夏口：今湖北武昌。　　[5]武昌：今湖北鄂州。　　[6]繆(liáo 遼)：同"繚"，纏繞。　　[7]"此非"句：指漢獻帝建安十三年(208)十月，孫權、劉備聯軍五萬在赤壁擊敗曹操三十萬大軍事(詳見宋司馬光《資治通鑑》卷六五)。周郎：周瑜。蘇軾身游赤壁，故聯想及之，然所游實非其地，參《念奴嬌·赤壁懷古》題解。　　[8]"方其"三句：其事亦見《資治通鑑》卷六五。荆州：治所在襄陽(今屬湖北)。江陵：今屬湖北。　　[9]舳(zhú 竹)艫(lú 盧)千里：語出《漢書·武帝紀》。舳艫，首尾相聯的多隻船。舳，船尾持舵處。艫，船頭。　　[10]釃(shī 師)：斟。　　[11]橫槊(shuò 碩)賦詩：唐元稹《唐故工部員外郎杜子美墓係銘序》："曹氏父子鞍馬間爲文，往往橫槊賦詩。"槊，長矛。　　[12]麋(mí 迷)：獸，鹿屬。　　[13]匏尊：葫蘆製成的酒器。匏，葫蘆。尊，字同"樽"，酒器。屬：注入，斟酒相勸。[14]"寄蜉蝣"二句：比喻自己的短暫和渺小。蜉蝣：蟲名，僅能存活極短的時間。滄：蘇軾墨跡《赤壁賦》作"浮"。　　[15]終：久。　　[16]遺響：指洞簫之餘音。

　　蘇子曰："客亦知夫水與月乎? 逝者如斯[1]，而未嘗往也；盈虛者如彼[2]，而卒莫消長也。蓋將自其變者而觀之，則天地曾不能以一瞬；自其不變者而觀之，則物與我皆無盡也[3]，而又何羨乎[4]? 且夫天地之間，物各有主。苟非吾之所有，雖一毫而莫取。惟江上之清風，與山間之明月，耳得之而爲聲，目遇之而成色，取之無禁，用之不竭，是造物者之無盡藏也[5]，而吾與子之所共食[6]。"

　　客喜而笑,洗盞更酌[7]。肴核既盡[8],杯盤狼籍[9]。相與枕藉乎舟中[10],不知東方之既白。

《蘇軾文集》卷一

【校注】

[1]斯:指水。《論語·子罕》:"子在川上曰:'逝者如斯夫! 不舍晝夜。'"

[2]彼:月。宋朱熹《朱子語類》卷一三〇謂"嘗見東坡手寫本","彼"作"代"。代,更疊。　　[3]"蓋將"四句:《莊子·德充符》:"仲尼曰:'自其異者視之,肝膽楚越也;自其同者視之,萬物皆一也。"晉僧肇《物不遷論》:"必求静於諸動,故雖動而常静;不釋動以求静,故雖静而不離動……不遷,故雖往而常静;不住,故雖静而常往。雖静而常往,故往而弗遷;雖往而常静,故静而弗留矣。"曾(zēng 增):竟。

[4]而:你。　　[5]造物者:創造萬物的神。無盡藏(zàng 臟):本爲佛寺中儲藏各方所施財物的處所,後多用以比喻佛德廣大無邊。隋釋慧遠《大乘義章》卷一四《十無盡藏義》:"德廣難窮,名爲無盡。無盡之德,苞含曰藏。"後又多轉指事物取用無盡者。　　[6]食:享。一作"適",又作"樂"。朱熹《朱子語類》卷一三〇謂"嘗見東坡手寫本",字作"食"。蘇軾墨跡《赤壁賦》亦作"食"。當以"食"爲是。

[7]更(gēng 耕):換。蘇軾墨跡《赤壁賦》此字下有小字"平",謂讀平聲。

[8]肴核:肉類、果類食品。　　[9]杯盤狼籍:語出《史記·滑稽列傳》(籍作"藉",字通)。狼籍,雜亂貌。　　[10]枕藉(jiè 借):縱橫疊臥,此指臥眠。

【集評】

　　(宋)謝枋得《文章軌範》卷七:"此賦學《莊》、《騷》文法,無一句與《莊》、《騷》相似,非超然之才,絕倫之識,不能爲也。"

　　(清)張伯行《唐宋八大家文鈔》卷八:"以文爲賦,藏叶韻於不覺,此坡公工筆也。憑弔江山,恨人生之如寄;流連風月,喜造物之無私。一難一解,悠然曠然。"

後赤壁賦

【題解】

　　繼三月前游赤壁後再游之作,多寫景致,充滿淒清的情緒和神秘的氣息。

　　是歲十月之望[1],步自雪堂[2],將歸於臨皋,二客從予過黄泥之阪[3]。霜露既降,木葉盡脱。人影在地,仰見明月。顧而樂之,行歌相答。已而歎曰:"有客無酒,有酒無肴。月白風清,如此良夜何?"客曰:"今者薄暮,舉網得魚。巨口細鱗,狀如松江之鱸[4]。顧安所得酒乎?"歸而謀諸婦,婦曰:"我有斗酒,藏之久矣,以待子不時之須[5]。"

　　於是攜酒與魚,復游於赤壁之下。江流有聲,斷岸千尺[6]。山高月小,水落石出[7]。曾日月之幾何,而江山不可復識矣。予乃攝衣而上[8],履巉巖[9],披蒙茸[10],踞虎豹[11],登虬龍[12],攀棲鶻之危巢[13],俯馮夷之幽宮[14],蓋二客不能從焉。劃然長嘯[15],草木震動。山鳴谷應,風起水湧。予亦悄然而悲,肅然而恐,凜乎其不可留也[16]。反而登舟[17],放乎中流,聽其所止而休焉。

　　時夜將半,四顧寂寥。適有孤鶴,横江東來。翅如車輪,玄裳縞衣。戛然長鳴,掠予舟而西也[18]。須臾客去,予亦就睡。夢一道士[19],羽衣翩躚[20],過臨皋之下,揖予而言曰:"赤壁之游樂乎?"問其姓名,俛而不答[21]。嗚呼噫嘻!我知之矣。疇昔之夜[22],飛鳴而過我者,非子也耶?道士顧笑,予亦驚悟。開户視之,不見其處。

《蘇軾文集》卷一

【校注】

[1]望:舊曆每月十五日。　　[2]雪堂:參《臨江仙·夜歸臨皋》題解。下句"臨皋"同。　　[3]黃泥之阪:即黃泥阪,雪堂與臨皋之間的地名。阪,斜坡。[4]松江:又名吳江,即今吳淞江。太湖最大支流,經江蘇吳江、崑山,入上海稱蘇州河,合流於黃浦江入海。出鱸魚,味異他處。　　[5]不時:隨時。　　[6]斷岸:絶壁。蘇軾《與范子豐》云:"黃州少西,山麓斗入江中,石室如丹。傳云曹公敗所,所謂赤壁者。"　　[7]水落石出:宋歐陽修《醉翁亭記》:"水落而石出。"[8]攝:提。　　[9]巉:山勢高險。　　[10]披:分開。蒙茸:雜亂貌,亦葱蘢貌。此指草。　　[11]踞:蹲或坐。虎豹:指石之形狀。　　[12]虬龍:喻盤曲的樹枝。　　[13]鶻(hú 胡):猛禽,即鷙,一説隼。危:高。　　[14]馮夷:水神,又稱河伯。幽宫:指水宫。　　[15]劃然:形容嘯聲。嘯,撮口出長聲。　　[16]凜乎:恐懼貌。　　[17]反:通"返"。　　[18]"適有"六句:宋施元之《施注蘇詩》卷二〇《次韻孔毅父久旱已而甚雨三首》題注引蘇軾帖:"十月十五日夜,與楊道士泛舟赤壁,飲醉,夜半有一鶴自江南來,翅如車輪,嘠然長鳴,掠余舟而西,不知其

爲何祥也。"可以互參。玄裳縞(gǎo 稿)衣:指身白而羽尾黑的鶴。玄,黑。裳,下衣。縞,白。　　　[19]一:一作"二",誤。　　　[20]羽衣:鳥羽所製之衣,取神仙飛翔之意。道士所服。　　　[21]俛:同"俯"。　　　[22]疇昔之夜:昨夜。《禮記·檀弓上》:"予疇昔之夜,夢坐奠於兩楹之間。"疇,語助。昔,往,前。

【集評】

(清)吳楚材、吳調侯《古文觀止》卷一一:"前篇寫實情實景,從'樂'字領出歌來。此篇作幻境幻想,從'樂'字領出歎來。一路奇情逸致,相逼而出。與前賦同一機杼,而無一筆相似。讀此兩賦,勝讀《南華》一部。"

(清)謝立夫:"前此有意來游,卻未登山。此則無意復至,而備領登臨之趣。孤鶴一段,尤屬非非想。"(清許寶善《自怡軒古文選》卷九引)

記承天夜游

【題解】

宋神宗元豐六年(1083)十月作。不足百字,信手拈得,卻成至美之文。承天,寺名,在黃州。

元豐六年十月十二日夜,解衣欲睡,月色入户,欣然起行。念無與爲樂者,遂至承天寺,尋張懷民[1]。懷民亦未寢,相與步於中庭。庭下如積水空明,水中藻荇交橫[2],蓋竹柏影也。

何夜無月,何處無竹柏。但少閒人如吾兩人者耳。黃州團練副使蘇某書[3]。

《蘇軾文集》卷七一

【校注】

[1]張懷民:蘇軾僚友,時亦貶居黃州。　　　[2]荇(xìng 性):水生植物。

[3]團練副使:有官名而無固定職事的散官,常用於安置貶官。

【集評】

(清)儲欣《唐宋十大家全集録·東坡先生全集録卷九》:"仙筆也。讀之覺玉宇瓊樓,高寒澄澈。"

石鐘山記

【題解】

宋神宗元豐七年(1084)六月作。李渤翻酈道元説,蘇軾以親行獨得,將李、酈之説一併推翻。"事不目見耳聞,而臆斷其有無,可乎",爲全篇之主腦。文筆奇峭,被譽爲古今絶調。石鐘山,在江西湖口,鄱陽湖北端。

《水經》云:"彭蠡之口有石鐘山焉。"酈元以爲"下臨深潭,微風鼓浪,水石相搏,聲如洪鐘"[1]。是説也,人常疑之。今以鐘磬置水中[2],雖大風浪不能鳴也,而況石乎!至唐李渤始訪其遺蹤,得雙石於潭上,"扣而聆之,南聲函胡,北音清越,枹止響騰,餘韻徐歇",自以爲得之矣[3]。然是説也,余尤疑之。石之鏗然有聲者所在皆是也,而此獨以鐘鳴,何哉?

元豐七年六月丁丑[4],余自齊安舟行適臨汝[5],而長子邁將赴饒之德興尉[6],送之至湖口,因得觀所謂石鐘者。寺僧使小童持斧,於亂石間擇其一二扣之,硿硿焉[7]。余固笑而不信也。至暮夜月明,獨與邁乘小舟至絶壁下,大石側立千仞,如猛獸奇鬼,森然欲搏人[8]。而山上棲鶻[9],聞人聲亦驚起,磔磔雲霄間[10]。又有若老人欬且笑於山谷中者[11],或曰此鸛鶴也[12]。余方心動欲還,而大聲發於水上,噌吰如鐘鼓不絶[13],舟人大恐。徐而察之,則山下皆石穴罅[14],不知其淺深,微波入焉,涵澹澎湃[15],而爲此也。舟迴至兩山間,將入港口,有大石當中流,可坐百人,空中而多竅,與風水相吞吐,有窾坎鏜鞳之聲[16],與向之噌吰者相應,如樂作焉。因笑謂邁曰:"汝識之乎[17]?噌吰者,周景王之無射也[18];窾坎鏜鞳者,魏莊子之歌鐘也[19]。古之人不余欺也。事不目見耳聞,而臆斷其有無,可乎?"

酈元之所見聞,殆與余同,而言之不詳;士大夫終不肯以小舟夜泊絶壁之下,故莫能知;而漁工水師雖知而不能言。此世所以不傳也。而陋者乃以斧斤考擊而求之,自以爲得其實。余是以記之,蓋歎酈元之簡,而笑李渤之陋也。

【校注】

[1]"《水經》"六句：《水經》，舊題漢桑欽著，我國第一部記河流水道的地理書。北魏酈道元爲作注。本文所引乃據唐李渤《辨石鐘山記》（《全唐文》卷七一二），不見於今本《水經》及《水經注》。彭蠡：即鄱陽湖，在今江西北部。酈元：酈道元的省稱。　　[2]磬（qìng 慶）：石或玉製成的一種樂器。　　[3]"至唐李渤"八句：李渤《辨石鐘山記》："忽遇雙石，欹枕潭際，影淪波中。詢諸水濱，乃曰石鐘也，有銅鐵之異焉。扣而聆之，南聲函胡，北聲清越。桴止響騰，餘韻徐歇。若非潭滋其山，山涵其英，聯氣凝質，發爲至靈，不然，則安能產兹奇石乎！乃知山仍石名舊矣。"李渤：字濬之，《舊唐書》卷一七一、《新唐書》卷一一八有傳。函胡：含糊不清。清越：清脆悠揚。越，揚。桴（fú 浮）：同"桴"，擊鼓杖。　　[4]元豐七年六月丁丑：即 1084 年 7 月 14 日（陰曆六月初九）。元豐，宋神宗年號。　　[5]齊安：即黃州。南齊時置齊安郡。臨汝：汝州，今屬河南。蘇軾元豐七年正月被授檢校尚書水部員外郎、汝州團練副使，四月離黃赴汝，六月經游石鐘山。　　[6]邁：蘇邁，字伯達，蘇軾長子，《宋史》卷三三八《蘇軾傳》附傳。饒之德興尉：饒州德興（今屬江西）縣尉。　　[7]硿（kōng 空）硿：擊石聲。二字一作"空空"。　　[8]森然：陰沉幽暗貌。　　[9]鶻（hú 胡），猛禽，即鷲，一說隼。　　[10]磔（zhé 哲）磔：鶻鳥飛翔聲。　　[11]欬（kài 開去聲）：咳嗽。　　[12]鸛（guàn 貫）鶴：即鸛，水鳥，形似鶴。　　[13]噌（chēng 撐）吰（hóng 宏）：鐘鼓聲。　　[14]罅（xià 下）：裂縫。　　[15]涵澹：水搖蕩貌。　　[16]窾（kuǎn 款）坎：波濤拍擊聲。鏜（tāng 湯）鞳（tà 踏）：金鐵鏘鳴聲。　　[17]識（zhì 志）：記得。　　[18]周景王之無射（yì 義）：《左傳·昭公二十一年》："春，天王（周景王姬貴）將鑄無射。"無射，本爲十二律（古樂的十二調）之一，周景王鑄鐘，以之爲名。　　[19]魏莊子之歌鐘：《左傳·襄公十一年》："鄭人賂晉侯……歌鐘二肆（十六枚爲一肆），及其鎛、磬，女樂二八（十六人）。晉侯以樂之半賜魏絳。"魏莊子，名絳，晉臣。歌鐘，伴唱的編鐘。

【集評】

　　（清）劉大櫆："以心動欲還，跌出大聲發於水上，纔有波折，而興會更覺淋漓。'鐘聲'二處必取古鐘二事以實之，具此恢諧，文章妙趣洋溢行間，坡公第一首記文。"（清姚鼐《古文辭類纂》卷五六引）

　　（清）曾國藩《求闕齋讀書錄》卷九："自咸豐四年，楚軍在湖口爲賊所敗，至十一年乃少定。石鐘山之片石寸草，諸將士皆能辨識。上鐘巖與下鐘巖，其下皆有洞，可容數百人，深不可窮，形如覆鐘……乃知鐘山以形言之，非以聲言之，酈氏、蘇氏所言皆非事實也。"

晏幾道

【作者簡介】

　　晏幾道(1038—1110),字叔原,號小山,臨川(今江西撫州)人。晏殊幼子。曾爲太常寺太祝,監潁昌許田鎮。宋徽宗崇寧(1102—1106)間爲乾寧軍通判,擢開封府判官。性孤傲癡絶,一生專意於詞,題材多涉男女情事,然亦兼寓懷抱。秀氣勝韻,直逼《花間》。與父並稱"二晏",明毛晉《宋六十名家詞·小山詞跋》認爲可追配李璟、李煜。有《小山詞》一卷。

臨 江 仙

【題解】

　　作者曾感歎往事如幻如電,如昨夢前塵(見《小山詞自序》),此詞正爲追憶往事、感懷舊人之作。上闋敍寫今日相思,下闋倒述當時相見,迷茫悵惘的傷感以俊逸瀏亮的風調出之,別有韻味。

　　夢後樓臺高鎖,酒醒簾幕低垂。去年春恨卻來時[1]。落花人獨立,微雨燕雙飛[2]。　　記得小蘋初見[3],兩重心字羅衣[4]。琵琶絃上説相思[5]。當時明月在,曾照彩雲歸[6]。

《小山詞》

【校注】

[1]卻來:歸來。唐顧況《天寶題壁》:"卻來書處在,惆悵似前生。"　　[2]"落花"二句:用五代翁宏《春殘》句:"又是春殘也,如何出翠幃。落花人獨立,微雨燕雙飛。寓目魂將斷,經年夢亦非。那堪向愁夕,蕭颯暮蟬輝。"鄭騫《詞選》:"詩甚拙劣,鄰於不通。此聯經小山採用,正如'孤芳出荒穢',移植庭園盆盎間也。"
[3]小蘋:歌女名。晏幾道《小山詞自序》:"始時沈十二廉叔,陳十君龍家,有蓮、鴻、蘋、雲,工以清謳娱客。"　　[4]"兩重(chóng 崇)"句:俞平伯《唐宋詞選釋》

卷中：“‘心字羅衣’，未詳。明楊慎《詞品》卷二：‘心字羅衣則謂心字香熏之爾，或謂女人衣曲領如心字。’説亦未必確。疑指衣上的花紋。‘心’當是篆體，故可作爲圖案。‘兩重心字’，殆含‘心心’義。李白《宮中行樂詞》八首之一：‘山花插寶髻，石竹繡羅衣’，僅就兩句字面，雖似與本句差遠，但太白彼詩篇末云：‘祇愁歌舞散，化作綵雲飛’，顯然爲此詞結句所本，則‘羅衣’云云蓋亦相縮合。前人記誦廣博，於創作時，每以聯想的關係，錯雜融會，成爲新篇。”　　[5]“琵琶”句：唐白居易《琵琶行》：“低眉信手續續彈，説盡心中無限事。”　　[6]“當時”兩句：當時映照小蘋歸去的明月如今仍在。彩雲：喻小蘋。南朝梁江淹《麗色賦》：“其少進也，如彩雲出崖。”李白詩已見上引。白居易《簡簡吟》：“大都好物不堅牢，彩雲易散琉璃脆。”《小山詞自序》又説君龍疾廢，廉叔下世後，諸歌女“流轉於人間”。數語相參，二句物是人非之感甚明。

【集評】

（清）陳廷焯《白雨齋詞話》卷一：“既閒婉，又沉著，當時更無敵手。”（評“去年”三句及末二句）

夏敬觀《映庵詞評》：“吐屬華貴，脱口而出。”（《詞學》第五輯）

繆鉞《論晏幾道詞》：“用淡雅超逸之筆，寫真淳柔厚之情，其境界超出於五代、北宋詞人的一些同類作品。”（《靈谿詞説》）

鷓　鴣　天

【題解】

寫與所愛別後重逢。上闋追憶當年樂事，下闋抒發別後相思。“舞低”二句工緻韶秀，“今宵”二句將既喜且疑之神態刻劃殆盡。

彩袖殷勤捧玉鍾[1]。當年拚卻醉顏紅[2]。舞低楊柳樓心月，歌盡桃花扇底風[3]。　從別後，憶相逢。幾回魂夢與君同[4]。今宵剩把銀缸照[5]，猶恐相逢是夢中。

《小山詞》

【校注】

[1]“彩袖”句：謂歌女勸酒。鍾：酒器。　　[2]“當年”句：謂痛飲酣暢。拚（pīn

拼，又音 pān 潘)：不顧惜，豁出去。　　　[3]“舞低”二句：謂狂歡忘時，淋漓盡致。柳：原作“葉”，茲據朱祖謀《彊村叢書》本《小山詞》改。底：原作“影”，茲據明吳訥《唐宋名賢百家詞》本《小山詞》改。　　　[4]“幾回”句：《詩·齊風·雞鳴》：“甘與子同夢。”　　　[5]“今宵”二句：唐杜甫《羌村》三首之一：“夜闌更秉燭，相對如夢寐。”唐司空曙《雲陽館與韓紳宿別》：“乍見翻疑夢，相悲各問年。”剩：儘，總是。宋歐陽修《蝶戀花》(嘗愛西湖春色早)：“老去風情應不到，憑君剩把芳尊倒。”一本作“賸”，“賸”爲“剩”之正字。缸：燈。

【集評】

(清)劉體仁《七頌堂詞繹》：“‘夜闌更秉燭，相對如夢寐’，叔原則云：‘今宵剩把銀釭照，猶恐相逢是夢中。’此詩與詞之分疆也。”

俞平伯《唐宋詞選釋》卷中：“回憶本是虛，因憶而有夢，夢也是虛，卻疑爲實。及真的相逢，翻疑爲夢……上片單純濃深，似乎板重，下片用迴環的句法，淡遠的筆調，將悲喜錯雜的真情迤邐寫來，就把上面的浮艷給融化開了。此篇筆意極細，承用杜詩，卻非抄襲，意境略近司空曙，亦在同異之間。”

王　觀

【作者簡介】

王觀，字通叟，如皋(今屬江蘇)人，一作海陵(今江蘇泰州)人。因作詞觸宣仁太后罷職，自號逐客。宋仁宗嘉祐二年(1057)進士。授單州推官，試秘書省校書郎。元豐(1078—1085)初遷大理寺丞，知江都縣。曾官翰林學士。善詞，有時名。有《冠柳集》一卷(趙萬里輯本)。

卜　算　子

送鮑浩然之浙東

【題解】

以水波比眼，遠山喻眉，乃詩文中所習見者。本篇反用之，以眼波比水，眉峰喻山,故覺新穎;送客而兼惜春,卻不作愁苦語,活潑輕盈,所以可愛。鮑浩然,不詳。浙東,今浙江東部。唐屬江南東道,北宋時屬兩浙路。浙,一作"湘"。

　　　水是眼波橫,山是眉峰聚。欲問行人去那邊,眉眼盈盈處[1]。
　　　纔始送春歸,又送君歸去。若到江南趕上春[2],千萬和春住。

《冠柳集》

【校注】

[1]"眉眼"句:接上二句,喻山水美麗處,指浙東。盈盈:美好貌。　　　[2]南:一作"東"。

【集評】

　　(清)吳照衡《蓮子居詞話》卷一《梁貢父詞灑脱有致》:"山谷云:'春歸何處,寂寞無行路。若有人知春去處,喚取歸來同住。'通叟云:'若到江南趕上春,千萬和春住。'碧山云:'怕此際、春歸也過吳中路。君行到處,便快折河邊千條翠柳,爲我繫春住。'三詞同一意,山谷失之笨,通叟失之俗,碧山差勝。終不若元梁貢父云:'拚一醉留春,留春不住,醉裏春歸。'爲灑脱有致。"

張舜民

【作者簡介】

　　張舜民,字芸叟,自號浮休居士,又號碇齋,邠州(今陝西彬縣)人。宋英宗治平二年(1065)進士。宋神宗熙寧(1068—1077)年中爲襄樂令。元豐六年(1083)謫監郴州酒税。宋哲宗元祐元年(1086)擢監察御史,三年改秦鳳路提刑,五年爲殿中侍御史,六年爲左司員外郎,九年進秘書少監,使遼國。紹聖二年(1095)除陝西轉運使,四年知陝州、潭州,五年知青州。元符三年(1100)宋徽宗即位,除諫議大夫。建中靖國元年(1101)知定州。崇寧元年(1102)知同州、鄂州。坐元祐黨,責楚州團練副使,商州安置,二年謫居房州,卒於政和(1111—1117)中。善爲文,亦擅詩詞,筆力豪健。有《畫墁集》一百卷(今存清人所輯八卷),《畫墁詞》一卷。

《宋史》卷三四七有傳。

賣 花 聲

題岳陽樓

【題解】

　　元豐六年(1083)秋,謫赴郴州(今屬湖南)酒稅任,過岳陽樓作。寫古今遷流之苦,登高望遠之情,意悲而詞婉。詞句化用唐白居易《題岳陽樓》前半:"岳陽城下水漫漫,獨上危樓倚曲欄。春岸綠時連夢澤,夕波紅處近長安。"而題旨並不相同。岳陽樓,參范仲淹《岳陽樓記》題解。

　　木葉下君山[1]。空水漫漫。十分斟酒歛芳顔[2]。不是渭城西去客,休唱《陽關》[3]。　　　醉袖撫危欄[4]。天淡雲閒。何人此路得生還[5]。回首夕陽紅盡處,應是長安[6]。

《畫墁詞》

【校注】

[1]"木葉"句:《楚辭·九歌·湘夫人》:"嫋嫋兮秋風,洞庭波兮木葉下。"下:落。君山:又名湘山,在岳陽西南洞庭湖中,與岳陽樓隔水相望,傳湘君曾游於此。張舜民《畫墁集》卷八《郴行錄》:"岳陽樓即岳州之西門也,下湖水,北望荊江自西北流東南,至岳州城下,與湖水合而東流,始爲大江……望水中如覆斗者即君山也。"
[2]十分:滿。此句寫歌妓侑酒。　　　[3]"不是"二句:用唐王維《送元二使安西》:"渭城朝雨浥輕塵,客舍青青柳色新。勸君更盡一杯酒,西出陽關無故人。"王詩後譜入樂府,名《渭城曲》,又名《陽關曲》。渭城:秦咸陽(今屬陝西),漢武帝時改此名。陽關:在甘肅敦煌西南,玉門關之南。鄭騫《詞選》:"在此以前不久,芸叟曾從征西夏,故有'不是渭城西去客'之語,非泛泛用典。"　　　[4]危:高。
[5]"何人"句:岳陽樓地處南北要衝,古時南遷之人多經此地。宋范仲淹《岳陽樓記》:"北通巫峽,南極瀟湘,遷客騷人,多會於此。"　　　[6]"回首"二句:唐白居易《題岳陽樓》:"夕波紅處近長安。"長安:漢唐首都,後人多借喻京城,此指汴京。

【集評】

　　(宋)周輝《清波雜志》卷四《逐客》:"張芸叟元豐間從高遵裕辟,環慶出師失律,且爲轉運使李察許其詩語,謫監郴州酒。舟行,以二小詞題岳陽樓(詞略)。亦豈無去國流離之思,殊覺婉而不傷也。”

蘇　轍

【作者簡介】

蘇轍(1039—1112),字子由,一字同叔,晚號潁濱遺老,眉州眉山(今屬四川)人。宋仁宗嘉祐二年(1057)進士。宋神宗熙寧三年(1070)爲陳州教授。元豐二年(1079)受兄蘇軾“烏臺詩案”牽連,謫監筠州鹽酒稅。宋哲宗元祐元年(1086)入拜起居郎,權中書舍人,四年除翰林學士,六年守尚書右丞,七年爲太中大夫,守門下侍郎。紹聖元年(1094)出知汝、袁二州,四年責授化州別駕,雷州安置。元符三年(1100)寓居許昌潁水之濱,自號潁濱遺老。謚文定。其散文汪洋淡泊,迂餘委折,名列“唐宋八大家”。與父洵、兄軾合稱“三蘇”。有《欒城集》五十卷等。《宋史》卷三三九有傳。

黄州快哉亭記

【題解】

宋神宗元豐六年(1083)作,時蘇轍因蘇軾“烏臺詩案”事,謫監筠州(今江西高安)鹽酒稅。文章緊扣“快”字行筆,寫覽觀古跡形勝之快,闡發“使其中不自得,將何往而非病? 使其中坦然,不以物傷性,將何適而非快”的題旨。稱頌亭主不以遇否爲懷的胸襟,兼寓自勵之意。

江出西陵[1],始得平地。其流奔放肆大,南合湘沅[2],北合漢沔[3],其勢益張。至於赤壁之下[4],波流浸灌,與海相若。清河張君夢得謫居齊安[5],即其廬之西南爲亭,以覽觀江流之勝,而余兄子瞻名之曰“快哉”[6]。

蓋亭之所見,南北百里,東西一舍[7],濤瀾洶湧,風雲開闔。晝則舟楫出没於其前,夜則魚龍悲嘯於其下,變化倏忽[8],動心駭目,不可久視。今乃得玩之几席之上,舉目而足。西望武昌諸山[9],岡陵起伏,草木行列,煙消日出,漁夫樵父之舍皆可指數,此其所以爲快哉者也。至於長洲之濱[10],故城之墟[11],曹孟德、孫仲謀之所睥睨,周瑜、陸遜之所騁騖[12]。其流風遺跡,亦足以稱快世俗[13]。

【校注】

[1]西陵:又名巴峽,位於湖北巴東與宜昌兩地之間。全長一百公里許,長江三峽中之最長者。　　[2]湘沅:湖南境内的湘江、沅江,北流入洞庭湖。一作"沅湘"。[3]漢沔(miǎn 免):指漢水及其上游沔水。沔水二源,北源出陝西留壩西,西源出陝西寧强北,於沔縣(今陝西勉縣)西合流,東流至漢中後稱漢水。漢水東南至武漢漢陽入長江,爲長江最大支流。　　[4]赤壁:見蘇軾《念奴嬌·赤壁懷古》題解。　　[5]清河:今屬河北。張夢得:名偓佺,時亦謫居黃州,與蘇軾兄弟相交。齊安:即黃州(今湖北黃岡),南齊時置齊安郡。　　[6]"而余兄"句:蘇軾《水調歌頭·黃州快哉亭贈張偓佺》:"一點浩然氣,千里快哉風。"亭以此得名。按此詞詠快哉亭,可與本文互參。　　[7]一舍:行軍三十里爲一舍。　　[8]倏(shū殊)忽:迅疾。　　[9]武昌:今湖北鄂州。　　[10]長洲:江中長條沙州。黃州一帶江中多洲渚。　　[11]故城:不詳。蘇軾《次韻樂著作野步》詩自注:"黃州對岸武昌縣有孫權故宫。"或謂指此。　　[12]"曹孟德"二句:謂此處爲三國赤壁之戰及兵家所爭之所。曹孟德:曹操。《三國志》卷一有傳。孫仲謀:孫權。《三國志》卷四七有傳。睥(pì 僻)睨(nì 溺):斜眼窺視。形容高傲輕敵。周瑜:字公瑾,赤壁之戰中孫劉聯軍的主將。陸遜:字伯言,吳國名將。曾兩次駐節黃州。騁騖:馳騁奔走。形容激烈角逐。　　[13]稱快世俗:使常人感到快意。世俗,常人。

　　昔楚襄王從宋玉、景差於蘭臺之宫,有風颯然至者,王披襟當之曰:"快哉此風!寡人所與庶人共者耶?"宋玉曰:"此獨大王之雄風耳。庶人安得共之?"玉之言蓋有諷焉[1]。夫風無雌雄之異[2],而人有遇不遇之變。楚王之所以爲樂,與庶人之所以爲憂,此則人之變也,而風何與焉[3]?士生於世,使其中不自得[4],將何往而非病?使其中坦然,不以物傷性,將何適而非快?今張君不以謫爲患,竊會計之餘功[5],而自放山水之間,此其中宜有以過人者。將蓬户甕牖無所不快[6]，而況乎濯長江之清流，挹西山之白雲[7]，窮耳目之勝以自適也哉？不然，連山絶壑，長林古木，振之以清風，照之以明月，此皆騷人思士之所以悲傷憔悴而不能勝者[8]，烏睹其爲快也哉？元豐六年十一月朔日[9]，趙郡蘇轍記[10]。

《欒城集》卷二四

【校注】

[1]"昔楚襄王"九句：前八句用戰國宋玉《風賦》句（字句稍有出入）。南朝梁蕭統《文選》卷一三唐呂向注："時襄王驕奢，故宋玉作此賦以諷之。"楚襄王：即楚頃襄王（前298—前263在位）。宋玉、景差：均戰國楚大夫。《史記·屈原賈生列傳》："屈原既死之後，楚有宋玉、唐勒、景差之徒者，皆好辭而以賦見稱。"蘭臺：楚宮苑，在今湖北鍾祥。颯然：風聲。　　[2]"夫風"句：《風賦》分風爲雄雌二種，以諷喻宮廷生活的奢靡和百姓生活的勞苦。　　[3]何與(yù 預)：有何相干。與，參預。[4]中：心中，內心。　　[5]"竊會計"句：指公事之暇，偷閒。會計：掌賦稅之事。餘功：空餘的時間。　　[6]將：即使。蓬户甕牖：編蓬草爲門，以破甕之口作窗，喻窮人所居。語出《莊子·讓王》及《禮記·儒行》。　　[7]西山：蘇轍《武昌九曲亭記》謂"武昌（今湖北鄂州）諸山陂陁蔓延……西曰西山"。　　[8]騷人：詩人。參王禹偁《黃州新建小竹樓記》注[23]。　　[9]朔日：農曆每月初一。[10]趙郡：蘇轍先世爲趙郡欒城（今河北趙縣）人。

【集評】

(明)茅坤《唐宋八大家文鈔》卷一六三："入宋調而其風旨自佳。"

(清)吳楚材、吳調侯《古文觀止》卷一一："前幅握定'快哉'二字洗發，後幅俱從謫居中生意，文勢汪洋，筆力雄壯，讀之令人心胸曠達，寵辱都忘。"

黃庭堅

【作者簡介】

　　黃庭堅(1045—1105),字魯直,號山谷道人,晚號涪翁,洪州分寧(今江西修水)人。宋英宗治平四年(1067)進士。宋神宗熙寧五年(1072)除北京國子監教授。元豐三年(1080)知吉州太和縣。宋哲宗元祐二年(1087)除著作佐郎,六年遷起居舍人,八年除秘書丞兼國史編修官。紹聖元年(1094)貶涪州別駕,黔州安置。元符元年(1098)移戎州。宋徽宗建中靖國元年(1101)起知舒州。崇寧二年(1103)再謫宜州。謚文節。"蘇門四學士"之一,著名文學家、書法家。詩歌生新瘦硬,開"江西詩派"。詞風近柳永、秦觀,亦有遒勁、清新之作。有《山谷内集》三十卷、《外集》十四卷、《別集》二十卷、《山谷琴趣外篇》三卷等。《宋史》卷四四四有傳。

次元明韻寄子由

【題解】

　　宋神宗元豐四年(1081)知吉州太和(今江西泰和)時作。元明原詩首二句云:"鍾鼎功名淹管庫,朝廷翰墨寫風煙。"爲蘇轍抱不平。本詩則重在叙雙方交誼及彼此共同之歸願。寬慰之意,親切之情,並見其中。元明,黃庭堅之兄黃大臨,字元明。子由,即蘇轍,其時謫官筠州(今江西高安)。

　　半世交親隨逝水[1],幾人圖畫入淩煙[2]。春風春雨花經眼,江北江南水拍天[3]。欲解銅章行問道,定知石友許忘年[4]。脊令各有思歸恨,日月相催雪滿顛[5]。

《黃庭堅詩集注·山谷外集詩注》卷九

【校注】

[1]隨逝水:喻時光之速。《論語·子罕》:"子在川上曰:'逝者如斯夫!不舍晝夜。'"　　[2]淩煙:淩煙閣,皇帝圖功臣之像於其上以爲表彰。北周庾信《周柱國大將軍紇干弘神道碑》:"天子畫淩煙之閣,言念舊臣。"唐太宗貞觀十七年,畫長孫無忌等二十四人像於淩煙閣,最爲人稱道。　　[3]"春風春雨"二句:宋楊萬里《誠齋詩話》:"'春風春雨'、'江北江南',詩家常用。杜云:'且看欲盡花經眼。'

（按，句見杜甫《曲江二首》之一）退之云：'海氣昏昏水拍天。'（按，句見韓愈《題臨瀧寺》）"　　[4]"欲解"二句：謂欲辭官問道，知蘇轍定會贊同。銅章：銅印。宋史容《山谷外集詩注》引《漢官儀》："縣令秩六百石，銅章墨綬。"黃庭堅時知太和縣。又《宋史·輿服志》："兩漢以後，人臣有金印、銀印、銅印。唐制，諸司皆用銅印，宋因之。"行：將。石友：情誼堅實之友。晉潘岳《金谷集作詩》："投分寄石友。"忘年：謙指自己。黃庭堅小蘇轍七歲，且是其兄軾之門生，故云。　　[5]"脊令（líng 陵）"二句：謂彼此與各自的兄長（指黃大臨、蘇軾）均有歸隱之思，卻白首不成。脊令：水鳥。《詩·小雅·常棣》："脊令在原，兄弟急難。"後以指友愛之兄弟。字又作"鶺鴒"。顛：頂。

【集評】

（清）方東樹《昭昧詹言》卷二〇："平叙起。次句接得不測，不覺其爲對，筆勢宏放。三、四即從次句生出，更橫闊。五、六始入題叙情，收別有情事，親切，言彼此皆有兄弟之思，非如前諸結句之空套也。此詩足供揣摩取法。"

登　快　閣

【題解】

宋神宗元豐五年（1082）知吉州太和（今江西泰和）作。筆致俊爽，意態兀傲。快閣，在太和東贛江上，以江山曠遠、景物清華得名。

癡兒了卻公家事[1]，快閣東西倚晚晴[2]。落木千山天遠大，澄江一道月分明[3]。朱絃已爲佳人絕[4]，青眼聊因美酒橫[5]。萬里歸船弄長笛[6]，此心吾與白鷗盟[7]。

　　　　　　　　　　　　　　　《黃庭堅詩集注·山谷外集詩注》卷一一

【校注】

[1]"癡兒"句：《晉書·傅咸傳》載楊濟與傅咸書云："生子癡，了官事，官事未易了也。了事正作癡，復爲快耳。"癡兒：黃庭堅自指。　　[2]"快閣"句：唐李商隱《即日》："高樓倚暮輝。""倚"字用法相近。　　[3]澄江：指贛江。　　[4]"朱絃"句：《呂氏春秋·本味》："鍾子期死，伯牙破琴絕絃，終身不復鼓琴，以爲世無足復爲鼓琴者。"三國魏嵇康《兄秀才公穆入軍贈詩十九首》之一五："鳴琴在御，誰

與鼓彈……佳人不存,能不永歎。”黄庭堅《秘書省冬夜宿直寄懷李德素》:“古來絕朱絃,蓋爲知音者。”佳人:喻摯友。句謂世無知音。　　[5]青眼:謂親近、愛重。《晉書·阮籍傳》:“籍又能爲青白眼,見禮俗之士,以白眼對之。及嵇喜來弔,籍作白眼,喜不懌而退。喜弟康聞之,乃齎酒挾琴造焉,籍大悦,乃見青眼。”句謂親近於酒。　　[6]弄長笛:漢馬融《長笛賦》謂其可以“溉盥污穢,澡雪垢滓”。晉伏滔《長笛賦》:“達足以協德宣猷,窮足以怡志保身。兼四德而稱雋,故名流而器珍。”由此可知“弄長笛”之意。　　[7]鷗盟:與鷗鳥爲友,喻隱居。《列子·黄帝》:“海上之人有好漚(通“鷗”)鳥者,每旦之海上,從漚鳥游。”

【集評】

　　(清)方東樹《昭昧詹言》卷二〇:“起四句,且叙且寫,一往浩然。五、六句對意流行。收尤豪放,此所謂寓單行之氣於排偶之中者。”

　　潘伯鷹《黄庭堅詩選》:“此詩一氣盤旋而下,而中間抑揚頓挫又極瀏亮,無待多解。”

寄黄幾復

乙丑年德平鎮作

【題解】

　　宋神宗元豐八年(1085)作於德州(今屬山東)商河縣德平鎮。寄友之詩,懷友之作,字烹句煮,備極鍛鍊。黄幾復,名介,與黄庭堅少年相交的至友。黄庭堅有《擬古樂府〈長相思〉寄黄幾復》詩,中有“四海知音能有幾”、“惟予與汝交莫逆”等句。卒後,黄庭堅爲撰墓誌銘。

　　我居北海君南海[1],寄雁傳書謝不能[2]。桃李春風一杯酒,江湖夜雨十年燈[3]。持家但有四立壁[4],治病不蘄三折肱[5]。想得讀書頭已白,隔溪猿哭瘴煙藤[6]。

《黄庭堅詩集注·山谷詩集注》卷二

【校注】

[1]“我居”句:《左傳·僖公四年》:“齊侯以諸侯之師侵蔡,蔡潰,遂伐楚。楚子使與師言曰:‘君處北海,寡人處南海,惟是風馬牛不相及也。’”黄庭堅跋云:“幾復在

廣州四會,予在德州德平鎮,皆海濱也。"(宋任淵《山谷詩集注》卷二引)可見此句既屬用典,亦爲實寫。　　[2]寄雁傳書:雁能傳書。《漢書·蘇武傳》記蘇武屬吏教漢使詭言帝於上林中射得北來雁,雁足繫帛書。寄,託。謝不能:衡陽有迴雁峰,相傳雁飛至此遇春而迴轉。廣州在衡陽南,故云。謝,抱歉。《漢書·項籍傳》:"(陳)嬰謝不能。"(此謝字爲辭讓義,黃詩用其字面而已。)　　[3]"桃李"二句:言昔時交游之樂及久別相憶之深。　　[4]"持家"句:寫幾復居家貧寒。《史記·司馬相如傳》:"家居徒四壁立。"　　[5]"治病"句:寫幾復安貧遠宦,不求聞達。《左傳·定公十三年》:"齊高强曰:'三折肱,知爲良醫。'"宋張侃《歲事書事》:"年來三折肱,逢人漫稱好。"一説句謂幾復理政有才,似不確。蘄(qí 齊):通"祈",求。　　[6]"想得"二句:想像幾復的生活及環境。溪:一作"煙"。瘴:瘴氣,指南方地區濕熱之氣。

【集評】

(清)吴汝綸評首二句:"黄詩起處每飄然而來,亦奇氣也。"(高步瀛《唐宋詩舉要》卷六引)

陳衍《宋詩精華録》卷二:"次句語妙,化臭腐爲神奇也。三、四爲此老最合時宜語,五、六則狂怒故態矣。"

題落星寺

其　三

【題解】

作於宋哲宗元祐三年(1088)或稍後。詩爲拗體,平仄不依常格,聲律矯健波峭,意象生新幽僻,反映了黄詩的特殊風格。落星寺,在江西南康軍(今江西星子),因星石墜鄱陽湖彭蠡灣,於石旁建寺,故名。原題四首,此爲第三。題一作"題落星寺嵐漪軒"。

落星開士深結屋[1],龍閣老翁來賦詩[2]。寺僧擇隆作宴坐小軒[3],爲落星之勝處。小雨藏山客坐久[4],長江接天帆到遲。宴寢清香與世隔[5],畫圖妙絶無人知[6]。僧隆畫甚富,而寒山、拾得畫最妙[7]。蜂房各自開户牖[8],處處煮茶藤一枝[9]。

《黄庭堅詩集注·山谷外集詩注》卷八

【校注】

[1]開士:以法開導之士,菩薩的異名,後用以尊稱僧人。屋:指下句句下所注之宴坐小軒,亦即嵐漪軒。　　[2]龍閣老翁:有兩説,一説指作者舅氏李常。常於元祐三年任龍圖閣直學士。其爲南康軍建昌(今江西永修)人,故可常來賦詩。一説爲黃庭堅自指,如此,詩中方有主腦。然各史籍中並無黃庭堅任龍圖閣直學士之記載。　　[3]擇隆:不詳。　　[4]小雨藏山:《莊子·大宗師》:“夫藏舟於壑,藏山於澤,謂之固矣。”唐賈島《晚晴見終南諸峰》:“半旬藏雨裏,此日到窗中。”按,此語勝處在雨之能藏,不在山之可藏,故前典僅同字面,文意實近後典。參錢鍾書《談藝録補訂》。坐久:錢鍾書《談藝録補訂》:“坐久者,待雨晴而山得見,山谷《勝業寺悦堂》詩所謂‘苦雨已解嚴,諸峰來獻狀’是也。”　　[5]宴寢:休息起居之室。宴,閒。唐韋應物《郡齋雨中與諸文士燕集》:“兵衛森畫戟,宴寢凝清香。”　　[6]妙絶:一作“絶筆”。　　[7]“僧隆”二句:謂寺僧擇隆作畫甚多,而以所繪寒山、拾得圖爲最出色。按,寒山、拾得爲中唐詩僧,有名當時,後人傳爲文殊、普賢化身(參宋釋道原《景德傳燈録》卷二七),遂成唐代以降禪宗畫畫題。宋呂本中《東萊先生詩集》卷三有《觀寧子儀所蓄維摩寒山拾得唐畫歌》、元方回《桐江續集》卷二八有《題寒山拾得畫像》。宋失名《南宋館閣續録》卷三載“程坦《寒山拾得雪豆圖》一”。南宋梁楷、法常等均有《寒山拾得圖》流傳於世。　　[8]蜂房:喻鱗次櫛比的僧房。僧房依山而築,故有此景。　　[9]“處處”句:謂以枯藤燒火煮茶。一説拄藤杖去僧房品茶。

【集評】

　　(元)方回《瀛奎律髓》卷二五:“此學老杜所謂拗字吴體格。而編山谷詩者置《外集》古詩中,非是。”

　　潘伯鷹《黃庭堅詩選》:“不用典故,而全憑白手生造的遒健句法見長。最後一句,造得比較更硬了,因之也就更使人要想想纔能懂,也就更容易被人指摘爲槎枒晦澀。”

雨中登岳陽樓望君山

其　　一

【題解】

　　宋徽宗崇寧元年(1102)正月赴任太平州(今安徽當塗),二月塗經岳陽游君山作。詩寫投荒經年、舟行歷險、不死東來,欣幸與歡快中寓沉痛之感。岳陽樓,參范仲淹《岳陽樓記》題解。君山，參張舜民《賣花聲·題岳陽樓》注[1]。原題二首，此爲第一。

投荒萬死鬢毛班[1]，生出瞿塘灩澦關[2]。未到江南先一笑[3]，岳陽樓上對君山。

《黃庭堅詩集注·山谷詩集注》卷一六

【校注】

[1]"投荒"句：黃庭堅宋哲宗紹聖元年（1094）謫黔州（今重慶彭水），轉遷戎州（今四川宜賓）；元符三年（1100）遇赦東歸經江安（今屬四川）、峽州（今湖北宜昌）、荊州（今屬湖北）等地，以至岳陽。投荒：貶放至荒遠之地。班：一作"斑"，通。

[2]生出：雙關，指舟行灩澦堆平安，亦指投荒萬死而終得不死。出，一作"入"。瞿塘：長江三峽之首，在重慶奉節和巴山之間，全長八公里。灩（yàn 艷）澦（yù 預）關：瞿塘峽口江中之巨石險灘，隨江水漲落而出没。爲便利航行，於 1958 年炸除。《後漢書·班超傳》載班超上疏："臣不敢望到酒泉郡，但願生入玉門關。"

[3]江南：此行目的地之一是洪州分寧（今江西修水，詩人故鄉），地處江南；回家探親後再赴太平州（當塗），亦在長江下游東岸，故云。

【集評】

錢鍾書《宋詩選注》："張舜民貶斥出去，也路過岳陽樓，做了一首《賣花聲》詞，裏面説：'醉袖撫危欄，天淡雲閒，何人此路得生還？回首夕陽紅盡處，應是長安！'（《畫墁集》卷四）跟黃庭堅這首詩恰是個鮮明的對照。"

程千帆、沈祖棻《古詩今選》："未到江南，已先一笑，若到江南，當更如何？但這情緒既欣然，又凄然。取較蘇軾的《六月二十日夜渡海》，就見出這兩位詩人在個性與氣質上的差異。"

清 平 樂

【題解】

惜春之作，活潑清新，一掃感傷舊格。一本有題"送春"，又題"晚春"。

春歸何處？寂寞無行路。若有人知春去處。唤取歸來同住[1]。

春無蹤跡誰知？除非問取黃鸝[2]。百囀無人能解，因風飛過薔薇。

《山谷詞》

【校注】

[1]取：動詞後語助。　　　[2]黃鸝：又名黃鳥、黃鶯，鳴聲悠揚悅耳。

【集評】

　　俞平伯《唐宋詞選釋》卷中："全篇宛轉一意，但何以特提出這黃鸝呢？馮贄《雲仙雜記》卷二引《高隱外書》：'戴顒攜黃柑斗酒，人問何之，曰：往聽黃鸝聲。此俗耳針砭，詩腸鼓吹，汝知之乎？'這裏借寓自己身份懷抱，恐亦非泛泛之筆。"

李之儀

【作者簡介】

　　李之儀（1048—1128後），字端叔，號姑溪居士，滄州無棣（今屬山東）人。宋英宗治平四年（1067）進士。宋神宗元豐二年（1079）知萬全縣。宋哲宗元祐二年（1087）為樞密院編修官，八年主管定州安撫司機宜文字。紹聖四年（1097）通判原州。元符二年（1099）監內香藥庫。三年宋徽宗即位，提舉河東常平。宋徽宗崇寧元年（1102）貶謫當塗。坐元祐黨籍，廢黜終身。文風受蘇軾影響，詩作亦軒豁磊落。詞作清婉峭蒨，不減秦觀。有《姑溪居士前集》五十卷、《後集》二十卷、《姑溪詞》一卷等。《宋史》卷三四四有傳。

卜算子

【題解】

　　寫友情，淡語，亦情語也。

我住長江頭，君住長江尾。日日思君不見君，共飲長江水。

此水幾時休，此恨何時已。祇願君心似我心，定不負相思意。

《姑溪詞》

【集評】

　　（明）毛晉《宋六十名家詞·姑溪詞跋》："（姑溪詞）中多次韻小令，更長於淡語、景語、情語……至若'我住長江頭，君住長江尾，日日思君不見君，共飲長江水'，直是古樂府俊語矣。"

　　（清）陳廷焯《詞則·別調集卷一》："清雅，得古樂府遺意，但不善學之，必流於滑易矣。"

秦　觀

【作者簡介】

　　秦觀（1049—1100），字少游，一字太虛，號淮海居士，高郵（今屬江蘇）人。宋神宗元豐八年（1085）進士。宋哲宗元祐五年（1090）爲太學博士，校正秘書省書籍，八年擢秘書省正字、國史院編修官。紹聖元年（1094）貶監處州酒稅，三年謫郴州編管，四年編管橫州。元符元年（1098）編管雷州，三年宋徽宗即位，放還，卒於藤州。"蘇門四學士"之一。詩風清新嫵麗。詞爲婉約派代表，體制淡雅，情韻兼勝。有《淮海集》四十卷、《後集》六卷、《淮海居士長短句》三卷等。《宋史》卷四四四有傳。

泗州東城晚望

【題解】

　　宋神宗元豐元年（1078）應舉落第，自汴京東歸，經泗州（今江蘇盱眙）作。

　　渺渺孤城白水環，舳艫人語夕霏間[1]。林梢一抹青如畫，應是淮流轉處山[2]。

《淮海集箋注》卷一○

【校注】

[1]舳艫:參蘇軾《赤壁賦》注[9]。霏:雲氣。　　[2]“應是”句:指泗州東南之南山。宋胡仔《苕溪漁隱叢話》後集卷三五:“淮北之地平夷,自京師至汴口並無山,惟隔淮方有南山,米元章名其山爲第一山。有詩云:‘京洛風塵千里還,船頭出没翠屏間。莫能衡霍撞星斗,且是東南第一山。’”

【集評】

（清）王士禎《香祖筆記》卷五:“宋牧仲（犖）中丞行賑邳、徐間,於村舍壁上見二絶句,不題名氏,真北宋人佳作也。‘橫笛何人夜倚樓,小庭月色近中秋。涼風吹墮雙梧影,滿地碧雲如水流。’‘渺渺孤城白水環（下略）。’”

滿　庭　芳

【題解】

宋神宗元豐二年(1079)冬作於越州(今浙江紹興)。秦觀時從郡守程師孟游,傾情於某歌妓,别而賦此。纏綿悱惻,情辭相稱,泂爲傑作。

山抹微雲,天連衰草[1],畫角聲斷譙門[2]。暫停征棹[3],聊共引離樽[4]。多少蓬萊舊事[5],空回首、煙靄紛紛。斜陽外,寒鴉萬點,流水繞孤村[6]。　　銷魂[7]。當此際,香囊暗解,羅帶輕分[8]。謾贏得、青樓薄倖名存[9]。此去何時見也?襟袖上、空惹啼痕[10]。傷情處,高城望斷,燈火已黄昏[11]。

《淮海居士長短句》卷上

【校注】

[1]連:唐李紳《上家山》:“高低入雲樹,蕪没連天草。”唐杜牧《奉和門下相公送西川相公兼領相印出鎮全蜀詩十八韻》:“回首峥嶸盡,連天草樹芳。”用法略同。字一作“黏”,於意似更優。唐韓愈《祭河南張員外文》:“洞庭漫汗,黏天無壁。”宋黄庭堅《四月末天氣陡然如秋遂御袷衣游北沙亭觀江漲》:“遠水黏天吞釣舟。”
[2]畫角:樂器。竹木或銅質製成,外敷以彩,故名。多用於軍中,警昏曉,振士氣,類似今日軍營之號。譙(qiáo 橋)門:建有望樓的城門。譙,通“瞧”,瞭望。
[3]征棹:行船。征,行。棹(zhào 趙),船槳,代指船。　　[4]引離樽:俞平伯

《唐宋詞選釋》卷中："引有延長牽連義。引酒即連續地喝酒。'共引離樽',言餞行時舉杯相屬。"引,一作"飲",誤。　　　[5]蓬萊舊事:指包括與越妓情事在內的越州生活。宋胡仔《苕溪漁隱叢話》後集卷三三引《藝苑雌黃》:"程公辟守會稽,少游客焉,館之蓬萊閣。一日席上有所悦,自爾眷眷不能忘情。因賦長短句,所謂'多少蓬萊舊事,空回首、煙靄紛紛'也。"秦觀同時所作《別程公辟給事》亦有"買舟江上辭公去,回首蓬萊夢寐中"句。蓬萊,閣名。宋范仲淹《清白堂記》:"會稽府署據卧龍山之南足,北上有蓬萊閣。"秦觀在越州與程師孟游近八月。　　　[6]"寒鴉"二句:隋楊廣詩:"寒鴉千萬點,流水繞孤村。"(《苕溪漁隱叢話後集》卷三三引《藝苑雌黃》引)萬:一作"數"。　　　[7]銷魂:形容某種情緒臻於極端的狀態。此指極度愉悦。　　　[8]"香囊"二句:指離別定情。香囊:盛香料的小袋,多爲男性飾物。羅帶:女子所繫。古人常以二者爲定情之物。漢繁欽《定情詩》:"何以致叩叩,香囊繫肘後。"五代韋莊《清平樂》:"羅帶悔結同心。獨憑朱欄思深。"[9]"謾贏得"句:唐杜枚《遺懷》:"十年一覺揚州夢,贏得青樓薄倖名。"謾:通"漫",徒然。青樓:妓院。青,一作"秦",非是。薄倖:薄情,負心。　　　[10]惹:沾染。一作"染"。　　　[11]"傷情"三句:五代歐陽詹《初發太原塗中寄太原所思》:"高城已不見,況復城中人。"

【集評】

(宋)胡仔《苕溪漁隱叢話》後集卷三三引《藝苑雌黃》:"其詞極爲東坡所稱道,取其首句,呼之爲'山抹微雲君'。"

(清)周濟《宋四家詞選》:"將身世之感打并入艷情,又是一法。"

鵲　橋　仙

【題解】

傳統題材,貴能自出機杼,迥異流俗。一本有題"七夕"。

纖雲弄巧[1],飛星傳恨[2],銀漢迢迢暗度[3]。金風玉露一相逢,便勝卻、人間無數[4]。　　　柔情似水,佳期如夢,忍顧鵲橋歸路[5]。兩情若是久長時,又豈在、朝朝暮暮[6]。

《淮海居士長短句》卷中

【校注】

[1]纖雲弄巧:秋雲巧妙多姿。亦暗指其仿佛爲纖女巧手織出。點出節令。七夕（農曆七月七日夜）有"乞巧"（向織女討求智巧）之俗。南朝梁宗懍《荆楚歲時記》:"七月七日爲牽牛織女聚會之夜。是夕,人家婦女結綵縷,穿七孔針,或以金銀鍮石爲針,陳几筵、酒脯、瓜果於庭中以乞巧。"　　　[2]飛星傳恨:流星飛渡銀河,爲牛郎、織女傳達情意。　　　[3]"銀漢"句:指牛郎、織女於七夕在天河相會（七夕故事見漢崔寔《四民月令》、晉周處《風土記》、南朝梁吳均《續齊諧記》等）。銀漢:銀河。　　　[4]"金風"二句:唐趙璜（一作李郢）《七夕》:"烏鵲橋頭雙扇開,年年一度過河來。莫嫌天上稀相見,猶勝人間去不回。"金風:秋風。古以五行分配四季,秋屬金（參歐陽修《秋聲賦》注[11]）。玉露:秋露。晶瑩如珠,故云。南朝陳徐陵《爲護軍長史王質移文》:"比金風已勁,玉露方團。"唐李商隱《辛未七夕》:"由來碧落銀河畔,可要金風玉露時。"　　　[5]忍顧:怎忍顧,不忍顧。顧,回首,回視。鵲橋:唐韓鄂《歲華紀麗·七夕》注引《風俗通》:"織女七夕當渡河,使鵲爲橋。"　　　[6]朝朝暮暮:猶言時時刻刻,特指男女相會。戰國宋玉《高唐賦》:"妾在巫山之陽,高丘之阻。旦爲朝雲,暮爲行雨。朝朝暮暮,陽臺之下。"

【集評】

　　（宋）闕名:"七夕歌以雙星會少別多爲恨,少游此詞謂兩情若是久長,不在朝朝暮暮,所謂化臭腐爲神奇,寧不醒人心目。"（宋何士信《增修箋注妙選群英草堂詩餘後集》卷上）

踏　莎　行

【題解】

　　宋哲宗紹聖四年（1097）作於郴州（今屬湖南）貶所。其時將再貶橫州（今廣西橫縣）,情緒淒迷愁怨,而格調清雋高雅。一本有題"郴州旅舍"。

　　霧失樓臺,月迷津渡。桃源望斷無尋處[1]。可堪孤館閉春寒[2],杜鵑聲裏斜陽暮[3]。　　　驛寄梅花[4],魚傳尺素[5]。砌成此恨無重數。郴江幸自繞郴山,爲誰流下瀟湘去[6]。

《淮海居士長短句》卷中

【校注】

[1]桃源:即桃花源,出晉陶淵明《桃花源記》。鄭騫《詞選》:“陶淵明作《桃花源記》,其地在武陵郡即今常德,與郴州同在湖南,故有‘桃源望斷’之語。”

[2]可堪:怎堪,豈堪。　　　[3]杜鵑:鳥名,又名子規,相傳爲古蜀帝杜宇之魂所化(參南朝梁蕭統《文選》卷四晉左思《蜀都賦》“鳥生杜宇之魄”句唐李善注引《蜀記》、宋葛立方《韻語陽秋》卷一六引《成都記》)。　　　[4]驛寄梅花:南朝宋盛弘之《荆州記》:“陸凱與范曄爲友,在江南,寄梅花一枝詣長安與曄,並贈詩云:‘折梅逢驛使,寄與隴頭人。江南無所有,聊贈一枝春。’”(《太平御覽》卷一九引)

[5]魚傳尺素:漢無名氏《飲馬長城窟行》:“客從遠方來,遺我雙鯉魚。呼兒烹鯉魚,中有尺素書。”按,古人書信多用尺長左右的生絹。　　　[6]“郴江”二句:唐杜審言《渡湘江》:“獨憐京國人南竄,不似湘江水北流。”唐戴叔倫《湘南即事》:“沅湘日夜東流去,不爲愁人住少時。”二句意或與此相近。郴江:即耒水,出於耒山,北流入湘江。幸自:本自。幸,本。誰:誰人。一釋爲什麽。瀟湘:即湘江,參范仲淹《岳陽樓記》注[10]。

【集評】

　　(宋)惠洪《冷齋夜話》:“少游到郴州,作長短句云:‘霧失樓臺(略)。’東坡絶愛其尾兩句,自書於扇曰:‘少游已矣,雖萬人何贖。’”(宋胡仔《苕溪漁隱叢話前集》卷五〇引)

　　(清)黄蘇《蓼園詞選》:“按少游坐黨籍,安置郴州。首一闋是寫在郴,望想玉堂天上,如桃源不可尋,而自己意緒無聊也。次闋言書難達意,自己同郴水自繞郴山,不能下瀟湘以向北流也。語意凄切,亦自蘊藉,玩味不盡。‘霧失’、‘月迷’,總是被讒寫照。”

　　王國維《人間詞話》卷上:“少游詞境,最爲凄婉,至‘可堪孤館閉春寒,杜鵑聲裏斜陽暮’,則變而凄厲矣。”

賀　鑄

【作者簡介】

　　賀鑄(1052—1125),字方回,自號慶湖遺老、鑒湖遺老,衛州(今河南衛輝)人。

宋太祖孝惠皇后族孫,隸籍武選。宋神宗元豐五年(1082)領徐州寶豐監錢官。宋哲宗元祐二年(1087)領將作屬,六年以蘇軾等薦,入文階,爲承事郎。宋徽宗建中靖國元年(1101)通判泗州。大觀三年(1109)以承議郎致仕。博學強記,尤長度曲,詞風雍容妙麗,善融裁前人詩句入詞。有《慶湖遺老集》九卷、《賀方回詞》二卷。詞集又名《東山詞》。《宋史》卷四四三有傳。

芳 心 苦

【題解】

作時不詳,或謂在宋哲宗元祐元年(1086)至八年間。詞詠荷花,造微入妙,形神俱出,品格極高。多用前人句意,而融化無痕。調一作“踏莎行”。

楊柳迴塘[1],鴛鴦別浦[2]。綠萍漲斷蓮舟路。斷無蜂蝶慕幽香[3],紅衣脫盡芳心苦[4]。　　返照迎潮,行雲帶雨。依依似與騷人語[5]。當年不肯嫁春風[6],無端卻被秋風誤[7]!

《東山詞》卷一

【校注】

[1]迴塘:漢張衡《南都賦》:“分背迴塘。”迴,曲折。塘,堤岸。　　[2]別浦:唐歐陽詢《藝文類聚》卷九引《風土記》:“大水小口別通爲浦。”　　[3]“斷無”句:唐崔塗《殘花》:“蜂蝶無情極,殘香更不尋。”　　[4]“紅衣”句:北周庾信《入彭城館》:“蓮浦落紅衣。”唐羊士諤《玩荷花》:“紅衣落盡暗香殘。”唐趙嘏《長安晚秋》:“紅衣落盡渚蓮愁。”宋晏幾道《蝶戀花》(笑艷秋蓮生綠浦)詠荷:“朝落暮開空自許,竟無人解知心苦。”　　[5]“依依”句:唐李白《淥水曲》:“荷花嬌欲語。”唐杜牧《朱坡》:“小蓮娃欲語。”騷人:詩人。參王禹偁《黃州新建小竹樓記》注[23]。又,《楚辭·離騷》中有“製芰荷以爲衣兮,集芙蓉以爲裳”句。　　[6]“當年”句:唐韓偓《寄恨》:“蓮花不肯嫁春風。”宋張先《一叢花令》(傷高懷遠幾時窮):“不如桃杏,猶解嫁東風。”春:一作“東”。　　[7]“無端”句:晏幾道《蝶戀花》(笑艷秋蓮生綠浦):“西風豈是繁華主。”秋:一作“西”。

【集評】

(清)陳廷焯《詞則·大雅集卷二》:“此詞應有所指。騷情雅意,哀怨無端,讀者亦不自知何以心醉也。"

　　劉永濟《唐五代兩宋詞簡析》:"此詞表面係詠荷花,實則以荷花自比。此又在託閨詞以抒情之外別立一格,古所謂'索物言情'也。"

横 塘 路

【題解】

　　或作於宋徽宗建中靖國元年(1101)。以爛斑之色,寫幽傷之情,得力於楚騷。末三句以三種意象喻愁,融景入情,新奇絶麗,時人皆服其工,謂之"賀梅子"。調名一作"青玉案"。

　　凌波不過横塘路[1]。但目送、芳塵去。錦瑟華年誰與度[2]?月橋花院[3],瑣窗朱户。祇有春知處[4]。　　飛雲冉冉蘅皋暮[5]。彩筆新題斷腸句[6]。試問閒愁都幾許[7]?一川煙草[8],滿城風絮。梅子黄時雨[9]。

　　　　　　　　　　　　　　　　　　　　　　　　　《東山詞》卷一

【校注】

[1]凌波:形容女性步履輕盈。三國魏曹植《洛神賦》:"凌波微步,羅襪生塵。"凌,越。横塘:在今江蘇蘇州吳中區西南,賀鑄築館於此,往來其間(見宋龔明之《中吳紀聞》卷三)。　　[2]錦瑟華年:喻青春時代。唐李商隱《錦瑟》:"錦瑟無端五十絃,一絃一柱思華年。"錦瑟,繪紋如錦之瑟(撥絃樂器)。華年,一作"年華"。誰與度:唐杜甫《有懷台州鄭十八司户》:"歲月誰與度?"　　[3]月橋:一作"小橋",又作"月臺"、"月樓"。花院:一作"花榭",又作"仙館"、"幽徑"。　　[4]祇:一作"惟"。　　[5]飛:一作"碧"。蘅皋:長滿香草的水旁之地。曹植《洛神賦》:"爾乃税駕乎蘅皋。"南朝梁江淹《休上人怨別》:"日暮碧雲合,佳人殊未來。"
[6]彩筆:喻有文采之手筆。梁鍾嶸《詩品》卷中:"(江淹)夢一美丈夫,自稱郭璞,謂淹曰:'吾有筆在卿處多年矣,可以見還。'淹探懷中,得五色筆以授之。爾後爲詩,不復成語。故世傳江淹才盡。"新:一作"空"。　　[7]"試問"句:南唐李煜《虞美人》(春花秋月何時了):"問君能有幾多愁?"試:原作"若";愁:原作"情",兹併據清王鵬運《四印齋所刻詞》本《東山寓聲樂府》改。都:共,總。一作"知",又作"深"。　　[8]一川:滿地。川,平野。　　[9]"梅子"句:長江中下游一帶,春

末夏初梅子黃熟時節正逢雨季,稱黃梅雨或梅雨。

【集評】

（清）先著、程洪《詞潔》卷二:"工妙之極,無跡可尋,語句思路,亦在目前,而千人萬人不能湊泊。"

俞陛雲《唐五代兩宋詞選釋》:"'錦瑟'四句,花榭綺窗,祇有春風吹到,其寂寥之況與離索之懷,皆寓其中。下闋'閒愁'以下四句用三疊筆寫愁,如三疊陽關,令人淒絶。題標《橫塘路》,當有伊人宛在,非泛寫閒愁也。"

夏敬觀《映庵詞評》:"稼軒穠麗之處,從此脫胎。細讀東山詞,知其爲稼軒所師也。世但言蘇辛爲一派,不知方回,亦不知稼軒。"（《詞學》第五輯）

陳師道

【作者簡介】

陳師道（1053—1101）,字履常,一字無己,號後山居士,彭城（今江蘇徐州）人。宋哲宗元祐二年（1087）,蘇軾等薦爲徐州教授,五年移潁州教授。元符三年（1100）除秘書省正字。"蘇門六君子"之一,江西詩派"三宗"之一。文章簡重典雅,詩學杜甫,亦受黃庭堅影響,字鍛句琢,刻意求工,峻勁精妙。有《後山先生集》二十四卷等。《宋史》卷四四四有傳。

春懷示鄰里

【題解】

宋哲宗元符三年（1100）春鄉居時作。以破敗之語寫衰颯之景,寫春懷而具秋意。刻意錘鍊字句,然不免艱澀之病。鄰里,指寇國寶,陳師道在徐州時的鄰居,二人多有唱和。里,一作"曲"。

斷墻著雨蝸成字[1],老屋無僧燕作家[2]。剩欲出門追語笑[3],卻嫌歸鬢逐塵沙[4]。風翻蛛網開三面[5],雷動蜂窠趁兩衙[6]。屢失南鄰春事約^[7]，衹今容有未開花^[8]？

《後山詩注補箋》卷一〇

【校注】

[1]蝸成字：唐段成式《酉陽雜俎》卷一：“上（唐睿宗）爲冀王時，寢齋壁上蝸跡成天字。”宋人稱其爲“篆愁君”（參宋陶穀《清異録》卷上）。　　[2]僧：一作“人”。
[3]剩：頗。唐岑參《送張秘書充劉相公通汴河判官，便赴江外覲省》：“鱸鱠剩堪憶，蓴羹殊可餐。”　　[4]逐：一作“着”。　　[5]“風翻”句：《吕氏春秋·異用》：“湯見祝網者置四面，其祝曰：‘從天墜者，從地出者，從四方來者，皆離吾網。’湯曰：‘嘻！盡之矣。非桀，其孰爲此也？’湯收其三面，置其一面，更教祝曰：‘昔蛛蝥作網罟，今之人學紓。欲左者左，欲右者右，欲高者高，欲下者下，吾取其犯命者。’漢南之國聞之曰：‘湯之德及禽獸矣。’四十國歸之。人置四面，未必得鳥；湯去其三面，置其一面，以網其四十國，非徒網鳥也。”此句僅取此典中春風吹拂蛛網一義。　　[6]“雷動”句：衆蜂簇擁蜂王，如朝拜屏衛，稱蜂衙。早晚各一次，故謂兩衙。宋陸佃《埤雅·釋蟲》：“蜂有兩衙應朝，其主之所在，衆蜂爲之旋繞如衛。”趁：追逐。衙：本爲吏員參見長官，引申指排列成行之物。此句謂群蜂爲春雷所驚動。
[7]南鄰：指寇氏，在其南壁。陳師道《謝寇十一惠端硯》亦稱其爲“南鄰居士”。春事約：相約賞春之事。　　[8]衹今：如今。容有：豈有，表反問。或釋爲或許有。

【集評】

（元）方回《瀛奎律髓》卷一〇：“淡中藏美麗，虚處著工夫，力能排天斡地，此後山詩也。”

（清）紀昀：“刻意鑱削，脱盡甜熟之氣。以爲‘排天斡地’，則意境自高，推許太過。”（李慶甲《瀛奎律髓彙評》卷一〇引）

舟　　中

其　一

【題解】

因被目爲元祐餘黨，宋哲宗紹聖元年（1094）罷潁州（今安徽阜陽）教授任赴徐州，離舟中作此詩。進退行藏，皆非己意。詩中所寫，即心中所藴也。原題二首，此爲第一。

惡風横江江卷浪,黄流湍猛風用壯[1]。疾如萬騎千里來,氣壓三江五湖上[2]。岸上空荒火夜明[3],舟中坐起待殘更[4]。少年行路今頭白,不盡還家去國情。

《後山詩注補箋》卷四

【校注】

[1]用壯:逞其强力。《易·大壯》:"小人用壯。"　　[2]三江五湖:《國語·越語下》范蠡曰:"與我争三江五湖之利者,非吳邪?"五湖之説不一,此泛指江湖。
[3]火:或謂指磷火。　　[4]坐起:一作"起坐"。

晁補之

【作者簡介】

　　晁補之(1053—1110),字無咎,濟州鉅野(今山東巨野)人。宋神宗元豐二年(1079)進士。宋哲宗元祐元年(1086)除秘書省正字,五年通判揚州,八年遷著作郎。紹聖元年(1094)出知齊州,二年以元祐黨籍貶亳州通判。元符二年(1099)監信州鹽酒税。宋徽宗建中靖國元年(1101)拜禮部郎中兼國史編修。崇寧元年(1102)權知河中府,徙知湖州、密州。"蘇門四學士"之一。詩文風骨高騫,詞學蘇軾,神姿高秀,氣象磊落。有《雞肋集》七十卷、《晁氏琴趣外篇》六卷等。《宋史》卷四四四有傳。

鹽角兒

亳社觀梅

【題解】

　　借梅詠懷,約宋哲宗紹聖二年(1095)春謫應天府(今河南商丘)通判時作。亳社,即殷社(殷始都亳,今河南商丘),殷人祭祀土神之所。一本無題。

開時似雪[1],謝時似雪[2],花中奇絶。香非在蕊,香非在萼,骨中香徹。　　占溪風,留溪月[3]。堪羞損[4]、山桃如血。直饒更[5]、疏疏淡淡,終有一般情別[6]。

《晁氏琴趣外篇》卷二

【校注】

[1]開:一作"初"。　　[2]謝時:一作"勝開"。　　[3]留:一作"流"。
[4]損:煞,極。副詞,用於動詞或形容詞後。　　[5]直饒:即使。　　[6]一般:一種。情別:別樣情韻。

【集評】

(清)李調元《雨村詞話》卷二:"各家梅花詞,不下千闋,然皆互用梅花故事綴成,獨晁無咎補之不持寸鐵,別開生面,當爲梅花第一詞。"

(清)陳廷焯《白雨齋詞話》卷六:"詞貴渾涵,刻摯不能渾涵,終屬下乘。晁無咎詠梅云(略),費盡氣力,終是不好看。"

張　耒

【作者簡介】

張耒(1054—1114),字文潛,號柯山,人稱宛丘先生,楚州淮陰(今屬江蘇)人。宋神宗熙寧六年(1073)進士。宋神宗元豐元年授壽安尉,七年遷咸平丞。宋哲宗元祐三年(1088)蘇軾辟爲參詳官,六年除著作郎,八年遷起居舍人。紹聖元年(1094)出知潤州,以元祐黨籍徙知宣州,四年謫監黄州酒稅。宋徽宗建中靖國元年(1101)召爲太常少卿,改知潁州、汝州。崇寧元年(1102)復坐黨籍落職外放。"蘇門四學士"之一。文風沖淡,詩風明秀。有《柯山集》五十卷等。《宋史》卷四四四有傳。

初見嵩山

【題解】

宋神宗元豐元年(1078),自臨淮(今安徽泗縣)赴河南府壽安(今河南宜陽)尉,塗經嵩山,寫景感懷。嵩山,五嶽之中嶽,在今河南登封北。

年來鞍馬困塵埃,賴有青山豁我懷。日暮北風吹雨去,數峰清瘦出雲來[1]。

《張耒集》卷二九

【校注】

[1]"數峰"句:唐韓愈《游青龍寺贈崔大補闕》:"南山逼冬轉清瘦,刻畫圭角出崖豰。"此處或用韓詩意。

周邦彦

【作者簡介】

周邦彦(1056—1121),字美成,自號清真居士,錢塘(今浙江杭州)人。宋神宗元豐五年(1082)爲太學生,七年升試太學正。宋哲宗元祐三年(1088)爲廬州州學教授,八年知溧水縣。紹聖四年(1097)爲國子監主簿。元符元年(1098)除秘書省正字。宋徽宗建中靖國元年(1101)遷校書郎。崇寧三年(1104)遷考功員外郎。政和元年(1111)遷衛尉卿,出知河中府,二年徙隆德府,六年知明州,七年入爲秘書監。重和元年(1118)知真定府。宣和二年(1120)知順昌府。工詩文,詞最著名。講究音律,多用故實,長調善鋪敍,曲折迴環,富艷精工。與姜夔並稱"周姜"。有《片玉集》(十卷),又名《清真集》(二卷)。《宋史》卷四四四有傳。

蘭 陵 王

柳

【題解】

　　詞題爲"柳"，首言柳陰，中言折條，末言聞笛，行筆吞吐，章法縝密。詳繹詞意，實寫客中送客的離別之情。

　　柳陰直。煙裏絲絲弄碧[1]。隋堤上[2]、曾見幾番，拂水飄綿送行色。登臨望故國[3]。誰識[4]。京華倦客[5]。長亭路[6]，年去歲來，應折柔條過千尺[7]。　　　閒尋舊蹤跡。又酒趁哀絃[8]，燈照離席[9]。梨花榆火催寒食[10]。愁一箭風快，半篙波暖，回頭迢遞便數驛[11]。望人在天北。　　　淒惻。恨堆積。漸別浦縈迴[12]，津堠岑寂[13]。斜陽冉冉春無極。念月榭攜手[14]，露橋聞笛[15]。沉思前事[16]，似夢裏，淚暗滴。

《清真集》卷下

【校注】

[1]裏：一作"縷"。　　　[2]隋堤：隋煬帝大業元年（605）開通濟渠，自洛陽城西引谷水、洛水入黄河，再引黄河入汴水、淮河，蜿蜒達於長江。渠廣四十步，旁築御道，遍栽柳樹，人稱隋堤。此指汴河故道之隋堤（參《隋書·食貨志》）。
[3]故國：故鄉。　　　[4]識：一作"惜"。　　　　[5]倦客：宦游他鄉而覺厭倦之人。作者自謂。　　　[6]長亭：參柳永《雨霖鈴》（寒蟬淒切）注[2]。　　　　[7]"應折"句：謂送別。古有折柳送別之習。《三輔黄圖》卷六："霸橋在長安東，跨水作橋。漢人送客，至此橋折柳贈別。"宋程大昌《雍録》卷七《渭城》："漢世凡東出函、潼，必自霸陵始，故贈行者於此折柳爲別也。"　　　[8]趁：追，逐。哀絃：哀傷的曲調。三國魏曹丕《善哉行》："哀絃微妙，清氣含芳。"　　　[9]"燈照"句：唐韓愈《月蝕詩效玉川子作》："油燈不照席。"此反用其意。　　　[10]梨花：清明前後梨花正盛，故言及之。宋蘇軾《東欄梨花》："梨花淡白柳深青，柳絮飛時花滿城。惆悵東欄一株雪，人生看得幾清明。"榆火：周制四時改火，春季燃榆柳取火種（見（《周禮·夏官·司爟》"四時變國火"及注），後以榆火指春景。寒食：因改火而禁火（熄滅舊火而生新火），由禁火而禁火食。本爲舊俗，晉宋後附會爲春秋晉國介之推事，時在

清明(陽曆四月五日或六日)前一日或二日(參宋李昉等《太平御覽》卷三○"寒食"所引各説)。　　[11]迢遞:遥遠貌。驛:水驛。　　[12]別浦:參賀鑄《芳心苦》(楊柳迴塘)注[2]。縈迴:旋繞曲折。　　[13]津堠(hòu 後):渡口上供瞭望用的土堡。一説,舟行時記旅程之堡,如同陸路之長亭短亭。岑寂:冷清,寂寞。[14]念:一作"記",一作"空"。　　[15]聞笛:指笛曲《折楊柳》。《舊唐書·音樂志二》引《宋書》:"梁胡吹歌云:‘快馬不須鞭,反插楊柳枝。下馬吹橫笛,愁殺路傍兒。’"此曲多傷別之辭(參《樂府詩集》卷二十二《橫吹曲辭·折楊柳》所收諸作),或正以折柳送別之故。聞,一作"吹"。　　[16]沉:一作"追"。

【集評】

(清)周濟《宋四家詞選》:"客中送客,一‘愁’字代行者設想。以下不辨是情是景,但覺煙靄蒼茫。‘望’字、‘念’字尤幻。"

(清)陳廷焯《白雨齋詞話》卷一:"極其感慨,無處不鬱,令人不能遽窺其旨。"

蘇 幕 遮

【題解】

寫雨後初夏之景,抒久客思鄉之情。文筆輕靈,意境優美。與其"富艷精工"的詞風相較,可稱別調。

　　燎沉香[1],消溽暑[2]。鳥雀呼晴[3],侵曉窺簷語[4]。葉上初陽乾宿雨,水面清圓,一一風荷舉[5]。　　故鄉遥,何日去。家住吳門,久作長安旅[6]。五月漁郎相憶否? 小楫輕舟,夢入芙蓉浦[7]。

《清真集》卷上

【校注】

[1]沉香:香木,其心材可製成薰香料,入水能沉。參《梁書·林邑國傳》、《翻譯名義集》卷三《眾香》。　　[2]溽(rù 入):濕熱。　　[3]鳥雀呼晴:古有鳥雀鳴而知陰晴之説(參舊題春秋師曠《禽經》"鳩拙而安"句注)。宋蘇軾《江城子》(夢中了了醉中醒):"鳥鵲喜,報新晴。"鳥,一作"烏"。　　[4]侵曉:拂曉。侵,迫近。[5]"葉上"三句:描寫水面荷葉。初陽:旭日。宿:隔夜。清圓:荷葉之形狀。晉張華《荷詩》:"荷生綠泉中,碧葉齊如規。"(一作南朝宋鮑照詩)舉:挺立。　　[6]"家

住”二句:《喬大壯手批周邦彦片玉集》卷四:“與東坡《醉落魄》‘家在西南,長作東南別’句同境異,可供研究。”吳門:春秋吳都吳縣的別稱,今江蘇蘇州。此指作者家鄉錢塘。參柳永《望海潮》(東南形勝)注[2]。長安:漢唐時都長安(今陝西西安),宋人多借指汴京。王國維《清真先生遺事·尚論》謂此處乃“以汴都爲長安”。或謂此詞作於長安。　　　[7]芙蓉浦:荷花塘,指家鄉杭州之西湖。西湖遍植荷花,前有宋柳永“十里荷花”(《望海潮》)之句,後有宋楊萬里“接天蓮葉”(《曉出净慈送林子方二首》之二)之語。芙蓉,荷花的別名。《楚辭·離騷》:“製芰荷以爲衣兮,集芙蓉以爲裳。”

【集評】

(清)周濟《宋四家詞選》:“若有意,若無意,使人神眩。”

王國維《人間詞話》卷上:“此真能得荷之神理者。”(評“葉上”三句)

六　　醜

薔薇謝後作

【題解】

寫花落後的追惜。花與人、景與情打成一片,情緒纏綿,行筆紆餘,前人多以“詞中之聖”、“古今絕唱”稱之。詞題一作“落花”。

正單衣試酒[1],恨客裏、光陰虛擲[2]。願春暫留,春歸如過翼[3]。一去無跡。爲問家何在[4],夜來風雨,葬楚宮傾國[5]。釵鈿墮處遺香澤[6]。亂點桃蹊,輕翻柳陌[7]。多情爲誰追惜。但蜂媒蝶使,時叩窗隔[8]。　　東園岑寂[9]。漸蒙籠暗碧[10]。靜繞珍叢底[11],成歎息。長條故惹行客。似牽衣待話,別情無極[12]。殘英小、強簪巾幘[13]。終不似、一朵釵頭顫嫋[14],向人欹側。漂流處、莫趁潮汐。恐斷紅、尚有相思字,何由見得[15]。

《清真集》卷下

【校注】

[1]試酒:宋時風俗,於三四月間品嚐新酒(參宋周密《武林舊事》卷三、卷一〇)。

[2]“恨客”句:唐劉禹錫《河南白尹有喜崔賓客歸洛兼見懷長句因而繼和》:“遙羨

光陰不虛擲,肯令絲竹暫生塵。"此反用其意。恨:一作"恨"。　　　[3]過翼:飛鳥。唐杜甫《夜二首》之二:"村墟過翼稀。"　　[4]家:一作"花"。吳則虞校點本《清真集》校案:"'家'字義深,'家'亦花之家也,且正對客裏而言。"　　[5]"夜來"二句:寫風雨落花。唐孟浩然《春曉》:"夜來風雨聲,花落知多少。"唐韓偓《哭花》:"若是有情爭不哭,夜來風雨葬西施。"葬:一作"送"。吳則虞校點本《清真集》校引韓偓詩謂:"案作'葬'者是……'葬'字切落花。"楚宮傾國:指美人。《韓非子·二柄》:"楚靈王好細腰,而國中多餓人。"《漢書·外戚傳上》載李延年詩:"北方有佳人,絕世而獨立。一顧傾人城,再顧傾人國。"此喻花。　　[6]"釵鈿"句:《舊唐書·楊貴妃傳》:"玄宗每年十月幸華清宮,國忠姊妹五家扈從,每家爲一隊,著一色衣,五家合隊,照映如百花之煥發,而遺鈿墜舄,瑟瑟珠翠,璀璨芳馥於路。"此喻散落的花瓣。唐徐夤《薔薇》:"晚風飄處似遺鈿。"釵(chāi 拆)鈿(tián 田):女性首飾。釵,兩簪合成的首飾。鈿,金銀花飾。　　[7]"亂點"二句:唐王涯《游春詞二首》之二:"經過柳陌與桃蹊,尋逐春光著處迷。"唐劉禹錫《踏歌詞四首》之三:"桃蹊柳陌好經過,燈下妝成月下歌。"宋秦觀《望海潮》(梅英疏淡):"柳下桃蹊,亂分春色到人家。"桃蹊(xī 西):《史記·李將軍列傳》:"諺曰:'桃李不言,下自成蹊。'"蹊,小徑。　　[8]"多情"三句:唐裴説《牡丹》:"游蜂與蝴蝶,來往自多情。"爲:一作"最",又作"更"。蜂媒蝶使:蜂蝶穿梭花間,故云。隔:窗間木格。一作"槅",通。　　[9]"東園"句:宋黃庭堅《次韻黃斌老晚游池亭二首》之二:"岑寂東園可散愁。"一本以此句屬上闋。　　[10]蒙籠:草木茂密。晉郭璞《遊仙》七首之三:"綠蘿結高林,蒙籠蓋一山。"　　[11]珍叢:指薔薇花叢。[12]"長條"三句:唐儲光羲《薔薇》:"高處紅鬚欲就手,低邊綠刺已牽衣。"南唐李從善《薔薇詩一首十八韻呈東海侍郎徐鉉》:"嫩刺牽衣細,新條窣草垂。"惹:挑逗。待:擬,將。　　[13]强(qiǎng 搶):勉强。幘(zé 責):包頭巾。　　[14]"終不似"句:宋柳永《木蘭花》(東風催露千嬌面):"美人纖手摘芳枝,插在釵頭和鳳顫。"　　[15]"漂流"三句:由斷紅而援用紅葉題詩典。唐范攄《雲谿友議》卷下《題紅怨》:"盧渥舍人應舉之歲,偶臨御溝,見一紅葉,命僕寮來。葉上乃有一絕句……詩曰:'流水何太急,深宮盡日閒。殷勤謝紅葉,好去到人間。'"斷紅:落花。紅,一作"鴻",誤。何由:一作"無由"。

【集評】

(清)黃蘇《蓼園詞選》:"自歎年老遠宦,意境落寞,借花起興。以下是花,是自己,比興無端,指與物化,奇情四溢,不可方物,人巧極而天工生矣。結處意致尤纏綿無已,耐人尋繹。"

　　俞陛雲《唐五代兩宋詞選釋》：“前五句言客裏送春，‘翼’、‘跡’二韻力破餘地，詞家賦送春者，無此健筆。‘楚宮’三句哀艷而有縹緲之思。以下言惜花無人，不如蜂蝶之尚有餘戀。下闋言花落之後，但餘暗碧。王荆公所謂‘春風取花去，酬我以清陰’，而在惜花者徒增太息耳。‘長條’三句就花刺鉤衣，以寓戀別，詞爲薔薇花謝後作，故即事生情。‘殘英’四句承別情而言，因簪取殘花，而綺思離愁一時齊赴，如小鳳釵頭之曾窺香頸。夏閏庵云：‘是人是花，合而爲一，變化無方。’結句言縱使花片隨潮，相思留字，而長此漂流，無緣更見，一句一意，收來敏妙。閏庵云：‘白石之《暗香》、《疏影》，似脫胎於此。’但彼之跡象未化，尚隔一塵也。”

　　喬大壯《喬大壯手批周邦彦片玉集》：“古今絕唱，妙在直筆而能絕處轉回。慢詞至此，可歎觀止。屬和實可不必，其法則不可不知。”

玉　樓　春

【題解】

　　借舊典寫離別，一段情事隱然其中，意屬平常而別饒姿態。一本有題“天台”。

　　桃溪不作從容住。秋藕絕來無續處[1]。當時相候赤欄橋[2]，今日獨尋黃葉路[3]。　　煙中列岫青無數。雁背夕陽紅欲暮[4]。人如風後入江雲，情似雨餘黏地絮[5]。

《清真集》卷下

【校注】

[1]“桃溪”二句：謂與情人別後無緣重逢。“桃溪”句，宋李昉等《太平御覽》卷四一引南朝宋劉義慶《幽明録》載，東漢明帝時劉晨、阮肇入天台山，迷不得返，見一桃樹，各啖數枚。又於溪邊遇二女子，姿質妙絕。遂至其家，停宿半年而去。唐韓愈《聞梨花發贈劉師命》：“桃溪惆悵不能過。”“秋藕”句，反用“藕（偶）斷絲（思）連”意。絕：一作“折”。　　[2]相候赤欄橋：一作“無奈鳥聲哀”。赤欄橋：古詩中常見，非特指。唐顧況《題葉道士山房》：“水邊垂柳赤欄橋，洞裏仙人碧玉簫。”唐温庭筠《楊柳枝八首》之一：“一渠春水赤欄橋。”　　[3]獨：一作“重”。黃葉路：一作“芳草路”，又作“黃葉渡”。　　[4]“煙中”二句：南齊謝朓《郡內高齋閒望答呂法曹》：“窗中列遠岫。”唐温庭筠《春日野行》：“鴉背夕陽多。”　　[5]“情似”句：謂情之執着。宋晏幾道《玉樓春》（雕鞍好爲鶯花住）：“盡教春思亂如雲，

莫管世情輕似絮。”宋釋道潛《子瞻席上令歌舞者求詩戲以此贈》:“禪心已作沾泥絮,肯逐春風上下狂。”

【集評】

　　(明)潘游龍《古今詩餘醉》卷一一:“‘當時’二語用劉阮事,轉有醒悟。惜‘秋藕’句甚俗。至‘人如風後’二語,又妙如神矣。”

　　俞陛雲《唐五代兩宋詞選釋》:“此調凡四首,以此首爲最。上、下闋之後二句,寓情味於對偶句中,‘江雲’、‘雨絮’,取譬尤雋。”

　　俞平伯《清真詞釋》:“憶昔年得讀《清真詞》及此闋,有初見眼明之樂。後讀之乍熟,漸省其通體記敍,以偶句立幹,以規矩立極,辭固致佳,惟於空靈窅眇,蕩氣迴腸,似尚有所欠。頃徐而思之,始歎其盡工巧於矩度,斂飛動於排偶,吾初見之未謬而評量之難也。”

朱敦儒

【作者簡介】

　　朱敦儒(1081—1159),字希真,號巖壑,洛陽(今屬河南)人。宋高宗紹興五年(1135)賜進士出身。同年守秘書省正字,六年改左承奉郎,復權兵部郎中,七年通判臨安府,九年遷都官員外郎,十四年爲兩浙東路提點刑獄公事,十六年以事落職,改提舉台州崇道觀,二十五年除鴻臚少卿。工詩擅書,詞尤著名。其詞妍思幽窅,豪曠之中兼寓清雋。有《樵歌》三卷。《宋史》卷四四五有傳。

相 見 歡

【題解】

　　南京登樓,遠眺中原。清陳廷焯所謂“二帝蒙塵,偷安南渡,苟有人心者,未有不拔劍斫地也”(《白雨齋詞話》卷六)之作。

　　金陵城上西樓[1]。倚清秋。萬里夕陽垂地,大江流[2]。　　中原亂[3]。簪纓散[4]。幾時收[5]。試倩悲風吹淚、過揚州[6]。

《樵歌》卷下

【校注】

[1]金陵:今江蘇南京。　　[2]大江流:南齊謝朓《暫使下都夜發新林至京邑贈西府同僚》:"大江流日夜,客心悲未央。"唐杜甫《旅夜抒懷》:"星垂平野闊,月湧大江流。"　　[3]中原亂:指宋欽宗靖康(1126—1127)間金兵南寇,佔領中原,北宋滅亡事。　　[4]簪纓:官員的冠飾,比喻顯貴。簪,插定冠的長針。纓,冠帶。[5]收:了結。　　[6]"試倩"句:宋高宗建炎三年(1129),金兵初犯揚州(今屬江蘇),劫掠甚烈(參宋無名氏《建炎維揚遺錄》),故云。或謂此詞作於建炎元年(1127)春,所以道及揚州,與宋高宗行蹤有關(參鄧子勉校注《樵歌》卷下)。倩(qìng 慶):請,求。按,金陵舊稱揚州(參宋樂史《太平寰宇記》卷九〇《江南東道二·昇州》、宋歐陽忞《輿地廣紀》卷二四《江南東路·江寧府》、宋王象之《輿地紀勝》卷一七《江南東路·建康府》、清顧祖禹《讀史方輿紀要》卷二〇《南直二·應天府》),故揚州或即首句所言之金陵(時爲江陵府治)。

【集評】

(清)陳廷焯《詞則·放歌集卷一》:"筆力雄大,氣韻蒼凉,短調中具有萬千氣象。"

<h1 align="center">好 事 近</h1>
<h3 align="center">漁 父 詞</h3>

【題解】

宋高宗紹興十九年(1149),朱敦儒致仕後居嘉禾(今浙江嘉興),以《好事近》調作"漁父詞"六首寫歸隱生活,此其第一首。陸游"嘗與朋儕詣之(朱敦儒),聞笛聲自煙波間起……傾之,棹小舟而至"(宋周密《澄懷錄》卷下引),可與此詞互參。

搖首出紅塵[1],醒醉更無時節[2]。活計綠蓑青笠[3],慣披霜衝雪[4]。　　晚來風定釣絲閒,上下是新月。千里水天一色[5],看孤鴻明滅。

《樵歌》卷中

【校注】

[1]紅塵:佛道教等稱人世爲紅塵。宋釋普濟《五燈會元》卷一二《大潙慕喆禪師》:"十載走紅塵,今朝獨露身。"又指車馬揚起的塵土,喻繁華熱鬧。漢班固《西都賦》:"紅塵四合。"此處二義兼有。　　[2]"醒醉"句:意謂醒醉無定時,生活逍遙自在。時節:時候。宋蘇軾《蘇州閶丘江君二家雨中飲酒二首》之一:"今宵記取醒時節。"　　[3]"活計"句:謂過歸隱生活。唐張志和《漁父》(西塞山前白鷺飛):"青箬笠,綠蓑衣,斜風細雨不須歸。"活計:一作"生計",義通。　　[4]衝:冒。　　[5]"千里"句:唐王勃《秋日登洪府滕王閣餞別序》"秋水共長天一色"。

【集評】

　　(清)陳廷焯《詞則·大雅集卷二》:"希真《漁父》五篇,自是高境。雖偶雜微塵,而清氣自在,煙波釣徒流亞也。"

李清照

【作者簡介】

　　李清照(1084—1155?),號易安居士,濟南章丘(今屬山東)人。宋徽宗建中靖國元年(1101)十八歲,適太學生趙明誠。建炎三年(1129)明誠以疾卒,宋高宗紹興二年(1132)在杭州適張汝舟,旋即離異。後寓居金華。幼有才名,工詩文,筆力健勁。詞爲有宋大家,早期靈秀,晚歲沉健。令慢兼工,手法多樣,被目爲"易安體",並有"婉約以易安爲宗"(清王士禛《花草蒙拾》)、"男中李後主,女中李易安"(清沈謙《填詞雜説》)之稱。有《漱玉詞》一卷。其詩文詞合集,今人輯有多種。

烏　　江

【題解】

　　借詠項羽不過江東事,諷喻朝廷的南渡偏安,當爲建炎二年(1128)抵建康(今江蘇南京)後作。或謂建炎三年四五月間謁烏江項王祠時作(參徐培均《李清照集箋注》卷二)。烏江,在今安徽和縣。題一作"夏日絕句"。

生當作人傑[1]，死亦爲鬼雄[2]。至今思項羽，不肯過江東[3]。

《李清照集校注》卷二

【校注】

[1]作：一作"爲"。　　　[2]鬼雄：死者中的强者。《楚辭·九歌·國殤》："身既死兮神以靈，魂魄毅兮爲鬼雄。"爲：一作"作"。　　　[3]"至今"二句：《史記·項羽本紀》："於是項王乃欲東渡烏江。烏江亭長艤船待，謂項王曰：'江東雖小，地方千里，衆數十萬人，亦足王也。願大王急渡。今獨臣有船，漢軍至，無以渡。'項王笑曰：'天之亡我，我何渡爲。且籍與江東子弟八千人渡江而西，今無一人還，縱江東父兄憐而王我，我何面目見之？縱彼不言，籍獨不愧於心乎？'"遂殺漢軍數百人，自刎而死。江東：安徽蕪湖以下長江下游南岸地區。項羽爲下相（今江蘇宿遷）人，與叔父梁避讎吴中（今屬江蘇蘇州），秦二世元年（前209），項羽隨梁擧吴中精兵八千起義。吴中屬江東。

如 夢 令

【題解】

　　本篇當爲早期之作，寫惜春之情，用對話結構全篇，新穎別致。唐孟浩然《春曉》："春眠不覺曉，處處聞啼鳥。夜來風雨聲，花落知多少。"唐韓偓《懶起》："昨夜三更雨，臨明一陣寒。海棠花在否，側卧捲簾看。"諸作正可互相發明。一本有題"春晚"、"春曉"、"春景"。

　　昨夜雨疏風驟。濃睡不消殘酒。試問捲簾人[1]，卻道海棠依舊。知否。知否？應是綠肥紅瘦。

《李清照集校注》卷一

【校注】

[1]捲簾人：唐盧仝《樓上女兒曲》："誰家女兒樓上頭，指揮婢子掛簾鈎。"宋張樞《瑞鶴仙》亦有"捲簾人睡起，放燕子歸來，商量春事"句。或認爲指趙明誠，似不妥。

【集評】

　　(清)黄蘇《蓼園詞選》:"一問極有情,答以'依舊',答得極淡,跌出'知否'二句來。而'綠肥紅瘦',無限淒婉,卻又妙在含蓄。短幅中藏無限曲折,自是聖於詞者。"

　　(清)陳廷焯《詞則·別調集卷二》:"一片傷心,纏綿淒咽。世徒賞其'綠肥紅瘦'一語,猶是皮相。"

一　翦　梅

【題解】

　　元伊世珍《琅嬛記》:"易安結褵未久,明誠即負笈遠游。易安殊不忍別,覓錦帕書《一翦梅》詞以送之。"短幅之中,警句疊出,曲盡離別相思之情。一本有題"別愁"、"秋別"、"閨思"。

　　紅藕香殘玉簟秋[1]。輕解羅裳[2],獨上蘭舟[3]。雲中誰寄錦書來[4]?雁字回時,月滿西樓[5]。　　花自飄零水自流[6]。一種相思,兩處閒愁[7]。此情無計可消除,纔下眉頭,卻上心頭[8]。

《李清照集校注》卷一

【校注】

[1]"紅藕"句:俞平伯《唐宋詞選釋》卷中:"此句似倒裝,即下文'蘭舟'的形容語。船上蓋亦有枕簟的鋪設。若釋爲一般的室內光景,則下文'輕解羅裳,獨上蘭舟',即頗覺突兀。"紅藕:即紅蓮,紅色荷花。唐裴説《旅次衡陽》:"晚秋紅藕裏,十宿寄漁船。"簟(diàn 電):竹席。　　[2]輕解羅裳:意猶"羅帶輕分"。參秦觀《滿庭芳》(山抹微雲)注[8]。裳,一作"裙"。　　[3]蘭舟:木蘭所作之舟,舟之美稱。南朝梁任昉《述異記》卷下:"木蘭川在潯陽江中,多木蘭樹。昔吳王闔閭植木蘭於此,用構宮殿也。七里洲中有魯班刻木蘭爲舟,舟至今在洲中。詩家云木蘭舟,出於此。"　　[4]"雲中"句:暗用鴻雁傳書典,參黄庭堅《寄黄幾復》注[2]。俞平伯《唐宋詞選釋》卷中:"雁之關於書信有兩意思:一是雁足捎書;一是群雁的行列,在空中排成字形。這句用第一義,次句改用第二義接。"錦書:參柳永《定風波》(自春來)注[6]。　　[5]"雁字"二句:唐李益《寫情》:"從此無心愛良夜,任他明月下西樓。"南唐夏寶松殘句:"雁飛南浦砧初斷,月滿西樓酒半醒。"雁字:雁陣似"一"字"人"字。唐白居易《江樓晚眺,景物鮮奇,吟玩成篇,寄水部張員外》:"雁點青

天字一行。”回：一作“來”。西：一本無此字。　　　[6]“花自”句：分承上“紅藕香
殘”及“獨上蘭舟”二句。唐崔塗《春夕》：“水流花謝兩無情。”　　　[7]間：一作
“離”，又作“凝”。　　　[8]“此情”三句：宋范仲淹《御街行》：“都來此事，眉間心
上，無計相迴避。”纔：一作“方”。眉：一作“心”。卻：一作“又”。心：一作“眉”。

【集評】

（清）王士禎《花草蒙拾》：“俞仲茅小詞云：‘輪到相思沒醉處，眉間露一絲。’視
易安‘纔下眉頭，卻上心頭’，可謂此兒善盜。然易安亦從范希文‘都來此事，眉間心
上，無計相迴避’語脫胎，李特工耳。”

龍榆生《漱玉詞叙論》：“以此以推，易安傷離之作，大抵皆爲明誠而發，所謂‘女
子善懷’，充分表其濃摯悲酸情感，非如其他詞人之代寫閨情，終有‘隔靴搔癢’之
欺。”（《詞學季刊》第三卷第一號）

醉　花　陰

【題解】

詞寫景，實寫人；寫人，實寫情。比喻出奇，意象新穎。一本有題“九日”、“重
九”。

薄霧濃雲愁永晝[1]。瑞腦銷金獸[2]。佳節又重陽[3]，玉枕紗
廚[4]，半夜涼初透[5]。　　　東籬把酒黃昏後，有暗香盈袖[6]。莫道不
銷魂[7]，簾捲西風，人比黃花瘦[8]。

《李清照集校注》卷一

【校注】

[1]雲：一作“雾”，霧氣。明楊慎《詞品》卷一《屯雲》：“中山王《文木賦》：‘奔雷屯
雲，薄霧濃雾。’皆形容木之文理也。杜詩‘屯雲對古城’，實用其字。李易安九日
詞‘薄霧濃雾愁永晝’，今俗本改‘雾’作‘雲’。”一作“陰”。永：長。　　　[2]瑞
腦：又名龍腦、瑞龍腦，俗稱冰片，香氣馥郁（參唐段成式《酉陽雜俎》前集卷一《忠
志》、前集卷一八《木篇》）。銷：一作“噴”。金獸：獸形銅香爐（古代所謂金實多爲
銅）。宋洪芻《香譜》卷下：“香獸，以塗金爲狻猊、麒麟、鳧鴨之狀，空中以燃香，使
煙自口出，以爲玩好。”金，一作“香”。　　　[3]佳：一作“時”。重陽：農曆九月九

日。唐歐陽詢《藝文類聚》卷四引三國魏曹丕《與鍾繇書》："歲往月來，忽復九月
九日。九爲陽數，而日月並應，俗嘉其名，以爲宜於長久。"　　[4]玉：一作"寶"。
紗廚：紗帳。唐司空圖《王官二首》之二："盡日無人祇高卧，一雙白鳥隔紗廚。"
俞平伯《唐宋詞選釋》卷中："近代以木做隔扇，形如小屋，用以避蚊，中可置榻；
框上糊以輕紗，大抵是綠色的，叫'碧紗廚'。亦名蚊廚。"廚，即"櫥"，櫥櫃。
[5]涼初：一作"秋初"，一作"秋先"。　　[6]"東籬"二句：重陽菊花最盛，古有賞
菊之俗。曹丕《與鍾繇書》："至於芳菊紛然獨榮，非夫含乾坤之純和，體芬芳之淑
氣，孰能如此？"唐孟浩然《過故人莊》："待到重陽日，還來就菊花。"東籬，晉陶淵
明《飲酒》其五："採菊東籬下，悠然見南山。"後因指菊圃或菊花。暗香：幽香，常用
於梅花。唐元稹《春月》："露梅飄暗香。"宋林逋《梅花》："暗香浮動月黄昏。"但也
可用於他花。唐許渾《過故友舊居》："早蓮飄暗香。"此指菊花。　　[7]銷魂：指
重陽賞菊時愉悦、寂寥和迷惘等複雜而強烈的情緒。參秦觀《滿庭芳》(山抹微
雲)注[7]。　　[8]"人比"句：唐司空圖《詩品》："落花無言，人淡如菊。"比，原作
"似"，兹據清王鵬運《四印齋所刻詞》本《漱玉詞》改。黄花：菊花。《禮記·月
令》："鞠(菊)有黄華(花)。"

【集評】

　　(明)王世貞《藝苑巵言》："詞内'人瘦也，比梅花，瘦幾分'，又'天還知道，和天
也瘦'，又'莫道不銷魂，簾捲西風，人比黄花瘦'，三瘦字俱妙。"(按"人瘦也"三句出
宋程垓《攤破江城子》，"天還知道"二句出宋秦觀《水龍吟》。)

　　(明)茅暎《詞的》卷二："但知傳誦結語，不知妙處全在'莫道不銷魂'。"

永　遇　樂

元　宵

【題解】

　　晚年作於杭州。一謂建炎三年(1129)春作於建康(今江蘇南京)，誤。刻畫今
昔元宵節的不同情懷，表達深沉的故國之思與淪落之悲。以口語入詞，卻含蓄蘊藉。
元宵，農曆正月十五日夜。題或爲後人所加。

　　落日鎔金[1]，暮雲合璧，人在何處[2]？染柳煙濃，吹梅笛怨[3]，春
意知幾許。元宵佳節，融和天氣，次第豈無風雨[4]。來相召，香車寶

馬，謝他酒朋詩侶[5]。　　　中州盛日[6]，閨門多暇，記得偏重三五[7]。鋪翠冠兒[8]，撚金雪柳[9]，簇帶争濟楚[10]。如今憔悴，風鬟霜鬢[11]，怕見夜間出去[12]。不如向、簾兒底下，聽人笑語。

《李清照集校注》卷一

【校注】

[1]“落日”句：唐杜牧《金陵》：“日落水浮金。”宋廖世美《好事近》：“落日水鎔金，天淡暮煙凝碧。”　　[2]“暮雲”二句：南朝梁江淹《休上人怨别》：“日暮碧雲合，佳人殊未來。”　　[3]“染柳”二句：即“染柳煙濃，吹梅笛怨”之意。濃：一作“輕”。吹梅笛怨：漢樂府“横吹曲”中有《梅花落》一曲，宋郭茂倩《樂府詩集》卷二四：“《梅花落》，本笛中曲也。”古人常將梅與笛相連寫，如唐李白《與史郎中欽聽黃鶴樓上吹笛》：“黃鶴樓中吹玉笛，江城五月落梅花。”　　[4]次第：接着，轉眼。唐白居易《觀幻》：“次第花生眼，須臾燭過風。”　　[5]“來相召”三句：謝絶朋友出游的邀請。謝：辭絶。　　[6]中州：河南爲古豫州地，居九州之中。此特指北宋首都汴梁（今河南開封）。　　[7]三五：原指陰曆每月十五日，此指正月十五日元宵。元宵爲宋代重要節日（參宋孟元老《東京夢華録》卷六《元宵》、宋吳自牧《夢粱録》卷一《元宵》）。　　[8]鋪翠冠兒：以翡翠、羽毛等裝飾的帽子。吳自牧《夢粱録》卷一《元宵》：“官巷口、蘇家巷二十四家傀儡，衣裝鮮麗，細旦戴花朵肩，珠翠冠兒，腰肢纖嫋，宛若婦人。”宋李攸《宋朝事實》卷一三載，宋高宗紹興二十七年詔：“近外國所貢翠羽六百餘隻，可令焚之通衢，以示百姓。行法當自近始，自今後，宫中首飾衣服並不許鋪翠、銷金。”　　[9]撚金雪柳：用金綫撚成的絹或紙飾品。《宋史·輿服志五》載，宋真宗大中祥符八年詔：“内庭自中宫以下，並不得銷金、貼金……金綫撚絲，裝著衣服，並不得以金爲飾。”宋周密《武林舊事》卷二《元夕》：“元夕節物，婦人皆帶珠翠、鬧蛾、玉梅、雪柳。”宋陳元靚《歲時廣記》卷一一《上元中·戴燈毬》引《歲時雜記》：“賣玉梅、雪梅、雪柳、菩提葉及蛾蜂兒等，皆繒、楮爲之。”　　[10]簇帶：插戴滿頭，宋方言。簇，叢聚。帶，通“戴”。宋周密《武林舊事》卷三《都人避暑》：“六月六日……茉莉爲最盛。初出之時，其價甚穹，婦人簇戴，多至七插。”濟楚：整齊，美觀。宋俗語。宋柳永《木蘭花》：“心娘自小能歌舞。舉意動容皆濟楚。”　　[11]風鬟霜鬢：形容髮亂鬢白。唐李朝威《柳毅傳》：“風鬟雨鬢。”宋蘇軾《題毛女真》：“霧鬢風鬟木葉衣。”霜，一作“霧”。
[12]怕見：怕得，懶得。見，動詞後語助。句一作“怕向花間重去”。

【集評】

（宋）張端義《貴耳集》卷上："易安居士李氏,趙明誠之妻。《金石録》亦筆削其間。南渡以來常懷京洛舊事,晚年賦元宵《永遇樂》詞云:'落日熔金,暮雲合璧。'已自工緻。至於'染柳煙輕,吹梅笛怨,春意知幾許',氣象更好。後疊云:'於今憔悴,風鬟霜鬢,怕見夜間出去。'皆以尋常語度入音律,鍊句精巧則易,平淡入調者難。"

吳梅《詞學通論·概論二》："大抵易安諸作,能疏俊而少沉著。即如《永遇樂·元宵》詞,人咸謂絶佳。此事感懷京洛,須有沉痛語方佳。詞中如'如今憔悴,風鬟霧鬢,怕向花間重去',固是佳語。而上下文皆不稱。上云:'鋪翠冠兒,撚金雪柳,簇帶爭濟楚。'下云:'不如向簾兒底下,聽人笑語。'皆太質率。明者自能辨之。"

武 陵 春

【題解】

詞爲宋高宗紹興五年(1135)避難金華(今屬浙江)時作。詞寫濃愁,表達絶望,筆觸細膩靈動。末三句比喻,誇張而合理,爲李清照名句。一本有題"春晚"、"春曉"。

風住塵香花已盡[1],日晚倦梳頭[2]。物是人非事事休[3]。欲語淚先流。　　聞説雙溪春尚好[4],也擬泛輕舟。衹恐雙溪舴艋舟[5]。載不動、許多愁。

　　　　　　　　　　　　　　　　　　　　　《李清照集校注》卷一

【校注】

[1]花:一作"春"。　　[2]晚:一作"落",一作"曉"。　　[3]物是人非:南朝梁蕭統《文選》卷四二,三國魏曹丕《與朝歌令吳質書》:"節同時異,物是人非。"
[4]説:一作"道"。雙溪:水名,在金華城南(見清修《浙江通志》卷一七)。
[5]舴(zé 責)艋(měng 猛)舟:小船,意從"蚱蜢"而來。唐張志和《漁父歌》:"兩兩三三舴艋舟。"

【集評】

俞平伯《唐宋詞選釋》卷中："意不過風吹落花,卻先説風住,再説塵香,而花已盡,一句三折。"(評首句)"以舟輕借喻愁重,用筆輕妙。後來元曲《西廂記·秋暮離

懷》：‘遍人間煩惱填胸臆，量這些大小的車兒如何載得起’意同，卻是另一種寫法了。”（評下片）

鄭騫《詞選》：“此詞有淒婉之致，論易安詞者每喜舉之；然物是人非兩語過於淺俗，在易安集中非上乘也。”

聲　聲　慢

【題解】

此爲作者晚年名篇。通過自然景物抒發内心情感，通過客觀環境和内在情緒的交織塑造人物形象。將日常口語度入音律，連用疊字寫恍惚抑鬱，體現出極高的藝術造詣。一本有題“秋情”。

尋尋覓覓，冷冷清清，淒淒慘慘戚戚[1]。乍暖還寒時候[2]，最難將息[3]。三杯兩盞淡酒[4]，怎敵他、曉來風急[5]。雁過也，正傷心，卻是舊時相識[6]。　　滿地黄花堆積，憔悴損[7]，如今有誰堪摘[8]。守著窗兒[9]，獨自怎生得黑[10]。梧桐更兼細雨，到黄昏、點點滴滴[11]。這次第，怎一個、愁字了得[12]。

《李清照集校注》卷一

【校注】

[1]戚戚：憂愁。　　[2]乍暖還寒：本形容早春天氣，此指晨間。　　[3]最：一本作“正”。將息：休養調息。唐白居易《偶詠》：“身閒當將息。”　　[4]“三杯”句：古人有晨間飲酒之習。盞：一作“杯”。　　[5]曉：原作“晚”，兹據上海醫學書局影明天啓五年毛晉汲古閣本《詩詞雜俎》本《漱玉詞》改。此詞上片若言“晚來”，下片言“到黄昏”，語義重複。詞寫整天，而非一晚。作“曉來”，則自朝至暮，整日凝愁，於義爲優（參俞平伯《唐宋詞選釋》卷中）。急：一作“力”。　　[6]“雁過也”三句：大雁可傳書（參黄庭堅《寄黄幾復》注[2]），然丈夫云亡，無人可寄，故覺傷心。李清照早年寄趙明誠《一翦梅》有“雲中誰寄錦書來，雁字回時，月滿西樓”句，故稱雁爲舊時相識。一説，雁逢秋南下，清照亦北人南來，故與雁爲舊識（參劉永濟《唐五代兩宋詞簡析》）。又徐培均《李清照集箋注》引唐趙嘏《寒塘》“鄉心正無限，一雁過南樓”等句，謂此處亦寫思鄉之情。正：一作“縱”。　　[7]“滿地”二句：前句指菊之盛，後句謂己之衰，對比見意。一説，後句關合人與菊，於義

似稍欠。參吳小如《讀書叢札·讀詞臆札》。黃花:菊花。《禮記·月令》:"鞠(菊)有黃華(花)。"　　[8]"如今"句:有三説:一,謂自己無心去摘。二,謂堪與何人共摘。三,誰爲"何"意,謂無花可摘。皆可通。堪:原作"怃",兹據《詩詞雜俎》本《漱玉詞》改。　　[9]著:一作"定"。　　[10]怎生:怎樣,宋時俗語。宋柳永《臨江仙》(夢覺小庭院):"問怎生禁得,如許無聊。"　得黑:意謂熬到天黑。[11]"梧桐"二句:晚唐温庭筠《更漏子》(玉爐香):"梧桐樹,三更雨,不道離情正苦。一葉葉,一聲聲,空階滴到明。"　　[12]"這次第"二句:意謂感情複雜,難用一個"愁"字説盡。次第:過程,情形。了得:了結,結束。

【集評】

　　(宋)張端義《貴耳集》卷上:"秋詞《聲聲慢》:'尋尋覓覓,冷冷清清,淒淒惨惨戚戚。'此乃公孫大娘舞劍手。本朝非無能詞之士,未曾有一下十四疊字者。用《文選》諸賦格。後疊又云:'梧桐更兼細雨,到黃昏點點滴滴。'又使疊字,俱無斧鑿痕。更有一奇字云:'守定窗兒,獨自怎生得黑。'黑字不許第二人押。婦人中有此文筆,殆間氣也。"

　　(清)許昂霄《詞綜偶評》:"此詞頗帶傖氣,而昔人極口稱之,殊不可解。"

　　(清)周濟《宋四家詞選目録序論》:"雙聲疊韻字,要著意布置。有宜雙不宜疊,宜疊不宜雙處。重字則既雙且疊,尤宜斟酌。如李易安之'淒淒惨惨戚戚'三疊韻,六雙聲,是鍛錬出來,非偶然拈得也。"

金石録後序

【題解】

　　《金石録》三十卷,金石學名著,李清照丈夫趙明誠著,李清照亦曾筆削其間。著録作者夫婦生平所聚三代至隋唐五代古器物銘文及石刻目録二千件,題跋五〇二條。趙明誠自作序,李清照復作後序,追述二十餘年間聚集圖書古畫,遭逢世亂,零落殆盡的惨痛經歷,體現出夫婦之間的深厚感情,也爲動亂時代平民百姓的苦難生活立此存照。文筆委婉,不事雕飾,自然動人。

　　右《金石録》三十卷者何[1]? 趙侯德父所著書也[2]。取上自三代、下迄五季[3],鐘、鼎、甗、鬲、盤、匜、尊、敦之款識[4],豐碑大碣、顯人晦士之事跡[5],凡見於金石刻者二千卷,皆是正訛謬[6],去取褒貶,上足以合聖人之道，下足以訂史氏之失者，皆載之[7]，可謂多矣。嗚呼！自王播、元載之禍，書畫與胡椒無異[8]；長興、元凱之病，錢癖與《傳》癖何殊[9]？名雖不同，其惑一也。

【校注】

[1]右：以上，指《金石録》一書。本文爲書之後序，具於書末，故云。　　　[2]趙侯德父（fǔ 甫）：唐宋時以州府長官比古代諸侯。趙明誠曾知萊州、淄州、江寧府、湖州等，故稱趙侯。德父，其字。父，男子的美稱，故常配於表字之後。一作“甫”，字通。　　　[3]三代：夏、商、周。五季：即五代，後梁、後唐、後晉、後漢、後周。[4]鐘、鼎、甗（yǎn 衍）、鬲（lì 力）、盤、匜（yí 移）、尊、敦（duì 隊）：分別爲樂器、烹飪器、炊器、炊具、盛物器、盥器、酒器、食器。匜，原作“彝”，按彝爲青銅祭器的通稱，兹據《四部叢刊續編》影宋吕無黨手鈔本《金石録》改。款識（zhì 志）：古代彝器上所刻的文字。款，刻。志，記。　　　[5]豐：大。碣：碑之圓形者。顯人：地位顯赫之人。晦士：地位不顯之人。　　　[6]是正：一作“正其”。是，訂正。訛：原作“僞”，兹據清乾隆二十七年（1762）雅雨堂本《金石録》改。　　　[7]皆載之：一本載上有“具”字。　　　[8]“自王播”二句：王播：何焯校葉盛隸竹堂鈔本云：“播，當作‘涯’。”王涯，唐憲宗、文宗時兩度爲宰相，後爲宦官所殺。“家書數萬卷，侔於秘府。前代法書名畫，人所保惜者，以厚貨致之。不受貨者，即以官爵致之。厚爲垣，竅而藏之複壁。至是，人破其垣取之，或剔取函奩金寶之飾與其玉軸而棄之。”（《舊唐書》本傳）王播亦爲唐文宗時宰相，然無好書畫事，亦未被禍。或傳寫之誤，或原文誤書。清顧炎武《日知録》卷二一：“讀李易安《題〈金石録〉》，引王涯、元載事。”是清初之本或有作“涯”者。元載：唐代宗時宰相。因罪賜自盡，“籍其家，鍾乳五百兩，詔分賜中書、門下臺省官，胡椒至八百石，它物稱是。”（《新唐書》本傳）[9]“長興”二句：長興：和嶠字長興，晉惠帝時爲太子太傅，“家產豐富，擬於王者，然性至吝，以是獲譏於世，杜預以爲嶠有錢癖。”事見《晉書·和嶠傳》。元凱：杜預字元凱，晉武帝時爲度支尚書。著《春秋左氏經傳集解》。“時王濟解相馬，又甚愛之，而和嶠頗聚歛，預常稱‘濟有馬癖，嶠有錢癖’。武帝聞之，謂預曰：‘卿有何癖？’對曰：‘臣有《左傳》癖。’”事見《晉書·杜預傳》。

　　余建中辛巳[1]，始歸趙氏[2]。時先君作禮部員外郎[3]，丞相時作吏部侍郎[4]，侯年二十一，在太學作學生[5]。趙、李族寒，素貧儉。每朔望謁告出[6]，質衣取半千錢[7]，步入相國寺[8]，市碑文果實歸，相對展玩咀嚼，自謂葛天氏之民也[9]。後二年，出仕宦，便有飯蔬衣練[10]，窮遐方絕域[11]，盡天下古文奇字之志[12]。日就月將[13]，漸益堆積。丞相居政府[14]，親舊或在館閣[15]，多有亡詩、逸史、魯壁、汲冢所未見之書[16]。遂力傳寫[17]，浸覺有味[18]，不能自已。後或見古今名人書畫，一代奇器[19]，亦復脫衣市易。嘗記崇寧間[20]，有人持徐熙《牡丹圖》[21]，求錢二十萬。當時雖貴家子弟，求二十萬錢，豈易得耶？留信宿[22]，計無所出而還之。夫婦相向惋悵者數日。

【校注】

[1]建中辛巳：宋徽宗建中靖國元年（1101）。　　[2]歸：嫁。《詩·周南·桃夭》：“之子于歸。”　　[3]先君：亡父。李清照父名格非，能詩文，曾受知於蘇軾。[4]丞相：指趙明誠之父挺之，宋徽宗崇寧五年（1106）二月任尚書右僕射兼中書侍郎（據宋徐自明《宋宰輔編年錄》卷一一），爲右相。《宋史》卷三五一有傳。時：一本無。吏部侍郎：尚書省吏部副長官。　　[5]太學：即國學，設於京城的最高學府。　　[6]朔望：陰曆每月初一、十五日。謁告：請假。唐徐堅等《初學記》卷二〇《假第六》：“急、告、寧，皆休假名也。”　　[7]質：抵押。　　[8]相國寺：在汴京（今河南開封），繁華集市，有書籍、圖畫和時果之類交易（參宋孟元老《東京夢華錄》卷三《相國寺萬姓交易》）。　　[9]葛天氏：傳說中古帝名（見《呂氏春秋》卷五《古樂》“昔葛天氏之樂”漢高誘注、南朝梁蕭統《文選》卷五漢司馬相如《上林賦》“聽葛天氏之歌”唐李善注），其治不言自信，不化自行（參宋羅泌《路史》卷七《葛天氏》）。晉陶淵明《五柳先生傳》：“無懷氏之民歟？葛天氏之民歟？”[10]飯蔬衣練（shū 疏）：謂生活簡樸。《論語·述而》：“飯蔬食，飲水。”蔬，一作“疏”，又作“素”。按《論語》“飯蔬食”之“蔬”亦有作“疏”者，意爲粗糧。練，粗布類。原作“練”，茲據清乾隆二十七年（1762）雅雨堂本《金石錄》改。　　[11]遐方絕域：本謂極僻遠處，此指各類不經見的古籍。　　[12]古文奇字：漢許慎《説文解字敘》論六書：“一曰古文，孔子壁中書也。二曰奇字，即古文而異者也。”[13]日就月將：日積月累，逐漸。就，成。將，行。《詩·周頌·敬之》成句。[14]“丞相”句：據《宋宰輔編年錄》卷一一，趙挺之崇寧元年（1102）正月自試吏部尚書兼侍讀、修國史、編修國朝會要遷中大夫除尚書右丞，八月自中大夫、尚書右丞除尚書左丞，崇寧二年（即本處所叙之時）四月自中大夫、尚書左丞除中書侍郎。[15]“親舊”句：陳師道與趙挺之爲連襟（見宋朱熹《朱子語類》卷一三〇），門人魏衍《彭城陳先生集記》記其宋哲宗元符三年（1100）除秘書省正字，《金石錄》卷三

〇《唐起居郎劉君碑跋尾》記從其求得唐柳公權所書劉君碑殘碑。張舜民爲陳師道妹夫（見陳師道《後山居士文集》卷一九《先君行狀》），曾任館閣校勘、秘書少監（《宋史》本傳），《金石録》卷一一《方鼎銘跋尾》曾道及之。館閣：宋有三館（昭文館、史館、集賢院）及秘閣、龍圖閣、天章閣等，掌圖書、修史等事，統稱館閣。趙挺之爲相時，館閣已改秘書省，此沿舊稱。　　　[16]亡詩：亦稱逸詩，即不見於《詩》三百零五篇中的古詩。逸史：正史之外的史書。魯壁：《漢書·藝文志》："武帝末，魯共王壞孔子宅，欲以廣其宮，而得《古文尚書》及《禮記》、《論語》、《孝經》凡數十篇，皆古字也。"汲冢：《晉書·束皙傳》："太康二年（281），汲郡人不準盜發魏襄王墓，或言安釐王冢，得竹書數十車。"汲，汲縣，今河南衛輝。　　　[17]遂力傳寫：一本"力"上有"盡"字。　　　[18]浸（jìn 進）：逐漸。　　　[19]一：一作"三"。[20]崇寧：宋徽宗年號（1102—1106）。　　　[21]徐熙：南唐畫家。宋郭若虛《圖畫見聞誌》卷四："善畫花木、禽魚、蟬蝶、蔬果，學窮造化，意出古今。"　　　[22]信：連過兩夜。《左傳·莊公三年》："凡師一宿爲舍，再宿爲信。"

　　後屏居鄉里十年[1]，仰取俯拾[2]，衣食有餘。連守兩郡[3]，竭其俸入，以事鉛槧[4]。每獲一書，即同共勘校[5]，整集籤題[6]。得書畫、彝鼎，亦摩玩舒卷，指摘疵病，夜盡一燭爲率[7]。故能紙札精緻[8]，字畫完整，冠諸收書家。余性偶强記[9]，每飯罷，坐歸來堂烹茶[10]，指堆積書史，言某事在某書某卷、第幾葉第幾行[11]，以中否角勝負，爲飲茶先後。中，即舉杯大笑，至茶傾覆懷中，反不得飲而起，甘心老是鄉矣！故雖處憂患困窮，而志不屈[12]。收書既成，歸來堂起書庫大櫥，簿甲乙[13]，置書册。如要講讀，即請鑰、上簿、關出[14]，卷帙或少損污[15]，必懲責揩完塗改[16]，不復向時之坦夷也[17]。是欲求適意，而反取慘慄[18]。余性不耐，始謀食去重肉，衣去重采[19]，首無明珠、翠羽之飾[20]，室無塗金[21]、刺繡之具。遇書史百家字不刓缺[22]、本不訛謬者，輒市之，儲作副本[23]。自來家傳《周易》、《左氏傳》，故兩家者流，文字最備。於是几案羅列，枕席枕藉[24]，意會心謀，目往神授[25]，樂在聲色狗馬之上[26]。

【校注】

[1]"後屏居"句：宋徽宗大觀元年（1107）三月，趙挺之卒，七月並被追奪贈官（參

《宋宰輔編年録》卷一二），趙明誠夫婦隱居，當自此始。屏（bǐng 丙）居：隱居。屏，隱藏。鄉里：指青州（今屬山東），趙挺之自家鄉諸城徙居於此（參《宋宰輔編年録》卷一二）。十年：一本無，是。然王仲聞《李清照集校注·李清照集事跡編年》疑其屏居鄉里僅五六年，于航中《趙明誠題名和鄉居青州考》（《文物》1984 年第 6 期）則謂達十三年。　　　[2]仰取俯拾：謂生活依賴各方供給。拾，一作"給"。[3]守兩郡：宋徽宗宣和三年（1121）趙明誠知萊州（今屬山東），宋欽宗靖康元年（1126）知淄州（今山東淄博），參《李清照集事跡編年》。　　　[4]鉛槧（qiàn 欠）：指著作或校勘。鉛，鉛粉，用以點校文字。槧，書版，用以書寫。　　　[5]共：一本下有"是正"二字。勘校：一作"校勘"。　　　[6]籤題：封面題籤。　　　[7]率（lǜ律）：標準。　　　[8]紙：一作"筆"。札：寫信用的小木簡，後多指紙張。　　　[9]偶：一作"偏"。　　　[10]歸來堂：在青州鄉里，其名當取自晉陶淵明《歸去來兮辭》。[11]葉：一本下有"子"字。　　　[12]屈：一作"少緩"。　　　[13]簿：登録。甲乙：謂類別。　　　[14]請鑰：取鑰匙。上簿：登記。關：領取。出：一本無。　　　[15]卷帙：書籍的册數，此代指書籍。帙，原意爲書套。　　　[16]責：要求。揖完塗改：一作"楷塗完整"。　　　[17]向時：從前。坦夷：平易，心平氣和。　　　[18]憀（liáo聊）慄：淒愴。此形容拘謹。　　　[19]"食去"二句：謂省吃儉用。重（chóng 崇）肉：兩道葷菜。重采：兩種顏色，此指講究的服飾。一説，指兩件綢衣。《史記·管晏列傳》謂晏嬰"食不重肉"，《後漢書·循吏傳序》謂漢光武帝劉秀"身衣大練，色無重綵"。　　　[20]翠羽：翠鳥的羽毛，多用作飾物。《文選》卷三四，三國魏曹植《七啓》："戴金摇之熠耀，揚翠羽之雙翹。"翠，鳥名。二字一作"翡翠"。[21]室：一作"體"。　　　[22]刓（wán 完）：磨損。　　　[23]副本：同一種書善本之外另備的普通本。　　　[24]枕藉（jiè 借）：縱横疊卧，形容書多。句一作"枕藉枕席"。　　　[25]"意會"二句：謂全神貫注。　　　[26]狗馬：帝王、富人的玩物。《史記·殷本紀》謂紂"收狗馬奇物，充仞宫室"。《史記·平準書》："世家子弟、富人或鬬雞，走狗馬，弋獵博戲。"

　　至靖康丙午歲，侯守淄川，聞金寇犯京師[1]，四顧茫然，盈箱溢篋，且戀戀，且悵悵，知其必不爲己物矣。建炎丁未春三月[2]，奔太夫人喪南來[3]。既長物不能盡載[4]，乃先去書之重大印本者，又去畫之多幅者，又去古器之無款識者。後又去書之監本者[5]，畫之平常者，器之重大者。凡屢減去，尚載書十五車。至東海[6]，連艫渡淮，又渡江[7]，至建康[8]。青州故第尚鎖書册什物[9]，用屋十餘間，期明年春

再具舟載之[10]。十二月,金人陷青州[11],凡所謂十餘屋者,已皆爲煨
燼矣[12]。

【校注】

[1]"至靖康"三句:《宋史·欽宗紀》:靖康元年(1126)正月壬申(六日),"金人犯
京師……是夜,金人攻宣澤門,李綱禦之,斬獲百餘人,至旦始退……乙亥,金人攻
通津、景陽等門,李綱督戰,自卯至酉,斬首數千級,何灌戰死。"丙午:宋徽宗靖康
元年。淄川:淄州治所。寇:一作"人",當爲清人所竄改。　　　[2]建炎丁未:宋高
宗建炎元年(1127)。按,建炎改元爲五月事,春三月實爲靖康二年。　　　[3]太夫
人:趙明誠的母親。一本此句下有空格若干,或有缺文。　　　[4]長(zhàng 丈):
多餘,剩餘。　　　[5]監(jiàn 見)本:國子監所刊之書,當時屬較普通者。　　　[6]東
海:今屬山東。　　　[7]又:一作"及"。　　　[8]建康:今江蘇南京。按,時實稱
江寧府,二年後(建炎三年)五月乙酉(八日)始改府名建康(見宋李心傳《建炎
以來繫年要録》卷二三、《宋史·高宗紀》)。　　　[9]第:房屋。一作"地"。
[10]具:置辦。　　　[11]"十二月"二句:金人陷青州時間,《建炎以來繫年要録》
卷一二、《宋史·高宗紀》皆作次年正月。　　　[12]皆:一作"化"。

　　建炎戊申秋九月[1],侯起復[2],知建康府[3]。己酉春三月罷[4],
具舟上蕪湖[5],入姑孰[6],將卜居贛水上[7]。夏五月,至池陽[8],被旨
知湖州[9],過闕上殿[10]。遂駐家池陽,獨赴召。六月十三日[11],始負
擔,捨舟坐岸上,葛衣岸巾[12],精神如虎,目光爛爛射人[13],望舟中告
別。余意甚惡[14],呼曰:"如傳聞城中緩急[15],奈何?"戟手遙應
曰[16]:"從衆。必不得已,先棄輜重[17],次衣被,次書册卷軸[18],次古
器;獨所謂宗器者[19],可自負抱,與身俱存亡,勿忘之[20]!"遂馳馬去。
塗中奔馳,冒大暑,感疾。至行在[21],病痁[22]。七月末,書報臥病。
余驚怛[23],念侯性素急,奈何!病痁或熱,必服寒藥,疾可憂[24]。遂
解舟下,一日夜行三百里。比至,果大服柴胡、黃芩藥[25],瘧且痢,病
危在膏肓[26]。余悲泣,倉皇不忍問後事。八月十八日[27],遂不起。
取筆作詩,絶筆而終,殊無分香賣屨之意[28]。

【校注】

[1]建炎戊申:建炎二年(1128)。　　[2]起復:官員遭父母喪,服喪未滿而起用。
[3]建康府:時仍稱江寧府,參上段注[8]。　　[4]己酉:建炎三年(1129)。三:
一作"二"。一本句末有"建康"二字。　　[5]蕪湖:今屬安徽。　　[6]姑孰:今
安徽當塗。　　[7]卜居:選擇居所。卜,本義爲用火灼龜甲以測吉凶。贛水:今
江西贛江。　　[8]池陽:今安徽貴池。　　[9]湖州:今屬浙江。　　[10]過闕
上殿:謂拜見皇帝。闕,皇帝居所。時宋高宗在建康(見《宋史・高宗紀》)。
[11]三:一作"二"。　　[12]葛衣:葛布製成的夏衣。葛,草名,莖皮可製布。岸
巾:將頭巾上推,露出前額。形容態度灑脱或衣着簡率。岸,露額。句一作"著岸
巾",又作"著衣岸巾"。　　[13]爛爛:明亮。南朝宋劉義慶《世説新語・容止》:
"裴令公目王安豐眼爛爛如巖下電。"句一作"目爛爛光射人"。　　[14]意甚惡:
感覺很不好。　　[15]城中:一本下有"或"字。緩急:偏義複詞,義偏在急。
[16]戟手:以中指和食指指點,其形似戟,爲情緒激昂時的動作。《左傳・哀公二
十五年》:"公戟其手,曰:'必斷而足。'"戟,兵器,合戈矛爲一體,可直刺,亦可橫
擊。　　[17]棄:一作"去"。輜重:行者所攜之物。　　[18]次書册卷軸:一作
"次書册,次卷軸"。　　[19]宗器:宗廟禮樂祭器。　　[20]忘之:一作"忘
也",又作"亡失"。　　[21]行在:皇帝行宫所在。此指宋高宗所在之建康。
[22]病:患。疝(shān 山):瘕疾。　　[23]怛(dá 達):驚愕,悲傷。　　[24]疾:
一作"復"。　　[25]柴胡、黄芩(qín 秦):均多年生草本植物,根供藥用,性寒,有
清熱解毒之效。柴,一作"茈",字通。　　[26]"病危"句:謂病極嚴重。膏肓
(huāng 荒):心臟下部爲膏,隔膜爲肓。《左傳・成公十年》:"醫至,曰:'疾不可爲
也。在肓之上,膏之下。攻之不可,達之不及,藥不至焉,不可爲也。'"　　[27]八:
一作"七"。　　[28]分香賣屨:《文選》卷六〇晉陸機《弔魏武帝文》引漢曹操《遺
令》:"餘香可分與諸夫人。諸舍中無所爲,學作履組賣也。"履組,鞋帶。屨,鞋。
句謂未留遺言。

　　葬畢,余無所之[1]。朝廷已分遣六宫[2],又傳江當禁渡。時猶有
書二萬卷,金石刻二千卷,器皿、茵褥[3],可待百客,他長物稱是[4]。
余又大病[5],僅存喘息。事勢日迫,念侯有妹壻任兵部侍郎,從衛在
洪州[6],遂遣二故吏,先部送行李往投之[7]。冬十二月,金寇陷洪
州[8],遂盡委棄。所謂連艫渡江之書,又散爲雲烟矣。獨餘少輕小卷
軸書帖[9],寫本李、杜、韓、柳集,《世説》、《鹽鐵論》[10],漢唐石刻副本

數十軸,三代鼎鼐十數事[11],南唐寫本書數篋,偶病中把玩,搬在臥內者,巋然獨存[12]。

【校注】

[1]余無所之:一作"顧四維無所之"。　　[2]"朝廷"句:時金兵南侵,朝廷實行疏散。《建炎以來繫年要錄》卷二五,建炎三年(1129)七月壬寅(二十六日):"詔迎奉皇太后率六宮往豫章,且奉太廟神主、景靈宮祖宗神御以行,百司非預軍旅之事者悉從。"六宮:皇帝後宮的總稱。　　[3]茵:襯墊,坐褥。　　[4]他:其他。稱(chèn 趁)是:與此相等。　　[5]余:一作"且"。　　[6]"念侯"二句:《建炎以來繫年要錄》卷二九,建炎三年十一月壬子(八日),敵兵逼近,洪州知州棄城遁,"中書舍人李公彥、徽猷閣待制、權兵部侍郎李擢皆遁"。或以爲李擢即趙明誠妹婿(參徐培均《李清照集箋注》)。洪州:即豫章,今江西南昌。　　[7]部送:押送。　　[8]"冬十二月"二句:據《建炎以來繫年要錄》卷二九,金人陷洪州爲建炎三年十一月戊午(十四日),《宋史·高宗紀》同。寇:一作"人"。　　[9]獨:一本下有"余"字。　　[10]《世說》:即《世說新語》,南朝宋劉義慶撰。《鹽鐵論》:漢桓寬撰。　　[11]鼐:大鼎。事:件。量詞。　　[12]巋然獨存:漢王延壽《魯靈光殿賦》:"自西京未央、建章之殿,皆見隳壞,而靈光巋然獨存。"巋然,高大堅固貌。此偏義在"獨存"。

上江既不可往[1],又虜勢叵測,有弟迒任敕局刪定官[2],遂往依之。到台[3],守已遁之剡[4],出陸[5],又棄衣被,走黃巖[6],僱舟入海,奔行朝[7]。時駐蹕章安[8],從御舟海道之溫[9],又之越[10]。庚戌十二月[11],放散百官[12],遂之衢[13]。紹興辛亥春三月,復赴越[14];壬子,又赴杭[15]。

【校注】

[1]上江:安徽以上爲上江,江蘇爲下江。此指江西。　　[2]有弟迒(háng 航)任:一作"有弟迒在",又作"有弟仕"。迒,一作"近"。二十世紀八十年代初,山東章丘發現趙明誠所作《廉先生序》石刻(元至正六年重刻),有李迥跋語,稱"迥憶昔童時,從先伯父、先考、先叔"云云(見于航中《〈廉先生序〉石刻考釋》,《文物》1984年第5期),知迥爲李清照堂弟,則其弟名皆從"辶","迒"字是。敕局刪定官:職掌敕命之官。敕局,掌管編修詔令的機構。　　[3]台:台州,今浙江台州所

轄臨海市。　　［4］守已遁:《宋史·高宗紀》,建炎四年(1130)正月丁卯(二十四日),"台州守臣晁公爲棄城遁"(台守逃遁時間當早於此約十天,參黃盛璋《李清照集·趙明誠李清照夫婦年譜》)。剡(shàn 善):剡縣(今浙江嵊州),宋徽宗宣和三年改嵊縣(《宋史·地理志四》),此沿舊稱。字一作"嵊"。句前一本有"台"字。　　［5］出陸:入海。出,一作"在",非是。陸,一作"睦"。睦爲睦州(今浙江建德),在台州西北數百里,與李清照此時南向之温路綫不合,誤。一本此句下有空格若干,當有脱文。　　［6］黄巖:今浙江台州黄巖區。　　［7］行朝:皇帝臨時駐在之處,意同"行在"。一作"赴行在"。　　［8］"時駐蹕(bì 必)"句:《宋史·高宗紀》,建炎四年正月丙午(三日),"帝次台州章安鎮"。駐蹕:帝王出行,中塗停留。蹕,帝王車駕或行幸之處。　　［9］"從御舟"句:《宋史·高宗紀》,建炎四年正月"己未(十六日),金人陷明州,夜,大雨震電,乘勝破定海,以舟師來襲御舟,張公裕以大舶擊退之。辛酉(十八日),發章安鎮。壬戌,雷雨又作。甲子(二十一日),泊温州港口"。"道"字原疊,兹據雅雨堂本《金石録》删。温:温州,今屬浙江。［10］越:越州,宋高宗紹興元年(1131)昇爲紹興府(《宋史·地理志四》),今浙江紹興。　　［11］庚戌:建炎四年(1130)。　　［12］放散百官:《建炎以來繫年要録》卷三九,宋高宗建炎四年十一月:"自金人破楚州,游騎至江上,朝廷震恐,乃議放散百司……詔放散行在百司。"　　［13］衢:衢州,今屬浙江。　　［14］"紹興"二句:其時宋高宗在越州(據《宋史》本紀),故李清照赴越。紹興辛亥:紹興元年(1131)。　　［15］"壬子"二句:其時宋高宗在杭州(據《宋史》本紀),故李清照赴杭。壬子:紹興二年(1132)。又:一本無。杭:杭州。

　　先侯疾亟時[1],有張飛卿學士[2],攜玉壺過視侯[3],便攜去,其實珉也[4]。不知何人傳道[5],遂妄言有頒金之語[6],或傳亦有密論列者[7]。余大惶怖,不敢言,遂盡將家中所有銅器等物[8],欲走外庭投進[9]。到越,已移幸四明[10]。不敢留家中,並寫本書寄剡[11]。後官軍收叛卒,取去,聞盡入故李將軍家[12]。所謂巋然獨存者,無慮十去五六矣[13]。惟有書畫硯墨,可五七簏[14],更不忍置他所,常在卧榻下,手自開闔。在會稽[15],卜居土民鍾氏舍[16]。忽一夕,穴壁負五簏去[17]。余悲慟不已[18],重立賞收贖。後二日,鄰人鍾復皓出十八軸求賞[19],故知其盜不遠矣[20]。萬計求之,其餘遂不可出[21],今知盡爲吳説運使賤價得之[22]。所謂巋然獨存者,乃十去其七八。所有一二殘零不成部帙書册,三數種平平書帙[23],猶復愛惜如護頭目,何愚也耶！

【校注】

[1]疾亟（jí 急）：病危。亟，急迫。　　　[2]張飛卿：陽翟（今河南禹州）人，喜書畫。或以爲張汝舟，恐非（參《李清照集校注·李清照事跡編年》）。學士：原指諸閣學士。南宋後泛用，但有一官，即可用此稱（參宋吳曾《能改齋漫録》卷二《三館可稱學士》）。　　　[3]過：訪。　　　[4]珉（mín 民）：石之似玉者。　　　[5]傳道：造謡。　　　[6]頒金：或指獻玉壺於金，即通敵之意。或以爲頒爲“賜”意，嗜好古器書畫的宋高宗覬覦趙明誠遺物，名爲頒金，實則掠奪（詳于航中《李清照生平雜考三題》，載《李清照研究論文選》）。或疑此詞義不甚明，原文當有缺訛。清俞正燮《癸巳類稿》卷五十《易安居士事輯》引作“頌金”，非。　　　[7]論列：言官上書檢舉彈劾。　　　[8]遂：一作“亦不敢遂已”。　　　[9]走：一作“赴”。外庭：朝廷不在京師，稱外庭。　　　[10]“到越”二句：《宋史·高宗紀》，建炎三年十月壬辰（十七日），“帝至越州”，十二月丙子（二日），“帝至明州”。移幸：御駕轉移。四明：即明州，今浙江寧波。　　　[11]剡：一作“嵊縣”。　　　[12]李將軍：不詳。[13]無慮：大約，大略。　　　[14]簏（lù 鹿）：竹箱。一作“盝”，字通。　　　[15]會稽：縣名，屬紹興府，今浙江紹興。　　　[16]土民：當地人。　　　[17]穴壁：掘壁以偷盗。　　　[18]已：一作“得活”。　　　[19]鍾復皓：一作“鍾浩”，又作“鍾皓”。[20]其：一作“真”。　　　[21]遂：一本下有“牢”字。　　　[22]吳説：字傅朋，錢塘（今浙江杭州）人，南宋書家。曾任福建路轉運判官。運使：轉運使，官名。[23]帙：一作“帖”。

今日忽閱此書[1]，如見故人。因憶侯在東萊静治堂[2]，裝卷初就[3]，芸籤縹帶[4]，束十卷作一帙。每日晚更散[5]，輒校勘二卷，跋題一卷[6]。此二千卷，有題跋者五百二卷耳。今手澤如新[7]，而墓木已拱[8]，悲夫！昔蕭繹江陵陷没，不惜國亡，而毁裂書畫[9]；楊廣江都傾覆，不悲身死，而復取圖書[10]。豈人性之所著[11]，死生不能忘之歟[12]？或者天意以余菲薄[13]，不足以享此尤物耶[14]？抑亦死者有知，猶斤斤愛惜，不肯留在人間耶[15]？何得之艱而失之易也！

【校注】

[1]閱：一作“開”。　　　[2]東萊：即萊州。　　　[3]卷：一作“幖”。　　　[4]芸

(yún 雲)籤:書籤的美稱。芸,香草,置書内可辟蠹。縹(piǎo 瞟)帶:捆束卷軸的
帶子。縹,淡青色。　　[5]更:一作"吏"。　　[6]跋題:一作"題跋"。
[7]手澤:手汗。《禮記·玉藻》:"父没而不能讀父之書,手澤存焉爾。"後多稱先
人、前輩的手迹、遺物。此指趙明誠的題跋。　　　　[8]墓木已拱:墳上之木已一拱
之粗,喻時間之久遠。《左傳·僖公三十二年》載秦穆公使人語蹇叔曰:"中壽,爾
墓之木拱矣。"拱,兩手合抱。　　　　[9]"昔蕭繹"三句:《隋書·經籍志》:"元帝克
平侯景,收文德(殿)之書及公私經籍,歸於江陵,大凡七萬餘卷。周師入郢,咸自
焚之。"《南史·元帝紀》謂蕭繹"聚圖書十餘萬卷盡燒之"。宋司馬光《資治通鑑》
卷一六五,梁元帝承聖三年(554),"命舍人高善寶焚古今圖書十四萬卷","或問何
意焚書,帝曰:'讀書萬卷,猶有今日,故焚之。'"蕭繹:即梁元帝,承聖元年(552)即
位於江陵。　　　　[10]"楊廣"三句:宋李昉等《太平廣記》卷二八〇引《大業拾遺》:
"武德四年,東都平後,觀文殿寶廚新書八千許卷,將載還京師。上官魏夢見煬帝,
大叱云:'何因輒將我書向京師?'於時大府卿宋遵貴監運東都調度,乃於陝州下書
著大船中,欲載往京師。於河值風覆没,一卷無遺。上官魏又夢見帝喜云:'我已
得書。'帝平存之日,愛惜書史,雖積如山丘,然一字不許外出。及崩亡之後,神道
猶懷愛恡。"楊廣:即隋煬帝。　　　　[11]著:專注。一作"嗜"。　　　　[12]死生:一
作"生死"。之:一本無。　　　　[13]菲薄:鄙陋。　　　　[14]尤:優異。耶:一作
"邪"。　　　　[15]在:一本無。

　　嗚呼,余自少陸機作賦之二年[1],至過蘧瑗知非之兩歲[2],三十
四年之間,憂患得失,何其多也! 然有有必有無,有聚必有散,乃理之
常。人亡弓,人得之[3],又胡足道。所以區區記其終始者[4],亦欲爲
後世好古博雅者之戒云。紹興二年玄黓歲壯月朔甲寅[5],易安
室題[6]。

《李清照集校注》卷三

【校注】

[1]"余自"句:謂十八歲。唐杜甫《醉歌行》有"陸機二十作《文賦》"句。
[2]"至過"句:謂已過五十歲。《淮南子·原道》:"蘧伯玉年五十,而知四十九年
非。"蘧(qú 渠)瑗(yuàn 願):字伯玉,春秋衛大夫。過蘧瑗,一作"過蘧伯玉"。
又作"蘧伯玉",非。　　　　[3]"人亡弓"二句:漢劉向《説苑·至公》:"楚共王出獵而
遺其弓,左右請求之,共王曰:'止。楚人遺弓,楚人得之,又何求焉?'仲尼聞之曰:

'惜乎其不大。亦曰人遺弓、人得之而已,何必楚也!'"　　　　[4]區區:凡愚,愚拙。
[5]紹興二年:1132年。二,一作"四"。宋洪邁《容齋四筆》卷五《趙德甫〈金石
錄〉》亦謂此文作於紹興四年。按,李清照生於宋神宗元豐七年(1084),至宋高宗
紹興四年(1134)爲五十一歲,與"至過蘧瑗知非之兩歲"合,疑是。又,或謂此文當
作於紹興五年(參夏承燾《唐宋詞論叢·〈易安居士事輯〉後語》)。玄黓(yì 亦)
歲:《爾雅·釋天·歲陽》:"太歲在壬曰玄黓。"紹興二年爲壬子年。是又與四年、
五年説不合,故或以爲本文署年一行經過後人改竄(參黃墨谷《重輯李清照集·李
清照〈金石錄後序〉考》)。壯月:八月。《爾雅·釋天·月陽》:"八月爲壯。"朔:農
曆每月初一。參宋歐陽修《瀧岡阡表》末段注[6]。按,紹興二年八月朔爲戊子,或
疑"朔"前奪"戊子"二字。甲寅:該月二十七日。又,持紹興四年説者或以爲,"文
中之甲寅本非記日,乃記歲者,而紹興四年適歲次甲寅也。故洪氏(洪邁)所見原
稿或爲'紹興四年甲寅歲壯月朔易安室題',後傳鈔者既誤四年爲二年,又置甲寅
於下,於是成爲'紹興二年歲壯月朔甲寅易安室題',後人見年歲二字中似有缺落,
按其年爲壬,乃增玄黓兩字,遂成今本。"(《浦江清文史雜文集·李清照〈金石錄後
序〉》)　　　[6]易安:李清照號,取自陶淵明《歸去來兮辭》:"倚南窗以寄傲,審容
膝之易安。"室,一作"堂"。句一作"易安室李清照題"。

【集評】

　　(清)李慈銘《越縵堂讀書記·史部·金石類》:"閲趙明誠《金石錄》,其
首有李易安《後序》一篇,叙致錯綜,筆墨疏秀,蕭然出町畦之外。予向愛誦
之,謂宋以後閨閣之文,此爲觀止。"

　　《浦江清文史雜文集·李清照〈金石錄後序〉》:"此文詳記夫婦兩人早
年之生活嗜好,及後遭逢離亂,金石書畫由聚而散之情形,不勝死生新舊之
感,一文情並茂之佳作也。趙李事跡,《宋史》失之簡略,賴此文而傳,可以當
一篇合傳讀。故此文體例雖屬於序跋類,以内容而論,亦同自叙文。清照本
長於四六,此文卻用散筆,自叙經歷,隨筆提寫,其晚景淒苦鬱悶,非爲文而
造情者,故不求其工而文自工也。"

吕本中

【作者簡介】

吕本中(1084—1145),原名大中,字居仁,號紫微,人稱東萊先生。壽州(今安徽鳳臺)人。宋高宗紹興六年(1136)賜進士出身,擢起居舍人兼權中書舍人,八年遷中書舍人兼侍講,兼權直學士院。以忤秦檜罷官。謚文清。江西詩派詩人,撰有《江西詩社宗派圖》。詩宗黄庭堅、陳師道,工造句與對偶,而能活潑輕鬆。有《東萊先生詩集》二十卷等。《宋史》卷三七六有傳。

春晚郊居

【題解】

詩作緊扣詩題,前六句寫春晚,末二句道郊居。句律嚴整而氣機流走,詩風清新平易。

柳外樓高綠半遮,傷心春色在天涯[1]。低迷簾幕家家雨[2],淡蕩園林處處花[3]。簷影已飛新社燕[4],水痕初没去年沙。地偏長者無車轍[5],掃地從教草徑斜[6]。

《東萊先生詩集》卷六

【校注】

[1]"傷心"句:五代韋莊《古離別》:"斷腸春色在天涯。"傷心:極甚之詞,猶言萬分,此指春色之濃。 [2]"低迷"句:唐杜牧《題宣州開元寺水閣,閣下宛溪,夾溪居人》:"深秋簾幕千家雨。" [3]淡蕩:和舒貌,多形容春天。 [4]社燕:燕子來時,正值春社(春分前後祭祀土地之神)時,故云。宋晏殊《破陣子》:"燕子來時新社。" [5]"地偏"句:晉陶淵明《飲酒二十首》之五:"結廬在人境,而無車馬喧。問君何能爾,心遠地自偏。"唐杜甫《賓至》:"幽棲地僻經過少。"
[6]從教(jiāo 交):任憑。

曾　幾

【作者簡介】

　　曾幾(1084—1166),字吉甫,號茶山居士,原籍贛州(今屬江西),後徙洛陽(今屬河南)。試吏部銓中優等,賜上舍出身,擢國子正。宋徽宗靖康元年(1126)提舉淮南東路茶鹽公事,又爲廣南西路轉運判官、轉運副使等。宋高宗紹興二十五年(1155)擢提點兩浙東路刑獄,二十六年知台州,二十七年除秘書少監,擢禮部侍郎,三十年除敷文閣待制。宋孝宗隆興二年(1164)遷左通議大夫。諡文清。詩推杜甫、黃庭堅,風格輕快,開楊萬里先聲,陸游從其學。有《茶山集》八卷等。《宋史》卷三八二有傳。

三衢道中

【題解】

　　寫三衢道中景色與歡快心情。元方回謂其《蛺蝶》詩"自然輕快,近楊誠齋"(《瀛奎律髓》卷二七),移評此詩,亦甚切合。三衢,即衢州,今屬浙江。

　　梅子黃時日日晴[1],小溪泛盡卻山行。綠陰不減來時路,添得黃鸝四五聲[2]。

《茶山集》卷八

【校注】

[1]"梅子"句:江浙一帶梅子黃時多雨,此逢晴日,故心情喜悅。參賀鑄《橫塘路》(淩波不過橫塘路)注[9]。　　　[2]黃鸝:又名黃鳥、黃鶯,鳴聲悠揚悅耳。

陳與義

【作者簡介】

　　陳與義(1090—1138),字去非,號簡齋。洛陽(今屬河南)人。宋徽宗政和三年(1113)登太學上舍甲科,授開德府教授,八年除辟雍録。宣和四年(1122)擢太學博士,六年謫監陳留酒税。宋高宗建炎二年(1128)知均州,紹興元年(1131)遷起居郎,二年試中書舍人兼掌内制,三年試尚書吏部侍郎兼侍講,四年出知湖州,五年召試給事中,六年除翰林學士,知制誥,七年除參知政事。詩歌由黄庭堅、陳師道上學杜甫,前期明麗輕快,後期雄闊慷慨,爲江西詩派代表。詞存不多,多興亡之感,風格近蘇軾。有《簡齋集》十六卷、《無住詞》一卷等。《宋史》卷四四五有傳。

襄邑道中

【題解】

　　宋徽宗政和八年(1118)春日作。襄邑,今河南睢縣。詩寫風景,末二句尤有意趣。

　　飛花兩岸照舡紅[1],百里榆堤半日風[2]。臥看滿天雲不動,不知雲與我俱東[3]。

　　　　　　　　　　　　　　　　　　　　　　　　《陳與義集校箋》卷四

【校注】

[1]舡(chuán 船):船。一作“船”。　　　[2]“百里”句:寫舟行之速。榆堤:滿栽榆樹之堤。　　　[3]俱東:作者其時自汴京(今河南開封)之襄邑,襄邑在汴京東南,故云。

春　　寒

【題解】

　　宋高宗建炎三年(1129)二月,避靖康之亂,寓居岳陽作。

　　二月巴陵日日風[1]，春寒未了怯園公。借居小園[2]，遂自號園公。海棠
不惜胭脂色[3]，獨立濛濛細雨中。

《陳與義集校箋》卷二〇

【校注】

[1]巴陵：南朝宋置郡，唐時改稱岳州，今湖南岳陽。　　　[2]借居小園：陳與義時
借寓郡守王粹翁君子亭。　　　[3]胭脂：紅色顏料，用於化妝。古詩中多用於形容
海棠。宋蘇軾《寒食雨二首》之一：“卧聞海棠花，泥汙胭脂雪。”陳與義《海棠》：
“東風吹不斷，日暮胭脂薄。”

【集評】

　　錢鍾書《宋詩選注》：“陳與義《陪粹翁舉酒君子亭下》説：‘暮雨霏霏濕
海棠’，不過像杜甫《曲江對雨》所謂‘林花著雨胭脂濕’，比不上這首詩的意
境。宋祁（按，當是無名氏）《錦纏道》詞的‘海棠經雨胭脂透’和王雱《倦尋
芳》詞的‘海棠著雨胭脂透’，也祇是就杜甫的成句加上練字的功夫，没有陳
與義這首詩的風致。”

登岳陽樓

其　　一

【題解】

　　宋高宗建炎二年（1128）作於岳陽。南渡之詩，學杜之作。岳陽樓，見范仲淹《岳
陽樓記》題解。原題二首，此爲第一。

　　洞庭之東江水西[1]，簾旌不動夕陽遲[2]。登臨吴蜀橫分地[3]，徙
倚湖山欲暮時[4]。萬里來遊還望遠，三年多難更憑危[5]。白頭弔古
風霜裏[6]，老木滄波無限悲。

《陳與義集校箋》卷一九

【校注】

[1]洞庭之東：岳陽樓位於洞庭湖之東北。　　　[2]簾旌不動：清紀昀云：“簾旌不
動，乃樓上聞寂之景。”（李慶甲《瀛奎律髓彙評》卷一引）　　　[3]吴蜀橫分地：指

岳陽。《三國志·吳書·吳主傳》載,孫權向劉備求荆州諸郡,備不許,權乃“使魯肅以萬人屯巴丘(岳陽),以禦關羽”。橫分,身首分離。此指爭戰。　　[4]徙倚:留連,徘徊。　　[5]“萬里”二句:宋欽宗靖康元年(1126)正月北虜來犯,陳與義輾轉各地,以避寇難,至此三年。憑危:倚靠高處。此指倚樓。危,高。唐杜甫《登高》:“萬里悲秋常作客,百年多病獨登臺。”意境近似。　　[6]風霜:一作“霜風”。

【集評】

(明)胡應麟《詩藪》外編卷五:“‘登臨吳蜀橫分地,徙倚湖山欲暮時’……此雄麗冠裳,得杜調者也。”

(清)陸貽典:“登岳陽樓佳篇甚多,紫陽(方回)選此首以備一體可也。若云合作,吾未之見。”(李慶甲《瀛奎律髓彙評》卷一引)

(清)紀昀:“意境宏深,直逼老杜。”(李慶甲《瀛奎律髓彙評》卷一引)

臨 江 仙

夜登小閣,憶洛中舊遊

【題解】

宋高宗紹興五年(1135),流寓嘉興(今屬浙江)西青墩鎮作。憶舊之作,發語俊爽而感慨殊深。小閣,在青墩鎮。

憶昔午橋橋上飲[1],坐中多是豪英。長溝流月去無聲。杏花疏影裏,吹笛到天明[2]。　　二十餘年如一夢,此身雖在堪驚[3]。閒登小閣看新晴。古今多少事,漁唱起三更。

《陳與義集校箋·無住詞》

【校注】

[1]憶昔:一作“昨夜”,誤。午橋:在洛陽南。《舊唐書·裴度傳》記名相裴度於午橋造別墅,“與詩人白居易、劉禹錫酣宴終日,高歌放言,以詩酒琴書自樂”。宋邵伯温《邵氏聞見録》卷一〇:“洛城之東南午橋……蓋自唐已來爲游觀之地。”
[2]“杏花”二句:俞平伯《唐宋詞選釋》卷下:“從皇甫松《望江南》‘桃花柳絮滿江城,雙髻坐吹笙’句意化出,而優美壯美不同。”　　[3]“二十”二句:作者政和三

年(1113)登太學上舍甲科,授開德府教授,是其入仕之始。至作此詞,逾二十載,曾遭貶黜,又遭靖康之變,流徙河南、湖湘、嶺南、浙江等地,故有"如夢"、"堪驚"之語。如:一作"成"。

【集評】

(明)沈際飛《草堂詩餘正集》卷二:"意思超越,腕力排奡,可摩坡仙之壘。流月無聲,巧語也;吹笛天明,爽語也;漁唱三更,冷語也。功業則歉,文章自優。"

(清)陳廷焯《白雨齋詞話》卷一:"筆意超曠,逼近大蘇。"

張元幹

【作者簡介】

張元幹(1091—1161),字仲宗,號蘆川居士,又號真隱山人。福州永福(今福建永泰)人。以太學上舍釋褐,宋徽宗宣和七年(1125)爲陳留縣丞。汴京失陷,避難吳越間。宋高宗建炎(1127—1130)間任將作監,充撫諭使。紹興元年(1131)以右朝奉郎致仕,寓居鄉里。善詩,氣格豪邁。詞尤著名,有嫵秀之作,南渡後多抒愛國感情,激越雄放,開陸游、辛棄疾先河。有《蘆川歸來集》十卷、《蘆川詞》二卷等。

賀 新 郎

送胡邦衡謫新州

【題解】

宋高宗紹興八年(1138),樞密院編修官胡銓上書力斥和議遭貶,次年簽書威武軍節度判官(任所在福州福唐,今福建福清)。紹興十二年(1142)七月,再詔除名勒停,送新州(今廣東新興)編管。張元幹時寓福州,以此詞送其行(參宋王明清《揮麈後錄》卷一〇)。詞作大聲鏜鞳,慷慨激越,一時爲人傳誦。胡邦衡,名銓,南宋抗金名臣。《宋史》卷三七五有傳。詞題一作"送胡邦衡待制赴新州"。按,胡銓任寶謨閣待制實爲其後二十餘年事,"待制"二字當係後人所加。

夢繞神州路[1]。悵秋風、連營畫角[2]，故宮離黍[3]。底事崑崙傾砥柱，九地黃流亂注？聚萬落、千村狐兔[4]。天意從來高難問，況人情、老易悲如許[5]。更南浦[6]，送君去。　　涼生岸柳催殘暑[7]。耿斜河[8]、疏星淡月，斷雲微度。萬里江山知何處[9]？回首對牀夜語[10]。雁不到，書成誰與[11]。目盡青天懷今古，肯兒曹、恩怨相爾汝[12]。舉大白[13]，聽《金縷》[14]。

《蘆川詞》卷上

【校注】

[1]神州：中國。此指中原。《史記·孟子荀卿列傳》騶衍稱："中國名曰赤縣神州。"　　[2]連營畫角：連綿的軍營吹響軍號。畫角，軍號而飾以畫者。

[3]故宮離黍(shǔ 署)：慨歎亡國之詞。《詩·王風·黍離序》："《黍離》，閔宗周也。周大夫行役至於宗周，過故宗廟，宮室盡爲禾黍，閔周室之顛覆，彷徨不忍去，而作是詩也。"詩首句："彼黍離離。"黍，穀物。離離，茂盛。　　[4]"底事"三句：喻中原淪陷，敵寇橫行。底事：爲何。崑崙：山名，在今西藏、新疆之間，《山海經》、《淮南子》等多記其事。傳其山有柱，名曰天柱(見舊題漢東方朔《神異經·中荒經》)。又，其西北有不周山(見《楚辭·離騷》"路不周以左轉兮"句王逸注)，"共工與顓頊爭爲帝，怒而觸不周之山。天柱折，地維絕"(《淮南子·天文》)。砥柱：亦山名。原在河南三門峽段黃河中(今已炸毀)，"河水分流，包山而過，山見水中若柱然，故曰砥柱也"(北魏酈道元《水經注·河水四》)，後比喻能支撐危局的人或力量。此處將兩典合用。九地：遍地。地，一作"陌"。黃流：黃河之水，指污濁之水流。狐兔：蔑稱金人。　　[5]"天意"二句：唐杜甫《暮春江陵送馬大卿公恩命追赴闕下》："天意高難問，人情老易悲。"如許：一作"難訴"。　　[6]南浦：南面的水濱。《楚辭·九歌·河伯》："子交手兮東行，送美人兮南浦。"後多用指送別之所。南朝梁江淹《別賦》："送君南浦，傷如之何。"　　[7]催：一作"銷"。

[8]耿：明朗。斜河：天河。　　[9]知何處：謂胡銓。　　[10]回首：回憶。杜甫《將赴荆南寄別李劍州》："春風回首仲宣樓。"對牀夜雨：唐白居易《雨中招張司業宿》："能來同宿否，聽雨對牀眠。"　　[11]"雁不到"二句：新州在廣東，故云。參黃庭堅《寄黃幾復》注[2]。　　[12]"目盡"二句：意謂自己支持胡銓，出於公心，而非私情。"肯兒曹"句：唐韓愈《聽穎師彈琴》："昵昵兒女語，恩怨相爾汝。"以"爾"、"汝"相稱，表示親密。肯：豈肯。曹：輩。　　[13]白：酒杯。漢劉向《説

苑·善説》:"飲不嚼者,浮以大白。"　　　[14]聽:一作"唱"。《金縷》:《金縷曲》,《賀新郎》之別名,此即指本詞。

【集評】

　　(宋)楊冠卿《賀新郎》(薄暮垂虹去)序:"秋日乘風過垂虹……傍有溪童,具能歌張仲宗'目盡青天'等句,音韻洪暢,聽之慨然。"

　　(清)紀昀《四庫全書總目》卷一九八《蘆川詞》:"慷慨悲涼,數百年後,尚想其抑塞磊落之氣。"

滿　江　紅

自豫章阻風吳城山作

【題解】

　　宋徽宗宣和二年(1120)春,自永福赴南康(今江西星子),塗經豫章(今江西南昌)吳城山(在南昌城東一百許里)作。寫風阻行程的旅況情思,情味深濃。題一作"旅思"。

　　春水迷天[1],桃花浪[2]、幾番風惡。雲乍起、遠山遮盡,晚風還作。緑捲芳洲生杜若[3]。數帆帶雨煙中落[4]。傍向來[5]、沙觜共停橈[6],傷飄泊。　　寒猶在,衾偏薄。腸欲斷,愁難著[7]。倚篷窗無寐[8],引杯孤酌。寒食清明都過卻[9]。最憐輕負年時約[10]。想小樓、終日望歸舟,人如削[11]。

　　　　　　　　　　　　　　　　　　　　　　　　　　《蘆川詞》卷上

【校注】

[1]迷:一作"連"。　　[2]桃花浪:又稱桃花汛。指農曆二三月間,桃花盛開,冰泮雨積,江河水漲。唐杜甫《春水》:"三月桃花浪,江流復舊痕。"　　[3]捲:一作"遍",又作"過"。杜若:香草名。一名杜蘅。莖針形,廣披,味辛香。《楚辭·九歌·湘君》:"采芳洲兮杜若。"　　[4]"數帆"句:杜甫《送翰林張司馬南海勒碑》:"春帆細雨來。"數:一作"楚"。　　[5]向來:剛纔。參蘇軾《定風波》(莫聽穿林打葉聲)注[5]。　　[6]沙觜(zuǐ 嘴):一端連陸地,一端突出水中的帶狀沙灘。觜,同"嘴"。橈(ráo 饒):船槳。　　[7]著:安放,着落。　　[8]篷:船。

[9]寒食:節日名,在清明前一日或二日。參周邦彦《蘭陵王·柳》注[10]。清明:
二十四節氣之一,在陽曆四月五日或六日。二節相連,故古詩詞中常並言之。宋
秦觀《次韻王仲至侍郎》:"酒行寒食清明際。"宋吕渭老《極相思》:"寒食清明都過
了。"　　　[10]輕:一作"幸"。年時:當年。　　　　[11]"想小樓"二句:寫閨中念遠。
南朝齊謝朓《之宣城出新林浦向板橋詩》:"天際識歸舟。"宋柳永《八聲甘州》(對
瀟瀟暮雨灑江天):"想佳人、妝樓顒望,誤幾回、天際識歸舟。"終日:一作"日日"。
唐元稹《三月二十四日宿曾峰館,夜對桐花,寄樂天》:"思君瘦如削。"南唐馮延巳
《思越人》(酒醒情懷惡):"玉肌如削。"

【集評】

　　(明)沈際飛《草堂詩餘正集》卷三:"妙得旅情。""'削'字好,'人如削'句好。"

岳　飛

【作者簡介】

　　岳飛(1103—1142),字鵬舉,相州湯陰(今屬河南)人。宋徽宗宣和四年
(1122)應募從軍。宋欽宗靖康元年(1126)補承信郎。宋高宗建炎元年(1127)升
統制,四年遷通、泰州鎮撫使兼知泰州。紹興二年(1132)權知潭州,三年任神武後
軍統制,九年授開府儀同三司,十年爲十二金字牌召還,十一年改授樞密副使,旋
爲秦檜所誣,下獄而死。追諡武穆,封鄂王,又改諡忠武。能文章,兼工詩詞,所存
不多,然多正氣凜然之作。有《岳忠武王文集》八卷等。《宋史》卷三六五有傳。

滿　江　紅

【題解】

　　詞或作於宋高宗紹興三年(1133),岳飛時爲神武後軍統制。悲憤之懷,壯烈之
志;氣欲凌雲,聲可裂石。傳世名篇,播於人口。一本有題"寫懷"、"本意"。或謂詞
爲明人託名之作,參余嘉錫《四庫提要辨證》卷二三"岳武穆遺文"條、夏承燾《岳飛
〈滿江紅〉詞考辨》(載《月輪山詞論集》)、張政烺《岳飛"還我河山"拓本辨僞》(載

《張政烺文史論集》）。

　　怒髮衝冠[1]，憑欄處、瀟瀟雨歇。擡望眼、仰天長嘯，壯懷激烈。三十功名塵與土，八千里路雲和月[2]。莫等閒、白了少年頭，空悲切。

　　靖康恥[3]，猶未雪。臣子恨，何時滅。駕長車踏破[4]、賀蘭山缺[5]。壯志飢餐胡虜肉，笑談渴飲匈奴血。待從頭、收拾舊山河[6]，朝天闕[8]。

《岳忠武王文集》卷八

【校注】

[1]怒髮衝冠：形容盛怒。《史記·廉頗藺相如列傳》：“相如因持璧卻立，倚柱，怒髮上衝冠。”　　[2]“三十”二句：劉永濟《唐五代兩宋詞簡析》：“蓋言年已三十，功名未就，直同塵土之無價值，但空經過八千里路之雲月，言遠征無成也。”胡雲翼《宋詞選》釋前句：“年已三十，雖然建立了一些功名，像塵土一樣地微不足道。”釋“八千里”：“似是以摧毀‘八千里’外金國的根據地作爲目標來説的。”或謂前句指視功名如塵土，然與詞作意旨不合；或謂塵土爲風塵奔波之意，則與下句義複。[3]靖康恥：宋欽宗靖康元年（1126）末，金兵攻破汴京，翌年春夏，徽宗、欽宗、皇后、皇太子等擄赴金營。參《宋史·欽宗紀》。　　[4]長車：兵車。　　[5]賀蘭山：主峰在寧夏賀蘭縣境，此或泛指北方之山。缺：山口。　　[6]從頭收拾：林庚、馮沅君主編《中國歷代詩歌選》下編（一）：“如言徹底收拾。”　　[7]天闕：帝王所居之處，亦指朝廷。

【集評】

　　（明）沈際飛《草堂詩餘別集》卷三：“膽量、意見、文章，悉無今古。”

　　唐圭璋《唐宋詞簡釋》：“此首直抒胸臆，忠義奮發，讀之足以起頑振懦。起言登高有恨，並略點眼前景色。次言望遠傷神，故不禁仰天長嘯。‘三十’兩句，自痛功名未立、神州未復，感慨亦深。‘莫等閒’兩句，大聲疾呼，喚醒普天下之血性男兒，爲國雪恥。下片承上，明言國恥未雪，餘憾無窮。‘駕長車’三句，表明滅敵之決心，氣欲凌雲，聲可裂石。着末，預期結果，亦見孤忠耿耿，大義凛然。”

蔡松年

【作者簡介】

　　蔡松年(1107—1159),字伯堅,號蕭閑老人。祖籍杭州(今屬浙江),長於汴京(今河南開封),北宋末隨父入金,居真定(今河北正定)。金熙宗天會十三年(1135)除真定府判官。皇統元年(1141)授中臺刑部員外郎。海陵王天德二年(1150)擢吏部侍郎。貞元元年遷户部尚書(1153),二年轉吏部尚書,三年拜參知政事。正隆三年(1158)拜右丞相。謚文簡。金初重要文人。善書法,工文辭,尤擅詞作,與吳激齊名,號吳蔡體。有《蕭閑老人明秀集》六卷,今存三卷。《金史》卷一二五有傳。

念　奴　嬌

　　　　還都後,諸公見追和赤壁詞,用韻者凡六人,亦復重賦。

【題解】

　　作於金熙宗皇統二年(1142)。表達倦怠官場的心態和卜築隱居的志向,鉛華盡洗,清朗高俊,被譽爲集中壓卷之作。還都,其時蔡松年自開封返上京(今黑龍江阿城)。赤壁詞,蔡松年詞學蘇軾,步蘇軾《念奴嬌・赤壁懷古》韻者凡二首,本處所選爲第二首,諸公追和者爲第一首(首句爲"倦游老眼")。

　　離騷痛飲[1],笑人生佳處,能消何物[2]?夷甫當年成底事,空想巖巖玉壁[3]。五畝蒼煙,一邱寒碧[4],歲晚憂風雪[5]。西州扶病,至今悲感前傑[6]。　　我夢卜築蕭閑,覺來巖桂,十里幽香發[7]。嵬磈胸中冰與炭,一酌春風都滅[8]。勝日神交[9],悠然得意,離恨無毫髮[10]。古今同致,永和徒記年月[11]。

《蕭閑老人明秀集注》卷一

【校注】

[1]"離騷"句:南朝宋劉義慶《世説新語・任誕》:"王孝伯言:'名士不必須奇才,但使常得無事,痛飲酒,熟讀《離騷》,便可稱名士。'"《離騷》:《楚辭》篇名,戰國屈原代表作。　　[2]"笑人生"二句:宋蘇軾《永和清都觀道士童顏鬒髮問其年生

於丙子蓋與予同求此詩》：“自笑餘生消底物，半篙清漲百灘空。”笑：一作“問”。消：享受，受用。　　　[3]“夷甫”二句：《世説新語·賞譽》“王公目太尉”條，梁劉孝標注引晉顧愷之《夷甫畫贊》：“夷甫天形瓌特，識者以爲巖巖秀峙，壁立千仞。”夷甫：即王衍，西晉人，《晉書》本傳載其才盛貌美，明悟若神，好老、莊，尚清談，後官至司空、司徒、太尉，爲石勒所殺。此詞後作者跋云：“王夷甫神姿高秀，宅心物外，爲天下稱首。復自言少無宦情，使其雅詠虛玄，不論世事，超然遂終其身，何必減稽、阮輩。而當衰世頹俗，力不可爲，不能遠引辭世，黽勉高位，顛危之禍，卒與晉俱，爲千古名士之恨。”底：何。夷甫當年，一作“江左諸人”。玉：一作“青”。
[4]“五畝”二句：寫隱居之地景色。蔡松年《水調歌頭·送陳詠之歸鎮陽》：“共約經營五畝，卧看西山煙雨。”五畝：謂養老之宅。《孟子·梁惠王上》：“五畝之宅，樹之以桑，五十者可以衣帛矣。”唐白居易《池上篇》詠其退老之地：“十畝之宅，五畝之園。有水一池，有竹千竿。”又蘇軾《六年正月二十日復出東門仍用前韻》：“五畝漸成終老計。”蒼煙：謂草樹。蘇軾《游東西巖》：“古木昏蒼煙。”一邱：出《漢書·叙傳上》：“漁釣於一壑，則萬物不奸其志。棲遲於一丘，則天下不易其樂。”邱，同“丘”。寒碧：指翠竹，或謂指山色。碧，一作“玉”。　　　[5]“歲晚”句：金魏道明注：“風雪，以比憂患。是時公方自憂，恐不爲時之所容，故有此句。”　　　[6]“西州”二句：《晉書·謝安傳》載，謝安風神秀徹，少有重名，四十始仕，雖受朝寄，而歸隱之志始末不渝。本擬稍具政績，便自江道歸隱東山，但“雅志未就，遂遇疾篤”，返回都城南京，車入西州門，知將一病不起，此志難遂。此即蘇軾《水調歌頭》所詠：“安石在東海，從事鬢驚秋。中年親友難别，絲竹緩離愁。一旦功成名遂，準擬東還海道，扶病入西州。雅志困軒冕，遺恨寄滄州。”西州：城名，在今南京。扶病：抱病。前傑：指謝安。　　　[7]“我夢”三句：魏道明注：“‘我夢’與‘覺來’字，如東坡‘我夢扁舟浮震澤’、‘覺來滿眼是廬山’，此體其句法。”（東坡句見《歸朝歡·和蘇堅伯固》）蕭閑：蔡松年所築之圃，在真定（據魏道明注）。巖桂：木犀的別名，宋張邦基《墨莊漫録》卷八《木犀花》：“木犀花，江浙多有之，清芬氳鬱，餘花所不及也……湖南呼九里香，江東曰巖桂，浙人曰木犀。”　　　[8]“嵬（wéi 圍）隗（wěi 偉）”二句：謂以酒消解心中鬱結。《世説新語·任誕》：“阮籍胸中壘塊，故須酒澆之。”唐杜甫《落日》：“濁醪誰造汝，一酌散千憂。”嵬隗：高低不平貌。常喻胸中鬱結。嵬，高峻。隗，傾頹。二字一作“磈磊”，義同。冰與炭：謂情緒起伏之劇。《莊子·人間世》“事若成則必有陰陽之患”句晉郭象注：“喜懼戰於胸中，固已結冰炭於五臟矣。”唐韓愈《聽穎師彈琴》：“無以冰炭置我腸。”春風：喻酒。宋黃庭堅《次韻楊君全送酒》：“杯面春風繞鼻香。”　　　[9]神交：謂心靈契合之交誼。《三國志·吳書·諸葛瑾傳》“猶孤之不負子瑜也”句，南朝宋裴松之注引《江表傳》引孫權

語:"孤與子瑜,可謂神交。"亦指未曾謀面而深相仰慕的交誼。此句指與晉賢相交,二義兼有。　　　[10]"離恨"句:杜甫《敬贈鄭諫議十韻》:"毫髮無遺恨。"[11]"古今"二句:以蘭亭集會比今日之相聚。晉王羲之《蘭亭集序》:"永和九年,歲在癸丑。暮春之初,會於會稽山陰之蘭亭,修禊事也……雖世殊事異,所以興懷,其致一也。"注[3]所引作者此詞跋後接云:"又嘗讀《山陰詩叙》(即《蘭亭集序》),考其論古今感慨,事物之變,既言修短隨化,終期於盡,而世殊事異,興懷一致,則死生終始,物理之常。正當乘化以歸盡,何足深歎,而區區列叙一時之述作,刊紀歲月,豈逸少之清真簡裁,亦未盡能忘情於此邪? 故因此詞併及之。"致:意態,情趣。永和:晉穆帝年號。

【集評】

　　(金)元好問《中州集》卷一:"公樂府中最得意者,讀之則其平生自處爲可見矣。"

陸　游

【作者簡介】

　　陸游(1125—1210),字務觀,號放翁,越州山陰(今浙江紹興)人。宋高宗紹興三十二年(1162),宋孝宗即位,賜進士出身。乾道五年(1169)爲夔州通判,八年王炎辟爲權四川宣撫司幹辦公事兼檢法官,改成都府路安撫司參議官,九年權通判蜀州,攝知嘉州。淳熙二年(1175),范成大仍辟爲成都府路安撫司參議官,六年提舉江南西路常平茶鹽公事,十三年知嚴州。宋寧宗嘉泰二年(1202)權同修國史、實錄院同修撰,兼秘書監,三年除寶謨閣待制。南宋"中興四大詩人"之一。其詩數量豐富,風格多樣,要以豪蕩敷腴爲特色。詞作安雅清贍,在蘇、秦之間。文章稟賦宏大,卓然成家。有《劍南詩稿》八十五卷、《渭南文集》五十卷、《放翁詞》一卷等。《宋史》卷三九五有傳。

游山西村

【題解】

宋孝宗乾道三年(1167)春,罷官居家鄉山陰作。寫鄉間風光及優游心情,尤以頷聯最膾炙人口。山指山陰(今浙江紹興)鏡湖畔之三山。

莫笑農家臘酒渾[1],豐年留客足雞豚。山重水複疑無路,柳暗花明又一村[2]。簫鼓追隨春社近[3],衣冠簡樸古風存。從今若許閒乘月[4],拄杖無時夜叩門[5]。

《劍南詩稿校注》卷一

【校注】

[1]"莫笑"句:酒以清爲貴,故有此句。臘酒:臘月所釀之酒。　　[2]"山重"二句:唐王維《藍田山石門精舍》:"遥愛雲木秀,初疑路不同。安知清流轉,偶與前山通。"唐耿湋《仙山行》:"花落尋無徑,雞鳴覺近村。"南宋强彦文句:"遠山初見疑無路,曲徑徐行漸有村。"(宋周煇《清波別志》卷二引)意境近似。柳暗花明:王維《早朝》:"柳暗百花明。"唐李商隱《夕陽樓》:"花明柳暗繞天愁。"　　[3]簫鼓:春社時迎神所用。王維《涼州郊外游望》:"婆娑依里社,簫鼓賽田神。"春社:祭名。立春後第五個戊日(古以干支紀日)祭祀土地神,以祈豐收。社,土地之神。[4]閒乘月:乘月明之時閒游。　　[5]無時:無定時,隨時。

【集評】

(清)方東樹《昭昧詹言》卷二〇:"以游村情事作起,徐言境地之幽,風俗之美,願爲頻來之約。"

劍門道中遇微雨

【題解】

宋孝宗乾道八年(1172)十一月,自抗金前綫南鄭(今陝西漢中)赴成都任職,塗經劍門所作。詩情畫意中多含感慨。劍門,在今四川劍閣。門,一作"南"。

　　衣上征塵雜酒痕,遠游無處不消魂[1]。此身合是詩人未,細雨騎
驢入劍門[2]。

《劍南詩稿校注》卷三

【校注】

[1]消魂:形容悵惘之極,若魂魄離散。　　　[2]“此身”二句:錢鍾書《宋詩選注》:
“韓愈《城南聯句》說:‘蜀雄李杜拔。’早把李白、杜甫在四川的居住和他們在詩歌
裏的造詣聯繫起來;宋代也都以爲杜甫和黄庭堅入蜀以後,詩歌就登峰造極(例如
《豫章黄先生文集》卷一九《與王觀復書》,《苕溪漁隱叢話》後集卷二二引《豫章先
生傳讚》)——這是一方面。李白在華陰縣騎驢,杜甫《上韋左丞丈》自説‘騎驢三
十載’,唐以後流傳他們兩人的騎驢圖(王琦《李太白全集注》卷三六,《苕溪漁隱
叢話》後集卷八,施國祁《遺山詩集箋注》卷一二);此外像賈島騎驢賦詩的故事、鄭
綮的‘詩思在驢子上’的名言等等(《唐詩紀事》卷四〇、卷六五),也仿佛使驢子變
爲詩人特有的坐騎——這是又一方面。兩方面合凑起來,於是入蜀道中、驢子背
上的陸游就得自問一下,究竟是不是詩人的材料。”所言甚是。然句中實含怨望,
如錢仲聯《劍南詩稿校注》卷三所云:“此憤慨之言。時方離南鄭前綫往後方,恢復
關中之志不遂。‘合是詩人未’者,不甘於僅爲詩人也。”若陳衍所評(見下[集
評]),恐未得實情。

【集評】

　　陳衍《石遺室詩話》卷二七:“掞東(羅惇曧)評云:‘劍南七絶,宋人中最占上峰,
此首又其最上峰者,直摩唐賢之壘。’僕謂以‘細雨騎驢劍門’博得詩人名號,亦太可
憐,況尚未知其是否乎? 結習累人至此。然此詩若自嘲,實自喜也。”

關　山　月

【題解】

　　宋孝宗淳熙四年(1177)正月作於成都。《關山月》,本爲漢樂府横吹曲,多寫邊
塞士兵久戍不歸的傷離怨別之情。詩借樂府舊題寫時事,直抒胸臆,筆力沉雄。

　　和戎詔下十五年[1],將軍不戰空臨邊。朱門沉沉按歌舞[2],厩馬
肥死弓斷絃。戍樓刁斗催落月[3],三十從軍今白髮。笛裏誰知壯士

心^[4]，沙頭空照征人骨。中原干戈古亦聞，豈有逆胡傳子孫^[5]。遺民忍死望恢復^[6]，幾處今宵垂淚痕。

《劍南詩稿校注》卷三

【校注】

[1]“和戎”句：指隆興和議。《宋史·孝宗紀》載，隆興元年（1163）五月，與金人戰，潰於符離。十月，帝曰：“四州地、歲幣可與，名分、歸正人不可從。”又十一月，“庚子，遣王之望等爲金國通問使。辛丑，詔侍從、臺諫於後省集議講和、遣使、禮數、土貢四事，仍各薦可備小使者。”次年十一月，“丙申，遣國信所大通事王抃持周葵書如金帥府，請正皇帝號，爲叔侄之國。易歲貢爲歲幣，減十萬。割商、秦地。歸被俘人，惟叛亡者不與。”和戎：與異族或別國結盟修好。《左傳·襄公四年》記和戎事。戎，對西部少數民族的泛稱，此指金人。　　[2]朱門：豪門。古時王侯貴族宅門多爲紅色。唐杜甫《自京赴奉先縣詠懷五百字》：“朱門酒肉臭。”沉沉：宮室深邃貌。《史記·陳涉世家》：“涉之爲王沉沉者。”按，敲擊、彈奏樂器。戰國宋玉《招魂》：“陳鐘按鼓。”《宋書·周朗傳》：“按絃拭徽。”此指表演。　　[3]戍樓：邊防駐軍的瞭望樓。刁斗：軍中打更之具。　　[4]笛：指笛曲《關山月》。唐王昌齡《從軍行》：“更吹羌笛關山月，無那金閨萬里愁。”杜甫《洗兵馬》：“三年笛裏關山月。”　　[5]“豈有”句：意謂豈能容忍金兵長期佔領中原。自金太祖完顏旻收國元年（1115）開國，至此已傳四世（太宗晟、熙宗亶、海陵王亮、世宗雍）。逆胡：蔑稱金人。胡，一作“寇”。　　[6]“遺民”二句：參後《秋夜將曉出籬門迎凉有感》注[2]，及范成大《州橋》注[2]。遺民：亡國之民。恢復：收復失地。

小　　園

其　　一

【題解】

　　宋孝宗淳熙八年（1181）四月閒居家鄉時作。麥熟季節，賦《小園》四首，此爲第一。寫鄉間景物及賦閒心境。筆致輕盈，清新可誦。

　　小園煙草接鄰家，桑柘陰陰一徑斜^[1]。卧讀陶詩未終卷^[2]，又乘微雨去鋤瓜。

《劍南詩稿校注》卷一三

【校注】

[1]柘(zhè 這):木名,桑屬。　　[2]陶:陶淵明,晉宋間詩人,詩多寫田園風光。陸游《讀陶詩》:"我詩慕淵明,恨不造其微。雨餘鋤瓜壠,月上坐釣磯。"

書　　憤

【題解】

宋孝宗淳熙十三年(1186)正月,作於山陰。自傷遲暮,鬱憤淋漓,沉雄悲壯。

早歲那知世事艱,中原北望氣如山。樓船夜雪瓜洲渡[1],鐵馬秋風大散關[2]。塞上長城空自許[3],鏡中衰鬢已先斑。《出師》一表真名世[4],千載誰堪伯仲間[5]。

《劍南詩稿校注》卷一七

【校注】

[1]"樓船"句:宋孝宗隆興二年(1164)冬,陸游在鎮江通判任,與諸友人至焦山"踏雪觀《瘞鶴銘》,置酒上方,烽火未息,望風檣戰艦,在煙靄間,慨然盡醉"(陸游焦山觀《瘞鶴銘》摩崖題記)。樓船:有疊層的大船,多用作戰艦。亦即上引所謂"風檣戰艦"。瓜洲:渡口,在邗江(今屬江蘇揚州),與焦山隔江斜對,爲江防要地。《宋史·高宗紀》即載紹興三十一年(1161)十一月,金人犯瓜洲等地,宋將與之戰事。　　[2]"鐵馬"句:宋孝宗乾道八年(1172)三月至十一月,在南鄭(今陝西漢中)爲王炎幕僚時的從戎生活。鐵馬:披着鐵甲的戰馬。大散關:在今陝西寶雞南,爲南宋與金之分界,金人多次來犯(參《宋史·高宗紀》)。陸游回憶此期生活之詩甚多,如《憶南鄭舊游》、《憶昔》等。　　[3]塞上長城:借指堅不可摧。南朝宋名將檀道濟曾率衆北伐,後遭讒被殺。"初,道濟見收,脫幘投地曰:'乃復壞汝萬里之長城。'"(《宋書·檀道濟傳》)又唐朝名將李勣北擊突厥,被唐太宗譽爲"勝遠築長城"(《舊唐書·李勣傳》)。此處取以自喻。　　[4]"《出師》"句:三國蜀後主建興五年(227),諸葛亮北伐中原,臨發上疏(即《前出師表》),有"獎率三軍,北定中原"、"興復漢室,還於舊都"等語(見《三國志·蜀書·諸葛亮傳》),故陸游稱"出師一表通今古"(《病起書懷》),屢加推重(見《七十二歲吟》、《感秋》等)。　　[5]"千載"句:翻唐杜甫詠諸葛亮"伯仲之間見伊呂"(《詠懷古跡五首》之五)句意,謂無人可與相比。伯仲:兄弟排行,長曰伯,次曰仲。後喻人或事難分

高下。末二句慨歎世無諸葛,經略中原。或謂作者以諸葛自比,似非。

【集評】

　　(清)方東樹《昭昧詹言》卷二〇:"志在立功,而有才不遇,奄忽就衰,故思之而有憤也。妙在三、四句,兼寫景象,聲色動人,否則近於枯竭。"

　　(清)許印芳:"通篇沉鬱頓挫,而三、四雄渾。不但句中力量充足,抑且言外神采飛動。"(李慶甲《瀛奎律髓彙評》卷三二《書憤·鏡裏流年兩鬢殘》首下引)

臨安春雨初霽

【題解】

　　宋孝宗淳熙十三年(1186)春,作於臨安(今浙江杭州)。按陸游曾有"五十忽過二,流年消壯心"(《病中戲書》)語,而況今已六旬過二,故雖自奉祠居家數年起知嚴州(今浙江建德),卻難掩倦怠之感、抑鬱之情。

　　世味年來薄似紗,誰令騎馬客京華[1]。小樓一夜聽春雨,深巷明朝賣杏花[2]。矮紙斜行閒作草,晴窗細乳戲分茶[3]。素衣莫起風塵歎,猶及清明可到家[4]。

《劍南詩稿校注》卷一七

【校注】

[1]令:按律讀平聲(líng 靈)。客京華:陸游其時奉知嚴州,先由山陰入都覲帝。
[2]"小樓"二句:前有宋陳與義《懷天經智老因訪之》:"客子光陰詩卷裏,杏花消息雨聲中。"後有宋史達祖《夜行船·正月十八日聞賣杏花有感》:"小雨空簾,無人深巷,已早杏花先賣。"陸游的朋友王嵎有《夜行船》(曲水濺裙三月二):"午夢醒來,小窗人靜,春在賣花聲裏。"意境皆略似。　　　　[3]"矮紙"二句:寫客居京華、消遣時光的生活。矮紙:短紙。閒作草:古有"匆匆不暇草"之語(《三國志·魏書·劉劭傳》"光祿大夫京兆韋誕"句,南朝宋裴松之注引《四體書勢》),又有"卒行無好步,事忙不草書"之語(宋陳師道《答無咎畫苑》)。陸游善草書,有墨跡多幅傳世。又其《烏夜啼》(紈扇嬋娟素月):"弄筆斜行小草。"細乳:研茶餅爲粉末,煎烹時水面的漚泡。或謂乳爲研磨義,則行當讀作行動之行。或又謂細乳爲茶名,且謂其爲茶之精品,恐非。分茶:與煎茶、點茶等均屬宋時沏茶之法,其法難

詳，約爲注以沸水，用箸攪拌，使茶水幻成波紋圖像。宋人詩中提及者甚多，尤以楊萬里《澹庵坐上觀顯上人分茶》詩描述最爲生動。分茶實爲與著棋、寫字、彈琴、投壺、蹴踘等並列的一種游藝，故以“戲”稱之。陸游《殘春無幾述意》：“試筆書盈紙，烹茶睡解圍。”與此二句意境略似。　　[4]“素衣”二句：謂清明前即可回家，不必慨歎官場風氣會污染自己。陸游自都城先返山陰，再赴嚴州，故云。晉陸機《爲顧彥先贈婦》二首之一：“京洛多風塵，素衣化爲緇。”

【集評】

（清）紀昀：“格調殊卑，人以諧俗而誦之。”（李慶甲《瀛奎律髓彙評》卷一七引）

（清）李調元《雨村詩話》卷下：“陸放翁詩，以‘小樓一夜聽春雨，深巷明朝賣杏花’得名，其餘七律名句幅輳大類此，而起訖多不相稱。人以先生先得好句，後足成之，情理或然。然余少年頗喜之，今則棄去矣。”

秋夜將曉出籬門迎涼有感

其　　二

【題解】

宋光宗紹熙三年(1192)秋作於山陰。峻格高遠，氣勢宏偉，感慨深沉。原題二首，此爲第二。

三萬里河東入海，五千仞嶽上摩天[1]。遺民淚盡胡塵裏，南望王師又一年[2]。

　　　　　　　　　　　　　　　　　　　　　　　　《劍南詩稿校注》卷二五

【校注】

[1]“三萬”二句：分別指黃河、華山。陸游多次感歎祖國河山淪陷敵手，如《寒夜歌》：“三萬里之黃河東入海，五千仞之太華磨蒼旻。坐令此地没胡虜，兩京宮闕悲荆棘。”並感念黃河、華山地區的英雄人物，如《哀北》：“太行天下脊，黃河出昆侖。山川形勝地，歷世多名臣。”按唐張孜殘句有云：“華山秀作英雄骨，黃河瀉出縱橫才。”五千仞：《山海經·西山經》：“太華之山，削成而四方，其高五千仞。”仞，長度單位，或謂七尺，或謂八尺。　　[2]“遺民”二句：同時人樓鑰《北行日録》上：“戴白之老多歎息掩泣，或指副使曰：‘此必宣和中官員也。’”（《攻媿集》卷一一一）范成大《州橋》：“忍淚失聲詢使者，幾時真有六軍來？”張孝祥《六州歌頭》（長淮望

斷）：“聞道中原遺老，常南望、羽葆霓旌。”又陸游《關山月》：“遺民忍死望恢復，幾處今宵垂淚痕。”可互參。胡：一作“邊”。

十一月四日風雨大作

其　二

【題解】

　　宋光宗紹熙三年（1192）冬作於山陰。躍馬橫戈，恢復中原，念兹在兹，須臾不忘。使人發揚矜奮、起痿興痹之作。原題二首，此爲第二。

　　僵臥孤村不自哀，尚思爲國戍輪臺[1]。夜闌臥聽風吹雨，鐵馬冰河入夢來[2]。

　　　　　　　　　　　　　　　　　　　　　　　　《劍南詩稿校注》卷二六

【校注】

[1]輪臺：今屬新疆維吾爾自治區，漢唐時爲西北邊防重鎮。《漢書·西域傳》載，漢武帝時“自敦煌西至鹽澤，往往起亭，而輪臺、渠犁皆有田卒數百人，置使者校尉領護”。《舊唐書·代宗紀》載，大曆六年（771）九月於輪臺置静塞軍。此借指戍邊。　　　[2]“夜闌”二句：陸游《秋雨漸涼有懷興元》三首之三：“忽聞雨掠蓬窗過，猶作當時鐵馬看。”與此同意。闌：晚，盡。鐵馬：參《書憤》注[2]。

示　兒

【題解】

　　宋寧宗嘉定二年（1209）十二月末絶筆之作。紀昀評陸游《書憤》（白髮蕭蕭臥澤中、鏡裏流年兩鬢殘）云：“此種是放翁不可磨處。集中有此，如屋有柱，如人有骨。”（李慶甲《瀛奎律髓彙評》卷三二引）此詩亦可當此評。陸游有子六人，其長子時年六十三歲。

　　死去元知萬事空[1]，但悲不見九州同[2]。王師北定中原日，家祭無忘告乃翁。

　　　　　　　　　　　　　　　　　　　　　　　　《劍南詩稿校注》卷八五

【校注】

[1]元:通"原"。　　[2]九州:古代分中國爲九州,其名不盡相同(參《尚書·禹貢》、《爾雅·釋地》等),後泛指中國。同:謂統一。

【集評】

(明)胡應麟《詩藪》雜編卷五:"忠憤之氣,落落二十八字間。林景熙收宋二帝遺骨,樹以冬青,爲詩紀之,復有歌《題放翁卷後》云:'青山一髮愁濛濛,干戈况滿天南東。來孫卻見九州同,家祭如何告乃翁?'每讀此,未嘗不爲滴淚也。"

(清)陸鎣《問花樓詩話》卷二:"君國之念,至瞑不忘。翁之生平大節,可概睹矣。"

釵 頭 鳳

【題解】

宋周密《齊東野語》卷一《放翁鍾情前室》:"陸務觀初娶唐氏閎之女也,於其母夫人爲姑姪。伉儷相得,而弗獲於其姑。既出,而未忍絶之,則爲別館,時時往焉。姑知而掩之,雖先知挈去,然事不得隱,竟絶之,亦人倫之變也。唐後改適同郡宗子士程,嘗以春日出游,相遇於禹跡寺南之沈氏園。唐以語趙,遣致酒餚。翁悵然久之,爲賦《釵頭鳳》一詞,題園壁間(詞略),實紹興乙亥歲(1155)也。"宋陳鵠《耆舊續聞》卷一〇則謂紹興二十一年(1151)在山陰許氏園作。清人有指其爲傅會者。今人夏承燾、吳熊和亦認爲乃宋孝宗乾道九年(1173)至淳熙五年(1178)寓居成都時冶游之作,與唐婉事無關(參吳熊和《陸游〈釵頭鳳〉詞本事質疑》,載《吳熊和詞學論集》)。一本有題"閨思"。

紅酥手。黃縢酒[1]。滿城春色宮墙柳[2]。東風惡。歡情薄。一懷愁緒,幾年離索[3]。錯錯錯。　　春如舊。人空瘦。淚痕紅浥鮫綃透[4]。桃花落。閒池閣。山盟雖在[5],錦書難託[6]。莫莫莫[7]。

《放翁詞編年箋注》上卷

【校注】

[1]黃縢(téng 騰)酒:即黃封酒,宋時官酒,以黃紙或黃羅絹封住瓶口。縢,緘封。
[2]宮墻:或謂紹興爲古越王宮殿所在,故有宮墻。或謂南宋以紹興爲陪都,故有

宮墙。吳熊和謂指陸游經常宴游的成都故蜀燕王宮。　　　[3]離索:離群索居
(《禮記·檀弓上》語)之簡稱。索,散。　　　[4]"淚痕"句:晉張華《博物志》卷二:
"南海外有鮫人,水居如魚,不廢織績。其眼能泣珠。"浥(yì 義):濕。鮫(jiāo 交)
綃(xiāo 消):鮫人所織之紗。南朝梁任昉《述異記》卷上:"南海出鮫綃紗,泉先潛
織,一名龍紗,其價百餘金,以爲服,入水不濡。"後用爲手帕之別稱。鮫,指鮫人,
傳說中居於海底的怪人。綃,生絲織成的薄紗。　　　[5]山盟:指山爲盟,喻堅定
不移。多用於男女之情。　　　[6]錦書:參柳永《定風波》(自春來)注[6]。
[7]莫莫莫:猶言"罷罷罷"。唐司空圖《題休休亭》:"咄,諾,休休休,莫莫莫。"俞
平伯《唐宋詞選釋》卷下:"'錯莫'本是連綿詞,屢見六朝唐人詩中。如鮑照《行路
難》'眼花錯莫與先異',杜甫《瘦馬行》'失主錯莫無晶光',有寥落、落寞之義。本
篇將它拆開,在兩片分作結句,似亦含有這種意思。"

【集評】

　　錢鍾書《宋詩選注·沈園》:"陸游原娶的唐氏,因姑媳不和,離婚改嫁,嫁人後
曾在沈園偶然跟陸游碰見。這首詩以及《劍南詩稿》卷二十五《禹跡寺南有沈氏小
園》、卷六十五《十二月二日夜夢游沈氏園亭》、卷六十八《城南》、《渭南文集》卷四十
九《釵頭鳳》都是寫那件事。本事詳見陳鵠《耆舊續聞》卷十、劉克莊《後村大全集》
卷一百七十八、周密《齊東野語》卷一。"

鵲 橋 仙

【題解】

　　追懷往昔,感歎今日。結三句委婉表達對"君恩"的不滿。作時當在宋孝宗淳
熙十六年(1189)罷歸山陰後。一本有題"感舊"。

　　華燈縱博,雕鞍馳射,誰記當年豪舉[1]。酒徒一半取封侯[2],獨
去作、江邊漁父。　　　輕舟八尺,低篷三扇,占斷蘋洲煙雨[3]。鏡湖
元自屬閒人,又何必、官家賜與[4]。

《放翁詞編年箋注》下卷

【校注】

[1]"華燈"三句:寫乾道八年(1172)在南鄭軍中事。《九月一日夜讀詩稿有感走

筆作歌》亦云："四十從戎駐南鄭,酣宴軍中夜連日……華燈縱博聲滿樓,寶釵艷舞
光照席。"縱博:盡情賭博。博,又作"簿",一種棋戲。又稱"六簿"。《楚辭·招
魂》:"菎蔽象棋,有六簿些。"漢王逸注:"投六箸,行六棋,故爲六簿也。"宋洪興祖
補注引《古博經》謂"二人相對,坐向局,局分爲十二道……用棋十二枚……二人互
擲采行棋"云云。後泛指賭博。按,陸游詩中多寫賭博,實爲國事難爲、抱負不展
時的一種發泄。如《樓上醉書》:"丈夫不虛生世間,本意滅敵收河山。豈知蹭蹬不
稱意,八年梁益凋朱顏……益州官樓酒如海,我來解旗論日買。酒酣博簺爲歡娛,
信手梟盧喝成采。"　　[2]"酒徒"句:謂當時酒伴皆飛黃騰達。半:一作"一"。
封侯:封拜侯爵。《後漢書·班超傳》載:"(超)嘗輟業投筆歎曰:'大丈夫無他志
略,猶當效傅介子、張騫立功異域,以取封侯,安能久事筆研間乎?'"後泛指顯赫功
名。唐王昌齡《閨怨》:"悔教夫婿覓封侯。"　　[3]占斷:獨佔。蘋(pín 頻):蕨類
植物,生淺水中。　　[4]"鏡湖"二句:翻用唐賀知章典。《新唐書》本傳載,知章
天寶初病,請爲道士,還鄉里,詔許之,"賜鏡湖剡川一曲"。鏡湖:在浙江紹興。官
家:對皇帝的一種稱呼。二字一作"君恩"。

【集評】

　　(清)許昂霄《詞綜偶評》:"感憤語,妙以蘊藉出之。"(評"酒徒"二句)又:"結句
翻用賀知章事,而感慨意即寓其中。"

訴 衷 情

【題解】

　　作時當在宋孝宗淳熙十六年(1189)罷歸山陰後。末二句乃晚年生活與心境的
高度概括。

　　當年萬里覓封侯。匹馬戍梁州[1]。關河夢斷何處,塵暗舊貂
裘[2]。　　胡未滅,鬢先秋。淚空流。此生誰料,心在天山,身老滄
洲[3]!

《放翁詞編年箋注》下卷

【校注】

[1]"當年"二句:指宋孝宗乾道八年(1172)三月至十一月在南鄭王炎幕,任權四

川宣撫使司幹辦公事兼檢法官。封侯：謂功名，參《鵲橋仙》（華燈縱博）注[2]。
梁州：即南鄭，治所在今陝西漢中。　　　[2]“關河”二句：謂長期投閒置散。關河：
關塞河防，指邊疆。夢斷：夢醒。《戰國策·秦策一》：“（蘇秦）説秦王，書十上而
説不行，黑貂之裘敝，黃金百斤盡，資用乏絶，去秦而歸。”陸游《野飲夜歸戲作》：
“青海天山戰未麈，即今麈暗舊戎袍。”　　　[3]“心在”二句：陸游此意屢形於詩，
如“慨然此夕江湖夢，猶繞天山古戰場”（《秋思》）、“稽山剡曲雖堪樂，終憶祁連古
戰場”（《新年》）等。天山：即祁連山，借喻抗金前綫。按，《漢書·武帝紀》載，天
漢二年五月“貳師將軍三萬騎出酒泉，與右賢王戰於天山，斬首虜萬餘級”，二句或
亦暗用此典。滄洲：濱水之地，常指隱者所居。陸游罷歸山陰後多居鏡湖畔三山。

【集評】

　　胡雲翼《宋詞選》：“‘心在天山，身老滄洲’兩句概括了詩人晚年生活和思想矛
盾的悲憤情緒。”

卜算子

詠　梅

【題解】

　　上片寫梅之遭遇，下片寫梅之品格。詠物寄懷、托物言志的典範之作。

　　驛外斷橋邊，寂寞開無主[1]。已是黃昏獨自愁，更著風和雨[2]。
無意苦爭春，一任群芳妒。零落成泥碾作塵，祇有香如故[3]。

《放翁詞編年箋注》下卷

【校注】

[1]無主：意謂無人照料與愛惜。　　　[2]著：遭逢。　　　[3]“零落”二句：唐白居
易《惜牡丹花二首》其二：“晴明落地猶惆悵，何況飄零泥土中。”宋王安石《北陂杏
花》：“縱被春風吹作雪，絶勝南陌碾成塵。”二句或吸收其句意。又陸游《言懷》：
“蘭碎作香塵，竹裂成直紋。炎火熾昆岡，美玉不受焚。”與其意相仿彿。

【集評】

　　（明）徐士俊：“想見勁節。”（《古今詞統》卷四）

夏承燾《唐宋詞欣賞》：“陸游的友人陳亮有四句梅花詩説：‘一朵忽先變，百花皆後香。欲傳春資訊，不怕雪埋藏。’寫出他自己對政治有先見，不怕打擊，堅持正義的精神，是陳亮自己整個人格的體現。陸游這首詞則是寫失意的英雄志士的兀傲形象。我認爲在宋代，這是寫梅花詩詞中最突出的兩首好作品。”

林　升

【作者簡介】

林升，生平無考，宋孝宗淳熙（1174—1189）時士人。或謂字夢屏，平陽（今屬浙江）人（參清曾唯《東甌詩存》卷四）。存詩一首。

題臨安邸

【題解】

明田汝成《西湖游覽志餘》卷二：“紹興、淳熙之間，頗稱康裕。君相繼逸，耽樂湖山，無復新亭之淚。士人林升者，題一絶於旅邸，云（略）。”詩歌直指偏安一隅、文恬武嬉者的麻木不仁。麗語而深含譏諷，予人以深刻印象。臨安，南宋都城，今浙江杭州。邸，旅舍。題爲後人所加。

山外青山樓外樓，西湖歌舞幾時休。暖風熏得游人醉，便把杭州作汴州[1]。

《西湖游覽志餘》卷二

【校注】

[1]便：一作“直”。

【集評】

程千帆《宋詩精選》：“林升所寫正是當時公然的，常見的，誰都不以爲奇，毫不注意的社會現象。給他一寫，便常見觸目驚心，令人難以爲情，所以是成功的諷刺。"

范成大

【作者簡介】

　　范成大（1126—1193），字致能，號石湖居士，吳縣（今江蘇蘇州）人。宋高宗紹興二十四年（1154）進士。宋孝宗乾道元年（1165）遷著作佐郎，兼國史院編修官，五年擢起居舍人兼侍講，六年假資政殿大學士使金，不辱使命，除中書舍人，七年除知靜江府。淳熙元年（1174）除敷文閣待制，四川制置使，知成都府，四年權禮部尚書，五年除參知政事，七年差知明州，八年除知建康府。晚居蘇州石湖十年。謚文穆。詩文詞俱工，詩最著名，爲南宋"中興四大詩人"之一。初學江西，後泛取唐宋諸家，風格多樣，尤以愛國詩篇及田園詩爲最突出。有《石湖詩集》三十四卷等。《宋史》卷三八六有傳。

晚　潮

【題解】

　　詩或作於宋高宗紹興十四年（1144）至二十三年（1153）讀書崑山禪寺時。

　　東風吹雨晚潮生，疊鼓催船鏡裏行[1]。底事今年春漲小[2]，去年曾與畫橋平。

《范石湖集》卷三

【校注】

[1]"東風"二句：宋晁沖之《題超化寺壁》："曲池風定碧瀾平，小白魚如鏡裏行。"或爲此處所本，而意境更勝。疊鼓：連續擊鼓，開船時的信號。南齊謝朓《鼓吹曲》："疊鼓送華輈。"宋蘇軾《滿庭芳》（三十三年，今誰存者）："歌聲斷，行人未起，船鼓已逢逢。"　　[2]底事：爲何。

催　租　行

【題解】

　　詩約作於宋高宗紹興二十年(1150)(參于北山《范成大年譜》),與《樂神曲》、《繰絲行》《田家留客行》爲一組,自注"效王建"。唐王建詩以樂府最著名,此處即指學其樂府詩的風格。詩寫官吏無賴,勒索貪贓;百姓窮苦,無以爲生。刻畫人物,聲情畢現。

　　輸租得鈔官更催[1],踉蹡里正敲門來[2]。手持文書雜嗔喜[3]:"我亦來營醉歸耳[4]!"牀頭慳囊大如拳[5],撲破正有三百錢。"不堪與君成一醉,聊復償君草鞋費[6]。"

　　　　　　　　　　　　　　　　　　　　　　　　　　《范石湖集》卷三

【校注】

[1]鈔:即户鈔,官府頒發給繳租户的收據。按,宋時爲防作弊,輸租憑據備有四種。元馬端臨《文獻通考》卷五《田賦》載,紹興十三年臣僚言:"賦稅之輸,止憑鈔旁爲信。穀以升,帛以尺,錢自一文以往,必具四鈔受納,親用團印:曰户鈔,則付人户收執;曰縣鈔,則關縣司銷籍;曰監鈔,則納監官掌之;曰住鈔,則倉庫藏之,所以防僞冒、備毀失也。今所在監、住二鈔,廢不復用。而縣司亦不即據鈔銷簿,方且藏匿以要略。望申嚴法令,戒監司、郡守、檢察、受納、官司,凡户、縣、監、住四鈔,皆存留以備互照。"(又參《宋史·食貨志上二》載紹興十五年户部議)。既已"輸租得鈔"而"官更催",其因即在於此。更:又。　　[2]踉蹡:行走不穩貌。此寫醉貌。蹡,一作"蹌",字通。里正:即里長,鄉官。《宋史·食貨志上五》:"淳化五年,始令諸縣以第一等户爲里正。"掌課督賦稅。　　[3]文書:范成大《東門外觀刈熟民間租米船相銜入門喜作二絶》其一"日日文書橫索錢"自注:"文書,謂諸司督逋者。"亦即其《後催租行》"黃紙放盡白紙催"之"白紙",官府催租的公文。一解"手持文書"爲里正看到農户交出的户鈔憑據,知他已交納完畢。非是。
[4]營:圖謀。本句意爲勒索酒錢。范成大《四時田園雜興》"冬日田園雜興"第一〇首:"黃紙蠲租白紙催,皂衣旁午下鄉來。'長官頭腦冬烘甚,乞汝青銅買酒回。'"又唐柳宗元《田家三首》之二:"蠶絲盡輸稅,機杼空倚壁。里胥夜經過,雞黍事筵席。"唐彥謙《宿田家》:"忽聞扣門急,云是下鄉隸……東鄰借種雞,西舍覓芳醑。"　　[5]慳囊:儲錢罐。易進難出,故名。用時須擊破,又名"撲滿"(參宋

高承《事物紀原》卷八）。下云"撲破",亦謂此。　　　[6]草鞋費:猶今言跑路錢,辛苦費。錢鍾書《宋詩選注》:"行腳僧有所謂'草鞋錢',早見於唐代禪宗的語録(例如《五燈會元》卷三普願語録)。宋代以後,這三個字也變成公差、地保等勒索的小費的代名詞。"

【集評】

周汝昌《范成大詩選》:"石湖此等詩寫來如此生動,如此經濟,劣手爲之,不知需用多少話纔説得這些意思。"

横　　塘

【題解】

宋高宗紹興二十一年(1151)作於蘇州(參于北山《范成大年譜》),寫景而情自見。横塘,在今江蘇蘇州吴中區(舊爲吴縣)西南。

　　南浦春來緑一川[1],石橋朱塔兩依然[2]。年年送客横塘路,細雨垂楊繫畫船[3]。

《范石湖集》卷三

【校注】

[1]南浦:參張元幹《賀新郎·送胡邦衡謫新州》注[6]。一川:滿地。川,平野。
[2]石橋:指楓橋,在横塘北。朱塔:指寒山寺塔,亦在横塘北。　　　[3]"細雨"句:范成大《謁金門》(塘水碧)也提到横塘"只欠柳絲千百尺,繫船春弄笛"。又其《蝶戀花》云:"春漲一篙添水面。芳草鵝兒,緑滿微風岸。畫舫夷猶灣百轉。横塘塔近依前遠。"可想見其地風光之美。

州　　橋

南望朱雀門,北望宣德樓,皆舊御路也

【題解】

宋孝宗乾道六年(1170)六月至十月,范成大以資政殿大學士、醴泉觀使出使金國,沿塗以詩紀行,得七十二首七絶,此爲其一。詩寫中原父老亟盼官軍恢復國土的心情,質樸無華,真實動人。州橋,正名天漢橋,在汴京城南汴河上。朱雀門,汴京正南門。宣德樓,皇宮正門樓(分參宋孟元老《東京夢華録》卷一《河道》、《舊京城》、《大内》等)。御路,又稱御道、御街,供帝王車駕行走的道路。

　　州橋南北是天街[1],父老年年等駕迴。忍涙失聲詢使者:"幾時真有六軍來?"[2]

《范石湖集》卷一二

【校注】

[1]天街:京城中的街道。此指御路。宋孟元老《東京夢華録序》:"雕車競駐於天街,寶馬爭馳於御路。"又其書卷一《河道》:"州橋正對於大内御街……蓋車駕御路也。州橋之北岸御路,東西兩闕,樓觀對聳。"同書卷二《御街》:"坊巷御街,自宣德樓一直南去,約闊二百餘步。兩邊乃御廊,舊許市人買賣於其間……宣和間盡植蓮荷,近岸植桃李梨杏,雜花相間,春夏之間,望之如繡。"　　[2]"父老"三句:范成大《攬轡録》:"遺黎往往垂涕嗟嘖,指使人云:'此中華佛國人也。'"同時人韓元吉《望靈壽致拜祖塋》:"殷勤父老如相識,祇問天兵早晚來。"另參陸游《秋夜將曉出籬門迎涼有感》注[2]。六軍:《左傳·襄公十四年》、《尚書·康王之誥》記周天子統帥六軍(六師)。《周禮·夏官·序官》謂一萬二千五百人爲一軍。後以指天子之軍隊。

【集評】

　　(清)潘德輿《養一齋詩話》卷九:"沉痛不可多讀,此則七絶至高之境,超大蘇而配老杜者矣。"

　　錢鍾書《宋詩選注》:"這首可歌可泣的好詩足以説明文藝作品裏的寫實不就等於埋没在瑣碎的表面現象裏。《攬轡録》裏寫汴梁祇説:'民亦久習胡俗,態度嗜好與之俱化';寫相州也祇説:'遺黎往往垂涕嗟嘖,指使人曰:"此中華佛國人也!"'比范成大出使早一年的樓鑰的記載説:'都人列觀……戴白之老多歎息掩泣,或指副使曰:"此宣和官員也!"'(《攻媿集》卷一百十一《北行日録》上)比范成大出使後三年的韓元吉的記載説:'異時使者率畏風埃,避嫌疑,緊閉車内,一語不敢接,豈古之所謂"覘國"者哉!故自渡淮,雖駐車乞漿,下馬盥手,遇小兒婦女,率以言挑之,又使親故之從行者反復私焉,然後知中原之人怨敵者故在而每恨吾人之不能舉也!'(《南澗甲乙稿》卷十六《書〈朔行日記〉後》;據《金史》卷六十一《交聘表》,韓元吉使金在大定十三年,就是乾道九年。)可見斷没有'遺老'敢在金國'南京'的大街上攔住宋朝使臣問爲什麼宋兵不打回老家來的,然而也可見范成大詩裏確確切切的傳達了他們藏在心裏的真正願望。寥寥二十八個字裏濾掉了渣滓,去掉了枝葉,乾净直捷的表白了他們的愛國心來激發家裏人的愛國行動,我們讀來覺得完全入情入理。"

四時田園雜興（秋日十二首選一）

【題解】

宋孝宗淳熙十三年（1186）隱居石湖時所作。《四時田園雜興》分"春日"、"晚春"、"夏日"、"秋日"、"冬日"五組,各十二首,共六十首。題下有"淳熙丙午,沉痾少紓,復至石湖舊隱。野外即事,輒書一絶,終歲得六十篇,號《四時田園雜興》"長序。本首原爲"秋日田園雜興"十二首之第八,寫歡快的勞動場面,充滿了濃郁的田園氣息。

新築場泥鏡面平,家家打稻趁霜晴。笑歌聲裏春雷動,一夜連枷響到明[1]。

《范石湖集》卷二七

【校注】

[1]"笑歌"二句:寫以連枷打稻情景。連枷:脱粒農具,長柄之端用軸連以木排或竹排。長柄高舉而下,以排擊地,其聲甚響,如"春雷動"。

楊萬里

【作者簡介】

楊萬里（1127—1206）,字廷秀,世稱誠齋先生,吉州吉水（今屬江西）人。宋高宗紹興二十四年（1154）進士。宋孝宗乾道六年（1170）爲國子博士。淳熙元年（1174）出知漳州,改常州,六年除廣東提點刑獄,十四年遷秘書少監,十六年宋光宗即位,召爲秘書監。紹熙元年(1190)借煥章閣學士,爲接伴金國賀正旦使兼實錄院檢討官。晚年閒居,達十五年。謚文節。文以氣勝,而最負詩名,爲南宋"中興四大詩人"之一。其詩數量甚豐,初學江西,轉學陳師道、王安石及唐代諸家,復轉以萬象爲詩材,强調江山之助,創成新鮮活潑、饒有別趣的"誠齋體"。有《誠齋集》一三三卷。《宋史》卷四三三有傳。

閒居初夏午睡起二絶句

【題解】

宋孝宗乾道二年(1166)閒居家鄉時作。捕捉特定生活場景,富於童心,饒有情趣,體現出誠齋體的典型風格。

其　　一

梅子留酸軟齒牙[1],芭蕉分緑與窗紗[2]。日長睡起無情思[3],閒看兒童捉柳花[4]。

其　　二

松陰一架半弓苔[5],偶欲看書又懶開[6]。戲掬清泉灑蕉葉,兒童誤認雨聲來。

《誠齋集》卷三

【校注】

[1]"梅子"句:寫牙齒因食酸而感不適,俗稱"倒牙"。留:一作"流"。軟:一作"瀲"。　　[2]"芭蕉"句:宋楊炎正《訴衷情》:"露珠點點欲團霜。分冷與紗窗。"與:一作"上"。　　[3]長:一作"高"。情思(sì 四):情緒,意緒。　　[4]"閒看"句:唐白居易《前有別楊柳枝絶句夢得繼和云春盡絮飛留不得隨風好去落誰家又復戲答》:"誰能更學孩童戲,尋逐春風捉柳花。"　　[5]弓:丈量地畝的單位,五尺、六尺、八尺不等。一作"遮"。　　[6]看(kān 刊):按律讀平聲。

【集評】

(宋)葉寘《愛日齋叢抄》卷三:"'誰能更學孩童戲,尋逐春風捉柳花。'樂天《放柳枝答劉夢得詩》也。誠齋楊氏乃有'日長睡起無情思,閒看兒童捉柳花'之句,得非默閲世變中有感傷,此静中見動意。"

　　(宋)周密《浩然齋雅談》卷中:"詩家謂誠齋多失之好奇,傷正氣。若'梅子流酸軟齒牙,芭蕉分緑與窗紗。日長睡起無情思,閒看兒童捉柳花',極有思致。誠齋亦自語人曰:'工夫祇在一捉字上。'"(評第一首)

插 秧 歌

【題解】

　　宋孝宗淳熙六年(1179)春作於衢州(今屬浙江)。所寫爲農夫繁忙緊張的勞動場景,詩風卻活潑輕鬆。

　　田夫抛秧田婦接,小兒拔秧大兒插。笠是兜鍪蓑是甲[1],雨從頭上濕到胛[2]。唤渠朝餐歇半霎[3],低頭折腰祇不答。秧根未牢蒔未匝,照管鵝兒與雛鴨[4]。

《誠齋集》卷一三

【校注】

[1]兜鍪(móu 謀):戰士所戴頭盔。　　[2]胛(jiǎ 甲):肩胛,背上兩膊之間。一作"腳"。　　[3]渠:他,指農夫。　　[4]"秧根"二句:農夫心中所想。或謂作者代農夫設想之詞,或謂農夫答農婦之語。蒔(shì 是):栽種。匝(zā 雜陰平):環繞一周,周遍,引申指完畢。照管:此處意爲提防。

曉出净慈送林子方

【題解】

　　宋孝宗淳熙十四年(1187)六月在京爲官時作。題爲送人,實則寫景。净慈,寺名,在杭州。林子方,名枅,福建莆田人。紹興間進士,歷任秘書省正字、知福州等(參宋陳騤《南宋館閣録》卷八、宋章定《名賢士族言行類稿》卷三三)。楊萬里稱其"外温中厲,遇事敢爲"(《淳熙薦士録》)。

　　畢竟西湖六月中,風光不與四時同。接天蓮葉無窮碧,映日荷花別樣紅[1]。

【校注】

[1]"接天"二句:楊萬里同時所作《清曉湖上》:"六月西湖錦繡鄉,千層翠蓋萬紅妝。"可互參。

【集評】

(清)恒仁《月山詩話》:"楊誠齋《晚(當作"曉")出净慈送林子方》詩,亦猶東坡《贈劉景文》'一年好景君須記,正是橙黃橘綠時'之意。"

湖天暮景
其　　二

【題解】

宋孝宗淳熙十六年(1189)冬作於高郵(今屬江蘇揚州)。如攝影之快手,抓拍稍縱即逝的落日場景,極富動感。原題五首,此爲第二。

坐看西日落湖濱,不是山銜不是雲。寸寸低來忽全没,分明入水祇無痕。

桑茶坑道中

【題解】

宋孝宗紹熙三年(1192)春作。桑茶坑,在寧國(今屬安徽)境内。原題八首,此爲第三、七。如高明之畫家,速寫塗中所見,涉筆成趣,全不費力。

其　　三

沙鷗數個點山腰,一足如鈎一足翹。乃是山農墾斜崦[1],倚鉏無力政無聊[2]。

其　　七

晴明風日雨乾時,草滿花堤水滿溪。童子柳陰眠正著,一牛吃過柳陰西。

《誠齋集》卷三四

【校注】

[1]崦(yān 淹):山。　　[2]鉏(chú 鋤):同"鋤"。政:通"正"。

【集評】

陳衍《石遺室詩話》卷一六:"宋詩人工於七言絕句,而能不襲用唐人舊調者,以放翁、誠齋、後村爲最。大略淺意深一層説,直意曲一層説,正意反一層、側一層説。誠齋又能俗語説得雅,粗語説得細,蓋從少陵、香山、玉川、皮、陸諸家中一部分脱化而出也……全首如……'晴明風日雨乾時(略)。'"

小　　池

【題解】

宋孝宗淳熙三年(1176)夏作於家鄉。即景之作,充滿生機與神韻。

泉眼無聲惜細流,樹陰照水愛晴柔。小荷纔露尖尖角,早有蜻蜓立上頭。

《誠齋集》卷七

朱 熹

【作者簡介】

朱熹(1130—1200),字元晦,後改字仲晦,號晦庵,別號紫陽,祖籍徽州婺源(今屬江西),生於南劍州尤溪(今屬福建),徙居建陽崇安(今福建武夷山),晚居建陽考亭,人稱考亭先生。宋高宗紹興十八年(1148)進士。宋孝宗淳熙元年(1174)主管台州崇道觀,二年與陸九淵兄弟會於信州鵝湖寺,六年知南康軍,十四年爲江西提刑,十六年宋光宗即位,除江東轉運副使,改知漳州。紹熙四年(1193)除知潭州、湖南安撫使。五年宋寧宗即位,召爲焕章閣待制兼侍講。謚文。"程朱理學"主要人物,著述甚豐,對後世影響至巨。亦工詩文,詩風自然沖淡,多具思致。有《晦庵先生朱文公文集》一百卷等。《宋史》卷四二九有傳。

觀書有感二首

【題解】

宋孝宗乾道二年(1166)秋作於崇安。《晦庵先生朱文公文集》卷三九《答許順之》之一一:"秋來老人粗健,心閒無事,得一意體驗,比之舊日,漸覺明快,方有下工夫處,日前真是一盲引衆盲耳。……更有一絶云:'半畝方塘一鑒開(略)。'"借物明道,寓物説理,以自然景象詠思想飛躍、喻讀書方法。理學家之詩而能不墮理障。題一作"雜詩",又作"絶句"。

其 一

半畝方塘一鑒開[1],天光雲影共徘徊。問渠那得清如許[2],爲有源頭活水來。

其 二

昨夜江邊春水生[3],蒙衝巨艦一毛輕[4]。向來枉費推移力[5],此日中流自在行。

《晦庵先生朱文公文集》卷二

【校注】

[1]方塘:在尤溪城南鄭安道齋舍(朱熹誕生之地,後建爲尤溪縣學及南溪書院)。宋朱松(朱熹父)《蝶戀花·醉宿鄭氏閣》:"清曉方塘開一鏡。落絮飛花,肯向春風定。"一鑒開:程千帆《宋詩精選》:"古人以銅爲鏡,包以鏡袱,用時打開。"

[2]"問渠"句:一作"怪來澈底清無滓"。　　　[3]邊:一作"頭"。　　　[4]蒙衝:戰艦。字又作"艨衝"、"艨艟"。　　　[5]向來:從來,一向。枉:一作"幾"。

【集評】

　　(宋)王柏:"前首言日新之功,後首言力到之效。"(宋金履祥《濂洛風雅》卷五引)

　　(清)洪力行《朱子可聞詩集》卷五:"命意高超,語句圓活,似帶有禪機性。"

張孝祥

【作者簡介】

　　張孝祥(1132—1169),字安國,號于湖居士,歷陽烏江(今安徽和縣)人,寓居蕪湖。宋高宗紹興二十四年(1154)進士。二十七年除著作郎,二十八年試起居舍人,兼權中書舍人,三十二年除知撫州。宋孝宗隆興元年(1163)知平江府,二年除中書舍人,遷直學士院,知建康。乾道元年(1165)知靜江府,三年知潭州,改知荆南。南宋愛國詞人,詞多抗金及感懷之作。風格豪雄曠放,近於蘇軾。有《于湖居士文集》四十卷、《于湖先生長短句》五卷、拾遺一卷。《宋史》卷三八九有傳。

六州歌頭

【題解】

　　宋高宗紹興三十一年(1161)末作於建康(今江蘇南京)。宋佚名《朝野遺記》(涵芬樓本《説郛》卷二九)謂:"近張安國在建康留守席上賦一篇云(略),歌闋,魏公(張浚,時判建康府兼行官留守)爲罷席而入。"愛國之篇,忠憤之語,拔地倚天,慷慨淋漓。

　　長淮望斷[1]，關塞莽然平[2]。征塵暗，霜風勁[3]，悄邊聲[4]。黯銷凝[5]！追想當年事[6]，殆天數，非人力，洙泗上，絃歌地，亦羶腥[7]。隔水氈鄉，落日牛羊下，區脫縱橫。看名王宵獵，騎火一川明。笳鼓悲鳴。遣人驚[8]。　　念腰間箭，匣中劍，空埃蠹，竟何成。時易失，心徒壯，歲將零[9]。渺神京[10]。干羽方懷遠，靜烽燧，且休兵。冠蓋使，紛馳騖，若爲情[11]。聞道中原遺老，常南望、羽葆霓旌[12]。使行人到此，忠憤氣填膺。有淚如傾。

《于湖先生長短句》卷一

【校注】

[1]長淮望斷：直貫以下數句。《宋史·高宗紀》載，紹興十一年（1141）十一月，“與金國和議成，立盟書，約以淮水中流畫疆，割唐、鄧二州界之，歲奉銀二十五萬兩、絹二十五萬匹，休兵息民，各守境土。”相望而不相接，故云“望斷”。
[2]莽然：草木茂盛貌。　　[3]霜：一作“朔”。　　[4]悄邊聲：喻不對敵作戰。邊聲，參范仲淹《漁家傲》注[3]。　　[5]黯：神情沮喪貌。銷凝：銷魂凝神，極言愁苦。　　[6]當年事：指宋欽宗靖康元年（1126）末，金兵攻破汴京，北宋覆亡事。參岳飛《滿江紅》注[3]。　　[7]“洙泗上”三句：謂禮樂之邦竟陷敵手。洙（zhū朱）、泗：皆水名，自今山東泗水縣合流西至曲阜北，又分爲二水。春秋時屬魯地，孔子在洙泗間聚徒講學。《禮記·檀弓上》載，曾參語子夏：“吾與女事夫子於洙泗之間。”後因以代稱孔子及儒家。唐盧象《贈廣川馬先生》：“人歸洙泗學，歌盛舞雩風。”絃歌地：指被教化之地。絃歌，以琴瑟伴奏而歌。《論語·陽貨》：“子之武城，聞絃歌之聲。”宋邢昺疏：“時子游爲武城宰，意欲以禮樂化導於民，故絃歌。”羶（shān山）：羊臊味。此爲對游牧族女真人的嘲諷。　　[8]“隔水”七句：寫淮河對岸金兵統轄區景象。氈鄉：北方民族以氈帳爲家，故稱。落日牛羊下：《詩·王風·君子于役》：“日之夕矣，羊牛下來。”區（ōu歐）脫：匈奴語，原指漢時與匈奴連界的邊塞所立之土堡哨所，後泛指邊境哨所。名王：指少數民族具有聲名的大王。《漢書·宣帝紀》：“匈奴單于遣名王奉獻。”唐顏師古注：“名王者，謂有大名，以別諸小王也。”此指金將。一川：滿地。川，平野。　　[9]零：暮，盡。　　[10]渺：與發端“望斷”二字相呼應。神京：帝都，此指北宋都城汴梁。　　[11]“干羽”六句：寫朝廷屈膝求和。干羽：指廟堂舞蹈。武舞執干（盾），文舞執羽（扇）。《尚書·大禹謨》：“帝乃誕敷文德，舞干羽於兩階。”此指文德教化。懷遠：安撫邊遠之

人。《左傳·僖公七年》：“懷遠以德。”烽燧：烽火，用於邊防報警。白天施煙稱烽，夜間舉火稱燧。冠蓋使：指求和使者。冠蓋，禮帽與車蓋，代指官服與車乘，借指官吏。若爲情：何以爲情。《宋史·高宗紀》載，紹興三十二年正月，“金主遣其臣高忠建等來告嗣位”，四月，“洪邁等辭行，報聘書用敵國禮”。　　　[12]“聞道”二句：謂中原百姓盼望王師恢復失地。參陸游《秋夜將曉出籬門迎涼有感》注[2]，及范成大《州橋》注[2]。羽葆霓旌：皇帝儀仗，代指王師。羽葆，以鳥羽爲飾的華蓋（車之傘蓋）。羽，一作“翠”。葆，車蓋。《漢書·王莽傳》：“莽乃造華蓋九重，高八丈一尺，金瑵羽葆。”霓旌，又作“蜺旌”，染羽毛爲五彩，綴以爲旌旗。

【集評】

(清)劉熙載《藝概·詞曲概》：“張孝祥安國於建康留守席上賦《六州歌頭》，致感重臣罷席。然則詞之興觀群怨，豈下於詩哉！”

(清)陳廷焯《白雨齋詞話》卷六：“淋漓痛快，筆飽墨酣，讀之令人起舞。惟‘忠憤氣填膺’一句，提明忠憤，轉淺轉顯，轉無餘味。或亦聾當塗之聽，出於不得已耶？”

西 江 月

【題解】

宋孝宗乾道二年(1166)六月，因讒言罷知静江府(治所在今廣西桂林)，八月中旬北經湘陰(今屬湖南)，阻風而作。寫景而兼抒情，體現出善自排遣的開朗胸懷。一本有題“黃陵廟”、“阻風三峰下”。

滿載一舡秋色[1]，平鋪十里湖光[2]。波神留我看斜陽[3]。放起鱗鱗細浪[4]。　　　明日風回更好，今宵露宿何妨。水晶宮裏奏《霓裳》[5]。準擬岳陽樓上[6]。

《于湖先生長短句》卷四

【校注】

[1]舡(chuán 船，又音 xiāng 香)：船。一作“船”。　　　[2]十里湖光：指洞庭湖。湘陰縣北接洞庭湖。上二句，一作“滿載一船明月，平鋪千里秋江”。
[3]“波神”句：謂風阻行程。張孝祥《黃子默》亦有“某離長沙且十日，尚在黃陵廟下，波臣風伯，亦善戲矣”之語。　　　[4]鱗鱗：一作“鄰鄰”。　　　[5]水

晶宮：傳説中的月宮。前蜀毛文錫《月宮春》："水晶宮裏桂花開。"《霓裳》：即《霓裳羽衣曲》，唐樂曲名，傳自西凉，經唐玄宗潤色而成。傳玄宗隨方士游月宮聞仙樂，歸而作此曲（參宋王灼《碧雞漫志》卷三）。時近中秋，月色正好，故有此句。

[6]"準擬"句：謂風向必變，定能繼續前行。準擬：準定，一定。岳陽樓：參范仲淹《岳陽樓記》題解，爲作者前行必經之所。

念 奴 嬌

過 洞 庭

【題解】

　　作詞背景同上首。宋孝宗乾道二年（1166）中秋，經洞庭湖作。將湖光山色與坦蕩胸懷的抒寫融爲一體，境界遼闊，詞風清綺。洞庭，湖名，在今湖南東北部，岳陽西南。一本題無"過"字。

　　洞庭青草[1]，近中秋、更無一點風色。玉界瓊田三萬頃[2]，著我扁舟一葉。素月分輝，銀河共影[3]，表裏俱澄徹。悠然心會，妙處難與君説。　　應念嶺海經年，孤光自照，肝肺皆冰雪[4]。短髮蕭騷襟袖冷[5]，穩泛滄浪空闊[6]。盡挹西江[7]，細斟北斗[8]，萬象爲賓客。扣舷獨嘯[9]，不知今夕何夕[10]。

《于湖先生長短句》卷一

【校注】

[1]青草：青草湖，南接湘水，北通洞庭湖，水漲則相合。　　[2]玉界瓊田：喻月下湖水。宋夏竦《雪後贈雪苑師》："玉界瓊田萬頃平，一年光景一番新。"宋歐陽修《滄浪亭》："風高月白最宜夜，一片瑩净鋪瓊田。"界，鏡。一作"鑒"。　　[3]"素月"二句：南朝陳江總《玄圃石室銘》："映日分暉，搖風共影。"句式相似。銀，一作"明"。　　[4]"應念"三句：表白自己心地光明磊落。按，張孝祥上年七月至本年六月知静江府，"治有聲績"而"復以言者罷"（《宋史》本傳）。嶺海：指兩廣地區，因其北倚五嶺，南臨南海。此指桂林。經年：經過一年。張孝祥於上年知静江府，領廣南西路經略安撫使，七月至桂林任所。海，一作"表"。嶺表，嶺外，嶺南。　　[5]蕭騷：稀疏。宋陸游《初秋書懷》："即今何恨鬢蕭騷。"　　[6]滄浪：青滄色的水。　　[7]"盡挹"句：謂以長江水爲酒。宋釋道原《景德傳燈録》卷八：馬祖對

龐蘊居士云:"待汝一口吸盡西江水,即向汝道。"此借禪語抒寫豪情。挹(yì 義),舀取。一作"吸"。西江:指長江。長江自西而來,與洞庭湖通。江,原作"山",茲據吳昌綬《仁和吳氏雙照樓景刊宋元本詞》影宋本《于湖居士樂府》卷一改。 [8]"細斟"句:以北斗星爲酒器斟酒。北斗:星座名,由七顆星排列成斗形。《詩·小雅·大東》:"維北有斗,不可以挹酒漿。"《楚辭·九歌·東君》:"援北斗兮酌桂漿。"　　[9]獨:一作"一"。嘯:一作"笑"。　　　[10]今夕何夕:《詩·唐風·綢繆》:"今夕何夕,見此良人。"宋蘇軾《念奴嬌·中秋》:"起舞徘徊風露下,今夕不知何夕。"張孝祥《水調歌頭·桂林中秋》:"今夕復何夕,此地過中秋。"

【集評】

(清)黃蘇《蓼園詞選》:"寫景不能繪情,必少佳致。此題詠洞庭,若只就洞庭落想,縱寫得壯觀,亦覺寡味。此詞開首從'洞庭'説至'玉界瓊田三萬頃',題已説完,即引入'扁舟一葉',以下從舟中人心跡與湖光映帶寫,隱現離合,不可端倪。鏡花水月,是二是一。自爾神采高騫,興會洋溢。"

(清)王闓運《湘綺樓評詞》:"飄飄有凌雲之氣,覺東坡《水調》有塵心。"

辛棄疾

【作者簡介】

辛棄疾(1140—1207),原字坦夫,後改字幼安,中年後號稼軒居士,濟南歷城(今山東濟南)人。宋高宗紹興三十年(1160)聚衆二千投耿京抗金,三十二年南歸,爲江陰簽判。宋孝宗乾道八年(1172)知滁州。淳熙二年(1175)爲江西提點刑獄,六年知潭州兼湖南安撫使,七年再知隆興府兼江西安撫,九年至宋光宗紹熙二年(1191)罷官,閒居上饒帶湖稼軒十年。紹熙三年赴福建提點刑獄任,四年知福州,五年再罷職,閒居上饒、鉛山期思瓢泉十年。宋寧宗嘉泰四年(1204)知鎮江府。宋代存詞最多的詞人。詞作內容空前豐富,而以抒發愛國情懷者爲最突出。風格激揚奮厲,慷慨沉雄;手法不主故常,衆體盡備,極大地拓展了詞體藝術,有"橫絕六合,掃空萬古"(宋劉克莊《辛稼軒集序》)之譽。與蘇軾並稱"蘇辛"。有《稼軒長短句》十二卷等。《宋史》卷四〇一有傳。

青　玉　案

元　　夕

【題解】

　　鄧廣銘《稼軒詞編年箋注》卷一疑此詞爲宋孝宗乾道六年(1170)作,辛棄疾時在臨安(今浙江杭州)任司農寺主簿。或以爲作於次年。以元宵燈節流光溢彩起,以燈火闌珊處千百度相尋結,體現出不隨流俗的幽獨孤高。寫愛情,兼寓意。元夕,又稱元夜、元宵,農曆正月十五日夜。

　　東風夜放花千樹。更吹落、星如雨[1]。寶馬雕車香滿路[2]。鳳簫聲動[3],玉壺光轉[4],一夜魚龍舞[5]。　　蛾兒雪柳黃金縷[6]。笑語盈盈暗香去[7]。衆裏尋他千百度。驀然回首,那人卻在,燈火闌珊處[8]。

　　　　　　　　　　　　　　　　　　　　　《稼軒詞編年箋注》卷一

【校注】

[1]“東風”二句:隋唐以來有元夕放燈之俗。花千樹、星如雨,皆喻燈之繁多。參宋歐陽修《生查子》(去年元夜時)注[1]。　　[2]“寶馬”句:寫觀燈人之騎乘。唐郭利貞《上元》:“九陌連燈影,千門度月華。傾城出寶騎,匝路轉香車。”

[3]鳳簫:排簫,比竹爲之,參差如鳳尾。宋周密《武林舊事》卷二《元夕》:“宣放煙火百餘架,於是樂聲四起,燭影縱橫。”　　[4]玉壺:喻燈。《武林舊事》卷二《元夕》:“燈之品極多……福州所進則純用白玉,晃耀奪目,如清冰玉壺,爽徹心目。”或謂指月。　　[5]魚龍舞:指扎成魚龍狀的燈舞。宋夏竦《和上元觀燈》:“魚龍漫衍六街呈。”魚龍,原爲漢代雜戲之一(參《漢書·西域傳贊》“漫衍魚龍角抵之戲”句唐顏師古注)。　　[6]“蛾兒”句:寫觀燈婦女之裝飾。宋無名氏《宣和遺事》前集:“京師民有似雲浪,盡頭上戴著玉梅、雪柳、鬧蛾兒,直到鼇山下看燈。”又參李清照《永遇樂》(落日熔金)注[8]、[9]。　　[7]笑語盈盈:宋周邦彦《瑞龍吟》(章臺路):“障同映袖,盈盈笑語。”語,一作“魘”。盈盈,儀態美好貌。漢《古詩十九首》之二《青青河畔草》:“盈盈樓上女。”　　[8]闌珊:衰殘,將盡。

【集評】

（清）陳廷焯《詞則·閑情集卷二》：“艷語亦以氣行之，是稼軒本色。”

梁啓超：“自憐幽獨，傷心人別有懷抱。”（梁令嫻《藝蘅館詞選》丙卷引）

水 龍 吟

登建康賞心亭

【題解】

鄧廣銘《稼軒詞編年箋注》卷一編於宋孝宗淳熙元年（1174）秋，辛棄疾時任江東安撫司參議官。或謂作於宋孝宗乾道五年（1169）。詞蓋自傷懷抱，寫不爲所用的英雄失意之感。建康，今江蘇南京。賞心亭，“在下水門之城上，下臨秦淮，盡觀覽之勝。丁晉公謂建。”（宋周應合《景定建康志》卷二二）題一作“賞心亭”，又作“旅次登樓作”。

楚天千里清秋，水隨天去秋無際。遥岑遠目[1]，獻愁供恨[2]，玉簪螺髻[3]。落日樓頭，斷鴻聲裏[4]，江南游子[5]。把吳鈎看了[6]，欄干拍遍，無人會、登臨意。　　休説鱸魚堪膾。盡西風、季鷹歸未[7]？求田問舍，怕應羞見，劉郎才氣[8]。可惜流年，憂愁風雨[9]，樹猶如此[10]。倩何人[11]，喚取紅巾翠袖[12]，搵英雄淚[13]。

《稼軒詞編年箋注》卷一

【校注】

[1]遥岑遠目：唐韓愈《城南聯句》：“遥岑出寸碧，遠目增雙明。”岑，山。　　[2]獻愁供恨：謂山景惹人愁思。　　[3]玉簪螺髻：喻山形。韓愈《送桂州嚴大夫》：“山如碧玉簪。”唐皮日休《縹緲峰》：“似將青螺髻，撒在明月中。”螺髻，螺形髮髻。

[4]斷鴻聲裏：宋柳永《玉蝴蝶》：“斷鴻聲裏，立盡斜陽。”斷鴻，離群的孤雁。

[5]江南游子：辛棄疾爲北方人，建康屬江南東路，故云。　　[6]吳鈎：漢趙曄《吳越春秋·闔閭内傳四》記闔閭命作金鈎，人或自殺二子，以血塗金，而成二鈎。後稱利劍爲吳鈎。唐李賀《南園》：“男兒何不帶吳鈎。”鈎，兵器名，似劍而曲。

[7]“休説”二句：南朝宋劉義慶《世説新語·識鑒》載，晉人張翰（字季鷹）爲齊王東曹掾，“在洛，見秋風起，因思吳中菰菜羹、鱸魚膾，曰：‘人生貴得適意爾，何能羈宦數千里以要名爵。’遂命駕便歸。”膾：細切的魚肉。　　[8]“求田”三句：《三國

志·魏書·陳登傳》載,許汜曰:“昔遭亂過下邳,見元龍(陳登之字)。元龍無客主之意,久不相與語,自上大牀臥,使客臥下牀。”劉備對曰:“君有國士之名,今天下大亂,帝主失所,望君憂國忘家,有救世之意,而君求田問舍,言無可採,是元龍所諱也,何緣當與君語?如小人,欲臥百尺樓上,臥君於地,何但上下牀之間邪?”求田問舍:買田置房。劉郎:劉備。才氣:此指襟抱氣度。　　　[9]“可惜”二句:宋蘇軾《滿庭芳》(蝸角虛名):“百年裏,渾教是醉,三萬六千場。　思量,能幾許,憂愁風雨,一半相妨。”　　　[10]樹猶如此:《世説新語·言語》:“桓公(温)北征,經金城,見前爲琅邪時種柳皆已十圍,慨然曰:‘木猶如此,人何以堪?’”北周庾信《枯樹賦》:“桓大司馬聞而歎曰:‘昔年種柳,依依漢南。今看搖落,淒愴江潭。樹猶如此,人何以堪?’”　　　[11]倩(qìng 慶):請,求。　　　[12]紅巾翠袖:指侑酒佐歡的歌女。紅巾,一作“盈盈”。　　　[13]搵(wèn 問):揩,拭。

【集評】

(清)譚獻《復堂詞話》:“裂竹之聲,何嘗不潛氣內轉。”

(清)陳廷焯《詞則·放歌集卷一》:“雄勁可喜。一結風流悲壯。”

俞陛雲《唐五代兩宋詞選釋》:“前四句寫登臨所見,起筆便有浩蕩之氣。‘落日’句以下,由登樓説到旅懷,而仍不説盡,僅以吳鉤獨看,略露不平之氣。下闋寫旅懷,即使歸去奇獅卜築,而生平未成一事,亦羞見劉郎。‘流年’二句以單句旋折,彌見激昂。結句言英雄之淚,未要人憐,倘搵以紅巾,或可破顔一笑,極言其潦倒,仍不減其壯懷也。”

菩 薩 蠻

書江西造口壁

【題解】

鄧廣銘《稼軒詞編年箋注》卷一編此詞於宋孝宗淳熙二年(1175)或次年,作者時任江西提點刑獄。詞作忠義激發,慷慨嗚咽,言盡意餘,題旨深厚。造口,今江西萬安西南有皂口溪,皂口即造口。

鬱孤臺下清江水[1]。中間多少行人淚。西北望長安[2]。可憐無數山!　　青山遮不住。畢竟東流去[3]。江晚正愁余[4]。山深聞鷓鴣[5]。

《稼軒詞編年箋注》卷一

【校注】

[1]鬱孤臺:在今江西贛州西北,爲一郡之形勝。　　　[2]"西北"句:唐杜甫《小寒食舟中作》:"愁看直北是長安。"宋劉敞《九日》:"可憐西北望,白日遠長安。"唐李白《登金陵鳳凰臺》:"總爲浮雲能蔽日,長安不見使人愁。"此句或自此數句出。又唐李勉爲贛州刺史,登臺北望,慨然曰:"余雖不及子牟,心在魏闕一也。鬱孤豈令名乎?"乃易匾爲望闕(見清修《江西通志》卷四二"鬱孤臺")。或謂此句及全篇皆自此起興。西北望:一作"東北是"。或曰長安指南宋都城臨安,故作"東北是"是。長安:當借指北宋都城開封。　　　[3]東:一作"江"。　　　[4]愁余:使我憂愁。《楚辭·九歌·湘夫人》:"目眇眇兮愁予。"余,一作"予"。　　　[5]鷓鴣:南朝梁蕭統《文選》卷五晉左思《吳都賦》"鷓鴣南翥而中留"句,唐李善注:"如雞,黑色,其鳴自呼。或言此鳥常南飛不北。豫章已南諸郡處處有之。"古人詩中用之,常表淒涼、憂愁或傷感。李白《越中覽古》:"宮女如花滿春殿,祇今惟有鷓鴣飛。"唐白居易《鷓鴣詞二首》其一:"鷓鴣啼別處,相對淚沾衣。"此處義或同之。

【集評】

(明)徐士俊:"忠憤之氣,拂拂指端。"(《古今詞統》卷五)

(清)陳廷焯《詞則·大雅集卷二》:"慷慨生哀。"

俞陛雲《唐五代兩宋詞選釋》:"詞僅四十四字,舉懷人戀闕,望遠思歸,悉納其中,而以清空出之,復一氣旋折,深得唐賢消息。集中之高格也。"

摸　魚　兒

淳熙己亥,自湖北漕移湖南,同官王正之置酒小山亭,爲賦。

【題解】

宋孝淳熙六年(己亥,1179)暮春,作於湖北鄂州(今武昌)。用香草美人的比興手法,寓國勢危殆之憂患、遭讒被妒之怨憤於春意闌珊的慘淡景象。梁啓超以"迴腸蕩氣,至於此極。前無古人,後無來者"(梁令嫻《藝蘅館詞選》丙卷引)稱譽之。"自湖北"句,辛棄疾時自湖北轉運副使任改湖南轉運副使。漕,漕司,即轉運司,掌軍需糧餉,兼掌軍事、刑名等職。同官,同僚。王正之,名正己,辛棄疾舊交,時任湖北轉運判官。小山亭,在湖北轉運使官署内。

更能消[1]、幾番風雨。匆匆春又歸去。惜春長怕花開早[2],何況落紅無數。春且住。見説道、天涯芳草無歸路[3]。怨春不語。算衹有殷勤、畫簷蛛網,盡日惹飛絮[4]。　　長門事,準擬佳期又誤[5]。蛾眉曾有人妒[6]。千金縱買相如賦,脈脈此情誰訴?君莫舞[7]。君不見、玉環飛燕皆塵土[8]。閒愁最苦。休去倚危欄[9],斜陽正在,煙柳斷腸處。

《稼軒詞編年箋注》卷一

【校注】

[1]消:消受,禁得起。　　[2]怕:一作“恨”。　　[3]“見説道”句:宋蘇軾《桃源憶故人》:“樓上望春歸去。芳草迷歸路。”見説道:聽説。無:一作“迷”。

[4]“算衹有”二句:唐蘇拯《蜘蛛諭》:“春蠶吐出絲,濟世功不絶。蜘蛛吐出絲,飛蟲成聚血。蠶絲何專利,爾絲何專孽。映目張網羅,遮天亦何別。儻居要地門,害物可堪説。網成雖福己,網敗還禍爾。小人與君子,利害一如此。”吳則虞謂:“疑指小人抵毁者而言……‘畫簷’即所謂‘要地門’也,‘惹飛絮’謂肆讒中傷也。”(《辛棄疾詞選集》)　　[5]“長門事”二句:漢司馬相如《長門賦序》(此序及賦或疑非司馬相如作):“孝武皇帝陳皇后時得幸,頗妒,別在長門宮。愁悶悲思,聞蜀郡成都司馬相如天下工爲文,奉黄金百斤,爲相如、文君取酒,因于解悲愁之辭。而相如爲文以悟主上,陳皇后復得親幸。”參王安石《明妃曲》注[5]。按,史傳不載陳皇后復幸事,故有“準擬”句。準擬:希望,料想。　　[6]“蛾眉”句:《楚辭·離騷》:“衆女嫉余之蛾眉兮。”蛾眉:蠶蛾觸鬚細長彎曲,常用比女子之眉,亦代指美貌、美女、美好品德或有美好品德之人,此爲自喻。辛棄疾同年所作《論盜賊劄子》有“臣孤危一身久矣”、“年來不爲衆人所容”語,正可互參。　　[7]君:謂“妒”“蛾眉”者。　　[8]玉環:唐玄宗楊貴妃字,備極寵倖,而血濺馬嵬(見《新唐書》本傳)。飛燕:西漢成帝后,專寵十餘年,後因罪自殺(見《漢書》本傳)。

[9]危:高。欄:一作“樓”。

【集評】

　　(清)陳廷焯《白雨齋詞話》卷一:“詞意殊怨,然姿態飛動,極沉鬱頓挫之致。起處‘更能消’三字,是從千迴萬轉後倒折出來,真是有力如虎。”

　　陳洵《海綃説詞》:“寓幽咽怨斷於渾灝流轉中,此境亦惟公有之,他人不能爲也。”

　　夏承燾《唐宋詞欣賞》:“肝腸似火,色貌如花。”

清　平　樂

獨宿博山王氏庵

【題解】

　　自宋孝宗淳熙九年(1182)起,辛棄疾自兩浙西路提點刑獄罷歸信州(今江西上饒),閒居帶湖達十年之久。蔡義江、蔡國黃《辛棄疾年譜》定爲淳熙十三年作。年近半百,追憶平生,壯心雖存,卻祇能寄於夢寐,讀之極感沉痛。博山,在上饒東永豐(今廣豐)。辛棄疾此期常往來博山道中,作詞多首。王氏,不詳。庵,草屋。

　　繞牀飢鼠。蝙蝠翻燈舞。屋上松風吹急雨。破紙窗間自語。

　　平生塞北江南[1]。歸來華髮蒼顏[2]。布被秋宵夢覺,眼前萬里江山。

《稼軒詞編年箋注》卷二

【校注】

[1]“平生”句:辛棄疾南歸前曾兩抵燕山(見《進〈美芹十論〉劄子》),故此句爲寫實。　　[2]歸來:指罷歸帶湖。

【集評】

　　(清)許昂霄《詞綜偶評》:“有老驥伏櫪之慨。”(評後段)

　　(清)陳廷焯《詞則·放歌集卷一》:“短調中筆勢飛舞,辟易千人。結更悲壯精警。讀稼軒詞,勝讀魏武詩也。”

醜奴兒近

博山道中效李易安體

【題解】

　　作時當與上首相同。李易安(清照)詞“用淺俗之語,發清新之思”(清彭遜遹《金粟詞話》),是此詞所“效”者。

　　千峰雲起,驟雨一霎兒價[1]。更遠樹斜陽,風景怎生圖畫[2]！青旗賣酒,山那畔、別有人家[3]。祗消山水光中,無事過這一夏[4]。

　午醉醒時,松窗竹户,萬千瀟灑。野鳥飛來,又是一般閒暇。卻怪白鷗,覷着人、欲下未下。舊盟都在[5],新來莫是、別有説話?

《稼軒詞編年箋注》卷二

【校注】

[1]"驟雨"句:宋李清照《行香子》(草際鳴蛩):"甚一霎兒晴,一霎兒雨,一霎兒風。"一霎(shà 沙去聲):一陣,喻時間之短。兒:一作"時"。價:助詞,地。

[2]怎生:怎麽。　　　[3]家:一作"間",誤。　　　[4]這:一作"者",義同。

[5]"卻怪"四句:《列子·黄帝》:"海上之人有好漚(通"鷗")鳥者,每旦之海上,從漚鳥游。漚鳥之至者百住而不止。其父曰:'吾聞漚鳥皆從汝游,汝取來,吾玩之。'明日之海上,漚鳥舞而不下也。"此數句或用此典。又,辛棄疾罷居帶湖之初所作《水調歌頭·鷗盟》,有"凡我同盟鷗鷺,今日既盟之後,來往莫相猜"句,故曰"舊盟"。鷗盟:與鷗鳥爲友,喻隱居。

清 平 樂
村　　　居

【題解】

　鄧廣銘《稼軒詞編年箋注》編此詞於閒居上饒(參《清平樂·獨宿博山王氏庵》題解)時,蔡義江、蔡國黄《辛棄疾年譜》則認爲宋孝宗乾道元年(1165)夏漫遊吴中作。白描農村生活,全不用典,清新素雅,極富生活情趣,在辛詞中實屬别調。題一本無。

　茅簷低小。溪上青青草。醉裏吴音相媚好[1]。白髮誰家翁媪?　大兒鋤豆溪東。中兒正織雞籠[2]。最喜小兒亡賴[3],溪頭卧剥蓮蓬[4]。

《稼軒詞編年箋注》卷二

【校注】

[1]醉裏:辛棄疾自指。或謂指翁媪,疑非。吴音:上饒古屬吴地,故云。吴,一作"蠻"。　相媚好:吴小如《讀書叢札·讀詞散札》:"謂吴音使作者生媚好之感覺,

非翁媪自相媚好也。"媚好,愛悦。宋蘇轍《早睡》:"孤枕自媚好。"　　[2]兒:一作"男"。　　[3]亡賴:《史記·高祖本紀》:"始大人常以臣無賴。"唐顔師古引晉灼注:"江淮之間,謂小兒多詐狡獪爲亡賴。"此處引申指頑皮。亡,音義同"無"。又,無賴有無聊意,其中一義似憎實愛,含親昵意。宋陸游《雨中作》:"無賴群蛙繞舍鳴。"辛棄疾《浣溪沙》(父老争言雨水匀):"小桃無賴已撩人。"　　[4]卧:一作"看"。

【集評】

　　吴則虞《辛棄疾詞選集》:"'小兒無賴'二句,畫出小兒幼稚之像,天真可掬,可作畫圖看也。"

賀　新　郎

　　陳同父自東陽來過余,留十日,與之同游鵝湖,且會朱晦庵於紫溪。不至,飄然東歸。既别之明日,余意中殊戀戀,復欲追路,至鷺鶿林,則雪深泥滑,不得前矣。獨飲方村,悵然久之,頗恨挽留之不遂也。夜半投宿吴氏泉湖四望樓,聞鄰笛悲甚,爲賦《乳燕飛》以見意。又五日,同父書來索詞,心所同然者如此,可發千里一笑。

【題解】

　　陳同父(fǔ甫),名亮,著名愛國詞人,《宋史》卷四三六有傳。東陽,即婺州(今浙江金華),陳亮家鄉。過,拜訪。鵝湖,在今江西鉛山(上饒屬縣)東北。風景優美,作者此期常游之地。朱晦庵,朱熹,號晦庵,理學宗師,《宋史》卷四二九有傳。時居崇安(今福建武夷山),與鉛山相接。紫溪,地名,今鉛山南有紫溪鄉。不至,指朱熹。飄然東歸,指陳亮。鷺鶿林、方村,均附近小地名。吴氏泉湖四望樓,不詳。前四字一作"泉湖吴氏"。聞鄰笛甚悲,當爲實寫,而亦用晉向秀《思舊賦序》典:"經其(指嵇康、吕安)舊廬,于時日薄虞淵,寒冰凄然,鄰人有吹笛者,發聲寥亮,追思曩昔游宴之好,感音而歎,故作賦云。"《乳燕飛》,《賀新郎》之别名。按,辛棄疾、陳亮、朱熹三人相處甚厚。宋孝宗淳熙十五年(1188)歲末,陳亮欲訪辛棄疾於上饒,並邀朱熹同會於紫溪,共商恢復大計。然陳亮與辛棄疾同遊十日(時當已入1189年),而朱熹不至,亮遂東歸。本詞作於别後一日。

把酒長亭説[1]。看淵明，風流酷似、臥龍諸葛[2]。何處飛來林間鵲，蹴踏松梢殘雪[3]。要破帽、多添華髮。剩水殘山無態度[4]，被疏梅、料理成風月。兩三雁，也蕭瑟。　　佳人重約還輕別[5]。悵清江、天寒不渡，水深冰合。路斷車輪生四角[6]，此地行人銷骨[7]。問誰使、君來愁絕[8]。鑄就而今相思錯，料當初、費盡人間鐵[9]。長夜笛，莫吹裂[10]。

《稼軒詞編年箋注》卷二

【校注】

[1]長亭：參柳永《雨霖鈴》(寒蟬淒切)注[2]。説：談論，話別。　　[2]"看淵明"二句：用陶淵明、諸葛亮比陳亮，以三人名字相同，而文采、襟抱亦相仿佛。或謂此二句乃當時"縱論時事之内容，處則爲淵明，出則爲諸葛"(吴則虞《辛棄疾詞選集》)，似不妥。看：一作"愛"。淵明：字元亮，晉宋間田園詩人。臥龍諸葛：諸葛亮，字孔明，三國政治家。《三國志·蜀書·諸葛亮傳》載，徐庶謂劉備曰："諸葛孔明者，臥龍也，將軍豈願見之乎？"又《三國志·蜀書·龐統傳》"由是漸顯"句，南朝宋裴松之注引《襄陽記》："諸葛孔明爲臥龍。"　　[3]蹴(cù 促)：通"蹵"，踢，踏。殘，一作"微"。　　[4]剩水殘山：唐杜甫《陪鄭廣文游何將軍山林十首》之五："剩水滄江破，殘山碣石開。"本義爲人工池塘和假山，後多喻山河殘破或凋零蕭瑟的景象。態度：姿態，風光。　　[5]"佳人"句：謂陳亮履約而至而又飄然東歸。佳人：猶言佳士，稱陳亮。　　[6]"路斷"句：應詞序"至鷺鷥林"三句，謂無法前行追趕陳亮。車輪生四角：唐陸龜蒙《古意》："君心莫淡薄，妾意正棲託。願得雙車輪，一夜生四角。"　　[7]此地行人：辛棄疾自指。銷骨：猶言銷魂，形容極其哀愁。唐孟郊《答韓愈李觀別因獻張徐州》："富別愁在顏，貧別愁銷骨。"
[8]"問誰使"句：意謂陳亮爲國事憂愁之極。或謂此句寫自己追路挽留陳亮不得而愁絕，君爲辛棄疾自指，來爲虚詞，無實義，於義未優。　　[9]"鑄就"二句：宋司馬光《資治通鑑》卷二六五，唐昭宣帝天祐三年(906)載，魏博節度使羅紹威借朱全忠平判内亂，然"全忠留魏半歲，羅紹威供億，所殺牛羊豕近七十萬，資糧稱是，所賂遺又近百萬。比去，蓄積爲之一空。紹威雖去其逼，而魏兵自是衰弱。紹威悔之，謂人曰：'合六州四十三縣鐵，不能爲此錯也！'"宋元間胡三省注："錯，鑢也，鑄爲之。又釋錯爲誤。"錯、鑢，皆銼刀，銼治骨角銅鐵等堅物的工具。而此處亦用錯之"錯誤"義，後悔、痛恨而以詼諧出之。辛詞用此典，亦兼用錯字之二義，一則謂"挽留之(陳亮)不遂"，以至而今兩地相思的大錯；一則謂對陳亮相思之深重，有

如費盡人間鐵而鑄就的錯刀。　　　[10]"長夜笛"二句:應詞序"聞鄰笛悲甚"句,因笛聲激起思友之情,故謂不要將其吹裂。唐李肇《唐國史補》卷下載,李牟善吹笛,遇一客,"請笛而吹,甚爲精壯,山河可裂,牟平生未嘗見。及入破,呼吸盤擗,其笛應聲粉碎"。又宋李昉等《太平廣記》卷二〇四《李謨》條與此類似。

【集評】

　　(清)李佳《左庵詞話》卷上:"此類甚多,皆爲北狩南渡而言。以是見詞不徒作,豈僅批風詠月。"(評"剩水殘山"四句)

　　俞陛雲《唐五代兩宋詞選釋》:"此詞爲惬心之作。首三句言淵明之高逸,而以臥龍爲比。如尚父之磻溪把釣,景略之捫虱清談,避世而未忘用世也。'飛鵲'三句寫景幽峭,兼有傷老之意。'剩水'二句見春色無私,不以陵谷滄桑而易態。兼有舉目河山之異,惟寒梅聊可娛情耳。下闋言車輪生角,自古傷離,孰使君來,鑄此相思大錯。鑄錯語而用諸相思,句新而情更摯。通首勁氣直達中不使一平筆,學稼軒者,非徒放浪通脱,便能學步也。"

破 陣 子

爲陳同甫賦壯詞以寄之

【題解】

　　鄧廣銘《稼軒詞編年箋注》編於宋孝宗淳熙十五(1188)、十六年以《賀新郎》調唱和之後,蔡義江、蔡國黄《辛棄疾年譜》謂作於宋光宗紹熙四年(1193),時陳亮進士第一,辛棄疾贈此壯詞。

　　醉裏挑燈看劍[1],夢回吹角連營[2]。八百里分麾下炙,五十絃翻塞外聲[3]。沙場秋點兵[4]。　　　馬作的盧飛快,弓如霹靂絃驚[5]。了卻君王天下事[6],贏得生前身後名[7]。可憐白髮生!

《稼軒詞編年箋注》卷二

【校注】

[1]挑燈看劍:壯士表現苦悶的動作。唐李涉《送魏簡能東游二首》之二:"孤亭宿處時看劍,莫使塵埃蔽斗文。"宋劉斧《青瑣高議》前集卷三引高言詩:"男兒慷慨平生事,時復挑燈把劍看。"　　[2]夢回:夢醒。吹角連營:參張元幹《賀新郎·送胡

邦衡謫新州》注[2]。　　　[3]"八百里"二句:回憶啖肉、奏樂的軍營生活。八百里:謂牛。南朝宋劉義慶《世説新語·汰侈》記王愷有牛名八百里駁,王濟與愷賭射,勝而炙牛,"一臠而去"。宋蘇軾《約公擇飲是日大風》:"要當啖公八百里。"麾下:部下。炙:烤肉。五十絃:謂瑟。《史記·孝武本紀》:"泰帝使素女鼓五十絃瑟。"唐李商隱《錦瑟》:"錦瑟無端五十絃。"此泛指各種軍樂。翻:演奏。唐孟浩然《美人分香》:"歌翻子夜聲。"　　　[4]"沙場"句:古代用兵多在秋天。宋李昉等《太平御覽》卷二四引《尚書大傳》:"天子以秋命三公將率,選士厲兵,以征不義。"故云。沙場:戰場。點:檢閲,檢驗。　　　[5]"馬作"二句:回憶征戰生活。的(dì地)盧:馬名,《三國志·蜀書·先主傳》"陰禦之"句,南朝宋裴松之注引《世語》、《世説新語·德行》等均提及之。霹靂:《梁書·曹景宗傳》:"我昔在鄉里,騎快馬如龍,與年少輩數十騎,拓弓絃作霹靂聲。"《北史·長孫晟傳》:"聞其弓聲,謂爲霹靂;見其走馬,稱爲閃電。"　　　[6]"了卻"句:《晉書·傅咸傳》載,楊濟與傅咸書云:"生子癡,了官事,官事未易了也。"了卻:完成。君王天下事:謂恢復中原之事。[7]"贏得"句:《晉書·張翰傳》:"使我有身後名,不如即時一杯酒。"

【集評】

梁啓超:"無限感慨,哀同甫,亦自哀也。"(梁令嫺《藝蘅館詞選》丙卷引)

顧隨《顧隨文集·稼軒詞説》:"稼軒這老漢作此詞時,其八識田中總有一段悲哀種子在那裏作祟,亦復忒煞可憐人也。"

吳則虞《辛棄疾詞選集》:"全首自首句至'身後名'皆幻想之事,亦即辛、陳平生之素願,俱不得遂。雖曰'壯詞',亦哀詞也。"

沁 園 春

將止酒,戒酒杯使勿近

【題解】

宋寧宗慶元二年(1196),帶湖稼軒燬於火,辛棄疾遷居鉛山(今屬江西)期思瓢泉新居後作。詼諧風趣中寓言外意,"以文爲詞"的典型代表。

　　杯,汝來前[1]! 老子今朝,點檢形骸[2]。甚長年抱渴[3],咽如焦釜,於今喜睡,氣似奔雷。汝説:"劉伶,古今達者,醉後何妨死便埋。"[4]渾如此[5],歎汝於知己,真少恩哉!　　　更憑歌舞爲媒。算合

作人間鴆毒猜[6]。況怨無大小，生於所愛；物無美惡，過則爲災。與
汝成言[7]："勿留亟退，吾力猶能肆汝杯[8]。"杯再拜，道"麾之即去，招
亦須來"[9]。

《稼軒詞編年箋注》卷四

【校注】

[1]來前：一作"前來"。　　　[2]點檢形骸：唐韓愈《贈劉師服》："誰能點檢形骸
外。"點檢，清點，檢查。二字一作"檢點"。形骸，軀體。　　　[3]甚：爲何。抱渴：
思酒如渴。南朝宋劉義慶《世說新語・任誕》："劉伶病酒，渴甚，從婦求酒。"晉王
嘉《拾遺記》卷九記晉武帝時姚馥嗜酒，"常言渴於醇酒"。　　　[4]"汝說"四句：
《世說新語・文學》"劉伶著《酒德頌》，意氣所寄"句，梁劉孝標注引《名士傳》：
"(伶)肆意放蕩，以宇宙爲狹。常乘鹿車，攜一壺酒，使人荷鍤隨之，云死便掘地以
埋。土木形骸，遨游一世。"　　　[5]渾：簡直，竟至。此：一作"許"。　　　[6]"更
憑"二句：謂飲酒總與歌舞相伴隨，毒害人生。故其《水調歌頭》(我亦卜居者)序
謂"以病止酒，且遣去歌者"，並有"舞烏有，歌亡是，飲子虛"之語。合：應該。人
間：一作"平居"。鴆毒：以有毒的鴆鳥所泡的毒酒。　　　[7]成言：訂約。《楚
辭・離騷》："初既與余成言兮。"　　　[8]肆：行刑後陳屍。《論語・憲問》："吾力
猶能肆諸市朝。"此處意味砸碎酒杯。　　　[9]"麾之"二句：《史記・汲黯傳》："招
之不來，麾之不去。"麾：通"揮"。亦：一作"則"。

【集評】

　　(宋)陳模《懷古錄》卷中："如《答賓戲》、《解嘲》等作，乃是把古文手段寓之於
詞。"

　　俞陛雲《唐五代兩宋詞選釋》："稼軒詞使其豪邁之氣，蕩決無前，幾於嬉笑怒
罵，皆可入詞。宋人評東坡之詞爲‘以詩爲詞’，稼軒之詞爲‘以論爲詞’。集中此類
詞頗多。"

賀　新　郎

　　　邑中園亭，僕皆爲賦此詞。一日，獨坐停雲，水聲山色，
　　競來相娛，意溪山欲援例者。遂作數語，庶幾彷彿淵明思親
　　友之意云。

【題解】

鄧廣銘《稼軒詞編年箋注》編於宋寧宗嘉泰元年(1201)春,閒居鉛山瓢泉時。借景抒慨,感情鬱勃,用典而不爲典所使。"邑中"二句,辛詞中用《賀新郎》調詠鉛山園亭者凡五見。邑,指鉛山。停雲,指停雲堂,取陶淵明詩題爲名,辛棄疾多往游之。"意溪山"句,謂山水似亦欲其仿照前例爲賦此調。"庶幾"句,謂此詞與陶淵明《停雲》詩意相仿佛。陶淵明有《停雲》詩四首,序云:"思親友也。"

　　甚矣吾衰矣[1]。恨平生、交游零落,祇今餘幾。白髮空垂三千丈[2],一笑人間萬事。問何物、能令公喜[3]?我見青山多嫵媚[4],料青山、見我應如是。情與貌,略相似。　　一尊搔首東窗裏。想淵明、停雲詩就,此時風味[5]。江左沉酣求名者[6],豈識濁醪妙理[7]。回首叫、雲飛風起[8]。不恨古人吾不見,恨古人、不見吾狂耳[9]。知我者,二三子[10]。

《稼軒詞編年箋注》卷四

【校注】

[1]"甚矣"句:《論語·述而》:"子曰:'甚矣吾衰也!'"　　[2]"白髮"句:唐李白《秋浦歌》:"白髮三千丈。"　　[3]"問何物"句:南朝宋劉義慶《世說新語·寵禮》:"王珣、郗超並有奇才,爲大司馬(桓溫)所眷拔。珣爲主簿,超爲記室參軍。超爲人多髯,珣狀短小。於時荆州爲之語曰:'髯參軍,短主簿。能令公喜,能令公怒。'"　　[4]"我見"句:《新唐書·魏徵傳》:"帝(唐太宗)大笑曰:'人言徵舉動疏慢,我但見其嫵媚耳。'"　　[5]"一尊"三句:晉陶淵明《停雲》有"靜寄東軒,春醪獨撫。良朋悠邈,搔首延佇"句,又有"閒飲東窗"句。搔首:有所思貌。
[6]"江左"句:謂東晉縱酒求名的名士清流。宋蘇軾《和陶淵明飲酒二十首》之三:"江左風流人,醉中亦求名。"江左:長江下游以東地區(古以東爲左)。
[7]濁醪妙理:唐杜甫《晦日尋崔戢李封》:"濁醪有妙理。"醪(láo 勞),濁酒。
[8]雲飛風起:漢劉邦《大風歌》:"大風起兮雲飛揚。"　　[9]"不恨"二句:《南史·張融傳》載南齊張融語:"不恨我不見古人,所恨古人又不見我。"　　[10]二三子:幾位,諸位。《論語》中多記孔子以此稱學生(見《述而》、《先進》等篇)。又《左傳·昭公三年》:"諺曰:'非宅是卜,惟鄰是卜。'二三子先卜鄰矣。"晉杜預注:"二三子,謂鄰人。"此用指少數好友。

【集評】

　　（宋）岳珂《桯史》卷三《稼軒論詞》：“（稼軒）特好歌《賀新郎》一詞，自誦其警句曰：‘我見青山多嫵媚，料青山見我應如是。’又曰：‘不恨古人吾不見，恨古人不見吾狂耳。’每至此，輒拊髀自笑，顧問坐客何如，皆歎譽如出一口。”

　　吳則虞《辛棄疾詞選集》：“此詞是借題寓慨，用意不在本位上。”

鷓 鴣 天

有客慨然談功名，因追念少年時事，戲作。

【題解】

　　蔡義江、蔡國黃《辛棄疾年譜》編於宋寧宗嘉泰元年（1201）春，閒居鉛山瓢泉時。追往欷今，豪壯沉鬱。少年時事，指宋高宗紹興三十年（1160）隨耿京起義事及三十一年末渡江南歸事（參上舉《辛棄疾年譜》）。《進〈美芹十論〉劄子》：“臣嘗鳩衆二千，隸耿京爲掌書記，與圖恢復。共籍兵二十五萬，納款於朝。”《宋史·辛棄疾傳》：“紹興三十二年（按二蔡認爲當爲上年末），京令棄疾奉表歸宋，高宗勞師建康，召見，嘉納之，授承務郎、天平節度掌書記，併以節使印告召京。會張安國、邵進已殺京降金，棄疾還至海州，與衆謀曰：‘我緣主帥來歸朝，不期事變，何以復命？’乃約統制王世隆及忠義人馬全福等徑趨金營，安國方與金將酣飲，即衆中縛之以歸，金將追之不及。獻俘行在，斬安國於市。仍授前官，改差江陰僉判。棄疾時年二十三。”

　　壯歲旌旗擁萬夫[1]。錦襜突騎渡江初[2]。燕兵夜娖(側角切)銀胡䤲，漢箭朝飛金僕姑[3]。　　　　追往事，歎今吾。春風不染白髭鬚[4]。卻將萬字平戎策[5]，換得東家種樹書[6]。

《稼軒詞編年箋注》卷四

【校注】

　　[1]“壯歲”句：宋黃庭堅《送范德孺知慶州》：“春風旌旗擁萬夫。”　　　[2]“錦襜”句：蔡義江、蔡國黃《談辛棄疾的〈永遇樂·京口北固亭懷古〉》（附載所著《辛棄疾年譜》）謂乃作者自指紹興三十一年（1161）十一月間渡江南歸、突過金營之事，非指次年縛叛徒張安國歸宋事。宋張孝祥《水調歌頭》（猩鬼嘯篁竹）：“少年荆楚劍客，突騎錦襜紅。”錦襜（chān 摻）：即錦韉（jiān 堅），襯托馬鞍的錦製坐墊，亦指馬

鞍。唐曹唐《小游仙詩九十八首》之九七:"紅龍錦襜黃金勒。"突騎(jì 計):突襲敵軍的騎兵。　　　[3]"燕兵"二句:《宋史紀事本末》卷七四《金亮南侵》:紹興三十一年十一月乙未(二十七日),"(次日)黎明,元宜等帥諸將,以衆薄(完顏)亮營(在瓜洲,屬揚州),亮聞亂,意宋兵奄至,攬衣遽起,箭入帳中,亮取視之,愕然曰:'乃我兵也!'近侍大慶山曰:'事急矣,當出避之。'亮曰:'走將安往?'方取弓,已中箭仆地……未幾,金軍在荆、襄、兩淮者,皆拔栅北還。"蔡義江、蔡國黃《談辛棄疾的〈永遇樂·京口北固亭懷古〉》引此段,並謂:"完顏亮都燕山,曾選善射精兵五千隨行,諸將中亦多燕人,然終爲其部屬所殺。此或即所謂'燕兵夜娖銀胡䩮,漢箭朝飛金僕姑'耶?"按,首句或謂乃作者自指當年入金營擒叛徒張安國事。燕兵:指當年北地起義軍。娖(chuò 輟):整理,整頓。字又通"捉",握。胡䩮:藏箭之具,代指箭。金僕姑:箭名。《左傳·莊公十一年》:"公以金僕姑射南宫長萬。"[4]"春風"句:宋歐陽修《聖無憂》(世路風波險):"春風不染髭鬚。"　　　[5]卻:一作"都"。平戎策:《新唐書·王嗣忠傳》載嗣忠"上平戎十八策"。《美芹十論》等即辛棄疾之平戎策也。　　　[6]種樹書:有關栽培種植的書。《史記·秦始皇本紀》:"所不去者,醫藥卜筮種樹之書。"唐韓愈《送石處士赴河陽幕》:"長把種樹書,人云避世士。"樹,種植。

【集評】

　　(清)陳廷焯《白雨齋詞話》卷一:"衰而壯,得毋有'烈士暮年'之慨耶?"(評末二句)

賀 新 郎

別茂嘉十二弟

鵜鴂、杜鵑實兩種,見《離騷補注》。

【題解】

　　蔡義江、蔡國黃《辛棄疾年譜》編於宋寧宗嘉泰四年(1204)暮春,辛棄疾時知鎮江府。詞送族弟,兼抒鬱懣。風格沉鬱蒼凉,筆力足以扛鼎。排比古人諸恨別事,大氣包舉,錯綜成篇,自爲創格。茂嘉,辛棄疾族弟,時貶赴桂林。鵜(tí 題)鴂(jué 決),又作鵙鴂,唐李善等認爲即杜鵑鳥,宋洪興祖《楚辭補注·離騷》"恐鵜鴂之先鳴兮"句注認爲"二物也"。杜鵑,參秦觀《踏莎行》(霧失樓臺)注[3]。《離騷補注》,指洪興祖《楚辭補注》中的《離騷》篇注。

　　綠樹聽鵜鴃。更那堪、鷓鴣聲住[1]，杜鵑聲切。啼到春歸無尋處，苦恨芳菲都歇[2]。算未抵、人間離別。馬上琵琶關塞黑[3]，更長門、翠輦辭金闕[4]。看燕燕，送歸妾[5]。　　　　將軍百戰身名裂。向河梁、回頭萬里，故人長絕[6]。易水蕭蕭西風冷，滿座衣冠似雪。正壯士、悲歌未徹[7]。啼鳥還知如許恨[8]，料不啼清淚、長啼血[9]。誰共我，醉明月？

《稼軒詞編年箋注》卷四

【校注】

[1]鷓鴣：見辛棄疾《菩薩蠻》（鬱孤臺下清江水）注[5]。　　[2]"啼到"二句：《楚辭·離騷》："恐鵜鴃之先鳴兮，使夫百草爲之不芳。"唐儲光羲《酬李處士山中見贈》："猶恐鷓鴣鳴，坐看芳草歇。"《漢書·揚雄傳》"顧先百草爲不芳"句唐顏師古注，謂鵜鴃"常以立夏鳴，鳴則衆芳皆歇"。又南朝梁蕭統《文選》卷一五漢張衡《思玄賦》"鷓鴣鳴而不芳"句，唐李善注："至三月鳴，晝夜不止，夏末乃止。"杜鵑鳴時與鵜鴃同。故云。　　[3]"馬上"句：用王昭君事。晉石崇《王明君（即昭君，避晉諱改）辭序》："昔公主嫁烏孫，令琵琶馬上作樂，以慰其道路之思。其送明君，亦必爾也。"唐李商隱《王昭君》："馬上琵琶行萬里，漢宮長有隔生春。"關塞黑：唐杜甫《夢李白二首》之一："魂返關塞黑。"　　[4]"更長門"句：用陳皇后事。參王安石《明妃曲》注[5]、辛棄疾《摸魚兒》（更能消幾番風雨）注[5]。更：另提起一事之用語。　　[5]"看燕燕"二句：《詩·邶風·燕燕序》："衛莊姜送歸妾也。"詩云："燕燕于飛，差池其羽。之子于歸，遠送于野。"漢鄭玄箋："莊姜無子，陳女戴媯生子名完，莊姜以爲己子。莊公薨，完立，而州吁殺之，戴媯於是大歸。莊姜遠送之於野，作詩見己志。"事亦見《左傳》隱公三年、四年。　　[6]"將軍"三句：用李陵事。漢司馬遷《報任安書》述漢將李陵與匈奴力戰而終敗降匈奴，"隤其家聲"。《漢書·蘇武傳》亦載李陵歌曰："士衆滅兮名已隤。"李陵《與蘇武詩三首》之三："攜手上河梁，游子暮何之。"《漢書·蘇武傳》載李陵別蘇武曰："異域之人，一別長絕。"河梁：橋。長絕：永別。　　[7]"易水"三句：《史記·刺客列傳》載，燕太子丹至易水上送荆軻使秦，"既祖，取道，高漸離擊筑，荆軻和而歌，爲變徵之聲，士皆垂淚涕泣。又前而爲歌曰：'風蕭蕭兮易水寒，壯士一去兮不復還。'復爲羽聲慷慨，士皆瞋目，髮盡上指冠。於是荆軻就車而去，終已不顧。"易水：在河北省西部，源出易縣。徹：結束。　　[8]還：假使。唐韓愈《送文暢師北游》："僧還相訪來，山藥煮可掘。"　　[9]啼血：杜鵑口紅而鳴聲甚哀，古人誤認其爲啼血。

宋陸佃《埤雅》卷九：“杜鵑，一名子規，苦啼，啼血不止。一名怨鳥，夜啼達旦，血漬草木。”唐白居易《長恨歌》：“杜鵑啼血猿哀鳴。”

【集評】

（清）陳廷焯《白雨齋詞話》卷一：“稼軒詞，自以《賀新郎·別茂嘉十二弟》一篇爲冠。沉鬱蒼凉，跳躍動盪，古今無此筆力。”

梁啓超《中國韻文裏頭所表現的情感》：“你看他一起手硬礌礌的舉了三個鳥名，中間錯錯落落引了許多離別的故事，全是語無倫次的樣子，卻是在極倔強裏頭，顯出極嫵媚。《三百篇》、《楚辭》以後，敢用此法的，我就祗見這一首。”（《飲冰室合集·文集之三十七》）

王國維《人間詞話》卷下：“章法絕妙，且語語有境界，此能品而幾於神者。然非有意爲之，故後人不能學也。”

西　江　月
遣　興

【題解】

約作於居鉛山時。用散文句法，融經史入詞，傳醉態之神。

　　醉裏且貪歡笑，要愁那得工夫。近來始覺古人書。信着全無是處[1]。　　昨夜松邊醉倒，問松我醉何如。祇疑松動要來扶。以手推松曰去[2]。

《稼軒詞編年箋注》卷四

【校注】

[1]“近來”二句：《孟子·盡心下》：“孟子曰：‘盡信書，則不如無書。’”　　[2]“以手”句：《漢書·龔勝傳》載，龔勝欲重劾王嘉，夏侯常勸阻之，“勝以手推常曰：‘去！’”《宋書·陶潛傳》：“貴賤造之者，有酒輒設。潛若先醉，便語客：‘我醉欲眠，卿可去。’其真率如此。”此處或借用其語。

【集評】

（清）賀裳《皺水軒詞筌·宋謙父詞》：“稼軒雖入粗豪，尚饒氣骨。其不堪者，如

‘以手推松曰去’、‘一松一竹真朋友，山鳥山花好弟兄’，及‘檢點人間快活人，未有如翁者’等句耳。”

　　吳則虞《辛棄疾詞選集》：“下片寫醉態，無意求新，而能戛戛獨造。此詞實寫一‘愁’字，純從反面寫。”

永 遇 樂

京口北固亭懷古

【題解】

　　作於知鎮江府時。鄧廣銘《稼軒詞編年箋注》編於宋寧宗開禧元年（1205）春，梁啓勳《稼軒詞疏證》卷六、夏承燾《宋詞繫》編於宋寧宗嘉泰四年（1204），蔡義江、蔡國黃《辛棄疾年譜》亦謂作於該年秋。懷古歎今，感慨甚豐。驅遣故實，如出肺腑。風格蒼凉，筆勢雄勁，爲辛棄疾得意之作。京口，今江蘇鎮江。參王安石《泊船瓜洲》注[1]。北固亭，又名北固樓、北顧樓，在城北北固山上，北臨長江。始建於東晉，南宋時多次重修。辛棄疾《南鄉子·登京口北固亭有懷》有“何處望神州，滿眼風光北固樓”句。

　　千古江山，英雄無覓，孫仲謀處[1]。舞榭歌臺，風流總被、雨打風吹去。斜陽草樹，尋常巷陌[2]，人道寄奴曾住[3]。想當年，金戈鐵馬，氣吞萬里如虎[4]。　　元嘉草草，封狼居胥，贏得倉皇北顧[5]。四十三年[6]，望中猶記、烽火揚州路[7]。可堪回首，佛貍祠下，一片神鴉社鼓[8]。憑誰問，廉頗老矣，尚能飯否[9]。

《稼軒詞編年箋注》卷五

【校注】

[1]“千古”三句：漢獻帝建安十四年（209）吳主孫權於京口建都。故有此三句。孫仲謀：名權，吳國開國君主。《三國志》卷四七有傳。　　[2]巷陌：街道。
[3]寄奴：南朝宋武帝劉裕，字德興，小名寄奴。其高祖隨晉渡江，即居京口。《宋書》卷一有傳。　　[4]“想當年”三句：劉裕於晉安帝義熙六年（410）滅南燕，十三年（417）滅後秦，晉恭帝元熙二年（420）代晉稱帝建宋。故有此三句。金戈鐵馬：形容兵强馬壯。語出《舊五代史·李襲吉傳》。　　[5]“元嘉”三句：指南朝宋文帝劉義隆（裕子）元嘉二十七年（450）草率征伐北魏致敗事。暗喻其時大臣韓

佗冑爲立功自固，匆促準備北伐事。明陳邦瞻《宋史紀事本末》卷八三《北伐更盟》："寧宗嘉泰四年春正月，韓佗冑定議伐金。"元嘉草草："（宋文）帝自踐位以來，有恢復河南之志"（宋司馬光《資治通鑑》卷一二一，宋文帝元嘉七年），"（王）玄謨每陳北侵之策，上（宋文帝）謂殷景仁曰：'聞王玄謨陳説，使人有封狼居胥意。'"（《宋書·王玄謨傳》）元嘉二十七年七月，"遣寧朔將軍王玄謨北伐"大敗（《宋書·文帝紀》），"十二月庚午，魏太武帝率大衆至瓜步，聲欲度（渡）江，都下震懼，咸荷擔而立。壬午，内外戒嚴，緣江六七百里舳艫相接。始議北侵，朝士多有不同，至是，帝登烽火樓極望，不悦，謂江湛曰：'北伐之計，同議者少，今日士庶勞怨，不得無慚。貽大夫之憂，在予過矣。'"（《南史·文帝紀》）封狼居胥：《史記·驃騎列傳》載，霍去病率五萬騎北擊匈奴，勝而"封狼居胥山"。後多用指與異族爭戰必勝的信念，上引宋文帝謂殷景仁語即爲一例。狼居胥，一名狼山。在今蒙古人民共和國境内。倉皇北顧：宋文帝劉義隆《元嘉七年以滑臺戰守彌時遂至陷没乃作詩》："北顧涕交流。"此或用其字面。　　[6]四十三年：鄧廣銘謂，宋高宗紹興三十二年（1162）正月辛棄疾奉表南歸，至開禧元年作此詞，恰四十三年。蔡義江、蔡國黄謂南歸在紹興三十一年十月，至嘉泰四年作此詞，亦恰四十三年。

[7]烽火揚州路：蔡義江、蔡國黄《談辛棄疾的〈永遇樂·京口北固亭懷古〉》（附載所著《辛棄疾年譜》）謂乃作者自指紹興三十一年（1161）十一月間渡江南歸，經行揚州，正值金主完顏亮被殺，形勢混亂。參辛棄疾《鷓鴣天》（壯歲旌旗擁萬夫）注[2]、[3]。按，揚州路，當指淮南東路。揚州爲淮南東路首府，臨近宋金邊綫，長期以來，兵燹不斷。《宋史·高宗紀》載，建炎三年（1129）二月"金人焚揚州"，紹興三十一年（1161）十月"金人陷揚州"。清畢沅《續資治通鑑》卷一三九亦記宋孝宗隆興二年（1164）十一月，"金人至揚州"。　　[8]"佛（bì 必）貍祠"二句：謂時人疲茶苟安，不思恢復。或謂寫敵酋廟宇香火旺盛，暗示北地非我所有，疑非。佛貍祠：《宋書·索虜傳》載，北魏太武帝拓拔燾字佛貍，於宋文帝元嘉二十七年（450）敗宋寧朔將軍王玄謨，率軍至長江北岸瓜步山（在今江蘇南京六合區），"於其頂設氈屋"。據宋陸游《入蜀記》卷一，乾道六年（1170）七月四日，"過瓜步山……絶頂有元魏太武廟，廟前大木可三百年……太武以宋文帝元嘉二十七年南侵至瓜步，建康戒嚴，太武鑿瓜步山爲蟠道，於其上設氈廬，大會群臣，疑即此地。"可知後於此地建祠廟，當即本處所謂"佛貍祠"。神鴉：即烏鴉，因常棲息於神祠覓食祭品而得名。社鼓：祭土地神時所擊之鼓。參陸游《游山西村》注[3]。按，古於春秋二季祭土地神，稱春社與秋社。　　[9]"憑誰問"三句：《史記·廉頗藺相如列傳》："廉頗居梁久之，魏不能信用。趙以數困於秦兵，趙王思復得廉頗，廉頗亦思復用於趙。趙王使使者視廉頗尚可用否。廉頗之仇郭開多與使者金，令毀之。趙使

者既見廉頗,廉頗爲之一飯斗米,肉十斤,被甲上馬,以示尚可用。趙使還報王曰:‘廉將軍雖老,尚善飯,然與臣坐,頃之三遺矢矣。’趙王以爲老,遂不召。”廉頗:戰國時趙名將,辛棄疾以之自比。

【集評】

（宋）岳珂《桯史》卷三《稼軒論詞》:“稼軒以詞名,每燕,必命侍妓歌其所作。特好歌《賀新郎》一詞,自誦其警句曰:‘我見青山多嫵媚,料青山見我應如是。’又曰:‘不恨古人吾不見,恨古人不見吾狂耳。’每至此,輒拊髀自笑,顧問坐客何如,皆歎譽如出一口。既而又作一《永遇樂》,序北府事,首章曰:‘千古江山,英雄無覓,孫仲謀處。’又曰:‘尋常巷陌,人道寄奴曾住。’其寓感慨者,則曰:‘不堪回首,佛貍祠下,一片神鴉社鼓。憑誰問,廉頗老矣,尚能飯否?’特置酒,召數客,使妓迭歌,益自擊節,遍問客,必使摘其疵,孫謝不可。客或措一二辭,不契其意,又弗答,然揮羽四視不止。余時年少,勇於言。偶坐於席側,稼軒因誦啓語,顧問再四……余曰:‘前篇豪視一世,獨首尾兩腔,警語差相似;新作微覺用事多耳。’於是大喜,酌酒而謂坐中曰:‘夫君寔中予痼。’乃味改其語,日數十易,累月猶未竟,其刻意如此。”

（清）陳廷焯《詞則·放歌集卷一》:“拉雜使事,而以浩氣行之,如五都市中,百寶雜陳;又如淮陰將兵,多多益善。風雨紛飛,魚龍百變,天地奇觀也。岳倦翁(珂)譏其用事多,謬矣。”

陳　亮

【作者簡介】

陳亮(1143—1194),原名汝能,字同甫,人稱龍川先生,婺州永康（今屬浙江）人。爲人才氣超邁,喜談兵。宋光宗紹熙四年(1193)進士,授簽書建康府判官廳公事,未到而卒。謚文毅。文章論議風生,宏偉博辯。尤善詞作,多寫平生抱負,風格淩厲奇卓,不作一妖媚語,與辛棄疾相似。有《龍川文集》三十卷、《龍川詞》一卷。《宋史》卷四三六有傳。

水調歌頭

送章德茂大卿使虜

【題解】

宋孝宗淳熙十二年(1185)十一月,送章德茂使金賀金世宗完顏雍生辰作。大氣磅礴,正義凜然,可起廉頑立懦之效。章德茂,名森,時任大理少卿(見清徐松輯《宋會要輯稿・職官五二之三》),試戶部尚書(見《金史・交聘表中》)。戶部尚書相當於秦漢九卿(中央政府的九個重要官職)之位,故以大卿稱之。

不見南師久,謾説北群空[1]。當場隻手[2],畢竟還我萬夫雄[3]。自笑堂堂漢使,得似洋洋河水,依舊祇流東[4]。且復穹廬拜,會向槁街逢[5]。　　堯之都,舜之壤,禹之封[6]。於中應有、一個半個恥臣戎[7]。萬里腥膻如許[8],千古英靈安在?磅礴幾時通?[9]胡運何須問[10],赫日自當中[11]。

《陳亮龍川詞箋注》上卷

【校注】

[1]"不見"二句:陳亮《上孝宗皇帝第一書》:"南師之不出,於今幾年矣。河洛腥羶,而天地之正氣抑鬱而不得泄。豈以堂堂中國,而五十年之間無一豪傑之能自奮哉!其勢必有時而發泄矣。"南師:南宋北伐之師。謾:通"漫",休,莫。北群空:謂無良馬,喻無人才。唐韓愈《送溫處士赴河陽軍序》:"伯樂一過冀北之野,而馬群遂空。夫冀北馬多天下,伯樂雖善知馬,安能空其群邪?解之者曰:吾所謂空,非無馬也,無良馬也。"　　[2]當場隻手:猶言獨當一面。　　[3]萬夫雄:唐李白《送梁公昌從信安王北征》:"高談百戰術,鬱作萬夫雄。"　　[4]"自笑"三句:古以衆水歸海喻諸侯賓服天子,三句謂朝廷不當年年派使臣朝見金人。按,自宋徽宗宣和六年(1124)起,宋即派使臣赴金朝賀。宋孝宗隆興二年(1164)"和議"後,宋金侄叔相稱,每年必遣使赴金賀正旦及萬春節(金主生辰)。參《金史・交聘表》。自笑:俞平伯《唐宋詞選釋》卷下謂"仿佛代章説話的口氣"。得似:豈得似。洋洋河水:《詩・衛風・碩人》:"河水洋洋。"洋洋,水盛貌。　　[5]"且復"二句:謂姑且再次向金稱臣,金人終將爲我所滅。復:據《宋史・孝宗紀三》,章森於淳熙十一年(1184)八月使金賀正旦,次年十一月復使金賀金主生辰(即本次)。穹廬:北方民族所居之氈帳。代指金朝。穹,物隆起之狀。《後漢書・鄭衆傳》鄭衆云:

"臣前奉使不爲匈奴拜,單于恚恨,故遣兵圍臣。今復衔命,必見陵折。臣誠不忍
持大漢節對氈裘獨拜。"此反用之。槁(gǎo 稿)街:漢街名,在長安城内,外國使者
所居之地。《漢書·陳湯傳》載,湯既斬郅支單于,上書謂"宜縣(懸)頭槁街蠻夷
邸間,以示萬里,明犯强漢者,雖遠必誅"。　　　[6]"堯之都"三句:謂中原爲堯舜
禹等聖賢之故地。陳亮《上孝宗皇帝第一書》亦云:"中國,天地之正氣也,天命之
所鍾也,人心之所會也,衣冠禮樂之所萃也,百代帝王之所以相承也。"又有"二帝
三王之所都"之語。又其《戊申再上孝宗皇帝書》:"中國,聖賢之所建置。"意皆相
同。都:城邑。封:疆域。　　　[7]恥臣戎:以向敵國稱臣爲恥辱。戎,對西部少數
民族的泛稱,此指金。　　　[8]羶(shān 山):通"羶"。參張孝祥《六州歌頭》注
[7],又參本首注[1]所引陳亮文。　　　[9]"千古"二句:謂先聖先烈英靈正氣何
時充盈宇内。英靈:承上"堯""舜""禹"而來。磅礴:氣勢盛大充盈貌。亦有混同
義。　　　[10]"胡運"句:謂金人將敗。陳亮《與王季海丞相》:"南北分裂,於今六
十年,此天數之當復也。阿骨打之興,於今近八十年,正胡運之當衰也。"可爲此句
之注腳。　　　[11]"赫日"句:謂中國必勝。俞平伯《唐宋詞選釋》卷下:"以中國
比太陽,如日中天。"赫日:太陽。赫,赤色鮮明貌,亦炎熱熾盛貌。

【集評】

　　(清)陳廷焯《白雨齋詞話》卷一:"精警奇肆,幾於握拳透爪,可作中興露布讀。
就詞論則非高調。"(評"堯之都"四句)

　　姜書閣《陳亮龍川詞箋注》:"主旨在發抒作者愛國思想與仇必可復之信念,慷
慨激昂,情詞俱壯,方之稼軒,亦未多讓。"

念 奴 嬌

登多景樓

【題解】

　　宋孝宗淳熙十五年春(1188)作於京口(今江蘇鎮江)。借六朝史事影射時政,
議論風生,筆力健拔,可作策論讀。多景樓,在鎮江北固山甘露寺内,北宋時築,北臨
大江,有天下殊景之譽。

　　危樓還望[1],歎此意、今古幾人曾會。鬼設神施[2],渾認作、天限
南疆北界[3]。一水橫陳,連岡三面,做出爭雄勢[4]。六朝何事,祇成

門戶私計[5]！　　因笑王謝諸人，登高懷遠，也學英雄涕[6]。憑卻江山，管不到、河洛腥膻無際[7]。正好長驅，不須反顧，尋取中流誓[8]。小兒破賊[9]，勢成寧問彊對[10]。

《陳亮龍川詞箋注》上卷

【校注】

[1]危：高。還（huán 環）望：環望。還，環繞。　　[2]鬼設神施：猶謂天造地設。
[3]渾：簡直，竟然。天限：天然界限，猶言天塹。　　[4]“一水”三句：寫京口地勢。一水：指橫亘於京口北面的長江。做出：謂呈現。爭雄：謂與北敵爭勝。
[5]“六朝”二句：謂六朝（吳、東晉、宋、齊、梁、陳）據有形勢獨勝的南京，卻爲朝廷少數人私利之計，不思北向爭衡，而成偏安之局。按，建業（今江蘇南京）爲六朝之都，控帶襄漢，經略淮甸，與鎮江皆屬倚山帶江的天固之地，被宋人視爲中興之憑（參清顧祖禹《讀史方輿紀要》卷二〇“南直二・應天府”）。陳亮此次先至南京，再臨鎮江，其同時所作《戊申再上孝宗皇帝書》云：“自晉之永嘉以迄於隋之開皇，其在南則定建業爲都，更六姓，而天下分裂者三百餘年。”“一到京口、建業，登高四望，深識天地設險之意，而古今之論爲未盡也。京口連岡三面，而大江橫陳，江旁極目千里，其勢大略如虎之出穴，而非若穴之藏虎也⋯⋯天豈使南方自限於一江之表，而不使與中國通而爲一哉！江旁極目千里，固將使謀夫勇士得以展布四體，以與中國爭衡者也。”何事：爲何。　　[6]“因笑”三句：南朝宋劉義慶《世説新語・言語》：“過江諸人每至美日，輒相邀新亭，藉卉飲宴。周侯（顗）中坐而歎曰：‘風景不殊，正自有山河之異。’皆相視流淚。惟王丞相（導）愀然變色曰：‘當共戮力王室，克復神州，何至作楚囚相對！’”王謝：六朝望族，代指六朝顯宦。　　[7]“憑卻”二句：換辭再申“六朝何事”二句意。憑卻：憑着。卻，動詞後語助。江山：一作“長江”。河洛：黄河與洛水，代指中原地區。　　[8]尋取：尋得，求得。取，動詞後語助。中流誓：《晉書・祖逖傳》載逖北伐，“渡江，中流擊楫而誓曰：‘祖逖不能清中原而復濟者，有如大江。’”按，祖逖曾居鎮江（見《晉書》本傳），用典恰切如此。　　[9]小兒破賊：《世説新語・雅量》：“謝公（安）與人圍棋，俄而謝玄淮上信至。看書竟，默然無言。徐向局，客問淮上利害。答曰：‘小兒輩大破賊。’意色舉止，不異於常。”　　[10]勢：指恢復中原之大勢。寧（nìng 佞）問：豈問，不問，不顧，不論。寧，豈。問，前冠以否定詞，表不管或無論。漢荀悦《漢紀・高后紀》：“諸呂無問長幼皆斬之。”彊（qiáng 强）對：勁敵。《三國志・吳書・陸遜傳》：“遜案劍曰：‘劉備天下知名，曹操所憚。今在境界，此彊對也。’”彊，通“强”。二字一作“彊對”，又作“彊場”，均誤。

【集評】

　　（明）徐士俊：“同甫自謂‘人中之龍，文中之虎’，此其一鱗一爪耳。”（《古今詞統》卷一三）

　　（清）馮煦《蒿庵論詞》第二二則：“忠憤之氣，隨筆湧出，並足喚醒當時聾聵，正不必論詞之工拙也。”（評“因笑”三句）

劉　過

【作者簡介】

　　劉過（1154—1206），字改之，號龍洲道人，吉州太和（今江西泰和）人。屢試不第，終身未仕，流落江湖，而好言古今治亂之略。善詩文，尤以詞名。其感懷時事、抒發平生抱負者刻意學辛，跌宕淋漓，抗厲峻拔，狂逸中自饒俊致。亦不乏造語纖逸、委婉含蓄之作。有《龍洲集》十卷、《龍洲詞》二卷。

沁園春

寄稼軒承旨

【題解】

　　宋寧宗嘉泰三年（1203）冬作於杭州。本年六月，辛棄疾到知紹興府兼浙東安撫使任，聞劉過名，遣使招之，過以事不及行，遂效辛體，作此詞以答之（見宋岳珂《桯史》卷二《劉改之》）。詞作隱括與杭州有關的三位名人三首詠西湖名詩入詞，並以對話方式組成全篇，戲謔風趣，生面別開。承旨，官名。按辛棄疾進樞密院都承旨爲去世當年（宋寧宗開禧三年，1207）事，《宋史》本傳稱其“未受命而卒”。故“承旨”二字當爲後人所加。題一作“寄辛承旨，時承旨招，不赴”，又作“風雪中欲詣稼軒，久寓湖上，未能一往，賦此以解”。

　　斗酒彘肩[1]，風雨渡江[2]，豈不快哉。被香山居士[3]，約林和靖[4]，與東坡老[5]，駕勒吾回[6]。坡謂“西湖，正如西子，濃抹淡妝臨鏡臺"^[7]。二公者，皆掉頭不顧，祇管銜杯^[8]。　　　白云"天竺飛來^[9]。圖畫裏、峥嶸樓觀開^[10]。愛東西雙澗，縱橫水繞；兩峰南北，高下雲堆^[11]"。逋曰"不然，暗香浮動^[12]，争似孤山先探梅^[13]"。須晴去^[14]，訪稼軒未晚，且此俳徊。

《龍洲詞校箋》

【校注】

[1]斗酒彘（zhì 志）肩：《史記·項羽本紀》記樊噲見項王，"項王曰：'壯士，賜之卮酒。'則與斗卮酒。噲拜謝，起，立而飲之。項王曰：'賜之彘肩。'則與一生彘肩。樊噲覆其盾於地，加彘肩上，拔劍切而啖之。"彘肩，即豬肘，或曰豬蹄膀。彘，豬。
[2]江：指錢塘江。由杭州赴紹興，當渡錢塘江。　　　[3]香山居士：唐代詩人白居易晚號香山居士，曾任杭州刺史。《舊唐書》卷一六六、《新唐書》卷一一九有傳。
[4]林和靖：宋初詩人林逋號和靖，隱於西湖孤山二十年。《宋史》卷四五七有傳。
[5]東坡老：宋代文學家蘇軾號東坡，先後曾任杭州通判、知州。《宋史》卷三三八有傳。東坡，一作"坡仙"。　　　[6]駕勒：强迫。　　　[7]"坡謂"三句：蘇軾《飲湖上初晴後雨》："水光瀲灩晴方好，山色空濛雨亦奇。欲把西湖比西子，淡妝濃抹總相宜。"西子：春秋越國美女西施。鏡：一作"照"。　　　[8]管：一作"恁"。銜杯：飲酒。銜，一作"傳"。　　　[9]天竺：西湖西部靈隱山飛來峰之南有天竺山。飛：一作"去"。　　　[10]樓觀：天竺山中有上、中、下天竺寺，合稱三天竺。樓觀謂寺觀。明田汝成《西湖游覽志》卷一一《北山勝跡》："三竺之勝，周迴數十里。而巖壑尤美者，迴聚兹區。"觀，一作"閣"。此句一作"看金碧、崔巍樓觀開"。
[11]"愛東西"四句：白居易《寄韜光禪師》："一山門作兩山門，兩寺原從一寺分。東澗水流西澗水，南山雲起北山雲。"東西雙澗：即白詩之東澗、西澗；兩峰南北：即白詩之南山、北山，又稱南高峰、北高峰，均在西湖西部及西南部。前二句一作"愛縱橫二澗，東西水繞"。　　　[12]"逋曰"二句：林逋《山園小梅》："疏影橫斜水清淺，暗香浮動月黃昏。"　　　[13]"争似"句：林逋孤山居所多繞植梅花（見明田汝成《西湖游覽志》卷二《四賢堂》），故有此句。争似：怎似。一作"不若"。孤山：參林逋《孤山寺端上人房寫望》[題解]。探：一作"訪"。　　　[14]須：等待。

【集評】

　　（清）陳廷焯《白雨齋詞話》卷六："劉龍洲《沁園春》爲詞中最下品。"
　　俞陛雲《唐五代兩宋詞選釋》："借蘇、白、林三人之語，往復成詞，逸氣縱橫。如宜僚弄丸,靡不如意,雖非正調,自是創格。”

　　胡適《國語文學史》第三編第五章:“這首詞,岳珂説他‘白日見鬼’;但這種自由恣肆的精神,確是辛派的特色。”

朱淑真

【作者簡介】

　　朱淑真,大約生活於南北宋之交,或謂早於李清照,或謂略晚之,號幽棲居士,錢塘(今浙江杭州)人,一説海寧(今屬浙江)人。生於仕宦之家,幼警慧,善讀書。詩作雅致,詞規模唐五代,意苦辭婉,蓄思含情。有《斷腸詩集》十卷、《後集》七卷、《斷腸詞》一卷。

蝶戀花

送春

【題解】

　　音情婉轉,思緒淒苦,本色當行的婉約之作。題一作“閨情”。

　　樓外垂楊千萬縷。欲繫青春,少住春還去。獨自風前飄柳絮。隨春且看歸何處。　　　綠滿山川聞杜宇[1]。便做無情,莫也愁人苦[2]。把酒送春春不語。黃昏卻下瀟瀟雨。

　　　　　　　　　　　　　　　　　　　　　　　《朱淑真集·詞集》

【校注】

[1]緑滿:一作“滿目”。杜宇:本古蜀帝,相傳死後魂化爲鳥,即杜鵑(參秦觀《踏莎行·霧失樓臺》注[3])。　　　[2]也:一作“已”。愁人苦:杜鵑鳴聲淒苦。南朝宋鮑照《擬行路難十八首》之七:“中有一鳥名杜鵑,言是古時蜀帝魂。聲音哀苦鳴不息,羽毛憔悴似人髡。”苦,一作“意”,誤。

【集評】

　　（明）田汝成《西湖游覽志餘》卷一六《香奩艷語》：“淑真詩詞多柔媚，獨《清晝》一絕，《送春》一詞，頗疏俊可喜。”

　　（清）李佳《左庵詞話》卷上：“情致纏綿，筆底毫無沉悶。”

姜　夔

【作者簡介】

　　姜夔（1155？—1209？），字堯章，人號白石道人，饒州鄱陽（今江西波陽）人。終生未仕，游貴冑之門，而品行狷介，不同流俗。書法精絕，詩風韶秀有神韻。詞尤出色，多感慨時事、詠物紀游、交游酬贈、惜別相思之作。造語峭拔，句法遒勁，長於律度，以健筆寫柔情，風格清空騷雅，在豪放、婉約之外別創一格。與周邦彦並稱“周姜”，與張炎並稱“姜張”。有《白石道人詩集》二卷、《白石道人歌曲》六卷。

揚　州　慢

　　淳熙丙申至日，予過維揚，夜雪初霽，薺麥彌望。入其城則四顧蕭條，寒水自碧。暮色漸起，戍角悲吟。予懷愴然，感慨今昔，因自度此曲。千巖老人以爲有黍離之悲也。

【題解】

　　宋孝宗淳熙三年（丙申，1176）冬作於揚州。詞寫家國之恨與故國之思，淒音激楚，運思含蓄。至日，冬至日。維揚，即揚州（今屬江蘇）。《尚書·禹貢》有“淮海惟揚州”語，後人摘取“惟揚”二字以稱揚州。“惟”、“維”通。薺麥，野生麥名。或謂薺菜和麥子。彌望，滿眼。戍角，軍號。角，古樂器，多用作軍號。度，製曲。千巖老人，即蕭德藻，字東夫，賞識姜夔，以姪女妻之。《黍離》之悲，《詩·王風·黍離》序：“《黍離》，閔宗周也。周大夫行役至於宗周，過故宗廟宮室，盡爲禾黍。閔周室之顛覆，彷徨不忍去，而作是詩也。”首句爲“彼黍離離”，後以之爲感慨亡國之詞。按，夏承燾認爲姜夔從德藻游在作此詞後十年,末句爲後來所增(見《姜白石詞編年箋校》卷一)。

　　　淮左名都[1],竹西佳處[2],解鞍少駐初程[3]。過春風十里[4],盡薺麥青青。自胡馬窺江去後[5],廢池喬木,猶厭言兵[6]。漸黄昏,清角吹寒,都在空城[7]。　　杜郎俊賞[8],算而今、重到須驚。縱豆蔻詞工,青樓夢好,難賦深情[9]。二十四橋仍在[10],波心蕩,冷月無聲。念橋邊紅藥[11],年年知爲誰生。

《姜白石詞編年箋校》卷一

【校注】

[1]淮左名都:謂揚州。宋時在淮水下游設置淮南東路,稱淮左。首府爲揚州。

[2]竹西佳處:謂揚州。竹西,竹西亭,揚州城東名勝。唐杜牧《題揚州禪智寺》:"誰知竹西路,歌吹是揚州。"　　[3]初程:姜夔初至揚州,故云。　　[4]春風十里:指原來十分繁華的揚州。杜牧《贈別二首》之一:"春風十里揚州路,捲上珠簾總不如。"　　[5]胡馬窺江:指金兵屢犯長江,入侵揚州。參辛棄疾《永遇樂·京口北固亭懷古》注[7]。　　[6]猶厭言兵:清陳廷焯《白雨齋詞話》卷二:"四字包括無限傷亂語,他人累千百言,亦無此韻味。"吳世昌《詞林新話》卷四:"白石此詞全首重點在上結'都在空城'。清角吹寒,也是白費,因城中已無人聽,吹寒吹暖更有何人領略乎?上句'猶厭言兵',猶籠統言之耳。"　　[7]"漸黄昏"三句:或謂此三句當與下片句式相同,斷作"漸黄昏清角,吹寒都在空城"。空:一作"江"。

[8]杜郎俊賞:唐文宗大和七年(833)春至九年秋,杜牧游歷揚州,頗好宴游(參宋李昉等《太平廣記》卷二七三《杜牧》篇引《唐闕文》),作詩多首,故云。俊賞,快意的游賞。一説,高妙的鑒賞。俞陛雲《唐五代兩宋詞選釋》謂此以杜牧自況。

[9]"縱豆蔻"三句:設想面對兵燹之後的揚州,杜牧即使有寫詩的才華和在揚州的浪漫經歷,也難以盡寫深沉悲憤的感情。杜牧離揚州前所作《贈別詩二首》之二:"娉娉嫋嫋十三餘,豆蔻梢頭二月初。"又《遣懷》:"十年一覺揚州夢,贏得青樓薄倖名。"豆蔻(kòu 扣):多年生常綠草本植物,以比少女。青樓:妓院。　　[10]二十四橋:宋沈括《夢溪筆談·補筆談卷三》記唐時揚州有二十四橋,至北宋時僅存七座。此處謂"仍在",當非記實。杜牧《寄揚州韓綽判官》:"二十四橋明月夜,玉人何處教吹簫。"　　[11]橋邊紅藥:清李斗《揚州畫舫録》卷一五謂二十四橋實爲一座,名紅藥橋。並引《揚州鼓吹詞序》:"是橋因古之二十四美人吹簫於此,故

名。”恐因杜詩、姜詞而附會。紅藥，即芍藥，多年生草本植物。按，揚州盛産芍藥。宋蘇軾《仇池筆記》卷上《萬花會》：“揚州芍藥，爲天下冠。”宋孔武仲《揚州芍藥譜》：“揚州芍藥名於天下，非特以多爲誇也。其敷腴盛大，而纖麗巧密，皆他州不及。”

【集評】

俞陛雲：“此詞極寫兵後名都荒寒之狀……凡亂後感懷之作，詞人所恒有，白石之精到處，凄異之音，沁入紙背，復能以浩氣行之，由於天分高而蘊釀深也。”

王國維《人間詞話》卷上：“白石寫景之作，如‘二十四橋仍在，波心蕩，冷月無聲’……雖格韻高絶，然如霧裏看花，終隔一層。”

點 絳 脣

丁未冬過吴松作

【題解】

宋孝宗淳熙十四年(丁未，1187)冬道經吴松作。寫太湖煙水迷離之景，寓弔古傷今之情，格調虛靈淡遠。吴松，又名笠澤、松江、吴江，即今吴淞江，太湖最大支流，經江蘇吴江、崑山，入上海稱蘇州河，合流於黄浦江入海。

　　燕雁無心[1]，太湖西畔隨雲去。數峰清苦。商略黄昏雨[2]。
　　第四橋邊[3]，擬共天隨住[4]。今何許[5]。憑闌懷古。殘柳參差舞。

《姜白石詞編年箋校》卷二

【校注】

[1]燕(yān 煙)雁：北地飛來之雁。燕，古國名，戰國七雄之一，在今河北北部及遼寧西部一帶，後以之代指北方。　　[2]商略：商量、籌畫。張相《詩詞曲語辭彙釋》卷五：“此言準備雨景也，亦猶言做造雨意也。”俞平伯《唐宋詞選釋》卷下：“評量之意，見《世説新語·賞譽》。用此見得雨意濃酣，垂垂欲下。”吴小如《讀書叢札·讀詞散札》：“‘商略’云者，非特醖釀準備而已，乃狀雨時作時輟之謂。”
[3]第四橋：清乾隆時修《蘇州府志》卷二〇：“甘泉橋一名第四橋，以泉品居第四也。”在吴江(今屬江蘇)城外。　　[4]天隨：晚唐詩人陸龜蒙號天隨子，曾隱居吴縣甫里(今蘇州吴中區甪直)。　　[5]許：處所。

【集評】

　　(清)陳廷焯《詞則·大雅集卷三》:"字字清虛,無一筆犯實,祇摹歡眼前景物,而令讀者弔古傷今,不能自止。真絕調也。"

　　陳匪石《宋詞舉》卷上:"以詞言,爲小令正軌;以境言,則誠所謂'襟期灑落'、'語到意工,不期高遠而自高遠'者。"

淡 黃 柳

　　　　客居合肥南城赤闌橋之西,巷陌淒涼,與江左異。惟柳
　色夾道,依依可憐。因度此曲,以紓客懷。

【題解】

　　宋光宗紹熙二年(1191)春作於合肥(今屬安徽)。寫客裏傷春惜春心情。赤闌橋,在合肥城南。姜夔《送范仲訥往合肥三首》之二:"我家曾住赤闌橋,鄰里相過不寂寥。君若到時秋已半,西風門巷柳蕭蕭。"巷陌,街道。江左,長江下游以東地區。紓(shū 抒),舒解,緩和。

　　　　空城曉角。吹入垂楊陌。馬上單衣寒惻惻[1]。看盡鵝黃嫩綠[2]。都是江南舊相識。　　　正岑寂[3]。明朝又寒食[4]。強攜酒、小橋宅[5]。怕梨花落盡成秋色[6]。燕燕飛來[7],問春何在,惟有池塘自碧。

　　　　　　　　　　　　　　　　　　　　　　　　　《姜白石詞編年箋校》卷三

【校注】

[1]惻惻:輕寒貌。宋周邦彥《漁家傲》:"幾日輕陰寒惻惻。"　　[2]鵝黃嫩綠:形容柳色,兼扣調名。化用唐楊巨源《城東早春》句:"詩家清景在新春,綠柳才黃半未勻。"　　[3]岑寂:冷清,寂寞。　　[4]寒食:參周邦彥《蘭陵王·柳》注[10]。[5]強(qiǎng 搶):勉力,勉強。小橋:《三國志·吳書·周瑜傳》:"時得橋公兩女,皆國色也。(孫)策自納大橋,瑜納小橋。"橋,亦作"喬"。姜夔《解連環》(玉鞭重倚)又有"爲大喬能撥春風,小喬妙移箏"句,借喻合肥情侶。一說即詞序所謂赤闌橋,客居之所,似非。　　[6]"怕梨花"句:唐李賀《河南府試十二月樂詞·三月》:"梨花落盡成秋苑。"　　[7]燕燕:燕子。《詩·邶風·燕燕》:"燕燕于飛,差池其羽。"

【集評】

陳匪石《宋詞舉》卷上：“神味雋永，意境超妙，耐人三日思。”

暗　　香

辛亥之冬，予載雪詣石湖。止既月，授簡索句，且徵新
聲，作此兩曲。石湖把玩不已，使工妓隸習之，音節諧婉，乃
名之曰“暗香”、“疏影”。

【題解】

宋光宗紹熙二年(辛亥，1191)冬作於蘇州。詞作詠梅，以今昔爲開闔，以盛衰爲
脈絡，自西湖詠到石湖，自舊時詠到今時，兼寓懷人之意和身世之悲，與下首同爲姜
詞代表作。然二首實“有詠物體的支離破碎的通病”(葉紹鈞《周姜詞·緒言》)。石
湖，范成大晚居石湖(在姑蘇盤門西南)，因以自號。既月，滿月。簡，古時用以書寫
的狹長竹片，此指紙。聲，指詞調。工，一作“二”。隸(yì義)，通“肄”，研習。暗香、
疏影，出林逋《山園小梅二首》之一：“疏影橫斜水清淺，暗香浮動月黃昏。”

舊時月色。算幾番照我，梅邊吹笛[1]。喚起玉人，不管清寒與攀
摘[2]。何遜而今漸老[3]，都忘卻、春風詞筆。但怪得、竹外疏花[4]，香
冷入瑤席[5]。　　江國[6]。正寂寂。歎寄與路遙[7]，夜雪初積。翠
尊易泣。紅萼無言耿相憶[8]。長記曾攜手處，千樹壓、西湖寒碧[9]。
又片片、吹盡也，幾時見得[10]。

《姜白石詞編年箋校》卷三

【校注】

[1]梅邊吹笛：按漢樂府有笛中曲《梅花落》(參宋郭茂倩《樂府詩集》卷二四《橫吹
曲辭四·梅花落》題解)，句或用此。　　[2]“喚起”二句：宋賀鑄《減字浣溪沙》
(樓角初銷一縷霞)：“玉人和月摘梅花。”玉人：貌美如玉之人。不管：不顧。與：與
之(玉人)。摘：一作“折”。　　[3]何遜：南朝梁詩人，有《詠早梅》詩。此詞詠
梅，故以何遜自比。　　[4]竹外疏花：宋蘇軾《和秦太虛梅花》：“竹外一枝斜更
好。”　　[5]瑤席：席之美稱。《楚辭·九歌·東皇太一》：“瑤席兮玉瑱。”古人座
地，以席爲薦。　　[6]江國：指江南水鄉石湖。　　[7]“歎寄與”句：宋李昉等

《太平御覽》卷一九引《荆州記》："陸凱與范曄爲友,在江南寄梅花一枝,詣長安與曄,並贈詩云:'折梅逢驛使,寄與隴頭人。江南無所有,聊贈一枝春。'"後以折梅相寄喻友情或愛情。　　　[8]"翠尊"二句:劉永濟《唐五代兩宋詞簡析》:"翠樽非能泣,紅萼非能憶。泣與憶皆此飲翠樽與觀紅萼之人也。"翠尊:綠色酒杯。尊,同"樽",盛酒器。泣:一作"竭"。夏承燾《姜白石詞編年箋校》謂作"竭"誤,俞平伯《唐宋詞選釋》卷下謂"就句意論並可通"。紅萼:紅梅。耿:心情抑鬱。
[9]"千樹"句:蘇軾《和秦太虚梅花》:"江頭千樹春欲暗。"俞平伯《唐宋詞選釋》卷下:"東坡此篇中還有'西湖處士'、'孤山山下'等句,蓋姜句所出。"按,西湖畔孤山多梅。《咸淳臨安志》卷五八《物產·花之品·梅花》:"孤山之梅,自唐以來已著稱。"林逋隱居孤山,亦"構巢居閣,繞植梅花"(明田汝成《西湖游覽志》卷二《四賢堂》)。寒碧:指西湖水。　　　[10]"又片片"二句:俞平伯《唐宋詞選釋》卷下:"結句擬周邦彥《六醜》結句:'恐斷紅尚有相思字,何由見得。'"

【集評】

(宋)張炎《詞源》卷下《雜論》:"詞之賦梅,惟姜白石《暗香》、《疏影》二曲,前無古人,後無來者,自立新意,真爲絕唱。"

王國維《人間詞話》卷上:"白石《暗香》、《疏影》格調雖高,然無一語道著,視古人'江邊一樹垂垂髮'等句何如耶?"

疏　　影

【題解】

此首與前首如畫作之通景,蟬聯而下。前首多個人身世盛衰之感,故以何遜自比;此首或以爲多寓家國興亡之恨,故引昭君、胡沙、深宮爲喻。然詞旨遙深,實難確指。

苔枝綴玉[1]。有翠禽小小,枝上同宿[2]。客裏相逢,籬角黃昏,無言自倚修竹[3]。昭君不慣胡沙遠,但暗憶、江南江北。想佩環、月夜歸來,化作此花幽獨[4]。　　　猶記深宮舊事,那人正睡裏,飛近蛾綠[5]。莫似春風,不管盈盈,早與安排金屋[6]。還教一片隨波去,又卻怨、玉龍哀曲。等恁時、重覓幽香,已入小窗橫幅[7]。

《姜白石詞編年箋校》卷三

【校注】

[1]苔枝：一種生有苔蘚的梅枝。宋范成大《梅譜》：“又有苔鬚垂於枝間，或長數寸，風至，綠絲飄飄可玩。初謂古木久歷風日致然，詳考會稽所産，雖小株亦有苔痕，蓋別是一種，非必古木。”宋周密《武林舊事》卷七記宋高宗語：“苔梅有二種，一種宜興張公洞者，苔蘚甚厚，花極香；一種出越上，苔如綠絲，長尺餘。”玉：喻蠟梅。
[2]“有翠禽”二句：宋曾慥《類説》卷一二《羅浮梅花》載，隋趙師雄於松陵間見美人，又有一綠衣童笑歌戲舞。師雄醉寢，“起視，乃在大梅花樹下，上有翠羽啾嘈相顧”。二句或用此典。　　　[3]“無言”句：唐杜甫《佳人》：“天寒翠袖薄，日暮倚修竹。”以美人喻梅花。　　　[4]“昭君”四句：以王昭君比梅花。首句謂昭君入匈奴事，參王安石《明妃曲》[題解]。三句用杜甫《詠懷古跡五首》之三：“群山萬壑赴荆門，生長明妃尚有村。一去紫臺連朔漠，獨留青冢向黃昏。畫圖省識春風面，環佩空歸月夜魂。千載琵琶作胡語，分明怨恨曲中論。”俞平伯《唐宋詞選釋》卷下：“這裏字面雖祇關合一部分，但實包含杜詩全篇之意。”佩環：佩玉，常爲女子隨身所佩飾品。此代指昭君。唐王建《塞上梅》：“天山路傍一株梅，年年花發黃雲下。昭君已歿漢使回，前後征人惟繫馬。”俞平伯又云：“把昭君來比梅花，原不始於白石。但這裏用典，可能有家國興亡這類的寄託。”夜：一作“下”。　　　[5]“猶記”三句：宋李昉等《太平御覽》卷三〇引《雜五行書》：“宋武帝女壽陽公主人日卧於含章殿簷下，梅花落公主額上，成五出花，拂之不去。皇后留之，看得幾時，經三日，洗之乃落。宮女奇其異，競效之，今梅花妝是也。”近：一作“上”。蛾綠：青黑色化妝顏料，又名螺子黛或螺黛，此借指女子之眉。　　　[6]“莫似”三句：謂應惜花。安排金屋，用漢武帝金屋藏嬌事，參王安石《明妃曲》注[5]。盈盈：儀態美好貌，常形容女子，此喻梅花。“莫似”二句依詞意當作一句讀。　　　[7]“還教”四句：唐崔櫓《岸梅》：“初開偏稱雕梁畫，未落先愁玉笛吹。”玉龍哀曲：指笛中曲《梅花落》。參《暗香》注[1]。玉龍，笛之美稱。玉言華美，龍狀聲音。漢馬融《長笛賦》：“龍鳴水中不見已。”唐李白《金陵聽韓侍御吹笛》：“韓公吹玉笛，倜儻流英音。風吹繞鍾山。萬壑皆龍吟。”恁（rèn 任）時：那時。指梅花隨波而去時。“已入”句，謂畫中梅花。

【集評】

　　胡適《詞選·姜夔小傳》：“（姜夔）詞長於音調的諧婉，但往往因音節而犧牲内容……這兩首詞祇是用了幾個梅花的古典，毫無新意可取。《疏影》一首更劣下。”
　　周濟《宋四家詞選》：“此詞以‘相逢’、‘化作’、‘莫似’六字作骨。”又：“‘莫似’五句，言其不能挽留，聽其自爲盛衰也。”（評“莫似”以下數句）

史達祖

【作者簡介】

　　史達祖,字邦卿,號梅溪,其先汴(今河南開封)人,寓居杭州。屢試不第,後爲韓侂胄堂吏,又曾隨李壁使金。宋寧宗開禧三年(1207)受韓侂胄牽連,黥面流放。工詞,尤善詠物,亦有感懷國事及身世之作。風格祖周邦彦,妥帖輕圓,奇秀清逸。有《梅溪詞》一卷。

綺 羅 香

詠 春 雨

【題解】

　　句句不離詠春雨,而角度變化,筆法精工,盡攝春雨之魂。宋黄昇《中興以來絕妙詞選》卷七本詞下注,謂"臨斷岸"以下數句最爲姜夔稱賞。

　　做冷欺花[1],將煙困柳[2],千里偷催春暮。盡日冥迷[3],愁裏欲飛還住。驚粉重、蝶宿西園[4],喜泥潤、燕歸南浦[5]。最妨它、佳約風流,鈿車不到杜陵路[6]。　　沉沉江上望極[7],還被春潮晚急,難尋官渡[8]。隱約遥峰,和淚謝娘眉嫵[9]。臨斷岸、新綠生時[10],是落紅、帶愁流處。記當日、門掩梨花[11],翦燈深夜語[12]。

　　　　　　　　　　　　　　　　　　　　　　　　　　　《梅溪詞》

【校注】

[1]"做冷欺花"句:唐陸龜蒙《早春雪中作吳體寄襲美》:"欺花凍草還飄然。"做:造。　　[2]將:以。一説義爲"帶"。　　[3]冥迷:幽暗迷濛。　　[4]蝶宿西園:唐李白《長干行》:"八月蝴蝶黄,雙飛西園草。"西園:泛指。　　[5]"喜泥潤"句:唐李商隱《細雨成詠獻尚書河東公》:"稍稍落蝶粉,班班融燕泥。"宋秦觀《沁園春》(宿靄迷空):"正蘭皋泥潤,誰家燕喜。"浦:南面的水邊。　　[6]鈿(diàn殿)車:以金銀等裝飾之車。鈿,以金銀玉貝等鑲嵌器物。杜陵:地名,在今陝西西安東南。古爲杜伯國,本名杜原,又名樂游原。漢宣帝在此築陵,改此名。此借用,言雨阻游人。俞平伯《唐宋詞選釋》卷下:"同一春雨,而感受不同。如蝶驚燕

喜,人卻怕妨他春游佳約。”　　　　[7]極:遠,盡。　　　　[8]“還被”二句:唐韋應物《滁州西澗》:“春潮帶雨晚來急,野渡無人舟自橫。”晚:一本無。官渡:官設的渡口。唐李端《送竇兵曹》:“御橋遲日暖,官渡早鶯稀。”　　　　[9]“隱約”二句:以美人比山色。謝娘:唐宰相李德裕家妓謝秋娘,後泛指歌妓。五代韋莊《荷葉杯》:“記得那年花下,深夜,初識謝娘時。”眉嫵:字又作“眉憮”,謂畫眉式樣嫵媚。《漢書·張敞傳》:“又爲婦畫眉,長安中傳張京兆眉憮。”宋周邦彦《法曲獻仙音》:“縹緲玉京人,想依然京兆眉嫵。”　　　　[10]新綠:謂春水。唐白居易《新春江次》:“鴨頭新綠水,雁齒小紅橋。”韋莊《謁金門》:“春雨足,染就一溪新綠。”一謂指綠葉,似非。　　　　[11]門掩梨花:唐劉方平《春怨》:“寂寞空庭春欲晚,梨花滿地不開門。”宋李重元《憶王孫》(萋萋芳草憶王孫):“雨打梨花深閉門。”　　　　[12]“翦燈”句:唐李商隱《夜雨寄北》:“何當共翦西窗燭,卻話巴山夜雨時。”

【集評】

　　(清)先著、程洪《詞潔》卷五:“無一字不與題相依,而結尾始出‘雨’字,中邊皆有。前後兩段七字句,於正面尤著到。如意寶珠,玩弄難於釋手。”

　　俞平伯《讀詞偶得》:“此篇與《雙雙燕》同爲梅溪名作,選本多有之,幾成定論矣。《雙雙燕》離合盡致,聲家詠物之最。而此神韻尤超,處處情景交融,詠物似又不足以盡之。蓋以我觀物,物俱有情,既愉戚之不同,復歡愁其誰喻,故花敧柳嚲,蝶殢燕翻也。惟雨洗風梳,未免妨他佳約耳。此數語豐神諧婉,余最愛誦之,如見樓臺罨畫迷離煙水時也。”又《唐宋詞選釋》卷下:“本篇爲詠物體,寫江南煙雨極爲工細。有正面描寫處,有側面襯托處,有點綴風華處,有與懷人本意夾寫處,而以回憶作結。”

雙　雙　燕

詠　　燕

【題解】

　　詞作詠燕,冶熔淬鍊,極盡工巧,而能遺事取意,形神俱出。姜夔曾極稱其“柳昏花暝”一句(宋黃昇《中興以來絕妙詞選》卷七本詞下注)。末二句由燕及人,似用馮延巳詞意,人或嫌其雜湊,有礙主題。

過春社了[1],度簾幕中間[2],去年塵冷[3]。差池欲住[4],試入舊巢相並^[5]。還相雕梁藻井^[6]，又軟語、商量不定。飄然快拂花梢^[7]，翠尾分開紅影^[8]。　　　芳徑。芹泥雨潤。愛貼地争飛，競誇輕俊^[9]。紅樓歸晚^[10]，看足柳昏花暝。應自棲香正穩。便忘了、天涯芳信^[11]。愁損翠黛雙蛾，日日畫闌獨憑^[12]。

《梅溪詞》

【校注】

[1]春社：參吕本中《春晚郊居》注[4]、陸游《游山西村》注[3]。　　　[2]"度簾幕"句：宋晏殊詩："簾幕中間燕子飛。"（宋吴處厚《青箱雜記》卷五引）古時富貴人家，院落中多懸簾幕。　　　[3]去年塵冷：指下文所謂"舊巢"。　　　[4]差（cī 疵）池：義同參差，不齊貌。《詩·邶風·燕燕》："燕燕于飛，差池其羽。"漢鄭玄箋："謂張舒其尾翼。"差，又讀 chā（叉）。　　　[5]舊巢：宋周邦彦《憶舊游》（記愁橫淺黛）："舊巢更有新燕，楊柳拂河橋。"　　　[6]相（xiàng 象）：看，觀察。藻井：以井欄圖案（交叉方木）裝飾，復施以彩繪的天花板。藻，文采，修飾。俞平伯《唐宋詞選釋》卷下："燕子喜住華屋，故詞語云然。"　　　[7]飄：一作"翩"。　　　[8]紅影：花影。　　　[9]"芹泥"三句：燕子貼地而飛，預示將雨。燕子亦愛於雨中貼地而飛。芹泥：築巢所用的草泥。唐杜甫《徐步》："芹泥隨燕嘴。"輕俊：輕盈俊俏。[10]紅樓：唐鄭谷《燕》："亂入紅樓揀杏梁。"　　　[11]"應自"二句：後周王仁裕《開元天寶遺事》卷三《傳書燕》條記燕傳書事。南朝梁江淹《雜體詩三十首》之二《李都尉陵從軍》："袖中有短書，願寄雙飛燕。"又宋李昉等《太平御覽》卷九二二《赤燕》："《田俅子》曰：'少昊氏之時，赤燕一，銜羽而飛，集少昊氏之户，遺其丹書。'燕能傳書，故有此二句。自：一作"是"。芳信：唐儲光羲《酬李處士山中見贈》："引領遲芳信，果枉瑶華篇。"　　　[12]"愁損"二句：南唐馮延巳《蝶戀花》（幾日行雲何處去）："淚眼倚樓頻獨語，雙燕飛來，陌上相逢否。"愁損：愁壞。翠黛、雙蛾：均指女子之眉，代指女子。黛，青黑色顏料，女子畫眉所用。

【集評】

（清）王士禎《花草蒙拾》："詠物至此，人巧極天工矣。"

（清）謝章鋌《賭棋山莊詞話》卷二《詠物詞》："詠物詞雖不作可也。别有寄託如東坡之詠雁，獨寫哀怨如白石之詠蟋蟀，斯最善矣。至如史邦卿之詠燕，劉龍洲之詠指足，縱工摹繪，已落言詮。"

俞平伯《唐宋詞選釋》卷下："《人間詞話》卷下：'賀黄公謂：姜論史詞，不稱其

“軟語商量”，而稱其“柳昏花暝”，固知不免項羽學兵法之恨（賀語見賀裳《皺水軒詞
筌》，姜語見黃昇《花庵詞選》引）。然“柳昏花暝”自是歐秦輩句法，前後有畫工化工
之殊，吾從白石，不能附和黃公矣。’王國維說雖是，亦有些偏執。蓋上下片本不同。
上片從正面描寫燕子，‘軟語商量’云云自爲佳句。下片多從側面，燕子與人的關係
等等來說，情形既複雜，則意思含蓄，風格渾成，亦是自然的格局。上下互成，前後一
體，相比較則可，若爭論其孰爲優劣，似無謂也。”

徐 璣

【作者簡介】

　　徐璣（1162—1214），字文淵，一字致中，號靈淵，永嘉（今屬浙江）人。以蔭入
仕，累官建安簿、武當令等職。工書法，有詩名。詩學唐人賈島、姚合，風格輕瘦靈
巧，爲“永嘉四靈”之一。有《二薇亭集》一卷。

新　涼

【題解】

　　寫初秋景致，清新可誦。

　　水滿田疇稻葉齊[1]，日光穿樹曉煙低。黃鶯也愛新涼好[2]，飛過
青山影裏啼。

《二薇亭集》

【校注】

[1]田疇：田地。疇，已耕作的田地。又古以穀地爲田，麻地爲疇。　　　[2]黃鶯：
又名黃鳥、黃鸝，鳴聲悠揚悦耳。

完顏璟

【作者簡介】

完顏璟（1168—1208），金世宗完顏雍嫡孫，顯宗子。金世宗大定二十九年（1189）即位，是爲章宗，在位二十年。崇尚儒雅，善詩詞，存詞二首。《金史》卷九至十二有紀。

蝶　戀　花

聚　骨　扇

【題解】

詞詠扇，體物細巧，語涉諧趣。聚骨扇，又稱聚頭扇，即摺扇。詞牌原缺，後人所加。

幾股湘江龍骨瘦[1]，巧樣翻騰，疊作湘波皺[2]。金鏤小鈿花草鬥[3]，翠綹更結同心扣[3]。　　　金殿日長承宴久[4]，招來暫喜清風透[5]。忽聽傳宣須急奏[6]，輕輕褪入香羅袖。

《歸潛志》卷一

【校注】

[1]“幾股”句：謂扇骨來自湘江。按扇骨多用竹，湘江産湘妃竹（唐徐堅等《初學記》卷二八“湘妃雲母”條下引晉張華《博物志》：“舜死，二妃淚下，染竹即斑。妃死，爲湘水神，故曰湘妃竹。”），故有此句。龍骨：喻扇骨。　　[2]“巧樣”二句：寫扇面。　　[3]“金鏤”二句：寫扇飾。鈿（tián 田）：金花。花草鬥：花草誇妍鬥艷。鬥，争勝。綹（tāo 滔）：絲帶。扣：一作“綬”。　　[4]金殿：極言宮殿之華美。南齊謝朓《奉和隨王殿下詩》十六之六：“端儀穆金殿，敷教藻瓊筵。”此句一作“金殿珠簾閒永晝”。　　[5]“招來”句：一作“一握清風，暫喜懷中透”。黄丕烈、施國祁校（據中華書局 1981 年版《歸潛志》卷一）：“此《蝶戀花》雙調詞也，‘招來’文上疑脱‘背地’二字。”背地，暗中。　　[6]傳宣：傳令宣召。宣，宣召，帝王召見臣下。

【集評】

　　（金）劉祁《歸潛志》卷一：“章宗天資聰悟,詩詞多有可稱者。”

趙師秀

【作者簡介】

　　趙師秀(1170—1219),字紫芝,號靈秀,又號天樂,永嘉(今屬浙江)人。宋太祖八世孫。宋光宗紹熙元年(1190)進士。宋寧宗嘉泰三年(1203)爲瑞州推官,官終知天台。詩風野逸清瘦。爲“永嘉四靈”之一,而成就較高。有《清苑齋集》一卷。

約　　客

【題解】

　　意境闃寂孤高,別有趣味。題一作“有約”,又作“絕句”。

　　黃梅時節家家雨,青草池塘處處蛙[1]。有約不來過夜半[2],閒敲棋子落燈花[3]。

　　　　　　　　　　　　　　　　　　　　　　　　　　　　《清苑齋集》

【校注】

[1]“黃梅”二句:句法近宋呂本中《春晚郊居》:“低迷簾幕家家雨,淡蕩園林處處花。”黃梅雨:參賀鑄《橫塘路》(凌波不過橫塘路)注[9]。“青草”句,意境近宋黃庭堅《病起次韻和稚川進叔倡酬之什》:“池塘夜雨聽鳴蛙。”　　[2]有約:一作“約客”。　　[3]“閒敲”句:唐岑參《與獨孤漸道別長句兼呈嚴八侍御》:“彈棋夜半燈花落。”

【集評】

　　錢鍾書《宋詩選注》:“陳與義《夜雨》:‘棋局可觀浮世理,燈花應爲好詩開。’就見得拉扯做作,没有這樣乾净完整。"

　　程千帆、沈祖棻《古詩今選》:"這是一篇把期待的心情描寫得細緻入微的小詩。屋外雨聲、蛙聲的喧鬧與屋内的静寂形成强烈的對照。"

洪咨夔

【作者簡介】

　　洪咨夔(1176—1236),字舜俞,號平齋,於潛(今浙江臨安)人。宋寧宗嘉定二年(1209)進士。宋理宗紹定六年(1233)爲禮部員外郎。端平元年(1234)除殿中侍御史,擢中書舍人,三年進刑部尚書。詩多揭露之作,風格近江西詩派,亦受楊萬里影響。有《平齋文集》三十二卷、《平齋詞》一卷。《宋史》卷四〇六有傳。

促　　織
其　　一

【題解】

　　以促織喻紡織婦女,諷賦税繁重苛刻。促織,即蟋蟀。舊題晉崔豹《古今注》卷中《魚蟲》:"莎雞,一名促織,一名絡緯,一名蟋蟀。促織謂其鳴聲如急織,絡緯謂其鳴聲如紡績也。促織,一曰促機,一名紡緯。"原題二首,此爲第一。

　　一點光分草際螢[1],繰車未了緯車鳴[2]。催科知要先期辦[3],風露飢腸織到明。

《平齋文集》卷五

【校注】

[1]"一點"句:促織借光於螢火蟲。謂連夜紡織。　　[2]繰車:參蘇軾《浣溪沙》(蔌蔌衣巾落棗花)注[2]。緯車:紡車。　　[3]催科:催租。租税有法令科條,故云。先期辦:先於催租前準備好。

劉克莊

【作者簡介】

　　劉克莊(1187—1269)，字潛夫，號後村，莆田(今屬福建)人。宋理宗淳祐六年(1246)賜同進士出身。宋理宗端平二年(1235)除樞密院編修官。嘉熙四年(1240)除廣東轉運使。淳祐四年(1244)除江東提刑，六年入爲秘書少監，除御史，七年知漳州，十一年除起居舍人兼侍講。景定元年(1260)除權兵部侍郎兼中書舍人，三年權工部尚書兼侍讀。謚文定。南宋中後期文壇宗主。詩歌數量甚豐，風格豪放排宕。詞屬辛派，多憂國傷時之作，與劉過、劉辰翁並稱"三劉"。文風雅潔，或謂勝過其詩。有《後村先生大全集》一百九十六卷、《後村長短句》五卷等。

賀 新 郎

實之三和，有憂邊之語，走筆答之。

【題解】

　　宋理宗淳祐四年(1244)夏秋間在家鄉主管崇禧觀時作。憂時念亂，壯懷激越。用典雖多，而無礙其議論風發，雄力排奡。實之，即王邁，劉克莊朋友，《宋史》卷四二三有傳。王邁以《賀新郎》調寄劉克莊，劉用其韻，共作五首，此爲其一。王邁又有和作，然"三和"之作已佚。憂邊，《宋史·理宗紀》記淳祐三年七月"大元兵破大安軍"，四年五月"大元兵圍壽春府"，所憂者或當爲此。

　　國脈微如縷。問長纓、何時入手，縛將戎主[1]？未必人間無好漢，誰與寬些尺度？試看取、當年韓五[2]。豈有穀城公付授[3]，也不干、曾遇驪山母[4]。談笑起、兩河路[5]。　　少時棋柝曾聯句[6]。歎而今、登樓攬鏡[7]，事機頻誤。聞說北風吹面急，邊上衝梯屢舞。君莫道、投鞭虛語[8]。自古一賢能制難[9]，有金湯、便可無張許[10]？快投筆[11]，莫題柱[12]。

《後村詞箋注》卷一

【校注】

[1]"問長纓"二句:《漢書·終軍傳》:"南越與漢和親,乃遣軍使南越,説其王,欲令入朝,比内諸侯。軍自請:'願受長纓,必羈南越王而致之闕下。'"纓:駕車時套於馬頸的革帶,借指捕縛敵人的繩索。時:一作"年"。將:動詞後語助。戎:對西部少數民族的泛稱,此指敵方。　　　[2]看取:看。取,動詞後語助。韓五:即韓世忠,少時"嗜酒豪縱,不拘繩檢,人呼爲潑韓五"(宋李幼武《宋名臣言行録》别集下卷七)。南宋名將,堅持抗金,力謀恢復。《宋史》卷三六四有傳。　　　[3]穀城公付授:指秦時隱士於圯上授張良《太公兵法》事。穀城公,又稱黄石公,《史記·留侯世家》記其"出一編書,曰:'讀此則爲王者師矣。後十年興。十三年孺子見我濟北,穀城山下黄石即我矣。'"參蘇軾《留侯論》注[3]。　　　[4]干:關,關涉。驪山母:宋李昉等《太平廣記》卷六三《驪山母》記唐人李筌在嵩山得黄帝《陰符經》,不曉其義,"至驪山下,逢一老母……爲説《陰符》之義"。　　　[5]"談笑起"句:韓世忠曾於兩河路(河北東路、河北西路,今河北一帶)力戰金兵(見《宋史》本傳)。[6]"少時"句:謂少時有從軍報國之心。唐韓愈、李正封《晚秋郾城夜會聯句》李正封句:"從軍古云樂,談笑青油幕。燈明夜觀棋,月暗秋城柝。"柝(tuò 拓):巡夜所敲的木梆。　　　[7]登樓攬鏡:感喟功名不成。唐杜甫《江上》:"勳業頻看鏡,行藏獨倚樓。"攬,把,持。　　　[8]"聞説"三句:謂元兵進犯,邊事急迫。衝梯屢舞:《後漢書·公孫瓚傳》載瓚語:"袁氏(紹)之攻,狀若鬼神,梯衝舞吾樓上,鼓角鳴於地中,日窮月急,不遑啓處。"衝梯,古戰具,衝車(衝城攻堅用的戰車)和雲梯。此單指雲梯。投鞭:《晉書·苻堅載記》載前秦苻堅自恃强大,欲犯東晉,云:"以吾之衆旅,投鞭於江,足斷其流。"　　　[9]"自古"句:《戰國策·秦策一》:"夫賢人在而天下服,一人用而天下從。"《舊唐書·突厥傳上》載中宗朝右補闕盧俌語:"漢拜郅都,匈奴避境;趙命李牧,林胡遠竄。則朔方之安危,邊域之勝負,地方千里,制在一賢。"　　　[10]金湯:金城湯池的簡稱。《漢書·蒯通傳》:"必將嬰城固守,皆爲金城湯池,不可攻也。"唐顔師古注:"金以喻堅,湯喻沸熱不可近。"張許:唐張巡、許遠,安史亂時合守睢陽數月,城陷不屈,先後就義。《舊唐書》、《新唐書》皆有傳,又可參韓愈《張中丞傳後叙》。　　　[11]投筆:擲筆。《後漢書·班超傳》:"家貧,常爲官傭書以供養。久勞苦,嘗輟業投筆歎曰:'大丈夫無它志略,猶當效傅介子、張騫立功異域,以取封侯,安能久事筆研(硯)間乎?'"後以之喻棄文從武。[12]題柱:指作文士而衹關懷個人得失。晉常璩《華陽國志》卷三《蜀志》:"城北十里有昇仙橋,有送客觀。司馬相如初入長安,題其門曰:'不乘赤車駟馬,不過汝下也!'"

【集評】

錢仲聯《後村詞箋注·前言》:"這和《玉樓春·戲呈林節推鄉兄》中'男兒西北有神州,莫滴水西橋畔淚'的名句,都可以起着鼓舞人們愛國激情的作用。這樣志在投身於戰鬥行列的豪言壯語,在後村詞中,並不止一兩首。"

滿 江 紅

夜雨凉甚,忽動從戎之興

【題解】

作時難考,或謂作於宋寧宗嘉定十三年(1220)至十七年間,或謂作於宋理宗紹定元年(1228)解建陽令任歸里後。上下兩片,憶昔歎今,多用反語,憤激抑鬱,有敲碎唾壺,旁若無人之意。題一本無。

金甲雕戈,記當日、轅門初立[1]。磨盾鼻,一揮千紙,龍蛇猶濕[2]。鐵馬曉嘶營壁冷,樓船夜渡風濤急[3]。有誰憐、猿臂故將軍,無功級[4]。　　平戎策[5],從軍什[6]。零落盡,慵收拾。把茶經香傳[7],時時温習。生怕客談榆塞事[8],且教兒誦花間集[9]。歎臣之壯也不如人,今何及[10]。

《後村詞箋注》卷三

【校注】

[1]"記當日"句:指嘉定十年(1217)至十二年間在金陵李珏江淮制置使幕中。轅門:領兵將帥的營門。　　[2]"磨盾鼻"三句:謂草軍中檄書。劉克莊《改官謝丞相》云:"頃爲閫屬,偶在兵間……方邊頭之告警,草檄居多。"其門人洪天錫《後村先生墓誌銘》亦云:"軍書檄筆,一時傳誦。"磨盾鼻:宋司馬光《資治通鑑》卷一六○,梁武帝太清元年:"(荀濟)與上有布衣之舊,知上有大志,然負氣不服,常謂人曰:'會於盾鼻上磨墨檄之。'"後用作文人從軍之典。宋陸游《江北莊取米到作飯香甚有感》:"征遼詔下儻可期,盾鼻猶堪試殘墨。"龍蛇猶濕:謂書跡未乾。龍蛇,形容草書。傳晉王羲之《題衛夫人〈筆陣圖〉後》:"若欲學草書,又有別法。須緩前急後,字體形勢,狀等龍蛇,相鈎連不斷。"唐竇蒙《述書賦字格·草》:"電掣雷奔,龍蛇出没。"　　[3]"鐵馬"二句:謂幕中所經戰事。劉克莊《庚辰與方子默簽判》記親臨前綫視師,"虜旗幟隔江明滅可數",可互參。句擬陸游《書憤》:"樓船

夜雪瓜洲渡,鐵馬秋風大散關。"樓船:參陸詩該首注[1]。船,一作"舡"。
[4]"有誰憐"二句:謂幕中得謗事。《庚辰與方子默簽判》:"於時金陵人情震動,
外議以江面無備,歸怨幕畫。某在幕最久,得謗尤甚。"猿臂故將軍:指西漢名將李
廣。《史記·李將軍列傳》:"廣爲人長,猿臂。""嘗夜從一騎出,從人田間飲。還
至霸陵亭,霸陵尉醉,呵止廣。廣騎曰:'故李將軍。'"無功級:《史記·李將軍列
傳》:"元朔六年,廣復爲後將軍,從大將軍軍出定襄,擊匈奴。諸將多中首虜率,以
功爲侯者,而廣軍無功。"功級,秦制以斬敵首多少論功晉級。　　　[5]平戎策:《新
唐書·王嗣忠傳》載嗣忠"上平戎十八策"。參辛棄疾《鷓鴣天》(壯歲旌旗擁萬
夫)注[5]。　　　[6]什:篇什,詩篇。　　　[7]茶經香傳:《宋史·藝文志》"子類農
家類"記唐陸羽著《茶經》三卷、宋周絳《補茶經》一卷、宋丁謂著《天香傳》一卷。
陸書今存。　　　[8]榆塞:《漢書·韓安國傳》:"蒙恬爲秦侵胡,辟數千里,以河爲
竟,累石爲城,樹榆爲塞。"唐顔師古注引三國魏如淳曰:"塞上種榆也。"本指榆林
塞,故址在今内蒙古準葛爾旗。後泛指邊塞。唐駱賓王《送鄭少府入遼共賦俠客
遠從戎》:"邊烽警榆塞,俠客度桑乾。"　　　[9]花間集:五代後蜀趙崇祚所編晚唐
五代詞總集,内容多翦紅刻翠,詞風多香艷婉約。　　　[10]"歎臣"二句:《左傳·
僖公三十年》載鄭大夫燭之武語:"臣之壯也,猶不如人;今老矣,無能爲也已。"

【集評】

　　俞陛雲《唐五代兩宋詞選釋》:"此詞上闋言功成不賞,下闋言老厭談兵。雕戈、
鐵馬,曾誇射虎之英雄;《香傳》、《茶經》,願作騎驢之居士。應笑拔劍斫地者,未消塊
壘也。"

　　吴世昌《詞林新話》卷四:"此詞用《左傳》,除稼軒外亦少見。"

<h1 style="text-align:center">清 平 樂</h1>

五月十五夜玩月
其　　二

【題解】

　　遐想奇思,瑰意麗境,於後村詞中可稱别調。原題二首,此爲第二。

風高浪快。萬里騎蟾背[1]。曾識姮娥真體態[2]。素面元無粉

黛[3]。　　身游銀闕珠宮[4]。俯看積氣濛濛[5]。醉裏偶搖桂樹[6]，
人間喚作凉風[7]。

【校注】

[1]“萬里”句：唐韓愈《毛穎傳》：“竊恒娥，騎蟾蜍入月。”蟾：蟾蜍，俗稱癩蛤蟆。
古以爲月中有蟾蜍（見《淮南子·精神》等），又以爲其乃姮娥所化。《後漢書·天
文志上》》“明王事焉”句，南朝梁劉昭注：“羿請無死之藥於西王母，姮娥竊之以奔
月……姮娥遂託身於月，是爲蟾蜍。”　　[2]曾：何曾。或謂“曾經”，於義未優。
姮（héng 恒）娥：月中女神。《淮南子·覽冥》：“羿請不死之藥於西王母，姮娥竊
以奔月。”漢高誘注：“姮娥，羿妻。”姮，本作“恒”，俗作“姮”。漢避文帝劉恒諱，改
作“嫦”。　　[3]“素面”句：唐李商隱《月》：“姮娥無粉黛，秖是逞嬋娟。”素面：不
施脂粉而天然美麗的容顏。宋樂史《楊太真外傳》卷上：“虢國不施妝粉，自衒美
艷，常素面朝天。”月色白，姮娥因又稱素娥，蟾又稱銀蟾、玉蟾。元：通“原”。
[4]銀闕珠宮：皆指月宮。唐楊炯《奉和上元酺宴應詔》：“銀闕秋陰遍。”唐殷堯恭
《府試中元觀道流步虛》：“珠宮月最明。”　　[5]積氣：聚積之氣，指天。《列子·
天瑞》：“天，積氣耳，亡（無）處亡氣。”北齊顏之推《顏氏家訓·歸心》：“天爲積氣，
地爲積塊。”　　[6]桂樹：古以爲月中陰影乃桂樹。唐段成式《酉陽雜俎》前集卷
一《天咫》：“舊言月中有桂，有蟾蜍，故異書言月桂高五百丈。”唐李白《贈崔司户
文昆季》：“欲折月中桂，持爲寒者薪。”唐杜甫《一百五日夜對月》：“斫卻月中桂，
清光應更多。”　　[7]喚作：吹起。

【集評】

　　俞陛雲《唐五代兩宋詞選釋》：“一掃詠月陳言，奇逸之氣，見於楮墨。”

　　夏承燾《唐宋詞欣賞》：“全首詞雖然有濃厚的浪漫主義色彩，但是作者的思想
感情卻不是超塵出世的。”

元好問

【作者簡介】

　　元好問(1190—1257)，字裕之，號遺山。系出拓拔魏，太原秀容(今山西忻州)人。金宣宗興定五年(1221)進士。金哀宗正大元年(1224)權國史院編修官，四年爲内鄉令，八年辟南陽令，遷尚書省掾。天興元年(1232)官左司都事。金亡不仕。著名文學家、文學理論家。詩作多寫金亡前後社會現實，高古沉鬱，風骨遒上，爲金元之際文學創作成就最高者。詞亦爲金人之冠，上追蘇、辛，疏快之中自饒深婉情致。有《遺山先生文集》四十卷、《遺山樂府》三卷，又編有《中州集》十卷等。《金史》卷一二六有傳。

論詩三十首

其　　四

【題解】

　　唐杜甫《戲爲六絶句》開創以詩論詩體裁，後繼者代不乏人。《論詩三十首》内容豐富，見解精到，爲其中之佼佼者。詩題下自注“丁丑歲三鄉作”。丁丑，金宣宗興定元年(1217)。三鄉，在福昌(今河南宜陽西)。本篇列第四，論晉宋間陶淵明詩，推許其不事豪華、自然天成的真淳風格。

　　一語天然萬古新[1]，豪華落盡見真淳[2]。南窗白日羲皇上[3]，未害淵明是晉人[4]。柳子厚，唐之謝靈運[5]；陶淵明，晉之白樂天[6]。

《元好問論詩三十首小箋》

【校注】

[1]“一語”句：宋朱熹《朱子語類》卷一四○：“淵明詩平淡出於自然。”宋嚴羽《滄浪詩話·詩評》：“謝(靈運，襲封康樂公)所以不及陶者，康樂之詩精工，淵明之詩質而自然耳。”　　[2]“豪華”句：宋葛立方《韻語陽秋》卷一：“陶潛、謝朓詩皆平淡有思致，非後來詩人怵心劌目雕琢者所爲也……大抵欲造平淡，當自組麗中來，落其華芬，然後可造平淡之境……(梅堯臣)贈杜挺之詩有‘作詩無古今，欲造平淡難’之句。李白云：‘清水出芙蓉，天然去雕飾。’平淡而到天然處，則善矣。”北涼天

竺三藏曇無讖譯《大般涅槃經》卷三九《憍陳如品第十三之一》：“其樹陳朽，皮膚枝葉悉皆脱落，惟貞實在。唐寒山《寒山子詩集》“有樹先林生”詩：“皮膚脱落盡，惟有貞實在。”宋釋普濟《五燈會元》卷五《藥山惟儼禪師》惟儼曰：“皮膚脱落盡，惟有一真實。”宋黄庭堅《次韻楊明叔見餞十首》之八：“皮毛剥落盡，惟有真實在。”元語句式仿此。　　　　[3]“南窗”句：晉陶淵明《與子儼等疏》：“五六月中，北窗下卧，遇涼風暫至，自謂是羲皇上人。”羲皇上：指羲皇以前的太古真淳時代。羲皇，即伏羲，傳説中遠古部落首領，三皇之一，故稱羲皇。　　　　[4]“未害”句：謂晉詩追求詞采，獨淵明爲不然，亦何妨其爲晉人。清宗廷輔《古今論詩絶句》：“提出淵明，不滿晉人意可見。”害：妨礙。　　　　[5]“柳子厚”二句：清翁方綱《石洲詩話》卷八：“此章論陶詩也。而注先以柳繼謝者，後章‘謝客風容’一詩（按指元好問《論詩三十首》之第二〇）具其義矣。蓋陶、謝體格，並高出六朝，而以天然閒適者歸之陶，以藴釀神秀者歸之謝，此所以爲初日芙蓉，他家莫及也。”唐：《四部叢刊初編》影明刊《遺山先生文集》卷一一作“晉”。　　　　[6]晉：《四部叢刊初編》影明刊《遺山先生文集》卷一一作“唐”。

【集評】

　　郭紹虞《元好問論詩三十首小箋》：“此元好問論詩重自然之旨。自來論陶潛者，如蕭統之‘語時事則指而可想，論懷抱則曠而且真’，鍾嶸之‘文體省净，殆無長語’，王維之‘任天真’，杜甫之‘渾漫與’（渾漫與雖非論陶詩，但下文正接‘焉得思如陶謝手，令渠述作與同遊’），以及蘇軾之‘超然’，蘇轍之‘珠圓’，黄庭堅之‘不煩繩削而自合’，陳師道之‘寫其胸中之妙’，楊時之‘沖淡深粹，出於自然’，皆與‘一語天然萬古新，豪華落盡見真淳’之旨相近，而元好問之語，更爲概括，故後人亦視爲定論。惟於注文以柳、謝並稱，陶、白相擬，則異議較多。在元氏前，黄庭堅之《跋書柳子厚詩》，以爲柳能學陶，而白反與陶不近。在元氏後，余見一稿本，名《静居緒言》者，疑爲清人金德輿所著。其言謂‘柳原於謝則有之，白原於陶則未也。白平易而有痕跡，陶質實而極自然，韋蘇州其庶幾乎’，此則顯與元説立異。”

岐陽三首

其　　二

【題解】

　　金哀宗正大八年（1231）四月（見《金史·哀宗守緒紀》）。《元史·太宗紀》三年條作二月),蒙古軍攻破岐陽(今陝西鳳翔),元好問作《岐陽》三首,表達其沉痛與憤怒,此爲第二。學杜之作,悲壯蒼茫,沉鬱頓挫,趙翼所謂"可歌可泣"(《甌北詩話》卷八)者。

　　　　百二關河草不橫[1],十年戎馬暗秦京[2]。岐陽西望無來信[3],隴水東流聞哭聲[4]。野蔓有情縈戰骨[5],殘陽何意照空城[6]。從誰細向蒼蒼問[7],爭遣蚩尤作五兵[8]。

《元遺山詩集箋注》卷八

【校注】

[1]"百二"句:謂雖據形勝卻不戰而敗。百二:《史記·高祖本紀》:"秦,形勝之國,帶河山之險,縣(懸)隔千里,持戟百萬,秦得百二焉。"或謂二萬人足當諸侯百萬人,或謂秦兵爲諸侯百萬之倍,即二百萬。後以指山河險固之地。關河:指函谷、龍門等關及黃河。《史記·蘇秦列傳》:"秦四塞之國,被山帶渭,東有關河,西有漢中。"鳳翔屬秦地,故云。草不橫:《漢書·終軍傳》:"軍無橫草之功。"唐顏師古注:"言行草中,使草偃卧,故云橫草也。"　　[2]"十年"句:金宣宗興定五年(1221)末元兵攻延安、潼關等秦地,至今十年。唐杜甫《愁》:"十年戎馬暗萬國。"秦京:本指秦都咸陽,此泛指秦地。　　[3]"岐陽"句:元好問其時甫任南陽(今屬河南)縣令,其地在東,故云西望。杜甫《喜達行在所三首》之一:"西憶岐陽信,無人遂卻回。"　　[4]"隴水"句:寫難民東遷之情狀。清畢沅《續資治通鑑》卷一六五,宋理宗紹定四年(即金哀宗正大八年)四月:"蒙古取金鳳翔,完顏哈達、伊喇布哈遷京兆民於河南。"元好問《中州集》卷七雷琯詩,有長題曰:"客有自關輔來,言秦民之東徙者餘數十萬口,攜持負戴,絡繹山谷間。晝飡無糗糒,夕休無室廬,飢羸暴露,濱死無幾。"亦暗用北朝民歌《隴頭歌》:"隴頭流水,鳴聲嗚咽。"隴水:北魏酈道元《水經注》卷一七《渭水》:"東北出隴山(今陝西、甘肅交界一帶),其水西流。"　　[5]"野蔓"句:南朝梁江淹《恨賦》:"試望平原,蔓草縈骨。"　　[6]何意:爲何。　　[7]蒼蒼:天之顏色,借指天。《莊子·逍遥游》:"天之蒼蒼,其正色耶?"　　[8]爭:怎,爲何。蚩尤:傳說中人物。《吕氏春秋·蕩兵》:"蚩尤作兵。"漢高誘注:"蚩尤,少暤氏之末,九黎之君名也。始作亂,伐無罪,殺無辜,善用兵,爲之無道。"取喻元兵。作五兵:謂發動戰爭。五兵,戈、矛等五種兵器。其説不一,參《周禮·夏官·司兵》"掌五兵五盾"漢鄭玄注、《穀梁傳·莊公二十五年》"陳五兵五鼓"晉范寧注、《漢書·吾丘壽王傳》"古者作五兵"唐顏師古注等。

外家南寺

在至孝社,予兒時讀書處也。

【題解】

自金宣宗貞祐四年(1216)避蒙古軍亂南逃河南,至蒙古太宗九年(1237),二十二年後重還故土,宗國丘墟,物是人非,百感叢集,因作此詩。外家,母親的娘家。清施國祁《元遺山詩集箋注》卷九:"《舊唐書·張道源傳》:'并州祁縣(今屬山西)人,以孝聞,縣令改其居爲復禮鄉至孝里。'按先生母張夫人,或即其裔耶?"是南寺、至孝社均在祁縣。

鬱鬱秋梧動晚煙[1],一庭風露覺秋偏[2]。眼中高岸移深谷[3],愁裏殘陽更亂蟬。去國衣冠有今日[4],外家梨栗記當年[5]。白頭來往人間遍,依舊僧窗借榻眠。

《元遺山詩集箋注》卷九

【校注】

[1]鬱鬱:草樹茂密貌。　　[2]秋偏:謂秋意特濃。　　[3]"眼中"句:即滄桑巨變之意。《詩·小雅·十月之交》:"高岸爲谷,深谷爲陵。"移:變。　　[4]去國衣冠:元好問自指。其同時所作《太原》有"南渡衣冠幾人在"之語。西晉末晉元帝渡江建都建業(今江蘇南京),及北宋末宋高宗渡江建都臨安(今浙江杭州),中原士庶均相隨南遷,史稱衣冠南渡。金宣宗貞祐二年(1214)徙都汴京(今河南開封)後,元好問攜家於貞祐四年避蒙古軍亂南逃河南,故以自比。國,家鄉。衣冠,古時士以上戴冠,因指士以上之服飾。後代指士大夫。唐李白《登金陵鳳凰臺》:"晉代衣冠成古丘。"　　[5]梨栗:代指童年。典出晉陶淵明《責子》:"通子垂九齡,但覓梨與栗。"

雁門道中書所見

【題解】

蒙古太宗十三年(1241)北游雁門時記其聞見之作。直接漢樂府和杜甫、白居易傳統,針砭現實、關懷民衆,愁腸百結,感同身受,真情動人。或謂作於太宗后乃馬真氏三年(1244)前後。雁門,指雁門山或雁門關,在山西代縣西北。

　　金城留旬浹[1]，兀兀醉歌舞[2]。出門覽民風[3]，慘慘愁肺腑。去年夏秋旱，七月黍穟吐[4]。一昔營幕來[5]，天明但平土。調度急星火，逋負迫捶楚[6]。網羅方高懸，樂國果何所[7]。食禾有百螣[8]，擇肉非一虎[9]。呼天天不聞，感諷復何補[10]。單衣者誰子[11]，販糴就南府[12]。傾身營一飽[13]，豈樂遠服賈[14]。盤盤雁門道[15]，雪澗深以阻。半嶺逢驅車，人牛一何苦[16]。

《元遺山詩集箋注》卷二

【校注】

[1]金城：即應州（今山西應縣）。旬浹（jiā 加）：整十天。浹，遍，滿。
[2]兀兀：昏沉貌。唐白居易《對酒》：“所以劉阮輩，終年醉兀兀。”　　[3]民風：民間風尚。《禮記·王制》：“命大師陳詩，以觀民風。”　　[4]穟（suì 歲）：通“穗”。　　[5]營幕：營帳，行軍宿營所用之帳篷。借指軍隊。　　[6]“調度”二句：謂苛稅繁重。調度：徵斂賦稅。《後漢書·桓帝紀》：“其令大司農絶今歲調度徵求，及前年所調未畢者，勿復收責。”星火：流星之光，喻急迫。晉李密《陳情表》：“郡縣逼迫，催臣上道；州司臨門，急於星火。”逋負：拖欠稅賦。《史記·汲鄭列傳》：“（鄭）莊任人賓客爲大農僦人，多逋負。”捶楚：杖擊，刑罰名。北齊顏之推《顏氏家訓·涉務》：“纖微過失，又惜行捶楚。”楚，本木名，幹可作杖，故有刑杖義。
[7]“樂國”句：《詩·魏風·碩鼠》：“逝將去女（汝），適彼樂國。”國：地域。所：處。
[8]螣（tè 特）：食禾葉之害蟲。《詩·小雅·大田》：“去其螟螣，及其蟊賊，無害我田稺。”毛傳：“食心曰螟，食葉曰螣。”　　[9]“擇肉”句：謂侵害百姓者甚眾。擇肉：選取禽獸作爲獵取目標。漢司馬相如《上林賦》：“擇肉而後發。”後喻指選取侵襲對象。虎：喻侵害者。南朝梁蕭統《文選》卷三漢張衡《東京賦》：“嬴氏搏翼，擇肉西邑。”唐薛綜注：“嬴，秦姓也。《周書》曰：‘無爲虎搏翼，將飛入邑，擇人而食也。’”又《禮記·檀弓下》：“苛政猛於虎。”　　[10]感諷：猶諷喻。　　[11]誰子：何人。　　[12]販糴（dí 笛）：買賣糧食。販，賣出貨物。糴，買進穀物。
[13]傾身：竭盡全力。《史記·酷吏列傳》：“（張）湯傾身爲之。”晉陶淵明《飲酒二十首》之一〇：“此行誰使然，似爲飢所驅。傾身營一飽，少許便有餘。”傾，盡。
[14]遠服賈（gǔ 古）：《尚書·周書·酒誥》：“肇牽車牛，遠服賈。”服賈，經商。
[15]盤盤：曲折迴繞。唐李白《蜀道難》：“青泥何盤盤。”　　[16]一何：多麼。唐杜甫《石壕吏》：“吏呼一何怒，婦啼一何苦。”

摸 魚 兒

　　乙丑歲赴試并州,道逢捕雁者,云今旦獲一雁,殺之矣。其脱網者悲鳴不能去,竟自投於地而死。予因買得之,葬於汾水之上,累石爲識,號曰“雁丘”。時同行者多爲賦詩,予亦有《雁丘》辭。舊所作無宮商,今改定之。

【題解】

　　詞作不拘於所詠,由雁及人,筆勢騰挪宕蕩,感慨甚深,情意甚濃。乙丑,金章宗泰和五年(1205)。此詞乃改舊作而成,改作時間當在此年或其後。赴試并州,赴并州(今山西太原)參加府試。旦,晨。汾水,山西最大河流,源出寧武,至河津入黄河。識(zhì 志),通“誌”,加標記。無宮商,不合音律(意即舊作爲詩)。宮商,五音(宮、商、角、徵、羽)中的兩個音級,代指音樂、音律。一本序首有“泰和五年”四字。

　　恨人間[1],情是何物,直教生死相許[2]。天南地北雙飛客[3],老翅幾回寒暑。歡樂趣,離別苦,是中更有癡兒女[4]。君應有語。渺萬里層雲,千山暮景,隻影爲誰去[5]?　　　橫汾路,寂寞當年簫鼓。荒煙依舊平楚[6]。招魂楚些何嗟及,山鬼自啼風雨[7]。天也妒。未信與、鶯兒燕子俱黄土。千秋萬古。爲留待騷人[8],狂歌痛飲,來訪雁丘處。

《遺山樂府》卷上

【校注】

[1]恨:一作“問”。人:一作“世”。　　[2]直:竟然。教:使。許:應允給予。[3]雙飛客:指雙雁。　　[4]“歡樂”三句:謂大雁經歷悲歡離合,更有殉情者如人間癡情男女。是:此。一作“就”。　　[5]“渺萬里”三句:乃君(即殉情孤雁)之語,亦即孤雁殉情之由。景:一作“雪”。爲:一作“向”。　　[6]“橫汾”三句:以昔日之喧鬧襯眼前之淒涼。橫汾路:指汾水流域。橫汾,即山西境内最大河流汾河。漢武帝劉徹於汾河上樓船中作《秋風辭》,中有“泛樓舡兮濟汾河,橫中流兮揚素波”句,故云。“寂寞”句:《秋風辭》:“簫鼓鳴兮發棹歌,歡樂極兮哀情多。”平

楚:登高而望,所見樹梢平齊。猶言平林。南齊謝朓《宣城郡内登望》:“寒城一以眺,平楚正蒼然。”楚,叢木。　　　　[7]“招魂”二句:悼雁之死。招魂:古有招死者魂之習,《楚辭》有《招魂》篇。楚些:《招魂》句尾多語氣詞“些”(suò 索去聲),乃楚地禱告語後綴,後因以指招魂曲。唐殷堯藩《楚江懷古》:“騷靈不可見,楚些竟誰聞。”宋辛棄疾《沁園春·戊申歲奏邸忽騰報謂余以病挂冠因賦此》:“山中友,試高吟楚些,重與招魂。”“山鬼”句:《楚辭·九歌·山鬼》中有“東風飄兮神靈雨”、“雨冥冥”、“風颯颯”等詞句,故云。山鬼:山神。自:一作“暗”。　　　　[8]騷人:詩人。參王禹偁《黄州新建小竹樓記》注[23]。

【集評】

　　(宋)張炎《詞源》卷下:“觀遺山詞,深於用事,精於練句,有風流蘊藉處,不減周、秦。如‘雙蓮’、‘雁丘’等作,妙在模寫情態,立意高遠。”

　　繆鉞《論元好問詞》:“元好問用漢武帝《秋風辭》,不僅是由汾水的聯想而懷古,還因爲《秋風辭》中有‘草木黄落兮雁南歸’之句,可以暗中與雁相關。這種運用典故的不即不離,含蘊豐融之法,是古代詩人詞人的長技。張炎評元好問詞‘深於用事’,誠非虛語。”(《詞學古今談》)

清 平 樂

【題解】

　　宋張炎《詞源·雜論》謂元好問詞“風流蘊藉處不減周、秦”,此爲一例。

　　離腸宛轉。瘦覺妝痕淺。飛去飛來雙語燕。消息知郎近遠[1]。樓前小雨珊珊[2]。海棠簾幕輕寒。杜宇一聲春去[3],樹頭無數青山。

《遺山樂府》卷下

【校注】

[1]“飛去”二句:燕能傳書(參史達祖《雙雙燕·詠燕》注[11]),故云。語:一作“乳”。語出宋陳克《謁金門》:“花滿院。飛去飛來雙燕。紅雨入簾寒不卷。曉屏山六扇。　　翠袖玉笙淒斷。脈脈兩蛾愁淺。消息不知郎近遠。一春長夢見。”又清況周頤《蕙風詞話》卷三引《織餘瑣述》謂此二句:“用馮延巳‘雙燕來時,陌上相

逢否’（按爲《鵲踏枝·幾日行雲何處去》句）句意。彼未定其逢否，此則直以爲知，惟消息近遠未定耳。妙在能變化。”　　[2]珊珊：擬雨聲。唐白居易《題盧秘書夏日新栽竹二十韻》：“珠灑雨珊珊。”　　[3]“杜宇”句：宋蘇軾《西江月》（照野瀰瀰淺浪）：“杜宇一聲春曉。”杜宇：本古蜀帝，相傳死後魂化爲鳥，即杜鵑（參秦觀《踏莎行·霧失樓臺》注[3]）。

【集評】

（清）陳廷焯《詞則·大雅集卷四》：“婉約，近五代人手筆。”

葉紹翁

【作者簡介】

葉紹翁（1194？—？），字嗣宗，一字靖逸，祖籍固始（今屬河南），徙居建安（今福建建甌），定居龍泉（今屬浙江）。仕履不詳，曾從葉適學，並曾入朝爲官，後隱居西湖。博學工詩，尤長於七絶，詞淡意遠。有《靖逸小集》一卷。

游園不值

【題解】

無意說理而自含哲理。不值，指園門未開，或謂指不遇園主人。值，遇。

應憐屐齒印蒼苔[1]，小扣柴扉久不開[2]。春色滿園關不住，一枝紅杏出墙來。

　　　　　　　　　　　　　　　　　　　　　　　　《靖逸小集》

【校注】

[1]屐（jī 機）：木鞋，底有二齒以防滑。　　[2]扣：通“叩”。

【集評】

錢鍾書《宋詩選注》：“這是古今傳誦的詩，其實脱胎於陸游《劍南詩稿》卷十八

《馬上作》：'平橋小陌雨初收，淡日穿雲翠靄浮。楊柳不遮春色斷，一枝紅杏出墻頭。'不過第三句寫得比陸游的新警。《南宋群賢小集》第十冊有另一位'江湖派'詩人張良臣的《雪窗小集》，裏面的《偶題》説：'誰家池館静蕭蕭，斜倚朱門不敢敲。一段好春藏不住，粉墻斜露杏花梢。'第三句有閒字填襯，也不及葉紹翁的來得具體。這種景色，唐人也曾描寫，例如温庭筠《杏花》：'杳杳艷歌春日午，出墻何處隔朱門。'吳融《塗中見杏花》：'一枝紅杏出墻頭，墻外行人正獨愁。'又《杏花》：'獨照影時臨水畔，最含情處出墻頭。'但或則和其他的情景攙雜排列，或則没有安放在一篇中留下印象最深的地位，都不及宋人寫得這樣醒豁。"

方　岳

【作者簡介】

　　方岳（1199—1262），字巨山，號秋崖，祁門（今屬安徽）人。宋理宗紹定五年（1232）進士，任南康軍教授。端平元年（1234）調滁州教授，二年除淮東安撫司幹官。嘉熙二年（1238）進禮兵部架閣。淳祐二年（1242）爲刑工部架閣，五年除太學正，六年遷宗學博士，七年除秘書郎，差知南康軍，九年知邵武軍。寶祐四年（1256）知袁州，六年除尚書左郎官。工駢文，盛詩名，風格疏朗，語若天成。有《秋崖先生小稿》八十三卷等。

春　思

其　三

【題解】

　　寫春天生機盎然的景象，用擬人法，另辟路徑，生面別開。原題三首，此爲第三。

　　春風多可太忙生[1]，長共花邊柳外行。與燕啄泥蜂釀蜜[2]，纔吹小雨又須晴。

《秋崖先生小稿·詩集卷四》

【校注】

[1]多可:錢鍾書《宋詩選注》:"嵇康《與山巨源絕交書》説:'多可而少怪',是'多有許可'、'寬容'的意思(《六臣注文選》卷四十三)。這首詩寫萬物在春天的活躍,就説春風很隨和,什麽事都肯幹,忙得不亦樂乎。"生:助詞。　　[2]啄:一作"銜"。

吳文英

【作者簡介】

　　吳文英(1207?—1269?),字君特,號夢窗,晚號覺翁,四明(今浙江寧波)人。一生未仕,流徙各地,以蘇杭爲最久。游於侯門,潦倒終身。以詞著名,師承周邦彦、姜夔而有變化。多傷時懷舊、詠物節序之作。善鍊字,講句律,工修辭,多隸事,詞風密麗沉警,人或比於詩中李賀、李商隱。然隱辭幽思,陳喻多歧,有堆砌晦澀之失。與周密並稱"二窗"。有《夢窗甲乙丙丁稿》四卷。

風　入　松

【題解】

　　約作於宋理宗淳祐四年(1244)或之後。此詞陳洵《海綃説詞》謂"思去妾",楊鐵夫《吳夢窗事跡考》(載《吳夢窗詞箋釋》)亦謂吳文英與蘇姬居蘇州西園(在蘇州西門)十年而遷杭,次年姬去歸蘇州,吳文英追蹤至蘇而作此詞。吳世昌《詞林新話》卷四則謂悼念其姬人名燕者。疑吳説是。吳文英先後有二姬,分別結識於蘇州、杭州。前者別之而去,後者亡於杭州。一本有題"春晚感懷"。

　　聽風聽雨過清明。愁草瘞花銘[1]。樓前綠暗分攜路,一絲柳、一寸柔情[2]。料峭春寒中酒[3],交加曉夢啼鶯[4]。　　西園日日掃林亭。依舊賞新晴。黃蜂頻撲秋千索,有當時、纖手香凝[5]。惆悵雙鴛不到,幽階一夜苔生[6]。

【校注】

[1]愁草:可作兩解,一爲愁心不忍草寫,一爲帶着憂愁草寫。草,草寫,草擬。或解爲草木之草,誤。瘞(yì 義)花銘:猶言葬花辭,喻悼亡之辭。瘞,埋葬。

[2]"樓前"二句:俞平伯《唐宋詞選釋》卷下:"柳承'綠暗',倒裝。折柳贈別本通套語,句法卻曲折。"綠暗:謂綠樹濃陰,暮春時景。唐温庭筠《寒食日作》:"紅深綠暗徑相交。"分攜:猶言分首、分袂、分別。   [3]料峭:寒冷貌。中(zhòng 仲)酒:酒酣,語出《史記·樊噲列傳》及《漢書·樊噲列傳》,後者唐顏師古注:"不醉不醒,故謂之中。"後多指醉酒。   [4]交加:紛多雜亂貌。   [5]"黃蜂"二句:清譚獻評:"是癡語,是深語。"(清周濟《詞辨》卷一批語)陳洵《海綃説詞》:"見秋千而思纖手,因蜂撲而念香凝,純是癡望神理。"   [6]"惆悵"二句:南朝梁庾肩吾《詠長信宮中草》:"全由履跡少,併欲上階生。"唐李白《長干行二首》之一:"門前遲行跡,一一生綠苔。"雙鴛:女鞋,上繡鴛鴦。唐劉復《長相思》:"彩絲織綺文雙鴛。"或謂取鴛鴦成對意。

【集評】

俞陛雲《唐五代兩宋詞選釋》:"'絲柳'七字寫情而兼録別,極深婉之思。起筆不遽言送別,而傷春惜花,以閑雅之筆引起愁思,是詞手高處。'黃蜂'二句於無情處見多情,幽想妙辭,與'霜飽花腴'、'秋與雲平'皆稿中有數名句。結處'幽階'六字,在神光離合之間,非特情致綿邈,且餘音嫋嫋也。"

陳洵《海綃説詞》:"當味其詞意醖釀處,不徒聲容之美。"

張伯駒《叢碧詞話》:"情深語雅,寫法高絶。"

鶯 啼 序

【題解】

約宋理宗淳祐十二年(1252)作於蘇州。追悼杭州亡姬之作。首片起興,二片憶往,三片重訪,四片悼亡。内容雖不豐富,卻情經事緯,章法曲折;詞采雖繁縟,而貴能流轉,虛實相生,故素得好評。或以爲作於杭州,或以爲内容爲悲亡姬並懷去妾。調爲吳文英自製,乃詞中之最長者。一本有題"春晚感懷"。

　　殘寒正欺病酒,掩沉香繡户[1]。燕來晚、飛入西城[2],似説春事遲暮。畫船載、清明過卻,晴煙冉冉吳宮樹[3]。念羈情游蕩,隨風化爲輕絮[4]。　　　十載西湖，傍柳繫馬，趁嬌塵軟霧。溯紅漸、招入仙溪，錦兒偷寄幽素[5]。倚銀屏，春寬夢窄，斷紅濕，歌紈金縷。暝堤空，輕把斜陽，總還鷗鷺[6]。　　　幽蘭漸老[7]，杜若還生[8]，水鄉尚寄旅[9]。別後訪、六橋無信[10]，事往花委，瘞玉埋香[11]，幾番風雨。長波妒盼[12]，遥山羞黛[13]，漁燈分影春江宿，記當時、短楫桃根渡[14]。青樓仿佛，臨分敗壁題詩，淚墨慘淡塵土[15]。　　　危亭望極，草色天涯，歎鬢侵半苧[16]。暗點檢[17]，離痕歡唾，尚染鮫綃[18]，嚲鳳迷歸，破鸞慵舞[19]。殷勤待寫，書中長恨，藍霞遼海沉過雁，漫相思、彈入哀箏柱。傷心千里江南，怨曲重招，斷魂在否[20]？

《吳夢窗詞箋釋》卷三

【校注】

[1]沉香：參周邦彥《蘇幕遮》(燎沉香)注[1]。　　　[2]西城：或即指閶門之西園。
[3]吳宫：春秋時吳王宫殿，在蘇州，此借指蘇州。陳洵《海綃説詞》："清明吳宫，是其最難忘處。"　　　[4]"念羈情"二句：反用宋釋道潛《子瞻席上令歌舞者求詩戲以此贈》："禪心已作沾泥絮，肯逐春風上下狂。"陳匪石《宋詞舉》卷上謂二句"全篇之骨，籠罩以下三段"。　　　[5]"十載"五句：寫初逢與追隨。十載西湖：吳文英自宋理宗淳祐三年(1243)中秋後客居杭州約十年。趁：追逐。嬌塵軟霧：指所戀女子的車塵。"溯紅"句：化用劉晨、阮肇於桃溪邊遇仙女典，參周邦彥《玉樓春》(桃溪不作從容住)注[1]。溯紅：謂沿花溪而上。紅，花。錦兒：婢女名。宋曾慥《類説》卷二九《麗情集·愛愛》："姓楊氏，錢塘娼家女也。七夕泛舟西湖採荷香，爲金陵少年張逞所調，相攜潛遁於京師。餘二年，逞爲父捕去，後或傳逞已卒，致愛愛感念而亡。小婢錦兒出其故繡手籍、香囊、纈履，鬱然如新。"幽：隱秘。素：通"愫"，真情。　　　[6]"倚銀屏"七句：前二句相會，後二句離別，末三句寫景。銀屏：鏤銀屏風。春寬夢窄：猶言春長夢短，喻相聚時短。斷紅：喻落淚。歌紈：歌時所執紈扇(白色細絹製成的團扇)。金縷：金縷衣，以金絲編成的衣服，此指舞衣。暝：日暮。或謂前四句明寫相會時之悲喜交集，後三句暗喻歡會之情。
[7]幽蘭：蘭花。《楚辭·離騷》："謂幽蘭其不可佩。"漸：一作"旋"。　　　[8]杜若：香草。《楚辭·九歌·湘君》："采芳洲兮杜若。"　　　[9]"水鄉"句：據下片"歎鬢侵半苧"，此亦當作一領四字句，爲"尚水鄉寄旅"(參楊鐵夫《吳夢窗詞箋釋》卷三)。　　　[10]六橋：西湖外湖有映波、鎖瀾、望山、壓堤、東浦、跨虹橋。
[11]"事往"二句：皆喻姬亡。委：通"萎"，衰敗。瘞玉埋香：宋李昉等《太平廣記》

卷三九二引《玉溪編事》，記前蜀王承檢得隋張崇妻夫人王氏瓦棺，中有片石，上刻
"深深葬玉，鬱鬱埋香"語。唐李賀《官街鼓》："柏陵飛燕埋香骨。"　　　[12]長波
妒盼：古以秋波喻美人之目，故有此句。盼，眼睛黑白分明貌。《詩·衛風·碩
人》："美目盼兮。"此指眼睛。　　　[13]遥山：喻女子之眉。漢劉歆《西京雜記》卷
二記卓文君："姣好，眉色如望遠山。"羞黛：亦指眉。黛，女子用以畫眉的青黑色顏
料。　　　[14]"記當時"句：晉王獻之《情人桃葉歌》其一："桃葉復桃葉，渡江不用
楫。""桃葉復桃葉，桃葉連桃根。"桃葉：宋郭茂倩《樂府詩集》卷四五引《古今樂
錄》："子敬妾名，緣於篤愛，所以歌之。"陳洵《海綃說詞》："'記'字逆出，將第二段
情事，盡銷納此一句中。"　　　[15]"臨分"二句：宋周邦彦《綺寮怨》（上馬人扶殘
醉）："當時曾題敗壁，蛛絲罩、淡墨苔暈青。"　　　[16]"欹鬢"句：謂髮半白。苧
（zhù 住）：苧麻，多年生草本植物，色白，喻白髮。　　　[17]點檢：清點，檢查。
[18]鮫綃：鮫人所織之紗，後用爲手帕之別稱。參陸游《釵頭鳳》（紅酥手）注[4]。
[19]"軃（duǒ 躲）鳳"二句：寫失侶之心情。軃鳳：翅膀下垂的鳳鳥，表失意。軃，
下垂貌。或謂二句仍屬"檢點"之對象，鳳指鳳翅（鏡臺飾物），鸞指鸞鏡。南朝宋
劉敬叔《異苑》卷三謂罽賓國王買得一鸞，"三年不鳴，夫人曰嘗聞鸞見類則鳴，何
不懸鏡照之。王從其言，鸞睹影，悲鳴沖霄，一奮而絶。"後稱妝鏡爲鸞鏡。鳳翅下
垂、鸞鏡殘破，喻物是人非。　　　[20]"殷勤"七句：謂生死契闊，雁書難達，故以筝
曲寄相思，招所戀之魂。藍霞：藍天彩霞。"漫相思"二句：即指創作本詞。哀筝：
筝聲哀婉，故稱。三國魏曹丕《與吳質書》："高談娛心，哀筝順耳。"柱：絃樂器的絃
枕木，移動則聲高低不同。末三句，古有招死者靈魂之俗。《禮記·士喪禮》："復
者一人。"漢鄭玄注："復者，有司招魂復魄也。"又《楚辭·招魂》："目極千里兮傷
春心，魂兮歸來哀江南。"

【集評】

（清）陳廷焯《詞則·別調集卷二》："兹篇操縱自如，全體精粹，空絶古
今。"

張伯駒《叢碧詞話》："陳亦峰（廷焯字）云：'全章精粹，空絶千古。'余以
爲此調過長，必須排比湊泊，祇好拆碎樓臺矣。如後主'小樓昨夜又東風'
詞，可以云'空絶千古'。此調任何作者，亦不能空絶千古，固不止夢窗也。"
（《詞學》第一輯）

唐 多 令

【題解】

或謂此亦懷人之作,又謂其爲悼亡之作,又謂其客中送別之作。詞風疏朗,不類他作。

何處合成愁。離人心上秋[1]。縱芭蕉、不雨也颼颼。都道晚涼天氣好,有明月、怕登樓[2]。 年事夢中休[3]。花空煙水流。燕辭歸,客尚淹留[4]。垂柳不縈裙帶住,漫長是、繫行舟[5]。

《吳夢窗詞箋釋》卷四

【校注】

[1]"何處"二句:俞平伯《唐宋詞選釋》卷下:"將'愁'字拆爲'秋'、'心'二字,雖似小巧,而秋之訓愁,亦有所本。《禮記·鄉飲酒義》:'秋之爲言愁也。'鄭注:'愁讀爲揫。揫,斂也。'此愁本不作憂愁解,但後來文人每多借用。如王勃《秋日宴季處士宅序》:'悲夫秋者愁也。'已是憂愁之義。'離人心上秋',爲本篇的主句。"

[2]"有明月"句:唐譚用之《月夜懷寄友人》:"殘春謾道深傾酒,好月那堪獨上樓。" [3]年事:即人事。人事因年而生而增,故云。此或指與姬相聚時事。

[4]"燕辭歸"二句:三國魏曹丕《燕歌行》二首之一:"群燕辭歸雁南翔,念君客游思斷腸。慊慊思歸戀故鄉,何爲淹留寄他方。"燕:吳文英姬名(按其《絳都春·南樓墜燕》詞序有"燕亡久矣"之語,《瑞鶴仙·晴絲牽緒亂》亦有"流紅千浪,缺月孤樓,總難留燕"句)。或謂"燕"用燕姞典,非其名。燕姞爲春秋時鄭文公妾,見《左傳·宣公三年》,後泛指姬妾。此處或有雙關意。客:吳文英自指。淹:滯留,久留。 [5]"垂柳"二句:唐劉禹錫《楊柳枝九首》之八:"長安陌上無窮樹,惟有垂楊管別離。"漫:徒然。

【集評】

(宋)張炎《詞源》卷下:"此詞疏快,卻不質實。如是者集中尚有,惜不多耳。"

俞陛雲《唐五代兩宋詞選釋》:"首二句以'心上秋'合成'愁'字,猶古樂府之'山上復有山',合成征人之'出'字;金章宗之'二人土上坐',皆藉字以傳情,妙語也。'垂柳'二句,與《好事近》詞'藕絲纜船'同意。'明月'及'燕歸'二句,雖詩詞中恒徑,而句則頗耐吟諷。張叔夏以'疏快'兩字評之,殊當。"

　　吴世昌《詞林新話》卷四：“首二句殊劣，衹是拆字先生之把戲，不知何以歷來詞家獨賞此二句，甚至不辨此二句文理不通：上言‘何處’，則爲空間；下句言‘秋’，則爲時間。心上加秋又何必‘離人’？况《九辯》首章即言‘悲哉秋之爲氣也’。‘愁’字從秋，乃後人之説。又‘垂柳不繫裙帶住’，亦劣句，流氓氣十足。”

文及翁

【作者簡介】

　　文及翁，字時學，號本心，綿州（今四川綿陽）人，移居吴興（今浙江湖州）。宋理宗寶祐元年（1253）進士。宋理宗景定三年（1262）除秘書省正字。宋度宗咸淳元年（1265）除著作郎，出知漳州；四年除秘書少監，出知袁州。宋恭帝德祐元年（1275）簽書樞密院事，出知嘉興府。宋亡，累徵不起，隱身著書。著作多散佚，詞存一首。

賀　新　郎

【題解】

　　元劉一清《錢塘遺事》卷一“游湖詞”云：“蜀人文及翁登第後，期集游西湖。一同年戲之曰：‘西蜀有此景否？’及翁即席賦《賀新郎》云。”主題與林升《題臨安邸》無殊，而鬱憤之情，慷慨之志，更爲淋漓激蕩。

　　一勺西湖水[1]。渡江來、百年歌舞，百年酣醉[2]。回首洛陽花世界[3]，煙渺黍離之地[4]。更不復、新亭墮淚[5]。簇樂紅妝摇畫艇[6]，問中流、擊楫誰人是[7]。千古恨，幾時洗。　　余生自負澄清志[8]。更有誰，磻溪未遇，傅巖未起[9]。國事如今誰倚仗，衣帶一江而已。便都道、江神堪恃[10]。借問孤山林處士，但掉頭、笑指梅花蕊[11]。天下事，可知矣。

【校注】

[1]一勺:極言其少。《禮記·中庸》:"今夫水,一勺之多。" [2]"渡江"二句:宋高宗建炎元年(1127)十月南遷揚州(見宋李心傳《建炎以來繫年要録》卷一〇),三年二月再逃杭州(同書卷二〇),是爲渡江之始。"百年"云云,舉其成數。歌舞、酣醉,參林升《題臨安邸》及[題解]。 [3]洛陽:代指北宋王朝。花世界:洛陽盛産牡丹(參宋歐陽修《洛陽牡丹記》、宋李格非《洛陽名園記》)。世界,一作"石盡"。 [4]黍離:慨歎亡國之詞。參張元幹《賀新郎·送胡邦衡謫新州》注[3]。 [5]新亭墮淚:借東晉事以喻時人。參陳亮《念奴嬌·登多景樓》注[6]。新亭墮淚本已消極,而此竟淚亦不墮,追進一層寫法。新亭,一名中興亭,三國吴建,故址在今南京江寧區南。 [6]簇樂:謂急管繁絃。簇,用同"促",急迫。樂,一作"擁"。紅妝:謂歌女。 [7]"問中流"句:借祖逖北伐事以諷今。參陳亮《念奴嬌·登多景樓》注[8]。擊楫:敲打船槳。 [8]澄清志:《後漢書·范滂傳》:"滂登車攬轡,慨然有澄清天下之志。"(南朝宋劉義慶《世説新語·德行》亦有此語。) [9]"更有誰"三句:謂應重用賢人。磻溪未遇:用周人吕尚事。《史記·齊太公世家》載,吕尚年老貧困,釣於渭濱。文王遇而與語,大悦,載與俱歸,立爲師,後輔佐武王滅商。磻(pán 盤)溪,溪名,在陝西寶雞東南渭水之濱,傳説吕尚未遇文王時垂釣處(見北魏酈道元《水經注》卷一七《渭水上》)。傅巖未起:用殷人傅説事。《史記·殷本紀》載,武丁夜夢得聖人,名曰説,乃使百工求之,得於傅險中。是時説爲刑徒,築墙於此。武丁與之語,果聖人,舉以爲相,殷國大治,遂以傅險姓之,號曰傅説。傅險,一作傅巖(見《尚書·説命上》及《史記·殷本紀》"得説於傅險中"句唐司馬貞《索隱》),在今山西平陸。 [10]"國事"三句:謂長江天險不足憑倚。衣帶:形容長江之窄。《南史·陳本紀下·後主》載,隋文帝將伐陳,曰:"我爲百姓父母,豈可限一衣帶水,不拯之乎?" [11]"借問"二句:謂自命清高的士大夫對國事漠不關心。林處士:指林逋。逋隱於孤山,遍植梅花。參劉過《沁園春·寄稼軒承旨》注[13]。

【集評】

(清)王闓運《湘綺樓評詞》:"須得此洗盡綺語柔情,復還清明世界。"

劉辰翁

【作者簡介】

劉辰翁(1232—1297),字會孟,號須溪,廬陵(今江西吉安)人。宋理宗景定三年(1262)進士,爲贛州濂溪書院山長。宋度宗咸淳元年(1265)除臨安府教授,四年入江東轉運使幕。宋恭帝德祐元年(1275)入文天祥江西幕府,參預抗元。宋亡不仕。工詩文,善評詩。詞作常涉時事,多抒愛國熱忱。風格遒上,辭情跌宕,間亦有輕靈婉麗之作。爲蘇辛派殿軍。文集多亡佚,存《須溪集》十卷、《須溪詞》三卷。

西 江 月

新秋寫興

【題解】

劉辰翁詞多借詠節令感懷傷事,寄寓故國之思。此詞寫七夕,當作於宋亡之後。

天上低昂似舊[1],人間兒女成狂[2]。夜來處處試新妝[3]。卻是人間天上[4]。　　不覺新凉似水[5],相思兩鬢如霜[6]。夢從海底跨枯桑[7]。閱盡銀河風浪[8]。

《須溪詞》卷一

【校注】

[1]低昂:指變化。　　[2]狂:謂狂歡。　　[3]"夜來"句:宋吳自牧《夢粱錄》卷四《七夕》:"七月七日謂之七夕節。其日晚晡時,傾城兒童女子,不問貧富,皆著新衣。"　　[4]天上:此處意同"天堂"。　　[5]新凉似水:唐杜牧《秋夕》:"天階夜色凉如水,坐看牽牛織女星。"　　[6]兩鬢如霜:宋蘇軾《江城子·乙卯正月二十日夜記夢》:"塵滿面,鬢如霜。"　　[7]"夢從"句:謂世事巨變。晉葛洪《神仙傳》卷三《王遠》:"麻姑自説接侍以來,已見東海三爲桑田。"　　[8]"閱盡"句:或謂用牽牛織女渡河聚會事(參秦觀《鵲橋仙·纖雲弄巧》注[1]、[3])。閱:經歷。

永 遇 樂

　　予自乙亥上元誦李易安《永遇樂》,爲之涕下。今三年矣,每聞此詞,輒不自堪。遂依其聲,又託之易安自喻。雖辭情不及,而悲苦過之。

【題解】

　　宋端宗景炎三年(1278)元宵節作於杭州。抒寫亡國後的凄涼心境,辭情俱苦。乙亥,宋恭帝德祐元年(1275)。上元,元宵節(農曆正月十五日)。李易安,李清照,其《永遇樂》詞首句爲"落日鎔金",已見前選。依其聲,既指依照李詞所用之韻,亦指依照李詞的聲情口吻。悲苦過之,蒙元兵於此前兩年攻破杭州,次年宋朝覆滅,作此詞時國家已名存實亡,相比偏安一隅的南宋初年,李清照尚有酒朋詩侶乘香車寶馬相招,故云。

　　璧月初晴,黛雲遠淡[1],春事誰主[2]。禁苑嬌寒,湖堤倦暖[3],前度遽如許[4]。香塵暗陌,華燈明晝,長是懶攜手去[5]。誰知道、斷煙禁夜,滿城似愁風雨[6]。　　宣和舊日,臨安南渡,芳景猶自如故[7]。緗帙流離,風鬟三五,能賦詞最苦[8]。江南無路,鄜州今夜,此苦又誰知否[9]。空相對,殘釭無寐,滿村社鼓[10]。

《須溪詞》卷二

【校注】

[1]"璧月"二句:對應李清照《永遇樂·元宵》:"落日鎔金,暮雲合璧。"璧月:圓月。宋趙磻老《醉蓬萊》(聽都人歌詠):"正是元宵,滿天和氣,璧月流光,雪消寒峭。"黛雲:青雲。　　[2]春事誰主:寓江山易主之意。　　[3]"禁苑"二句:意同"輕暖輕寒,正是困人天氣"(宋無名氏《失調名》句)。禁苑:皇帝專用園林。嬌寒:輕寒。湖:西湖。　　[4]"前度"句:設想李清照今日再至臨安(按李詞《永遇樂》作於臨安),當感歎時事變化,如此之迅。前度:暗用唐劉禹錫《再游玄都觀》:"前度劉郎今又來。"　　[5]"香塵"三句:對應李詞:"來相召,香車寶馬,謝他酒朋詩侶。"香塵暗陌:狀繁華。唐李白《古風五十九首》之二四:"大車揚飛塵,亭午暗阡陌。"長是:總是。　　[6]"誰知道"二句:對應李詞:"元宵佳節,融和天氣,次第豈無風雨。"斷煙:謂人煙稀少。　　[7]"宣和"三句:意謂李清照所處時代雖有山河之異,相較今日已屬盛時。對應李詞:"中州盛日,閨門多暇,記得偏重三

五。"暗用南朝宋劉義慶《世説新語·言語》:"過江諸人每至美日,輒相邀新亭,藉卉飲宴。周侯(顗)中坐而歎曰:'風景不殊,正自有山河之異。'"宣和:宋徽宗年號(1119—1125)。臨安南渡:宋室南渡後定都臨安。　　　[8]"緗帙"三句:謂李清照漂泊流離而作《永遇樂·元宵》。緗帙流離:謂李清照夫婦藏書散失事,參李清照《〈金石録〉後序》。緗帙,淺黄色書套,亦指書。風鬟:謂髮亂,狀潦倒。李詞:"如今憔悴,風鬟霜鬢。"三五:元宵節,參李詞注[11]。　　　[9]"江南"三句:轉寫自己。江南無路:劉辰翁此時當獨居杭州,家在吉安。吉安屬江南西路,其時已淪於元軍之手。鄜(fū 夫)州今夜:唐杜甫《月夜》:"今夜鄜州月,閨中祇獨看。"按,杜甫時陷安史叛軍佔領的長安,家在鄜州(今陝西富縣)。劉辰翁引杜詩自比甚切。　　　[10]"空相對"三句:設想與妻子相見情景。杜甫自長安赴鄜州省親,所作《羌村三首》之一有"夜闌更秉燭,相對如夢寐"語。釭(gāng 剛):燈。宋晏幾道《鷓鴣天》(彩袖殷勤捧玉鍾):"今宵剩把銀缸照,猶恐相逢是夢中。"社鼓:祭土地神時所擊之鼓,參陸游《游山西村》注[3]。

周　密

【作者簡介】

　　周密(1232—1298),字公謹,號草窗,又號蘋洲、四水潛夫、弁陽嘯翁,祖籍濟南(今屬山東),世居湖州(今屬浙江)。宋理宗景定二年(1261)爲臨安府幕屬。宋度宗咸淳(1265—1274)初爲兩浙運司掾,十年爲豐儲倉所檢察。宋恭帝德祐元年(1275)爲義烏令。入元不仕,輯録故國文獻多種。工詩,學晚唐,略摻李賀、杜牧,風格條暢清新。尤擅詞,前期多風月交游之作,後期與王沂孫、張炎等結詞社,吟詠懷抱,以寄亡國之恨。師姜夔,亦受吳文英影響,風格精深秀雅,韶倩綿渺,與吳文英並稱"二窗"。存《草窗韻語》六卷、《蘋洲漁笛譜》二卷及集外詞一卷、《武林舊事》等筆記多種。

西塍秋日即事

【題解】

前三句寫秋景,後句語意忽轉,含蘊深長。西塍(chéng 呈),即西馬塍,在杭州城北餘杭門外(據宋潛説友《咸淳臨安志》卷三〇)。

絡緯聲聲織夜愁[1],酸風吹雨水邊樓[2]。堤楊脆盡黃金綫,城裏人家未覺秋。

《草窗韻語》三稿

【校注】

[1]"絡緯"句:絡緯(即蟋蟀)鳴於秋,聲似紡織,又名促織,故有"織夜愁"之語。參洪咨夔《促織》[題解]。　　[2]酸風:寒風。唐李賀《金銅仙人辭漢歌》:"東關酸風射眸子。"

【集評】

錢鍾書《宋詩選注》:"元代貢性之的名作《湧金門見柳》:'湧金門外柳垂金,幾日不來成綠陰。折取一枝入城去,使人知道已春深。'簡直就像有意跟這首詩對照似的。貢性之的詩見顧嗣立《元詩選》二集辛集裏《南湖集》。"

一萼紅

登蓬萊閣有感

【題解】

宋端宗景炎元年(1276)初杭城淪陷,周密湖州之宅亦爲兵火所破。此詞約本年冬作於紹興,以吞吐之筆,寫凄寒之景,抒思鄉之情,寄亡國之恨。蓬萊閣,在紹興郡卧龍山下廳事後。

步深幽。正雲黃天淡,雪意未全休[1]。鑒曲寒沙,茂林煙草[2],俛仰今古悠悠[3]。歲華晚、飄零漸遠,誰念我、同載五湖舟[4]。磴古松斜[5],厓陰苔老[6],一片清愁。　　回首天涯歸夢,幾魂飛西浦,淚灑東州。故國山川，故園心眼，還似王粲登樓[7]。最負他、秦鬟妝鏡，好江山，何事此時游[8]。爲喚狂吟老監[9]，共賦銷憂[10]。

《蘋洲漁笛譜·集外詞》

【校注】

[1]"正雲黃"二句：唐白居易《歲除夜對酒》："草白經霜地，雲黃欲雪天。"

[2]"鑒曲"二句：寫紹興勝景之荒敗。鑒曲：指紹興名湖鏡湖。曲，彎曲深隱之處。茂林：指蘭亭。晉王羲之《蘭亭集序》："此地有崇山峻領（嶺），茂林修竹。"

[3]俛（fǔ 俯）仰：或用《周易·繫辭上》："仰以觀於天文，俯以察於地理。"謂觀察。或用《蘭亭集序》語："俛仰之間，以爲陳跡。"謂時間之短。俛，同"俯"。今：原作"千"，兹據清康熙二十四年（1685）柯崇樸刻本《絕妙好詞》卷七改。　　　[4]"誰念我"句：用范蠡典，寫無人相伴歸隱。按《國語·越語下》，越大夫范蠡助越王勾踐滅吳後，"乘輕舟以浮於五湖，莫知其所終極"。至唐時始傳其攜西施遁隱，然據考訂實無其事（參明楊慎《升庵集》卷六八"范蠡西施"條）。五湖：即太湖。

[5]磴（dèng 凳）：石階。　　　[6]厓（yá 牙）：水邊或山邊。一作"崖"。

[7]"回首"六句：寫鄉思。幾：幾番，言多。西浦、東州：詞末自注："閣在紹興，西浦、東州皆其地。"故園心眼：懷念故園的心情。心眼，心情，心思。王粲登樓：王粲爲漢末"建安七子"之一，山陽高平（今山東鄒縣西南）人，在荆州時登麥城樓（今湖北當陽東南）作《登樓賦》抒發鄉情，中有"雖信美而非吾土兮，曾何足以少留"句。周密湖州故宅破後寓於杭州，此時身在紹興，故有此數句。　　　[8]"最負"三句：謂江山雖好，卻無心欣賞。負：一作"憐"。秦鬟：指秦望山，在紹興城南，爲會稽群山之最高者。鬟，喻山形。唐顧況《華山西岡游贈隱玄叟》："群峰鬱初霽，潑黛若鬟沐。"妝鏡：喻鏡湖，在秦望山北。何事：爲何。此時：謂國破家亡之時。

[9]狂吟老監：指初唐紹興人賀知章。知章曾任秘書監，晚年自號"四明狂客"，又稱"秘書外監"。醉後屬詞，動成卷軸。還鄉里，蒙賜鏡湖剡川一曲（見《舊唐書》本傳）。　　　[10]銷憂：用王粲《登樓賦》："聊暇日以銷憂。"回應上文"王粲登樓"句。

【集評】

　　（清）陳廷焯《白雨齋詞話》卷二："蒼茫感慨，情見乎詞，當爲《草窗集》中壓卷，雖使美成、白石爲之，亦無以過。惜不多覯耳。"

文天祥

【作者簡介】

文天祥(1236—1282),字履善,又字宋瑞,號文山,吉州廬陵(今江西吉安)人。宋理宗寶祐四年(1256)進士。景定五年(1264)除江西提刑。宋度宗咸淳五年(1269)知寧國府,六年除軍器監,兼崇政殿説書,又兼學士院權直,九年除知贛州。宋恭帝德祐元年(1275)奉詔勤王,起兵抗元,二年除右丞相兼樞密使,都督諸路兵馬。帝昺祥興元年(1278)授少保、信國公。兵敗被俘,數年後不屈而死。善詩文,後期之作多志憤氣壯之慨、盡忠死節之言,尤爲出色,有《文山先生全集》二十卷等。《宋史》卷四一八有傳。

正 氣 歌

予囚北庭,坐一土室,室廣八尺,深可四尋,單扉低小,白間短窄,汙下而幽暗。當此夏日,諸氣萃然:雨潦四集,浮動牀几,時則爲水氣;塗泥半朝,蒸漚歷瀾,時則爲土氣;乍晴暴熱,風道四塞,時則爲日氣;簷陰薪爨,助長炎虐,時則爲火氣;倉腐寄頓,陳陳逼人,時則爲米氣;駢肩雜遝,腥臊汙垢,時則爲人氣;或圊溷,或毀屍,或腐鼠,惡氣雜出,時則爲穢氣。疊是數氣,當侵沴,鮮不爲厲,而予以屏弱,俯仰其間,於兹二年矣,無恙,是殆有養致然。然爾亦安知所養何哉?孟子曰:"吾善養吾浩然之氣。"彼氣有七,吾氣有一。以一敵七,吾何患焉!況浩然者,乃天地之正氣也,作《正氣歌》一首。

【題解】

元世祖至元十八年(1281,殉國前一年)六月作於獄中。詩如其名,正氣凜然,可衝斗牛,可吞寰宇,可感天地,可貫金石,誠所謂"凜烈萬古存"之作。北庭,原爲漢時北匈奴的住所,此指元大都(今北京)。可,約。尋,八尺。單扉,單扇門,喻牢房窄小。白間,本義爲窗邊塗白,後即指窗。汙(wū 污),通"污"。潦(lǎo 老),積水。時,是,此。朝,通"潮"。又,朝(cháo 潮)有"官室"意(見《老子》第五三章"朝甚除"

句三國魏王弼注),林庚、馮沅君主編《中國歷代詩歌選》下編(一)謂此處當爲此意。蒸,熱。漚(òu 偶去聲),浸泡。歷瀾,水氣蒸騰貌。爨(cuàn 竄),炊,燒火做飯。"倉腐"二句,《史記·平準書》:"太倉之粟,陳陳相因,充溢露積於外,至腐敗不可食。"倉腐,指陳穀。雜遝(tà 踏),多而紛亂貌。圊(qīng 青)溷(hùn 混),厠所。侵(jìn 禁)沴(lì 利),邪惡不祥之氣。侵,通"祲",陰陽之氣相浸而成的妖氣。沴,天地四時之氣不和而生的惡氣。晉葛洪《西京雜記》卷五:"此皆陰陽相蕩而爲祲沴之妖也。"二字一作"之者"。厲,虐害。無恙,一作"審如"。然爾,然而。"吾善"句,語見《孟子·公孫丑上》(惟首字作"我")。

　　天地有正氣,雜然賦流形。下則爲河嶽,上則爲日星[1]。於人曰浩然,沛乎塞蒼冥[2]。皇路當清夷,含和吐明庭[3]。時窮節乃見,一一垂丹青[4]。在齊太史簡[5],在晉董狐筆[6]。在秦張良椎[7],在漢蘇武節[8]。爲嚴將軍頭[9],爲嵇侍中血[10]。爲張睢陽齒[11],爲顏常山舌[12]。或爲遼東帽,清操厲冰雪[13]。或爲《出師表》,鬼神泣壯烈[14]。或爲渡江楫,慷慨吞胡羯[15]。或爲擊賊笏,逆豎頭破裂[16]。是氣所磅礴[17],凛烈萬古存[18]。當其貫日月,生死安足論[19]。地維賴以立,天柱賴以尊[20]。三綱實係命[21],道義爲之根[22]。嗟予遘陽九,隸也實不力[23]。楚囚纓其冠,傳車送窮北[24]。鼎鑊甘如飴,求之不可得[25]。陰房闐鬼火,春院閟天黑[26]。牛驥同一皂,雞棲鳳凰食[27]。一朝濛霧露,分作溝中瘠[28]。如此再寒暑,百沴自辟易[29]。嗟哉沮洳場[30],爲我安樂國。豈有他繆巧[31],陰陽不能賊[32]。顧此耿耿在[33],仰視浮雲白[34]。悠悠我心悲,蒼天曷有極[35]。哲人日已遠,典刑在夙昔[36]。風簷展書讀[37],古道照顏色[38]。

《廬陵宋丞相信國公文忠烈先生全集》卷一三

【校注】

[1]"天地"四句:《管子·内業》:"凡物之精,此則爲生。下生五穀,上爲列星。"文天祥《熙明殿進講敬天圖周易賁卦》:"臣竊惟天一積氣耳,凡日月星辰、風雨霜露,皆氣之流行而發見者。"賦:賦予。流形:各種形體,指下文所説種種。　　[2]"於人"二句:《孟子·公孫丑上》:"我善養吾浩然之氣……其爲氣也,至大至剛,以直養而無害,則塞於天地之間。"《管子·内業》:"浩然和平,以爲氣淵。淵之不涸,四

體乃固。泉之不竭,九竅遂通。乃能窮天地,被四海。"浩然:宋朱熹《孟子集注》:
"盛大流行之貌。"沛乎:充盛貌。蒼冥:謂天。冥,高遠。　　[3]"皇路"二句:國
勢清明,氣則平和。文天祥《贈蜀醫鍾正甫》:"何當同皇風,六氣和且平。"皇路:政
局,國運。《後漢書·崔駰傳》:"皇路險傾。"清夷:清明,太平。含和:懷平和之氣。
吐:表露。明庭:聖明的朝廷。　　[4]"時窮"二句:領起下文。見:"現"的本字。
垂丹青:謂垂名後世。丹青,畫像。《漢書·蘇武傳》載李陵語:"竹帛所載,丹青所
畫。"同傳又載漢宣帝時圖畫大臣形貌於麒麟閣。《舊唐書·太宗紀》載唐太宗詔
圖畫"勳臣二十四人於凌煙閣"。　　[5]"在齊"句:《左傳·襄公二十五年》載,
齊大夫崔杼弒齊莊公,"太史書曰:'崔杼弒其君。'崔子殺之,其弟嗣書,而死者二
人。其弟又書,乃舍之。南史氏聞太史盡死,執簡以往。聞既書矣,乃還。"
[6]"在晉"句:《左傳·宣公二年》載,趙穿弒晉滅靈公,大臣趙盾(宣子)逃亡在
外,未出國境而返。"太史(董狐)書曰:'趙盾弒其君。'以示於朝,宣子曰:'不
然。'對曰:'子爲正卿,亡不越竟(境),反(返)不討賊,非子而誰?'……孔子曰:
'董狐,古之良史也,書法不隱。'"　　[7]"在秦"句:《史記·留侯世家》載,張良
先世爲韓人,秦滅韓,良"悉以家財求客刺秦王","得力士,爲鐵椎重百二十斤。秦
皇帝東游,良與客狙擊秦皇帝博浪沙中,誤中副車"。椎(chuí 捶):捶擊的工具。
[8]"在漢"句:《漢書·蘇武傳》載,蘇武出使匈奴被扣,單于迫其降而終不可,"乃
徙武北海上無人處,使牧羝,羝乳乃得歸","杖漢節牧羊,卧起操持,節旄盡落",
"留匈奴凡十九歲,始以强壯出,及還,鬚髮盡白"。節:符節,使臣執之作爲憑證。
[9]"爲嚴"句:《三國志·蜀書·張飛傳》載,蜀將張飛生獲益州牧劉璋部將嚴顏,
"呵顏曰:'大軍至,何以不降而敢拒戰?'顏答曰:'卿等無狀,侵奪我州,我州但有
斷頭將軍,無有降將軍也。'飛怒,令左右牽去斫頭,顏色不變,曰:'斫頭便斫頭,何
爲怒邪。'飛壯而釋之,引爲賓客"。　　[10]"爲嵇"句:《晉書·嵇紹傳》載,侍中
嵇紹從惠帝戰,"敗績於蕩陰,百官及侍衛莫不散潰。惟紹儼然端冕,以身捍衛,兵
交御輦,飛箭雨集,紹遂被害於帝側,血濺御服,天子深哀歎之。及事定,左右欲浣
衣,帝曰:'此嵇侍中血,勿去。'"　　[11]"爲張"句:《舊唐書·張巡傳》載,安史
之亂時,張巡與衆將守睢陽(今河南商丘),"巡神氣慷慨,每與賊戰,大呼誓師,眥
裂血流,齒牙皆碎……及城陷,尹子奇謂巡曰:'聞君每戰眥裂,嚼齒皆碎,何至此
耶?'巡曰:'吾欲氣吞逆賊,但力不遂耳。'子奇以大刀剔巡口,視其齒,存者不過三
數"。　　[12]"爲顏"句:《新唐書·顏杲卿傳》載,杲(gǎo 稿)卿被安禄山表爲
常山太守,安禄山反,杲卿起而討賊,被俘至洛陽,"禄山怒曰:'吾擢爾太守,何所
負而反?'杲卿瞋目罵曰:'汝營州牧羊羯奴耳,竊荷恩寵,天子負汝何事,而乃反
乎?我世唐臣,守忠義,恨不斬汝以謝上,乃從爾反耶?'禄山不勝忿,縛之天津橋柱,

節解以肉啖之，詈不絶，賊鈎斷其舌，曰：‘復能罵否？’杲卿含胡而絶，年六十五”。

[13]“或爲遼東帽”二句：《三國志·魏書·管寧傳》載，漢末天下大亂，管寧避難遼東，“時避難者多居郡南，而寧居北，示無遷志。”居家“常著皂帽”，屢徵不起。

[14]“或爲《出師表》”二句：諸葛亮北伐中原前上《前出師表》，有“庶竭駑鈍，攘除姦凶。興復漢室，還於舊都”等語。參陸游《書憤》注[4]。　　　[15]“或爲渡江楫”二句：《晉書·祖逖傳》載，東晉初年，北方爲少數民族所據，逖力主北伐，被元帝任爲奮威將軍、豫州刺史。“渡江，中流擊楫而誓曰：‘祖逖不能清中原而復濟者，有如大江。’”渡江後征討十六國後趙主石勒，克城多座，“黄河以南盡爲晉土”。羯：古代民族名，曾附屬匈奴。石勒即爲羯人。　　　[16]“或爲擊賊笏”二句：《舊唐書·段秀實傳》載，唐德宗時朱泚謀反，“召秀實議事”。“秀實戎服，與泚並膝，語至僭位，秀實勃然而起，執休腕奪其象笏，奮躍而前，唾泚面大罵曰：‘狂賊，吾恨不斬汝萬段，我豈逐汝反耶。’遂擊之。泚舉臂自捍，纔中其顙，流血匍匐而走。凶徒愕然，初不敢動……秀實乃曰：‘我不同汝反，何不殺我。’凶黨群至，遂遇害焉。”笏（hù 互）：朝會時所執條狀板。起初天子至士皆執笏，後世惟品官執以紀事備忘，不用時插於腰帶間。逆豎：叛亂的小人。豎，對人的鄙稱，猶言“小子”。

[17]磅礴：亦作“磅礴”，盛大、充滿貌。　　　[18]凜烈：嚴肅忠烈，令人敬畏。

[19]“當其”二句：謂正氣貫通日月，不因人之生死而存亡。　　　[20]“地維”二句：古人以爲天有九柱支撑，地有四繩拴繫。《淮南子·天文訓》：“昔者共工與顓頊争爲帝，怒而觸不周之山，天柱折，地維絶。”　　　[21]“三綱”句：三綱係命於正氣，即三綱因正氣而存在。宋朱熹《晦庵先生朱文公文集》卷七〇《讀大紀》：“宇宙之間一理而已……其張之爲三綱，其紀之爲五常，蓋皆此理之流行。”三綱：漢班固《白虎通·三綱六紀》：“三綱者何謂也，謂君臣、父子、夫婦也……君爲臣綱，父爲子綱，夫爲妻綱。”係命：性命所關，即賴以存在之意。　　　[22]“道義”句：道義爲正氣之根本。《孟子·公孫丑上》：“其爲氣也，配義與道，無是餒也。”漢趙岐注：“義謂仁義，可以立德之本也；道謂陰陽大道，無形而生有形，舒之彌六合，卷之不盈握。包絡天地，稟授群生者也。”　　　[23]“嗟予”二句：謂自己運氣不佳，回天無術。陽九：厄運，古代術數家及道家所稱（見《漢書·律曆志》及《靈寶天地運度經》等，又參宋洪邁《容齋續筆·百六陽九》）。“隸也”句：即“獨柱擎天力弗支”（文天祥《感懷二首》之二）之意。宋蘇軾《莊子祠堂記》：“楚公子微服出亡，而門者難之。其僕操箠而罵曰：‘隸也不力。’”語或出此。隸：臣屬，文天祥自指。林庚、馮沅君主編《中國歷代詩歌選》下編（一）謂“不力”意爲不盡力，“隸”指不憂國事而彼此猜忌的朝臣。　　　[24]“楚囚”二句：謂被俘而北解至大都。楚囚：用《左傳·成公九年》典：“晉侯觀於軍府，見鍾儀，問之曰：‘南冠而縶者誰也？’有司

對曰:'鄭人所獻楚囚也。'"其《七月二日大雨歌》亦云:"南冠者爲誰,獨居沮洳場。"寓遭幽禁而不忘故國意。纓:結冠之帶,此用爲動詞。傳(zhuàn 撰)車:驛車。傳,驛站。窮北:極遠的北方,此指北京。窮,極邊遠。 [25]"鼎鑊"二句:謂不畏死而求死不得。鼎、鑊(huò 或):均爲烹飪器(鑊似大鼎而無足),此指以鼎鑊烹人的酷刑。甘如飴:唐韓愈《芍藥歌》:"一尊春酒甘若飴。"飴,用米、麥芽熬成的糖膏。文天祥自謂被俘後"即服腦子(冰片)約二兩,昏眩久之,竟不能死"(《南海・序》)。《宋史》本傳:"天祥在道,不食八日,不死,即復食。至燕,館人供張甚盛。"元劉岳申《文丞相傳》亦有"大罵求死"、"踴躍請劍就死"的記載。

[26]"陰房"二句:寫牢獄環境。陰房:陰涼的房室,此指牢獄。闃(qù 去):寂靜。鬼火:磷火。閟(bì 必):閉門。唐杜甫《玉華宮》:"陰房鬼火青。"又《大雲寺贊公房四首》之三:"天黑閉春院。" [27]"牛驥"二句:謂身陷獄中與囚徒雜處。驥與牛、鳳凰與雞對舉,以喻良莠。《楚辭・九章・懷沙》:"鳳凰在笯兮,雞鶩翔舞。"漢賈誼《弔屈原賦》:"騰駕罷(疲)牛驂蹇驢兮,驥垂兩耳服鹽車兮。"皂:牛馬食槽。雞棲:雞舍。 [28]"一朝"二句:謂一旦感受風寒,即可導致死亡。《荀子・榮辱》:"是其所以不免於凍餓,操瓢囊爲溝壑中瘠者也。"濛:按意當爲"蒙"。分(fèn 奮):料想。瘠(zì 字):通"胔",腐肉。 [29]"如此"二句:謂兩年中不染諸疾。再寒暑:兩年。百沴:指序文所言諸惡氣。辟(bì 必)易:退避。

[30]沮(jù 巨)洳(rù 入):地低濕。《詩・魏風・汾沮洳》:"彼汾沮洳。"

[31]繆(miù 謬)巧:詐術與巧技。《漢書・韓安國傳》韓安國曰:"意者有它繆巧可以禽之,則臣不知也。不然,則未見深入之利也。" [32]陰陽:當指寒暑。賊:傷害。 [33]"顧此"句:即作者《自歎》"落落惟心在"之意。顧:反思。耿耿:誠信貌,亦光明貌,此自指忠誠正義之心。 [34]"仰視"句:暗用孔子"不義而富且貴,於我如浮雲"(《論語・述而》)語意。 [35]"悠悠"二句:謂天無極,悲亦無極。《詩・唐風・鴇羽》:"悠悠蒼天,曷其有極。"曷:何。 [36]典刑:典範。刑,通"型"。夙昔:往日。 [37]風簷:風中屋檐。唐殷堯藩《奉送劉使君王屋山隱居》:"散髮風簷下。" [38]道:道理,道義。顏色:容顏。

【集評】

(清)許寶善《自怡軒古文選》卷一〇:"從容慷慨,全是浩然之氣洋溢筆墨間。讀之,百世猶爲興起,洵有功世教之文。"

過零丁洋

【題解】

　　帝昺祥興元年(1278)十二月,文天祥爲元將張弘範所獲。次年正月,張弘範再攻帝昺所在地厓山(今廣東江門新會區南八十里海中),挾文天祥同往。十二日,行至珠江口外零丁洋(今稱伶仃洋),作此詩明志,悲壯中寓高昂,表現雖敗不悔、捨生取義的氣節與決心。詩後注云:"上巳日,張元帥令李元帥過船,請作書招諭張少保投拜,遂與之言:'我自救父母不得,乃教人背父母,可乎?'書此詩遺之。李不能強,持詩以達張,但稱好人好詩,竟不能逼。"上巳日,三月初三,於時不合,當爲"上元日"(正月十五日)之誤。張元帥,元將張弘範。李元帥,元將李恒。時均任蒙古漢軍都元帥。張少保,宋將張世傑,時爲少傅、樞密副使。投拜,投身下拜,投降。父母,喻祖國。《孟子·萬章下》:"(孔子)去魯,曰:'遲遲吾行也,去父母國之道也。'"

　　辛苦遭逢起一經[1],干戈落落四周星[2]。山河破碎風拋絮,身世飄搖雨打萍。皇恐灘頭説皇恐[3],零丁洋裏歎零丁[4]。人生自古誰無死? 留取丹心照汗青[5]。

《廬陵宋丞相信國公文忠烈先生全集》卷一二

【校注】

[1]"辛苦"句:謂進士及第後入仕,便開始遭受辛苦。辛苦:文天祥中進士時,宋王朝已瀕於危亡,故云。起一經:謂科舉出身。經,經書。漢代以明經取士,隋代以後以經義取者爲明經,以詩賦取者爲進士,至文天祥時已改爲以經義論策試進士。《漢書·韋賢傳》:"(賢)少子玄成,復以明經歷位至丞相。故鄒魯諺曰:'遺子黄金滿籯,不如一經。'"宋理宗寶祐四年(1256)文天祥經殿試擢爲進士第一,所作對策發揮《周易》等經書中"自强不息"的理論,闡述改革主張(見《御試策一道》)。
[2]"干戈"句:指抗元四年,屢經戰争。文天祥於宋恭帝德祐元年(1275)奉詔勤王,起兵抗元,至作此詩歷四周年。干戈:代指戰争。落落:多貌。二字一作"寥落",或謂指抗元者無多,或謂寫戰争所致之荒凉,於義未優。周星:多指歲星在天空迴圈一周,十二年。此借指地球繞太陽一周,即一年。　　[3]"皇恐"句:憶去年。皇恐灘:贛江十八灘之一,在江西萬安境内。原名黄公灘,爲宋蘇軾所改。蘇軾《八月七日初入贛過惶恐灘》:"山憶喜歡勞遠夢,地名惶恐泣孤臣。"宋王阮《黄

公灘》詩序:“贛石三百里,中有大小黄公灘,與萬安縣對。無甚險惡,坡公誤聽,以爲惶恐,遂對喜歡。”皇,字又作“惶”。宋端宗景炎二年(1277)八月,文天祥在家鄉廬陵空坑與元兵交戰,十月敗走汀州(今福建長汀)時,塗經皇恐灘。　[4]“零丁”句:歎當前。零丁洋:參題解。零丁:孤獨。　[5]汗青:以火炙青竹簡,令其水分如汗滲出,便於書寫,且易保存。引申爲書册、史册。

指南録後序

【題解】

宋端宗景炎元年(1276)五月,文天祥將其使元營、被扣留、脱牢籠、抵福州之九死一生、艱苦備嘗諸詩作編爲《指南録》四卷,並作序二篇詳記始末。此爲後序,表現出百折不撓的堅强氣節,塑造出威武不屈的英雄形象。文章敍事周詳,淋漓盡致,樸實無華,氣勢充沛,極富感人力量。指南,明其心志也。其《揚子江》詩:“臣心一片磁針石,不指南方不肯休。”其時宋主在福州(今屬福建)。

德祐二年正月十九日[1],予除右丞相兼樞密使[2],都督諸路軍馬[3]。時北兵已迫修門外[4],戰、守、遷皆不及施。縉紳、大夫、士萃於左丞相府[5],莫知計所出。會使轍交馳[6],北邀當國者相見[7]。衆謂予一行爲可以紓禍[8]。國事至此,予不得愛身,意北亦尚可以口舌動也[9]。初奉使往來[10],無留北者[11],予更欲一覘北[12],歸而求救國之策[13]。於是辭相印不拜[14],翌日以資政殿學士行[15]。

【校注】

[1]德祐二年:公元1276年。德祐,宋恭帝年號。正:一作“二”,誤。　[2]除:拜官,受職。右丞相:南宋時置左右丞相,爲宰相之職。右丞相之位略低於左丞相。樞密使:樞密院長官,佐皇帝,執兵政。　[3]路:宋代行政區域名,略相當於今日之省。　[4]“時北兵”句:文天祥《〈指南録〉自序》:“時北兵駐高亭山,距修門三十里。”北兵:元兵。修門:原爲楚都郢城門,後泛指國都之門。此指臨安(今浙江杭州)北門。　[5]縉(jìn 晉)紳、大夫、士:泛指各級官員。縉紳,插笏(參文天祥《正氣歌》注[16])於帶間。此爲仕宦者之裝束,因以稱士大夫。縉,通“搢”,插。紳,大腰帶。大夫、士,周代官分卿、大夫、士三等。左丞相:時爲吴堅,後降元。　[6]會:適逢。使轍交馳:謂使者頻繁往來。　[7]北:指元軍。當

國者:執政者。　　　[8]紓(shū 抒):舒解,緩和。　　[9]以口舌動:用言語説服。
[10]初:以前。　　　[11]留北:指爲元軍所扣留。　　[12]覘(chān 攙):窺視。
[13]歸:一作"軍",屬上讀。誤。　　[14]"於是"句:不就丞相職。拜:敬受。
[15]資政殿學士:侍從、備顧問之官,宰相等執政官離任者多授此官。

　　初至北營,抗辭慷慨,上下頗驚動,北亦未敢遽輕吾國[1]。不幸
吕師孟構惡於前[2],賈餘慶獻諂於後,予羈縻不得還,國事遂不可收
拾[3]。予自度不得脱,則直前詬虜帥失信,數吕師孟叔侄爲逆,但欲
求死,不復顧利害。北雖貌敬,實則憤怒[4]。二貴酋名曰館伴[5],夜
則以兵圍所寓舍,而予不得歸矣。

【校注】

[1]"初至"四句:文天祥《紀事(六首)序》載,使北,與元軍統帥中書右丞相伯顔
"辨難甚至","北辭漸不遜,予謂:'吾南朝狀元宰相,但欠一死報國,刀鋸鼎鑊,非
所懼也。'大酋爲之辭屈,而不敢怒。諸酋相顧動色,稱爲丈夫"。北營:伯顔軍營。
抗辭:直言高論。抗,正直,高昂。　　　[2]"不幸"句:宋度宗咸淳九年(1273),宋
知襄陽府吕文煥以城降元。宋恭帝德祐元年(1275),兵部侍郎吕師孟(吕文煥侄)
等使元求和。文天祥《紀事(四首)序》:"(德祐二年)正月二十日至北營,適與文
煥同坐。予不與語。越二日,予不得回闕。詬虜酋失信,盛氣不可止。文煥與諸
酋勸予坐野中,以少遲一二日即入城,皆紿辭也。先是,予赴平江入疏,言叛逆遺
孽不當待以姑息,乞舉《春秋》誅亂賊之法,意指吕師孟,朝廷不能行。至是,文煥
云:'丞相何故罵煥以亂賊?'予謂:'國家不幸至今日,汝爲罪魁,汝非亂賊而誰?
三尺童子皆罵汝,何獨我哉!'煥云:'襄守六年不救。'予謂:'力窮援絶,死以報國
可也。汝愛身惜妻子,既負國,又隳家聲。今合族爲逆,萬世之賊臣也。'孟在傍,
甚忿。直前云:'丞相上疏欲見殺,何爲不殺取師孟?'予謂:'汝叔侄皆降北,不族
滅汝,是本朝之失刑也,更敢有面皮來做朝士?予實恨不殺汝叔侄,汝叔侄能殺
我,我爲大宋忠臣,正是汝叔侄周全我。我又不怕!'孟語塞,諸酋皆失色動顔,唆
都以告伯顔,伯顔吐舌云:'文丞相心直口快,男子心。'"　　　[3]"賈餘慶"三句:
《紀事(六首)序》:"是晚(正月二十日晚,即文天祥抵北營當日),諸酋議良久,忽
留予營中。"文天祥《紀年録·宋德祐二年五月》:"明日(正月二十一日),宰相吴
堅、賈餘慶以下以國降。"《紀事(六首)序》:"及予既縶維,賈餘慶以逢迎繼之,而
國事遂不可收拾。痛哉痛哉!"賈餘慶:先官同簽書樞密院事,知臨安府,後除右丞

相。羈縻：扣留。　　　[4]“予自度”七句：文天祥《紀事（一首）序》：“正月二十日晚，北留予營中云：‘北朝處分，皆面奉聖旨。南朝每傳聖旨，而使者實未曾得到簾前。今程鵬飛面奏大皇，親聽處分。程回日，卻與丞相商量大事畢，歸闕。’既而失信。予直前責虜酋，辭色甚厲，不復顧死。譯者再四失辭，予迫之益急。大酋怒且愧，諸酋群起呵斥，予益自奮。”《元史·伯顏傳》：“（伯顏）顧天祥舉動不常，疑有異志，留之軍中。天祥數請歸，伯顏笑而不答。天祥怒曰：‘我此來爲兩國大事，彼皆遣歸，何故留我？’伯顏曰：‘勿怒。汝爲宋大臣，責任非輕，今日之事，政當與我共之。’”度（duó 奪）：揣測。數（shǔ 署）：責備。逆：背叛。　　　[5]“二貴酋”句：《紀年録·宋德祐二年五月》注：“二十日詣北營，至則留營中，唆都、忙古歹館伴。”貴酋：稱少數民族頭領。時唆都爲宣撫，忙古歹爲萬户。館伴：陪同外交使臣的人員。

　　未幾，賈餘慶等以祈請使詣北，北驅予并往，而不在使者之目。予分當引決，然而隱忍以行，昔人云：“將以有爲也。”[1]至京口，得間奔真州[2]，即具以北虚實告東西二閫[3]，約以連兵大舉。中興機會，庶幾在此[4]。留二日，維揚帥下逐客之令[5]。不得已，變姓名，詭蹤跡，草行露宿，日與北騎相出没於長淮間。窮餓無聊，追購又急，天高地迥，號呼靡及。已而得舟，避渚洲，出北海，然後渡揚子江，入蘇州洋，展轉四明、天台，以至於永嘉[6]。

【校注】

[1]“未幾”八句：二月初，替代文天祥新任右丞相的賈餘慶又與左丞相吳堅、參知政事家鉉翁等五人“奉表北庭，號祈請使”，“忽伯顏趨予與吳丞相俱入北，予不在使者列，是行何爲？蓋驅逐之使去耳。予陷在難中，無計自脱。初九日，與吳丞相同被逼脅，電勉就船。先一夕，予作家書，處置家事，擬翌日定行止，行則引決，不爲偷生。及見吳丞相、家參政，吳殊無殉國之意，家則以爲死傷勇，祈而不許，死未爲晚。予以是徘徊隱忍，猶冀一日有以報國。惟是賈餘慶凶狡殘忍，出於天性，密告伯顏，使啓北庭，拘予於沙漠。”（文天祥《使北序》）目：猶言名單。分（fèn 奮）：職分，本分，引申爲理當。引決：自殺。隱忍：克制忍耐。“昔人云”云云，唐韓愈《張中丞傳後序》記安史亂時張巡、南霽雲寧死不屈事：“城陷，賊以刃脅降巡，巡不屈，即牽去，將斬之；又降雲，雲未應。巡呼雲曰：‘南八，男兒死耳，不可爲不義屈。’雲笑曰：‘欲將以有爲也，公有言，雲敢不死！’即不屈。”　　　[2]“至京口”二

句：《紀年録·宋德祐二年五月》："（二月）十八日，至鎮江。二十九日，予與杜滸以下十一人，夜走真州。三月初一日，入真州城。"京口：今江蘇鎮江，時陷元軍之手。間：空隙，機會。真州：今江蘇儀徵，時在宋軍之手。　　　[3]東西二閫（kǔn捆）：指淮南東路制置使（主管邊防軍務，駐揚州）李庭芝、淮南西路制置使夏貴（駐廬州，今安徽合肥）。閫，門檻，引申指郭門、國門，又引申指領兵在外的將帥。
[4]"約以"三句：文天祥《議糾合兩淮復興序》："予至真州，守將苗再成不知朝信，於是數月矣。問予京師事，慷慨激烈，不覺流涕。已而諸將校、諸幕皆來，俱憤北不自堪：'兩淮兵力，足以復興。惜天使李公（庭芝）怯不敢進，而夏老（貴）與淮東薄有嫌隙，不得合從。得丞相來，通兩淮脈絡，不出一月，連兵大舉。先去北巢之在淮者，江南可傳檄定也。'……予喜不自制，不圖中興機會在此！即作李公書，次作夏老書，苗各以覆帖副之。"　　　[5]"留二日"二句：《宋史》本傳："天祥未至（真州）時，揚有脱歸兵言：'密遣一丞相入真州説降矣。'庭芝信之，以爲天祥來説降也，使再成亟殺之。再成不忍，紿天祥出相城壘，以制司文示之，閉之門外。"餘詳文天祥《出真州》組詩各序。維揚帥：指李庭芝。維揚，即揚州。參姜夔《揚州慢》（淮左名都）題解。揚，原作楊。按，本文地名"揚"原均作"楊"，兹統據光緒丁酉（1897）湘南書局《四忠遺集》本《文信國公集》卷一三改。　　　[6]"不得已"十六句：略叙離真州後經歷，可與本文下段互參，亦可參文天祥《出真州》各序、《至揚州》組詩各序。又《宋史》本傳："久之，復遣二路分覘天祥，果説降者即殺之。二路分與天祥語，見其忠義，亦不忍殺，以兵二十人道之揚，四鼓抵城下，聞候門者談，制置司下令備文丞相甚急，衆相顧吐舌，乃東入海道，遇兵，伏環堵中得免。然亦飢莫能起，從樵者乞得餘糝羹。行入板橋，兵又至，衆走伏叢篠中，兵入索之，執杜滸、金應而去。虞候張慶矢中目，身被二創，天祥偶不見獲。滸、應解所懷金與卒，獲免，募二樵者以簣荷天祥至高郵，泛海至溫州。"變姓名：文天祥被逐出真州後，曾改姓名清江劉洙（見《指南録·過黃岩》）。詭：變易，此指遮掩。長淮間：指淮河以南地區。長淮，淮河。按，其時宋師僅守真州、揚州等地，淮河大部已淪元軍之手。購：懸賞。迥：遠。靡：無。北海：長江口以北海域。文天祥《北海口·序》："淮海本東海地，於東中云南洋北洋。北洋入山東，南洋入江南。人趨江南而經北洋者，以揚子江中渚沙爲北所用，故經道於此，復轉而南，蓋遶繞數千里云。"蘇州洋：今上海附近海域。四明：今浙江寧波。天台：今屬浙江。永嘉：今浙江溫州。《紀年録·宋德祐二年五月》："四月八日至溫州。"

嗚呼！予之及於死者，不知其幾矣！詆大酋當死；罵逆賊當死[1]；與貴酋處二十日，爭曲直，屢當死[2]；去京口，挾匕首，以備不測,幾自剄死[3];經北艦十餘里,爲巡船所物色,幾從魚腹死[4];真州逐之城門外,幾彷徨死[5];如揚州,過瓜洲揚子橋,竟使遇哨,無不死[6];揚州城下,進退不由,殆例送死[7];坐桂公塘土圍中,騎數千過其門,幾落賊手死[8];賈家莊幾爲巡徼所陵迫死[9];夜趨高郵,迷失道,幾陷死;質明,避哨竹林中,邏者數十騎,幾無所逃死[10];至高郵,制府檄下,幾以捕係死[11];行城子河,出入亂屍中,舟與哨相後先,幾邂逅死[12];至海陵,如高沙,常恐無辜死[13];道海安、如皋,凡三百里,北與寇往來其間,無日而非可死[14];至通州,幾以不納死[15];以小舟涉鯨波[16],出無可奈何,而死固付之度外矣。嗚呼!生死晝夜事也[17],死而死矣,而境界危惡,層見錯出,非人世所堪。痛定思痛,痛何如哉!

【校注】

[1]"詆大酋"二句:分別指前述"詬虜帥失信"、"數呂師孟叔姪爲逆"事。

[2]貴酋:指前述唆都、忙古歹館伴。　　[3]"去京口"四句:文天祥《候船難序》:"予先遣二校坐舟中,密約待予甘露寺下,及至,船不知所在。意窘甚,交謂船已失約民,奈何。予攜匕首,不忍自殘,甚不得已,有投水耳。余元慶褰裳涉水,尋一二里許,方得船至,各稽首以更生爲賀。"到:原作"頸",兹據《四忠遺集》本《文信國公集》卷一三改。　　[4]"經北艦"三句:文天祥《上江難》:"予既登舟,意泝流直上,他無事矣。乃不知江岸皆北船,連亘數十里,鳴桹唱更,氣焰甚盛。吾船不得已,皆從北船邊經過,幸而無問者。至七里江,忽有巡者喝云:'是何船?'梢答以'河鮋船'。巡者大呼云:'歹船!'歹者,北以是名反側姦細之稱。巡者欲經船前,適潮退,閣淺不能至。是時舟中皆流汗,其不來僥倖耳。"物色:搜尋。幾從魚腹死:謂葬身水底。《楚辭·漁父》:"寧赴湘流,葬於江魚之腹中。"　　[5]"真州"二句:見上注[5]、[6]。　　[6]"如揚州":《紀年録·宋德祐二年五月》:"是(三月初三)夕三更,抵揚州西門,不敢入。"《出真州·〈瓜洲相望〉詩序》:"時天色漸晚,張弓挾矢,一路甚憂疑。指處,瓜洲也;又前某處,揚子橋也。相距不遠,既暮,所行皆北境。惟恐北遣人伏路上,寂如銜枚。使所過北有數騎在焉,吾等不可逃矣。"瓜洲:渡口,在邗江(今屬江蘇揚州)。揚子橋:在今揚州南。哨:哨兵。

[7]"揚州"三句:《至揚州·〈城上兜鍪〉詩序》:"制臣之命真州也,欲見殺。若叩揚州門,恐以矢石相加。城外去揚子橋甚近,不測,又有哨,進退不可。"不由:不由己。殆:近,幾乎。例:類,等同。　　[8]"坐桂"三句:文天祥《思則堂先生序》:

"（三月）初四日，予在桂公塘，北騎數千東行。"《至揚州·〈畫闌萬騎〉詩序》："數千騎隨山而行，正從土圍後過。一行人無復人色，傍壁深坐，恐門外得見。若一騎入來，即無噍類矣！時門前馬足與箭筒之聲，歷落在耳，袛隔一壁。幸而風雨大作，騎兵徑去。危哉，危哉！哀哉，哀哉！"桂公塘：在揚州城外。　　　[9]"賈家莊"句：文天祥《賈家莊序》："予（三月）初五日，隨三樵夫黎明至賈家莊，止土圍中。"《揚州地分官序》："初五至晚，地分官五騎咆哮而來，揮刀欲擊人，凶焰甚於北。亟出濡沫（謂賄錢），方免毒手。"巡徼（jiào 叫）：指宋軍巡邏兵。徼，巡察。陵迫：侵侮逼迫。　　　[10]"夜趨"七句：《紀年錄·宋德祐二年五月》："（三月）初七日，匍匐至高郵。"《高沙道中序》："予雇騎夜趨高沙，越四十里，至板橋，迷失道。一夕行田畈中，不知東西。風露滿身，人馬飢乏，旦行霧中，不相辨。須臾，四山漸明，忽隱隱見北騎，道有竹林，亟入避。須臾，二十餘騎繞林呼噪……杜架閣（滸）與金應林中被獲，出所攜黃金賂邏者，得免。予藏處距杜架閣不遠，北馬入林，過吾傍三四，皆不見，不自意得全。僕夫鄒捷，臥叢篠下，馬過踏其足流血。總轄呂武、親隨夏仲散避他所。是役也，予自分必死。當其急時，萬竅怒號，雜亂人聲，北倉卒不盡得，疑有神明相之。"趨：奔赴。高郵：今屬江蘇。質明：天剛亮時。質，正。《儀禮·士冠禮》："宰告曰：'質明行事。'"　　　[11]"至高郵"三句：文天祥《至高沙跋》："予至高沙，姦細之禁甚嚴。時予以籃爲轎，見者憐之。又張慶血流滿面，衣衫皆汗，人皆知其爲遇北，不復以姦細疑。然聞制使有文字報諸郡，有以丞相來賺城，令覺察關防。於是不敢入城，急買舟去。"制府：指淮東制置使李庭芝的府署。檄（xí 席）：官方文書，多用於曉喻、聲討等。　　　[12]"行城"四句：文天祥《發高沙·〈曉發高沙〉詩跋》："二月六日城子河一戰，我師大捷。"又《城子河邊詩跋》："自至城子河，積屍盈野，水中流屍無數，臭穢不可當。上下幾二十里，無間斷。"又《小泊稽（稽當作"秸"，下同）莊詩跋》："自高郵至秸家莊，方有一團人家，以水爲寨，統制官稽聳……云：'今早報，灣頭馬出，到城子河邊，不與之相遇，公福人也。'爲之嗟歎不置。"　　　[13]"至海陵"三句：謂在海陵經歷如同在高沙。海陵：今江蘇泰州。《紀年錄·宋德祐二年五月》："（三月）十一日，至泰州，伏城下。"高沙：在高郵西南，即指高郵。　　　[14]"道海安"四句：文天祥《泰州·序》："予至海陵，問程趨通州，凡三百里河道。北與寇出没其間，真畏塗也。"海安、如皋：地名，今均屬江蘇南通。　　　[15]"至通州"二句：《紀年錄·宋德祐二年五月》："（三月）二十四日，至通州。"明胡廣《丞相傳》："至通州，幾不納，適牒報'鎮江大索文丞相十日，且以三千騎追亡於滸浦'，始釋制司前疑。而又迫追騎，賴通州守楊師亮出郊，聞而館於郡，衣服、飲食皆其料理。"　　　[16]"以小舟"句：指泛海南行。《紀年錄·宋德祐二年五月》："閏三月十七日遵海而南。"鯨波：巨浪。

[17]生死:一作"死生"。晝夜事:謂隨時可能發生之事。

　　予在患難中,間以詩記所遭,今存其本不忍廢。道中手自抄録:使北營,留北關外爲一卷[1];發北關外,歷吳門、毗陵[2],渡瓜洲,復還京口爲一卷;脱京口,趨真州、揚州、高郵、泰州、通州爲一卷,自海道至永嘉,來三山爲一卷[3]。將藏之於家,使來者讀之,悲予志焉。

【校注】

[1]留北關外:指使元軍營被扣留事。北關,宋都臨安北門。　　[2]吳門:今江蘇蘇州。毗(pí 皮)陵:今江蘇常州。　　[3]三山:即今福州(今屬福建)。其舊城中有九仙山、閩山、越王山,故名。《紀年録·宋德祐二年五月》:"五月朔,景炎皇帝於福安登極改元,以觀文殿學士侍讀召赴行在。是月二十六日,至行都門。"

　　嗚呼! 予之生也幸[1],而幸生也何爲[2]? 所求乎爲臣,主辱臣死[3],有餘僇[4];所求乎爲子,以父母之遺體,行殆而死,有餘責[5]。將請罪於君,君不許;請罪於母,母不許;請罪於先人之墓,生無以救國難,死猶爲厲鬼以擊賊[6],義也。賴天之靈,宗廟之福,修我戈矛,從王于師[7],以爲前驅[8],雪九廟之恥[9],復高祖之業[10]。所謂"誓不與賊俱生"[11],所謂"鞠躬盡力,死而後已"[12],亦義也。嗟夫! 若予者,將無往而不得死所矣[13]。向也[14],使予委骨於草莽[15],予雖浩然無所愧怍[16],然微以自文於君親[17],君親其謂予何[18]? 誠不自意[19],返吾衣冠[20],重見日月[21],使旦夕得正丘首[22],復何憾哉,復何憾哉!

　　是年夏五,改元景炎[23],廬陵文天祥自序其詩,名曰《指南録》。

《廬陵宋丞相信國公文忠烈先生全集》卷一一

【校注】

[1]幸:通"倖",僥倖。　　[2]幸生:僥倖生存,苟活。《荀子·王制》:"朝無幸位,民無幸生。"　　[3]主辱臣死:《國語·越語下》范蠡曰:"臣聞之,爲人臣者,君憂臣勞,君辱臣死。"　　[4]僇(lù 録):通"戮",罪責。　　[5]"所求乎"四句:《孝經·開宗明義章》孔子曰:"身體髮膚,受之父母,不敢毀傷,孝之始也。"

《禮記·祭義》：“身也者，父母之遺體也。行父母之遺體，敢不敬乎？”遺體：指自身
爲父母所生。殆：危險。　　［6］厲：惡鬼。《左傳·成公十年》：“晉侯夢大厲，被
髮及地，搏膺而踊。”　　［7］“修我”二句：《詩·秦風·無衣》：“王于興師，修我戈
矛，與子同仇。”修：整治。師：軍隊。　　［8］前驅：前導。《詩·衛風·伯兮》：
“伯也執殳，爲王前驅。”　　［9］九廟：帝王的宗廟。古代帝王立七廟以祀祖先，漢
王莽時增爲九廟。此代指國家。　　［10］高祖：開國之君。其功最高，故廟號多
用此。此指宋太祖趙匡胤。　　［11］“誓不”句：宋司馬光《資治通鑑》卷二四〇，
唐憲宗元和十二年，宰相裴度云：“臣誓不與此賊（指淮西、蔡州等叛軍）俱生。”
［12］“所謂”句：《三國志·蜀書·諸葛亮傳》“所總統如前”句裴注引《漢晉春秋》
記諸葛亮上表（即《後出師表》）語：“臣鞠躬盡力，死而後已。”鞠躬：謹慎恭敬貌。
［13］“將無往”句：謂處處值得爲之一死。所：處。　　［14］向：往日，從前。
［15］委：弃。　　［16］浩然：剛正盛大貌。《孟子·公孫丑上》：“我善養吾浩然之
氣。”怍：愧。《孟子·盡心上》：“仰不愧於天，俯不怍於人。”　　［17］微：無。文：
掩飾。　　［18］其謂予何：會怎樣看待自己。章炳麟《新方言》卷二：“凡言‘謂某
何’者，多有難於酬對之意。”　　［19］不自意：沒有料到。　　［20］返吾衣冠：重
穿自己的服飾。謂重返故國。　　［21］日月：喻君后。《禮記·昏義》：“天子之
與后，猶日之與月。”　　［22］旦夕：早晚，立刻。正丘首：即正首丘。《禮記·檀弓
上》：“古之人有言曰：‘狐死正丘首，仁也。’”漢鄭玄注：“正丘首，正首丘也。”唐孔
穎達疏：“丘是狐窟穴根本之處，雖狼狽而死，意猶向此丘。”因稱眷念故鄉或歸葬
故國。　　［23］“是年”二句：《宋史·瀛國公紀》，德祐二年（1276）五月，“（陳）宜
中等乃立昰於福州，以爲宋主，改元景炎”，是爲端宗。夏五：夏五月之簡。

王沂孫

【作者簡介】

　　王沂孫，字聖與，號碧山，又號中仙、玉笥山人。會稽（今浙江紹興）人。入元
後曾爲慶元路學正，或謂學正非命官，故仍可稱宋遺民。詩文不傳，以詞名，與周
密、張炎等交往酬唱。善詠物，多寓感時傷世情懷，運意深遠，厚重。有《花外集》
（一名《碧山樂府》）一卷。

齊 天 樂

蟬

【題解】

　　以秋蟬衰瑟之像，寓國破家亡之慨和老景頹唐之感。字句工雅，品格高絕，末二句暖色一抹，餘味悠長。集中以本調詠蟬者二首，茲選其一。

　　一襟餘恨宮魂斷^[1]，年年翠陰庭樹^[2]。乍咽涼柯^[3]，還移暗葉，重把離愁深訴^[4]。西窗過雨^[5]。漸金錯鳴刀^[6]，玉箏調柱^[7]。鏡暗妝殘，爲誰嬌鬢尚如許^[8]。　　　銅仙鉛淚似洗，歎攜盤去遠，難貯零露^[9]。病翼驚秋，枯形閱世^[10]，消得斜陽幾度。餘音更苦。甚獨抱清高，頓成淒楚^[11]。謾想薰風，柳絲千萬縷^[12]。

《花外集》

【校注】

[1]一襟：猶言一腔。餘：一作“遺”。宮魂：指蟬。舊題晉崔豹《古今注》卷下：“齊王后忿而死，屍變爲蟬，登庭樹，嘒唳而鳴，王悔恨，故世名蟬曰齊女也。”齊后亡魂所化，故云。　　[2]樹：一作“宇”。　　[3]乍咽涼柯：剛在秋涼的枝頭鳴叫。咽，形容蟬鳴。　　[4]深：一作“低”。　　[5]窗：一作“園”。　　[6]“漸金錯”句：以金屬銼刀之聲喻蟬鳴。宋嚴有翼《藝苑雌黃》引宋初錢昭度詩句：“荷揮萬朵玉如意，蟬弄一聲金錯刀。”（宋胡仔《苕溪漁隱叢話》後集卷一引）錯：磨、銼。按，古有錯刀，爲王莽時所造錢名（見《漢書·食貨志下》）。錯義爲以金銀嵌飾，故又稱金錯刀（金錯刀又爲刀名，見《東觀漢紀》卷八“鄧遵”條），此當爲借其字面。五字原作“怪瑤佩流空”，費解，茲據朱祖謀《彊村叢書》本《樂府補題》改。[7]“玉箏”句：以箏聲喻蟬鳴。調(tiáo 條)柱：謂彈奏。調，演奏。柱，絃樂器的絃枕木，移動則聲高低不同。唐杜牧《汴河阻凍》：“玉珂瑤珮響參差。”　　[8]“鏡暗”二句：喻秋蟬。古代女性髮式有“蟬鬢”（舊題晉崔豹《古今注》卷下謂魏文帝宮人莫瓊樹“製蟬鬢，縹眇如蟬翼，故曰蟬鬢”），故聯繫首句，而有此二語。暗：一作“掩”。　　[9]“銅仙”三句：唐李賀《金銅仙人辭漢歌序》：“魏明帝青龍元年八月，詔宮官牽車西取漢孝武捧露盤仙人，欲立置前殿。宮官既拆盤，仙人臨載，乃潸然淚下。”其詩云：“憶君清淚如鉛水。”又云：“攜盤獨出月荒涼。”《三國志·魏書·明帝紀》“分襄陽郡之都葉縣屬義陽郡”句，南朝宋裴松之注引《魏略》，魏明

帝景初元年（青龍五年），“徙長安諸鍾簴、駱駝、銅人、承露盤”。又，古人認爲蟬飲露水，唐歐陽詢《藝文類聚》卷九七引晉溫嶠《蟬賦》：“飢噏晨風，渴飲朝露。”唐虞世南《詠蟬》：“垂緌飲清露。”故末句云然。王沂孫詞多用此典，以寓家國衰亡之恨，如《天香·龍涎香》：“孤嶠蟠煙，層濤蛻月，驪宮夜採鉛水。”《慶宮春·水仙花》：“攜盤獨出，空想咸陽，故宮落月。”攜：一作“移”。　　　　[10]枯形：蟬形如枯。《藝文類聚》卷九七引三國魏曹植《蟬賦》：“狀枯槁以喪形。”又引晉孫楚《蟬賦》：“形如枯槁。”閱：經歷。　　　　[11]“甚獨抱”二句：唐李商隱《蟬》：“本以高難飽，徒勞恨費聲。”蟬居高位，吸風飲露，古人視爲清高。《藝文類聚》卷九七引南朝梁蕭統《蟬贊》：“茲蟲清潔。”唐駱賓王《在獄詠蟬》：“無人信高潔。”甚：爲什麼。高：一作“商”，清商乃淒涼之音。　　　　[12]“謾想”二句：謂秋蟬懷念夏季。按仲夏爲蟬鳴之始，東漢蔡邕《蟬賦》：“白露淒其夜降，秋風蕭以晨興。聲嘶嗌以沮敗，體枯燥以冰凝。雖期運之固然，獨潛類乎太陰。要明年之中夏，復長鳴而揚音。”宋蘇軾《阮郎歸》：“綠槐高柳咽新蟬。薰風初入絃。”謾：通“漫”，不經意，無意間。薰風：暖風。《呂氏春秋·有始》：“東南曰薰風。”薰，香。

【集評】

（清）端木埰《〈詞選〉批注》：“詳味詞意，殆亦碧山黍離之悲也。首句‘宮魂’字點清命意。‘乍咽’、‘還移’，慨播遷也。‘西窗’三句，傷敵騎暫退，宴安如故也。‘鏡暗妝殘’，殘破滿眼。‘爲誰’句，指當日修容飾貌，側媚依然。衰世臣主全無心肝，真千古一轍也。‘銅仙’三句，傷宗器重寶均被遷奪北去也。‘病翼’三句，更是痛哭流涕，大聲疾呼，言海徼棲流，斷不能久也。‘餘音’三句，哀怨難論也。‘漫想薰風，柳絲千萬’，責諸人當此尚安危利災，視若全盛也。語意明顯，淒惋至不忍卒讀。”（《張惠言論詞》附錄）

（清）陳廷焯《白雨齋詞話》卷六：“低迴深婉，託諷於有意無意之間，可謂精於比義。”

胡雲翼《宋詞選》：“周濟《宋四家詞選》說這首詞有‘家國之恨’。這裏的秋蟬是作者自喻其沒落的身世，他的‘薰風時期’已隨着南宋的淪亡而消失了。可是詞中祇有‘銅仙’一典影射亡國，此外便諱莫如深。通篇充滿了‘餘恨’、‘斷魂’、‘鉛淚’、‘病翼’、‘枯形’、‘餘音’，一片淒楚之情。當時士大夫階層的頹喪心境，於此可見一斑。”

蔣　捷

【作者簡介】

　　蔣捷,字勝欲,陽羨(今江蘇宜興)人。宋度宗咸淳十年(1274)進士。宋亡不仕,隱居竹山,因以爲號。善詞,内容廣泛而多隱寫亡國之痛。風格多樣,或效蘇辛,或法姜夔,尤以洗練縝密、調音諧暢、雅俗相協一類爲其特色。有《竹山詞》一卷。

賀　新　郎
吴　江

【題解】

　　當作於宋恭帝德祐元年(1275)十二月元兵入侵蘇州後。詞詠吴江垂虹亭,感時念亂,然多以想象之辭成篇,飄逸豪宕,兼而有之。吴江,地名,西濱太湖,今爲江蘇蘇州所轄市。又江名,即今吴淞江,太湖最大支流,經江蘇吴江、崑山、上海,合流於黄浦江入海。

　　浪湧孤亭起。是當年、蓬萊頂上,海風飄墜[1]。帝遣江神長守護,八柱蛟龍纏尾。鬭吐出、寒煙寒雨[2]。昨夜鯨翻坤軸動,捲雕甍、擲向虛空裏。但留得、絳虹住[3]。　　五湖有客扁舟艤[4]。怕群仙、重游到此,翠旌難駐[5]。手拍欄杆呼白鷺,爲我殷勤寄語[6]。奈鷺也、驚飛沙渚。星月一天雲萬壑,覽茫茫、宇宙知何處。鼓雙楫,浩歌去[7]。

　　　　　　　　　　　　　　　　　　　　　　　　　　《竹山詞》

【校注】

[1]“浪湧”三句:想象之辭。謂垂虹亭乃海風自蓬萊仙山吹落至此。孤亭:指垂虹亭,吴江垂虹橋之橋心亭。橋横跨吴淞江,長千餘尺,與亭均宋仁宗慶曆年間所建,“前臨具區(太湖),横截松陵,湖光海氣,蕩漾一色,乃三吴之絶景也”(宋朱長文《吴郡圖經續記》卷中)。橋、亭均甚宏偉,朱書引宋蘇舜欽詩云:“長橋跨空古未

有,大亭壓浪勢亦豪。"蓬萊:傳説中神山名。《山海經·海内北經》:"蓬萊山在海中。"《史記·始皇紀》:"齊人徐巿等上書,言海中有三神山,名曰蓬萊、方丈、瀛洲。"　　　[2]"帝遣"三句:亦想象之辭。謂亭間八柱蛟龍纏繞,爲天帝所遣守護孤亭之江神。橋畔煙雨,即爲其所吐出。鬭:競相,爭勝。引申指紛亂(見張相《詩詞曲語辭彙釋》卷二)。　　　[3]"昨夜"三句:不易解。按《宋史·瀛國公紀》記宋恭帝德祐元年(1275)十二月,"大元兵入平江府(今蘇州)"。垂虹亭或於是時被毁,此數句或記此事。鯨翻坤軸動:浪淘洶湧,攪動大地。喻元兵侵入。坤軸,地軸。辛棄疾《滿江紅·和傅巖叟香月韻》:"根老大,穿坤軸。"坤,一作"神",非是。雕甍:指亭間雕繪。甍,五彩山鳥。絳虹:當指垂虹橋。　　　[4]"五湖"句:自謂泛舟太湖。五湖:太湖。艤(yǐ 以):使船靠岸。　　　[5]"怕群仙"二句:感慨殘破之語。群仙:承首三句而言。翠旌:翠旗,車飾。代指車。　　　[6]寄語:謂致語群仙。　　　[7]"鼓雙楫"二句:《楚辭·漁父》:"漁父莞爾而笑,鼓枻而去。"鼓:敲擊。浩:高。

【集評】

　　胡雲翼《宋詞選》:"既説'怕群仙,重游到此,翠旌難駐',又説'覽茫茫宇宙知何處',這首詞的主題,該是反映'江山易主'、無處容身的隱痛。"

賀 新 郎

兵後寓吴

【題解】

　　寫亡國後的潦倒索莫,自我形象的刻劃細膩入神。兵後,當指宋恭帝德祐二年(1276)初臨安淪陷後。吴,指蘇州。

　　深閣簾垂繡。記家人、軟語燈邊,笑渦紅透[1]。萬疊城頭哀怨角[2],吹落霜花滿袖。影厮伴、東奔西走[3]。望斷鄉關知何處,羨寒鴉、到著黄昏後。一點點,歸楊柳。　　　相看祇有山如舊[4]。歎浮雲、本自無心,也成蒼狗[5]。明日枯荷包冷飯,又過前頭小阜。趁未發、且嘗村酒[6]。醉探枵囊毛錐在[7],問鄰翁、要寫牛經否[8]?翁不應,但搖手。

《竹山詞》

【校注】

[1]“深閣”三句:寫昔日之歡樂。簾垂繡:意即“繡簾垂”。笑渦(wō窩):酒窩。

[2]疊:角吹十二聲爲一疊(參明楊慎《丹鉛總録》卷二七)。角:本爲樂器,後多用爲軍號。此句以下寫今日之淪落。　　　　[3]“影斷伴”句:謂獨自漂泊。斷:相。

[4]“相看”句:化用唐劉禹錫《初至長安》意:“不改南山色,其餘事事新。”

[5]“歎浮雲”二句:謂世事無常。唐杜甫《可歎》:“天上浮雲如白衣,斯須改變如蒼狗。”自:一作“是”。　　　　[6]村酒:劣酒。村,粗劣。宋蘇軾《答王鞏》:“不飲外酒嫌其村。”　　　　[7]枵(xiāo消)囊:喻貧困。枵,空。毛錐:毛筆,其狀如錐。

[8]寫牛經:謂代人鈔書。《牛經》,漢、梁皆有(分見《三國志·魏書·夏侯玄傳》“徙樂浪,道死”句南朝宋裴松之注、《隋書·經籍志三》)。

一　翦　梅

舟過吳江

【題解】

　　寫旅愁,歎流光,清妍流美而不感傷。

　　一片春愁待酒澆。江上舟搖。樓上帘招[1]。秋娘容與泰娘嬌[2]。風又飄飄。雨又蕭蕭。　　何日歸家洗客袍[3]?銀字笙調[4]。心字香燒[5]。流光容易把人抛[6]。紅了櫻桃。緑了芭蕉。

《竹山詞》

【校注】

[1]樓:承首句,指酒樓。帘:酒家的標幟。　　　　[2]“秋娘”句:秋娘本爲唐歌女之通稱。唐白居易《琵琶行》:“妝成每被秋娘妒。”唐代又有杜秋娘(唐杜牧有《杜秋娘詩》)、謝秋娘(唐李德裕家妓,見唐段安節《樂府雜録·望江南》);泰娘爲唐代蘇州歌女(唐劉禹錫有《泰娘歌》)。蘇州有地名曰秋娘渡、泰娘橋。蔣捷《行香子·舟宿蘭灣》:“過窈娘堤,秋娘渡,泰娘橋。”宋陳以莊《水龍吟》:“向秋娘渡口,泰娘橋畔,依稀是、相逢處。”此句兼寓吳地與吳女之美二義。容與:閒適快樂貌。《莊子·人間世》:“以求容與其心。”《楚辭·九歌·湘夫人》:“聊逍遥兮容與。”容:一作“渡”,又作“度”。嬌:一作“橋”。　　　　[3]“何日”句:一作“何日雲帆卸浦橋”。胡適《詞選》:“妄人先改下半関首句爲‘何日雲帆卸浦橋’,故改上文橋字

爲嬌,又改‘渡與’爲‘容與’。”録供參考。　　　[4]銀字笙:標有表示音調的銀字的笙。調(tiáo 條):調弄,演奏。白居易《秋夜聽高調凉州》:“月中銀字韻初調。”五代和凝《山花子》:“銀字笙寒調正長。”　　　[5]心字香:形狀爲心字之爐香。明楊慎《詞品》卷二《心字香》:“詞家多用心字香,蔣捷詞云:‘銀字箏調。心字香燒。’張于湖詞:‘心字夜香清。’晏小山詞:‘記得年時初見,兩重心字羅衣。’范石湖《驂鸞録》云:‘番禺人作心字香,用素馨茉莉半開者,著净器中。以沉香薄劈,層層相間,密封之。日一易,不待花蔫,花過香成。’所謂心字香者,以香末縈篆成心字也。”宋楊萬里有《謝胡子遠郎中惠浦大韶墨,報以龍涎心字香》詩。蔣捷《金盞子·秋思》:“心字夜香消。”　　　[6]流光:光陰易逝,故稱流光。唐李白《前有一尊酒行》二首之一:“流光欺人忽蹉跎。”

【集評】

(明)潘游龍《古今詩餘醉》卷一一:“末句兩‘了’字,有許多悠悠忽忽意。”

虞美人

聽　雨

【題解】

三次聽雨,對比遞進,寫一生變化,抒眼前心情。題一本無。

少年聽雨歌樓上。紅燭昏羅帳。壯年聽雨客舟中。江闊雲低,斷雁叫西風[1]。　　　而今聽雨僧廬下。鬢已星星也。悲歡離合總無情。一任階前、點滴到天明[2]。

《竹山詞》

【校注】

[1]斷雁:失群之雁。隋薛道衡《出塞》:“霜天斷雁聲。”　　　[2]“悲歡”二句:決絶語,亦沉痛語。唐温庭筠《更漏子》(玉鑪香):“梧桐樹。三更雨。不道離情正苦。一葉葉,一聲聲。空階滴到明。”宋万俟詠《長相思·雨》:“一聲聲。一更更。窗外芭蕉窗裏燈。此時無限情。　夢難成。恨難平。不道愁人不喜聽。空階滴到明。”情:一作“憑”。

【集評】

　　（明）徐士俊：“全學東坡‘持杯’篇（指蘇軾《虞美人·持杯遥勸天邊月》）。”（《古今詞統》卷八）

　　（清）謝章鋌《賭棋山莊詞話》卷四《陳氏一門詞》：“歷數諸景，揮灑而出，比之稼軒《賀新涼》‘緑樹聽啼鴂’闋，盡集許多恨事，同一機杼，而用筆尤爲嶄新。”

汪元量

【作者簡介】

　　汪元量（1241—1317後），字大有，號水雲，晚號楚狂，錢塘（今浙江杭州）人。宋理宗景定元年（1260）前後曾入宮給事。宋度宗咸淳三年（1267）左右曾以琴給事宮掖。宋恭帝德祐二年（1276）隨宋三宫入元大都，逗留北方甚久。元世祖至元二十五年（1288）以道士南歸。善琴、畫、詞，尤善詩，多寫宋亡前後事，有“宋亡之詩史”之稱。風格幽憂沉痛，亦有快逸清麗之作。有《湖山類稿》五卷。

湖　州　歌

【題解】

　　《湖州歌》組詩九十八首，具述宋恭帝德祐二年（1276）正月臨安失陷，君臣歸降，三宫北徙之經歷。此處所選爲第五、六首，寫亡宋太后、幼主、宫人將離故國的眷念與憂愁，文婉而情深。湖州，今屬浙江，元軍統帥伯顏屯駐於此，接受宋廷降事（參《元史·世祖紀》至元十三年正月條）。組詩敍事始此，故以之爲題。或謂伯顏所屯之湖州實爲杭州北關湖墅地區，德祐二年三月三宫北行，出北城止宿北新橋，再由京杭運河北上，其地亦在此（參胡才甫《汪元量集校注》）。

其　　五

　　一釣吳山在眼中，樓臺疊疊間青紅[1]。錦帆後夜煙江上，手抱琵琶憶故宫[2]。

其　六

　　北望燕雲不盡頭[3]，大江東去水悠悠。夕陽一片寒鴉外，目斷東
西四百州[4]。

《增訂湖山類稿》卷二

【校注】

[1]"一匊"二句：眼前之景。匊：同"掬"，兩手合捧。《詩·小雅·采緑》："終朝采
緑，不盈一匊。"吴山：又名胥山、城隍山，在浙江杭州西湖東南，春秋時爲吴南界，
故名。此或泛指杭州一帶群山。汪元量同時所作《北征》有"吴山何青青，吴水何
泠泠"句。舟中望吴山，視野所及，故謂一匊。疊疊：一作"縈縈"。間（jiàn 見）：
隔。青紅：樓臺所繪丹青。　　　[2]"錦帆"二句：設想之辭。錦帆：託名唐顏師古
《隋遺録》卷上："上（隋煬帝）御龍舟，蕭妃乘鳳舸，錦帆彩纜，窮極侈靡。"佚名《開
河記》亦記："龍舟既成，泛江沿淮而下……錦帆過處，香聞十里。"此處用於帝、太
后、宮女等舟行，甚恰切。後夜：往後之夜晚（詩寫出發前事）。後句當寫宮女。
抱：一作"把"。　　　[3]燕（yān 煙）雲：燕地之雲，代指北方。燕，戰國七雄之一，
故地在今河北北部，兼有今山東一角，後多稱北地爲燕。　　　[4]西：一作"南"。
四百州：泛指宋朝疆域。據聶崇岐《宋代府州軍監之分析》（載《宋史叢考》上册）
統計，徽宗時州、府、軍、監凡三百三十七，爲有宋一代之最多者。

盧　摯

【作者簡介】

　　盧摯（1242？—1314 或稍後），字處道，一字莘老，號疏齋，又號嵩翁，郡望涿郡
（今河北涿州），河南潁川（今許昌）人。元世祖中統二年（1261）由諸生充元世祖
侍從之臣。至元十五年（1278）任江東道提刑按察副使，二十六年轉陝西道提刑按
察使，二十九年任河南路總管。元成宗大德元年（1297）拜集賢學士，三年任湖南
道肅政廉訪使，八年召爲翰林學士（1304）。工詩文，然多散佚。現存作品以散曲
爲多，天生麗語，自然笑傲，頗擅時名。今人李修生輯有《盧疏齋集輯存》。

雙調·折桂令

金陵懷古

【題解】

　　元世祖至元十五年(1278)至二十三年間作於南京,時任江東道提刑按察副使。弔古之作,撫事抒懷,感歎興衰,筆力蒼峻而風格綿麗。金陵,今南京。

　　記當年六代豪誇[1]。甚江令歸來,玉樹無花[2]。商女歌聲,臺城暢望,淮水煙沙[3]。問江左風流故家[4]。但夕陽衰草寒鴉。隱映殘霞。寥落歸帆[5],嗚咽鳴笳[6]。

《梨園按試樂府新聲》卷中

【校注】

[1]"記當年"句:六代(吴、東晉、南朝宋、齊、梁、陳)均建都於金陵,故云。宋王安石《桂枝香·金陵懷古》:"念往昔、繁華競逐。"豪誇:誇張。此指豪奢。

[2]"甚江令"二句:此亦王安石《桂枝香》"六朝舊事隨流水"之意。甚:爲何。江令:即南朝江總,歷仕梁、陳、隋三代,陳時官至尚書令,故稱江令。"好學,能屬文,於五言七言尤善。然傷於浮艷,故爲後主所愛幸。多有側篇,好事者相傳諷玩,於今不絕。後主之世,總當權宰,不持政務,但日與後主游宴後庭,共陳暄、孔範、王瑳等十餘人,當時謂之狎客。由是國政日頹,綱紀不立,有言之者,輒以罪斥之,君臣昏亂,以至於滅。"(《陳書》本傳)玉樹無花:指陳後主所作《玉樹後庭花》,中有"玉樹後庭花,花開不復久"句,後人將之視作亡國之音(參王安石《桂枝香》注[14])。　　[3]"商女"三句:化用唐杜牧《夜泊秦淮》:"煙籠寒水月籠沙,夜泊秦淮近酒家。商女不知亡國恨,隔江猶唱《後庭花》。"商女:歌女。臺城:六朝宮城,在今南京玄武湖側雞鳴山南。唐許渾《游江令舊宅》:"閒愁此地更西望,潮侵臺城春草長。"淮水:指秦淮河,流經南京一段,爲南朝顯貴聚居冶游之處。　　[4]江左:長江下游以東地區(古以東爲左)。風流故家:指江總之流六朝貴宦名士。　　[5]歸帆:王安石《桂枝香》:"歸帆去棹殘陽裏。"　　[6]笳:即胡笳,管樂器,漢時流行於西域及塞北,後形制遞變,其聲嗚咽悲涼。

張　炎

【作者簡介】

　　張炎(1248—1320?),字叔夏,號玉田,又號樂笑翁,祖籍成紀(今甘肅天水),世居臨安(今浙江杭州)。元世祖至元二十七年(1290)北游燕京,二十八年南返。宋亡後流落江浙。幼承家學,專力於詞。與王沂孫、周密等唱和。所作情致衰颯,多身世盛衰之歎。師法周邦彥、姜夔,律吕協洽,風期高遠,被視作姜夔後勁,並稱"姜張"。有《山中白雲詞》八卷。晚著《詞源》二卷,爲重要詞學理論著作。

高　陽　臺

西湖春感

【題解】

　　作於宋恭帝德祐二年(1276)元軍侵入臨安之後。臨流憑弔昔日都人游樂之地,感情窈渺幽微,風格秀逸疏爽,爲集中壓卷之作。

　　接葉巢鶯,平波捲絮,斷橋斜日歸船[1]。能幾番游,看花又是明年。東風且伴薔薇住,到薔薇、春已堪憐[2]。更淒然[3]。萬緑西泠[4],一抹荒煙。　　當年燕子知何處,但苔深韋曲,草暗斜川[5]。見説新愁,如今也到鷗邊[6]。無心再續笙歌夢[7],掩重門、淺醉閒眠。莫開簾。怕見飛花,怕聽啼鵑[8]。

　　　　　　　　　　　　　　　　　　　　　　　　《山中白雲詞》卷一

【校注】

[1]"接葉"三句:宋周密《武林舊事》卷五"孤山路"條:"斷橋,又名段家橋,萬柳如雲,望如裙帶。"接葉:謂茂密的柳葉。唐杜甫《陪鄭廣文游何將軍山林十首》之二:"卑枝低結子,接葉暗巢鶯。"首句四字一作"暗柳藏鶯"。平:一作"明"。絮:柳絮。斷橋:在西湖孤山東北側白堤上。歸船:俞平伯《唐宋詞選釋》卷下:"(斷橋)離城頗近,故曰'歸船'。"　　[2]"東風"二句:薔薇開花於暮春,故云。唐徐夤《開窗》:"薔薇花盡薰風起,綠葉空隨滿架藤。"　　[3]更:一作"最"。　　[4]西泠:橋名,又稱西陵橋、西林橋,在孤山西北側。　　[5]"當年"三句:抒昔盛今衰

之慨。首句化用唐劉禹錫“舊時王謝堂前燕，飛入尋常百姓家”（《烏衣巷》）句，而更進一層：不僅王謝堂不存，並堂前燕亦蹤影全無。知：一作“歸”。後二句借他處名勝以喻西湖。韋曲（qū 屈）：在今陝西長安區，因外戚韋氏世居於此而得名。曲，鄉里。斜川：在江西九江附近。二地風物閑美，前者爲唐代名勝，杜甫《奉陪鄭駙馬韋曲二首》之一有“韋曲花無賴，家家惱殺人”句。後者陶淵明曾與鄰里同游，並作《游斜川》詠其景色。　　　　[6]“見説”二句：俞平伯《唐宋詞選釋》卷下：“鷗鳥忘機，本不知愁，聽説它如今也知道愁了，其意蓋自謂。”林庚、馮沅君主編《中國歷代詩歌選》下編（一）：“愁能令人頭髮白，鷗鳥白色如人白頭，因説鷗也在愁。辛棄疾《菩薩蠻》有‘拍手笑沙鷗，一身都是愁’，可參證。”按，二句亦極言愁之深廣。見説：猶聽説。　　　　[7]續：一作“結”。笙歌夢：謂亡國前的昇平生活。　　　　[8]啼鵑：指杜鵑。其鳴聲哀苦（參辛棄疾《賀新郎·別茂嘉十二弟》注[9]），故云。

【集評】

(清)許昂霄《詞綜偶評》：“淡淡寫來，泠泠自轉，此境大不易到。”

(清)陳廷焯《詞則·大雅集》卷四：“凄涼幽怨，鬱之至，厚之至，似此真不減王碧山矣。”

俞陛雲《唐五代兩宋詞選釋》：“起二句寫春景，工鍊而雅。‘看花’二句已表出春感。‘東風’二句以才人邁末造，即飲香名，已傷遲暮，與殘春之薔薇何異。‘凄然’三句與‘燕子’四句，皆極寫其臨流憑弔之懷。‘新愁’二句悵王孫之路泣，何等蘊藉。‘笙歌’以下五句，夢斷朝班，心甘退谷，本欲以‘閒眠淺醉’送此餘生，鵑啼花落，徒惱人懷耳。”

解　連　環

孤　雁

【題解】

詠雁兼寓意，通篇幽抑惝怳，寄託遙深，當爲宋亡以後所作。或謂詞中蘇武典爲喻被迫北行之南人，未免拘泥。此爲張炎詠物詞之代表，亦爲南宋後期詠物詞之名篇。

楚江空晚[1]。悵離群萬里[2]，怳然驚散[3]。自顧影、欲下寒塘[4]，正沙净草枯，水平天遠。寫不成書，祇寄得、相思一點。料因循誤了、殘氈擁雪，故人心眼[5]。　　　誰憐旅愁荏苒[6]。謾長門夜悄，錦箏彈怨[7]。想伴侶、猶宿蘆花[8]，也曾念春前，去程應轉[9]。暮雨相呼[10]，怕驀地、玉關重見。未羞他、雙燕歸來，畫簾半捲[11]。

《山中白雲詞》卷一

【校注】

[1]楚江空晚：俞平伯《唐宋詞選釋》卷下：“雁南飛，舊傳在彭蠡、衡陽等處，皆春秋時楚地。”　　[2]離群：《禮記·檀弓上》子夏曰：“吾離群而索居亦已久矣。”
[3]怳然：失意貌，又忽然貌。怳，通“恍”。一作“恍”。　　[4]“自顧影”句：唐杜甫《和裴迪登新津寺寄王侍郎》：“鳥影度寒塘。”唐劉長卿《宿懷仁縣南湖寄東海荀處士》：“寒塘起孤雁。”唐崔塗《孤雁二首》之二：“暮雨相呼失，寒塘獨下遲。”塘：一作“江”。　　[5]“寫不成”四句：合用雁行排字與雁足傳書二意，謂孤雁不能爲蘇武傳書帶信。《漢書·蘇武傳》：“漢使復至匈奴，常惠請其守者與俱，得夜見漢使，具自陳道。教使者謂單于，言天子射上林中，得雁，足有繫帛書，言武等在某澤中。使者大喜，如惠語以讓單于。單于視左右而驚，謝漢使曰：‘武等實在。’”武因而得還。寫不成書：孤雁不能成字，故云。一點：所詠爲孤雁，故云。料：一作“歎”。因循：拖延。殘氈擁雪：《漢書·蘇武傳》記匈奴“欲降之，乃幽武置大窖中，絕不飲食。天雨雪，武臥，齧雪與旃（氈）毛并咽之，數日不死”。故人心眼：指蘇武盼望歸漢之心情。心眼，心思，心情。參李清照《一翦梅》注[4]、[5]。
[6]荏苒：連綿不絕貌。　　[7]“謾長門”二句：俞平伯《唐宋詞選釋》卷下：“借陳皇后事，言宮怨，又一哀愁境界。”陳皇后事參王安石《明妃曲》注[5]、辛棄疾《摸魚兒》（更能消幾番風雨）注[5]。又唐杜牧《早雁》：“仙掌月明孤影過，長門燈暗數聲來。”謾：通“漫”，徒，空。長門：漢宮名。錦箏：極言箏之華美。按箏、雁二事相關，箏絃柱斜列如雁“一”字陣（唐吳融《李周彈箏歌》：“一字雁行斜御筵。”），稱雁柱。唐路德延《小兒詩》：“箏推雁柱偏。”宋歐陽修《生查子》（含羞整翠鬟）：“雁柱十三弦，一一春鶯語。”又稱箏雁，宋陸游《雪中感成都》：“寄書箏雁恨慵飛。”彈怨：箏聲哀怨，稱哀箏（李商隱有《哀箏》詩）。又《晉書·桓伊傳》記伊“撫箏而歌怨詩”。
[8]“想伴侶”句：雁行水上，夜宿蘆花，故云。陸游《聞新雁有感》二首之二：“新雁南來片影孤，冷雲深處宿菰蘆。”　　[9]“也曾”二句：謂雁念回北方。《禮記·月令》：“季冬之月……雁北鄉（嚮）。”季冬之月，即所謂“春前”。　　[10]暮雨相呼：見注[4]引唐崔塗詩。　　[11]“怕驀地”三句：張相《詩詞曲語辭彙釋》卷五：“怕，用爲反設之辭，猶云如其也，倘也……‘怕驀地’云云，言倘忽然重見舊時伴侶也。舊侶重逢，孤雁不孤，則何羞於雙燕矣。”驀地：忽然。玉關：玉門關。代指遼

遠之地。捲：一作“掩”。

【集評】

梁啓勳《詞學》下編《描寫物態》：“題曰‘孤雁’，真能把‘孤’字寫到深刻處。‘寫不成書，衹寄得、相思一點’，不知從何處得來。‘想伴侶’數句，雁之情緒，惟玉田乃能知之。”

俞平伯《唐宋詞選釋》卷下：“以雙燕反結孤雁，章法正和前録史達祖詞以‘畫欄獨憑’反結雙燕相同。史梅溪詞《雙雙燕》爲詠物之正格。本篇詠孤雁自來亦很有名，人稱之爲‘張孤雁’。除描摹姿態，用典貼切，與史詞相似外，兼多家國身世之感，寫法在同異之間。”

謝　翺

【作者簡介】

謝翺（1249—1295），字皋羽，晚號晞髮子，長溪（今福建霞浦）人，徙浦城（今屬福建）。宋度宗咸淳（1265—1274）間試進士不中。倜儻有大節。宋恭帝德祐二年（1276）參文天祥幕，任諮議參軍。宋亡不仕，漫游兩浙以終。其詩奇峭桀驁，逼近李賀。其文嶄拔峭勁，得力於柳宗元。有《晞髮集》十卷、《晞髮遺集》二卷。

登西臺慟哭記

【題解】

元世祖至元二十七年（1290），文天祥亡後八年作。明爲紀事而句句言情，語多隱晦故更感沉痛，不加修飾卻感人至深。明清人爲之題跋、注釋及歌詠者甚衆。西臺，在今浙江桐廬西富春山上，與東臺巍峨對峙，爲漢隱士嚴光（子陵）垂釣處。

始，故人唐宰相魯公開府南服[1]，余以布衣從戎[2]。明年，別公章水湄[3]。後明年，公以事過張睢陽及顏杲卿所嘗往來處，悲歌慷慨,卒不負其言而從之游。今其詩具在,可考也[4]。

【校注】

[1]“始”二句:指文天祥在南劍州(治所在今福建南平)建府聚兵,以圖恢復。《宋史·瀛國公紀》宋恭帝德祐二年(即宋端宗景炎元年,1276):“命文天祥爲同都督,七月丁酉,進兵南劍州,欲取江西。”始:指該年七月。故人:老朋友。唐宰相魯公:託言前朝以喻今事。魯公,顔真卿,字清臣。安史亂起,起兵抵抗,被推爲帥,得兵二十餘萬,後進封魯郡公,又任太子太師(與開府儀同三司俱屬從一品),地位甚高(見《舊唐書》卷一二八本傳)。凡此皆與文天祥經歷相似,故取以爲譬。開府:建立府署,辟置僚屬。南服:南方。服,王畿以外的地方。　　[2]“余以”句:宋方鳳(謝翺友)《謝君皋羽行狀》:“試有司,不第,落魄泉、漳間。會丞相信公開府,杖策詣公,署諸事參軍。”　　[3]“明年”二句:文天祥《紀年録·宋景炎二年(1277)》:“正月,移屯漳州(今屬福建)龍巖縣。三月,至梅州(今屬廣東)。”按二地均在漳江(在今福建南部)附近。謝翺與文天祥分別,當在此時。章:一作“漳”。湄:岸邊。　　[4]“後明年”六句:宋帝昺祥興元年(1278)十二月,文天祥在海豐(今屬廣東)爲元將張弘範所獲。次年(即元世祖至元十六年)四月,元兵逼其北上,十月至大都(今北京)。塗經睢陽(今河南商丘南)、常山(今河北正定),作《顔杲卿》、《許遠》詩,詠張巡、許遠、顔杲卿等抗擊安史叛亂的死難英雄(均見《指南後録》卷二)。以事:指被俘北行。張睢陽:即張巡,參劉克莊《賀新郎》(國脈微如縷)注[10]、文天祥《正氣歌》注[11]。顔杲卿:參《正氣歌》注[12]。“卒不”句,謂文天祥實踐諾言,追隨先烈,以身殉國。

　　余恨死無以藉手見公[1],而獨記別時語,每一動念,即於夢中尋之。或山水池榭,雲嵐草木,與所別之處,及其時適相類,則徘徊顧盼,悲不敢泣。又後三年[2],過姑蘇。姑蘇,公初開府舊治也[3]。望夫差之臺[4],而始哭公焉。又後四年[5],而哭之於越臺[6]。又後五年及今[7],而哭於子陵之臺[8]。

【校注】

[1]無以藉手見公:沒有什麽可帶着去見文天祥。意謂於國事無所貢獻,死後無顔相見。藉(jiè 借)手,憑藉。　　[2]又後三年:至元二十年(1283)。文天祥於上年十二月末就義。　　[3]“姑蘇”二句:《宋史·瀛國公紀》,德祐元年(1275)八

月,"以文天祥爲浙西、江東制置使兼知平江府(今蘇州)"。　　[4]夫差之臺:即姑蘇臺,在今蘇州西南姑蘇山上。相傳爲春秋時吳王夫差所築。　　[5]又後四年:至元二十三年(1286)。　　[6]越臺:即大禹陵,在今浙江紹興會稽山上。元任士林《謝翱傳》:"過勾越,行禹穴間,北向哭。"　　[7]又後五年及今:至元二十七年(1290)。　　[8]子陵之臺:即釣臺。見[題解]。

　　先是一日,與友人甲、乙若丙約[1],越宿而集[2]。午,雨未止,買榜江涘[3]。登岸謁子陵祠[4],憩祠傍僧舍[5]。毀垣枯蛪[6],如入墟墓[7],還與榜人治祭具[8]。須臾雨止,登西臺,設主於荒亭隅[9],再拜跪伏。祝畢,號而慟者三,復再拜,起。又念余弱冠時,往來必謁拜祠下。其始至也,侍先君焉[10]。今余且老,江山人物,睠焉若失[11]。復東望,泣拜不已。有雲從南來,澒洞浡鬱[12],氣薄林木[13],若相助以悲者。乃以竹如意擊石[14],作楚歌招之曰[15]:"魂朝往兮何極,暮歸來兮關水黑[16]。化爲朱鳥兮有咮焉食[17]?"歌闋[18],竹石俱碎,於是相向感唶[19]。復登東臺,撫蒼石,還憩於榜中。榜人始驚余哭,云:"適有邏舟之過也[20],盍移諸[21]?"遂移榜中流,舉酒相屬[22],各爲詩以寄所思[23]。薄暮,雪作風凓,不可留,登岸宿乙家。夜復賦詩懷古。明日,益風雪,別甲於江,余與丙獨歸。行三十里,又越宿乃至。其後,甲以書及別詩來言:"是日風帆怒駛,逾久而後濟。既濟,疑有神陰相,以著兹游之偉[24]。"余曰:"嗚呼!阮步兵死,空山無哭聲且千年矣[25]!若神之助,固不可知。然兹游亦良偉,其爲文詞,因以達意,亦誠可悲已。"

【校注】

[1]甲、乙若丙:明張丁《西臺慟哭記注》謂爲吳思齊、馮桂芳、翁衡。明黃宗羲《謝臯羽年譜游録注序》謂當分別爲吳思齊、嚴侶、馮桂芳:"思齊有《野祭詩》可據,桂芳有墓誌可據,衡不知何所據也。楊鐵厓(維楨)作嚴侶墓誌云:'宋相文山氏客謝翱,奇士也。雪夜與之登西臺絕頂,祭酒慟哭,以鐵如意擊石。復作楚客歌,聲振林木,人莫能測其意也。'則其一人當是嚴侶。侶住江干,故記言'登岸宿乙家'。思齊流寓桐廬,故記言'別甲於江'。桂芳家睦(今浙江建德),故記言'與丙獨歸'。若爲翁衡,衡與桂芳俱爲睦人,則乙丙皆當同歸矣。"又參黃宗羲《西臺慟哭

記注》。稱甲乙丙,諱其名以避禍。若,與。　　　[2]越宿:經過一夜,第二天。
[3]買:租。榜(bàng 棒):船槳,此代指船。涘:水邊。　　　[4]子陵祠:在西臺
下,宋范仲淹建,見所著《桐廬郡嚴先生祠堂記》。　　　[5]傍(páng 旁):一作
"旁",字通。　　　[6]甃(zhòu 晝):井壁,此代指井。　　　[7]墟墓:丘墓,墓地。
語出《禮記·檀弓下》。　　　[8]榜人:划船者。　　　[9]主:神主,供奉死者的牌位。
[10]"又念"四句:本文末句謂:"登臺之歲在乙丑云。"張丁《西臺慟哭記注》:"乙
丑年(1265),公從先君鑰登臺,時年始十七。"弱冠:古以男子二十成人,加冠,體猶
未壯,故曰弱。《禮記·曲禮上》:"二十曰弱,冠。"後以稱男子二十左右。先君:亡
父。　　　[11]睠(juàn 眷)焉:睠然,有所依戀貌。睠,同"眷"。　　　[12]溣(yǎn
掩)浡浡(bó 勃)鬱:雲霧蒸騰貌。溣,雲起貌。浡,濕。浡鬱,充溢。浡,興起貌,
沸湧貌。　　　[13]薄(bó 勃):迫近。下"薄暮"意同。　　　[14]如意:爪杖,搔癢
之器。用以搔癢,可如人意,因而得名。　　　[15]楚歌:楚地歌調。招:招魂。《楚
辭》有《招魂》篇。　　　[16]"魂朝往"二句:用唐杜甫《夢李白》語:"魂來楓林青,
魂返關塞黑。"極:至。水:一作"塞"。　　　[17]"化爲"句:喻宋朝既亡,不能爲文
天祥立祠奉祀。朱鳥:又稱朱雀,二十八宿中南方七宿之總名。南方屬火,火爲朱
色,七宿聯綴呈鳥形,故名。文天祥心向南方,故以之爲譬。咮(zhòu 宙):鳥喙。
[18]闋:樂終,一曲終了。　　　[19]喈(jiè 借):感歎。　　　[20]邏舟:指元軍巡邏
艇。　　　[21]盍:"何不"的合音。諸:"之乎"的合音。　　　[22]屬:斟酒相勸。
[23]"各爲"句:謝翶《晞髮集》卷七有《哭所知》、《西臺哭所思》等詩。　　　[24]"是
日"五句:風大而奮駛,歷久而後渡,均易啓邏舟之疑,而終無事,故謂有神相助。
怒:奮力。濟:渡過。陰相(xiàng 向):暗中幫助。著:表明。　　　[25]"阮步兵"
二句:《晉書·阮籍傳》:"籍本有濟世志,屬魏晉之際,天下多故,名士少有全者,籍
由是不與世事,遂酣飲爲常……時率意獨駕,不由徑路,車跡所窮,輒慟哭而反。"
阮籍:三國魏人,曾任步兵校尉,故稱阮步兵。謝翶所處境地與魏晉易代之際的阮
籍相似,故言及之。

　　　余嘗欲仿太史公,著《季漢月表》,如《秦楚之際》[1]。今人不有知
余心,後之人必有知余者。於此宜得書[2],故紀之,以附"季漢"事後。
時先君登臺後二十六年也[3]。先君諱某[4],字某,登臺之歲在乙丑
云。

【校注】

[1]“余嘗”三句:方鳳《謝君皋羽行狀》:“嘗欲仿太史法,著《季漢月表》,採獨行全節事爲之傳。”司馬遷《史記》中有《秦楚之際月表》。其《太史公自序》云:“秦既暴虐,楚人發難,項氏遂亂,漢乃扶義征伐。八年之間,天下三嬗,事繁變衆,故詳著《秦楚之際月表》。”唐司馬貞《索隱》:“張晏曰:‘時天下未定,參錯變易,不可以年記,故列其月。’今按,秦楚之際,擾攘僭篡,運數又促,故以月紀事名表也。”謝翱爲此,亦寓宋亡無以繫年之意。太史公:司馬遷任太史令,自稱太史公。季漢:實指季宋。亦託言之。季,末。　　　[2]宜得書:應加記録。
[3]“時先君”句:謂1290年。末句所謂“乙丑”,爲宋度宗咸淳元年(1265),至此二十六年。　　　[4]某:臨文稱某,避諱之意。謝翱父名鑰,字君啓。

【集評】

(明)張丁《西臺慟哭記注》:“若其慟西臺,則慟乎丞相也;慟丞相,則慟乎宋之三百年也。”

(明)王禕《跋西臺慟哭記》:“文信公忠義之盛,近世罕比。其英聲烈節,雖使亘萬世不朽可也。謝翱先生,公門下士也。國既亡,而公亦死。傷悼激烈之情,每託於文辭以自見,於是《西臺慟哭記》作焉。”

採用底本目録

王黄州小畜集三十卷　（宋）王禹偁撰　商務印書館 1929 年《四部叢刊初編》影
　　宋鈔本

忠愍公詩集三卷　（宋）寇準撰　商務印書館 1935 年《四部叢刊三編》影明刊本

林和靖先生詩集四卷　（宋）林逋撰　《四部叢刊初編》影明鈔本

范文正公文集二十卷　（宋）范仲淹撰　中華書局 1984 年《古逸叢書三編》影北
　　宋刊本

范文正公詩餘　（宋）范仲淹撰　上海古籍出版社 1989 年《彊村叢書》本

樂章集校注　（宋）柳永撰　薛瑞生校注　中華書局 1994 年版

張子野詞二卷　（宋）張先撰　上海古籍出版社 1989 年《彊村叢書》本

珠玉詞　（宋）晏殊撰　上海古籍出版社 1989 年《宋六十名家詞》本

唐宋諸賢絶妙詞選十卷　（宋）黄昇輯　商務印書館 1929 年《四部叢刊初編》影
　　明刻本

梅堯臣集編年校注　（宋）梅堯臣撰　朱東潤編年校注　上海古籍出版社 1980
　　年版

西崑酬唱集二卷　（宋）楊億輯　（清）周楨、王國煒注　上海古籍出版社 1985
　　年影清刻本

歐陽修全集　（宋）歐陽修撰　李逸安校點　中華書局 2001 年版

歐陽修詞箋注　（宋）歐陽修撰　黄畬箋注　中華書局 1986 年版

新五代史　（宋）歐陽修撰　中華書局 1974 年版

蘇舜欽集　沈文倬校點　上海古籍出版社 1981 年版

嘉祐集箋注　（宋）蘇洵撰　曾棗莊、金成禮箋注　上海古籍出版社 1993 年版

周濂溪先生全集十三卷　（宋）周敦頤撰　清同治九年刻《正誼堂全書》本

曾鞏集　（宋）曾鞏撰　陳杏珍、晁繼周點校　中華書局 1984 年版

王文公文集　（宋）王安石撰　上海人民出版社 1974 年版

臨川先生歌曲　（宋）王安石撰　上海古籍出版社 1989 年版《彊村叢書》本

小山詞　（宋）晏幾道撰　上海古籍出版社 1989 年版《宋六十名家詞》本

冠柳集　（宋）王觀撰　歷史語言研究所 1931 年《校輯宋金元人詞》本

蘇軾詩集　（宋）蘇軾撰　（清）王文誥輯注　孔凡禮校點　中華書局 1982 年版

蘇軾詞編年校注　（宋）蘇軾撰　鄒同慶、王宗堂校注　中華書局 2002 年版

欒城集　（宋）蘇轍撰　曾棗莊、馬德富校點　上海古籍出版社 1987 年版

黃庭堅詩集注　（宋）黃庭堅撰　（宋）任淵、史容注　劉尚榮校點　中華書局
　　2003 年版

山谷詞　（宋）黃庭堅撰　馬興榮、祝振玉校注　上海古籍出版社 2001 年版

姑溪詞　（宋）李之儀撰　上海古籍出版社 1989 年版《宋六十名家詞》本

淮海集箋注　（宋）秦觀撰　徐培均箋注　上海古籍出版社 2000 年版

淮海居士長短句　（宋）秦觀撰　徐培均校注　上海古籍出版社 1985 年版

東山詞　（宋）賀鑄撰　鍾振振校注　上海古籍出版社 1989 年版

後山詩注補箋　（宋）陳師道撰　（宋）任淵注　冒廣生補箋　冒懷辛整理　中
　　華書局 1995 年版

晁氏琴趣外篇　（宋）晁補之撰　劉乃昌、楊慶存校注　上海古籍出版社 1991
　　年版

張耒集　（宋）張耒撰　李逸安等校點　中華書局 1990 年版

清真集　（宋）周邦彥撰　吳則虞校點　中華書局 1981 年版

樵歌　（宋）朱敦儒撰　鄧子勉校注　上海古籍出版社 1998 年版

李清照集校注　（宋）李清照撰　王仲聞校注　人民文學出版社 1997 年版

東萊先生詩集二十卷　（宋）呂本中撰　商務印書館 1934 年《四部叢刊續編》影
　　宋刊本

茶山集　（宋）曾幾撰　清武英殿聚珍本

陳與義集校箋　（宋）陳與義撰　白敦仁校箋　上海古籍出版社 1990 年版

蘆川詞　（宋）張元幹撰　曹濟平校注　上海古籍出版社 1991 年版

岳忠武王文集八卷　（宋）岳飛撰　乾隆三十四年（1769）黃邦寧刊本

劍南詩稿校注　（宋）陸游撰　錢仲聯校注　上海古籍出版社 1985 年版

放翁詞編年箋注　（宋）陸游撰　夏承燾、吳熊和箋注　上海古籍出版社 1981
　　年版

西湖游覽志餘　（明）田汝成輯撰　上海古籍出版社 1980 年版

范石湖集　（宋）范成大撰　富壽孫校點　上海古籍出版社 1981 年版

誠齋集一三三卷　（宋）楊萬里撰　商務印書館 1929 年《四部叢刊初編》影宋寫
　　本

晦庵先生朱文公文集　（宋）朱熹撰　上海古籍出版社、安徽教育出版社 2002
　　年版《朱子全書》本

于湖先生長短句五卷拾遺一卷　（宋）張孝祥撰　上海古籍出版社 1989 年《景

　　刊宋金元明本詞》影宋本

稼軒詞編年箋注（增訂本）　（宋）辛棄疾撰　鄧廣銘箋注　上海古籍出版社
　　1995 年版

陳亮龍川詞箋注　（宋）陳亮撰　姜書閣箋注　人民文學出版社 1980 年版

龍洲詞校箋　（宋）劉過撰　馬興榮校箋　江西人民出版社 1999 年版

朱淑真集　（宋）朱淑真撰　張璋、黃畬校注　上海古籍出版社 1986 年版

姜白石詞編年箋校　（宋）姜夔撰　夏承燾箋校　上海古籍出版社 1981 年版

梅溪詞　（宋）史達祖撰　雷履平、羅煥章校注　上海古籍出版社 1988 年版

二薇亭集　（宋）徐璣撰　清嘉慶六年（1801）石門顧修讀畫齋重刻《南宋群賢
　　小集》本

清苑齋集　（宋）趙師秀撰　清嘉慶六年（1801）石門顧修讀畫齋重刻《南宋群
　　賢小集》本

平齋文集三十二卷　（宋）洪咨夔撰　商務印書館 1934 年《四部叢刊續編》影宋
　　鈔本

後村詞箋注　（宋）劉克莊撰　錢仲聯箋注　上海古籍出版社 1980 年版

靖逸小集　（宋）葉紹翁撰　清嘉慶六年（1801）石門顧修讀畫齋重刻《南宋群
　　賢小集》本

秋崖先生小稿八十三卷　（宋）方岳撰　乾隆三十五年（1770）序刊本

吳夢窗詞箋釋　（宋）吳文英撰　楊鐵夫箋釋　廣東人民出版社 1992 年版

錢塘遺事　（元）劉一清撰　上海古籍出版社 1985 年版

須溪詞　（宋）劉辰翁撰　吳企明校注　上海古籍出版社 1998 年版

草窗韻語六稿　（宋）周密撰　民國十一年（1922）《密韻樓景宋本七種》影宋刊
　　本

蘋洲漁笛譜二卷　集外詞一卷　（宋）周密撰　上海古籍出版社 1989 年《彊村
　　叢書》本

廬陵宋丞相信國公文忠烈先生全集十六卷　（宋）文天祥撰　清雍正三年
　　（1725）文有煥刊本

花外集　（宋）王沂孫撰　吳則虞箋注　上海古籍出版社 1988 年版

竹山詞　（宋）蔣捷撰　上海古籍出版社 1989 年《景刊宋金元明本詞》影元鈔本

增訂湖山類稿　（宋）汪元量撰　孔凡禮輯　中華書局 1984 年版

山中白雲詞　（宋）張炎撰　吳則虞校輯　中華書局 1983 年版

晞髮集十卷　（宋）謝翱撰　清康熙四十一年（1702）平湖陸氏校刊本

蕭閑老人明秀集注　（金）蔡松年撰　（金）魏道明注　上海古籍出版社 1989 年

《四印齋所刻詞》本

歸潛志　（金）劉祁撰　中華書局 1983 年版

元好問論詩三十首小箋　（金）元好問撰　郭紹虞箋釋　人民文學出版社 1978
　　年版

元遺山詩集箋注　（金）元好問撰　（清）施國祁注　人民文學出版社 1989 年版

遺山樂府　（金）元好問撰　上海古籍出版社 1989 年《彊村叢書》本

梨園按試樂府新聲　（元）無名氏選輯　隋樹森校訂　中華書局 1958 年版

參考書目

畫墁録　（宋）張舜民撰　中華書局 1991 年版《叢書集成初編》本

後山詩話　（宋）陳師道撰　中華書局 1982 年版《歷代詩話》本

侯鯖録　（宋）趙令畤撰　中華書局 2002 年版

古今詞話　（宋）楊湜撰　中華書局 1986 年版《詞話叢編》本

能改齋漫録　（宋）吳曾撰　上海古籍出版社 1984 年版

崇古文訣　（宋）樓昉撰　臺灣商務印書館 1986 年影印文淵閣《四庫全書》本

傅幹注坡詞　（宋）傅幹注　巴蜀書社 1993 年版

苕溪漁隱叢話　（宋）胡仔撰　人民文學出版社 1981 年版

古文關鍵　（宋）呂祖謙撰　中華書局 1985 年版《叢書集成初編》本

捫蝨新話　（宋）陳善撰　明崇禎虞山毛氏汲古閣刻津逮秘書本

清波雜志校注　（宋）周煇撰　劉永翔校注　中華書局 1994 年版

梁溪漫志　（宋）費袞撰　上海古籍出版社 1985 年版

文章精義　（宋）李塗撰　影印文淵閣《四庫全書》本

王荊文公詩箋注　（宋）李壁箋注　中華書局 1958 年版

貴耳集　（宋）張端義撰　中華書局 1985 年版《叢書集成初編》本

桯史　（宋）岳珂撰　吳企明點校　中華書局 1981 年版

後村詩話　（宋）劉克莊撰　王秀梅點校　中華書局 1983 年版

增修箋注妙選群英草堂詩餘　（宋）闕名編　（宋）何士信增修　上海古籍出版
　　社 1989 年版《景刊宋金元明本詞》本

鶴林玉露　（宋）羅大經撰　王瑞來點校　中華書局 1983 年版

吹劍續録　（宋）俞文豹撰　上海古籍出版社 1989 年版《説郛三種》本

懷古録校注　（宋）陳模撰　鄭必俊校注　中華書局 1993 年版

文章軌範　（宋）謝枋得撰　影印文淵閣《四庫全書》本

學齋佔畢　（宋）史繩祖撰　中華書局 1985 年版《叢書集成初編》本

浩然齋雅談　（宋）周密撰　中華書局 1985 年版《叢書集成初編》本

濂洛風雅　（宋）金履祥輯　清雍正間刻本

詞源注　（宋）張炎撰　夏承燾校注　人民文學出版社 1963 年版

愛日齋叢抄　（宋）葉寘撰　《守山閣叢書》本

滹南遺老集　（金）王若虛撰　中華書局 1985 年版《叢書集成初編》本

中州集 （金）元好問撰　中華書局上海編輯所 1959 年版

歸潛志 （金）劉祁撰　崔文印點校　中華書局 1981 年版

瀛奎律髓 （元）方回撰　上海古籍出版社 1993 年版

隱居通議 （元）劉壎撰　中華書局 1985 年版《叢書集成初編》本

百家詞 （明）吳訥輯　天津古籍出版社 1992 年版

虛齋集 （明）蔡清撰　影印文淵閣《四庫全書》本

嘉樂齋三蘇文範 （明）楊慎選　明天啓二年（1622）刻本

文章指南 （明）歸有光撰　清光緒二年（1876）刻本

唐宋八大家文鈔 （明）茅坤撰　影印文淵閣《四庫全書》本

草堂詩餘正集 （明）顧從敬類選　沈際飛評正　明鐫古香岑批點《草堂詩餘四
　　集》本

草堂詩餘別集 （明）沈際飛選評　明鐫古香岑批點《草堂詩餘四集》本

藝苑卮言 （明）王世貞撰　中華書局 1986 年版《詞話叢編》本

詩藪 （明）胡應麟撰　上海古籍出版社 1979 年版

詞的 （明）茅暎評選　清萃閔堂鈔本

宋六十名家詞 （明）毛晉輯　上海古籍出版社 1989 年版

古今詞統 （明）卓人月彙選　（明）徐士俊參評　明崇禎間刻本

古今詩餘醉 （明）潘游龍選　明十竹齋刻本

皺水軒詞筌 （清）賀裳撰　中華書局 1986 年版《詞話叢編》本

窺詞管見 （清）李漁撰　中華書局 1986 年版《詞話叢編》本

七頌堂詞繹 （清）劉體仁撰　中華書局 1986 年版《詞話叢編》本

朱子可聞詩集 （清）洪力行抄釋　清康熙間刻本

填詞雜説 （清）沈謙撰　中華書局 1986 年版《詞話叢編》本

詩筏 （清）賀貽孫撰　上海古籍出版社 1983 年版《清詩話續編》本

西河詩話 （清）毛奇齡撰　清康熙四十四年（1705）刻《毛西河先生全集》本

居易錄 （清）王士禎撰　康熙四十年（1701）刻本

香祖筆記 （清）王士禎撰　湛之點校　上海古籍出版社 1983 年版

花草蒙拾 （清）王士禎撰　中華書局 1986 年版《詞話叢編》本

初白庵詩評 （清）查慎行撰　清乾隆四十二年（1703）涉園觀樂堂刻本

唐宋八大家文鈔 （清）張伯行撰　中華書局 1985 年版《叢書集成初編》本

詞潔輯評 （清）先著、程洪撰　胡念貽輯　中華書局 1986 年版《詞話叢編》本

古文觀止 （清）吳楚材、吳調侯選　中華書局 1987 年版

義門讀書記 （清）何焯撰　崔高維點校　中華書局 1987 年版

古文眉詮　（清）浦起龍評選　清乾隆九年（1744）三吳書院刻本

古文雅正　（清）蔡世遠撰　影印文淵閣《四庫全書》本

詞綜偶評　（清）許昂霄撰　中華書局 1986 年版《詞話叢編》本

詞林紀事　（清）張宗橚輯　上海古籍出版社 1998 年版

月山詩話　（清）恒仁撰　中華書局 1985 年版《叢書集成初編》本

自怡軒古文選　（清）許寶善選　清光緒三年（1877）刻、吳縣朱氏補刻本

四庫全書總目　（清）紀昀等撰　中華書局 1981 年版

王荊公年譜考略　（清）蔡上翔撰　上海人民出版社 1973 年版

蘇文忠公詩集　（清）紀昀評點　清同治八年（1869）韞玉山房刻本

古文辭類纂　（清）姚鼐選纂　中國書店 1986 年版

雨村詩話　（清）李調元撰　上海古籍出版社 1983 年版《清詩話續編》本

雨村詞話　（清）李調元撰　中華書局 1986 年版《詞話叢編》本

蓼園詞選　（清）黃蘇撰　齊魯書社 1988 年版《清人選評詞集三種》本

蘇軾詩集　（清）王文誥輯注　孔凡禮點校　中華書局 1982 年版

昭昧詹言　（清）方東樹撰　汪紹楹點校　人民文學出版社 1984 年版

蓮子居詞話　（清）吳照衡撰　中華書局 1986 年版《詞話叢編》本

宋四家詞選　（清）周濟編　古典文學出版社 1958 年版

養一齋詩話　（清）潘德輿撰　上海古籍出版社 1983 年版《清詩話續編》本

問花樓詩話　（清）陸鎣撰　上海古籍出版社 1983 年版《清詩話續編》本

《詞選》批注　（清）端木埰批注　中華書局 1986 年版《詞話叢編》本

四印齋所刻詞　（清）王鵬運輯　上海古籍出版社 1989 年版

角山樓蘇詩評注彙鈔　（清）趙克宜輯訂　清咸豐二年（1852）刻本

求闕齋讀書錄　（清）曾國藩撰　清光緒二年（1876）刻本

藝概　（清）劉熙載撰　上海古籍出版社 1982 年版

賭棋山莊詞話　（清）謝章鋌撰　中華書局 1986 年版《詞話叢編》本

越縵堂讀書記　（清）李慈銘撰　由雲龍輯　上海書店 2000 年版

復堂詞話　（清）譚獻撰　人民文學出版社 1984 年版

湘綺樓評詞　（清）王闓運撰　中華書局 1986 年版《詞話叢編》本

聽秋聲館詞話　（清）丁紹儀撰　中華書局 1986 年版《詞話叢編》本

左庵詞話　（清）李佳撰　中華書局 1986 年版《詞話叢編》本

蒿庵論詞　（清）馮煦撰　人民文學出版社 1984 年版

論詞隨筆　（清）沈祥龍撰　中華書局 1986 年版《詞話叢編》本

林紓選評古文辭類纂　林紓選評　慕容真點校　浙江古籍出版社 1986 年版

詞則　（清）陳廷焯撰　上海古籍出版社 1984 年版

白雨齋詞話　（清）陳廷焯撰　杜維沫點校　人民文學出版社 1983 年版

大鶴山人詞話　（清）鄭文焯撰　中華書局 1986 年版《詞話叢編》本

宋詩精華録　陳衍撰　曹中孚校注　巴蜀書社 1992 年版

石遺室詩話　陳衍撰　遼寧教育出版社 1998 年版

彊村叢書　朱孝臧校輯　上海古籍出版社 1989 年版

景刊宋金元明本詞　吳昌綬、陶湘輯　上海古籍出版社 1989 年版

唐五代兩宋詞選釋　俞陛雲選釋　上海古籍出版社 1985 年版

海綃説詞　陳洵撰　中華書局 1986 年版《詞話叢編》本

唐宋詩舉要　高步瀛選注　上海古籍出版社 1978 年版

唐宋文舉要　高步瀛選注　上海古籍出版社 1982 年版

映庵詞評　夏敬觀撰　葛渭君輯録　華東師範大學出版社 1986 年版《詞學》第
　　五輯

詞學　梁啓勳著　中國書店 1985 年版

人間詞話　王國維著　陳杏珍、劉烜重訂　上海古籍出版社 1998 年版

詩詞曲語辭彙釋　張相著　中華書局 1985 年版

宋詞舉　陳匪石撰　江蘇古籍出版社 2002 年版

詞學通論　吳梅撰　華東師範大學出版社 1996 年版

微睇室説詞　劉永濟著　上海古籍出版社 1987 年版

唐五代兩宋詞簡析　劉永濟選釋　上海古籍出版社 1981 年版

藝蘅館詞選　梁令嫻選編　廣東人民出版社 1981 年版

國語文學史　胡適著　安徽教育出版社 1999 年版

詞選　胡適選注　商務印書館 1927 年版

喬大壯手批周邦彥片玉集　喬大壯手批　齊魯書社 1986 年版

陸游選集　朱東潤選注　上海古籍出版社 1979 年版

歷代文學作品選（中編第二册）　朱東潤主編　上海古籍出版社 1980 年版

中國歷代詩歌選（下編一）　林庚、馮沅君主編　人民文學出版社 2001 年版

顧隨文集　顧隨著　上海古籍出版社 1986 年版

叢碧詞話　張伯駒撰　華東師範大學出版社 1981 年版《詞學》第一輯

唐宋詞人年譜（修訂本）　夏承燾著　上海古籍出版社 1979 年版

唐宋詞論叢（增訂本）　夏承燾著　中華書局 1962 年版

唐宋詞欣賞　夏承燾著　北京出版社 2002 年版

宋詞繫　夏承燾著　浙江古籍出版社、浙江教育出版社 1998 年版《夏承燾集》

第三册

龍川詞校箋　夏承燾校箋　牟家寬注　上海古籍出版社 1982 年版

讀詞偶得・清真詞釋　俞平伯撰　人民文學出版社 2000 年版

唐宋詞選釋　俞平伯選釋　人民文學出版社 1983 年版

唐宋詞簡釋　唐圭璋選釋　上海古籍出版社 1981 年版

宋史叢考　聶崇岐著　中華書局 1980 年版

黃庭堅詩選　潘伯鷹選注　古典文學出版社 1957 年版

詩詞散論　繆鉞著　上海古籍出版社 1982 年版

靈谿詞說　繆鉞、葉嘉瑩著　上海古籍出版社 1987 年版

詞學古今談　繆鉞、葉嘉瑩著　岳麓書社 1993 年版

校輯宋金元人詞　趙萬里校輯　歷史語言研究所 1931 年版

范成大年譜　于北山著　上海古籍出版社 1987 年版

宋詞選　胡雲翼著　上海古籍出版社 1978 年版

詞選　鄭騫著　中國文化大學出版部（臺北）1984 年版

辛稼軒年譜（增訂本）　鄧廣銘著　上海古籍出版社 1997 年版

詞林新話（增訂本）　吳世昌著　北京出版社 2000 年版

宋詩選注　錢鍾書選注　人民文學出版社 1982 年版

辛棄疾詞選　吳則虞選注　上海古籍出版社 1993 年版

西崑酬唱集注　王仲犖注　上海書店出版社 2001 年版

重輯李清照集　黃墨谷校輯　齊魯書社 1981 年版

古詩今選　程千帆、沈祖棻選注　上海古籍出版社 1987 年版

宋詩精選　程千帆編選　江蘇古籍出版社 1992 年版

宋詞賞析　沈祖棻著　上海古籍出版社 1980 年版

范成大詩選　周汝昌選注　人民文學出版社 1984 年版

讀書叢札　吳小如著　中華書局香港分局 1982 年版

蘇軾年譜　孔凡禮著　中華書局 1998 年版

瀛奎律髓彙評　李慶甲集評　上海古籍出版社 1986 年版

蘇軾選集　王水照選注　上海古籍出版社 1984 年版

吳熊和詞學論集　吳熊和著　杭州大學出版社 1999 年版

宋文選　四川大學中文系古典文學教研室選注　人民文學出版社 1997 年版

第六編

元代文學

宋元話本

【作者簡介】

今所見話本大抵可分爲三類：一類是敍事粗略的説話藝人的底本，如《三國志平話》等；一類是據説話人口述而重加整理、描寫細緻的本子，如《碾玉觀音》等；一類是文人據史傳改編的通俗故事讀本，如《宣和遺事》等。這裏所選的《碾玉觀音》、《錯斬崔寧》屬於第二類，皆見於《京本通俗小説》。《京本通俗小説》共收《碾玉觀音》、《菩薩蠻》、《西山一窟鬼》、《志誠張主管》、《拗相公》、《錯斬崔寧》、《馮玉梅團圓》七篇話本，由繆荃孫於 1915 年摹刻，編入《煙畫東堂小品》叢書。據學者考訂，此書並非古本，而是繆荃孫編選《警世通言》、《醒世恒言》中注明"宋人小説"的篇目而成的。

碾玉觀音

【題解】

本篇選自程毅中輯注《宋元小説家話本集》，也見《京本通俗小説》第十卷，明人馮夢龍所編《警世通言》卷八，題作《崔待詔生死冤家》。這篇故事寫賣身咸安郡王府爲繡作養娘的璩秀秀，愛上府中的玉雕工匠崔寧，趁王府失火，主動與他結成連理，兩人遠走潭州安家立業。不料，一年後被排軍郭立撞見，回府告密，郡王命人捉回秀秀處死，將崔寧杖責，發配建康(今江蘇南京)。秀秀鬼魂追隨而去，繼續和崔寧生活在一起，又被郭立發現。在拘拿兩人的過程中，秀秀懲罰了幫兇郭立，並揪着崔寧同到陰間做鬼夫妻。

作品成功地塑造了下層女性璩秀秀的形象，她聰明、美麗、潑辣、剛毅，爲了儘快改變自己家奴的命運，執著追求人身自由和婚姻幸福，至死都不屈不撓，富有頑强的鬥爭精神。在熱情贊揚和歌頌她的同時，也揭露和鞭撻了悲劇製造者咸安郡王的兇殘和狠毒。説話藝人很會編排故事，將人鬼交織的奇特情節，敍説得撲朔迷離，跌宕起伏，扣人心絃；又善於運用各種刻畫人物的手法，如對比陪襯、細節描寫和戲劇性的對話，使秀秀、崔寧和咸安郡王等各具個性，形象鮮明生動。詩詞、韻文的大量引用和穿插，也顯示出早期話本小説作爲詞話的藝術特色。

山色晴嵐景物佳[1]，暖烘回雁起平沙。東郊漸覺花供眼，南陌依稀草吐芽。堤上柳，未藏鴉，尋芳趁步到山家[2]。隴頭幾樹紅梅落，紅杏枝頭未着花。

這首《鷓鴣天》説孟春景致，原來又不如《仲春詞》做得好：

每日青樓醉夢中[3]，不知城外又春濃。杏花初落疏疏雨，楊柳輕搖淡淡風。　　浮畫舫，躍青驄[4]，小橋門外緑陰籠。行人不入神仙地，人在珠簾第幾重？

這首詞説仲春景致，原來又不如黄夫人做着《季春詞》又好[5]：

先自春光似酒濃，時聽燕語透簾櫳[6]。小橋楊柳飄香絮，山寺緋桃散落紅。　　鶯漸老，蝶西東，春歸難覓恨無窮。侵階草色迷朝雨，滿地梨花逐曉風。

這三首詞都不如王荆公看見花瓣兒片片風吹下地來，原來這春歸去，是東風斷送的。有詩道：

春日春風有時好，春日春風有時惡。
不得春風花不開，花開又被風吹落。

蘇東坡道："不是東風斷送春歸去，是春雨斷送春歸去。"有詩道：

雨前初見花間蕊，雨後全無葉底花。
蜂蝶紛紛過牆去，卻疑春色在鄰家。

秦少游道："也不干風事，也不干雨事，是柳絮飄將春色去。"有詩道：

三月柳花輕復散，飄揚澹蕩送春歸。

此花本是無情物，一向東飛一向西。

邵堯夫道[7]：“也不干柳絮事，是蝴蝶採將春色去。”有詩道：

花正開時當三月，蝴蝶飛來忙劫劫[8]。
採將春色向天涯，行人路上添淒切。

曾兩府道[9]：“也不干蝴蝶事，是黃鶯啼得春歸去。”有詩道：

花正開時艷正濃，春宵何事惱芳叢？
黃鸝啼得春歸去，無限園林轉首空。

朱希真道[10]：“也不干黃鶯事，是杜鵑啼得春歸去。”有詩道：

杜鵑叫得春歸去，吻邊啼血尚猶存。
庭院日長空悄悄，教人生怕到黃昏。

蘇小小道[11]：“都不干這幾件事，是燕子銜將春色去。”有《蝶戀花》詞爲證：

妾本錢塘江上住，花開花落，不管流年度。燕子銜將春色去，紗窗幾陣黃梅雨。　　斜插犀梳雲半吐，檀板輕敲[12]，唱徹《黃金縷》[13]。歌罷綵雲無覓處，夢回明月生南浦[14]。

王巖叟道[15]：“也不干風事，也不干雨事，也不干柳絮事，也不干蝴蝶事，也不干黃鶯事，也不干杜鵑事，也不干燕子事。是九十日春光已過，春歸去。”曾有詩道：

怨風怨雨兩俱非，風雨不來春亦歸。
腮邊紅褪青梅小，口角黃消乳燕飛。

蜀魄健啼花影去^[16],吳蠶强食柘桑稀。

直惱春歸無覓處,江湖辜負一蓑衣^[17]!

【校注】

[1]晴嵐:晴日山中的霧氣。　　　[2]趁步:信步,漫步。　　　[3]青樓:這裏指富貴人家的閨房。三國魏曹植《美女篇》:"青樓臨大路,高門結重關。"　　　[4]青驄:毛色青白的馬。　　　[5]黃夫人:不詳。一説爲宋黃銖之母孫道絢,自號沖虛居士。見清舒夢蘭《考證白香詞譜》。　　　[6]簾櫳:窗簾。櫳,窗上的櫺木。

[7]邵堯夫:名雍,字堯夫。北宋理學家。《宋史》卷四二七有傳。　　　[8]劫劫:匆忙急切的樣子。宋蘇軾《醉僧圖頌》:"人生得坐且穩坐,劫劫地走覓甚麼。"

[9]曾兩府:指曾公亮。公亮,字仲明,晉江(今福建泉州)人。宋仁宗嘉祐五年(1060),除樞密院副使。六年,拜吏部侍郎、同中書省門下事。《宋史》卷三一二有傳。宋代稱中書和樞密院爲兩府。凡擔任宰相和樞密院使的人,皆可尊稱爲"兩府"。　　　[10]朱希真:名敦儒,字希真,號巖壑。洛陽(今屬河南)人。以詞著稱,有《樵歌》三卷。《宋史》卷四四五有傳。　　　[11]蘇小小:南齊時名妓。所引《蝶戀花》詞上半闋,相傳爲司馬才仲在夢中聽蘇小小所唱,下半闋由他續成。一説爲秦觀所續。　　　[12]檀板:紅檀木製成的拍板,歌唱時用以掌握節奏。

[13]黃金縷:詞調名,即《蝶戀花》。　　　[14]南浦:《楚辭·九歌·河伯》有"送美人兮南浦"句,後常用"南浦"作送別之地或"離別"的代稱。　　　[15]王巖叟:字彦霖,大名清平(今山東臨清)人。宋哲宗元祐六年(1091),爲樞密直學士,簽書樞密院事。《宋史》卷三四二有傳。　　　[16]蜀魄:即杜鵑鳥。相傳古蜀帝杜宇死後,魂魄化爲杜鵑鳥,故又名杜宇或子規。初夏時晝夜啼鳴,聲音淒慘。事見《太平御覽》卷一六六引《十三州志》。　　　[17]蓑衣:這裏指漁人或垂釣者。

説話的,因甚説這春歸詞?紹興年間^[1],行在有箇關西延州延安府人^[2],本身是三鎮節度使咸安郡王^[3]。當時怕春歸去,將帶着許多鈞眷游春^[4]。至晚回家,來到錢塘門裏車橋^[5],前面鈞眷轎子過了,後面是郡王轎子到來。只聽得橋下裱褙鋪裏一箇人叫道^[6]:"我兒出來看郡王。"當時郡王在轎裏看見,叫幫窗虞候道^[7]:"我從前要尋這箇人,今日卻在這裏。只在你身上,明日要這箇人入府中來。"當時虞候聲諾^[8],來尋這箇看郡王的人,是甚色目人^[9]?正是:

　　　　塵隨車馬何年盡？情繫人心早晚休。

　　　只見車橋下一箇人家，門前出着一面招牌，寫着："璩家裝裱古今書畫。"鋪裏一箇老兒，引着一箇女兒，生得如何？

　　　　雲鬟輕籠蟬翼[10]，蛾眉淡拂春山[11]，朱唇綴一顆櫻桃，皓齒排兩行碎玉。蓮步半折小弓弓[12]，鶯囀一聲嬌滴滴。

便是出來看郡王轎子的人。虞候即時來他家對門一個茶坊裏坐定，婆婆把茶點來[13]。虞候道："啓請婆婆[14]，過對門裱褙鋪裏請璩大夫來說話[15]。"婆婆便去請到來，兩箇相揖了就坐。璩待詔問[16]："府幹有何見諭[17]？"虞候道："無甚事，閒問則箇[18]。適來叫出來看郡王轎子的人是令愛麼[19]？"待詔道："正是拙女，止有三口。"虞候又問："小娘子貴庚[20]？"待詔應道："一十八歲。"再問："小娘子如今要嫁人，卻是趨奉官員[21]？"待詔道："老拙家寒[22]，那討錢來嫁人[23]？將來也只是獻與官員府第。"虞候道："小娘子有甚本事？"待詔說出女孩兒一件本事來，有詞寄《眼兒媚》爲證：

　　　　深閨小院日初長，嬌女綺羅裳。不做東君造化[24]，金針刺繡群芳。　　　斜枝嫩葉包開蕊，唯只欠馨香。曾向園林深處，引教蝶亂蜂狂。

原來這女兒會繡作。虞候道："適來郡王在轎裏，看見令愛身上繫着一條繡裹肚[25]。府中正要尋一個繡作的人，老丈何不獻與郡王？"璩公歸去，與婆婆說了。到明日寫一紙獻狀[26]，獻來府中。郡王給與身價，因此取名秀秀養娘[27]。

【校注】
[1]紹興：南宋高宗年號（1127—1162）。時住地。此指南宋臨安（今浙江杭州）。
[2]行在：即行在所，皇帝離京外出臨
[3]三鎮節度使咸安郡王：南宋抗金

名將韓世忠的封號。據《宋史》本傳,宋高宗紹興六年(1136),韓世忠加橫海、武寧、安化三鎮節度使;十三年(1143),封咸安郡王;十七年,改鎮南、武安、寧國三鎮節度使。節度使,唐代設立的官名,總攬一方軍、政、財務大權。宋沿唐制,但節度使僅是一種榮譽虛衔,已無實際權力。　　　[4]鈞眷:對官員家屬的尊稱。

[5]錢塘門:臨安城西近北的門。車橋:臨安西河上的橋。宋吳自牧《夢粱録》卷七《西河橋道》:"國子監前曰紀家橋,監後曰車橋。"　　　[6]裱褙鋪:裝裱字畫的店鋪。　　　[7]幫窗:靠近轎窗。虞候:唐宋時朝廷禁軍和方鎮節度使手下的武官,負責禁衛。這裏指咸安郡王的隨從侍衛。　　　[8]聲諾:也作"聲喏",出聲答應。

[9]色目:指身份、人品、姿色、伎藝等。唐蔣防《霍小玉傳》:"有一仙人,謫在下界,不邀財貨,但慕風流,如此色目,共十郎相當矣。"　　　[10]蟬翼:形容婦女兩鬢的頭髮,猶如蟬翅一樣輕柔光澤。　　　[11]春山:春天山色黛青,常用來形容婦女淡淡描畫的秀眉。　　　[12]半折(zhǎ 眨):一折約五寸,半折不到三寸,極言其短。小弓弓:指舊時纏腳婦女所穿的繡鞋,前頭彎曲如弓狀。　　　[13]點:沏,泡。

[14]啓請:敬辭,猶言勞駕。　　　[15]大夫:原爲官名,宋元習慣用來稱手藝工匠或役員。　　　[16]待詔:待命供奉內廷的人。這裏也是借用來尊稱手藝工匠。

[17]府幹:即幹辦,宋代顯貴府中的辦事人。見諭:一種客氣説法,表示上對下的吩咐。　　　[18]閒問則個:隨便問問罷了。則個,句末加強語氣的助詞。

[19]令愛:也作"令嬡",稱對方女兒的客氣説法。　　　[20]貴庚:詢問對方年齡的客氣説法。　　　[21]趨奉:侍候,服侍。　　　[22]老拙:老者賤稱自己的客氣説法。　　　[23]討:尋找,尋覓。　　　[24]東君:春神。　　　[25]繡裹肚:即繡花圍肚看帶,一種繫在衣服外面的圍裙。　　　[26]獻狀:將女兒賣給官員府第的文書字據。　　　[27]養娘:對買來或雇來的女僕的稱呼。與世代爲奴的所謂"家生子"不同。

　　不則一日[1],朝廷賜下一領團花繡戰袍,當時秀秀依樣繡出一件來。郡王看了歡喜道:"主上賜與我團花戰袍,卻尋甚麼奇巧的物事獻與官家[2]?"去府庫裏尋出一塊透明的羊脂美玉來[3],即時叫將門下碾玉待詔道[4]:"這塊玉堪做甚麼[5]?"內中一箇道:"好做一副勸杯[6]。"郡王道:"可惜! 恁般一塊玉[7],如何將來只做得一副勸杯?"又一箇道:"這塊玉上尖下圓,好做一箇摩侯羅兒[8]。"郡王道:"摩侯羅兒,只是七月七日乞巧使得[9],尋常間又無用處。"數中一箇後生[10],年紀二十五歲,姓崔,名寧,趨事郡王數年,是昇州建康府人[11]。當時叉手向前,對着郡王道:"告恩王,這塊玉上尖下圓,甚是不好,只好碾一箇南海觀音。"郡王道:"好,正合我意!"就叫崔寧下手。不過兩箇月,碾成了這箇玉觀音。郡王即時寫表進上御前,龍顏大喜。崔寧就本府增添請給[12],遭遇郡王[13]。

【校注】

[1]不則:不只,不止。　[2]物事:東西,物品。官家:對皇帝的稱呼。　[3]羊脂玉:一種潔白如羊脂的美玉。　[4]碾:打磨,雕琢。　[5]堪:可以,能够。[6]勸杯:專用於敬酒或勸酒的酒杯,體積較大而製作精美。　[7]恁(nèn 嫩)般:這般,這樣。　[8]摩侯羅兒:梵語,也譯作"摩合羅"、"摩睺羅"等,是用泥、木、象牙、玉石等製成的小偶人,加以衣飾,七夕時作爲供奉用。後來成爲兒童玩具。　[9]乞巧:舊時民俗,陰曆七月七日夜晚,婦女在場院陳設瓜果,向織女星祈禱,請求幫助提高刺繡和縫紉技巧,稱爲乞巧。見南朝宗懔《荊楚歲時記》。[10]後生:指青年男子。　[11]昇州建康府:唐置昇州,治所在上元(今江蘇南京)。北宋升爲江寧府,南宋建炎三年(1129)改爲建康府。　[12]請給:猶請受,宋代由公家支付給隨從、僕人等俸錢和衣糧的專稱。　[13]遭遇:猶遭際,得到賞識。

不則一日,時遇春天,崔待詔游春回來,入得錢塘門,在一箇酒肆,與三四箇相知方纔吃得數杯,則聽得街上鬧炒炒,連忙推開樓窗看時,見亂烘烘道:"井亭橋有遺漏[1]!"喫不得這酒成,慌忙下酒樓看時,只見:

初如螢火,次若燈光。千條蠟燭焰難當,萬座糝盆敵不住[2]。六丁神推倒寶天爐[3],八力士放起焚山火[4]。驪山會上,料應褒姒逞嬌容[5];赤壁磯頭,想是周郎施妙策[6]。五通神牽住火葫蘆[7],宋無忌趕番赤驃子[8]。又不曾瀉燭澆油,直恁的煙飛火猛[9]!

崔待詔望見了,急忙道:"在我本府前不遠。"奔到府中看時,已搬挈得罄盡,静悄悄地無一箇人。崔待詔既不見人,且循着左手廊下入去,火光照得如同白日。去那左廊下，一箇婦女，搖搖擺擺，從府堂裏出來，自言自語，與崔寧打箇胸廝撞。崔寧認得是秀秀養娘，倒退兩步，低身唱箇喏[10]。原來郡王當日，嘗對崔寧許道："待秀秀滿日[11]，把來嫁與你。"這些衆人都攛掇道[12]："好對夫妻！"崔寧拜謝了，不則一番。崔寧是箇單身，卻也癡心；秀秀見恁地箇後生，卻也指望。當日有這遺漏，秀秀手中提着一帕子金珠富貴[13]，從左廊下出來，撞見崔寧，便道："崔大夫，我出來得遲了。府中養娘各自四散，管顧不得，你如今没奈何，只得將我去躲避則箇。"

【校注】

[1]井亭橋：在臨安西河上甘泉坊東，見《夢梁錄》卷七《西河橋道》。遺漏：特指失火。元張國賓《合汗衫》第三折："我則聽得張員外家遺漏火發，唬得我立掙癡呆了這半霎。"　　[2]糝盆：即粞(shēn 申)盆。舊時除夕祭祖時，架松柴、竹木葉等，以粞爲燃料焚燒，叫糝盆。參看宋劉昌詩《蘆浦筆記》卷三《粞盆》條。這裏用來形容失火。　　[3]六丁神：道教神名，因五行中以丙丁代火，故稱火神爲六丁神。[4]八力士：民間傳說的八位大力神。焚山火：指晉文公放火燒綿山，搜尋介子推的故事。事見漢劉向《新序》卷七。　　[5]"驪山會上"二句：周幽王爲博妃子褒姒一笑，在驪山舉烽火報警，欺騙諸侯紛紛率兵趕來。事見《史記·周本紀》。這裏用來形容火勢兇猛。驪山：在今陝西臨潼東。　　[6]周郎：指周瑜。用火燒赤壁的故事。事見《三國志·吳書·孫權傳》。　　[7]五通神：民間傳說的妖神，常興妖作祟，也慣會弄火。　　[8]宋無忌：也作宋毋忌，秦始皇時燕方士。相傳他是"火之精怪"，騎一頭紅騾子，道教奉爲火仙。《史記·封禪書》司馬貞《索引》："《白澤圖》云：'火之精曰宋無忌。'蓋其人火仙也。"　　[9]直恁：竟如此，表示驚訝。　　[10]唱箇喏(rě 惹)：即唱喏，也作"唱諾"。古代男子行禮時，一面雙手交叉作揖，一面口稱喏喏，表示恭敬。　　[11]滿日：期滿之日。舊時奴僕服役到一定年限，主人就將他們放出回家或擇配他人。　　[12]攛(cuān 躥)掇(duō 咄)：慫恿。這裏有隨聲附和、喝彩凑趣的意思。　　[13]富貴：這裏指貴重的東西。

當下崔寧和秀秀出府門，沿着河走到石灰橋[1]。秀秀道："崔大夫，我脚疼了，走不得。"崔寧指着前面道："更行幾步，那裏便是崔寧住處，小娘子到家中歇脚，卻也不妨。"到得家中坐定。秀秀道："我肚裏飢，崔大夫與我買些點心來喫。我受了些驚，得杯酒喫更好。”當時崔寧買將酒來，三杯兩盞，正是：

> 三杯竹葉穿心過[2]，兩朵桃花上臉來。

道不得箇“春為花博士，酒是色媒人”[3]。秀秀道：“你記得當時在月臺上賞月，把我許你，你兀自拜謝[4]，你記得也不記得？”崔寧又着手，只應得“喏”。秀秀道：“當日眾人都替你喝采：‘好對夫妻！’你怎地到忘了？”崔寧又則應得“喏”。秀秀道：“比似只管等待[5]，何不今夜我和你先做夫妻？不知你意下何如？”崔寧道：“豈敢。”秀秀道：“你知道不敢，我叫將起來，教壞了你[6]，你卻如何將我到家中？我明日府裏去說。”崔寧道：“告小娘子，要和崔寧做夫妻不妨，只一件，這裏住不得了，要好趁這箇遺漏人亂時[7]，今夜就走開去，方才使得。”秀秀道：“我既和你做夫妻，憑你行。”

【校注】

[1]石灰橋：在臨安西河上。見《夢粱錄》卷七《西河橋道》。　　[2]竹葉：即竹葉青酒。　　[3]道不得：即有道是。花博士：指催花使者。　　[4]兀自：還。
[5]比似：與其。　　[6]教壞了你：使你壞了名聲，毀了前途。教，使，讓。
[7]要好：最好。

　　當夜做了夫妻。四更已後，各帶着隨身金銀物件出門。離不得飢餐渴飲，夜住曉行，迤邐來到衢州[1]。崔寧道：“這裏是五路總頭[2]，是打那條路去好？不若取信州路上去[3]，我是碾玉作，信州有幾箇相識，怕那裏安得身。”即時取路到信州。住了幾日，崔寧道：“信州常有客人到行在往來，若說道我等在此，郡王必然使人來追捉，不當穩便[4]。不若離了信州，再往別處去。”兩箇又起身上路，徑取潭州[5]。不則一日，到了潭州。卻是走得遠了，就潭州市裏討間房屋，出面招牌，寫着“行在崔待詔碾玉生活[6]”。崔寧便對秀秀道：“這裏離行在有二千餘里了，料得無事，你我安心，好做長久夫妻。”潭州也有幾箇寄居官員[7]，見崔寧是行在待詔，日逐也有生活得做[8]。崔寧密使人打探行在本府中事。有曾到都下的，得知府中當夜失火，不見了一箇養娘，出賞錢尋了幾日，不知下落。也不知道崔寧將他走了，見在潭州住[9]。

【校注】

[1]迤（ｙˇ乙）邐（ｌˇ理）：這裏指漸漸，漸次。衢州：今屬浙江。　　　[2]五路總頭：四通八達的地方。　　　[3]信州：今屬江西。　　　[4]不當穩便：不大妥當。
[5]潭州：今湖南長沙。　　　[6]生活：生意。這裏指店鋪，作坊。　　　[7]寄居官員：即寄居官。指本爲朝廷官員，今居住在家的人。　　　[8]日逐：每天。
[9]見：同“現”。

　　　時光似箭，日月如梭，也有一年之上。忽一日，方早開門，見兩箇着皂衫的[1]，一似虞候府幹打扮，入來鋪裏坐地[2]，問道：“本官聽得説有箇行在崔待詔，教請過來做生活。”崔寧分付了家中，隨這兩箇人到湘潭縣路上來。便將崔寧到宅裏相見官人，承攬了玉作生活。回路歸家，正行間，只見一箇漢子，頭上帶箇竹絲笠兒，穿着一領白段子兩上領布衫[3]，青白行纏扎着褲子口[4]，着一雙多耳麻鞋，挑着一箇高肩擔兒，正面來，把崔寧看了一看，崔寧卻不見這漢面貌，這箇人卻見崔寧，從後大踏步尾着崔寧來。正是：

　　　　　　誰家稚子鳴榔板[5]，驚起鴛鴦兩處飛。

這漢子畢竟是何人？且聽下回分解[6]。

【校注】

[1]皂衫：黑衫，古代官府公差穿的衣服。　　　[2]坐地：坐下，坐着。地，用於某些動詞後的助詞。　　　[3]兩上領：衣領内再加縫襯領的，稱兩上領。　　　[4]青白行纏：青白兩色布的裹腿。行纏，裹腿布，綁腿布。　　　[5]榔板：一種驅魚的工具。漁人捕魚時用此板敲響船舷，魚受驚而入網。　　　[6]“這漢子”二句：《京本通俗小説》作“碾玉觀音下”，分爲上下卷。

竹引牽牛花滿街，疏籬茅舍月光篩。琉璃盞內茅柴酒[1]，白玉盤中簇豆梅[2]。　　休懊惱，且開懷，平生贏得笑顏開。三千里地無知己，十萬軍中掛印來。

這隻《鷓鴣天》詞是關西秦州雄武軍劉兩府所作[3]。從順昌大戰之後[4]，閒在家中，寄居湖南潭州湘潭縣。他是箇不愛財的名將，家道貧寒，時常到村店中吃酒。店中人不識劉兩府，歡呼羅唣[5]。劉兩府道：“百萬番人只如等閒[6]，如今卻被他們誣罔[7]！”做了這隻《鷓鴣天》，流傳直到都下。當時殿前太尉是楊和王[8]，見了這詞，好傷感：“原來劉兩府直恁孤寒！”教提轄官差人送一項錢與這劉兩府[9]。今日崔寧的東人郡王，聽得說劉兩府恁地孤寒，也差人送一項錢與他，卻經由潭州路過。見崔寧從湘潭路上來，一路尾着崔寧到家，正見秀秀坐在櫃身子裏，便撞破他們道：“崔大夫，多時不見，你卻在這裏。秀秀養娘他如何也在這裏？郡王教我下書來潭州，今日遇着你們。原來秀秀養娘嫁了你，也好。”當時嚇殺崔寧夫妻兩箇，被他看破。那人是誰？卻是郡王府中一箇排軍[10]，從小伏侍郡王，見他樸實，差他送錢與劉兩府。這人姓郭名立，叫做郭排軍。當下夫妻請住郭排軍，安排酒來請他，分付道：“你到府中千萬莫說與郡王知道！”郭排軍道：“郡王怎知得你兩箇在這裏。我沒事，卻說甚麼。”當下酬謝了出門，回到府中，參見郡王，納了回書，看着郡王道：“郭立前日下書回，打潭州過，卻見兩箇人在那裏住。”郡王問：“是誰？”郭立道：“見秀秀養娘并崔待詔兩個，請郭立吃了酒食，教休來府中說知。”郡王聽說便道：“叵耐這兩箇做出這事來[11]！卻如何直走到那裏？”郭立道：“也不知他仔細，只見他在那裏住地[12]，依舊挂招牌做生活。”郡王教幹辦去分付臨安府，即時差一個緝捕使臣[13]，帶着做公的[14]，備了盤纏，徑來湖南潭州府，下了公文，同來尋崔寧和秀秀。卻似：

皂雕追紫燕[15]，猛虎啖羊羔。

【校注】

[1]茅柴酒:一種村釀的薄酒,味苦性烈。北宋韓駒《茅柴酒》詩:"飲慣茅柴諳苦硬,不知如蜜有香醪。"　　　[2]簇豆梅:一種鹽漬的梅脯,味酸鹹。　　　[3]劉兩府:指南宋抗金名將劉錡,字信叔,曾任宣撫司統制、東京副留守。《宋史》卷三六六有傳。據《宋史》本傳,他是德順軍(今甘肅静寧)人,而話本編者誤記爲雄武軍(今河北薊縣東北)人。　　　[4]順昌:即今安徽阜陽。南宋高宗紹興十年(1140)夏,劉錡率八字軍三萬七千人,在這裏大敗金兀朮主力,爲著名抗金戰役。因被張俊誣陷排擠,閒居荆南。　　　[5]羅唣:吵鬧,喧鬧。　　　[6]番人:對金兵的蔑稱。[7]誣罔:誣陷冤枉。　　　[8]楊和王:即南宋著名將領楊存中,本名沂中,紹興間賜名存中,字正甫,代州崞縣(今山西原平)人。宋高宗時,以太尉領殿前司都指揮使,爲禁軍最高統帥。時人稱"楊殿前"或"楊太尉"。死後追封爲和王。《宋史》卷三六七有傳。　　　[9]提轄官:宋代有左藏東西兩庫,是儲備金銀布帛、支應軍需錢糧的國庫,設有提轄等事務官。話本中所説的提轄官殆指此。　　　[10]排軍:也作牌軍,原爲一手持盾、一手執戟的士兵,這裏泛指軍士。　　　[11]叵(pǒ坡上聲)耐:不可耐,引申爲可恨,豈有此理。　　　[12]住地:住着。　　　[13]緝捕使臣:宋代專門捕捉罪犯的公差頭目。　　　[14]做公的:公差,差役。　　　[15]皂雕:一種黑色兇猛的大鷹。

不兩月,捉將兩箇來,解到府中。報與郡王得知,即時陞廳。原來郡王殺番人時,左手使一口刀,叫做"小青";右手使一口刀,叫做"大青"。這兩口刀不知剁了多少番人。那兩口刀,鞘內藏着,掛在壁上。郡王陞廳,衆人聲喏,即將這兩箇人押來跪下。郡王好生焦躁,左手去壁牙上取下"小青"[1],右手一掣,掣刀在手,睜起殺番人的眼兒,咬得牙齒剥剥地響。當時諕殺夫人,在屏風背後道:"郡王,這裏是帝輦之下[2],不比邊庭上面,若有罪過,只消解去臨安府施行[3],如何胡亂凱得人[4]?"郡王聽説道:"叵耐這兩箇畜生逃走,今日捉將來,我惱了,如何不凱?既然夫人來勸,且捉秀秀入府後花園去,把崔寧解去臨安府斷治[5]。"當下,喝賜錢酒[6],賞犒捉事人。解這崔寧到臨安府,一一從頭供説:"自從當夜遺漏,來到府中,都搬盡了。只見秀秀養娘從廊下出來,揪住崔寧道:'你如何安手在我懷中,若不依我口[7],教壞了你!'要共崔寧逃走。崔寧不得已,只得與他同走。只此是實。"臨安府把文案呈上郡王^[8],郡王是箇剛直的人,便道:"既然恁地,寬了崔寧,且與從輕斷治。崔寧不合在逃^[9],罪杖,發遣建康府居住。"

【校注】

[1]壁牙:牆上掛東西的短橛子。　　[2]帝輦(niǎn 碾)之下:皇帝居住地方,指京城。輦,皇帝乘坐的車子。　　[3]只消:只須,只要。　　[4]胡亂凱:隨意殺人。凱,"砍"的諧音假借字。　　[5]斷治:判決處治。　　[6]喝賜:明天啓兼善堂本《警世通言》此處有眉批云:"今吳中賞人,亦云'喝賜',是古來之語。"
[7]依我口:聽我的話。　　[8]文案:文書,公文。　　[9]不合:不該。

當下,差人押送,方出北關門^[1],到鵝項頭,見一頂轎兒,兩箇人擡着,從後面叫:"崔待詔,且不得去^[2]!"崔寧認得像是秀秀的聲音,趕將來又不知恁地^[3],心下好生疑惑。傷弓之鳥,不敢攬事,且低着頭只顧走。只見後面趕將上來,歇了轎子,一箇婦人走出來,不是別人,便是秀秀,道:"崔待詔,你如今去建康府,我卻如何?"崔寧道:"卻是怎地好?"秀秀道:"自從解你去臨安府斷罪,把我捉入後花園,打了三十竹篦,遂便趕我出來。我知道你建康府去,趕將來同你去。"崔寧道:"恁地卻好。"討了船,直到建康府。押發人自回。若是押發人是箇學舌的,就有一場是非出來。因曉得郡王性如烈火,惹着他不是輕放手的;他又不是王府中人,去管這閒事怎地?況且崔寧一路買酒買食,奉承得他好,回去時就隱惡而揚善了。

【校注】

[1]北關門:即餘杭門,在臨安城北偏西。見《夢粱録》卷七《杭州》。　　[2]不得去:且別走,稍等一等。　　[3]恁地:這樣,如此。

再説崔寧兩口在建康居住,既是問斷了^[1],如今也不怕有人撞見,依舊開箇碾玉作鋪。渾家道^[2]:"我兩口卻在這裏住得好,只是我家爹媽,自從我和你逃去潭州,兩箇老的吃了些苦。當日捉我入府時,兩箇去尋死覓活,今日也好教人去行在取我爹媽來這裏同住。"崔

寧道:"最好。"便教人來行在取他丈人丈母,寫了他地理腳色與來
人[3]。到臨安府尋見他住處,問他鄰舍,指道:"這一家便是。"來人去
門首看時,只見兩扇門關着,一把鎖鎖着,一條竹竿封着[4]。問鄰舍:
"他老夫妻那裏去了?"鄰舍道:"莫説!他有箇花枝也似女兒,獻在一
箇奢遮去處[5]。這個女兒不受福德[6],卻跟一箇碾玉的待詔逃走了。
前日從湖南潭州捉將回來,送在臨安府吃官司,那女兒吃郡王捉進後
花園裏去。老夫妻見女兒捉去,就當下尋死覓活,至今不知下落,只
恁地關着門在這裏。"來人見説,再回建康府來,兀自未到家。

【校注】

[1]問斷:經審問定罪,結了案。　　　[2]渾家:妻子。　　　[3]地理:即地址。腳
色:猶今之履歷,包括姓名、年齡、籍貫、身份等。　　　[4]一條竹竿封着:宋代封門
用一條竹竿或兩條竹竿交叉釘住。　　　[5]奢遮去處:了不起的地方,指有錢的富
貴人家。奢遮,了不起,出色,特殊。　　　[6]不受福德:不會享福,沒有福分。

　　且説崔寧正在家中坐,只見外面有人道:"你尋崔待詔住處?這
裏便是。"崔寧叫出渾家來看時,不是別人,認得是璩公璩婆,都相見
了,喜歡的做一處。那去取老兒的人,隔一日纔到,説如此這般,尋不
見,卻空走了這遭,兩箇老的且自來到這裏了。兩箇老人道:"卻生受
你[1],我不知你們在建康住,教我尋來尋去,直到這裏。"其時四口同
住,不在話下。

【校注】

[1]生受:麻煩,難爲。

　　且説朝廷官裏[1],一日到偏殿看玩寶器,拿起這玉觀音來看。這
個觀音身上,當時有一箇玉鈴兒,失手脫下。即時問近侍官員:"卻如
何修理得?"官員將玉觀音反覆看了,道:"好箇玉觀音,怎地脫落了鈴
兒!"看到底下,下面碾着三字:"崔寧造。""恁地容易,既是有人造,只
消得宣這箇人來,教他修整。"敕下郡王府[2],宣取碾玉匠崔寧。郡王
回奏:"崔寧有罪,在建康府居住。"即時使人去建康,取得崔寧到行在

歇泊了[3]。當時宣崔寧見駕,將這玉觀音教他領去,用心整理。崔寧
謝了恩,尋一塊一般的玉,碾一個鈴兒,接住了,御前交納。破分請給
養了崔寧[4],令只在行在居住。崔寧道:"我今日遭際御前[5],爭得
氣。再來清湖河下,尋間屋兒開箇碾玉鋪[6],須不怕你們撞見!"可煞
事有鬪巧[7],方纔開得鋪三兩日,一個漢子從外面過來,就是那郭排
軍。見了崔待詔,便道:"崔大夫恭喜了!你卻在這裏住?"擡起頭來,
看櫃身裏卻立着崔待詔的渾家。郭排軍喫了一驚,拽開腳步就走。渾
家說與丈夫道:"你與我叫住那排軍!我相問則箇。"正是:

　　　　平生不作皺眉事,世上應無切齒人[8]。

【校注】

[1]官裏:指皇帝。　　[2]敕:皇帝的詔書、命令。　　[3]歇泊:落腳,住下。
[4]破分:破例,破格。　　[5]遭際御前:得到皇帝賞識。　　[6]清湖河:在臨
安城内。見《咸淳臨安志》卷三五。　　[7]可煞:非常,極其。鬪巧:湊巧。
[8]"平生不作皺眉事"二句:出自宋邵雍《伊川擊壤集》卷七《詔三下答鄉人不起
之意》詩,文字略有出入。

　　崔待詔即時趕上扯住,只見郭排軍把頭只管側來側去,口裏喃喃
地道:"作怪,作怪!"没奈何,只得與崔寧回來,到家中坐地。渾家與
他相見了,便問:"郭排軍,前者我好意留你喫酒,你卻歸來說與郡王,
壞了我兩箇的好事。今日遭際御前,卻不怕你去說。"郭排軍喫他相
問得無言可答[1],只道得一聲"得罪",相別了,便來到府裏,對着郡王
道:"有鬼!"郡王道:"這漢則甚[2]?"郭立道:"告恩王,有鬼!"郡王問
道:"有甚鬼?"郭立道:"方纔打清湖河下過,見崔寧開箇碾玉鋪,卻見
櫃身裏一箇婦女,便是秀秀養娘。"郡王焦躁道:"又來胡說!秀秀被
我打殺了,埋在後花園,你須也看見,如何又在那裏?卻不是取笑
我。"郭立道:"告恩王,怎敢取笑。方纔叫住郭立,相問了一回。怕恩
王不信,勒下軍令狀了去[3]。"郡王道:"真箇在時,你勒軍令狀來!"那
漢也是合苦[4],真箇寫一紙軍令狀來。郡王收了,叫兩箇當直的轎

番[5]，擡一頂轎子，教：“取這妮子來[6]，若真箇在，把來凱取一刀；若不在，郭立，你須替他凱取一刀！”郭立同兩箇轎番來取秀秀。正是：

　　　　麥穗兩歧，農人難辨[7]。

【校注】

[1]喫：被。《朱子語類》卷八七：“只是扶他以證其邪説，故喫人議論。”　　[2]則甚：做什麽。　　[3]勒：立下，寫下。　　[4]合苦：合該吃苦，該倒楣。[5]當直的轎番：值班轎夫。　　[6]妮子：婢女，丫頭。　　[7]“麥穗”兩句：麥杆一枝一穗，而一枝又開爲兩穗，農人也難分辨。這裏用來説明秀秀是人是鬼，真假難分。

　　郭立是關西人，樸直，卻不知軍令狀如何胡亂勒得。三箇一逕來到崔寧家裏，那秀秀兀自在櫃身裏坐地，見那郭排軍來得恁地慌忙，卻不知他勒了軍令狀來取你。郭排軍道：“小娘子，郡王鈞旨[1]，教來取你則箇。”秀秀道：“既如此，你們少等，待我梳洗了同去。”即時入去梳洗，換了衣服出來，上了轎，分付了丈夫。兩箇轎番便擡着，逕到府前。郭立先入去，郡王正在廳上等待。郭立唱了喏，道：“已取到秀秀養娘。”郡王道：“着他入來[2]！”郭立出來道：“小娘子，郡王教你進來。”掀起簾子看一看，便是一桶水傾在身上，開着口則合不得，就轎子裏不見了秀秀養娘。問那兩箇轎番道：“我不知，則見他上轎，擡到這裏，又不曾轉動。”那漢叫將入來道：“告恩王，恁地真箇有鬼！”郡王道：“卻不叵耐！”教人：“捉這漢，等我取過軍令狀來，如今凱了一刀。”先去取下“小青”來。那漢從來伏侍郡王，身上也有十數次官了[3]，蓋緣是粗人[4]，只教他做排軍。這漢慌了道：“見有兩箇轎番見證，乞叫來問。”即時叫將轎番來，道：“見他上轎，擡到這裏，卻不見了。”説得一般，想必真箇有鬼，只消得叫將崔寧來問[5]。便使人叫崔寧來到府中。崔寧從頭至尾説了一遍，郡王道：“恁地又不幹崔寧事，且放他去。”崔寧拜辭去了。郡王焦躁，把郭立打了五十背花棒[6]。崔寧聽得説渾家是鬼，到家中問丈人丈母。兩箇面面厮覷[7]，走出門，看着清湖河裏，撲通地都跳下水去了。當下叫救人，打撈，便不見了屍首。

原來當時打殺秀秀時,兩箇老的聽得說,便跳在河裏,已自死了,這兩箇也是鬼。崔寧到家中,没情没緒,走進房中,只見渾家坐在牀上。崔寧道:"告姐姐,饒我性命!"秀秀道:"我因爲你,吃郡王打死了,埋在後花園裏。卻恨郭排軍多口,今日已報了冤仇,郡王已將他打了五十背花棒。如今都知道我是鬼,容身不得了。"道罷起身,雙手揪住崔寧,叫得一聲,四肢倒地[8]。鄰舍都來看時,只見:

> 兩部脈盡總皆沉,一命已歸黄壤下。

崔寧也被扯去,和父母四箇,一塊兒做鬼去了。後人評論得好:

> 咸安王捺不下烈火性,郭排軍禁不住閒磕牙[9]。
> 璩秀娘捨不得生眷屬,崔待詔撇不脫鬼冤家。

《宋元小説家話本集》上

【校注】

[1]鈞旨:對上級命令的敬辭。　　[2]着:教,讓。　　[3]"身上"句:指屢次立功,有十幾次可以提拔做官的機會。　　[4]蓋:大概。緣:因爲。　　[5]只消得:只須,只要。　　[6]背花棒:舊時刑杖的名稱,指用棒子打脊背。　　[7]面面厮覷(qù去):你看着我,我看着你。　　[8]四肢:一作"匹然"。　　[9]閒磕牙:説閒話,撥弄是非。

【集評】

　　魯迅評《京本通俗小説》云:"每篇各具首尾,傾刻可了,與吳自牧所記正同。其取材多在近時,或採之他種説部,主在娛心,而雜以懲勸。體制則什九先以閒話或他事,後乃綴合,以入正文。如《碾玉觀音》因欲叙咸安郡王游春,則輒舉春詞至十餘首……此種引首,與講史之先叙天地開闢者略異,大抵詩詞之外,亦用故實,或取相類,或取不同,而多爲時事。取不同者由反入正,取相類者較有淺深,忽而相牽,轉入本事,故敘述方始,而主意已明。"(《中國小説史略》第十二篇《宋之話本》)

錯斬崔寧

【題解】

本篇選自程毅中《宋元小説家話本集》,也見《京本通俗小説》第十五卷,《醒世恒言》卷三三,題作《十五貫戲言成巧禍》,文字略有不同。這是話本小説中的著名公案故事,寫南宋臨安人劉貴,生計艱難,岳父資助他十五貫錢謀生。當晚酒醉回家,戲對其妾陳二姐言,此錢係賣她所得。二姐信以爲真,先借宿鄰家,次日回歸娘家。途遇賣絲青年崔寧,兩人同行。不料劉貴爲盜所殺,錢被竊走。鄰里急追二姐至,搜索崔寧搭膊,恰有十五貫錢,遂將兩人扭送臨安府。府尹不問青紅皂白,酷刑之下屈打成招,判崔寧斬刑,陳氏凌遲。後强人静山大王劫劉妻王氏爲壓寨夫人,偶言及殺人越貨,連累無辜崔寧和陳二姐,真相始暴露。王氏告官,冤案纔得以昭雪。

這篇小説不涉神鬼怪異,直接取材於市井生活。情節圍繞十五貫錢展開,通過一個又一個的巧合,將兩條交叉發展的故事綫索、形形色色的人物和離奇曲折的情節,穿插銜接,有條不紊。又善於運用白描手法,安排懸念和伏筆,描寫細膩,引人入勝。作品充滿濃郁的生活氣息,語言生動質樸,簡潔明快。清初劇作家朱素臣根據這個故事敷衍成傳奇《雙熊夢》,1956 年,江蘇崑劇院又將《雙熊夢》改編成崑曲《十五貫》。

　　　　聰明伶俐自天生,懵懂癡呆未必真[1]。
　　　　嫉妒每因眉睫淺[2],戈矛時起笑談深。
　　　　九曲黄河心較險,十重鐵甲面堪憎[3]。
　　　　時因酒色亡家國,幾見詩書誤好人!

這首詩,單表爲人難處。只因世路窄狹,人心叵測[4]。大道既遠[5],人情萬端。熙熙攘攘,都爲利來;蚩蚩蠢蠢[6],皆納禍去。持身保家,萬千反覆。所以古人云:"顰有爲顰,笑有爲笑。顰笑之間[7],最宜謹慎。"這回書單説一個官人,只因酒後一時戲笑之言,遂至殺身破家,陷了幾條性命。且先引下一個故事來,權做個得勝頭回[8]。

【校注】

[1]懵懂:糊塗,不明事理。　　　[2]眉睫淺:這裏指眼光短淺。　　　[3]"九曲"兩

句:上句形容人心比九曲黄河還要險惡,下句形容人的面皮厚如十層鐵甲,面目可恨。 [4]叵測:不可預料,難以猜測。叵,"不可"二字的合音。 [5]大道:常理、正道。《史記·滑稽列傳》:"優旃者,秦倡侏儒也。善爲笑言,然合於大道。" [6]蚩蚩蠢蠢:愚昧無知。 [7]顰笑:憂喜。顰,皺眉頭,形容憂愁的樣子。 [8]得勝頭回:爲了等待聽衆,説書人在正文開始前,先穿插講一兩個小故事,内容與後面要講的故事有關聯,或無一點聯繫,稱爲"得勝頭回",也稱作"入話"。

　　卻説故宋朝中[1],有一個少年舉子[2],姓魏,名鵬舉,字沖霄,年方一十八歲,娶得一個如花似玉的渾家。未及一月,只因春榜動,選場開[3],魏生別了妻子,收拾行囊,上京應取[4]。臨別時,渾家分付丈夫:"得官不得官,早早回來,休抛閃了恩愛夫妻[5]!"魏生答道:"功名二字,是俺本領前程,不索賢卿憂慮[6]。"別後登程到京,果然一舉成名,除授一甲第二名榜眼及第[7]。在京甚是華艷動人。少不得修了一封家書,差人接取家眷入京。書上先叙了寒溫及得官的事,後卻寫下一行,道是:"我在京中早晚無人照管,已討了一個小老婆,專候夫人到京,同享榮華。"家人收拾書程[8],一逕到家,見了夫人,稱説賀喜,因取家書呈上。夫人拆開看了,見是如此如此,這般這般,便對家人道:"官人直恁負恩[9]!甫能得官,便娶了二夫人。"家人便道:"小人在京,並没見有此事,想是官人戲謔之言。夫人到京,便知端的,休得憂慮。"夫人道:"恁地説,我也罷了。"卻因人舟未便[10],一面收拾起身,一面尋覓便人,先寄封平安家書到京中去。那寄書人到了京中,尋問新科魏榜眼寓所,下了家書,管待酒飯自回。不題。

【校注】

[1]卻説故宋朝中:一作"我朝元豐年間"。元豐,宋神宗的年號(1068—1085)。
[2]舉子:科舉考試的應試人。 [3]"春榜動"二句:指春試將要舉行。春榜:即會試。科舉時代,考進士的會試在春季舉行,故也稱春試。選場:考場,試場。
[4]應取:即應試,趕考。 [5]抛閃:抛棄,丢下。 [6]不索:不須。賢卿:對妻子的愛稱。 [7]一甲:科舉制度,會試通過後,在皇宫大殿上舉行最高一級考試,由皇帝親自主持,稱爲殿試。殿試成績分爲一甲、二甲、三甲三等,每甲取若干名進士。一甲第一名稱狀元,第二名榜眼,第三名探花。 [8]書程:書,即

書信;程,即鋪程,指行李。　　　〔9〕直恁(nèn 嫩):竟然這樣。恁,這樣,如此。
〔10〕未便:不方便,未安排妥當。

卻説魏生接書,拆開來看了,並無一句閒言閒語,只説道:“你在京中娶了一個小老婆,我在家中也嫁了一個小老公,早晚同赴京師也。”魏生見了,也只道是夫人取笑的説話,全不在意。未及收好,外面報説有個同年相訪[1]。京邸寓中[2],不比在家寬轉[3],那人又是相厚的同年,又曉得魏生並無家眷在内,直至裏面坐下,叙了些寒温。魏生起身去解手,那同年偶番桌上書帖[4],看見了這封家書,寫得好笑,故意朗誦起來。魏生措手不及,通紅了臉,説道:“這是没理的話。因是小弟戲謔了他,他便取笑寫來的。”那同年呵呵大笑道:“這節事卻是取笑不得的。”别了就去。那人也是一個少年,喜談樂道,把這封家書一節,頃刻間遍傳京邸。也有一班妬忌魏生少年登高科的,將這樁事只當做風聞言事的一個小小新聞[5],奏上一本,説這魏生年少不檢[6],不宜居清要之職[7],降處外任。魏生懊恨無及。後來畢竟做官蹭蹬不起[8],把錦片也似一段美前程,等閒放過去了[9]。這便是一句戲言,撒漫了一個美官[10]。

【校注】

[1]同年:科舉考試同榜考中的人,互稱“同年”。　　　[2]京邸:京中的府第。邸,高官的住所。　　　[3]寬轉:寬敞。　　　[4]番:同“翻”。書帖:書信。　　　[5]風聞:即傳聞。言事:向皇帝奏事。　　　[6]不檢:指行爲不檢點,太隨便。
[7]清要:尊貴顯要。　　　[8]蹭蹬:遭遇挫折,不得意。唐李白《贈張相鎬》(其二):“晚途未云已,蹭蹬遭讒毁。”　　　[9]等閒:輕易地。　　　[10]撒漫:隨便就丟失掉。

今日再説一個官人,也只爲酒後一時戲言,斷送了堂堂七尺之軀,連累三個人枉屈害了性命。卻是爲着甚的? 有詩爲證:

世路崎嶇實可哀,傍人笑口等閒開。
白雲本是無心物,又被狂風引出來。

卻說南宋時[1]，建都臨安[2]，繁華富貴，不減那汴京故國[3]。去那城中箭橋左側，有個官人姓劉，名貴，字君薦。祖上原是有根基的人家，到得君薦手中，卻是時乖運蹇[4]。先前讀書，後來看看不濟[5]，卻去改業做生意，便是半路上出家的一般。買賣行中，一發不是本等伎倆[6]，又把本錢消折去了[7]。漸漸大房改換小房，賃得兩三間房子，與同渾家王氏，年少齊眉[8]。後因沒有子嗣，娶下一個小娘子，姓陳，是陳賣糕的女兒，家中都呼爲二姐。這也是先前不十分窮薄的時做下的勾當[9]。至親三口，並無閒雜人在家。那劉君薦，極是爲人和氣，鄉里見愛，都稱他：“劉官人，你是一時運限不好[10]，如此落莫[11]，再過幾時，定時有個亨通的日子[12]！”說便是這般說，那得有些些好處？只是在家納悶，無可奈何！

【校注】

[1]南宋：一本作“高宗”。高宗，即南宋第一個皇帝趙構。　　[2]臨安：今浙江杭州。　　[3]汴京：北宋的京城汴梁（今河南開封）。　　[4]時乖運蹇（jiǎn 檢）：時運不好。　　[5]不濟：不好，不中用。　　[6]本等：本來，原來。伎倆：技能，本事。　　[7]消折：虧本，蝕本。　　[8]齊眉：即舉案齊眉，形容夫妻相敬。東漢孟光給丈夫梁鴻奉食，常將端飯的托盤高舉齊眉，表示尊敬。事見《後漢書·梁鴻傳》。　　[9]勾當：事情。　　[10]運限：運氣。　　[11]落莫：冷落，蕭條。　　[12]亨通：順利，發達。

卻說一日閒坐家中，只見丈人家裏的老王，年近七旬，走來對劉官人說道[1]：“家間老員外生日[2]，特令老漢接取官人、娘子去走一遭。”劉官人便道：“便是我日逐愁悶過日子，連那泰山的壽誕也都忘了[3]。”便同渾家王氏，收拾隨身衣服，打疊個包兒[4]，交與老王背了。分付二姐：“看守家中。今日晚了，不能轉回，明晚須索來家[5]。”說了就去。離城二十餘里，到了丈人王員外家，敘了寒溫。當日坐間客衆，丈人女婿，不好十分敍述許多窮相。到得客散，留在客房裏宿歇。直到天明，丈人卻來與女婿攀話，說道：“姐夫，你須不是這般算計，‘坐喫山空，立喫地陷’；‘咽喉深似海，日月快如梭’。你須計較一個常便[6]。我女兒嫁了你，一生也指望豐衣足食，不成只是這等就罷了[7]。"劉官人歎了一口氣，道是："泰山在上，道不得個'上山擒虎易，開口告人難[8]'。如今的時勢，再有誰似泰山這般憐念我的。只索守困，若去求人，便是勞而無功。"丈人便道："這也難怪你說。老漢卻是看你們不過，今日賫助你些少本錢[9]，胡亂去開個柴米店[10]，撰得些利息來過日子[11]，卻不好麼？"劉官人道："感蒙泰山恩顧，可知是好[12]。"當下吃了午飯，丈人取出十五貫錢來[13]，付與劉官人道："姐夫，且將這些錢去[14]，收拾起店面，開張有日，我便再應付你十貫[15]。你妻子且留在此過幾日，待有了開店日子，老漢親送女兒到你家，就來與你作賀，意下如何？"劉官人謝了又謝，馱了錢一逕出門。到得城中，天色卻早晚了，卻撞着一個相識，順路在他家門首經過。那人也要做經紀的人[16]，就與他商量一會，可知是好，便去敲那人門時，裏面有人應喏，出來相揖，便問："老兄下顧，有何見教？"劉官人一一說知就裏[17]。那人便道："小弟閒在家中，老兄用得着時，便來相幫。"劉官人道："如此甚好。"當下說了些生意的勾當。那人便留劉官人在家，現成杯盤，吃了三杯兩盞。劉官人酒量不濟，便覺有些朦朧起來，抽身作別，便道："今日相擾，明早就煩老兄過寒家，計議生理[18]。"那人又送劉官人至路口，作別回家，不在話下。若是說話的同年生[19]，並肩長，攔腰抱住，把臂拖回，也不見得受這般災晦。卻教劉官人死得不如：

《五代史》李存孝[20]，《漢書》中彭越[21]。

【校注】

[1]官人：宋元以來對男子的尊稱。也用來稱丈夫。　　[2]員外：本指正員以外的官員，可用錢捐買，故小說戲曲中常借稱財主豪紳。　　[3]泰山：岳丈。唐朝舊例封禪泰山後，自三公以下皆遷轉一級。鄭鎰當時爲九品官，因爲其岳丈張說是封禪使，遂驟遷五品，唐玄宗說："此乃泰山之力也。"事見唐段成式《酉陽雜俎》卷一二《語資》。　　[4]打疊：收拾，整理。　　[5]須索：必然，一定。[6]常便：長久之計，妥善的辦法。　　[7]不成：難道，莫不是。　　[8]告人：求人。　　[9]賫(jī基)助：資助。　　[10]胡亂：隨便。　　[11]撰：同"賺"。

[12]可知:當然。　　[13]貫:古代銅錢以繩穿之,每千個爲一貫。　　[14]將:拿。　　[15]應付:供給,供應。　　[16]做經紀:經商,做買賣。　　[17]就裏:内中詳情。　　[18]生理:這裏指生意、買賣。　　[19]説話的:指説書藝人。
[20]李存孝:本姓安,名敬思,爲五代後唐李克用義子。驍勇善戰,以功授汾州刺史。後被人構陷,車裂於市。《舊五代史》卷五三、《新五代史》卷三六有傳。
[21]彭越:西漢開國功臣,字仲,昌邑(今山東金鄉西北)人。封梁王。吕后指使人告發越謀反,被劉邦殺害,並誅宗族。《史記》卷九〇、《漢書》卷三四有傳。

　　卻説劉官人馱了錢,一步一步,捱到家中。敲門已是點燈時分,小娘子二姐,獨自在家,没一些事做,守得天黑,閉了門,在燈下打瞌睡。劉官人打門,他那裏便聽見?敲了半晌,方纔知覺,答應一聲:"來了!"起身開了門。劉官人進去,到了房中,二姐替劉官人接了錢,放在卓上[1],便問:"官人何處那移這項錢來[2],卻是甚用?"那劉官人一來有了幾分酒,二來怪他開得門遲了,且戲言嚇他一嚇,便道:"説出來,又恐你見怪,不説時,又須通你得知。只是我一時無奈,没計可施,只得把你典與一個客人[3]。又因捨不得你,只典得十五貫錢。若是我有些好處,加利贖你回來;若是照前這般不順溜[4],只索罷了。"那小娘子聽了,欲待不信,又見十五貫錢堆在面前;欲待信來,他平白與我没半句言語[5],大娘子又過得好,怎麽便下得這等狠心辣手。疑狐不決,只得再問道:"雖然如此,也須通知我爹娘一聲。"劉官人道:"若是通知你爹娘,此事斷然不成。你明日且到了人家,我慢慢央人與你爹娘説通,他也須怪我不得。"小娘子又問:"官人今日在何處喫酒來?"劉官人道:"便是把你典與人,寫了文書,喫他的酒纔來的。"小娘子又問:"大姐姐如何不來?"劉官人道:"他因不忍見你分離,待得你明日出了門纔來。這也是我没計奈何,一言爲定。"説罷,暗地忍不住笑。不脱衣裳,睡在牀上,不覺睡去了。
　　那小娘子好生擺脱不下:"不知他賣我與甚色樣人家[6]?我須先去爹娘家裏説知。就是他明日有人來要我,尋到我家,也須有個下落。"沈吟了一會,卻把這十五貫錢,一垛兒堆在劉官人腳後邊。趁他酒醉,輕輕的收拾了隨身衣服,款款的開了門出去[7],拽上了門。卻去左邊一個相熟的鄰舍,叫做朱三老兒家裏,與朱三媽宿了一夜,説道：“丈夫今日無端賣我，我須先去與爹娘説知。煩你明日對他説一聲，既有了主顧，可同我丈夫到爹娘家中來，討個分曉^[8]，也須有個下落。”那鄰舍道：“小娘子説得有理，你只顧自去，我便與劉官人説知就裏。”過了一宵，小娘子作別去了，不題。正是：

　　　　鼇魚脱卻金鈎去，擺尾揺頭再不回。

【校注】

[1]卓：几案，後作“桌”。元高文秀《襄陽會》：“兄弟請坐，擡上果卓來。”　　[2]那（nuó挪）移：挪借。　　[3]典：典當，抵押。　　[4]順溜：順利。　　[5]平白：疑爲“平日”之誤。没半句言語：没拌過嘴，吵過架。　　[6]甚色樣：什麽樣。
[7]款款：緩慢。唐杜甫《曲江》（其二）：“穿花蛺蝶深深見，點水蜻蜓款款飛。”
[8]討個分曉：問個明白。

　　放下一頭。卻説這裏劉官人一覺直至三更方醒，見卓上燈猶未滅，小娘子不在身邊。只道他還在廚下收拾家火，便喚二姐討茶喫。叫了一回，没人答應，卻待掙扎起來，酒尚未醒，不覺又睡了去。不想卻有一個做不是的^[1]，日間賭輸了錢，没處出豁^[2]，夜間出來掏摸些東西^[3]。卻好到劉官人門首，因是小娘子出去了，門兒拽上不關，那賊略推一推，豁地開了。捏手捏腳^[4]，直到房中，並無一人知覺。到得牀前，燈火尚明。周圍看時，並無一物可取。摸到床上，見一人朝着裏牀睡去，腳後卻有一堆青錢，便去取了幾貫。不想驚覺了劉官人，起來喝道：“你須不盡道理^[5]！我從丈人家借辦得幾貫錢來，養身活命，不争你偷了我的去^[6]，卻是怎的計結^[7]！”那人也不回話，照面一拳，劉官人側身躲過，便起身與這人相持。那人見劉官人手腳活動，便拔步出房。劉官人不捨，搶出門來，一徑趕到廚房裏。恰待聲張鄰舍，起來捉賊，那人急了，正好没出豁，卻見明晃晃一把劈柴斧頭，正在手邊。也是人急計生，被他綽起一斧^[8]，正中劉官人面門，撲地倒了，又復一斧，斫倒一邊。眼見得劉官人不活了，嗚呼哀哉，伏惟尚饗^[9]！那人便道：“一不做，二不休。卻是你來趕我，不是我來尋你。”索性翻身入房^[10]，取了十五貫錢，扯條單被，包裹得停當，拽扎得爽俐^[11]，出門，拽上了門就走。不題。

【校注】

[1]做不是的:做壞事的,指盜賊。　　　[2]出豁:解決問題的地方或辦法。
[3]掏摸:扒竊,偷盜。　　　[4]捏手捏腳:即躡手躡腳,形容小心翼翼。
[5]你須不盡道理:你卻不講道理、不近情理。盡,一作“近”。　　　[6]不爭:如果,
要是。　　　[7]計結:了結,解決。　　　[8]綽(chāo 抄)起:抓起。　　　[9]“嗚呼
哀哉”二句:舊時祭文末尾二句套語,表示哀痛,敬請靈魂享用祭祀。後藉以指人
死了。　　　[10]索性:一作“索命”,連上句讀。　　　[11]爽俐:乾净利落。

　　次早,鄰舍起來,見劉官人家門也不開,並無人聲息,叫道:“劉官
人,失曉了[1]。”裏面沒人答應。捱將進去,只見門也不關。直到裏
面,見劉官人劈死在地。“他家大娘子,兩日前已自往娘家去了;小娘
子如何不見?”免不得聲張起來。卻有昨夜小娘子借宿的鄰家朱三老
兒説道:“小娘子昨夜黄昏時,到我家宿歇。説道劉官人無端賣了他,
他一逕先到爹娘家裏去了。教我對劉官人説,既有了主顧,可同到他
爹娘家中,也討得個分曉。今一面着人去追他轉來,便有下落。一面
着人去報他大娘子到來,再作區處[2]。”衆人都道:“説得是。”先着人
去到王老員外家報了凶信。老員外與女兒大哭起來,對那人道:“昨
日好端端出門,老漢贈他十五貫錢,教他將來作本,如何便恁的被人
殺了?”那去的人道:“好教老員外、大娘子得知,昨日劉官人歸時,已
自昏黑,吃得半醉,我們都不曉得他有錢没錢,歸遲歸早。只是今早
劉官人家門兒半開,衆人推將進去,只見劉官人殺死在地,十五貫錢
一文也不見,小娘子也不見踪跡。聲張起來,卻有左鄰朱三老兒出來
説道:‘他家小娘子,昨夜黄昏時分,借宿他家。小娘子説道:劉官人
無端把他典與人了,小娘子要對爹娘説一聲。住了一宵,今日逕自去
了。’如今衆人計議,一面來報大娘子與老員外,一面着人去追小娘
子。若是半路裏追不着的時節,直到他爹娘家中,好歹追他轉來[3],
問個明白。老員外與大娘子,須索去走一遭,與劉官人執命[4]。”老員
外與大娘子急急收拾起身,管待來人酒飯,三步做一步,趕入城中。
不題。

【校注】

[1]失曉:不知天亮。　　　[2]區處:安排,處置。　　　[3]好歹:不管怎樣,無論如何。　　　[4]執命:追查兇手償命。

　　卻說那小娘子清早出了鄰舍人家,挨上路去,行不上一二里,早是腳疼,走不動,坐在路傍。卻見一個後生,頭帶萬字頭巾[1],身穿直縫寬衫,背上馱了一個搭膊[2],裏面卻是銅錢,腳下絲鞋净襪[3],一直走上前來。到了小娘子面前,看了一看,雖然没有十二分顔色,卻也明眉皓齒,蓮臉生春,秋波送媚[4],好生動人。正是:

　　　　野花偏艷日,村酒醉人多。

那後生放下搭膊,向前深深作揖[5]:"小娘子獨行無伴,卻是往那裏去的?"小娘子還了萬福[6],道是:"奴家要往爹娘家去,因走不上,權歇在此。"因問:"哥哥是何處來? 今要往何方去?"那後生叉手不離方寸[7]:"小人是村裏人,因往城中賣了絲帳,討得些錢,要往褚家堂那邊去的。"小娘子道:"告哥哥則個[8],奴家爹娘也在褚家堂左側。若得哥哥帶挈奴家[9],同走一程,可知是好。"那後生道:"有何不可! 既如此説,小人情願伏侍小娘子前去。"

　　兩個厮趕着[10],一路正行,行不到二三里田地[11],只見後面兩個人腳不點地趕上前來[12],趕得汗流氣喘,衣襟敞開。連叫:"前面小娘子慢走,我卻有話説知。"小娘子和那後生,看見趕得蹊蹺[13],都立住了腳。後邊兩個趕到跟前,見了小娘子與那後生,不容分説,一家扯了一個,説道:"你們幹得好事! 卻走往那裏去?"小娘子吃了一驚,舉眼看時,卻是兩家鄰舍,一個就是小娘子昨夜借宿的主人。小娘子便道:"昨夜也須告過公公得知,丈夫無端賣我,我自去對爹娘説知。今日趕來,卻有何説?"朱三老道:"我不管閒帳[14],只是你家裏有殺人公事[15],你須回去對理[16]。"小娘子道:"丈夫賣我,昨日錢已馱在家中,有甚殺人公事? 我只是不去。"朱三老道:"好自在性兒[17]! 你若真個不去,叫起地方,有殺人賊在此[18],煩爲一捉。不然,須要連累我們,你這裏地方也不得清净。"那個後生見不是話頭,便對小娘子道:"既如此説,小娘子只索回去,小人自家去休[19]。"那兩個趕來的鄰舍,齊叫起來説道:"若是没有你在此便罷,既然你與小娘子同行同止,你須也去不得。"那後生道:"卻又古怪,我自半路遇見小娘子,偶然伴他行一程路兒,卻有甚皂絲麻綫[20],要勒揹我回去[21]?"朱三老道:"他家有了殺人公事,不争放你去了,卻打没對頭官司[22]!"當下怎容小娘子和那後生做主。看的人漸漸立滿,都道:"後生,你去不得。你日間不作虧心事,夜半敲門不吃驚。便去何妨!"那趕來的鄰舍道:"你若不去,便是心虚。我們卻和你罷休不得。"四個人只得廝挽着,一路轉來。

【校注】

[1]萬字頭巾:一種宋代的軟帽,上狹下闊,形同萬字,故名。　　[2]搭膊:也叫褡褳,搭在肩上的長方形口袋,中間開口,兩端的袋子可裝錢物。　　[3]净襪:白色的襪子。　　[4]秋波:形容年輕女子的眼睛或眼神,像秋水一樣明亮。宋蘇軾《百步洪》(其二):"佳人未肯回秋波,幼輿欲語防飛梭。"　　[5]作揖:舊時一種行禮,兩手抱拳高拱,身子略彎,表示恭敬。　　[6]萬福:舊時婦女用兩隻手在左衣襟前合拜,口説"萬福",表示行禮。　　[7]叉手不離方寸:拱手在胸前行禮,以表示恭敬。叉手,拱手,宋毛晃《增韻》:"俗呼拱手曰叉手。"方寸,指心。[8]則個:無義,僅表示商量、解釋的語氣。　　[9]帶挈:即挈帶,帶領。[10]廝趕:結伴趕路。　　[11]田地:指地方。　　[12]脚不點地:形容快步急行。　　[13]蹊(qī七)蹺:奇怪,可疑。　　[14]閒帳:閒事。　　[15]公事:指官司。　　[16]對理:當面對證、理論。　　[17]自在性兒:指安閒自得,没有事似的。　　[18]地方:即地保,古代地方上爲官府當差的人。　　[19]去休:去罷。　　[20]皂絲麻綫:比喻瓜葛,牽連。　　[21]勒揹:强迫,威脅。[22]對頭:指訴訟對方。

到得劉官人門首,好一場熱鬧。小娘子入去看時,只見劉官人斧劈倒在地死了,牀上十五貫錢,分文也不見。開了口合不得,伸了舌縮不上去。那後生也慌了,便道:"我恁的晦氣!没來由和那小娘子同走一程[1],卻做了干連人[2]。"衆人都和閧着,正在那裏分豁不開[3]，只見王老員外和女兒，一步一攧，走回家來，見了女婿身屍，哭了一場，便對小娘子道：“你卻如何殺了丈夫，劫了十五貫錢，逃走出去？今日天理昭然[4]，有何理説？”小娘子道：“十五貫錢委是有的[5]。只是丈夫昨晚回來，説是無計奈何，將奴家典與他人，典得十五貫身價在此，説過今日便要奴家到他家去。奴家因不知他典與甚色樣人家，先去與爹娘説知。故此趁夜深了，將這十五貫錢，一垛兒堆在他腳後邊，拽上門，借朱三老家住了一宵，今早自去爹娘家裏説知。臨去之時，也曾央朱三老對我丈夫説，既然有了主兒，便同到我爹娘家裏來交割[6]。卻不知因甚殺死在此？”那大娘子道：“可又來[7]！我的父親昨日明明把十五貫錢與他馱來作本，養贍妻小，他豈有哄你説是典來身價之理？這是你兩日因獨自在家勾搭上了人，又見家中好生不濟，無心守耐，又見了十五貫錢，一時見財起意，殺死丈夫，劫了錢。又使見識[8]，往鄰舍家借宿一夜，卻與漢子通同計較[9]，一處逃走。現今你跟着一個男子同走，卻有何理説，抵賴得過？”衆人齊聲道：“大娘子之言，甚是有理。”又對那後生道：“後生，你卻如何與小娘子謀殺親夫，卻暗暗約定在僻静處等候，一同去逃奔他方，卻是如何計結？”那人道：“小人自姓崔，名寧，與那小娘子無半面之識。小人昨晚入城，賣得幾貫絲錢在這裏，因路上遇見小娘子，小人偶然問起往哪裏去的，卻獨自一個行走。小娘子説起，是與小人同路，以此作伴同行。卻不知前後因依[10]。”衆人那裏肯聽他分説，搜索他搭膊中，恰好是十五貫錢，一文也不多，一文也不少。衆人齊發起喊來，道是：“‘天網恢恢，疏而不漏[11]’，你卻與小娘子殺了人，拐了錢財，盗了婦女，同往他鄉，卻連累我地方鄰里打没頭官司！”

【校注】

[1]没來由：平白無故。　　　[2]干連：有關係，受牽連。　　　[3]分豁：分解，擺脱。　　　[4]昭然：明顯，明白。　　　[5]委是：確實，實在。　　　[6]交割：交代，移交。　　　[7]可又來：看你説的。　　　[8]使見識：指耍手段，賣弄聰明。[9]通同：串通，勾結。　　　[10]因依：原因，緣故。　　　[11]“天網恢恢”二句：天道猶如一張廣闊的大網，雖然網眼疏而不密，但作惡者不會漏掉，最終逃不了懲罰。《老子》第三十七章：“天網恢恢，疏而不失。”

　　當下，大娘子結扭了小娘子，王老員外結扭了崔寧，四鄰舍都是
證見，一閧都入臨安府中來。那府尹聽得有殺人公事[1]，即便陞廳。
便叫一干人犯，逐一從頭説來。先是王老員外上去，告説："相公在
上[2]，小人是本府村莊人氏，年近六旬，只生一女，先年嫁與本府城中
劉貴爲妻。後因無子，娶了陳氏爲妾，呼爲二姐。一向三口在家過
活，並無片言。只因前日是老漢生日，差人接取女兒、女婿到家，住了
一夜。次日，因見女婿家中全無活計，養贍不起，把十五貫錢與女婿
作本，開店養身。卻有二姐在家看守。到得昨夜，女婿到家時分，不
知因甚緣故，將女婿斧劈死了。二姐卻與一個後生，名喚崔寧，一同
逃走，被人追捉到來。望相公可憐見老漢的女婿，身死不明，姦夫淫
婦，贓證見在，伏乞相公明斷[3]！"府尹聽得如此如此，便叫陳氏上來：
"你卻如何通同姦夫，殺死了親夫，劫了錢，與人一同逃走，是何理
説？"二姐告道："小婦人嫁與劉貴，雖是個小老婆，卻也得他看承得
好[4]，大娘子又賢慧，卻如何肯起這片歹心？只是昨晚丈夫回來，吃
得半酣，馱了十五貫錢進門，小婦人問他來歷，丈夫説道：爲因養贍不
周，將小婦人典與他人，典得十五貫身價在此。又不通我爹娘得知，
明日就要小婦人到他家去。小婦人慌了，連夜出門，走到鄰舍家裏借
宿一宵。今早一逕先往爹娘家去，教他對丈夫説，既然賣我有了主
顧，可到我爹娘家裏來交割。纔走得到半路，卻見昨夜借宿的鄰家趕
來，捉住小婦人回來，卻不知丈夫殺死的根由。"那府尹喝道："胡説！
這十五貫錢分明是他丈人與女婿的，你卻説是典你的身價，眼見的沒
巴臂的説話了[5]。況且婦人家如何黑夜行走？定是脱身之計。這椿
事，須不是你一個婦人家做的，一定有姦夫幫你謀財害命，你卻從實
説來！"那小娘子正待分説，只見幾家鄰舍，一齊跪上去告道："相公的
言語，委是青天。他家小娘子，昨夜果然借宿在左鄰第二家的，今早
他自去了。小的們見他丈夫殺死，一面着人去趕，趕到半路，卻見小
娘子和那一個後生同走，苦死不肯回來[6]。小的們勉强捉他轉來，卻
又一面着人去接他大娘子與他丈人，到時，説昨日有十五貫錢付與女
婿做生理的。今者女婿已死，這錢不知從何而去。再三問那小娘子

時,説道:他出門時,將這錢一堆兒堆在牀上。卻去搜那後生身邊,十五貫錢分文不少。卻不是小娘子與那後生通同作姦?贓證分明,卻如何賴得過?"府尹聽他們言言有理,便喚那後生上來道:"帝輦之下,怎容你這等胡行?你卻如何謀了他小老婆?劫了十五貫錢?殺死了親夫?今日同往何處?從實招來!"那後生道:"小人姓崔,名寧,是鄉村人氏。昨日往城中賣了絲,賣得這十五貫錢。今早偶然路上撞着這小娘子,並不知他姓甚名誰,那裏曉得他家殺人公事?"府尹大怒,喝道:"胡説!世間不信有這等巧事。他家失去了十五貫錢,你卻賣的絲恰好也是十五貫錢,這分明是支吾的説話了[7]。況且'他妻莫愛,他馬莫騎',你既與那婦人沒甚首尾[8],卻如何與他同行共宿?你這等頑皮賴骨,不打如何肯招?"當下衆人將那崔寧與小娘子死去活來拷打一頓。那邊王老員外與女兒併一干鄰佑人等[9],口口聲聲,咬他二人。府尹也巴不得結了這段公案[10]。拷訊一回,可憐崔寧和小娘子受刑不過,只得屈招了,説是一時見財起意,殺死親夫,劫了十五貫錢,同姦夫逃走是實。左鄰右舍都指畫了十字[11],將兩人大枷枷了,送入死囚牢裏。將這十五貫錢給還原主,也只好奉與衙門中人做使用,也還不勾哩[12]。府尹疊成文案[13],奏過朝廷,部覆申詳[14],倒下聖旨,説:"崔寧不合姦騙人妻,謀財害命,依律處斬。陳氏不合通同姦夫殺死親夫,大逆不道,凌遲示衆[15]。"當下讀了招狀[16],大牢內取出二人來,當廳判一個"斬"字,一個"剮"字,押赴市曹[17],行刑示衆。兩人渾身是口,也難分説。正是:

　　　　　啞子謾嘗黃蘗味[18],難將苦口對人言。

【校注】

[1]府尹:臨安爲南宋的京畿地區,其行政長官稱府尹。　　[2]相公:對官員的敬稱。　　[3]伏乞:恭敬的請求。　　[4]看承:看待,照應。　　[5]巴臂:即"巴鼻",來由,憑證。宋熙寧初,有士人上書迎合時宰得官,蘇軾用俚語戲之:"有甚意頭求富貴,没些巴鼻便姦邪。"事見宋莊綽《雞肋編》卷下。　　[6]苦死:拼死,極力。　　[7]支吾:搪塞,抵賴。　　[8]首尾:指曖昧關係。　　[9]鄰佑:鄰居。[10]巴不得:希望,迫切要求。　　[11]指畫了十字:在供狀上捺指印、畫"十"字

代替簽名,表示認可。　　[12]勾:通“够”。　　[13]疊成文案:做成公文案卷。
[14]部覆申詳:刑部經過覆核,再將處理意見詳細上報皇帝。　　[15]凌遲:封建
社會一種酷刑,用刀剮將罪犯處死。　　[16]招狀:罪犯招供的文字記錄。
[17]市曹:市中通衢,舊時常在此行刑。《大宋宣和遺事》:“徽宗道:‘賈奕流言謗
朕,合夷三族,餘者皆令推入市曹,斬首報來。’”　　[18]黃蘗(bò 播去聲):即黃
柏,其味極苦,可入藥。

　　看官聽説,這段公事,果然是小娘子與那崔寧謀財害命的時節,
他兩人須連夜逃走他方,怎的又去鄰舍人家借宿一宵? 明早又走到
爹娘家去,卻被人捉住了? 這段冤枉,仔細可以推詳出來[1]。誰想問
官糊塗,只圖了事,不想捶楚之下[2],何求不得。冥冥之中,積了陰
騭[3],遠在兒孫近在身,他兩個冤魂,也須放你不過。所以做官的,切
不可率意斷獄,任情用刑,也要求個公平明允。道不得個死者不可復
生,斷者不可復續,可勝歎哉!

【校注】

[1]推詳:追究審察。　　[2]捶楚:杖擊,鞭打。指嚴刑拷問。　　[3]陰騭:即
陰德。迷信認爲人活着行善事,可爲死後積陰德。這裏是反語,謂欠下陰德。

　　閒話休題。卻説那劉大娘子到得家中,設個靈位守孝過日。父
親王老員外勸他轉身[1],大娘子説道:“不要説起三年之久,也須到小
祥之後[2]。”父親應允自去。
　　光陰迅速,大娘子在家巴巴結結[3],將近一年。父親見他守不
過,便叫家裏老王去接他來,説:“叫大娘子收拾回家,與劉官人做了
周年,轉了身去罷!”大娘子没計奈何,細思父言,亦是有理。收拾了
包裹,與老王背了,與鄰舍家作別,暫去再來。一路出城,正值秋天,
一陣烏風猛雨,只得落路,往一所林子去躲[4],不想走錯了路。正是:

　　　　豬羊走屠宰之家,一腳腳來尋死路。

走入林子裏去,只聽他林子背後大喝一聲:“我乃静山大王在此! 行

人住腳,須把買路錢與我。"大娘子和那老王吃那一驚不小,只見跳出
一個人來:

> 頭帶乾紅凹面巾,身穿一領舊戰袍,腰間紅絹搭膊裹肚,脚
> 下蹬一雙烏皮皂靴,手執一把朴刀。

舞刀前來。那老王該死,便道:"你這剪徑的毛團[5]! 我須是認得你,
做這老性命着與你兌了罷[6]!"一頭撞去,被他閃過空。老人家用力
猛了,撲地便倒。那人大怒道:"這牛子好生無禮[7]!"連搠一兩刀,血
流在地,眼見得老王養不大了[8]。那劉大娘子見他兇猛,料道脱身不
得,心生一計,叫做脱空計[9],拍手叫道:"殺得好!"那人便住了手,睜
圓怪眼,喝道:"這是你甚麼人?"那大娘子虛心假氣的答道:"奴家不
幸喪了丈夫,却被媒人哄誘,嫁了這個老兒,只會吃飯。今日却得大
王殺了,也替奴家除了一害。"那人見大娘子如此小心,又生得有幾分
顏色,便問道:"你肯跟我做個壓寨夫人麼[10]?"大娘子尋思,無計可
施,便道:"情願伏侍大王。"那人回嗔作喜[11],收拾了刀杖,將老王屍
首攛入澗中[12]。領了劉大娘子,到一所莊院前來,甚是委曲[13]。只
見大王向那地上拾些土塊,抛向屋上去,裏面便有人出來開門。到得
草堂之上,分付殺羊備酒,與劉大娘子成親。兩口兒且是説得着。正
是:

> 明知不是伴,事急且相隨。

【校注】

[1]轉身:改嫁。　　[2]小祥:死者周年之祭稱小祥。《儀禮·士虞禮》:"期而小
祥。"注:"小祥,祭名。祥,吉也。"　　[3]巴巴結結:生活艱難拮据。　　[4]落
路:抄便道,走小路。　　[5]剪徑:攔路搶劫。毛團:駡人話,意爲畜生。
[6]做這老性命着與你兌了:拿這老命與你拼了。"做……着"句式,表示某人或某
事物作犧牲。兌,兌換,即拼命。　　[7]牛子:駡人蠢笨、執拗。　　[8]養不大
了:指死了。　　[9]脱空:誆騙,撒謊。　　[10]壓寨夫人:山寨强盜首領的妻
子。　　[11]回嗔作喜:轉怒爲喜。嗔,生氣,發怒。　　[12]攛:抛,扔。

[13]委曲:曲折。

　　不想那大王自得了劉大娘子之後,不上半年,連起了幾主大財[1],家間也豐富了。大娘子甚是有識見,早晚用好言語勸他:"自古道:'瓦罐不離井上破,將軍難免陣中亡。'你我兩人下半世也勾喫用了,只管做這沒天理的勾當,終須不是個好結果! 卻不道是'梁園雖好[2],不是久戀之家'。不若改行從善,做個小小經紀,也得過養身活命。"那大王早晚被他勸轉,果然回心轉意,把這門道路撇了。卻去城市間賃下一處房屋[3],開了一個雜貨店。遇閒暇的日子,也時常去寺院中念佛赴齋。

　　忽一日,在家閒坐,對那大娘子道:"我雖是個剪徑的出身,卻也曉得'冤各有頭,債各有主'。每日間只是嚇騙人東西,將來過日子。後來得有了你,一向買賣順溜,今已改行從善。閒來追思既往,止曾枉殺了兩個人,又冤陷了兩個人,時常掛念,思欲做些功果[4],超度他們,一向未曾對你說知。"大娘子便道:"如何是枉殺了兩個人?"那大王道:"一個是你的丈夫,前日在林子裏的時節,他來撞我,我卻殺了他。他須是個老人家,與我往日無仇,如今又謀了他老婆,他死也是不甘心的。"大娘子道:"不恁地時,我卻那得與你廝守[5]? 這也是往事,休題了。"又問:"殺那一個,又是甚人?"那大王道:"說起來這個人,一發天理上放不過去,且又帶累了兩個人,無辜償命。是一年前,也是賭輸了,身邊並無一文,夜間便去掏摸些東西。不想到一家門首,見他門也不閂,推進去時,裏面並無一人。摸到門裏,只見一人醉倒在牀,腳後卻有一堆銅錢,便去摸他幾貫。正待要走,卻驚醒了那人,起來說道:'這是我丈人家與我做本錢的,不爭你偷去了,一家人口都是餓死。'起身搶出房門,正待聲張起來。是我一時見他不是話頭,卻好一把劈柴斧頭在我腳邊,這叫做人急計生,綽起斧來,喝一聲道:'不是我,便是你。'兩斧劈倒。卻去房中將十五貫錢盡數取了。後來打聽得他,卻連累了他家小老婆,與那一個後生喚做崔寧,說他兩人謀財害命,雙雙受了國家刑法。我雖是做了一世強人,只有這兩樁人命,是天理人心,打不過去的,早晚還要超度他,也是該的。"

【校注】

[1]主:指錢財一筆,一宗。元陸登善《勘頭巾》第一折:"這城裏城外放着幾主兒錢鈔,我如今自要親身的去。"　　　[2]梁園:即梁苑,漢梁孝王劉武所建造的名園,用來接待四方賓客和文士。故址在今河南開封東南。　　　[3]賃:租。　　　[4]功果:請僧衆誦經念佛,超度亡靈,消災祈福,稱做功果。　　　[5]廝守:相守在一起。

那大娘子聽説,暗暗地叫苦:"原來我的丈夫也喫這廝殺了[1],又連累我家二姐與那個後生無辜受戮[2]。思量起來,是我不合當初做弄他兩人償命[3]。料他兩人陰司中,也須放我不過。"當下權且歡天喜地,並無他説。明日捉個空[4],便一逕到臨安府前,叫起屈來。那時換了一個新任府尹,纔得半月。正值陞廳,左右捉將那叫屈的婦人進來[5]。劉大娘子到於階下,放聲大哭。哭罷,將那大王前後所爲:"怎的殺了我丈夫劉貴。問官不肯推詳,含糊了事,卻將二姐與那崔寧,朦朧償命[6]。後來又怎的殺了老王,姦騙了奴家。今日天理昭然,一一是他親口招承。伏乞相公高擡明鏡[7],昭雪前冤。"説罷又哭。府尹見他情詞可憐,即着人去捉那静山大王到來,用刑拷訊,與大娘子口詞一些不差。即時問成死罪,奏過官裏。待六十日限滿,倒下聖旨來,勘得:"静山大王謀財害命,連累無辜。準律[8]:殺一家非死罪三人者,斬加等,決不待時[9]。原問官斷獄失情[10],削職爲民。崔寧與陳氏枉死可憐,有司訪其家[11],諒行優恤[12]。王氏既係強徒威逼成親,又有伸雪夫冤,着將賊人家產,一半没入官[13],一半給與王氏養贍終身。"劉大娘子當日往法場上,看決了静山大王,又取其頭去祭獻亡夫並小娘子及崔寧,大哭一場。將這一半家私,捨入尼姑庵中,自己朝夕看經念佛,追薦亡魂,盡老百年而絶。有詩爲證:

> 善惡無分總喪軀,只因戲語釀災危。
> 勸君出話須誠實,口舌從來是禍基。

【校注】

[1]這廝:這家夥。　　[2]戮:殺。　　[3]做弄:害。也作“作弄”。　　[4]捉個空(kòng 控):找個機會。　　[5]左右:指公堂上站立兩旁的衙役。　　[6]朦朧:意爲稀裏糊塗。　　[7]高擡明鏡:稱頌官員審理案件公正清明,像明鏡高懸,燭照隱微,明明白白。　　[8]準律:依照刑律。　　[9]決不待時:古代處決死囚多在秋後,對案情重大的要犯,可立即處決,稱“決不待時”。　　[10]失情:即失實。　　[11]有司:主管官吏。　　[12]量行優恤:根據實情,給予優厚的撫恤。[13]没入官:没收歸公。

【集評】

　　胡適《宋人話本八種序》:“《錯斬崔寧》一篇要算八篇中的第一佳作。這一篇是純粹説故事的小説,並且説得很細膩,很有趣味,使人一氣讀下去,不肯放手;其中也没有一點鬼神迷信的不自然的穿插,全靠故事本身一氣貫注到底。其中關係全篇佈局的一段(指“卻説劉官人馱了錢,一步一步,捱到家中”至“過了一宵,小娘子作别去了”,略),寫得最好,記敘和對話都好。這樣細膩的描寫,漂亮的對話,便是白話散文文學正式成立的紀元。”

　　鄭振鐸《中國小説的分類及其演化趨勢》:“評話則不然,他們最早的作品,係出自於説書先生之手。説書先生們爲了娛悦大多數的聽衆,便編造了敷演了那些新聞與故事出來。他們的重要,乃在講述而不在於著作(雖然後來講述短篇故事的風氣已經消滅了),所謂《錯斬崔寧》、《西山一窟鬼》一類的東西,原來只不過是講述的底本而已。所以評話的口氣,全都是以第一人身的講述口氣出之的。這是評話的一個特色。這種特色,直到了評話已成了文士的著作,而不復是説書先生們講述底本時,還維持不變。這乃是很早的所謂‘通俗小説’。”

董解元

【作者簡介】

　　董解元，名號、籍里不詳。"解元"是金元時對讀書人的尊稱。元鍾嗣成《録鬼簿》説他是"金章宗（1190—1208）時人"，將其列入"前輩名公有樂章傳於世者"之首。南戲有《董解元智奪金玉蘭傳》，關漢卿也撰有《董解元醉走柳絲亭》雜劇，所寫的或許就是他的事，惜兩劇皆佚。在《西廂記諸宮調》卷一，作者自我表白説："秦樓謝館鴛鴦幄，風流稍似有聲價。""攜一壺兒酒，戴一枝兒花。醉時歌，狂時舞，醒時罷。每日價疏散不曾着家。"又説："詩魔多，愛選多情曲。比前賢樂府不中聽，在諸宮調裏卻著數。"可略知其爲人。他是一個風流倜儻、不拘禮法的文人，具有深厚的文學修養，尤擅長於諸宮調等説唱藝術。所著《西廂記諸宮調》盛傳於世。今通行有凌景埏校注《董解元西廂記》（人民文學出版社 1962 年版）。

西廂記諸宮調

【題解】

　　本篇選自《西廂記諸宮調》。《西廂記諸宮調》簡稱《董西廂》，共計八卷，本篇爲第六卷。諸宮調是宋、金、元時期的一種大型説唱形式，因爲用多種宮調的曲牌聯套演唱而得名。董解元《西廂記諸宮調》，是現存諸宮調作品中最爲完整且藝術成就最高的一種。因以琵琶和箏伴奏，所以後人又稱《西廂搊彈詞》或《絃索西廂》。故事取材於唐元稹的《鶯鶯傳》（一名《會真記》），又汲取了宋趙德麟《商調蝶戀花鼓子詞》等説唱文學的養料，對原故事的情節作了大的變動和豐富，一改"始亂終棄"的悲劇結局，突出對愛情自由和封建禮教衝突的描寫，從而贊揚青年男女對婚姻幸福的熱烈追求。作品結構宏偉，人物性格鮮明，語言既不失典雅，又俚俗生動，富有濃郁的生活氣息。這裏所選的第六卷，包括責問紅娘、長亭送別、村店驚夢等重要關目。作者善於渲染情景，烘托氣氛，描寫細節，將崔張兩人的離愁別恨，以及豐富的内心世界，都刻畫得非常細膩和生動，具有強烈的藝術效果。後來王實甫創作的《西廂記》直接受其影響。

　　【仙吕調·戀香衾】一夕幽歡信無價，紅娘萬驚千怕，且恐夫人暗中知察。暫不多時雲雨罷，紅娘催定如花，把天般恩愛，變成瀟灑[1]。

　　君瑞鶯鶯越偎的緊，紅娘道：“起來麽，娘呵！”戴了冠兒把玉簪斜插。欲別張生臨去也，偎人懶兜羅襪[2]。“我而今且去，明夜來呵！”
【尾】懶別設的把金蓮撒[3]，行不到書窗直下，兜地回來又説些兒話[4]。

　　　　自是朝隱而出，暮隱而入，幾半年矣。夫人見鶯容麗倍常，精神增媚，甚起疑心。夫人自思，必是張生私成暗約。

【雙調·倬倬戚】相國夫人自窨約[5]：是則是這冤家没彈剥[6]，陡恁地精神偏出跳[7]，轉添嬌，渾不似舊時了[8]。　　　舊日做下的衣服件件小，眼謾眉低胸乳高[9]，管有兀誰厮般着[10]，我團着這妮子做破大手腳[11]。

　　　　鶯以情繫心，戀戀不已。夫人察之，是夕私往。

【大石調·紅羅襖】君瑞與鶯鶯，來往半年過，夜夜偷期不相度[12]。没些兒斟量，没些兒懼憚，做得過火。鶯鶯色事迷心，是夜又離香閣。方信樂極悲來，怎知覺，惹場天來大禍。　　　那積世的老婆婆[13]，其時暗猜破，高點着銀釭堂上坐[14]。問侍婢以來，兢兢戰戰，一地裏篤麽[15]。問鶯鶯更夜如何背游私地，有誰存活[16]？諸侍婢莫敢形言，約多時，有口渾如鎖。

【尾】相國夫人高聲喝：“賤人每怎敢瞞我！喚取紅娘來問則箇！”

　　　　一女奴奔告鶯，鶯急歸。見夫人坐堂上，鶯鶯戰慄。夫人問紅娘曰：“汝與鶯更夜何適？”紅娘拜曰：“不敢隱匿：張生猝病，與鶯往視疾。”夫人曰：“何不告我？”答曰：“夫人已睡，倉猝不敢覺夫人寢。”夫人怒曰：“猶敢妄對，必不捨汝！”

【中呂調·牧羊關】夫人堂上高聲問：“爲何私啓閨門？你試尋思，早晚時分，迤逗得鶯鶯去[17]，推探張生病。恁般閑言語，教人怎地信？

　　　　思量也是天教敗，算來必有私情。甚不肯承當，抵死諱定[18]，只管厮瞞昧，只管厮咭哔[19]？好教我禁不過，這不良的下賤人[20]！

【尾】“思量又不當口兒穩[21]。如還抵死的着言支對[22]，教你手托着東牆我直打到肯。”

　　　　紅娘徐而言曰：“夫人息怒，乞申一言。

【仙呂調·六么令】“夫人息怒，聽妾話踪由[23]，不須堂上，高聲揮喝

罵無休。君瑞又多才多藝,咱姐姐又風流。彼此無夫無婦,這時分相
見,夫人何必苦追求?　　　　一對兒佳人才子,年紀又敵頭[24]。經今半
載,雙雙每夜書幃裏宿[25],已恁地出乖弄醜,潑水再難收。夫人休出
口,怕旁人知道,到頭贏得自家羞。

【尾】“一雙兒心意兩相投,夫人白甚閑疙皺[26]?休疙皺,常言道‘女
大不中留’[27]。

　　　“當日亂軍屯寺,夫人、小娘子皆欲就死。張生與先相無舊,非慕
　　鶯之顏色,欲謀親禮,豈肯區區陳退軍之策,使夫人、小娘子得有
　　今日?事定之後,夫人以兄妹繼之,非生本心,以此成疾,幾至不
　　起。鶯不守義而忘恩,每侍湯藥,願兄安慰。夫人聰明者,更夜
　　幼女潛見鰥男[28],何必研問,是非禮也。夫人罪妾,夫人安得無
　　咎?失治家之道。外不能報生之恩,内不能蔽鶯之醜,取笑於親
　　戚,取謗於他人。願夫人裁之。”夫人曰:“奈何?”紅娘曰:“生本
　　名家,聲動天下。論才則屢被巍科[29],論策則立摧兇醜,論智則
　　坐邀大將,論恩則活我全家:君子之道,盡於是矣。若因小過,俾
　　結良姻,通男女之真情,蔽閨門之餘醜,治家報德,兩盡美矣。

【般涉調·麻婆子】“君瑞又好門地[30],姐姐又好祖宗;君瑞是尚書的
子,姐姐是相國的女;姐姐爲人是稔色[31],張生做事忒通疏[32];姐姐
有三從德[33],張生讀萬卷書。　　　姐姐稍親文墨,張生博通今古;姐
姐不枉做媳婦,張生不枉做丈夫;姐姐温柔勝文君[34],張生才調過相
如;姐姐是傾城色,張生是冠世儒。

【尾】“着君瑞的才[35],着姐姐的福:咱姐姐消得箇夫人做[36],張君瑞
異日須乘駟馬車[37]。”

　　　夫人曰:“賢哉,紅娘之論!雖然如此,未知鶯之心下何似。恐女
　　子之性,因循失德,實無本心。”令紅娘召之。“我欲親問所以。”
　　鶯鶯羞惋而出,不敢正立。

【般涉調·沁園春】是夜夫人,半晌無言,兩眉暗鎖。多時方喚得鶯鶯
至,羞低着粉頸,愁欹着雙蛾,桃臉兒通紅,櫻唇兒青紫,玉筍纖纖不
住搓[38]。不忍見,盈盈地粉淚,淹損鈿窩[39]。　　　六十餘歲的婆婆,
道:“千萬擔饒我女呵[40]!子母腸肚終須熱。着言方便,撫恤求

和[41]。事到而今,已裝不卸,潑水難收怎奈何? 都閑事,這一場出醜,着甚達摩[42]?

【尾】"便不辱你爺、便不羞見我? 我還待送斷你子箇[43],卻又子母情腸意不過。"

　　　　夫人曰:"事已如此,未審汝本意何似? 願則以汝妻生,不願則從今斷絕。"鶯鶯待道"不願"來,是言與心違;待道"願"來後,對娘怎出口? 卒無詞對。夫人又問:

【雙調·豆葉黃】"我孩兒安心,省可煩惱[44]! 這事體休聲揚,着人看不好。怕你箇冤家是廝落[45]。你好好承當,咱好好的商量,我管不錯。　　有的言語,對面評度。凡百如何,老婆斟酌。"女孩兒家見問着[46],半晌無言,欲語還羞,把不定心跳。

【尾】可憎的媚臉兒通紅了,對夫人不敢分明道,猛吐了舌尖兒背背地笑[47]。

【校注】

[1]瀟灑:這裏指淒清,冷落。後文"澹煙瀟灑"中的"瀟灑",則是"蕭疏"的意思。
[2]兜:提起,穿上。　　[3]懶別設:猶言"懶設設",指懶洋洋的。別設,語助詞。撒:走動。　　[4]兜地:也作"兜底"、"兜的"。指突然,立刻。　　[5]窨(yìn印)約:也作"暗約"、"黯約"等,思量、思忖意。宋佚名《張協狀元》四十五齣:"勸你休窨約,隨去你福至。"　　[6]是則是:雖然是。沒彈剥:一作"沒斷(duǒ朵)剥"。猶"沒包彈",無可指摘、批評。　　[7]出跳:同"出挑",出衆、出色。這裏指容光煥發。　　[8]渾不似:完全不像。　　[9]眼謾:眼神倦怠。　　[10]廝般:相伴。　　[11]圞:猜測。宋晁端禮《少年游》:"眼來眼去又無言,教我怎生圞。"妮子:這裏是對女兒的昵稱,猶言丫頭。做破大手腳:意爲暗中越軌,做出非禮的事情。　　[12]偷期:暗中約會。　　[13]積世:閱世深,老於世故。
[14]銀釭(gāng缸):對燈的美稱。　　[15]篤麽:也作"篤磨",形容懼怕而徘徊不語。　　[16]存活:猶"存濟",安排,安頓。　　[17]迤逗:引誘,勾引。
[18]抵死:至死,拚命。諱定:隱瞞,迴避。　　[19]咭啈(hèng橫去聲):欺騙。
[20]不良:不善,這裏指狠心。　　[21]口兒穩:不隨便亂説,守口如瓶。
[22]支對:答話,應付。　　[23]踪由:因緣,原因。　　[24]敵頭:相當,相仿。
[25]書帷:書房,書齋。　　[26]閑疙皺:平空作梗。　　[27]女大不中留:女子到婚齡,無法强留在娘家。宋元諺語有"三不留":"蠶老不中留,人老不中留,女大

不中留。"　　[28]幼女:這裏指青年女子。　　[29]巍科:即高第。科舉考試名列前茅。　　[30]門地:同"門第"。　　[31]稔色:美麗,漂亮。　　[32]通疏:通情達理。　　[33]三從:封建社會的道德規範,要求女子未嫁從父,既嫁從夫,夫死從子。　　[34]文君:即卓文君,漢代臨邛富豪卓王孫之女,美貌,有才學。司馬相如飲於卓府,聞文君新寡,以琴曲挑之,文君遂私奔相如。見《史記·司馬相如列傳》。　　[35]着:憑着,有如。　　[36]消得:也作"消的",意爲配得上。宋柳永《惜春郎》:"潘妃寶釧,阿嬌金屋,應也消得。"　　[37]乘駟馬車:乘駕四匹馬的高車,表示地位顯赫。　　[38]玉筍:形容女子白嫩的手。　　[39]鈿窩:指女子面頰貼花鈿的地方。　　[40]擔饒:饒恕。　　[41]撫恤:體恤愛護。[42]着甚達摩:因"達摩"梵語音譯爲"法",故此句意爲"有什麼法子"。參見凌景埏校注《董解元西廂記》。　　[43]子箇:也作"則箇"。表示祈使語氣。[44]省可:免得,休要。可,語助詞。　　[45]厮落:奚落。這裏指遭到輕視,受到冷遇。　　[46]見問:"見"字用在動詞前,表示被動,如"見問",即被問;或稱代自己,如下文"見還",即還我。　　[47]背背地:背轉身。

　　　願郎不欲分明道,盡在回頭一笑中。拂旦,令紅娘召生小飲。生
　　　懼昨夜之敗,辭之以疾。

【仙呂調·相思會】君瑞懷羞慘,心只自思念:這些醜事,不道怎生遮掩。"紅娘莫恁把人乾厮咶[1]!我到那裏見夫人吵,有甚臉?　　尋思罪過,蓋爲自家險。算來今日,請我赴席後爭敢?"紅娘見道,道:"君瑞真箇欠[2]!我道你,佯小心,妝大膽。"

　　　紅娘曰:"但可赴約,別有長話[3]。"生驚曰:"如何?"紅娘以實告生。生謝曰:"誠如是,何以報德?"曰:"妾不敢望報。夫人與鄭恒親[4]。雖然昨夜見許,未足取信。先生赴約,可以獻物爲定。比及鶯鶯終制以來[5],庶無反覆,以斷前約。"生曰:"善!然自春寓此,迄今囊橐已空矣[6],奈何?

【仙呂調·喜新春】"草索兒上[7],都無一二百盤纏[8],一領白衫又不中穿;夜擁孤衾三幅布,晝欹單枕是一枚甎:只此是家緣[9]。　　要酒後,廚前自汲新泉;要樂,當筵自理冰絃[10];要絹,有壁畫兩三幅;要詩後,卻奉得百來篇:只不得道着錢。"

　　　紅娘曰:"先生平昔與法聰有舊,法聰新當庫司[11],先生歸而貸

之，何求不得！"生聞言而頓省，遂往見法聰。

【大石調·驀山溪】張生是日，叉手前來告[12]："有事敢相煩，問庫司兄不錯。相公的嬌女，許我作新郎。這事體，你尋思，定物終須要。

小生客寄，沒箇人捱靠。剛準備些兒，其外多也不少，不合借索。總賴弟兄情，如借得，感深恩，是必休推託。"

【尾】法聰聞言先陪笑，道："咱弟兄面情非薄，子除了我耳朵兒愛的道。"

生曰："如有餘資，煩貸幾索，甚幸！"聰曰："常住錢不敢私貸[13]。貧僧積下幾文起坐[14]，盡數分付足下[15]，勿以寡見阻。"取足五十索。聰曰："幾日見還？"生指期拜納。

【雙調·芰荷香】忒孤窮，要一文錢物，也擘劃不動[16]。法聰不忍，借與五千貫青銅[17]。"幾文起坐，被你箇措大倒得囊空[18]。三十、五十家攛來[19]，比及儹到[20]，是幾箇齋供[21]。"　　君瑞聞言道："多謝！"起來叉手，着言倍奉[22]："若非足下，定應難見花容。咱家命裏，算來歲運亨通，多應魚化爲龍[23]。恁時節奉還，一年請俸[24]。"

【尾】法聰笑道："休打閧[25]！不敢問利息輕重，這本錢幾年得用！"

【校注】

[1]乾廝咶：白取笑。　　[2]欠：指呆笨。　　[3]長話：意爲好消息。　　[4]鄭恒：崔老夫人的内侄。崔父曾將鶯鶯許配給他。　　[5]終制：父母去世守孝三年滿，稱"終制"。　　[6]囊橐(tuó 馱)：口袋。　　[7]草索兒：指穿銅錢的草繩。古代一千文銅錢穿爲一索，或稱爲一貫。　　[8]盤纏：費用。這裏指錢。[9]家緣：家財，家當。　　[10]冰絃：指琴絃。　　[11]庫司：指寺廟中管理財務的僧人。　　[12]叉手：拱手，表示禮貌。　　[13]常住錢：指寺廟僧人共有的財物。　　[14]起坐：私房錢。　　[15]分付：給予。足下：對朋友的敬稱。[16]擘劃：籌措，處置。　　[17]五千：上文作"五十"，"千"或爲"十"之誤。青銅：指銅錢。　　[18]措大：猶言"窮酸"，是對讀書人的輕蔑稱呼。　　[19]攛：湊集。　　[20]儹：同"攢"，聚積，積蓄。　　[21]齋供：指做佛事時施主佈施給僧人的錢。　　[22]倍奉：奉承，獻殷勤。　　[23]魚化爲龍：據《藝文類聚》卷九六引辛氏《三秦記》載：河津一名龍門，爲黄河所下之口，水險不通。江海大魚數千聚於其下，不得上，如能跳過龍門則爲龍。後來用"魚化龍"、"跳龍門"比喻科舉

考試高中。　　　[24]請俸:指官員的薪俸。　　　[25]打閧:開玩笑。

生以錢易金,赴夫人約,坐不安席。酒行,夫人起曰:"昨不幸相公殁[1],攜稚幼留寺,群賊方興,非先生矜憫,母子幾爲魚肉矣[2]!無以報德。雖先相以鶯許鄭恒,而未受定約。今欲以鶯妻君,聊以報,可乎?"

【大石調·玉翼蟬】夫人道"張解元",美酒斟來滿。道:"不幸當時,群賊困普救[3],全家莫能逃難。賴先生,便畫妙策,以此登時免。今日以鶯鶯,酬賢救命恩,問足下願那不願?"　　　夫人曰:"如先生許,則滿飲一盞。"張生聞語,急把頭來暗點。小生目下,身居貧賤,粗無德行,情性荒疏學藝淺。相公的嬌女,有何不戀?何必夫人苦勸?吃他一盞,忽地推了心頭一座山。

生取金以奉夫人曰:"貧生旅食[4],姑此爲禮,無以微見卻。"夫人不受,曰:"何必乃爾!"紅娘曰:"物雖薄,禮不可廢也。"夫人受金。生拜堂下。夫人曰:"然鶯未服閱[5],未可成禮。"生曰:"今蒙文調[6],將赴選闈[7],姑待來年,不爲晚矣。"夫人曰:"願郎遠業功名爲念,此寺非可久留。"生曰:"倒指試期[8],幾一月矣。三兩日定行。"夫人以巨觥爲壽[9]。生飲訖。令紅娘送生歸。生謂紅娘曰:"不意有今日!"答曰:"適鶯聞夫人語親,忻喜之容見於面;聞郎赴文調,愁怨之容動於色。"生曰:"煩爲我言之:功名世所甚重,背而棄之,賤丈夫也。我當發策決科[10],策名仕版[11],謝原憲之圭竇,衣買臣之錦衣[12],待此取鶯[13],愜予素願。無惜一時孤悶,有妨萬里前程。"紅娘以此報鶯,亦不見答。自是不復見矣。後數日,生行,夫人暨鶯送於道,法聰與焉。經於蒲西十里小亭置酒。悲歡離合一樽酒,南北東西十里程。

【大石調·玉翼蟬】蟾宮客[14],赴帝闕[15],相送臨郊野。恰俺與鶯鶯,駕幃暫相守,被功名使人離缺。好緣業[16]!空悒怏,頻嗟歎,不忍輕離別。早是恁淒淒凉凉[17],受煩惱,那堪值暮秋時節!　　　雨兒乍歇,向晚風如漂洌[18],那聞得衰柳蟬鳴淒切!未知今日別後,何時重見也。衫袖上盈盈,揾淚不絕。幽恨眉峰暗結。好難割捨[19],縱有千種風情,何處説?

【尾】莫道男兒心如鐵,君不見滿川紅葉,盡是離人眼中血!

【越調·上平西纏令】景蕭蕭,風淅淅,雨霏霏,對此景怎忍分離?僕人催促,雨停風息日平西。斷腸何處唱《陽關》[20]?執手臨岐[21]。

　　蟬聲切,蛩聲細,角聲韻,雁聲悲,望去程依約天涯。且休上馬,苦無多淚與君垂。此際情緒你争知,更説甚湘妃[22]!

【鬥鵪鶉】囑付情郎:"若到帝里,帝里酒釀花穠,萬般景媚,休取次共別人[23],便學連理[24]。少飲酒,省游戲,記取奴言語,必登高第。

　　專聽着伊家,好消好息;專等着伊家[25],寶冠霞帔[26]。妾守空閨,把門兒緊閉;不拈絲管,罷了梳洗。你咱是必[27],把音書頻寄。

【雪裏梅】"莫煩惱,莫煩惱! 放心地,放心地! 是必是必,休恁做病做氣[28]!　俺也不似別的,你情性俺都識。臨去也,臨去也! 且休去,聽俺勸伊。

【錯煞】"我郎休怪强牽衣,問你西行幾日歸? 着路裏小心呵[29],且須在意。省可裏晚眠早起,冷茶飯莫吃,好將息[30],我倚着門兒專望你。"

　　　　生與鶯難別。夫人勸曰:"送君千里,終有一別。"

【仙吕調·戀香衾】冉冉征塵動行陌[31],杯盤取次安排。三口兒連法聰,外更無別客。魚水似夫妻正美滿,被功名等閑離拆[32]。然終須相見,奈時下難捱。　君瑞啼痕污了衫袖,鶯鶯粉淚盈腮。一箇止不定長吁,一箇頓不開眉黛。君瑞道"閨房裏保重",鶯鶯道"途路上寧耐[33]"。兩邊的心緒,一樣的愁懷。

【尾】僕人催促怕晚了天色,柳隄兒上把瘦馬兒連忙解。夫人好毒害[34],道:"孩兒每回取箇坐車兒來[35]。"

　　　　生辭。夫人及聰皆曰:"好行!"夫人登車。生與鶯別。

【大石調·蕎山溪】離筵已散,再留戀應無計。煩惱的是鶯鶯,受苦的是清河君瑞[36]。頭西下控着馬,東向馭坐車兒。辭了法聰,別了夫人,把樽俎收拾起[37]。　臨上馬,還把征鞍倚。低語使紅娘,"更告一盞以爲別禮[38]"。鶯鶯君瑞,彼此不勝愁,厮覷者[39],總無言,未飲心先醉。

【尾】滿斟離杯長出口兒氣[40]，比及道得箇“我兒將息”[41]，一盞酒裏，白泠泠的滴斝半盞兒淚[42]。

　　　夫人道：“教郎上路，日色晚矣！”鶯啼哭，又賦詩一首贈郎。詩曰：“棄置今何道，當時且自親。還將舊來意，憐取眼前人。”[43]

【黃鐘宮·出隊子】最苦是離別，彼此心頭難棄捨。鶯鶯哭得似癡呆，臉上啼痕都是血，有千種恩情何處説？　　　夫人道：“天晚教郎疾去。”怎奈紅娘心似鐵，把鶯鶯扶上七香車[44]。君瑞攀鞍空自攧[45]，道得箇“冤家寧耐些”。

【尾】馬兒登程，坐車兒歸舍；馬兒往西行，坐車兒往東拽：兩口兒一步兒離得遠如一步也！

【校注】

[1]相公：妻子對丈夫的敬稱。　　　[2]魚肉：比喻遭到殘害。《漢書·灌夫傳》：“太后怒，不食，曰：‘我在也，而人皆藉吾弟，令我百歲後，皆魚肉之乎！’”

[3]普救：即普救寺，在普州（今山西永濟）東十餘里。　　　[4]旅食：寄食，客居。

[5]服闋：服孝期滿，除去孝服。　　　[6]文調：科舉考試。　　　[7]選闈：考場。

[8]倒指：屈指計算。　　　[9]巨觥（gōng 工）：一種大的角質飲酒器皿，即大酒杯。爲壽：祝福。　　　[10]發策決科：即射策決科，指科舉應試。發策，古代考試將試題寫在策上，令應試者做文章。決科，參加射策，決定科第。　　　[11]策名仕版：指科舉及第，登上仕途。策，指書寫。仕版，書寫官吏名籍的簿册。借指仕途，官場。　　　[12]“謝原憲”二句：意謂告別原憲的窮家，穿上朱買臣的錦衣。指脫貧致富。原憲：孔子的學生，家貧寒。事見《莊子·讓王》。圭竇：亦作“閨竇”。《左傳》隱公十年：“蓽門閨竇之人，而皆陵其上。”晉杜預注：“蓽門，柴門。閨竇，小户穿壁爲户，上鋭下方，狀如圭也。言伯輿微賤之家。”下句“衣買臣之錦衣”，“衣”用如動詞“穿”。買臣：指漢代朱買臣，家窮困，靠賣柴爲生。後官會稽太守，武帝對他説：“‘富貴不歸故鄉，如衣繡夜行。’今子如何？”見《漢書·朱買臣傳》。

[13]取：同“娶”。　　　[14]蟾宮客：古人將科舉考中比作“蟾宮折桂”。這裏指去應試的張生。蟾宮，月宫。　　　[15]帝闕：也作“帝里”。指京城。　　　[16]緣業：即業緣，前生注定的因緣。　　　[17]早是：已是。　　　[18]漂冽：即“凜冽”，刺骨似的寒冷。　　　[19]捨：原作“拾”，據閔遇五刊六幻本《董西廂》改。

[20]《陽關》：唐王維《送元二使安西》：“渭城朝雨浥輕塵，客舍青青柳色新。勸君更盡一杯酒，西出陽關無故人。”後入樂反復誦唱，即《陽關三疊》，古人用作送別

曲。　　　[21]臨岐:分別的路口。岐,同"歧",岔路。　　　[22]湘妃:神話傳説中的湘水女神。《初學記》卷二八引晉張華《博物志》:"舜死,二妃淚下,染竹即斑。妃死爲湘水神,故曰湘妃竹。"　　　[23]取次:任意,隨便。　　　[24]連理:兩株樹幹合生在一起。比喻恩愛夫妻。　　　[25]伊家:你。　　　[26]寶冠霞帔(pèi佩):猶"鳳冠霞帔"。受皇帝封號的命婦的冠服。帔,一種披在肩背的服飾,類似披風。　　　[27]咱:語助詞,無義。　　　[28]做病做氣:遭病惹氣。做,《集韻》釋爲"造"。造,通"遭",遭惹,受到。　　　[29]着路裏:在路上。着,在。[30]將息:養息,保重。　　　[31]冉冉:形容塵土漸漸揚起。　　　[32]等閑:輕易,隨便。　　　[33]寧耐:忍耐,安心。這裏作"保重"、"當心"講。　　　[34]毒害:狠心。　　　[35]孩兒每:對奴僕的稱呼。每,同"們"。　　　[36]清河:唐代的郡名。張姓是清河地區的望族,故以清河爲張氏的郡望。古人在名前冠郡望,表示自己的姓。"清河君瑞",即張君瑞。　　　[37]樽俎:古代盛酒食的器具。[38]告:求,請求。　　　[39]廝覷者:互相看着。　　　[40]斝:六幻本《董西廂》作"酌"。　　　[41]比及:等到。　　　[42]彀:同"够"。　　　[43]"棄置"四句:詩出唐元稹《會真記》,原是鶯鶯被張生拋棄後所作,這裏用來表示送別。　　　[44]七香車:古代婦女乘坐的華美的車子。因用香木製作或香料塗飾,故稱七香車。[45]擸:意爲頓足。

【仙吕調·點絳唇纏令】美滿生離,據鞍兀兀離腸痛[1]。舊歡新寵,變作高唐夢[2]。　　　回首孤城,依約青山擁。西風送,戍樓寒重,初品《梅花弄》[3]。

【瑞蓮兒】衰草萋萋一徑通,丹楓索索滿林紅。平生蹤跡無定着,如斷蓬。聽塞鴻,啞啞的飛過暮雲重。

【風吹荷葉】憶得枕鴛衾鳳,今宵管半壁兒没用,觸目淒凉千萬種,見滴流流的紅葉,淅零零的微雨,率剌剌的西風[4]。

【尾】驢鞭半裊,吟肩雙聳,休問離愁輕重,向箇馬兒上駝也駝不動。

　　　離蒲西行三十里,日色晚矣,野景堪畫。

【仙吕調·賞花時】落日平林噪晚鴉,風袖翩翩催瘦馬[5],一徑入天涯。荒凉古岸,衰草帶霜滑。　　　瞥見箇孤林端入畫[6],籬落蕭疏帶淺沙,一箇老大伯捕魚蝦;橫橋流水,茅舍映荻花。

【尾】駝腰的柳樹上有漁槎[7],一竿風斾茅簷上掛[8],澹煙瀟灑,橫鎖着兩三家。

　　生投宿於村店。

【越調·廳前柳纏令】蕭索江天暮,投宿在數間茅舍,夜永愁無寐。謾咨嗟[9],牀頭上怎寧貼[10]?　　倚定箇枕頭兒越越的哭[11],哭得悄似癡呆。畫櫓聲搖拽,水聲嗚咽,蟬聲助淒切。

【蠻牌兒】活得正美滿,被功名使人離缺。知他是我命薄?你緣業?比似他時,再相逢也,這的般愁,兀的般悶[12],終做話兒說。　　料得我兒今夜裏,那一和煩惱啩嗻[13]。不恨咱夫妻今日別,動是經年,少是半載,恰第一夜。

【山麻稭】淅零零地雨打芭蕉葉,急煎煎的促織兒聲相接。做得箇蟲蟻兒天生的劣,特故把愁人做脾憋[14],更深後越切。　　恨我寸腸千結,不埋怨除你心如鐵。淚痕兒淹破人雙頰,淚點兒怕搵不迭,是相思血。

【尾】兀的不煩惱煞人也!燈兒一點甫能吹滅,雨兒歇,閃出昏慘慘的半窗月。

　　　　西風怯雨眠難熟,殘月窺人酒半醒。

【南呂宮·應天長】無語悶答孩[15],漫漫兩淚盈腮,清宵夜好難捱,一天愁悶怎安排?役損這情懷[16]。睡不着,萬感勉强的把旅舍門開,披衣獨步在月明中,凝睛看天色。　　澹雲遮籠素魄[17],野水連天天竟白。見衰楊折葦,隱約映漁臺。新愁與舊恨,睹此景,分外增瞇白[18]。柳陰裏忽聽得有人言,低聲道:"快行麼娘咳!"

【尾】張生覷了失聲道:"怪!"見野水橋東岸南側,兩箇畫不就的佳人映月來。

　　　　鞋弓襪窄,行不動,步難移;語顫聲嬌,喘不迭,頻道困。是人是
　　　　鬼俱難辨,爲福爲災兩不知。生將取劍擊之,而已至矣。因叱之
　　　　曰:"爾乃誰人誑秀才?"月影柳陰之下,定睛細認。云云。

【雙調·慶宣和】"是人呵疾忙快分説,是鬼呵應速滅。"入門來取劍取不迭[19],兩箇來的近也,近也!　　君瑞回頭再覷些,半晌癡呆,回嗔作喜唱一聲喏[20],卻是姐姐那姐姐!

　　　　熟視之,乃鶯、紅也。生驚問曰:"爾何至此?"鶯曰:"適夫人酒多
　　　　寐熟,妾與紅娘計之曰:'郎西行,何日再面?'紅曰:'郎行不遠,

同往可乎？'妾然其言，與紅私渡河而至此。"生攜鶯手歸寢。未
及解衣，聞群犬吠門。生破窗視之，但見火把照空，喊聲震地，聞
一人大呼曰："渡河女子，必在是矣！"

【商調·定風波】好事多妨礙，恰拈了冠兒，鬆開裙帶，汪汪的狗兒吠，
順風聽得喊聲一派。不知爲箇甚，諕得張生變了面色，真箇大驚小
怪。　　　火把臨窗外，一片地叫"開門"，倒大驚駭。張生隔窗覷，見
五千餘人，全副執戴[21]；一箇最大漢提着雁翎刀，厲聲叫道："與我這
裏搜猜[22]。"

【尾】柴門兒腳到處早蹉開[23]，這君瑞有心挣揣[24]，向臥榻上撒然覺
來[25]。

　　　無端怪鵲高枝噪，一枕鴛鴦夢不成。坐而待旦，僕已治裝。

【仙呂調·醉落魄纏令】酒醒夢覺，君瑞悶愁不小。隔窗野鵲兒喳喳
地叫，把夢驚覺人來，不當箇嘴兒巧。　　　悶答孩似吃着没心草，越
越的哭到月兒落；被頭兒上淚點知多少，媚媚的不乾[26]，抑也抑得
着[27]。

【風吹荷葉】枕畔僕人低低道："起來麼解元，天曉也！"把行李琴書收
拾了。聽得幽幽角奏，嘡嘡地鐘響，忔忔地雞叫。

【醉奚婆】把馬兒控着，不管人煩惱。程程去也[28]，相見何時卻？

【尾】華山又高，秦川又杳，過了無限野水橫橋，騎着瘦馬兒扢登登的
又上長安道。

【校注】

[1]兀兀：形容淒清孤獨傷神的樣子。　　　[2]高唐夢：相傳楚襄王游雲夢澤之高
唐，夢見巫山神女，幽歡而去。見戰國楚宋玉《高唐賦序》(《文選》卷一九)。這裏
用來指男女幽會的夢境。　　　[3]《梅花弄》：琴曲名。即《梅花三弄》，讚頌梅花
傲對霜雪、不畏嚴寒的精神。這裏借指深秋的寒冷侵人。　　　[4]率刺刺：形容風
聲。　　　[5]催：原本作"吹"，據六幻本《董西廂》改。　　　[6]端：即端的，確實。
[7]漁槎：漁筏，漁舟。　　　[8]風斾(pèi 沛)：舊時酒店所懸掛的酒望子。
[9]謾咨嗟：空歎息。謾，同"漫"，徒然。　　　[10]寧貼：安寧。　　　[11]越越的：
静悄悄的。　　　[12]這的、兀的：指示代詞，這，這個。兀的，也表示驚訝或加重語
氣，如後文"兀的不惱煞人也"。　　　[13]唓嗻：也作"奢遮"，很厲害。元王實甫

《西廂記》四本四折:"愁得來陡峻,瘦得來唓嗻。"   [14]脾憋:鬱悶,憋氣。
[15]悶答孩:苦悶地,百無聊賴地。答孩,也作"打孩",語助詞。   [16]役損:
心力交瘁。   [17]素魄:月亮。   [18]瞟白:慘白。這裏形容衰敗淒清的景
色。瞟,煞。   [19]不迭:來不及。   [20]唱一聲喏:即唱喏,下對上行禮致
敬。參《碾玉觀音》注。   [21]全副執戴:猶言全副武裝。   [22]搜猜:搜
索,搜找。   [23]蹉開:踹開。   [24]挣揣:挣扎。   [25]撒然:猛然。
[26]媚媚的:慢慢的。   [27]抑也抑得着:擠也擠得出水,極言淚水之多。抑,
按,壓。引申爲擠。   [28]程程:一程又一程。

> 行色一鞭催瘦馬,羈愁萬斛引新詩。長安道上,只知君瑞艱難;
> 普救寺中,誰念鶯娘煩惱?鶯自郎西邁,憔悴不勝。乘間詣郎閣
> 書之閣,開牖視之,非復曩日。鶯轉煩惱。

【黃鐘宮·侍香金童纏令】才郎自別,剗地愁無那[1]。裊裊爐煙縈綠
瑣,濃睡覺來心緒惡。衣裳羞整,霧鬟斜軃[2]。   香消玉瘦,天天
都爲他,眼底閑愁没處着。是即是下梢相見[3],咱大小身心[4],時下
打疊不過[5]。

【雙聲疊韻】吟硯乾,黃卷堆,冷落了讀書閣。金篆寶鼎獸爐[6],誰蓺
龍涎火[7]?幾冊書,有誰垜[8]?粉箋暗,被塵污,悄没人照覷子箇[9]。

【刮地風】薄倖的冤家好下得[10],甚把人抛躲?眉兒澹了教誰畫?哭
損秋波。琵琶塵暗,懶拈金撥[11]。有新詩,有新詞,共誰酬和?那堪
對暮秋,你道如何?

【整金冠令】促織兒外面鬧聲相聒,小即小,天生的口不曾合。是世間
蟲蟻兒裏的活撮[12],叨叨的絮得人怎過?

【賽兒令】愁麼,愁麼,此愁着甚消磨?把腳兒攛了,耳朵兒搓,没亂
煞[13],也自摧挫[14]。塞鴻來也那!塞鴻來也那!

【柳葉兒】淅冽冽的曉風簾幕,滴流流的落葉辭柯。年年的光景如梭,
急煎煎的心緒如火。

【神仗兒】這對眼兒,這對眼兒,淚珠兒滴了萬顆;止約不定[15],恰纔
淹了[16],撲簌簌的又還偷落,勝秋雨點兒多。

【四門子】些兒鬼病天來大,何時是可?羅衣寬褪肌如削,悶答孩地獨
自箇。空恨他,空怨他,料他那裏與誰做活?空恨他,空怨他,不道人

圖箇甚麼?

【尾】把寶鑑兒拈來强梳裹[17],腮兒被淚痕兒浥破[18],甚全不似舊時節風韻我?

　　自季秋與郎相別,杳無一信。早是離恨,又值秋景。白日猶閑[19],清宵更苦。

【中呂調·香風合纏令】煩惱知何限,悶答孩地獨自淚漣漣。身心俏似顛,相思悶轉添。守着燈兒坐,待收拾做些兒閑針綫,奈身心不苦歡[20],不苦歡!　　一雙春筍玉纖纖,貼兒裏拈綫[21],把繡針兒穿。行待紝針關[22],卻便紝針尖。欲待裁領衫兒段,把繫着的裙兒胡亂剪,胡亂剪!

【石榴花】覷着紅娘,認做張郎喚。認了多時自失歡,不惟道鬼病相持,更有邪神繳纏[23]。　　苦、苦!天、天!此愁何時免?鎮日思量穀萬千遍。算無緣得歡喜存活,只有分與煩惱爲冤。　　譬如對燈悶悶的坐,把似和衣强强的眠[24]。心頭暗發着願,願薄倖的冤家夢中見。爭奈按不下九曲回腸[25],合不定一雙業眼。

【尾】是前世裏債、宿世的冤[26],被你擔閣了人也張解元!

　　明年,張珙廷試,第三人及第[27]。

【校注】

[1]剗(chǎn 産)地:無端,平白無故地。　　[2]霧鬢斜軃(duǒ 朵):指頭髮斜垂,懶得梳理。霧鬢,女子蓬鬆的黑髮。　　[3]下梢:將來,以後。　　[4]大小:多少。明王驥德《新校注古本西廂記》云:“大小,北人鄉語謂多少。”　　[5]打疊:指振作。元佚名《紅繡鞋》曲:“强打疊精神怎過,思量的做不得生活。”[6]金篆:鐘鼎上所鑄的篆文字形,用來比喻繚繞的香煙。寶鼎獸爐:指鼎形和獸形的香爐。　　[7]爇(ruò 若):點燃。龍涎火:即龍涎香。一種名貴的香,香氣濃郁持久。　　[8]垛:碼起,摞起。　　[9]悄:静静地。照覷:照看,照料。子箇,即則箇,這裏意爲“一些”。　　[10]下得:也作“下的”。捨得,忍心。[11]金撥:彈琵琶用的金撥。　　[12]活撮:小冤業,猶言討厭的東西。　　[13]没亂煞:着急,心緒繚亂。煞,加重語氣。　　[14]摧挫:嗟歎,煩惱。宋柳永《鶴沖

天》：“悔恨無計那，迢迢良夜，自家只恁摧挫。”　　[15]止約：抑制，控制。
[16]淹：同“掩”，遮掩，遮蓋。這裏引申爲擦拭。　　[17]寶鑑：即寶鏡。對鏡子
的美稱。　　[18]浥破：浥，濕，濕潤。破，語助詞。　　[19]猶閑：也作“猶閑
可”，意爲還過得去。　　[20]不苦歡：不高興，不暢快。　　[21]貼兒：放置繡綫
的夾子。　　[22]紝針關：引綫穿過針孔。　　[23]繳纏：糾纏。元孫周卿《水仙
子·舟中》曲：“詩和雪繳纏，一笑琅然。”　　[24]把似：不如。元張可久《普天
樂·別情》曲：“把似當初休相識，今日倒省得別離。”强强：勉强。　　[25]九曲回
腸：比喻無限憂思。　　[26]宿世：前生，前世。　　[27]“第三”句：考取一甲第
三名。

【集評】

（明）胡應麟《少室山房筆叢》卷四一云：“《西廂記》雖出唐人《鶯鶯傳》，實本金
董解元。董曲今尚行世，精工巧麗，備極才情，而字字本色，言言古意，當是古今傳奇
鼻祖。金人一代文獻盡此矣。然其曲乃優人絃索彈唱者，非搬演雜劇也。”

（明）王驥德刊本《新校注古本西廂記》評語云：“董解元倡爲北詞，初變詩餘，用
韻尚間俗詞體。獨以俚俗口語譜入絃索，是詞家所謂‘本色’、‘當行’之祖。實甫再
變，粉飾婉媚，遂掩前人。大抵董質而俊，王雅而艷，千古而後，並稱兩絶。”

王國維《宋元戲曲考》四《宋之樂曲》：“唯此編每宮調中，多或十餘曲，少或一二
曲，即易他宮調，合若干宮調以詠一事，故謂之諸宮調。今録二三調以示其例（按：所
録《董西廂》卷六【黄鐘宮·出隊子】【尾】【仙吕調·點絳脣纏令】【瑞蓮兒】【風吹荷
葉】【尾】【仙吕調·賞花時】【尾】，曲文略）。此上八曲，已易三調，全書體例皆如是。
此於敍事最爲便利，蓋大曲等先有曲，而後人借以詠事。此則製曲之始，本爲敍事而
設，故宋金雜劇、院本中後亦用之，非徒供説唱之用而已。”

耶律楚材

【作者簡介】

耶律楚材（1190—1244），字晉卿，號湛然居士，又號玉泉老人。契丹族人，遼
東丹王突欲八世孫，金尚書右丞耶律履之子。生長於燕京（今北京）。曾爲金開州

同知。貞祐二年(1214)，金宣宗遷汴，完顏福興留守燕，辟爲掾，後仕左右司員外郎。元太祖成吉思汗定燕，聞其名，召見之。興定三年(1219)，扈從西征。太宗窩闊台時，官至中書令。乃馬真后三年(1244)卒，年五十五。至順元年(1330)追封廣寧王，謚文正。楚材爲元初開國功臣之一，在建立蒙古王朝的政治制度、保存漢文化典籍和復興文教諸方面，均有卓越貢獻。故"論有元一代賢相，必以楚材爲稱首"(清汪由敦《松泉集》卷一一《敕撰元臣耶律楚材墓碑記》)。善詩文，有《湛然居士文集》十四卷。《元史》卷一四六、《新元史》卷一二七皆有傳。

西域河中十詠

其　　三

【題解】

此詩爲《十詠》的第三首。金宣宗興定三年(1219)，因中亞花剌子模王國殺蒙古使者，太祖鐵木真西征，耶律楚材隨行。金哀宗正大二年(1225)，太祖還行官，他仍留西域。四年，始奉詔赴燕京搜索經籍。他在前後共十年的異域生活中，寫下了不少詩篇，這些西域詩不但成爲他個人詩歌創作的高潮，而且爲後人研究中亞史提供了重要的史料。據王國維《耶律文正公年譜》，《西域河中十詠》作於金宣宗興定四年至元光元年間(1220—1222)，以組詩的形式歌詠了西域河中府的風土人情。這裏選録的第三首，用平易質樸的文字，讚美了當地"無輸課"、"不納租"的安寧生活，表達了詩人内心的新奇感受和喜悦。

　　寂寞河中府[1]，遐荒僻一隅[2]。葡萄垂馬乳，杷欖燦牛酥[3]。釀春無輸課[4]，耕田不納租。西行萬餘里，誰謂乃良圖[5]。

《湛然居士文集》卷六

【校注】

[1] 寂寞：清静，清閒。河中府：西遼康國八年(1141)取尋思干城(又作撒麻耳干)，名其城曰河中府，即今烏兹别克斯坦撒馬爾罕。耶律楚材《再用韻記西游事》首句"河中花木蔽春山"自注云："西域尋思干城，西遼目爲河中府。"(《湛然居士文集》卷四)　　[2] 遐荒：邊遠荒僻之地。隅：方。　　[3]"葡萄"二句：指馬乳葡萄低垂，杷欖仁燦若牛酥。耶律楚材《贈蒲察元帥七首》其六云："黯紫葡萄垂馬乳，輕黄杷欖燦牛酥。"(《湛然居士文集》卷五)唐段公路《北户録》卷三："葉護獻

馬乳葡萄,一房長二尺,子亦稍大,其色紫。"杷欖:植物名。其仁甘香如杏仁。耶律楚材《贈蒲察元帥七首》其二:"葡萄架底葡萄酒,杷欖花前杷欖仁。"燦:鮮艷、鮮明的樣子。牛酥:從牛奶中提煉出來的酥油。　　　[4]春:古時多以"春"爲酒名,這裏代指"酒"。輸課:納税。輸,交納。課,賦税。　　　[5]"誰謂"句:此組詩多表達其安於居此河中府之意。《十詠》其二:"天涯獲此樂,終老又何如?"其十:"一從西到此,更不憶吾鄉。"可參看。此"乃"字疑爲"非"字之訛。良圖:好的謀略。

【集評】

　　(清)紀昀等《四庫全書總目》卷一一六《湛然居士集》:"今觀其詩,語皆本色,惟意所如,不以研鍊爲工。雖時時出入内典,而大旨必歸於風教。"

　　王國維《耶律文正公年譜餘記》:"《湛然集》中律詩以入聲作平聲者,凡數十見。此決非訛字,亦非拗體,蓋公習用方言,不自覺其爲聲病也。公爲詩在三十以後,及官既高,人亦無以此告公者,遂有此病。"

郝　經

【作者簡介】

　　郝經(1223—1275),字伯常。澤州陵川(今山西晉城)人。金亡,徙順天(今北京),爲守帥賈輔、張柔延爲上客,得於二家博覽群籍。元憲宗二年(1252),忽必烈以皇弟開邸金蓮川,召郝經諮詢經國安民之道,遂留王府。世祖(忽必烈)即位,以郝經爲翰林侍讀學士,佩金虎符,充國信使使宋,被南宋賈似道羈留真州(今江蘇儀徵)十六年。至元十一年(1274),伯顏南征,始得北還。十二年至燕京,七月病卒,年五十三。謚文忠。有《陵川集》三十九卷。"其文豐蔚豪宕,善議論。詩多奇崛"(《元史》本傳)。《元史》卷一五七、《新元史》卷一六八有傳。

落　花

【題解】

此詩作於郝經羈留真州(今江蘇儀徵)時。全詩歎息落紅遍地,關山夢遠,借對春色的留戀,慰藉自己的思鄉之情。詩句對仗工整,意象淒婉。"桃李東風"二句,也有人認爲宜於小令,若以之入詩,則"氣格卑矣"(參見清張德瀛《詞徵》)。

彩雲紅雨暗長門[1],翡翠枝餘蕚綠痕[2]。桃李東風蝴蝶夢[3],關山明月杜鵑魂[4]。玉欄煙冷空千樹[5],金谷香銷漫一樽[6]。狼藉滿庭君莫掃,且留春色到黃昏。

《陵川集》卷一三

【校注】

[1]"彩雲紅雨"句:繁花飄落,使羈居之人黯然傷神。彩雲:這裏形容花開爛漫。宋邵雍《內鄉天春亭》:"內鄉有園名天春,春時桃李如彩雲。"紅雨:形容花瓣紛紛零落。長門:漢宮名。漢武帝的皇后陳阿嬌失寵後冷居於此。這裏借指自己羈居的住處。　　[2]"翡翠"句:翠綠的枝條上只剩下綠色的花蕚。餘:剩下,殘留。
[3]"桃李"句:指繁華春色猶如一場夢幻。蝴蝶夢:典出莊周夢蝶事。《莊子·齊物論》:"昔者莊周夢爲胡蝶,栩栩然胡蝶也,自喻適志與。不知周也。俄然覺,則蘧蘧然周也。不知周之夢爲胡蝶與,胡蝶之夢爲周與?周與胡蝶,則必有分矣。此之謂物化。"後常以"蝴蝶夢"比喻迷離恍惚的夢境或虛幻之事。關於"桃李東風"二句,金元好問《續夷堅志》卷三《張女鳳慧》:"順天張萬戶德明第八女,小字度娥。資質秀爽,眼尾入髩……其屬對才思敏捷,無小兒女子語:'睡思昏昏如醉思,閨心寂寂似禪心。桃李東風蝴蝶夢,關上明月杜鵑魂。'識者謂此詩不佳。後日果得病,又四日亡,甫九歲。郝伯常爲詩弔之。"郝經悼張女詩未見,或即此詩,託爲張女所作,亦未可知。　　[4]"關山"句:言關山萬里,明月冷照,歸思夢裏。杜鵑:又名杜宇、子規。初夏時晝夜啼叫,其聲似"不如歸去"。　　[5]玉欄:欄杆的美稱。空:岑寂。　　[6]金谷香銷:指繁華殆盡。金谷,晉石崇所築的名園。漫:隨意,胡亂。樽:酒杯。

【集評】

（清）顧嗣立《元詩選》初集《陵川集》：“史稱其文豐蔚豪宕,詩多奇崛,今觀其集信然。而真州諸作,尤極悽惋。”

（清）紀昀等《四庫全書總目》卷一六六《陵川集》：“其文雅健雄深,無宋末膚廓之習。其詩亦神思深秀,天骨挺拔,與其師元好問可以雁行,不但以忠義著也。”

王實甫

【作者簡介】

王實甫,名德信（據天一閣本《録鬼簿》誤鈔作“德名信”）,大都（今北京）人。生平事迹不詳。有的學者認爲,他的創作年代與關漢卿同時或者略早（見徐朔方《説戲曲》,上海古籍出版社 2000 年版）。所作雜劇十四種,僅存《西廂記》、《麗春園》、《破窑記》三種;《芙蓉亭》、《販茶船》只有殘曲。擅長寫“兒女風情”,以《西廂記》最負盛名,賈仲明【淩波仙】吊曲譽之爲“天下奪魁”之作（《録鬼簿》卷上）。明清刊印本甚多,今通行者有王季思校注、張人和集評本（上海古籍出版社 1987年）、張燕瑾校注本（人民文學出版社 1994 年）。

西 廂 記

巧　　辯

【題解】

《西廂記》是王實甫在《董解元西廂記》的基礎上再創作的作品,作者對“父母之命,媒妁之言”的封建婚姻表示强烈的不滿,熱情嚮往、追求“願普天下有情的都成了眷屬”的愛情理想。全劇共五本二十一折,這裏所選的是第四本第二折,題一作“拷紅”。此折寫鶯鶯和張生的幽期被發現,老夫人拿紅娘是問,於是紅娘與老夫人展開了一場正面交鋒,將全劇的戲劇衝突推向高潮。機智聰明的紅娘審時度勢,先避開老夫人咄咄逼人的氣勢,以退爲進,然後,再以“辱没相國家譜”、“治家不嚴”和“忘恩背義”三大罪責相追問,迫使老夫人不得不權衡利害,爲避免“出乖弄醜”,只好息事寧人,答應鶯鶯和張生的婚事。這折戲以紅娘主唱,曲白犀利曉暢,風趣幽默,成功地塑造了婢女紅娘光彩奪目的藝術形象。

（夫人引俫上，云[1]）這幾日竊見鶯鶯語言恍惚，神思加倍，腰肢體態，比向日不同。莫不做下來了麼[2]？（俫云）前日晚夕，奶奶睡了，我見姐姐和紅娘燒香，半晌不回來，我家去睡了。（夫人云）這椿事都在紅娘身上。喚紅娘來！（俫喚紅科）（紅云）哥哥喚我怎麼？（俫云）奶奶知道你和姐姐去花園裏去，如今要打你哩。（紅云）呀！小姐，你帶累我也[3]！小哥哥，你先去，我便來也。（紅喚旦科）（紅云）姐姐，事發了也。老夫人喚我哩，卻怎了？（旦云）好姐姐，遮蓋咱！（紅云）娘呵，你做的穩秀者[4]，我道你做下來也。（旦念）月圓便有陰雲蔽，花發須教急雨催。（紅唱）

【越調·鬭鵪鶉】則着你夜去明來，到有個天長地久。不爭你握雨攜雲[5]，常使我提心在口[6]。則合帶月披星[7]，誰着你停眠整宿？老夫人心教多[8]，情性傷[9]；使不着我巧語花言，將沒做有。

【紫花兒序】老夫人猜那窮酸做了新婿，小姐做了嬌妻，這小賤人做了撮頭[10]。俺小姐這些時春山低翠[11]，秋水凝眸，別樣的都休，試把你裙帶兒拴，紐門兒扣，比着你舊時肥瘦，出落得精神[12]，別樣的風流。

（旦云）紅娘，你到那裏，小心回話者！（紅云）我到夫人處，必問："這小賤人，

【金蕉葉】我着你但去處行監坐守，誰着你迤逗的胡行亂走[13]？"若問着此一節呵如何訴休？你便索與他個"知情"的犯由[14]。

姐姐，你受責理當，我圖甚麼來？

【調笑令】你繡幃裏效綢繆，倒鳳顛鸞百事有。我在窗兒外幾曾輕咳嗽，立蒼苔將繡鞋兒冰透。今日個嫩皮膚倒將粗棍抽，姐姐呵，俺這通股勤的着甚來由？

姐姐在這裏等着，我過去。說過呵，休歡喜；說不過，休煩惱。（紅見夫人科）（夫人云）小賤人，為甚麼不跪下！你知罪麼？（紅跪云）紅娘不知罪。（夫人云）你故自口強哩[15]。若實說呵，饒你；若不實說呵，我直打死你這個賤人！誰着你和小姐花園裏

去來？（紅云）不曾去，誰見來？（夫人云）歡郎見你去來，尚故自
推哩。（打科）（紅云）夫人休閃了手[16]，且息怒停嗔，聽紅娘説。

【鬼三台】夜坐時停了針繡，共姐姐閑窮究[17]，説張生哥哥病久。咱
兩個背着夫人，向書房問候。（夫人云）問候呵，他説甚麼？（紅云）他
説來，道"老夫人事已休，將恩變爲仇，着小生半途喜變做憂"。他道：
"紅娘你且先行，教小姐權時落後[18]。"

　　（夫人云）他是個女孩兒家，着他落後怎麼！（紅唱）

【禿廝兒】我則道神針法灸，誰承望燕侶鶯儔[19]。他兩個經今月餘則
是一處宿，何須你一一問緣由？

【聖藥王】他每不識憂，不識愁，一雙心意兩相投。夫人得好休，便好
休，這其間何必苦追求？常言道"女大不中留"[20]。

　　（夫人云）這端事都是你個賤人[21]。（紅云）非是張生小姐紅娘
之罪，乃夫人之過也。（夫人云）這賤人倒指下我來，怎麼是我之
過？（紅云）信者人之根本，"人而無信，不知其可也。大車無輗，
小車無軏，其何以行之哉？"[22]當日軍圍普救，夫人所許退軍者，
以女妻之。張生非慕小姐顏色，豈肯區區建退軍之策？兵退身
安，夫人悔卻前言，豈得不爲失信乎？既然不肯成其事，祇合酬
之以金帛，令張生捨此而去。卻不當留請張生於書院，使怨女曠
夫[23]，各相早晚窺視，所以夫人有此一端。目下老夫人若不息其
事，一來辱没相國家譜；二來張生日後名重天下，施恩於人，忍令
反受其辱哉？使至官司[24]，老夫人亦得治家不嚴之罪。官司若
推其詳，亦知老夫人背義而忘恩，豈得爲賢哉？紅娘不敢自
專[25]，乞望夫人台鑒：莫若恕其小過，成就大事，摑之以去其
污[26]，豈不爲長便乎？

【麻郎兒】秀才是文章魁首[27]，姐姐是仕女班頭[28]；一個通徹三教九
流[29]，一個曉盡描鸞刺繡。

【么篇】世有、便休、罷手[30]，大恩人怎做敵頭[31]？起白馬將軍故友，
斬飛虎叛賊草寇[32]。

【絡絲娘】不爭和張解元參辰卯酉[33]，便是與崔相國出乖弄醜。到底
干連着自己骨肉，夫人索窮究。

（夫人云）這小賤人也道得是。我不合養了這個不肖之女^[34]。待經官呵，玷辱家門。罷罷！俺家無犯法之男，再婚之女，與了這廝罷。紅娘，喚那賤人來！（紅見旦）且喜姐姐，那棍子則是滴溜溜在我身上，吃我直說過了^[35]。我也怕不得許多，夫人如今喚你來，待成合親事。（旦云）羞人答答的，怎麼見夫人？（紅云）娘根前有甚麼羞？

【小桃紅】當日個月明才上柳梢頭，卻早人約黃昏後^[36]。羞的我腦背後將牙兒襯着衫兒袖。猛凝眸，看時節則見鞋底尖兒瘦。一個恣情的不休，一個啞聲兒厮耨^[37]。呸！那其間可怎生不害半星兒羞？

（旦見夫人科）（夫人云）鶯鶯，我怎生擡舉你來，今日做這等的勾當；則是我的業障^[38]，待怨誰的是！我待經官來，辱沒了你父親，這等事不是俺相國人家的勾當。罷罷罷！誰似俺養女的不長俊^[39]！紅娘，書房裏喚將那禽獸來！（紅喚末科）（末云）小娘子喚小生做甚麼？（紅云）你的事發了也，如今夫人喚你來，將小姐配與你哩。小姐先招了也，你過去。（末云）小生惶恐，如何見老夫人？當初誰在老夫人行說來？（紅云）休佯小心，過去便了。

【小桃紅】既然泄漏怎干休？是我相投首^[40]。俺家裏陪酒陪茶到擱就^[41]。你休愁，何須約定通媒媾？我棄了部署不收^[42]，你元來"苗而不秀"^[43]。呸！你是個銀樣鑞鎗頭^[44]。

（末見夫人科）（夫人云）好秀才呵，豈不聞"非先王之德行不敢行"^[45]。我待送你去官司裏去來，恐辱沒了俺家譜。我如今將鶯鶯與你爲妻，則是俺三輩兒不招白衣女壻^[46]，你明日便上朝取應去^[47]。我與你養着媳婦，得官呵，來見我；駁落呵^[48]，休來見我。（紅云）張生早則喜也。

【東原樂】相思事，一筆勾，早則展放從前眉兒皺，美愛幽歡恰動頭^[49]。既能够，張生，你覷兀的般可喜娘龐兒也要人消受。

（夫人云）明日收拾行裝，安排果酒，請長老一同送張生到十里長亭去。（旦念）寄語西河堤畔柳，安排青眼送行人^[50]。（同夫人下）（紅唱）

【收尾】來時節畫堂簫鼓鳴春晝，列着一對兒鸞交鳳友。那其間才受

你説媒紅^[51]，方吃你謝親酒^[52]。（并下）

　　　　　　　　　　　　　　　　　　　　　　　《西廂記》

【校注】

[1]俠：俠兒，元雜劇中扮演兒童的角色，這裏指鶯鶯的弟弟歡郎。　　　[2]做下來：出了事，出了問題。指鶯鶯和張生的幽會私通。　　　[3]帶累：連累，拖累。

[4]穩秀：妥帖隱蔽，穩妥秘密。　　　[5]不争：祇因爲。　　　[6]提心在口：形容内心懼怕。　　　[7]“則合”句：就應該趁着星月回來。帶月披星：指早出晚歸，這裏偏於“早歸”。　　　[8]教：較。　　　[9]㑳（zhòu 紂）：固執，剛愎。金董解元《西廂記諸宮調》卷三：“不提防夫人情性㑳，抖下臉兒來不害羞。”　　　[10]捽頭：男女關係的牽綫人。　　　[11]春山：形容女子的秀眉。　　　[12]出落：顯出。

[13]迤逗：引逗，勾引。　　　[14]犯由：罪狀。　　　[15]故自：尚自。　　　[16]閃了手：扭傷了手。　　　[17]窮究：聊天，談論。　　　[18]權時：暫時。落後：留下。元施惠《幽閨記》第十一齣：“聽人報軍馬近城，國主遷都汴，今晚庶民，不許一人落後在京輦。”　　　[19]燕侣鶯儔：形容男女歡愛猶如燕鶯和諧相伴。　　　[20]女大不中留：參見《董解元西廂記》注。　　　[21]端：種，類。　　　[22]“人而無信”五句：語出《論語·爲政》。説明人無誠信，就不可能立身行事。　　　[23]怨女曠夫：已到婚齡而無合適配偶的青年男女。　　　[24]官司：指官府。　　　[25]自專：獨斷獨行，自以爲是。　　　[26]捼（ruó 若陽平）：遷就。　　　[27]魁首：首領。猶言第一。　　　[28]班頭：頭領，領袖。　　　[29]通徹：通曉，貫通。　　　[30]世有、便休、罷手：意謂世上既有這種事，能罷休就住手，不必再追究。　　　[31]敵頭：對頭。　　　[32]“起白馬將軍”二句：草寇孫飛虎匡困普救寺，欲擄鶯鶯爲妻，張生修書一封，向駐守蒲關的故友白馬將軍杜確求救，遂解普救寺之危。見《西廂記》第二本第一折和楔子。　　　[33]參辰卯酉：比喻衝突、對立。參見《救風塵》注。

[34]不肖：原意是兒子不似父親，後引申爲子孫不孝，不成材。　　　[35]吃：被。

[36]“月明才上柳梢頭”二句：語本宋歐陽修《生查子·元夕》詞：“月上柳梢頭，人約黄昏後。”　　　[37]廝耨（nòu 鎒）：指男女相狹昵。徐渭《南詞叙録》：“北人謂相昵爲耨。”　　　[38]業障：佛教指防礙修行的罪惡。後常用來責備不肖子弟。

[39]長俊：長進，有出息。　　　[40]投首：自首。　　　[41]“俺家裏”句：古代由男家備茶酒作爲聘禮向女家求婚，現在反而由俺崔家倒陪酒陪茶來遷就你。

[42]我棄了部署不收：意爲我情願放棄當這個教師，不再收你這個無用的徒弟。部署，宋元時教習槍棒的教師。　　　[43]苗而不秀：語出《論語·子罕》：“苗而不秀者，有矣夫。”苗兒長得好但不秀穗。比喻徒有其表，而無實際本領的人。

[44]銀樣鑞鎗頭:錫做的槍頭看似漂亮實不銳利,比喻中看不中用。鑞(là 辣),即錫鑞,一種鉛和錫的合金。　　[45]"非先王"句:語出《孝經·卿大夫》,意爲不符合先王道德標準的事不敢去做。　　[46]白衣:這裏指没有功名或官職的人。[47]取應:應試,求取功名。　　[48]駁落:落第。　　[49]恰動頭:指歡愛剛剛開始。　　[50]青眼:柳眼,指初生的柳樹嫩葉。這裏一語雙關,暗用晉代阮籍青白眼的故事。他對喜愛的人以青眼(黑眼珠)相視,反之則以白眼相對,見《世説新語·簡傲》。　　[51]説媒紅:指感謝媒人的花紅財禮。　　[52]謝親酒:宋元風俗,婚後次日或三日、七日,新婿往女家行拜門禮,設筵宴請岳父母及媒人,謂謝親酒。

西 廂 記

送　別

【題解】

　　這裏所選的是第四本第三折。此折寫老夫人雖然同意崔、張結合,但以"俺三輩兒不招白衣女婿"爲由,迫令張生上京應試。鶯鶯、紅娘、老夫人等至十里長亭爲張生餞行。劇情在"離人傷感"和"暮秋天氣"的獨特情境裏展開,將鶯鶯的所見、所感、所想,通過【正官·端正好】大套唱曲盡情傾訴出來,表現了這對戀人離别之際的悲傷和痛苦。作品還從鶯鶯的依戀、怨恨、叮囑和憂慮等多個層面,充分揭示了她豐富細膩的内心世界,使這個女主人公的藝術形象更加豐滿和生動。作者善於汲取和化用古人詩詞,注意提煉民間口語,因而曲詞優美典雅,對白質樸流利,敍事、寫景和抒情融爲一體,達到了爐火純青、出神入化的境界,爲古典劇詩的語言樹立了典範。像【端正好】、【叨叨令】、【收尾】等曲已經成爲膾炙人口的千古絶唱。

　　(夫人、長老上,云)今日送張生赴京,十里長亭,安排下筵席。我和長老先行,不見張生小姐來到。(旦、末、紅同上)(旦云)今日送張生上朝取應,早是離人傷感,況值那暮秋天氣,好煩惱人也呵!悲歡聚散一杯酒,南北東西萬里程。

【正官·端正好】碧雲天,黄花地[1],西風緊,北雁南飛。曉來誰染霜林醉[2]?總是離人淚。

【滚繡球】恨相見得遲,怨歸去得疾。柳絲長玉驄難繫[3],恨不倩疏林掛住斜暉[4]。馬兒迍迍的行，車兒快快的隨[5]，卻告了相思回避，破題兒又早別離[6]。聽得一聲去也，鬆了金釧[7]；遙望見十里長亭，減了玉肌。此恨誰知[8]？

（紅云）姐姐今日怎麼不打扮？（旦云）你那知我的心裏呵？

【叨叨令】見安排着車兒、馬兒，不由人熬熬煎煎的氣；有甚麼心情花兒、靨兒[9]，打扮的嬌嬌滴滴的媚；準備着被兒、枕兒，則索昏昏沈沈的睡；從今後衫兒、袖兒，都搵做重重疊疊的淚[10]。兀的不悶殺人也麼哥！兀的不悶殺人也麼哥！久已後書兒、信兒，索與我恓恓惶惶的寄。

（做到，見夫人科）（夫人云）張生和長老坐，小姐這壁坐，紅娘將酒來。張生，你向前來，是自家親眷，不要迴避。俺今日將鶯鶯與你，到京師休辱末了俺孩兒[11]，掙揣一個狀元回來者[12]。（末云）小生託夫人餘蔭[13]，憑着胸中之才，視官如拾芥耳[14]。（潔云[15]）夫人主見不差，張生不是落後的人[16]。（把酒了，坐）（旦長吁科）

【脫布衫】下西風黃葉紛飛，染寒煙衰草萋迷[17]。酒席上斜簽着坐的[18]，蹙愁眉死臨侵地[19]。

【小梁州】我見他閣淚汪汪不敢垂[20]，恐怕人知；猛然見了把頭低，長吁氣，推整素羅衣[21]。

【么篇】雖然久後成佳配，奈時間怎不悲啼[22]。意似癡，心如醉，昨宵今日，清減了小腰圍。

（夫人云）小姐把盞者！（紅遞酒，旦把盞長吁科，云）請吃酒！

【上小樓】合歡未已，離愁相繼。想着俺前暮私情，昨夜成親，今日別離。我諗知這幾日相思滋味[23]，卻元來此別離情更增十倍。

【么篇】年少呵輕遠別，情薄呵易棄擲。全不想腿兒相挨，臉兒相偎，手兒相攜。你與俺崔相國做女婿，妻榮夫貴，但得一個并頭蓮[24]，煞強如狀元及第。

（紅云）姐姐不曾吃早飯，飲一口兒湯水。（旦云）紅娘，甚麼湯水咽得下！

【滿庭芳】供食太急，須臾對面，頃刻別離。若不是酒席間子母每當廻避，有心待與他舉案齊眉。雖然是廝守得一時半刻[25]，也合着俺夫妻每共桌而食。眼底空留意[26]，尋思起就裏，險化做望夫石。

（夫人云）紅娘把盞者！（紅把酒科）（旦唱）

【快活三】將來的酒共食，嘗着似土和泥，假若便是土和泥，也有些土氣息，泥滋味。

【朝天子】煖溶溶玉醅[27]，白泠泠似水，多半是相思淚。眼面前茶飯怕不待要吃[28]，恨塞滿愁腸胃。"蝸角虛名，蠅頭微利"[29]，拆鴛鴦在兩下裏。一個這壁，一個那壁，一遞一聲長吁氣[30]。

（夫人云）輛起車兒[31]，俺先回去，小姐隨後和紅娘來。（下）（末辭潔科）（潔云）此一行別無話兒，貧僧準備買登科錄看[32]，做親的茶飯少不得貧僧的。先生在意[33]，鞍馬上保重者！從今經懺無心禮[34]，專聽春雷第一聲[35]。（下）（旦唱）

【四邊靜】霎時間杯盤狼藉，車兒投東，馬兒向西，兩意徘徊，落日山橫翠。知他今宵宿在那裏？有夢也難尋覓。

張生，此一行得官不得官，疾便回來[36]。（末云）小生這一去白奪一個狀元，正是"青霄有路終須到，金榜無名誓不歸"[37]。（旦云）君行別無所贈，口占一絕[38]，為君送行："棄擲今何在，當時且自親。還將舊來意，憐取眼前人。"（末云）小姐之意差矣，張珙更敢憐誰？謹賡一絕[39]，以剖寸心[40]："人生長遠別，孰與最關情？不遇知音者，誰憐長歎人？"（旦唱）

【耍孩兒】淋漓襟袖啼紅淚，比司馬青衫更濕[41]。伯勞東去燕西飛[42]，未登程先問歸期。雖然眼底人千里，且盡生前酒一杯[43]。未飲心先醉[44]，眼中流血，心裏成灰。

【五煞】到京師服水土，趁程途節飲食[45]，順時自保揣身體[46]。荒村雨露宜眠早，野店風霜要起遲！鞍馬秋風裏，最難調護，最要扶持[47]。

【四煞】這憂愁訴與誰？相思祇自知，老天不管人憔悴。淚添九曲黃河溢，恨壓三峰華嶽低[48]。到晚來悶把西樓倚，見了些夕陽古道，衰柳長堤。

【三煞】笑吟吟一處來，哭啼啼獨自歸。歸家若到羅幃裏，昨宵個繡衾香暖留春住，今夜個翠被生寒有夢知。留戀你別無意，見據鞍上馬[49]，閣不住淚眼愁眉。

（末云）有甚言語囑付小生咱？（旦唱）

【二煞】你休憂"文齊福不齊"[50]，我則怕你"停妻再娶妻"。休要"一春魚雁無消息"[51]！我這裏青鸞有信頻須寄[52]，你卻休"金榜無名誓不歸"。此一節君須記，若見了那異鄉花草，再休似此處棲遲[53]。

（末云）再誰似小姐，小生又生此念？（旦唱）

【一煞】青山隔送行，疏林不做美，淡煙暮靄相遮蔽。夕陽古道無人語，禾黍秋風聽馬嘶。我爲甚麼懶上車兒內，來時甚急，去後何遲？

（紅云）夫人去好一會，姐姐，咱家去！（旦唱）

【收尾】四圍山色中，一鞭殘照裏。遍人間煩惱填胸臆，量這些大小車兒如何載得起[54]？

（旦、紅下）（末云）僕童趕早行一程兒，早尋個宿處。淚隨流水急，愁逐野雲飛。（下）

　　　　　　　　　　　　　　　　　　　　　　　　　　　　　《西廂記》

【校注】

[1]"碧雲天"二句：語出宋范仲淹《蘇幕遮》詞："碧雲天，黃葉地。"黃花：指菊花。
[2]霜林醉：形容深秋經霜的楓林像喝醉酒一樣通紅。　　[3]"柳絲長"句：比喻縱使情長也留不住遠行的張生。宋晏殊《踏莎行》詞："垂楊只解惹春風，何曾繫得行人住。"柳絲：古人送行，折柳贈別。玉驄：青白雜色的馬。　　[4]倩：請人替己辦事。　　[5]"馬兒"二句：迍（zhūn 諄）迍：行動緩慢，遲遲不前。明閔遇五《六幻西廂記五劇箋疑》："'迍迍行'，'快快隨'，馬是張騎，故欲其遲；車是崔坐，故欲其快。"　　[6]"卻告了"二句：清毛奇齡《毛西河論定西廂記》："回避，謂告退；破題，謂起頭。言相思纔了，別離又起也。"破題：古代科舉考試所作的詩賦和經義，開頭數句須點破題義，稱爲破題。後引申爲開始、開頭。　　[7]鬆了金釧：極言人消瘦，所戴金鐲似乎要鬆脱。　　[8]此恨誰知：語出宋秦觀《畫堂春》詞："放花無語對斜暉，此恨誰知。"恨，遺憾。　　[9]花兒：用金翠珠寶製成的各種首飾，如金步搖、翠翹、珠翠金銀寶鈿等。靨兒：即靨鈿，古代婦女面頰的花鈿裝飾。以綵紙或金屬薄片剪成花鳥形狀貼於面頰；或以胭脂描畫，宋辛棄疾《破陣子·趙晉臣敷文幼女縣主覓詞》："天上人間真福相，畫就描成好靨兒。行時嬌更遲。"
[10]搵（wèn 問）：擦拭。　　[11]辱末：即辱没。　　[12]挣揣：勉力争得。
[13]餘蔭：前輩惠及子孫的恩澤。這裏指託老夫人的福。　　[14]視官如拾芥：指得官非常容易，如同俯拾地上的草芥。芥，小草，比喻細微的事物。　　[15]潔：

潔郎，即和尚。指普救寺長老法本。　　［16］落後：這裏指遺忘、忘掉。元楊梓《霍光鬼諫》第三折：“幾句話，記在心頭，休教落後。”　　［17］蕭迷：景物凄涼，模糊不清。　　［18］斜簽着坐的：側身斜坐。表示敬重或畏懼。指張生。［19］死臨侵地：無精打采的樣子。　　［20］閣：含，噙。元關漢卿《沈醉東風》：“手執着餞行杯，眼閣着別離淚。”　　［21］推整：借故整理，假裝整理。［22］時間：指眼下，目前。　　［23］諗（shěn 沈）知：深知。　　［24］并頭蓮：比喻恩愛夫妻。　　［25］厮守：相守。　　［26］留意：注意。這裏指傳遞情意。［27］玉醅：美酒。　　［28］不待要：難道不，這裏指没心思，懶得。説見常虹《〈西廂記〉中的内蒙河套方言》（《文學遺産》1982 年第 4 期）　　［29］蝸角虛名：比喻極微小的虛名。語出《莊子·則陽》：相傳蝸牛左右兩根觸角上，有觸國和蠻國，爲了争奪土地，互相厮殺，伏屍數萬。蠅頭微利：微不足道的小利。　　［30］一遞一聲：一聲接一聲。　　［31］輛起：套起，駕起。　　［32］登科録：科舉考試録取進士的姓名録。　　［33］在意：留心，注意。　　［34］經懺：佛教經文和懺悔文。禮：禮誦。　　［35］專聽春雷第一聲：專聽春試録取的喜訊。古代考進士的會試例在春天舉行，故把録取的消息比作“春雷第一聲”。　　［36］疾便：快點，早點。［37］“青霄”二句：民間諺語，形容對求取功名滿懷信心，不達目的的誓不回來。青霄：青天，比喻科舉高第。金榜：科舉時代公佈殿試録取名單的文告，因用黄紙書寫，故俗稱金榜。　　［38］口占：不經過打稿，隨口吟出。一絶：即下文“棄擲今何在”五言絶句，出自《會真記》。原是鶯鶯被張生抛棄後所寫的詩。此處藉以表達鶯鶯的一種試探和擔心。　　［39］賡：續作。指依原韻和詩。　　［40］剖：表白。［41］司馬青衫更濕：化用唐白居易《琵琶行》“江州司馬青衫濕”詩句。　　［42］伯勞東去燕西飛：語出樂府詩《東飛伯勞歌》：“東飛伯勞西飛燕。”後以“勞燕分飛”比喻别離。伯勞，鳥名。　　［43］生前：生離前。《九歌·少司命》：“悲莫悲兮生別離。”　　［44］未飲心先醉：語出唐劉禹錫《酬令狐相公杏園下飲有懷見寄》：“未飲心先醉，臨風思倍多。”　　［45］趂：同“趁”，趕。　　［46］“順時”句：意謂順應途中的氣候變化，注意保重自己的身體。揣身體：猶云弱身體（參看《詩詞曲語詞彙釋》卷五“囊揣”）。　　［47］扶持：服侍，照顧。　　［48］三峰：華山上的三座高峰，即蓮花峰、毛女峰、松檜峰。　　［49］據鞍：跨鞍。　　［50］文齊福不齊：當時的諺語，意爲文才雖好而時運不濟。元無名氏《百花亭》第三折：“俺也是文齊福不齊，你正是官不威牙爪威。”　　［51］一春魚雁無消息：語出宋無名氏《鷓鴣天·春閨》詞：“一春魚雁無消息，千里關山勞夢魂。”古有魚腹藏書、雁足傳信的説法，因此常用魚雁比喻書信。　　［52］青鸞：相傳青鳥爲西王母的報信使者，遂以青鸞爲信使。　　［53］棲遲：留戀，留連。　　［54］大小：這裏是偏義詞，指小。

【集評】

（明）賈仲明《續録鬼簿·凌波仙》吊詞："風月營密匝匝列旌旗，鶯花寨明颩颩排劍戟，翠紅鄉雄赳赳施謀智。作詞章風韻美，士林中等輩伏低。新雜劇，舊傳奇，《西廂記》天下奪魁。"

（明）朱權《太和正音譜》："王實甫之詞，如花間美人。鋪敍委婉，深得騷人之趣，極有佳句，若玉環之出浴華清，緑珠之採蓮洛浦。"

（明）王驥德《新校注古本西廂記自序》："迨完顔時，董解元始演爲北詞，比之絃索，命曰《西廂》。然第搊彈家言，而匪登場之具也。於是實甫者起，沿用爨弄諸色，組織《董記》，倚之新聲。董詞初變詩餘，多榷樸而寡雅馴，實甫斟酌才情，緣飾藻艷，極其致於淺深濃淡之間，令前無作者，後掩來喆，遂擅千古絶調。自王公貴人，逮閭秀里孺，世無不知有所謂《西廂記》者。"

（清）李漁《閒情偶寄》"詞曲部"："一部《西廂》，止爲張君瑞一人，又止爲'白馬解圍'一事，其餘枝節皆從此一事而生。夫人之許婚，張生之望配，紅娘之勇於作合，鶯鶯之敢於失身，與鄭恒之力争原配而不得，皆由於此。是'白馬解圍'四字，即作《西廂記》之主腦也。"（"立主腦"）曰："吾於古曲之中，取其全本不懈，多瑜鮮瑕者，惟《西廂》能之。"（"詞采第二"）曰："自有《西廂》以迄於今四百餘載，推《西廂》爲填詞第一者，不知幾千萬人，而能歷指其所以爲第一之故者，獨出一金聖歎。""聖歎之評《西廂》，可謂晰毛辨髮，窮幽極微，無復有遺議於其間矣。然以予論之，聖歎所評，乃文人把玩之《西廂》，非優人搬弄之《西廂》也。文字之三昧，聖歎已得之；優人搬弄之三昧，聖歎猶有待焉。""聖歎之評《西廂》，其長在密，其短在拘，拘即密之已甚者也。無一句一字，不逆溯其源，而求命意之所在，是則密矣。"（《填詞餘論》）

關漢卿

【作者簡介】

關漢卿，生卒年不詳。由金入元的傑出雜劇作家。號已齋叟，大都（今北京）人，做過太醫院尹（元鍾嗣成《録鬼簿》），"太醫院尹"一作"太醫院户"。其活動地區主要在大都，後來到過揚州（今屬江蘇），元滅南宋後還去過臨安（今浙江杭州）。元熊自得《析津志·名宦傳》説他"生而倜儻，博學能文，滑稽多智，蘊藉風流，爲一時之冠"。經常出入瓦舍勾欄，與雜劇作家、演員交游甚契。又精通音律，擅長多種技藝，熟悉舞臺藝術，也能粉墨登場，被譽爲"驅梨園領袖，總編修帥首，撚雜劇班頭"（賈仲明【凌波仙】吊詞）。所作雜劇六十餘種，大多已經散佚，尚存《竇娥冤》、《望江亭》、《救風塵》、《單刀會》等十八種（其中有的作品，如《單鞭奪槊》、《五侯宴》等是否爲關氏所作，尚有疑議）。還作有散曲，今存小令五十七首，套曲十四套。吳曉鈴等編校爲《關漢卿戲曲集》（中國戲劇出版社 1958 年版），另有王學琦等《關漢卿全集校注》（河北教育出版社 1988 年版）。1958 年，關漢卿作爲世界文化名人被國內外廣泛紀念，國內有一千五百多個劇團同時上演他的劇作。

竇 娥 冤

【題解】

本篇選自《竇娥冤》第二折。《竇娥冤》全名《感天動地竇娥冤》，是關漢卿公案劇的代表作。此劇演竇娥三歲喪母，七歲其父將她抵債給蔡婆做童養媳，十七歲夫亡守寡，與婆婆相依爲命。蔡婆討債時險遭不測，被惡棍張驢兒父子救起。張驢兒威逼婆媳二人招贅他們父子，竇娥執意不從。蔡婆臥病想吃羊肚湯，張驢兒趁機下毒藥，不料被張父誤食身死。他遂將竇娥誣告到公堂，竇娥雖遭嚴刑逼供，但更害怕婆婆受刑，不得已違心招認，被含冤判斬。後來，其父出任廉訪使，竇娥鬼魂託夢，冤獄得以昭雪。此劇題材化用《漢書·于定國傳》、晉干寶《搜神記》卷十一"東海孝婦"的故事，借竇娥的人生悲劇表達作者對元代社會黑暗的憤怒，對現實的思考與批判。全劇由正旦竇娥唱四大套北曲，在生與死的衝突、正義與邪惡的較量中，她的形象得到鮮明生動的刻畫。第二折寫戲劇矛盾的進一步激化，揭露惡棍橫行和吏治腐敗，是釀成竇娥悲劇的社會根源。突出表現了竇娥的善良無辜和富於同情心，她寧肯自我犧牲也不向惡勢力低頭的鬥爭精神，爲第三折的戲劇高潮作了鋪墊。

（賽盧醫上[1]，詩云）小子太醫出身[2]，也不知道醫死多人；何嘗怕人告發，關了一日店門？在城有箇蔡家婆子，剛少的他二十兩花銀，屢屢親來索取，爭些撚斷脊筋[3]。也是我一時智短，將他賺到荒村，撞見兩箇不識姓名男子，一聲嚷道："浪蕩乾坤[4]，怎敢行兇撒潑，擅自勒死平民！"嚇得我丟了繩索，放開腳步飛奔。雖然一夜無事，終覺失精落魂。方知人命關天關地，如何看做壁上灰塵。從今改過行業，要得減罪修因[5]。將以前醫死的性命，一箇箇都與他一卷超度的經文。小子賽盧醫的便是。只爲要賴蔡婆婆二十兩銀子，賺他到荒僻去處，正待勒死他，誰想遇見兩箇漢子，救了他去。若是再來討債時節，教我怎生見他？常言道的好："三十六計，走爲上計。"喜得我是孤身，又無家小連累，不若收拾了細軟行李，打箇包兒，悄悄的躲到別處，另做營生，豈不乾净？（張驢兒上，云）自家張驢兒，可奈那竇娥百般的不肯隨順我[6]；如今那老婆子害病，我討服毒藥，與他喫了，藥死那老婆子，這小妮子好歹做我的老婆。（做行科[7]，云）且住，城裏人耳目廣，口舌多，倘見我討毒藥，可不嚷出事來？我前日看見南門外有箇藥鋪，此處冷静，正好討藥。（做行科，叫云）太醫哥哥，我來討藥的。（賽盧醫云）你討甚麼藥？（張驢兒云）我討服毒藥。（賽盧醫云）誰敢合毒藥與你[8]？這廝好大膽也！（張驢兒云）你真箇不肯與我藥麼？（賽盧醫云）我不與你，你就怎地我？（張驢兒做拖盧云）好呀，前日謀死蔡婆婆的，不是你來？你説我不認的你哩！我拖你見官去。（賽盧醫做慌科，云）大哥，你放我，有藥有藥。（做與藥科，張驢兒云）既然有了藥，且饒你罷。正是："得放手時須放手，得饒人處且饒人。"（下）（賽盧醫云）可不悔氣！剛剛討藥的這人，就是救那婆子的。我今日與了他這服毒藥去了，以後事發，越越要連累我；趁早兒關上藥鋪，到涿州賣老鼠藥去也[9]。（下）

（卜兒上[10]，做病伏几科）（孛老同張驢兒上[11]，云）老漢自到蔡婆婆家來，本望做箇接腳[12]，卻被他媳婦堅執不從。那婆婆一向收留俺爺兒兩箇在家同住，只説好事不在忙，等慢慢裏勸轉他媳婦；誰想他婆婆又害起病來。孩兒，你可曾算我兩箇的八字，紅鸞天喜幾時到命哩[13]？（張驢兒云）要看什麼天喜到命！只睹本事[14]，做得去自去做。（孛老云）孩兒也，蔡婆婆害病好幾日了，我與你去問病波。（做見卜兒問科，云）婆婆，你今日病體如何？（卜兒云）我身子十分不快哩。（孛老云）你可想些甚麼喫？（卜兒云）我思量些羊膟兒湯喫[15]。（孛老云）孩兒，你對竇娥説，做些羊膟兒湯與婆婆喫。（張驢兒向古門云[16]）竇娥，婆婆想羊腤兒湯喫,快安排將來[17]。(正旦持湯上[18],云)妾身竇娥是也。有俺婆婆不快,想羊腤湯喫,我親自安排了與婆婆喫去。婆婆也,我這寡婦人家,凡事也要避些嫌疑,怎好收留那張驢兒父子兩箇?非親非眷的,一家兒同住,豈不惹外人談議?婆婆也,你莫要背地裏許了他親事,連我也累做不清不潔的。我想這婦人心好難保也呵!(唱)

【南呂·一枝花】他則待一生鴛帳眠,那裏肯半夜空房睡;他本是張郎婦,又做了李郎妻。有一等婦女每相隨,並不說家克計[19],則打聽些閒是非;說一會不明白打鳳的機關,使了些調虛囂撈龍的見識[20]。

【梁州第七】這一箇似卓氏般當壚滌器[21],這一箇似孟光般舉案齊眉[22];說的來藏頭蓋腳多伶俐[23]!道着難曉,做出纔知。舊恩忘卻,新愛偏宜;墳頭上土脈猶濕,架兒上又換新衣。那裏有奔喪處哭倒長城[24]?那裏有浣紗時甘投大水[25]?那裏有上山來便化頑石[26]?可悲,可恥!婦人家直恁的無仁義[27],多淫奔,少志氣;虧殺前人在那裏,更休說本性難移。

(云)婆婆,羊腤兒湯做成了,你喫些兒波。(張驢兒云)等我拿去。(做接嘗科,云)這裏面少些鹽醋,你去取來。(正旦下)(張驢兒放藥科)(正旦上,云)這不是鹽醋?(張驢兒云)你傾下些。(正旦唱)

【隔尾】你說道少鹽欠醋無滋味,加料添椒纔脆美。但願娘親蚤痊濟,飲羹湯一杯,勝甘露灌體,得一個身子平安倒大來喜[28]。

(孛老云)孩兒,羊腤湯有了不曾?(張驢兒云)湯有了,你拿過去。(孛老將湯云)婆婆,你喫些湯兒。(卜兒云)有累你。(做嘔科,云)我如今打嘔,不要這湯喫了,你老人家喫罷。(孛老云)這湯特做來與你喫的,便不要喫,也喫一口兒。(卜兒云)我不喫了,你老人家請喫。(孛老吃科)(正旦唱)

【賀新郎】一箇道你請喫,一箇道婆先喫,這言語聽也難聽,我可是氣也不氣!想他家與咱家,有甚的親和戚?怎不記舊日夫妻情意,也曾有百縱千隨?婆婆也,你莫不為黃金浮世寶,白髮故人稀[29],因此上把舊恩情全不比新知契[30]?則待要百年同墓穴,那裏肯千里送寒衣。

（孛老云）我喫下這湯去，怎覺昏昏沉沉的起來？（做倒科）（卜兒慌科，云）你老人家放精神着[31]，你扎挣着些兒。（做哭科，云）兀的不是死了也！（正旦唱）

【鬥蝦蟆】空悲戚，没理會，人生死，是輪迴[32]。感着這般病疾，值着這般時勢，可是風寒暑濕，或是飢飽勞役，各人證候自知[33]。人命關天關地，别人怎生替得，壽數非干今世。相守三朝五夕，説甚一家一計[34]。又無羊酒段匹，又無花紅財禮[35]；把手爲活過日，撒手如同休棄[36]。不是竇娥忤逆，生怕旁人論議。不如聽咱勸你，認箇自家悔氣。割捨的一具棺材停置，幾件布帛收拾，出了咱家門裏，送入他家墳地。這不是你那從小兒年紀指腳的夫妻[37]。我其實不關親，無半點恓惶淚[38]。休得要心如醉，意似癡，便這等嗟嗟怨怨，哭哭啼啼。

（張驢兒云）好也囉！你把我老子藥死了，更待干罷！（卜兒云）孩兒，這事怎了也？（正旦云）我有什麽藥在那裏，都是他要鹽醋時，自家傾在湯兒裏的。（唱）

【隔尾】這廝搬調咱老母收留你[39]，自藥死親爺待要諕嚇誰？（張驢兒云）我家的老子，倒説是我做兒子的藥死了，人也不信。（做叫科，云）四鄰八舍聽着：竇娥藥殺我家老子哩。（卜兒云）罷麽，你不要大驚小怪的，嚇殺我也。（張驢兒云）你可怕麽？（卜兒云）可知怕哩。（張驢兒云）你要饒麽？（卜兒云）可知要饒哩。（張驢兒云）你教竇娥隨順了我，叫我三聲的的親親的丈夫，我便饒了他。（卜兒云）孩兒也，你隨順了他罷。（正旦云）婆婆，你怎説這般言語！（唱）我一馬難將兩鞍鞴[40]，想男兒在日，曾兩年匹配，卻教我改嫁别人，其實做不得。

（張驢兒云）竇娥，你藥殺了俺老子，你要官休？要私休？（正旦云）怎生是官休？怎生是私休？（張驢兒云）你要官休呵，拖你到官司[41]，把你三推六問[42]，你這等瘦弱身子，當不過拷打，怕你不招認藥死我老子的罪犯！你要私休呵，你早些與我做了老婆，倒也便宜了你。（正旦云）我又不曾藥死你老子，情願和你見官去來。（張驢兒拖正旦、卜兒下）

（净扮孤引祗候上[43]，詩云）我做官人勝别人，告狀來的要金銀；若是上司當刷卷[44]，在家推病不出門。下官楚州太守桃杌是也^[45]。今早升廳坐衙，左右，喝撺廂^[46]。（祗候幺喝科）（張驢兒拖正旦、卜兒上，云）告狀告狀。（祗候云）拏過來。（做跪見。孤亦跪科，云）請起。（祗候云）相公，他是告狀的，怎生跪着他？（孤云）你不知道，但來告狀的，就是我衣食父母。（祗候幺喝科。孤云）那箇是原告？那箇是被告？從實説來。（張驢兒云）小人是原告張驢兒，告這媳婦兒，喚做竇娥，合毒藥下在羊肚湯兒裏，藥死了俺的老子。這箇喚做蔡婆婆，就是俺的後母。望大人與小人做主咱。（孤云）是那一箇下的毒藥？（正旦云）不干小婦人事。（卜兒云）也不干老婦人事。（張驢兒云）也不干我事。（孤云）都不是，敢是我下的毒藥來？（正旦云）我婆婆也不是他後母，他自姓張，我家姓蔡。我婆婆因爲與賽盧醫索錢，被他賺到郊外，勒死我婆婆，卻得他爺兒兩箇救了性命。因此我婆婆收留他爺兒兩箇在家，養膳終身^[47]，報他的恩德。誰知他兩箇倒起不良之心，冒認婆婆做了接腳，要逼勒小婦人做他媳婦。小婦人元是有丈夫的^[48]，服孝未滿，堅執不從。適值我婆婆患病，着小婦人安排羊肚湯兒喫。不知張驢兒那裏討得毒藥在身，接過湯來，祗説少些鹽醋，支轉小婦人，闇地傾下毒藥。也是天幸，我婆婆忽然嘔吐，不要湯喫，讓與他老子喫，纔喫的幾口，便死了。與小婦人並無干涉。祗望大人高擡明鏡，替小婦人做主咱。（唱）

【牧羊關】大人你明如鏡，清似水，照妾身肝膽虛實。那羹本五味俱全，除了外百事不知。他推道嘗滋味，喫下去便昏迷。不是妾訟庭上胡支對^[49]，大人也，卻教我平白地説甚的？

（張驢兒云）大人詳情^[50]：他自姓蔡，我自姓張，他婆婆不招俺父親接腳，他養我父子兩箇在家做甚麼？這媳婦年紀兒雖小，極是箇賴骨頑皮，不怕打的。（孤云）人是賤蟲，不打不招。左右，與我選大棍子打着。（祗候打正旦，三次噴水科）（正旦唱）

【罵玉郎】這無情棍棒教我捱不的。婆婆也，須是你自做下，怨他誰？勸普天下前婚後嫁婆娘每，都看取我這般傍州例^[51]。

【感皇恩】呀！是誰人唱叫揚疾^[52]，不由我不魄散魂飛。恰消停，纔蘇醒，又昏迷。捱千般打拷，萬種淩逼，一杖下，一道血，一層皮。

【採茶歌】打的我肉都飛,血淋漓,腹中冤枉有誰知！則我這小婦人毒藥來從何處也？天哪,怎麼的覆盆不照太陽暉[53]！

　　（孤云）你招也不招？（正旦云）委的不是小婦人下毒藥來[54]。
　　（孤云）既然不是,你與我打那婆子。（正旦忙云）住住住！休打我婆婆,情願我招了罷。是我藥死公公來。（孤云）既然招了,着他畫了伏狀[55],將枷來枷上,下在死囚牢裏去。到來日判簡斬字,押赴市曹典刑[56]。（卜兒哭科,云）竇娥孩兒,這都是我送了你性命,兀的不痛殺我也！（正旦唱）

【黃鐘尾】我做了箇銜冤負屈没頭鬼,怎肯便放了你好色荒淫漏面賊[57]！想人心不可欺,冤枉事天地知,爭到頭,競到底,到如今待怎的？情願認藥殺公公,與了招罪。婆婆也,我若是不死呵,如何救得你？（隨祇候押下）

　　（張驢兒做叩頭科,云）謝青天老爺做主！明日殺了竇娥,纔與小人的老子報的冤。（卜兒哭科,云）明日市曹中殺竇娥孩兒也,兀的不痛殺我也！（孤云）張驢兒,蔡婆婆,都取保狀,着隨衙聽候。左右,打散堂鼓,將馬來,回私宅去也。（同下）

　　　　　　　　　　　　　　　　　　　　　　　　　　　《元曲選》

【校注】

[1]賽盧醫:戰國時名醫扁鵲,姓秦名越人,因家於盧國（今山東長清南）,世稱盧醫。元雜劇中將庸醫取名“賽盧醫”,用以嘲諷和打諢。　　　[2]太醫:皇家的醫官名,即所謂御醫。宋元以後也用來稱一般的醫生。　　　[3]爭些:差一點。撚（niǎn 捻）:揉搓。　　　[4]浪蕩乾坤:意指光天化日之下。浪蕩,廣遠。乾坤,天地。　　　[5]滅罪修因:消除今世罪過,積累來世福因。　　　[6]可奈:怎奈,豈奈。
[7]科:科範的簡稱,雜劇中關於動作、表情的舞臺指示。　　　[8]合:調製。
[9]涿州:今屬河北。　　　[10]卜兒:元雜劇中扮演老婦的角色,這裏扮蔡婆。
[11]孛老:元雜劇中扮演老年男子的角色,這裏扮張父。　　　[12]接腳:接腳婿的省稱。指寡婦再招的上門丈夫。　　　[13]紅鸞天喜:婚配的喜事。紅鸞,即紅鸞星,舊時星命家所說的吉星,主婚配喜事。天喜,吉日。　　　[14]賭:這裏指依憑,依仗。　　　[15]腊:同“肚”。　　　[16]古門:即古門道,戲曲術語。指舞臺上通向後臺的上下場門,亦稱“鬼門道”。　　　[17]將來:拿來。　　　[18]正旦:簡稱

旦,戲劇角色名,元雜劇中主唱的女性角色,這裏扮竇娥。 [19]說家克計:談論持家的事情。 [20]"說一會"二句:意謂説一些含糊其詞的害人圈套,出一些哄騙人上當的餿主意。"打鳳"和"撈龍"即打鳳撈龍的分説,指安排圈套,陷害別人。一説指男女曖昧關係,勾引他人上當。調虛嚚:弄虛作假,哄騙。

[21]卓氏:即卓文君。當壚滌器:文君夜奔司馬相如後,同歸成都。後又回到臨邛,因家徒四壁,無以爲生,遂開酒肆過活。文君當壚賣酒,相如滌器打雜。事見《史記・司馬相如列傳》。壚,古時酒店安放酒甕的土臺子,代指酒肆。

[22]孟光般舉案齊眉:孟光,東漢梁鴻之妻,夫婦相敬如賓。梁鴻避世爲人傭工,每當吃飯時,孟光總是將食案(有短腿放置食物的木托盤)高舉齊眉,恭敬地獻給梁鴻。事見《後漢書・梁鴻傳》。 [23]藏頭蓋腳:形容遮遮掩掩。伶俐:指乾净,不露破綻。 [24]奔喪處哭倒長城:傳説中的孟姜女的故事,可能由《左傳》、《列女傳》所載春秋時杞梁妻哭夫崩城故事演化而成。清俞樾《小浮梅閒話》:"俗傳秦築長城,有范郎之妻孟姜,送寒衣至城下,聞夫死,一哭而城爲之崩。"

[25]浣紗時甘投大水:春秋時,伍子胥避難,從楚國逃往吳國途中,在江邊遇浣紗女子,同情他的遭遇,給以酒食。伍子胥囑其不要告訴後面追兵,浣紗女爲了表白誠意,投水而死。事見東漢趙曄《吳越春秋》卷一。 [26]上山來便化頑石:民間傳説:昔有貞婦,其夫遠赴國難,她攜幼子餞送,站在山頭望夫,久之便化爲石人。事見南朝宋劉義慶《幽明録》。後來用望夫石表示妻子對丈夫的思念和忠貞。

[27]直恁的:直,竟然。恁的,如此的。 [28]倒大來:極大,十分,非常。來,語助詞,無意義。元馬致遠《哨遍》套:"梨花樹底三杯酒,楊柳陰中一片席,倒大來無拘繫。" [29]"黄金浮世寶"二句:又作"黄金浮世在,白髪故人稀"(見元馬致遠《薦福碑》第四折)。元代諺語,意謂黄金爲人世間最寶貴的東西,但人到老年,以往的親友就日漸稀少。 [30]知契:知己、好友。 [31]精神:疑爲"精細"之誤。精細,這裏作清醒,蘇醒。此意元人習用,常和"昏迷"對舉。如元無名氏《碧桃花》第二折【紅繡鞋】:"一會家覺精細,一會家又覺昏迷,害的你病懨懨無些簡力氣。"元佚名《賞花時》套:"豁的我一會價精細,烘的半晌又昏迷。"

[32]輪迴:佛教認爲,衆生各依所作善惡業因,在天、人、阿修羅(古印度神話中的鬼神)、地獄、餓鬼、畜生等六道中生死相續,猶如車輪旋轉不停,稱爲輪迴。也稱六道輪迴。見《法華經》、《心地觀經》、《佛觀三昧經》等。 [33]證候:同"症候",病狀。 [34]一家一計:指一夫一妻,一家人。 [35]"又無羊酒段匹"二句:羊、酒、段匹、花紅、財禮等都是當時訂婚的禮物。段匹:錦緞,綵緞。花紅:纏繞裝飾在定親酒擔上的紅絹,表示喜慶。宋孟元老《東京夢華録》卷五《娶婦》載:凡娶媳婦,男方家先起草帖子,兩家允許後起細帖子;次備定親的酒擔,"又以

花紅繳擔上,謂之繳擔紅與女家"。迎親之日,"從人及兒家人乞覓利市錢物、花紅等",可見"花紅"又是賞人的禮物。宋吳自牧《夢粱録》卷二十"嫁娶"亦云:"若豐富之家,以珠翠、首飾、金器、銷金群褙,及段匹、茶餅,加以雙羊牽送,以金瓶酒四樽或八樽,裝以大花銀方勝,紅緑銷金酒衣簇蓋酒上,或以羅帛貼套花爲酒衣,酒擔以紅彩繳之。"　　　[36]"把手爲活過日"二句:意謂蔡婆婆和張父不是正式媒聘的夫妻,活一天過一天,一旦亡故就算了。把手:攜手。撒手:指人死。
[37]指腳的夫妻:結髮的夫妻。　　　[38]恓惶:悲傷。　　　[39]搬調:搬弄,挑唆。
[40]一馬難將兩鞍鞴(bèi 貝):比喻一女不嫁二夫。鞴,把鞍韉套在馬身上。
[41]官司:官府。　　　[42]三推六問:多次審問。　　　[43]"净扮孤"句:净:戲劇角色名,元雜劇中多扮演相貌性格人品特異的人物。孤:扮演官員的角色。這裏扮楚州太守桃杌。祗(zhī 知)候:此指衙役。　　　[44]刷卷:清查案卷。元代由肅政廉訪使核查所屬各衙門處理刑獄案件,看有無拖延、枉曲,並對錯誤進行糾正,稱爲刷卷。　　　[45]桃杌(wù 務):即檮(táo 陶)杌,上古所謂的四兇(渾敦、窮奇、檮杌、饕餮)之一。《左傳》文公十八年:"顓頊氏有不才子,不可教訓,不知話言,告之則頑,舍之則囂,傲狠明德,以亂天常,天下之民謂之檮杌。"劇本以"桃杌"作爲楚州太守姓名,含有譏諷鞭撻之意。　　　[46]喝攛廂:也作"喝攛箱"。宋元時官衙開庭審案時,衙役高聲吆喝,擡放告牌投狀。攛廂,即放告投狀。"廂"與"箱"通用。説見許政揚《宋元小説語釋》(《許政揚文存》,中華書局1984年版)。元佚名《争報恩》第二折:"今日升廳坐早衙,張千,喝攛廂,擡放告牌出去。"《延安府》第一折:"不問大小事務來告,你不要攔擋他。張千,喝攛廂放告。"　　　[47]養膳:贍養,供養。　　　[48]元:同"原"。　　　[49]胡支對:胡亂應對。　　　[50]詳情:這裏指詳察實情。　　　[51]傍州例:臨近州縣的判例,引申爲例子、榜樣。
[52]唱叫揚疾:大聲吆喝、喧嚷。　　　[53]覆盆不照太陽暉:將盆口朝下扣在地上,陽光照射不進去,比喻官府的暗無天日。　　　[54]委的:的確。　　　[55]着他畫了伏狀:叫她在招供伏罪的供詞上畫押。伏狀,招供認罪的書面供詞。
[56]市曹典刑:市曹,市内商業集中之處。典刑,正法。　　　[57]漏面賊:又作"陋面賊"。詈言,罵人壞蛋、惡棍。漏,通"鏤","漏面"即"鏤面"。古有黥刑,在犯人面額刺字,並塗以墨。宋元仍保有這種刑罰。一説"漏面賊"即"蒙面賊",亦是罵人話。

【集評】

　　(明)孟稱舜《新鐫古今名劇酹江集》之《竇娥冤》眉批:"《竇娥冤》劇詞調快爽,神情悲弔,尤關之錚錚者也。"

王國維《宋元戲曲考》十二《元劇之文章》:"其最有悲劇之性質者,則如關漢卿之《竇娥冤》,紀君祥之《趙氏孤兒》。劇中雖有惡人交構其間,而其蹈湯赴火者,仍出於其主人翁之意志,即列之於世界大悲劇中,亦無愧色也。"

單 刀 會

【題解】

本篇選自《單刀會》第四折。《單刀會》全名《關大王獨赴單刀會》。此劇演關羽鎮守荊州,魯肅定計,約請他過江赴宴,以索還荊州。關羽若不允,即在席間加以殺害。喬國老和司馬徽堅決反對,但魯肅仍堅持己見。關羽明知有詐,卻胸有成竹,毫不畏懼,祇攜帶周倉等隨從,駕一葉小舟單刀赴會。他從容不迫,先發制人,揭穿魯肅陰謀,使其詭計落空,並脅迫魯肅送自己回到船上,安全離開江東。

關於"單刀會"和"東吳索取荊州",《三國志》的《吳書·魯肅傳》、《蜀書·先主傳》均有所記載。宋元戲文則有《關大王獨赴單刀會》劇目,元刊《三國志平話》也有單刀赴會的情節。關漢卿把這個當時頗為流行的故事搬上舞臺,竭力鋪墊和渲染,成功塑造了關羽英勇無畏的藝術形象,表達自己對歷史上英雄人物的崇敬和嚮往,同時也通過蒼涼悲壯的曲文,抒發了"急且裏倒不了俺漢家節"的豪邁氣概。此劇被許多劇種改編移植,而《刀會》一直是崑曲舞臺上的保留劇目。第四折為全劇的高潮,歷來傳唱不衰。

(魯肅上,云)歡來不似今朝,喜來那逢今日。小官魯子敬是也。我使黃文持書去請,關公欣喜,許今日赴會,荊襄地合歸還俺江東。英雄甲士已暗藏壁衣之後[1],令江上相候,見舡到便來報我知道[2]。(正末關公引周倉上,云)周倉,將到那裏也?(周云)來到大江中流也。(正末云)看了這大江,是一派好水也呵!(唱)

【雙調·新水令】大江東去浪千疊,引着這數十人駕着這小舟一葉。又不比九重龍鳳闕[3],可正是千丈虎狼穴。大夫心別,我覷這單刀會似賽村社[4]。

(云)好一派江景也呵!(唱)

【駐馬聽】水湧山疊,年少周郎何處也?不覺的灰飛煙滅,可憐黃蓋轉傷嗟。破曹的檣櫓一時絕[5],鏖兵的江水猶然熱[6],好教我情慘切!

（云）這也不是江水，（唱）二十年流不盡的英雄血！

　　（云）卻早來到也，報伏去。（卒報科）（做相見科）（魯云）江下小會，酒非洞裏之長春，樂乃塵中之菲藝[7]。猥勞君侯屈高就下[8]，降尊臨卑，實乃魯肅之萬幸也！（正末云）量某有何德能，着大夫置酒張筵[9]，既請必至。（魯云）黃文，將酒來。二公子滿飲一杯。（正末云）大夫飲此杯。（把盞科）（正末云）想古今嗜這人過日月好疾也呵！（魯云）過日月是好疾也。光陰似駿馬加鞭，浮世似落花流水。（正末唱）

【胡十八】想古今立勳業，那裏也舜五人、漢三傑[10]？兩朝相隔數年別，不付能見者[11]，卻又早老也。開懷的飲數杯，（云）將酒來。（唱）盡心兒待醉一夜。

　　（把盞科）（正末云）你知道“以德報德，以直報怨”麼[12]？（魯云）既然將軍言“以德報德，以直報怨”，借物不還者爲之怨。想君侯文武全材，通練兵書[13]，習《春秋左傳》，濟拔顛危[14]，匡扶社稷，可不謂之仁乎？待玄德如骨肉，覷曹操若仇讎[15]，可不謂之義乎？辭曹歸漢，棄印封金，可不謂之禮乎？坐服于禁，水淹七軍[16]，可不謂之智乎？且將軍仁義禮智俱足，惜乎止少簡信字，欠缺未完。再若得全簡信字，無出君侯之右也。（正末云）我怎生失信？（魯云）非將軍失信，皆因令兄玄德公失信。（正末云）我哥哥怎生失信來？（魯云）想昔日玄德公敗於當陽之上，身無所歸，因魯肅之故，屯軍三江夏口。魯肅又與孔明同見我主公，即日興師拜將，破曹兵於赤壁之間。江東所費鉅萬，又折了首將黃蓋。因將軍賢昆玉無尺寸地[17]，暫借荊州以爲養軍之資；數年不還。今日魯肅低情曲意，暫取荊州，以爲救民之急；待倉廩豐盈，然後再獻與將軍掌領。魯肅不敢自專，君侯台鑒不錯[18]。（正末云）你請我喫筵席來耶，是索荊州來？（魯云）沒，沒，沒，我則這般道[19]。孫、劉結親，以爲唇齒，兩國正好和諧。（正末唱）

【慶東原】你把我真心兒待，將筵宴設，你這般攀今攬古，分甚枝葉[20]？我根前使不着你“之乎者也”、“詩云子曰”，早該豁口截舌[21]！有意説孫、劉，你休目下翻成吳越[22]！

（魯云）將軍原來傲物輕信！（正末云）我怎麼傲物輕信？（魯云）當日孔明親言：破曹之後，荊州即還江東。魯肅親爲擔保。不思舊日之恩，今日恩變爲讎，猶自説"以德報德，以直報怨"。聖人道："信近於義，言可復也[23]。"去食去兵，不可去信[24]。"大車無輗，小車無軏，其何以行之哉[25]？"今將軍全無仁義之心，枉作英雄之輩。荊州久借不還，却不道"人無信不立"！（正末云）魯子敬，你聽的這劍界麼[26]？（魯云）劍界怎麼？（正末云）我這劍界，頭一遭誅了文醜[27]，第二遭斬了蔡陽[28]，魯肅呵，莫不第三遭到你也？（魯云）没，没，我則這般道來。（正末云）這荊州是誰的？（魯云）這荊州是俺的。（正末云）你不知，聽我説。（唱）

【沉醉東風】想着俺漢高皇圖王霸業，漢光武秉正除邪，漢獻帝將董卓誅，漢皇叔把温侯滅[29]，俺哥哥合情受漢家基業[30]。則你這東吳國的孫權，和俺劉家却是甚枝葉？請你箇不克己先生自説[31]！

（魯云）那裏甚麼響？（正末云）這劍界二次也。（魯云）却怎麼説？（正末云）這劍按天地之靈，金火之精，陰陽之氣，日月之形；藏之則鬼神遁跡，出之則魑魅潛踪；喜則戀鞘沉沉而不動，怒則躍匣錚錚而有聲。今朝席上，倘有爭鋒，恐君不信，拔劍施呈。吾當攝劍[32]，魯肅休驚。這劍果有神威不可當，廟堂之器豈尋常；今朝索取荊州事，一劍先教魯肅亡。（唱）

【雁兒落】則爲你三寸不爛舌，惱犯我三尺無情鐵。這劍飢飡上將頭，渴飲讎人血。

【得勝令】則是條龍向鞘中蟄[33]，虎在坐間蹉[34]。今日故友每纔相見，休着俺弟兄每相間別[35]。魯子敬聽者，你心内休喬怯[36]，暢好是隨邪[37]，吾當酒醉也。

（魯云）藏宮動樂。（藏宮上，云）天有五星，地攢五嶽；人有五德，樂按五音。五星者：金、木、水、火、土。五嶽者：常、恒、泰、華、嵩[38]。五德者：温、良、恭、儉、讓。五音者：宮、商、角、徵、羽。（甲士擁上科）（魯云）埋伏了者。（正末擊案，怒云）有埋伏也無埋伏？

（魯云）並無埋伏。（正末云）若有埋伏，一劍揮之兩斷！（做擊案科）（魯云）你擊碎菱花[39]！（正末云）我特來破鏡[40]！（唱）

【攬箏琶】卻怎生鬧炒炒軍兵列，休把我當攔者！（云）當着我的，呵呵！（唱）我着他劍下身亡，目前流血。便有那張儀口、蒯通舌[41]，休那裏躲閃藏遮。好生的送我到船上者[42]，我和你慢慢的相別。

（魯云）你去了倒是一場伶俐[43]。（黃文云）將軍，有埋伏里。

（魯云）遲了我的也。（關平領衆將上，云）請父親上舡，孩兒每來迎接里。（正末云）魯肅，休惜殿後。（唱）

【離亭宴帶歇拍煞】我則見紫袍銀帶公人列，晚天凉風冷蘆花謝，我心中喜悅。昏慘慘晚霞收，冷颼颼江風起，急颭颭帆招惹[44]。承管待、承管待，多承謝、多承謝。喚梢公慢者，纜解開岸邊龍，舡分開波中浪，棹攪碎江心月。正歡娛有甚進退，且談笑不分明夜[45]。說與你兩件事先生記者：百忙裏趁不了老兄心[46]，急且裏倒不了俺漢家節[47]。

　　　　題目　孫仲謀獨占江東地　　請喬公言定三條計
　　　　正名　魯子敬設宴索荆州　　關大王獨赴單刀會[48]

　　　　　　　　　　　　　　　　　　　　　　　　《元曲選外編》

【校注】

[1]壁衣：幃幕。　　[2]舡（xiāng 香）：船。　　[3]九重龍鳳闕：指帝王居住的地方。　　[4]賽村社：舊時農村在社日舉行的迎神祭祀和娛樂活動。賽，祭祀、酬神。　　[5]檣櫓：指戰船。檣，船桅。櫓，置於船旁或船尾的長槳。　　[6]鏖兵：激戰。猶然：仍然。　　[7]"酒非"二句：長春：指美酒。清陳元龍："紺珠長春法酒，宋賈秋壑造。"（《格致鏡原》卷二二"名類"）宋唐庚《次泊頭》詩："何處不堪老，浮山傾蓋親。潮田無惡歲，酒國有長春。"（《宋詩鈔》卷四六）菲藝：菲薄的伎藝。二句謂沒有好酒，樂舞的技藝也不高。這是魯肅的謙詞。　　[8]猥：辱，謙詞。君侯：秦漢列侯爲丞相者稱君侯，後爲對達官貴人的尊稱。　　[9]着：教，讓。　　[10]舜五人：傳說舜有五位賢臣，即禹、棄、契、皋陶（yáo 姚）、夔。漢三傑：指漢初蕭何、張良和韓信，他們輔佐漢高祖劉邦平定天下。　　[11]不付能：也作"不甫能"，剛剛，好容易。"不"，加強語氣。者：同"着"。　　[12]"以德報德"二句：語出《論語·憲問》："子曰：何以報德？以直報怨，以德報德。"意謂用恩德酬謝別人給予自己的恩惠，用坦誠公正的態度對待別人的怨恨。　　[13]通

練：通曉。　　[14]濟拔顛危：拯救危難。　　[15]仇讎：敵人，冤家對頭。
[16]"坐服于禁"二句：《三國志·魏書·于禁傳》説，曹操令于禁率領七軍幫助曹
仁攻打樊城，龐德爲先鋒，被關羽打敗。正值漢水泛溢，七軍皆被水淹，于禁降羽，
殺龐德。《三國演義》則寫關羽用計放水淹七軍，生擒龐德。　　[17]賢昆玉：對
別人兄弟的敬稱。　　[18]台鑒：敬詞，鑒察、明察。　　[19]則：衹。
[20]枝葉：比喻同宗的旁支。《左傳》文公七年："公族，公室之枝葉也。若去之，則
本根無所庇蔭矣。"這裏引申爲親近的關係。　　[21]豁口截舌：割嘴斷舌。意謂
出言不遜，應該受到懲罰。　　[22]吳越：吳國和越國，春秋時兩個敵對國家。後
常用來稱敵對的雙方。　　[23]"信近於義"二句：語出《論語·學而》："有子曰：
'信近於義，言可復也。'"意謂守信用而近於義，他的話就可以得到兑現。
[24]"去食去兵"二句：語出《論語·顏淵》："子貢問政。子曰：'足食足兵，民信之
矣。'子貢曰：'必不得已而去，於斯三者何先？'曰：'去兵。'子貢曰：'必不得已而
去，於斯二者何先？'曰：'去食。自古皆有死，民無信不立'。"意謂可以不要糧食，
可以不要兵器，但不可不守信用。　　[25]"大車無輗"三句：語出《論語·爲
政》："子曰：人而無信，不知其可也。大車無輗，小車無軏，其何以行之哉？"。輗
（ní 泥），轅端横木；軏（yuè 月），轅端上曲鈎，都是牲口套車不可缺少之物。用這
個比喻説明，人無誠信，就不可能立身行事。　　[26]劍界："劍戒"之誤。即劍鳴
警告的意思。説見徐沁君《談元曲的校勘、標點和注釋——以〈中國歷代文學作品
選〉、〈中國歷代文論選〉爲例》（王鍈等《詩詞曲語辭集釋》，語文出版社 1991 年
版）。　　[27]文醜：袁紹手下名將。《三國志平話》卷中、《三國演義》第二十六
回都寫到關羽斬文醜。史書衹談到斬文醜，未言被誰所斬。　　[28]蔡陽：曹操
手下將領。《三國志平話》卷中、《三國演義》第二十八回都寫關羽在古城斬蔡陽，
史書則説他被劉備所殺。　　[29]温侯：吕布，字奉先，封温侯。後爲曹操所殺。
《後漢書》卷七五、《三國志》卷七有傳。　　[30]情受：承受，繼承。　　[31]克
己：這裏指"克制和約束自己"。　　[32]攝劍：持劍。這裏承上文，意爲"拔劍"。
[33]蟄（zhé 折）：蟄（潛）伏。　　[34]虎在坐間趐（xué 學）：元刊本作："唬得人
向座間呆。"上句"龍向鞘中蟄"，下句"虎向坐間趐"，對舉成文，元刊本此句既缺
少元曲興味，而此折【雙調·新水令】套曲，用的是"車遮"韻，"呆"字也不符合韻
律，故不從。趐，往來盤旋。　　[35]間別：分別，分開。　　[36]喬怯：驚恐。
[37]暢好是：真正是。隨邪：亦作"隨斜"，不正直，無主見。　　[38]常、恒、泰、
華、嵩：古代五大名山，稱爲"五嶽"。常，即北嶽常山，原名恒山，漢代避文帝劉恒
諱改。恒，應爲南嶽衡山。泰，即東嶽泰山。華，即西嶽華山。嵩，即中嶽嵩山。
[39]菱花：古代銅鏡的花紋圖案，這裏代指銅鏡。　　[40]破鏡：承上句"擊碎菱

花”而言。“鏡”與魯子敬之“敬”字諧音，“破鏡”在此一語雙關。　　[41]蒯通：楚漢時的謀士，以善辯著稱。《漢書》卷四五有傳。　　[42]者：這裏是表示命令、祈使的語氣詞。　　[43]伶俐：乾净、利索。　　[44]颭(zhǎn 展)颭：顫動、搖動。招惹：即招引。　　[45]明夜：即白天和夜晚。　　[46]百忙裏：急忙。[47]急且裏：即急切裏，急迫之意。　　[48]題目正名：在元雜劇劇本的結尾處，用一聯或兩聯的對句總括劇情；對句的末句爲劇名的全稱，而全稱的三或四字爲劇名簡稱。這種一定的格式叫做“題目正名”。

【集評】

(明)沈德符《萬曆野獲編》卷二五：“雜劇如《王粲登樓》、《韓信胯下》、《關大王單刀會》、《趙太祖風雲會》之屬，不特命詞之高秀，而意象悲壯，自足籠蓋一時。”

(清)楊恩壽《詞餘叢話》卷二：“關帝升列中祀，典禮綦隆，自不許梨園子弟登場搬演。京師戲館，早已禁革。湖南自涂朗軒督部陳泉時，始行示禁。所謂《單刀會》者，余固習見之也。第二支演帝登舟後，掀髯憑眺，聲情激越，不減東坡【酹江月】。當場高唱，幾欲裂鐵笛而碎唾壺。”

王季烈《孤本元明雜劇提要》：“此劇後二折，即今之《訓子》、《刀會》，盛行歌場。前二折久已失傳，就曲文論之，第四折之【新水令】、【駐馬聽】二曲，感慨蒼凉，洵爲絶唱。而‘是二十年流不盡的英雄血’一句，尤爲神來之筆，宜盛行於世，已六百年之久也。”

救 風 塵

【題解】

本篇選自《救風塵》第二折。《救風塵》全名《趙盼兒風月救風塵》。劇寫妓女宋引章爲嫖客周舍的假意殷勤所騙，不顧風塵姐妹趙盼兒的勸阻，執意與周結婚，婚後備受虐待。趙盼兒聞訊趕去，用計救出宋引章，並使宋與書生安秀實結爲夫婦。全劇衝突緊凑，寫妓女的感情生活體貼入微，成功塑造了風塵女子趙盼兒俠肝義膽的形象。此折寫宋引章向趙盼兒求救，趙挺身而出，决心智賺周舍，解救苦難中的姐妹。大段的唱詞通俗曉暢，潑辣而具個性，將趙盼兒的練達與義氣表現得淋漓盡致，頗能體現關漢卿劇作“本色”、“當行”的特色。

(周舍同外旦上，云)自家周舍是也。我騎馬一世，驢背上失了一腳[1]。我爲娶這婦人呵，整整磨了半截舌頭[2]，纏成得事。如今着這婦人上了轎，我騎了馬，離了汴京，來到鄭州。讓他轎子在頭裏走，怕那一般的舍人説[3]：“周舍娶了宋引章。”被人笑話。則見那轎子一晃一晃的，我向前打那擡轎的小廝道：“你這等欺我！”舉起鞭子就打。問他道：“你走便走，晃怎麼？”那小廝道：“不干我事，妳妳在裏邊不知做甚麼[4]？”我揭起轎簾一看，則見他精赤條條的在裏面打筋斗。來到家中，我説：“你套一牀被我蓋[5]。”我到房裏，祇見被子倒高似牀。我便叫：“那婦人在那裏？”則聽的被子裏答應道：“周舍，我在被子裏面哩。”我道：“在被子裏面做甚麼？”他道：“我套綿子，把我翻在裏頭了。”我拿起棍來，恰待要打，他道：“周舍，打我不打緊，休打了隔壁王婆婆。”我道：“好也，把鄰舍都翻在被裏面！”（外旦云）我那裏有這等事？（周舍云）我也説不得這許多。兀那賤人，我手裏有打殺的，無有買休賣休的[6]。且等我吃酒去，回來慢慢的打你。（下）（外旦云）不信好人言，必有恓惶事。當初趙家姐姐勸我不聽，果然進的門來，打了我五十殺威棒，朝打暮罵，怕不死在他手裏[7]。我這隔壁有個王貨郎[8]，他如今去汴梁做買賣，我寫一封書捎將去，着俺母親和趙家姐姐來救我。若來遲了，我無那活的人也。天那，祇被你打殺我也！（下）

（卜兒哭上，云）自家宋引章的母親便是。有我女孩兒從嫁了周舍，昨日王貨郎寄信來，上寫着道：“從到他家，進門打了五十殺威棒。如今朝打暮罵，看看至死，可急急央趙家姐姐來救我。”我拿着書去與趙家姐姐説知，怎生救他去。引章孩兒，則被你痛殺我也！（下）

（正旦上，云）自家趙盼兒。我想這門衣飯，幾時是了也呵！（唱）

【商調·集賢賓】咱這幾年來，待嫁人心事有。聽的道誰揭債[9]、誰買休。他每待強巴劫深宅大院[10]，怎知道摧折了舞榭歌樓[11]？一個個眼張狂，似漏了網的游魚[12]；一個個嘴盧都，似跌了彈的斑鳩[13]。御園中可不道是栽路柳，好人家怎容這等娼優[14]。他每初時間有些實意，臨老也没回頭。

【逍遥樂】那一個不因循成就[15]，那一個不頃刻前程[16]，那一個不等
閒間罷手[17]。他每一做一個水上浮漚[18]，和爺娘結下不廝見的冤
讎[19]，恰便似日月參辰和卯酉[20]，正中那男兒機彀[21]。他使那千般
貞烈，萬種恩情，到如今一筆都勾。

　　（卜兒上，云）這是他門首，我索過去。（做見科，云）大姐，煩惱殺
　　我也。（正旦云）妳妳，你爲甚麽這般啼哭？（卜兒云）好教大姐
　　知道：引章不聽你勸，嫁了周舍，進門去打了五十殺威棒。如今
　　打的看看至死，不久身亡。姐姐，怎生是好[22]？（正旦云）呀！
　　引章吃打了也。（唱）

【金菊香】想當日他暗成公事[23]，祇怕不相投。我作念你的言詞[24]，
今日都應口[25]。則你那去時，恰便似去秋。他本是薄倖的班頭[26]，
還説道有恩愛、結綢繆[27]。

【醋葫蘆】你鋪排着鴛衾和鳳幬[28]，指望效天長共地久；驀入門，知滋
味，便合休[29]。幾番家眼睜睜打乾净，待離了我這手[30]。（帶云）趙
盼兒，（唱）你做的個見死不救，可不羞殺桃園中殺白馬、宰烏牛[31]。

　　（云）既然是這般呵，誰着你嫁他來。（卜兒云）大姐，周舍説誓
　　來。（正旦唱）

【幺篇】那一個不嗇可可道横死亡[32]？那一個不實丕丕拔了短籌[33]？
則你這亞仙子母老實頭[34]。普天下愛女娘的子弟口[35]，（帶云）妳
妳，不則周舍説謊也[36]，（唱）那一個不指皇天各般説咒[37]？恰似秋
風過耳早休休！

　　（卜兒云）姐姐，怎生搭救引章孩兒？（正旦云）妳妳，我有兩個壓
　　被的銀子[38]，嗒兩個拿着買休去來。（卜兒云）他説來："則有打
　　死的，無有買休賣休的。"（正旦尋思科，做與卜耳語科，云）則除
　　是這般。（卜兒云）可是中也不中？（正旦云）不妨事，將書來我
　　看。（卜遞書科，正旦念云）"引章拜上姐姐并妳妳：當初不信好
　　人之言，果有恓惶之事。進得他門，便打我五十殺威棒。如今朝
　　打暮罵，禁持不過[39]。你來的早，還得見我；來得遲呵，不能勾見
　　我面了。祇此拜上。"妹子也，當初誰教你做這事來！（唱）

【幺篇】想當初有憂呵同共憂，有愁呵一處愁。他道是殘生早晚喪荒

坵,做了個游街野巷村務酒[40];你道是百年之後,(云)妹子也,你不道來——"這個也大姐,那個也大姐,出了一包膿[41];不如嫁個張郎婦,李郎妻,(唱)立一個婦名兒[42],做鬼也風流"?

　　(云)妳妳,那寄書的人去了不曾?(卜兒云)還不曾去哩。(正旦云)我寫一封書寄與引章去。(做寫科,唱)

【後庭花】我將這情書親自修[43],教他把天機休泄漏。傳示與休莽戇收心的女[44],拜上你渾身疼的歹事頭[45]。(帶云)引章,我怎的勸你來?(唱)你好沒來由[46],遭他毒手,無情的棍棒抽,赤津津鮮血流[47]。逐朝家如暴囚[48],怕不將性命丟!況家鄉隔鄭州,有誰人相睬瞅[49],空這般出盡醜。

　　(卜兒哭科,云)我那女孩兒那裏打熬得過[50]!大姐,你可怎生的救他一救?(正旦云)妳妳,放心!(唱)

【柳葉兒】則教你怎生消受,我索合再做個機謀[51]。把這雲鬟蟬鬢粧梳就。(帶云)還再穿上些錦繡衣服。(唱)珊瑚鉤,芙蓉扣[52],扭捏的身子兒別樣嬌柔[53]。

【雙鴈兒】我着這粉臉兒,搭救你女骷髏[54]。割捨的一不做二不休[55],拚了個由他咒也波咒[56],不是我說大口,怎出得我這煙月手[57]!

　　(卜兒云)姐姐,到那裏子細着。(哭科,云)孩兒,則被你煩惱殺了我也!(正旦唱)

【浪裏來煞】你收拾了心上憂,你展放了眉間皺,我直着花葉不損覓歸秋[58]。那廝愛女娘的心[59],見的便似驢共狗,賣弄他玲瓏剔透[60]。(云)我到那裏,三言兩句,肯寫休書,萬事俱休;若是不肯寫休書,我將他掐一掐,拈一拈,摟一摟,抱一抱,着那廝通身酥、遍體麻。將他鼻凹兒抹上一塊砂糖,着那廝舔又舔不着,吃又吃不着。賺得那廝寫了休書[61],引章將的休書來,淹的撇了[62]。我這裏出了門兒,(唱)可不是一場風月,我着那漢一時休。(下)

【校注】

[1]“我騎馬一世”二句：俗語，言經驗豐富的人，一時不慎失算上當。　[2]整整磨了半截舌頭：謂費盡口舌。　[3]一般：一班，一幫。舍人：宋元以來對達官貴人家子弟的稱呼。　[4]妳（nǎi 乃）妳：母親。妳，同“嬭”、“奶”。[5]套：指把棉絮裝入被罩裏。　[6]買休賣休：即買絶賣絶。這裏指用錢財來中止婚姻關係。買休，又指用錢財爲妓女脱籍。如下文【商調·集賢賓】曲：“聽的道誰揭債、誰買休。”　[7]怕不：豈不。　[8]貨郎：舊時走街串巷販賣日用雜貨的小商販。　[9]揭債：舉債，借債。《説文》：“揭，高舉也。”　[10]巴劫：巴結，奉承。深宅大院：指富貴人家。　[11]搓折了舞榭歌樓：指妓女從良後深受摧殘。舞榭歌樓，本是歌舞的處所，這裏借指妓女。　[12]眼張狂：眼神慌亂。張狂，慌張，忙亂。　[13]嘴盧都：嘴噘起。跌了彈：中彈跌落。一説“彈”即“蛋”，禽卵。　[14]“御園中”二句：意謂皇帝的花園中豈能有栽在路邊的柳樹，好人家怎麼會接納娼妓爲妻。可不道：豈能。　[15]因循成就：這裏指隨便地成就婚姻。因循，輕率，隨便。　[16]頃刻前程：指短暫婚姻。前程，指婚姻。《救風塵》第一折【天下樂】：“我看了些覓前程俏女娘，見了些鐵心腸男子輩，便一生裏孤眠，我也直甚頹！”關漢卿《金綫池》第三折【耍孩兒】：“我立的其身正，倚仗着我花枝般模樣，愁什麼錦片也似前程。”　[17]等閒間罷手：指輕易地分手。[18]一做一個：一個接一個。浮漚（ōu 歐）：水面浮泡。　[19]不厮見：不相見。[20]恰便似日月參（shēn 身）辰和卯酉：正好像日與月、參與辰、卯與酉一樣，彼此對立和衝突。參辰，即參、商二星，此出彼落，永不相見。卯酉，即卯時和酉時，星相家認爲這是兩個互相衝剋的對立時辰，故常用來指對頭。　[21]機彀（gòu 够）：機關、圈套。　[22]怎生：如何。　[23]暗成公事：偷偷結婚。公事，元曲中常指男女愛情之事。元喬吉《揚州夢》第一折【賺煞尾】：“他不比尋常間墻花路柳，這公事怎肯甘心便索休！强風情酒病花愁。”　[24]作念：惦記。這裏有勸告意。或以爲此處應釋爲“詛咒”。詳見王鍈《詩詞曲語辭例釋》（增訂本）“作念”條（中華書局 1986 年 1 月第二版，第 347 頁）。　[25]應口：應驗，所言與後來發生的事實相符。　[26]班頭：首領。　[27]綢繆（móu 謀）：情意纏綿深厚。　[28]鋪排：安排，治辦。鴛衾（qīn 親）：繡有鴛鴦的被子。鳳幬（chóu 籌）：繡有鳳凰的帳子。　[29]驀（mò 末）：跨過。唐白居易《閑游即事》：“驀山尋浥澗，蹋水渡伊河。”　[30]打乾净：“打乾净球兒”的省文。打球易沾泥土，指參與其事，必有所干聯。因此，打乾净球，比喻置身事外，與己無關。參見顧學頡、王學奇《元曲釋詞》“打乾净球兒”條。　[31]桃園中殺白馬、宰烏牛：事見《三國志平話》卷上。東漢末年，劉備、關羽、張飛三人在桃園中殺白馬祭天，殺烏牛祭

地,不求同日生,祇願同日死,誓爲兄弟。這裏趙盼兒以此比喻自己和宋引章的結拜姊妹關係。　　　[32]嗲(shěn 沈)可可:形容淒慘可怕。　　　[33]實㔻(pī 批)㔻:亦作"實坯坯"、"實呸呸",指實實在在。拔了短籌:即抽了壞籤。元曲中常用"拔短籌"來比喻夭亡或有始無終。　　　[34]亞仙:即李亞仙。唐白行簡《李娃傳》中的妓女李娃,在戲曲中改稱爲李亞仙。這裏借指宋引章。　　　[35]子弟:此指風流浪子、嫖客。宋孟元老《東京夢華錄》卷二:"更有百姓入酒肆,見子弟少年輩飲酒,近前小心供過使令,買物命妓。"　　　[36]不則:不祇。　　　[37]各般:各種各樣。　　　[38]壓被的銀子:私房錢。　　　[39]禁持:擺佈,虐害。元楊顯之《酷寒庭》第二折【幺篇】:"這都是俺哥哥命運低微,帶累你兩個孩兒受盡禁持。"[40]"他道是"二句:這兩句應是引述周舍的話。意謂如不嫁人,死後祇能做無人祭奠的野鬼,游街串巷,在鄉村酒店討飯吃。村務:鄉村酒店。　　　[41]"這個也"三句:這裏引用的是第一折中宋引章的話,表達宋引章對妓女生活的厭惡。舊時稱妓女爲"大姐","姐"與"癤"諧音,故言"出了一包膿"。　　　[42]立一個婦名兒:意謂嫁可靠男人自己纔有一個正當的名分。　　　[43]情書:古名家本作"知心書"。　　　[44]傳示與休莽戇(zhuàng 狀)收心的女:意謂傳語宋引章快收起天真的心性,不要再做魯莽的事情。莽戇,莽撞。　　　[45]歹事頭:倒楣鬼。元佚名《醉寫赤壁賦》第二折【哭皇天】:"傳與俺這壞風俗歹事頭,一個在潮陽路上,一個在采石渡口。"　　　[46]好没來由:意謂實在是無緣無故。　　　[47]赤津津:形容鮮血滲流的樣子。　　　[48]逐朝(zhāo 招)家如暴囚:意謂每天就像判決囚犯一樣。逐朝,每天。家,語尾助詞,無義。暴囚,即報囚,判決囚犯。　　　[49]睬瞅(chǒu 醜):理睬,過問。　　　[50]打熬:支持。　　　[51]索合:須當。[52]珊瑚鉤、芙蓉扣:形容衣飾的講究。珊瑚鉤,用珊瑚做的衣鉤。芙蓉扣,芙蓉花狀的扣子。　　　[53]別樣:不同尋常。　　　[54]"我着這粉臉兒"句:意謂我用自己的色相來搭救你這個美人兒。女骷髏:乃趙盼兒戲罵宋引章。　　　[55]割捨的:豁出去,不計任何代價。　　　[56]也波:曲中襯字,無意。　　　[57]煙月手:指妓女對付嫖客的手段。　　　[58]直着花葉不損覓歸秋:意謂一定馬到功成,好去好回。直着,定叫。花葉不損覓歸秋,俗語,好去好回之意。　　　[59]愛女娘的心:指好色之心。　　　[60]玲瓏剔透:聰明靈活。　　　[61]賺:欺騙,誆騙。[62]淹的:很快地,突然地。撇:丢棄。

【集評】

　　董康《曲海總目提要》卷一著録此劇,評云:"小説家所載諸女子,有能識別英雄於未遇者,如紅拂之於李衛公,梁夫人之於韓蘄王也;有能成人之美者,如歐陽彬之歌人,董國度之妾也;有爲豪俠而誅薄情者,女商荆十三娘也。劇中所稱趙盼兒,似乎兼擅衆長。"

　　王國維《宋元戲曲考》十二《元劇之文章》:"然如武漢臣之《老生兒》,關漢卿之《救風塵》,其佈置結構,亦極意匠慘澹之致,寧較後世之傳奇,有優無劣也。"

雙調·大德歌

冬　景

【題解】

　　此曲原載元楊朝英《樂府新編陽春白雪》前集卷四、明朱權《太和正音譜》卷下。《陽春白雪》共收錄了十首關漢卿作的【大德歌】,其中一首云:"吹一個,彈一個,唱新行大德歌。"大德是元成宗的年號,故一般認爲這十首曲應作於大德年間(1297—1307)。又因【大德歌】爲雙調的一個曲牌,而《全元散曲》僅收有這十首【大德歌】,所以也有研究者推測這一曲牌爲關漢卿自創。這首小令與關漢卿閒適或風情散曲中所表現的豪放、直率風格相比,多一些從容與含蓄。在漫天飛舞的大雪中,將"晚鴉"、"黃蘆"和"魚槎"等景物點綴其間,更能突顯出冬日江南水鄉的蒼茫、蕭疏和寧靜。

　　雪粉華[1],舞梨花[2],再不見煙村四五家[3],密灑堪圖畫[4]。看疏林噪晚鴉[5],黃蘆掩映清江下,斜攬着釣魚艖[6]。

《全元散曲》

【校注】

[1]雪粉華(huá 滑):形容雪花晶瑩潔白。粉,白色。華,同"花"。　　　[2]舞梨花:如白色的梨花漫天飛舞。　　[3]煙村:炊煙繚繞的村舍。　　[4]堪:可以,能。　　[5]晚鴉:暮歸的寒鴉。　　[6]攬:同"纜",以繩索繫小船。艖(chā叉):小船。

南吕·一枝花

杭 州 景

【題解】

　　此曲原載元楊朝英輯《朝野新聲太平樂府》卷八、明郭勳輯《雍熙樂府》卷一〇。南宋滅亡後,關漢卿游歷杭州,寫下這首套曲,表達對"新附國"杭州的熱情讚美。此曲飽滿酣暢的激情,清新秀麗的筆觸,表現了關漢卿散曲的另一種特色,與其後張可久寫杭州的名篇《湖上晚歸》,相互映襯,同時,也是瞭解關漢卿生平的重要資料。

　　普天下錦繡鄉,寰海內風流地[1]。大元朝新附國[2],亡宋家舊華夷[3]。水秀山奇,一到處堪游戲[4],這答兒忒富貴[5]。滿城中繡幕風簾,一閧地人煙湊集[6]。

【梁州】[7]百十里街衢整齊[8],萬餘家樓閣參差,並無半答兒閒田地[9]。松軒竹徑,藥圃花蹊,茶園稻陌,竹塢梅溪。一陀兒一句詩題[10],行一步扇面屏幃[11]。西鹽場便似一帶瓊瑤[12],吳山色千疊翡翠[13]。兀良[14],望錢塘江萬頃玻璃。更有清溪綠水[15],畫船兒來往閒游戲。浙江亭緊相對[16],相對着險嶺高峰長怪石,堪羨堪題。

【尾】家家掩映渠流水,樓閣崢嶸出翠微[17],遙望西湖暮山勢。看了這壁,覷了那壁,縱有丹青下不得筆[18]。

　　　　　　　　　　　　　　　　　　　　　　　　　　《全元散曲》

【校注】

[1]寰海內:四海之內,普天之下。一作"寰宇"。　　[2]新附國:指元滅南宋,杭州成爲元朝的屬地不久。南宋恭帝德祐二年(1276),元將伯顏攻佔臨安(杭州),元世祖至元十六年(1279),南宋滅亡。　　[3]宋家:指宋朝。一作"宋代"。華夷:宋元時指國家的疆域。宋王禹偁《陽冰篆》詩:"摹印遍華夷,流傳躍湘帙。"　　[4]一到處:到處,各處。一作"一處處"。　　[5]這答兒:這裏,這地方。一作"一答答"。忒(tè 特):太。　　[6]一閧(hòng 訌):形容非常熱鬧。湊集:密集。　　[7]【梁州】:即南吕過曲【梁州序】,又名【梁州第七】。　　[8]街衢(qú 渠):四通八達的道路。　　[9]並無:一作"並無那"。半答兒:半片,半塊。　　[10]一陀兒

一句詩題:言每到一處均可題詩。一陀兒,一處,一塊。　　[11]行一步扇面屏幃:
一作"一步兒一扇屏幃"。言每一處皆可入畫。屏幃,屏帳、屏風。這裏指畫屏。
[12]西鹽場:據宋吳自牧《夢粱録》卷十"本州倉場庫務"載:杭州盛産鹽,南宋時
城內外共二十一處鹽場,如天宗鹽倉就轄有十二處,曰:湯鎮、仁和、許村、鹽官、南
路、茶槽、錢塘、新興、蜀山、岩門、上管、下管等場。瓊瑤:美玉。此處形容鹽晶瑩
如玉。　　[13]吳山:又名胥山,在今杭州南,左帶錢塘江,右臨西湖。宋人師諤
《淳祐臨安志》卷八引《祥符圖經》云:"在城中錢塘縣舊治南六里。"　　[14]兀
良:表示驚嘆的語氣。一作"兀的"。　　[15]更有:一作"更有那"。　　[16]浙
江亭:舊爲樟亭驛,在今杭州南錢塘江濱。宋師諤《淳祐臨安志》卷七引晏殊《輿地
志》:"在錢塘舊治南五里,今爲浙江亭。"　　[17]峥嶸:形容高聳的樣子。
[18]縱有:即使有。丹青:繪畫的顏料。這裏借指畫工。三國魏曹丕《與孟達書》:
"故丹青畫其形容,良史載其功勳。"

【集評】

　　(元)楊維楨《周月湖今樂府序》:"士大夫以今樂府鳴者,奇巧莫如關漢卿、庚吉
甫、楊淡齋、盧疎齋。豪爽則有如馮海粟、滕玉霄。醞藉則有如貫酸齋、馬昂父。其
體裁各異,而宮商相宣,皆可被於絃竹者也。"

楊顯之

【作者簡介】

　　楊顯之,大都(今北京)人,生卒年不詳。元鍾嗣成《録鬼簿》説他與關漢卿是
"莫逆交",明賈仲明《凌波仙》吊詞稱他爲"前輩老先生"(《録鬼簿》卷上),並言
"王元鼎師叔敬,順時秀伯父稱。寰宇知名"。可見楊顯之是元代早期的雜劇作
家,且在當時的劇壇享有盛譽。因其善於修改潤色雜劇作品,故楊顯之又被稱爲
"楊補丁",即所謂"么末中補缺加新令,皆號爲楊補丁"。楊顯之有雜劇八種,今存
《鄭孔目風雪酷寒亭》、《臨江驛瀟湘秋夜雨》二種。

瀟湘夜雨

【題解】

　　本篇選自《瀟湘夜雨》第四折。《瀟湘夜雨》全名《臨江驛瀟湘秋夜雨》。此劇寫書生崔通中狀元後,背棄前妻張翠鸞,另娶試官之女。當翠鸞尋夫來到崔通任所時,崔通更誣陷她是逃奴,將其解往沙門島,陰謀途中加害。雨夜,翠鸞與解子暫避於臨江驛外,傷心悲泣,偶逢失散多年的父親張天覺。其父時任肅政廉訪使,替她申雪冤屈;復經養父崔文遠的求情,而與崔通重歸於好。劇本以書生負心爲表現題材,在現存的元雜劇作品中別具一格。作者揭露和譴責了讀書人富貴易妻的醜惡面目,表現了無辜婦女的不幸遭遇和抗議,具有一定的現實意義。劇作情節緊湊,語言平易本色,尤其是第三折,在風雨交加的曠野上,翠鸞含冤負屈的曲詞,配合閃滑抖戰、跌撲搋挪的舞臺身段,與解差恰到好處的插科打諢相輝映,將帶枷走雨的情景,表現得極爲悽楚動人。

　　劇本第四折以臨江驛爲故事場景,瀟瀟夜雨中,劇中人物相繼登場,翠鸞父女分處於館驛內外的兩個空間,翠鸞的哭訴和父親的思念隔墻呼應,驛丞和解差的爭吵穿插映襯,使劇情平添波瀾起伏。最後父女相認,把全劇的情感推向高潮。整折戲構思巧妙、綿密,充分發揮了中國戲曲時空的轉換特點。但劇中夫妻團圓的結局顯得生硬,不近情理,也有損於翠鸞的形象刻畫。

　　（淨扮驛丞上,詩云）往來迎送不曾停,廩給行糧出驛丞[1]。管待欽差猶自可[2],倒是親隨伴當沒人情[3]。小可是臨江驛的驛丞[4]。昨日打將前路關子來[5],道廉訪使大人在此經過[6],不免打掃館驛乾淨。大人敢待來也[7]。（孛老上,云）老漢崔文遠的便是,自從着我女兒翠鸞尋我那姪兒崔甸士去了,音信皆無。我親到秦川縣,看我那女兒去。天色晚了也,又下着這般大雨。我且在這館驛裏寄宿一夜,明日早行。（驛丞見科,云）兀那老頭兒,你做甚麼?（孛老云）雨大的緊[8],前路又沒去處。這館驛中不問那裏,胡亂借我宿一夜,明日絕早便去[9]。（驛丞云）老頭兒你不知道,如今接待廉訪大人,休要大驚小怪的。你去那廚房簷下歇宿去。（孛老云）多謝了。（下）（張天覺引興兒、祗從上,云）老夫張天覺,來到這臨江驛也。興兒,你莫不身上着雨來麼?

（興兒云）老爺，這般大雨，身上衣服都濕透了也。（張天覺云）既然是這等，我且在館驛裏避雨咱。（驛丞接科，云）小的是臨江驛驛丞，在此迎接。請大人公館中安歇。（張天覺云）興兒，我一路上鞍馬勞頓[10]，我權且歇息[11]，休要着人大驚小怪的。若驚覺老夫睡呵，我祇打你。便與我分付云。（興兒云）理會的。兀那驛丞，我分付你：大人歇息，不許着人大驚小怪。若打醒了睡[12]，要打我哩，分付你去。（驛丞云）這個我知道。（解子同正旦上[13]）（正旦云）解子哥哥，這一天雨都下在俺兩個身上也。（解子云）這大雨若淋殺你呵，我也倒省些氣力。這沙門島好少路兒哩[14]。（正旦云）哥哥，這風雨越大了也。（唱）

【正宮·端正好】雨如傾，敢則是風如扇。半空裏風雨相纏，兩般兒不顧行人怨，偏打着我頭和面。

【滾繡球】當日箇近水邊，到岸前，怎當那風高浪捲，則俺這兩般兒景物淒然。風刮的似箭穿，雨下的似甕㳿[15]，看了這風雨呵，委實的不善，也是我命兒裏惹罪招愆[16]。我祇見雨淋淋寫出瀟湘景[17]，更和這雲淡淡妝成水墨天。祇落的兩淚漣漣。

（解子云）你休煩惱，我和你到臨江驛寄宿去來。（做叫門科，云）館驛子開門來。（驛丞云）又是那一箇？我開開這門。這弟子孩兒好大膽也[18]。廉訪使大人在這裏歇息，你祇在門外。你若大驚小怪的，我就打折你那腿。我關上這門。（解子云）可不是悔氣，原來有廉訪使大人在這裏，俺休要大驚小怪的。我脫了這衣服，我自家扭扭乾。（做脫衣科，云）呀，袖兒裏還有箇燒餅，待我吃了罷。（正旦云）哥哥，你吃什麼哩？（解子云）我吃燒餅哩。（正旦云）哥哥，你與我些兒吃波？（解子云）我但是吃東西[19]，你便討吃。也罷，我與你些兒吃。（正旦云）哥哥，你多與我些兒吃波？（解子云）一箇燒餅，我與你些兒吃。你嫌少，沒的我都與你吃了罷？（正旦唱）

【伴讀書】我這裏告解子且消遣[20]，我肚裏飢難分辯。只他這風風雨雨強將程途來踐[21]，走的我觔舒力盡渾身戰[22]，一身疼痛十分倦，我、我、我，立盹行眠。

【笑和尚】我、我、我，捱一夜似一年，我、我、我，埋怨天。我、我、我，敢前生罰盡了淒涼願？我、我、我，哭乾了淚眼，我、我、我，叫破了喉咽。來、來、來，哥哥我怎把這燒餅來嚥？

（做哭科，云）哎呀，天也！我便在這裏，不知我那爹爹在那裏也？（張天覺云）翠鸞孩兒，兀的不痛殺我也。我恰纔合眼，見我那孩兒在我面前一般。正說當年之事，不知是甚麼人驚覺着我這夢來？皆因我日暮年高，夢斷魂勞。精神慘慘，客館寥寥。又值深秋天道[23]，景物蕭條。江城夜永，刁斗聲焦[24]。感人淒切，數種煎熬。寒蛩唧唧[25]，塞雁叨叨。金風淅淅[26]，疏雨瀟瀟。多被那無情風雨，着老夫不能合眼。我正是悶似湘江水，涓涓不斷流。又如秋夜雨，一點一聲愁。我恰纔分付興兒，休要大驚小怪的。這廝不小心，驚覺老夫睡。該打這廝也。（興兒云）我分付他那驛丞了。他不小心，我打這廝去。（做打驛丞科，云）兀那廝，我分付來，休要大驚小怪的。驚覺老爺睡，倒要打我，我祇打你。（驛丞云）大叔休打，你自睡去，都是這門外的解子來。我開開這門，我打這廝去。（做打解子科，云）兀那解子，我着你休大驚小怪的，你怎生啼啼哭哭，驚覺廉訪大人？恰纔那伴當，他便打我，我祇打你。（解子云）都是這死囚。（詞云）你大古裏是那孟姜女千里寒衣[27]，是那趙貞女羅裙包土[28]，便哭殺帝女娥皇也，誰許你灑淚去滴成斑竹[29]？（正旦詞云）告哥哥不須氣撲[30]，我冤枉事誰行訴與[31]？從今後忍氣吞聲，再不敢嚎咷痛哭。爹爹也，兀的不想殺我也。（張天覺云）翠鸞孩兒，只被你痛殺我也。恰纔與我那孩兒數說當年淮河渡相別之事，不知是甚麼人驚覺我這夢來？（詞云）一者是心中不足，二者是神思恍惚。恰合眼父子相逢，正數說當年間阻[32]。忽然的好夢驚迴，是何處淒涼如許？響玎璫鐵馬鳴金[33]，祇疑是冷颼颼寒砧搗杵[34]。錯猜做空階下蛩絮西窗，遙想道長天外雁歸南浦[35]。我沉吟罷仔細聽來，原來是喚醒人狂風驟雨。我對此景無箇情親[36]，怎不教痛心酸轉添淒楚。孩兒也，你如今在世爲人，還是他身歸地府？也不知富貴榮華，也不知遭驅被擄。白頭爺孤館裏思量，天那，

我那青春女在何方受苦？我分付興兒來，你休要大驚小怪的，可
怎生又驚覺老夫？（做打興兒科）（興兒云）老爺休打我，都是那
驛丞可惡。（出見驛丞科，云）兀那驛丞，我着你休大驚小怪的，
你怎生又驚覺老爺的睡來？（詞云）我將你千叮萬囑，你偏放人
長號短哭。如今老爺要打的我在這壁廂叫道：阿呀！我也打的
你在那壁廂叫道：老叔。（驛丞云）都是這門外邊的解子，我開開
這門打那厮。兀那解子，我再三的分付你休要大驚小怪的，你又
驚覺廉訪大人的睡來。你這弟子孩兒。（詞云）雖然是被風雨淋
淋渌渌[37]，也不合故意的喃喃篤篤[38]。他伴當若打了我一鞭，
我也就拷斷你娘的脊骨。（解子詞云）祇聽的高聲大語，開門看
如狼似虎。想必你不經出外，早難道慣曾爲旅[39]。你也去訪個
因由，要打我好生冤屈。不爭那帶長枷橫鐵鎖[40]愁心淚眼的臭
婆娘，驚醒了他這馳驛馬掛金牌先斬後聞的老宰輔[41]。比及俺
忍着飢擔着冷，討憎嫌受打拷，祇管裏棍棒臨身，倒不如湯着
風[42]，冒着雨，離門樓，趕店道，別尋個人家宵宿[43]。（正旦詞
云）隔門兒苦告哥哥，聽妾身獨言肺腑。但肯發慈悲肚腸，就是
我生身父母。且休提一路上萬苦千辛，祇腳底水泡兒不知其數。
懸麻般驟雨淋漓，急箭似狂風亂鼓。定道是館驛裏好借安存，誰
想你惡哏哏將咱趕出。便要去另覓個野店村莊，黑洞洞知他何
方甚所。若不是逢豺虎送我殘生，必然的埋葬在江魚之腹。項
刻間便撞起響璫璫山寺曉鐘，且容咱權避這淅零零瀟湘夜雨。
（張天覺云）天色明了也。興兒，你去門首看是甚麽人，鬧這一
夜。與我拏將過來。（做拿解子、正旦見，旦認科，云）兀的不是
我爹爹？（張天覺云）兀的不是翠鸞孩兒？這三年你在那裏來？
你爲什麽披枷帶鎖的？（正旦做哭科，云）爹爹不知。自從孩兒
離了爹爹，有箇崔老的救了我，他認我做義女。他有箇姪兒是崔
通，就着他與你孩兒做了女婿。他進取功名去，做了秦川縣令。
因他不來取我，有崔老的言語，着我尋他去。不想他別娶了妻
房，説我是逃奴，將我送配沙門島去[44]，一路上祇要死的，不要活
的。幸得今日遇着爹爹。爹爹也，怎生與你孩兒做主咱？（張天

覺云）快開了枷鎖者。那厮這等無禮。左右那裏？速去秦川縣
與我拏將崔通來。（正旦云）爹爹，他在秦川爲理[45]，若差人拏
他，也出不的孩兒這口氣。須是我領着祇從人，親自拏他走一遭
去。正是：常將冷眼看螃蟹，看你橫行得幾時。（同祇從下）（崔
甸士上，云）小官崔通是也。前日那一箇女人，本等是我伯父與
我配下的妻子，被我生各支拷做逃奴[46]，解他沙門島去。已曾分
付解子，着他一路上只要死的，不要活的。怎麽去了好幾日，也
還不見來回話？我那夫人祇管將這椿事和我炒鬧不了。（做驚
科，云）怎麽我這眼連跳又跳的？想是夫人又來合氣了[47]。（正
旦領祇從上，云）可早來到秦川縣也。左右，打開門進去。（做見
科，云）兀的不是崔通？左右，與我拏住者。（崔甸士云）奇怪，你
每是那裏來的？（祇從云）廉訪使大人勾你哩[48]。（正旦云）崔
通，今日我也有見你的時節麽？左右，與我剝去了冠帶，好生鎖
着。（崔甸士云）小娘子，可憐見。可不道“夫乃婦之天”也[49]。
（正旦唱）

【快活三】我揪將來似死狗牽，兀的不“夫乃婦之天”[50]？任憑你心能
機變口能言，（帶云）去來，（唱）到俺老相公行説方便[51]。

　　（崔甸士云）我早知道是廉訪使大人的小姐，認他做夫人可不好
　　也。（正旦云）左右，還有一個潑婦，也與我去拏出來。（祇從拏
　　搭旦上科）（搭旦云）我也是官宦人家小姐，怎把我做燒火的一般
　　這等扯扯拽拽？你豈不曉得“婦人有事，罪坐夫男[52]”？這都是
　　崔通做出來的，干我甚事？（正旦怒云）左右，與我一併鎖了。
　　（搭旦云）且不要囉唕[53]，俺父親做官，專好唱【醉太平】的小曲
　　兒，我也學的會唱。小姐，待我唱與你聽。（唱）

【醉太平】我道你是聰明的卓氏，我道你是俊俏西施，怎肯便手零腳碎
竊金貲[54]？這都是崔通來妄指。（正旦云）左右，與我快鎖了者。
（搭旦云）阿喲，我戴鳳冠霞帔的夫人是好鎖的[55]？待我來。（除鳳
冠科，唱）解下了這金花八寶鳳冠兒。（脱霞帔科，唱）解下這雲霞五
彩帔肩兒，都送與張家小姐妝臺次[56]，我甘心倒做了梅香聽使[57]。

　　（正旦云）左右，都鎖押了，帶他見俺爹爹去來。（下）（張天覺

上,云)自從孩兒親挈崔通去了,怎生許久還不見到?(正旦押崔甸士、搽旦上科,云)爹爹,我挈將那兩個賊醜生來了也[58]。(張天覺云)那廝敢這等無禮。待老夫寫表申朝,問他一個交結貢官[59],停妻再娶,縱容潑婦,枉法成招,大大的罪名。一面竟將他兩個押赴通衢,殺壞了者。(孛老慌上,云)不知什麼人大驚小怪的,我試看咱。(做認科,云)兀的不是翠鸞孩兒?你在那裏來?(正旦云)呀!父親,我認崔通去,他別娶了一個,倒說我是逃奴,將我迭配沙門島去,肯分的遇着我爹爹[60],如今要將他殺壞了也。(孛老勸科,云)小姐,怎生看老漢的面上,饒了他這性命。小姐意下如何?(正旦唱)

【鮑老兒】他是我今世讎家宿世裏冤[61],恨不的生把頭來獻。(崔甸士云)伯父,你與我勸一勸波。我如今情願休了那媳婦,和小姐重做夫妻也。(孛老云)小姐,你只饒了他者。(正旦唱)我和他有甚恩情相顧戀?待不沙又怕背了這恩人面[62]。祇落的嗔嗔忿忿[63],傷心切齒,怒氣衝天。

(正旦引孛老見張科,云)爹爹,這個便是救我命的崔文遠。看恩人面上,連崔通也饒了他罷?(張天覺云)那崔通怎好饒的?(孛老云)老相公,你小姐元是我崔文遠明婚正配,許與姪兒崔通的。如今情願休了那媳婦[64],與小姐重做夫妻。可不好也?(張天覺云)孩兒你意下如何?(正旦云)這是孩兒終身之事。也曾想來,若殺了崔通,難道好教孩兒又招一個?祇是把他那婦人臉上,也刺"潑婦"兩字,打做梅香,伏侍我便了。(張天覺云)這也説的有理。左右,將那廝挈過來。看崔文遠面上,饒免死罪。將恩人請至老夫家中,養贍到老。小姐還與崔通爲妻。那婦人也看他父親趙禮部面上[65],饒了刺字,祇打做梅香,伏侍小姐。(搽旦哭,云)一般的父親,一般的做官,偏他這等威勢,俺父親一些兒救我不得。我老實説,梅香便做梅香,也須是個通房[66]。要獨佔老公,這個不許你的。(張天覺云)左右,將冠帶來還了崔通,待他與小姐成親之後,仍到秦川做官去者。(正旦崔甸士俱冠帶,搽旦扮梅香伏侍拜見科)(張天覺云)我兒昔日在淮河渡分散之時,

誰想有今日也。（正旦唱）

【貨郎兒】想着淮河渡翻船的這災變，也是俺那時乖運蹇[67]，定道是一家大小喪黄泉。排岸司救了咱性命[68]，崔老的與我配了姻緣，今日呵，誰承望父子和夫妻兩事兒全。

　　（崔甸士云）天下喜事，無過父子完聚，夫婦團圓。容小官殺羊造酒，做箇慶賀的筵席，與岳父大人把一杯者。（做奉酒科）（正旦唱）

【醉太平】不争你虧心的解元[69]，又打着我薄命的嬋娟[70]。險些兒做樂昌鏡破不重圓[71]，乾受了這場罪譴[72]。爹爹呵，另巍巍穩掌着森羅殿[73]，崔通呵，喜孜孜還歸去秦川縣，我翠鸞呵，生剌剌硬踹入武陵源[74]。也都是蒼天可憐。

【尾煞】從今後鳴琴鼓瑟開歡宴[75]，再休題冒雨湯風苦萬千。抵多少待得鸞膠續斷絃[76]，把背飛鳥紐回成交頸鴛，隔墻花攀將做并蒂蓮。你若肯不負文君頭白篇[77]，我情願舉案齊眉共百年。也非俺祇記歡娛不記冤，到底是女孩兒的心腸十分樣軟。

　　（張天覺云）當初失却渡淮船，父子飄流限各天[78]。消息經年終杳杳，肝腸無日不懸懸。已知衰老應難會，猶喜神明暗自憐。漁父偶收爲義女，崔生乍見結良緣。從來好事多磨折，偏遇姦謀惹罪愆。苦誓一心同蜀郡，遠尋千里到秦川。劍沉龍浦還重合[79]，鏡剖鸞臺復再圓[80]。秉燭今宵更相照，相逢或恐夢魂前。

　　　　題目　　淮河渡波浪石尤風[81]
　　　　正名　　臨江驛瀟湘秋夜雨

《元曲選》

【校注】

[1]廩（lǐn 凛）給（jǐ 己）：指衣食等生活資料。驛丞：管理驛站的官吏，負責郵傳、車馬、迎送之事。　　[2]管待：照顧接待、款待。　　[3]伴當：隨從。[4]小可：自稱的謙辭。　　[5]打將：發送。將，語助詞，用於動詞之後。前路：這裏指前面的驛站。下文的"前路"，則指前面的道路。關子：即關文，古時官府間的平行文書。　　[6]廉訪使：即肅政廉訪使，宋代官名，爲皇帝特派負責監察本

路官員、人事、物情、州郡不法事。　　　[7]敢待:將要,大概要。敢,大概。
[8]緊:很,厲害。　　　[9]絕早:極早。宋孟元老《東京夢華録·立春》:"至日絕
早,府僚打春,如方州儀。"　　　[10]勞頓:勞累疲乏。頓,疲勞,乏力。　　　[11]權
且:暫且。　　　[12]打醒:吵醒,驚醒。　　　[13]解子:舊時押解罪犯的差役。
[14]沙門島:宋元時流放罪犯的地方。在今山東長島縣西北廟島。《宋史·刑法
志三》:"犯死罪獲貸者,多配隷登州沙門島及通州海島,皆有屯兵使者領護。"好:
這裏是反話,表示不滿語氣。　　　[15]甕瀽(jiǎn 檢):也作甕瀽盆傾(見本劇第三
折),形容雨特別大。甕,一種盛水的陶器。　　　[16]愆(qiān 牽):罪過。
[17]瀟湘景:形容綿綿秋夜雨,猶如一幅"瀟湘夜雨"圖。北宋沈括《夢溪筆談》卷
十七所載"瀟湘八景"繪畫中有"瀟湘夜雨"圖。　　　[18]弟子孩兒:詈語,猶言婊
子養的。　　　[19]但是:衹要。　　　[20]消遣:暫且停留,休息。　　　[21]踐:行。
[22]觔:同"筋"。明張自烈《正字通》:"觔,與筋同。"　　　[23]天道:指天氣。
[24]刁斗:古代銅製的行軍用具,白天用作炊具,夜晚擊以巡更。聲焦:聲音吵鬧。
[25]寒蛩:深秋的蟋蟀。　　　[26]金風:秋風。《文選》卷二九張協《雜詩》:"金風
扇素節。"唐李善注:"西方爲秋,而主金,故秋風曰金風也。"　　　[27]大古裏:大
概。　　　[28]趙貞女羅裙包土:趙貞女,民間傳說中人物。其夫蔡伯喈趕考不回,
災荒中公婆凍餓而死,趙貞女親爲埋葬,並以羅裙包土壘起墳臺。宋南戲有《趙貞
女》劇目,元末高明改編成《琵琶記》,趙貞女改名爲趙五娘。　　　[29]"便哭殺"
二句:用帝女娥皇的故事,晉張華《博物志》卷八:"堯之二女,舜之二妃,曰湘夫人。
舜崩,二妃啼,以涕揮竹,竹盡斑。"參《西廂記諸宮調》注。　　　[30]氣撲:即氣撲
撲,形容生氣時呼吸急促的樣子。　　　[31]誰行(háng 杭):誰跟前,誰那裏。行,
宋元口語,在人稱、自稱後使用,表示方位。　　　[32]間阻:阻隔。　　　[33]鐵馬:
懸掛在屋簷下的金屬片,風一吹即發出碰撞的響聲。　　　[34]寒砧(zhēn 真)擣
杵:形容寒秋的冷落蕭條。砧,擣衣石。杵,擣衣的棒槌。　　　[35]南浦:南面的
水邊。《楚辭·九歌·河伯》:"子交手兮東行,送美人兮南浦。"後泛指送別的地
方。　　　[36]情親:親人。《吕氏春秋》卷二二"壹行":"今行者見大樹必解衣縣
冠倚劍而寢其下,大樹非人之情親知交也,而安之若此者,信也。"　　　[37]淋淋渌
(lù 路)渌:形容濕潤滴水的樣子。渌渌,濕潤貌。　　　[38]喃喃篤篤:絮絮叨叨。
篤篤,象聲詞。　　　[39]"早難道"句:意謂"豈不聞慣曾爲旅常憐客"。早難道:
豈不聞。慣曾:經常。　　　[40]不爭:衹爲。　　　[41]金牌:金元時貴族、權臣所
佩的金虎符、金符、鍍金符等統稱金牌,用以分别地位和職權。宰輔:輔政大臣,這
裏泛指有權勢地位的高官。　　　[42]湯:衝,冒。元高文秀《遇上皇》第二折【南
吕·一枝花】:"湯着風把柳絮迎,冒着雪把梨花拂。"　　　[43]宵宿:夜間住宿。

[44]迭配：遞配，把犯人押到指定地點。元張國賓《合汗衫》第一折："脊杖了六十，迭配沙門島。" [45]爲理：指爲地方官吏。 [46]生各支：生生，硬是。《合汗衫》第二折："想着俺兩口兒從那水撲花兒裏，攙擧的你成人長大，你今日生各支的撇了俺去呵！" [47]合氣：慪氣，賭氣。 [48]勾：捉拿，拘捕。 [49]可不道：豈不道。夫乃婦之天：丈夫是妻子的主宰。封建禮教要求女子"未嫁從父，既嫁從夫，夫死從子。故父者子之天也，夫者婦之天也"（《儀禮・喪服》）。天，這裏指依靠，主宰。 [50]兀的不：這豈不，怎不。《董西廂》卷一："更打着黄昏也，兀的不愁殺人！" [51]方便：算計。 [52]坐：特指定罪。 [53]囉唣：吵鬧。 [54]手零脚碎：謂手脚不乾净，小偷小摸。 [55]鳳冠霞帔：古代命婦的冠戴和服裝，舊時富家女子出嫁也用做禮服。鳳冠，冠上有金玉製成的花鈿和鳳凰形狀的裝飾。霞帔，繡有各種圖案的禮服，類似披肩。 [56]妝臺次：即妝次，表示對女子的敬稱。 [57]梅香：小説戲曲中常用來稱丫鬟、使女。 [58]賊醜生：晉語，猶畜生。 [59]貢官：主考官。 [60]肯分：恰恰。元關漢卿《裴度還帶》第四折【殿前歡】："繡毬兒抛得風團順，肯分的正中吾身。" [61]宿世：前世。 [62]待不沙：如果不。沙，語助詞。 [63]嗔（chēn 抻）嗔忿忿：氣憤，惱怒。 [64]休：即休妻，丈夫把妻子趕回娘家，斷絕夫妻關係。 [65]趙禮部：趙小姐父親在禮部爲官，故稱。 [66]通房：舊時被主子收納侍寢的貼身侍婢，地位較妾爲低。 [67]時乖運蹇：指時運不濟。 [68]排岸司：據《宋史》卷一六五"職官五"載，排岸司隸屬"司農寺"，"掌水運綱船輸納雇直之事"。 [69]不爭：不料。元佚名《雲窗夢》第四折【駐馬聽】："想當初一尊白酒話別離，不爭秦台弄玉彩雲低，都做了江州司馬青衫濕，兩下裏，一般阻隔人千里。" [70]打着：遇着，碰上。 [71]樂昌鏡破不重圓：言夫妻分離不得團圓。唐孟棨《本事詩》"情感第一"載：六朝陳太子舍人徐德言，娶陳後主叔寶之妹樂昌公主爲妻。時陳政方亂，兩人不能相保，爲了便於日後尋找，將銅鏡破開各持一半，執爲信物，後幾經周折，終於破鏡重圓，夫妻團聚。後世用來比喻夫妻失散或分離後重新團聚。 [72]乾受：白受。罪譴：罪責。 [73]另巍巍：威嚴矗立的樣子。森羅殿：即閻王殿。這裏借指掌管生殺予奪的大權。 [74]生刺刺：生硬地。武陵源：相傳東漢劉晨、阮肇入天台山採藥，迷路不得返，覓食入桃花源，遇二仙女成就婚姻。後世常把劉阮所入之桃花源説成武陵源，並援引這個典故比喻婚配。 [75]鳴琴鼓瑟：比喻夫妻融洽和諧。 [76]鸞膠續斷絃：這裏用鸞膠接續斷絃，比喻婚姻和好如初。鸞膠，《海内十洲記》載：煮鳳喙及麟角合煎作膏，能使弓弩斷絃黏合，故名之鸞膠，又稱續絃膠。 [77]文君頭白篇：文君，即卓文君，漢司馬相如妻。頭白篇，指《白頭吟》。漢劉歆撰、晉葛洪輯《西京雜

記》卷三：“相如將聘茂陵人女爲妾，卓文君作《白頭吟》以自絶，相如乃止。”　　[78]限各天：天各一方。限，阻隔。　　　　[79]“劍沉龍浦”句：比喻翠鸞夫妻分而復合。此句典出“延津劍合”。晉雷焕爲豐城令，得龍泉、太阿兩劍，以一劍贈張華，自佩一劍。後張華被誅，劍失其所在。雷焕卒，其子爲州從事，持劍行經延平津，劍忽躍出墮水，化爲二龍蟠縈而去。事見《晉書·張華傳》。　　　　[80]鸞臺：妝臺。　　　　[81]石尤風：逆風，頂頭風。相傳石氏女嫁尤郎，情好甚篤。尤爲商遠行不歸，石氏思念成疾，臨終歎曰：“吾恨不能阻其行，以至於此。今凡有商旅遠行，吾當作大風，爲天下婦人阻之。”此後商旅發船，遇打頭逆風，則曰此石尤風，遂止不行。事見元伊世珍《瑯嬛記》引《江湖紀聞》。

【集評】

（明）朱權《太和正音譜》：“楊顯之之詞，如瑶臺夜月。”

（明）孟稱舜《新鎸古今名劇柳枝集》之《瀟湘夜雨》眉批：“讀此劇，覺瀟瀟風雨從疎櫺中透入，固勝一首《秋聲賦》也。”（楔子）“一路辛酸，竭情寫出”，“一篇白語，可作一文讀”（第四折）。

白　樸

【作者簡介】

白樸（1226—1306 後），字太素，號蘭谷；原名恒，字仁甫。祖籍隩州（今山西曲沃），生於汴梁（今河南開封）。父白華仕金，官至樞密判官。金天興元年（1232），蒙古軍圍攻汴梁，隨金哀宗出奔。城破，家散母亡，樸年方七歲。父執元好問攜其逃難，寓居冠氏（今山東冠縣）。後父北歸，移家真定（今河北正定），樸始專心致力於學業，與文士胡祗遹、王惲、王博文及雜劇作家侯克中、李文蔚、史樟等均有交往。元滅南宋時，隨軍南下，遍游長江中下游一帶，至元十七年（1280）卜居建康（今江蘇南京）。經歷社會的巨變和家世的衰落，白樸潔身自好，拒絶出仕，寄情於詞曲創作。著有雜劇十六種，今存《梧桐雨》、《墻頭馬上》、《東墻記》（此種歸屬尚有疑議）三種；又《流紅葉》、《射雙雕》兩種殘。其中以《梧桐雨》最爲人所稱道。另有詞集《天籟集》傳世；散曲存小令 36 首，套曲 4 套，見《全元散曲》。王文才有《白樸戲曲集校注》(人民文學出版社 1984 年版)。

梧 桐 雨

【題解】

　　本篇選自《梧桐雨》第四折。《梧桐雨》全名《唐明皇秋夜梧桐雨》,敷演唐明皇與楊貴妃的愛情故事。唐明皇寵愛楊貴妃,沉湎聲色,不理朝政。安祿山亂起,明皇偕貴妃匆忙避難西蜀。行至馬嵬坡,六軍不發,要求處死楊氏兄妹,明皇被迫令貴妃自縊。亂平後,明皇駕回長安,每日思念貴妃,終於在夢中相見。然而卻被雨滴梧桐聲驚醒,觸景生情,滿目淒涼,更添無限愁悵。

　　全劇以梧桐作爲貫穿線索,層次清楚,結構緊湊。曲辭細膩傳情,將白居易《長恨歌》中"秋雨梧桐"的意境渲染得淋漓盡致,充滿濃郁的傷感色彩。第四折是全劇抒情的高潮,唐明皇無論是坐對貴妃真容,還是在後宮園亭閒步,不管是夢還是醒,都無法揮去心中的思憶。情與景的交融和映襯,夢境與現實、現實與回憶的對比和照應,尤其是對秋夜梧桐雨的感受和描畫,使唐明皇樂極哀來、一往情深的藝術形象,更加突出和鮮明;情之纏綿與詞之優美渾然一體,集中體現了《梧桐雨》劇本的抒情風格。

　　(高力士上,云)自家高力士是也。自幼供奉內宮,蒙主上擡舉,加爲六宮提督太監[1]。往年主上悅楊氏容貌,命某取入宮中,寵愛無比,封爲貴妃,賜號太真。後來逆胡稱兵[2],僞誅楊國忠爲名,逼的主上幸蜀[3]。行至中途,六軍不進[4]。右龍武將軍陳玄禮奏過,殺了國忠,禍連貴妃。主上無可奈何,祇得從之,縊死馬嵬驛中。今日賊平無事,主上還國,太子做了皇帝。主上養老,退居西宮,晝夜祇是想貴妃娘娘。今日教某掛起真容[5],朝夕哭奠。不免收拾停當,在此伺候咱。(正末上,云)寡人自幸蜀還京,太子破了逆賊,即了帝位[6]。寡人退居西宮養老,每日祇是思量妃子。教畫工畫了一軸真容供養着,每日相對,越增煩惱也呵!(做哭科,唱)

【正宮·端正好】自從幸西川還京兆[7],甚的是月夜花朝[8]!這半年來白髮添多少,怎打疊愁容貌[9]!

【幺篇】瘦岩岩不避群臣笑[10]，玉叉兒將畫軸高挑。荔枝花果香檀卓，目睹了傷懷抱。

（做看真容科，唱）

【滾繡毬】險些把我氣沖倒，身謾靠[11]，把太真妃放聲高叫。叫不應，雨淚嚎咷。這待詔手段高[12]，畫的來沒半星兒差錯。雖然是快染能描[13]，畫不出沉香亭畔迴鸞舞[14]，花萼樓前上馬嬌[15]，一段兒妖嬈。

【倘秀才】妃子呵，常記得千秋節華清宮宴樂[16]，七夕會長生殿乞巧[17]。誓願學連理枝比翼鳥[18]，誰想你乘彩鳳，返丹霄[19]，命夭！

（帶云）寡人越看越添傷感，怎生是好！（唱）

【呆骨朵】寡人有心待蓋一座楊妃廟，爭奈無權柄謝位辭朝。則俺這孤辰限難熬，更打着離恨天最高[20]。在生時同衾枕，不能勾死後也同棺槨[21]。誰承望馬嵬坡塵土中，可惜把一朵海棠花零落了。

（帶云）一會兒身子困乏，且下這亭子去閒行一會咱。（唱）

【白鶴子】那身離殿宇，信步下亭皋[22]。見楊柳裊翠藍絲，芙蓉拆胭脂萼[23]。

【幺】見芙蓉懷媚臉，遇楊柳憶纖腰。依舊的兩般兒點綴上陽宮[24]，他管一靈兒瀟灑長安道[25]。

【幺】常記得碧梧桐陰下立，紅牙筯手中敲[26]。他笑整縷金衣[27]，舞按霓裳樂[28]。

【幺】到如今翠盤中荒草滿[29]，芳樹下暗香消。空對井梧陰，不見傾城貌。

（做歎科，云）寡人也怕閒行，不如回去來。（唱）

【倘秀才】本待閒散心追歡取樂，倒惹的感舊恨天荒地老。快快歸來鳳幃悄，甚法兒捱今宵懊惱！

（帶云）回到這寢殿中，一弄兒助人愁也[30]。（唱）

【芙蓉花】淡氤氳串煙裊[31]，昏慘剌銀燈照[32]。玉漏迢迢，纔是初更報。暗覰清霄，盼夢裏他來到。却不道口是心苗[33]，不住的頻頻叫。

（帶云）不覺一陣昏迷上來，寡人試睡些兒。（唱）

【伴讀書】一會家心焦懆，四壁廂秋蟲鬧。忽見掀簾西風惡，遙觀滿地陰雲罩。俺這裏披衣悶把幃屏靠，業眼難交[34]。

【笑和尚】原來是滴溜溜繞閒階敗葉飄,疏剌剌刷落葉被西風掃,忽魯魯風閃得銀燈爆。廝琅琅鳴殿鐸[35],撲簌簌動朱箔[36],吉丁當玉馬兒向簷間鬧[37]。

　　　　(做睡科,唱)

【倘秀才】悶打頦和衣臥倒[38],軟兀剌方纔睡着[39]。(旦上,云)妾身貴妃是也。今日殿中設宴,宮娥,請主上赴席咱。(正末唱)忽見青衣走來報[40],道太真妃將寡人邀[41],宴樂。

　　　　(正末見旦科,云)妃子,你在那裏來?(旦云)今日長生殿排宴,請主上赴席。(正末云)分付梨園子弟齊備着[42]。(旦下)(正末做驚醒科,云)呀!元來是一夢。分明夢見妃子,卻又不見了。(唱)

【雙鴛鴦】斜軃翠鸞翹[43],渾一似出浴的舊風標[44],映着雲屏一半兒嬌[45]。好夢將成還驚覺,半襟情淚濕鮫綃[46]。

【蠻姑兒】懊惱,窨約[47]。驚我來的又不是樓頭過雁,砌下寒蛩[48],簷前玉馬,架上金雞[49];是兀那窗兒外梧桐上雨瀟瀟[50]。一聲聲灑殘葉,一點點滴寒梢,會把愁人定虐[51]。

【滾繡毬】這雨呵,又不是救旱苗,潤枯草,灑開花萼,誰望道秋雨如膏。向青翠條,碧玉梢,碎聲兒刅剥[52],增百十倍,歇和芭蕉[53]。子管裏珠連玉散飄千顆[54],平白地瀽甕番盆下一宵[55],惹的人心焦。

【叨叨令】一會價緊呵,似玉盤中萬顆珍珠落;一會價響呵,似玳筵前幾簇笙歌鬧;一會價清呵,似翠岩頭一派寒泉瀑;一會價猛呵,似繡旗下數面征鼙操[56]。兀的不惱殺人也麼哥[57]!兀的不惱殺人也麼哥!則被他諸般兒雨聲相聒噪。

【倘秀才】這雨一陣陣打梧桐葉凋,一點點滴人心碎了。枉着金井銀牀緊圍繞[58],祇好把瀽枝葉做柴燒,鋸倒。

　　　　(帶云)當初妃子舞翠盤時,在此樹下,寡人與妃子盟誓時,亦對此樹。今日夢境相尋,又被他驚覺了。(唱)

【滾繡毬】長生殿那一宵,轉迴廊,説誓約,不合對梧桐並肩斜靠,儘言詞絮絮叨叨。沉香亭那一朝,按霓裳,舞六幺[59],紅牙筯擊成腔調,亂宮商鬧鬧炒炒[60]。是兀那當時歡會栽排下,今日淒涼廝輳着[61],暗地量度。

（高力士云）主上，這諸樣草木，皆有雨聲，豈獨梧桐？（正末云）
你那裏知道，我説與你聽者。（唱）

【三煞】潤濛濛楊柳雨，淒淒院宇侵簾幕。細絲絲梅子雨，裝點江干滿
樓閣[62]。杏花雨紅濕闌干，梨花雨玉容寂寞。荷花雨翠蓋翩翩，豆花
雨綠葉瀟條。都不似你驚魂破夢，助恨添愁，徹夜連宵。莫不是水仙
弄嬌，蘸楊柳灑風飄[63]？

【二煞】咪咪似噴泉瑞獸臨雙沼[64]，刷刷似食葉春蠶散滿箔[65]。亂灑
瓊階，水傳宮漏，飛上雕簷，酒滴新槽。直下的更殘漏斷，枕冷衾寒，
燭滅香消。可知道夏天不覺，把高鳳麥來漂[66]。

【黃鐘煞】順西風低把紗窗哨[67]，送寒氣頻將繡户敲。莫不是天故將
人愁悶攪？度鈴聲響棧道[68]。似花奴羯鼓調[69]，如伯牙《水仙
操》[70]。洗黃花潤籬落，漬蒼苔倒墻角。渲湖山漱石竅，浸枯荷溢池
沼。沾殘蝶粉漸消，灑流螢焰不着。綠窗前促織叫，聲相近雁影高。
催鄰砧處處搗，助新涼分外早。斟量來這一宵，雨和人緊厮熬。伴銅
壺點點敲，雨更多淚不少。雨濕寒梢，淚染龍袍。不肯相饒。共隔着
一樹梧桐直滴到曉。

　　　　　題目　　安禄山反叛兵戈舉　　陳玄禮拆散鸞鳳侶
　　　　　正名　　楊貴妃曉日荔枝香　　唐明皇秋夜梧桐雨

《元曲選》

【校注】

[1]六宮提督太監：總管皇帝後宮事務的太監。唐、宋、金、元均無此官職，疑爲作
者杜撰。　　[2]逆胡稱兵：指安史之亂。稱兵，興兵。　　[3]幸：指皇帝到達某
地。　　[4]六軍：指唐代的禁軍。《新唐書·百官志四上》：“左右龍武，左右神
武，左右神策，號六軍。”　　[5]真容：畫像。　　[6]“太子”二句：天寶十五載
（756）七月，太子李亨即位於靈武（今屬寧夏），稱爲唐肅宗，改元至德。
[7]京兆：今陝西西安。本爲漢代首都長安的輔佐地區。這裏用來稱唐代京都長
安。　　[8]甚的是：什麼是，猶言哪裏有。月夜花朝：即月夕花朝。古人以二月
十五日爲花朝，以八月十五夜爲月夕。宋楊纘《一枝春》：“還又把月夜花朝，自今

細數。"　　［9］打疊：指打點、收拾。　　［10］瘦岩岩：即瘦懨懨，形容消瘦疲乏的
樣子。　　［11］謾：同"漫"，隨意。　　［12］待詔：唐代翰林院待詔所，備有擅長
文詞、經學、醫卜、藝術之士，供皇帝隨時詔用，稱爲待詔。這裏指畫待詔，即上文
所説的畫工。　　［13］快染：形容技藝的嫻熟。染，繪畫的着色。　　［14］沉香
亭：在長安興慶宮御苑内，玄宗與楊妃常在此游賞。迴鸞：六朝舞曲名。
［15］花蕚樓：即花蕚相輝樓，在興慶宮之西。上馬嬌：圖畫名，宋樓鑰有《題楊妃
上馬圖》詩："金鞍欲上故徐徐，想見華清被寵初。"元陶宗儀《輟耕録·題跋》有
陳伯敷《題楊妃上馬嬌圖跋》。　　［16］千秋節：唐玄宗的生日是八月五日，開
元十七年（729），群臣上表請以這一天爲"千秋節"。天寶七載（748）改爲"天長
節"（參《册府元龜》卷二"誕聖"）。華清宮：唐宮名，故址在今陝西臨潼驪山上。
［17］七夕會：舊以七月七日爲牛郎、織女相會之日。《藝文類聚》卷四引《續齊
諧記》："桂陽城武丁，有仙道，謂其弟曰'七月七日，織女當渡河，諸仙悉還宫。'
弟問曰：'織女何事渡河？'答曰：'織女暫詣牽牛。'世人至今云織女嫁牽牛也。"
長生殿：唐代帝王的寢殿稱長生殿。唐明皇的長生殿在華清宮。乞巧：舊以七
月七日爲乞巧節。《初學記》卷四引梁宗懍《荆楚歲時記》："七夕，婦人結綵縷，
穿七孔針，或以金銀鍮石爲針，陳瓜果於庭中以乞巧。有喜子網於瓜上，則以爲
得。"　　［18］"誓願學"句：唐白居易《長恨歌》："七月七日長生殿，夜半無人私
語時，在天願作比翼鳥，在地願爲連理枝。"此句用其詩意。　　［19］乘彩鳳，返
丹霄：楊妃乘彩鳳上天爲仙，喻其死。丹霄，指天上。　　［20］"則俺這"二句：意謂
孤苦的日子已是難熬，更遭受天上人間無緣相會的痛苦。孤辰限：孤寡不吉的日
子。過去以天干和地支計算日辰，每旬中多出而無天干相配的地支，稱爲孤辰。
星相家占卜得孤辰認爲不吉利。限，時限。打：遭逢。離恨天：佛教認爲天有三十
三層，"離恨天"最高。　　［21］棺槨：泛指棺材。槨，套在内棺外的大棺。
［22］亭皋：水邊的亭子。皋，水邊地。　　［23］拆：同"坼"，裂開，綻開。
［24］上陽宮：在東都洛陽（今屬河南）。這裏泛指長安的宮殿。　　［25］管：包
管。一靈兒：靈魂。瀟灑：凄清，冷落。　　［26］紅牙筯（zhù 柱）：檀木筯。筯，同
"箸"，筷子。本劇第二折有"紅牙筯趁五音擊着梧桐按"句，"梧桐"代指琴。可知
"紅牙筯"應指形似筷子的擊琴器具。　　［27］縷金衣：即金縷衣，指舞衣。
［28］霓裳樂：即霓裳羽衣曲。初名《婆羅門曲》，開元中西河節度使楊敬忠所獻，後
經玄宗加工潤色並製歌詞，改爲今名。　　［29］翠盤：指一種供舞蹈表演用的翡
翠圓盤。本劇第二折寫新秋之夜，唐明皇和楊妃在沉香亭畔小宴，高力士"請娘娘
登盤演一回霓裳之舞"，於是"把個太真妃扶在翠盤間"。元明散曲、戲曲中常有楊
妃舞翠盤之説，如元王伯成《天寶遺事諸宮調》"明皇擊梧桐"【么篇】："把貴妃攙

斷在翠盤中。”　　　〔30〕一弄兒:一味地。　　　〔31〕氤氲:形容煙氣彌漫的樣子。
串煙:指燃香升起的裊裊煙縷。　　　〔32〕昏慘剌:昏暗、凄慘的樣子。剌,語助詞。
〔33〕口是心苗:猶言口爲心聲。　　　〔34〕業眼難交:難以合眼入睡。業眼,佛教
語,指罪孽的眼睛。常用於自怨自詈。　　　〔35〕琅(láng 郎)琅:象聲詞。殿鐸:
殿簷所懸掛的風鈴。　　　〔36〕朱箔:朱簾。　　　〔37〕玉馬兒:古代在屋簷下懸掛
玉片,風吹碰擊作響,稱玉馬。後來代之以鐵片,又叫做“鐵馬”。　　　〔38〕悶打
頦:悶慨慨地。打頦,也作“打孩”、“答孩”等,語助詞。　　　〔39〕軟兀剌:軟軟地。
兀剌,語助詞。　　　〔40〕青衣:婢女,這裏指宮女。漢以後以青衣爲賤者之服,婢
女身着青衣,故稱之爲“青衣”。白居易《懶放二首呈劉夢得吳方之》詩:“青衣報
平旦,呼我起盥櫛。”　　　〔41〕太真妃:即楊貴妃。册封前曾做過女道士,號太真,
故稱。　　　〔42〕梨園子弟:唐玄宗知音律,又酷愛法曲,挑選三百人,在禁苑梨園
演習音樂,聲有誤者,親爲指正,號皇帝梨園子弟。見《新唐書·禮樂志》。後世通
稱戲曲藝人爲“梨園子弟”。　　　〔43〕斜嚲(duǒ 朵):斜垂的樣子。翠鸞翹:婦女
貴重的首飾。　　　〔44〕渾一似:完全像。風標:風韻。“出浴的舊風標”,回憶華清
賜浴事,言(楊妃)舊時的風韻猶存。白居易《長恨歌》:“春寒賜浴華清池,温泉水
滑洗凝脂。侍兒扶起嬌無力,始是新承恩澤時。”　　　〔45〕雲屏:雲母裝飾的屏風。
〔46〕鮫(jiāo 交)綃(xiāo 消):指絲手帕。鮫,即鮫人,傳説中的海底人魚,善織綃。
〔47〕窨(yìn 印)約:也作“暗約”、“黯約”等,思量、思忖意。　　　〔48〕寒蛩(qióng
窮):秋蟲。蛩,蟋蟀。　　　〔49〕金雞:錦雞,指報曉的公雞。　　　〔50〕兀那:那。
兀,發語詞,無義。　　　〔51〕定虐:同“定害”,打擾,糾纏。元高明《琵琶記》第二
十四齣:“奴家多番來定害公公了,不敢來相惱。”　　　〔52〕剽剝:象聲詞,也可寫作
“畢剥”等。　　　〔53〕歇和:也作“協和”,指聲音相和。這裏形容急雨打芭蕉聲。
元李唐賓《梧桐葉》第二折【煞尾】:“惟有秋深更凄楚,怎當他協和芭蕉夜窗
雨。”　　　〔54〕子管裏:即祇管。子,祇。　　　〔55〕瀽(jiǎn 簡)甕番盆:即倒罐翻
盆,形容傾盆大雨。瀽,傾倒。　　　〔56〕征鼙:軍鼓。　　　〔57〕也麽哥:語尾助詞,
無義,【叨叨令】的定格使用。　　　〔58〕金井:石井,金謂其堅固。這裏泛指宮廷禁
苑中的水井。銀牀:對漢白玉石井欄的美稱。唐人詩中常用金井銀牀、梧桐黃
葉來詠秋景,如李白《贈別舍人弟台卿之江南》:“梧桐落金井,一葉飛銀牀。”
〔59〕六幺:也作綠腰,唐代大曲名。　　　〔60〕宮商:我國古代五聲音階“宮、商、
角、徵(zhǐ 指)、羽”的簡稱。這裏指音調。　　　〔61〕廝輳:相凑,相聚攏。
〔62〕江干:江邊。　　　〔63〕“莫不是”二句:謂難道不是水神在故意撒嬌,用柳
枝蘸着甘露隨風飄灑。水仙:天上司雨的神仙。蘸楊柳:傳説觀音菩薩持楊柳灑
甘露。唐韓偓《詠柳》詩:“裊雨拖風不自持……便似觀音手裏時。”　　　〔64〕咻

(chuáng 床)味:象聲詞,形容雨聲。噴泉瑞獸臨雙沼:泉水從池沼旁的石獸口中噴出。 [65]箔(bó 伯):養蠶用的竹篩、竹席。 [66]高鳳麥來漂:高鳳,東漢人。妻子下田工作,讓他看管曬在庭中的麥子。天忽降暴雨,鳳專心讀書,麥子被水飄走而不覺。事見《後漢書·高鳳傳》。這裏用典説明雨水大。 [67]哨:同"潲(shào 紹)",雨點因風而斜落。"紗窗哨"指雨潲進紗窗。與下句"繡户敲"對舉成文。 [68]度鈴聲響棧道:據《楊太真外傳》等書記載:唐明皇避亂入蜀,至斜谷口,遇連日霖雨,在棧道中聽到鈴聲,因悼念楊貴妃,仿其聲爲《雨霖鈴》曲。[69]花奴羯鼓調:花奴,唐汝陽王李璡(jìn 晉),小名花奴,擅長擊羯鼓。羯鼓,一種由少數民族傳入的樂器,形狀如桶,兩頭均可敲擊。這裏以羯鼓的曲調狀雨聲繁急。[70]伯牙《水仙操》:伯牙,春秋時人,善鼓琴。水仙操,琴曲名。傳説伯牙學琴,三年未成。師攜其至東海蓬萊山,讓他領略海水聲、山林聲、鳥鳴聲,遂感悟,作《水仙操》名曲。見孫星衍校《平京館叢書》本《琴操》。

【集評】

(明)孟稱舜《新鐫古今名劇酹江集》之《秋夜梧桐雨》眉批云:"此劇與《孤雁漢宮秋》格套既同,而詞華亦足相敵。一悲而豪,一悲而艷;一如秋空唳鶴,一如春月啼鵑。使讀者一憤一痛,淫淫乎不知淚之何從,固是填詞家鉅手也。"又評其第四折【蠻姑兒】以下數曲云:"此下只説雨聲,而愁恨千端,如飛泉噴瀑,一時傾瀉。"

(清)厲鶚《東城雜記》卷下:"元人白仁甫有《梧桐雨》雜劇,亦寫《雨淋鈴》一曲,用事可謂工切。"

王國維《人間詞話》六十四:"白仁甫《秋夜梧桐雨》劇,沈雄悲壯,爲元曲冠冕。"

康進之

【作者簡介】

康進之,棣州(今山東惠民)人,元代早期雜劇作家,生平不詳。一云姓陳名進之(清曹棟亭本《錄鬼簿》注)。孫楷第先生疑其與金末元初康顯之"爲兄弟行",其雜劇皆涉東平,"蓋亦曾寓東平"(《元曲家考略》丁集)。作有雜劇二種,今僅存《梁山泊李逵負荆》,另一種《黑旋風老收心》已佚。

李逵負荆

【題解】

　　本篇選自《李逵負荆》第三折。《李逵負荆》全名《梁山泊李逵負荆》,爲現存元雜劇水滸戲的傑作。此劇寫强盜宋剛、魯智恩假託宋江、魯智深之名,强娶王林的女兒滿堂嬌。李逵路過杏花莊,在王林店中飲酒,聽其哭訴,信以爲真。於是怒上梁山,持斧砍杏黄旗,大鬧聚義堂,斥責宋江和魯智深。宋江與李逵立下軍令狀,一同下山質對。待真相大白後,李逵負荆請罪。恰老王林上山報信,告知宋剛、魯智恩被他灌醉在家,宋江命李逵擒拿二賊,將功補過。全劇利用誤會、巧合結撰劇情,通過喜劇衝突塑造了梁山英雄李逵的憨厚莽撞、嫉惡如仇和知錯必改的藝術形象。劇本第三折敷演李逵、宋江、魯智深與王林對質,語言樸素生動,口吻畢肖,成功地刻畫了李逵自信、惱怒、羞愧的心理變化,在幽默詼諧中展示人物個性。

　　(王林做哭上,云)我那滿堂嬌兒也,則被你想殺我也。老漢王林,被那兩個賊漢將我那女孩兒搶將去了,今日又是三日也。昨日有那李逵哥哥去梁山上尋那宋江、魯智深,要來對證這一椿事哩。老漢如今收拾下些茶飯,等候則個[1]。(做哭科,云)我那滿堂嬌兒,說道今日第三日,送他來家,不知來也是不來?則被你想殺我也。(宋江同智深、正末上)(宋江云)智深兄弟,咱行動些。你看那山兒,俺在頭裏走,他可在後面。俺在後面走,他可在前面。敢怕我兩個逃走了那?(正末云)你也等我一等波,聽見到丈人家去,你好喜歡也。(宋江云)智深兄弟,你看他那厮迷言迷語的[2],到那裏認的不是,山兒,我不道的饒了你哩[3]。(正末唱)

【商調・集賢賓】過的這翠巍巍一帶山崖腳,遥望見滴溜溜的酒旗招[4]。想悲歡不同昨夜,論真假祇在今朝。(云)花和尚[5],你也小腳兒,這般走不動,多則是做媒的心虛,不敢走哩。(魯智深云)你看這厮!(正末唱)魯智深似窟裏拔蛇[6],(云)宋公明,你也行動些兒。你祇是拐了人家女孩兒,害羞也,不敢走哩。(宋江云)你看他波!(正末唱)宋公明似氈上拖毛[7]。則俺那周瓊姬,你可甚麼王子喬[8],玉人在何處吹簫[9]?我不合蹬翻了鶯燕友,拆散了這鳳鸞交[10]。

（云）我今日同你兩個，來這杏花莊上呵，（唱）

【逍遙樂】倒做了逢山開道，（魯智深云）山兒，我還要你遇水搭橋哩。（正末唱）你休得順水推船，偏不許我過河拆橋。（宋江做前走科）（正末唱）當不的他納胯挪腰[11]。（宋江云）山兒，你不記得上山時，認俺做哥哥，也曾有八拜之交哩[12]。（正末唱）哥也，你祇說在先時，有八拜之交。原來是花木瓜兒外看好[13]，不由咱不回頭兒暗笑。待和你爭甚麼頭角[14]，辯甚的衷腸，惜甚的皮毛[15]。

　　（云）這是老王林門首。哥也，你莫言語，等我去喚門。（宋江云）我知道。（李逵叫門科）老王！老王！開門來。（王林做打盹）（正末又叫科）（云）老王！開門來，我將你那女孩兒送來了也。（王林做驚醒科，云）真個來了？我開開這門。（做抱正末科，云）我那滿堂嬌兒也！呸！原來不是。（正末唱）

【醋葫蘆】這老兒外名喚做半槽，就裏帶着一杓[16]。是則是去了你那一十八歲這箇滿堂嬌[17]，更做你家年紀老[18]。（云）俺叫了兩三聲不開門，第三聲道：送將你那滿堂嬌女孩兒來了。他開開門，摟著俺那黑脖子，叫道：我那滿堂嬌兒也。（唱）老兒也似這般煩惱的無顛無倒[19]，越惹你揉眵抹淚哭嚎啕[20]。

　　（云）哥也，進家裏來坐着。（宋江、魯智深做入坐科）（正末云）他是一個老人家，你可休諕他，我如今着他認你也。老王，你過去認波。（王林云）老漢正要認他哩。（宋江云）兀那老子[21]，你近前來，我就是宋江。我與你說，那個奪將你那女孩兒去？則要你認的是者。我與山兒賭着六陽會首哩[22]。（正末云）老王，你認去，可正是他麼？（王林做認科，云）不是他！不是他！（宋江云）可如何？（正末云）哥也，你等他好好認咱，怎麼先睜着眼嚇他？這一嚇他還敢認你那？兀的老王[23]，祇為你那女孩兒，俺弟兄兩箇賭着頭哩。老王，兀那箇不是你那女婿，拐了滿堂嬌孩兒的宋江？（王林做再認搖頭科，云）不是！不是！（宋江云）可何如？（正末唱）

【幺篇】你則合低頭就坐來[24]，誰着你睜睛先去瞧？則你個宋公明威勢怎生豪[25]，剛一瞅，早將他魂靈嚇掉了。這便是你替天行道，則俺那無情板斧肯擔饒[26]？

　　（云）老王，你來，兀那禿厮，便是做媒的魯智深，你再去認咱。
　　（魯智深云）你快認來。（王林做再認科，云）不是！不是！那兩
個一個是青眼兒長子，如今這個是黑矮的。那一個是稀頭髮臘
梨[27]，如今這個是剃頭髮的和尚。不是！不是！（魯智深云）山
兒，我可是哩。（正末云）你這禿厮，由他自認，你先么喝一聲怎
麽？（唱）

【幺篇】誰不知你是鎮關西魯智深，離五臺山才落草[28]。便在黑影中
摸索也應着，祇被你爆雷似一聲先諕倒。那呆老子怕不知名號，（帶
云）適纔間他也待認來。（唱）祇見他搖頭側腦費量度[29]。

　　（宋江云）既然認的不是，智深兄弟，我們先回山去，等鐵牛自來支
對。（正末云）老王，我的兒，你再認去。（王林云）哥，我說不是
他，就不是他了，教我再認怎的？（正末做打王林科）（王林云）可
憐見，打殺老漢也。（正末唱）

【後庭花】打這老子没肚皮攬瀉藥[30]，偏不的我敦葫蘆摔馬杓[31]。
（宋江云）小僂儸將馬來，俺與魯家兄弟先回去也。（正末云）你道是
弟兄每將馬來，先回山寨上去。我道：哥也，你再坐一坐，等那老子再
細認波。（唱）哥哥道輔馬來還山寨，（帶云）哎！哥也，羞的你兄弟，
（唱）恰便似牽驢上板橋[32]。惱的我怒難消，踹匾了盛漿鐵落[33]，轆
轤上截井索，芭棚下瀽副槽[34]，擲碎了舀酒瓢，砍折了切菜刀。

【雙雁兒】就恨不一把火，刮刮拶拶燒了你這草團瓢[35]。將人來，險
中倒[36]，氣得咱，一似那鯽魚跳。可不道家有老敬老[37]，家有小敬
小。

　　（宋江云）智深兄弟，喒和你回山寨去。（詩云）堪笑山兒忒慕
古[38]，無事空將頭共賭。早早回來山寨中，舒出脖子受板斧。
　　（同魯智深下）（正末做歎科，云）嗨！這的是山兒不是了也。
　　（唱）

【浪裏來煞】方信道人心未易知，燈臺不自照[39]，從今後開眼見箇低
高。没來由共哥哥賭賽着，使不的三家來便厮靠[40]，則這三寸舌是俺
斬身刀。（下）

（王林云）李逵哥哥去了也。他今日果然領將兩個人來，着我認道是也不是。元來一個是真宋江，一個是真魯智深，都不是拐我女孩兒的。不知被那兩個天殺的拐了我滿堂嬌兒去，則被你想殺我也。（宋剛做打嚏，同魯智恩、旦兒上，云）打嚏耳朵熱，一定有人説。可早來到杏花莊也。我那太山在那裏[41]？我每原許三日後，送你女孩兒回家。如今來也。（王林做相見，抱旦哭科，云）我那滿堂嬌兒也！（宋剛云）太山，我可不説謊，準準三日，送你令愛還家。（王林云）多謝太僕擡舉[42]！老漢祇是家寒，急切裏不曾備的喜酒。且到我女兒房裏吃一杯淡酒去，待明日宰個小小雞兒請你。（魯智恩云）老王，我那山寨上有的是羊酒，我教小僂儸趕二三十個肥羊，擡四五十擔好酒送你。（王林云）多謝太僕！祇是老漢没的謝媒紅送你，惶恐殺人也。（宋剛云）俺們且到夫人房裏去吃酒來。（下）（王林云）這兩個賊漢，元來不是梁山泊上頭領。他拐了我女孩兒，左右弄做破罐子，倒也罷了。祇可惜那李逵哥哥，一片熱心，賭着頭來，這須不是耍處。我如今將酒冷一碗，熱一碗，勸那兩個賊漢吃的爛醉。到晚間等他睡了，我悄悄蹅上梁山[43]，報與宋公明知道，搭救李逵，有何不可？（詩云）做甚麽老王林夜走梁山道？也則爲李山兒恩義須當報。但愁他一湧性殺了假宋江[44]，連累我滿堂嬌要帶前夫孝。

《元曲選》

【校注】

[1]則個：語助詞。意近於“着”。　　[2]迷言迷語：胡言亂語。　　[3]不道的：豈肯，怎麽能。　　[4]滴溜溜：旋轉的樣子。　　[5]花和尚：魯智深的綽號。[6]窟裏拔蛇：蛇入洞穴，很難拔出。這裏形容行動遲緩。　　[7]氈上拖毛：氈爲毛織物，在氈上拖毛，澀滯難行。藉以形容脚步遲緩，畏縮不前。　　[8]“則俺那”二句：意謂如果滿堂嬌是周瓊姬，你卻算什麽王子高。瓊姬：一作“瑶英”。王子喬：“喬”應作“高”。相傳宋人王迥，字子高，與仙女周瓊姬相愛，同游芙蓉城。事見宋胡微之《芙蓉城傳》。蘇軾有《芙蓉城》詩，其小引云：“世傳王迥子高，與仙人周瑶英游芙蓉城。元豐三年三月，余始識子高，問之，信然，乃作此詩。”則：表示假設，如果。可甚麽：算什麽。　　[9]玉人在何處吹簫：意謂你究竟把滿堂嬌藏

到何處？相傳蕭史善吹簫,秦穆公遂以女兒弄玉妻之。蕭史教弄玉吹簫作鳳鳴,後來終於引來鳳凰,二人皆乘鳳凰飛去。事見《列仙傳》卷上。杜牧《寄揚州韓綽判官》:"二十四橋明月夜,玉人何處教吹簫?"　　[10]鶯燕友、鳳鸞交:比喻情侶或佳偶。　　[11]納胯挪腰:也作"納胯桩么",元人慣用語。意爲裝模作樣,裝腔作勢。元高文秀《諕范叔》第一折【鵲踏枝】:"出來的苫眼鋪眉,一箇箇納胯挪腰,說謊的今時可便使着。"　　[12]八拜之交:指結拜兄弟。　　[13]花木瓜兒外看好:當時的諺語,比喻徒有其表。元佚名《舉案齊眉》第四折【得勝令】:"俺如今行處馬頭高,人面上逞英豪。則俺那美玉十分俊,不似你花木瓜外看好。"[14]頭角:優勝。宋石介《徂徠集》卷四《元均首登賢良科因寄》:"曾向當年競頭角,直從此日決雌雄。"　　[15]皮毛:指表面的東西。　　[16]"這老兒"二句:謂老王林嗜酒,外號叫半槽,再加上一杓酒。言其嗜酒,此番借酒澆愁,更醉得迷裏迷糊。外名:外號。半槽:謂半槽酒。槽,釀酒的器具。就裏:内中。[17]是則是:雖則是。　　[18]更做:又作"便做到",表示假設,即便是,縱使。[19]無顛無倒:顛顛倒倒,心神不定。　　[20]眵(chī吃):眼睛分泌的粘液。俗稱眼屎。　　[21]兀那:那。　　[22]六陽會首:中醫認爲人體十二經脈中,手三陽、足三陽皆會於頭部,故稱頭爲"六陽會首"。　　[23]兀的:這。　　[24]則合:衹合,衹該。　　[25]怎生:如何。　　[26]擔饒:饒恕。　　[27]臘梨:癩痢的諧音,指癩痢頭,一種長在頭上的皮膚病。　　[28]鎮關西魯智深:魯智深俗名魯達,原爲延安經略府的武官提轄,因仗義救人,三拳打死惡霸鎮關西鄭屠,逃到五臺山剃度出家,賜法名智深。後來離開五臺,上了水泊梁山聚義。落草:入山林當强盜。這裏指與官府爲敵。　　[29]量度(duó奪):估量,思量。　　[30]没肚皮攬瀉藥:没有好腸胃卻偏要吃瀉藥。這裏意爲没有把握,亂説一通闖禍。[31]"偏不的"句:怪不得我要生氣發脾氣。偏不的:怪不得。敦葫蘆摔馬杓:摔打器物表示特别生氣。敦,摔打。葫蘆,盛酒的器具。馬杓,舀水、酒的器物。[32]牽驢上板橋:比喻李逵進退兩難,羞愧難當。　　[33]鐵落:鐵罐子。明徐弘祖《徐霞客游記》卷一下"閩游日記":"手提鐵落,置松燃火,燼輒益之。"[34]芭棚下漤副槽:將芭茅草棚中酒槽裏的酒漤掉。芭,指芭茅,即芒。明李時珍《本草綱目・草二》:"(芒)今俗謂之芭茅,可以爲籬笆故也。"漤,漤掉。副槽,與上句"井索"相對,應爲名詞,疑指盛酒的木槽。　　[35]刮刮拶(zā匝)拶:象聲詞,烈火燃燒的聲音。草團瓢:小茅屋。指上文所説的芭棚。明方以智《通雅》卷三十八"宫室"釋"團瓢"曰:"謂爲一瓢之地也。"　　[36]中倒:中風猝然倒地。[37]可不道:豈不知。　　[38]慕古:不知權變,迂腐癡呆。宋葉適《習學記言》卷二十:"高則有慕古之迂,卑則有循俗之陋,故其事止於如此。"元李冶《敬齋古今觥》卷五：“今人以不達權變者爲慕古，蓋謂古而不今也。”　　　[39]燈臺不自照：燈臺照人不照己，比喻看不見自己的短處。此處意謂自己没有仔細地想一想。
[40]厮靠：相依靠，此指三方對證而言。　　　[41]太山：即泰山，岳父。
[42]太僕：官名，主管皇帝的輿馬和馬政。這裏用來尊稱綠林好漢。元秦簡夫《趙禮讓肥》第二折【么篇】：“這的是小生的違拗，告太僕且耽饒。”　　　[43]驀：跨，大步跨越。元關漢卿《五侯宴》第一折【金盞兒】：“都一般牽掛着他這簡親腸肚，我這裏兩步爲一驀，急急下街衢。”　　　[44]一湧性：一時衝動。

【集評】

　　（明）孟稱舜《新鐫古今名劇酹江集》之《李逵負荆》眉批：“曲語句句當行，手筆絶高絶老，至其摹像李山兒，半粗半細，似呆似慧，形景如見，世無此巧丹青也。”

　　胡適《〈水滸傳〉考證》：“我們看高文秀與康進之的李逵，便可知道當時的戲曲家對於梁山泊好漢的性情人格的描寫，還没有到固定的時候，還在極自由的時代：你造你的李逵，他造他的李逵；你造一本李逵《喬教學》，他便造一本李逵《喬斷案》；你形容李逵的精細機警，他描寫李逵的細膩風流。這是人物描寫一方面的互異處。”

紀君祥

【作者簡介】

　　紀君祥，大都（今北京）人。生平事迹不詳。《録鬼簿》稱其與“李壽卿、鄭廷玉同時”，爲元代早期雜劇作家。著有雜劇六種，今僅存《趙氏孤兒》，又《松陰夢》殘存一折。

趙氏孤兒

【題解】

　　本篇選自《趙氏孤兒》第三折。《趙氏孤兒》的全名一作《冤報冤趙氏孤兒》（《元刊雜劇三十種》本），一作《趙氏孤兒大報讎》（《元曲選》本、《酹江集》本）。其中“元刊本”四折一楔子，衹存曲文而無科白，但時間最早，仍可見其元代面貌。《元曲選》本五折一楔子,是流行最廣的本子。二者之間儘管存在不少的差異,但主要情節大體一致。此劇演春秋晉靈公時,趙盾與屠岸賈矛盾激化。屠岸賈進讒言,將趙盾一家滿門殺絕,並詐傳靈公之命,逼趙盾之子駙馬趙朔自刎,軟禁公主。公主產下一子,按趙朔的遺言起名爲趙氏孤兒。草澤醫士程嬰以送藥爲名,將孤兒藏匿藥箱中帶出。屠岸賈下令全國大搜捕。程嬰先躲到公孫杵臼家,求他撫養孤兒長大報仇。公孫以自己年邁難當重任,甘願作出犧牲,而程嬰遂替換己子,冒充孤兒,然後出首告發。屠岸賈將信將疑,親自審問,並令程嬰拷打公孫,公孫撞階而死。屠岸賈以程嬰爲心腹,並認其子(即趙氏孤兒)爲義子。二十年後,趙氏孤兒長大,程嬰告以真相,孤兒決意復仇。"元刊本"祇寫到此。《元曲選》第五折寫趙氏孤兒奏知主公,捉拿屠岸賈。魏絳宣聖命,趙氏孤兒復姓,賜名趙武,韓厥、程嬰、公孫杵臼等各有褒獎。

劇本所演述的内容與《史記·趙世家》、劉向《新序》、《説苑》等記載基本相同,與《春秋左氏傳》成公八年的記載大異。顯然《左傳》可能更接近事實,而《史記》等大概吸收了民間傳説。

《趙氏孤兒》中的程嬰、韓厥、公孫杵臼等,爲了"義"不惜赴湯蹈火,捨己救人。故事的悲壯與人物精神世界的高尚,給人們留下了不可磨滅的印象。所選第三折由公孫杵臼主唱,着重寫大搜捕後的"救孤",突出正義與邪惡的直接交鋒。作者通過程嬰、公孫杵臼與屠岸賈之間的微妙關係,細膩地刻畫了屠岸賈的陰險狡詐,公孫杵臼被拷打時的心理活動,以及程嬰直面親子慘死的悲痛。故事情節曲折生動,懸念疊起,氣氛緊張,具有强烈的悲劇效果。

《趙氏孤兒》在中國戲曲史上,是一部影響很大的劇作,在西方的悲劇理論輸入中國以後,更被王國維等學者視爲中國悲劇的代表作之一。該劇早在十八世紀三十年代即已傳入法國,伏爾泰曾根據法譯本改編爲《中國孤兒》。

(屠岸賈領卒子上,云)兀的不走了趙氏孤兒也! 某已曾張掛榜文,限三日之内,不將孤兒出首,即將晉國内小兒但是半歲以下[1],一月以上,都拘刷到我帥府中[2],盡行誅戮。令人[3],門首覷者,若有首告之人[4],報復某家知道。(程嬰上,云)自家程嬰是也。昨日將我的孩兒送與公孫杵臼去了,我今日到屠岸賈根前首告去來[5]。令人,報復去,道有了趙氏孤兒也。(卒子云)你則在這裏,等我報復去。(報科,云)報的元帥得知,有人來報,趙氏孤兒有了也。（屠岸賈云）在那裏？（卒子云）現在門首哩。（屠岸賈云）着他過來。（卒子云）着過來。（做見科，屠岸賈云）兀那廝，你是何人？（程嬰云）小人是個草澤醫士程嬰[6]。（屠岸賈云）趙氏孤兒今在何處？（程嬰云）在呂呂太平莊上，公孫杵臼家藏着哩。（屠岸賈云）你怎生知道來？（程嬰云）小人與公孫杵臼曾有一面之交，我去探望他，誰想卧房中錦繃繡褥上[7]，躺着一個小孩兒。我想公孫杵臼年紀七十，從來沒兒沒女，這個是那裏來的？我説道：“這小的莫非是趙氏孤兒麽？”只見他登時變色，不能答應。以此知孤兒在公孫杵臼家裏。（屠岸賈云）咄！你這匹夫，你怎瞞的過我。你和公孫杵臼往日無讎，近日無冤，你因何告他藏着趙氏孤兒？你敢是知情麽！説的是，萬事全休；説的不是，令人，磨的劍快，先殺了這個匹夫者。（程嬰云）告元帥暫息雷霆之怒，略罷虎狼之威，聽小人訴説一遍咱。我小人與公孫杵臼原無讎隙，衹因元帥傳下榜文，要將普國內小兒拘刷到帥府，盡行殺壞。我一來爲救普國內小兒之命；二來小人四旬有五，近生一子，尚未滿月。元帥軍令，不敢不獻出來，可不小人也絕後了？我想有了趙氏孤兒，便不損壞一國生靈，連小人的孩兒也得無事，所以出首。（詩云）告大人暫停嗔怒，這便是首告緣故；雖然救普國生靈，其實怕程家絕户。（屠岸賈笑科，云）哦！是了。公孫杵臼元與趙盾一殿之臣，可知有這事來。令人，則今日點就本部下人馬，同程嬰到太平莊上，拿公孫杵臼走一遭去。（同下）（正末公孫杵臼上，云）老夫公孫杵臼是也。想昨日與程嬰商議救趙氏孤兒一事，今日他到屠岸賈府中首告去了。這早晚屠岸賈這廝必然來也呵！（唱）

【雙調·新水令】我則見蕩征塵飛過小溪橋，多管是損忠良賊徒來到。齊臻臻擺着士卒，明晃晃列着槍刀。眼見的我死在今朝，更避甚痛笞掠[8]。

（屠岸賈同程嬰領卒子上，云）來到這呂呂太平莊上也。令人，與我圍了太平莊者。程嬰，那裏是公孫杵臼宅院？（程嬰云）則這個便是。（屠岸賈云）拿過那老匹夫來。公孫杵臼，你知罪麽？

（正末云）我不知罪。（屠岸賈云）我知你個老匹夫和趙盾是一殿
之臣。你怎敢掩藏着趙氏孤兒！（正末云）老元帥，我有熊心豹
膽？怎敢掩藏着趙氏孤兒！（屠岸賈云）不打不招。令人，與我
揀大棒子着實打者。（卒子做打科）（正末唱）

【駐馬聽】想着我罷職辭朝，曾與趙盾名爲刎頸交[9]。（云）這事是誰
見來？（屠岸賈云）現有程嬰首告着你哩。（正末唱）是那個埋情出
告[10]？元來這程嬰舌是斬身刀。（云）你殺了趙家滿門良賤三百餘
口，則剩下這孩兒，你又要傷他性命。（唱）你正是狂風偏縱撲天雕，
嚴霜故打枯根草。不爭把孤兒又殺壞了[11]。可着他三百口冤讎甚人
來報。

（屠岸賈云）老匹夫，你把孤兒藏在那裏？快招出來，免受刑法。
（正末云）我有甚麼孤兒藏在那裏？誰見來？（屠岸賈云）你不
招？令人，與我採下去[12]，着實打者。（做打科）（屠岸賈云）這
老匹夫賴肉頑皮，不肯招承，可惱，可惱！程嬰，這原是你出首
的，就着你替我行杖者。（程嬰云）元帥，小人是個草澤醫士，撮
藥尚然腕弱，怎生行的杖？（屠岸賈云）程嬰，你不行杖，敢怕指
攀出你麼？（程嬰云）元帥，小人行杖便了。（做拿杖子科）（屠
岸賈云）程嬰，我見你把棍子揀了又揀，祇揀着那細棍子，敢怕打
的他疼了，要指攀下你來。（程嬰云）我就拿大棍子打者。（屠岸
賈云）住者。你頭裏祇揀着那細棍子打，如今你卻拿起大棍子
來，三兩下打死了呵，你就做的簡死無招對。（程嬰云）着我拿細
棍子又不是，拿大棍子又不是，好着我兩下做人難也。（屠岸賈
云）程嬰，你祇拿着那中等棍子打。公孫杵臼老匹夫，你可知道
行杖的就是程嬰麼？（程嬰行杖科，云）快招了者！（三科了[13]）
（正末云）哎喲！打了這一日，不似這幾棍子打的我疼，是誰打我
來？（屠岸賈云）是程嬰打你來。（正末云）程嬰，你剗的打我
那[14]？（程嬰云）元帥，打的這老頭兒兀的不胡説哩。（正末唱）

【雁兒落】是那一個實丕丕將着粗棍敲？打的來痛殺殺精皮掉。我和
你狠程嬰有甚的讎？卻教我老公孫受這般虐。

（程嬰云）快招了者。（正末云）我招，我招。（唱）

【得勝令】打的我無縫可能逃，有口屈成招。莫不是那孤兒他知道，故意的把咱家指定了。（程嬰做慌科）（正末唱）我委實的難熬，尚兀自強着牙根兒鬧。暗地裏偷瞧，祇見他早諕的腿脡兒搖[15]。

　　（程嬰云）你快招罷，省得打殺你。（正末云）有、有、有。（唱）

【水仙子】俺二人商議要救這小兒曹[16]。（屠岸賈云）可知道指攀下來也。你說二人，一個是你了，那一個是誰？你實說將出來，我饒你的性命。（正末云）你要我說那一個，我說，我說。（唱）哎！一句話來到我舌尖上卻嚥了。（屠岸賈云）程嬰，這椿事敢有你麼？（程嬰云）兀那老頭兒，你休妄指平人[17]。（正末云）程嬰，你慌怎麼？（唱）我怎生把你程嬰道，似這般有上梢無下梢[18]。（屠岸賈云）你頭裏說兩個，你怎生這一會兒可說無了？（正末唱）祇被你打的來不知一個顛倒。（屠岸賈云）你還不說，我就打死你個老匹夫。（正末唱）遮莫便打的我皮都綻[19]，肉盡銷，休想我有半字兒攀着。

　　（卒子抱俫兒上科，云）元帥爺賀喜，土洞中搜出個趙氏孤兒來了
　　也。（屠岸賈笑科，云）將那小的拿近前來，我親自下手，剁做三
　　段。兀那老匹夫，你道無有趙氏孤兒，這個是誰？（正末唱）

【川撥棹】你當日演神獒，把忠臣來撲咬。逼的他走死荒郊，刎死鋼刀，縊死裙腰，將三百口全家老小盡行誅剿[20]。並沒那半個兒剩落，還不厭你心苗[21]。

　　（屠岸賈云）我見了這孤兒，就不由我不惱也。（正末唱）

【七弟兄】我祇見他左瞧、右瞧，怒咆哮，火不騰改變了猙獰貌[22]。按獅蠻拽札起錦征袍[23]，把龍泉扯離出沙魚鞘[24]。

　　（屠岸賈怒云）我拔出這劍來，一劍，兩劍，三劍。（程嬰做驚疼
　　科，屠岸賈云）把這一箇小業種剁了三劍，兀的不稱了我平生所
　　願也。（正末唱）

【梅花酒】呀！見孩兒臥血泊，那一個哭哭號號，這一個怨怨焦焦，連我也戰戰搖搖。直恁般歹做作[25]，祇除是沒天道。呀！想孩兒離褥草[26]，到今日恰十朝，刀下處怎耽饒[27]，空生長，枉劬勞[28]，還說甚要防老。

【收江南】呀！兀的不是家富小兒驕。（程嬰掩淚科）（正末唱）見程

嬰心似熱油澆,淚珠兒不敢對人抛,背地裏搵了[29]。没來由割捨的親生骨肉吃三刀。

　　(云)屠岸賈那賊,你試覷者。上有天哩,怎肯饒過的你,我死打甚麽不緊!(唱)

【鴛鴦煞】我七旬死後偏何老,這孩兒一歲死後偏知小[30]。俺兩個一處身亡,落的個萬代名標。我囑付你個後死的程嬰,休別了横亡的趙朔[31]。暢道是光陰過去的疾[32],冤讎報復的早。將那厮萬剮千刀,切莫要輕輕的素放了[33]。

　　(正末撞科,云)我撞階基,覓個死處。(下)(卒子報科,云)公孫杵臼撞階基身死了也。(屠岸賈笑科,云)那老匹夫既然撞死,可也罷了。(做笑科,云)程嬰,這一椿裏多虧了你。若不是你呵,如何殺的趙氏孤兒?(程嬰云)元帥,小人原與趙氏無讎,一來救普國内衆生;二來小人根前也有個孩兒,未曾滿月。若不搜的那趙氏孤兒出來,我這孩兒也無活的人也。(屠岸賈云)程嬰,你是我心腹之人,不如祇在我家中做個門客,擡舉你那孩兒成人長大。在你根前習文,送在我根前演武。我也年近五旬,尚無子嗣,就將你的孩兒與我做個義兒。我偌大年紀了,後來我的官位,也等你的孩兒討箇應襲[34],你意下如何?(程嬰云)多謝元帥擡舉。(屠岸賈詩云)則爲朝綱中獨顯趙盾,不由我心中生忿。如今削除了這點萌芽,方才是永無後釁[35]。(同下)

　　　　　　　　　　　　　　　　　　　　　　　　《元曲選》

【校注】

[1]晉國:萬曆刻本《元曲選》作"普國",指遍國,全國。但是:凡是。　　[2]拘刷:也作"拘攝",意爲拘捕。　　[3]令人:差役,衙役。　　[4]首告:出首告發。
[5]根前:面前。同"跟前"。宋元習語,元蕭德祥《小孫屠》錢南揚校注本第五齣:"尋那舊契張面前,去那本官根前説那個。"　　[6]草澤醫士:民間江湖醫生。
[7]錦綳(bēng 崩):錦製的嬰兒包被。綳,束縛小兒的布幅。即綳褲(jiè 借)、綳藉。元秦簡夫《東堂老》第一折【天下樂】:"你曾出的胎也波胞,你娘將你那綳藉包。"　　[8]笞(chī 吃)掠:用杖打。　　[9]刎頸交:指同生死共患難的朋友。
[10]埋情:昧心。　　[11]不爭:若,如果。元王仲文《救孝子》第四折:"不争俺

孩兒與他償了命,倘若拿住那殺人賊呵,可着誰償俺孩兒的命。" [12]採下去:揪下去,扯下去。 [13]三科:舞臺提示,表示演員的同一動作重複三遍。[14]劐(chǎn 産)的:也作"劐地",意爲"怎的"。元佚名《抱妝盒》第三折:"陳琳,你劐的也來打我那?" [15]腿脡(tǐng 挺)兒:腿肚子。 [16]兒曹:兒輩。[17]平人:良民,平白無辜之人。宋岳珂《桯史》卷六:"革亶坐手殺平人,論極典。"元鄭廷玉《後庭花》第四折【伴讀書】:"他共李順渾家姦情密,教平人正中他拖刀計,把兒夫殺在黄泉内。" [18]有上梢無下梢:有頭無尾。 [19]遮莫:也做"折莫"、"者麼"等,此處意爲儘管、任憑。唐李白《寒女吟》:"下堂辭君去,去後悔遮莫。"元楊梓《豫讓吞炭》第四折【么】:"者麼教鼎鑊烹,鈇鉞誅,凌遲苦痛,休想俺這鐵心腸半星兒改動。" [20]"你當日演神獒"六句:寫屠岸賈迫害趙盾一家的幾件事:即屠岸賈馴養神獒,向靈公進讒言,説神獒可辨别忠奸,結果神獒在靈公面前撲咬趙盾,趙盾逃奔郊外。屠岸賈又搬弄靈公,將趙盾滿門殺絶。令趙盾之子趙朔用短刀自刎(即"刎死鋼刀"),其妻晉公主用裙帶自縊(即"縊死裙腰")。但雜劇所演與史書的記載有異,據《左傳》、《史記》記載,縱獒撲趙盾者乃晉靈公。獒(áo 熬),猛犬。《爾雅·釋畜》:"狗四尺爲獒。" [21]厭:滿足。[22]火不騰:立刻。 [23]獅蠻:即獅蠻帶,指武官的束帶。因古代武官腰帶鈎上裝飾有獅子、蠻王的形象,故名。宋周密《武林舊事》卷九"寶器":"玉獅蠻樂仙帶一條。"《明史紀事本末》卷四十三"劉瑾用事",在記錄籍没的劉瑾家産時,亦提到獅蠻帶:"玉帶四千一百六十二束,獅蠻帶二束。"拽札:收拾。 [24]龍泉:寶劍名。沙魚鞘:用鯊魚皮做的劍鞘。 [25]直恁(rèn 任)般:竟這般。直,竟。恁般,這般。宋柳永《定風波》:"早知恁般麼,悔當初,不把雕鞍鎖。"歹做作:胡作非爲。 [26]褥草:産婦的墊褥墊席。 [27]耽饒:也作"擔饒",意爲饒恕。這裏是活命的意思。 [28]劬(qú 渠)勞:辛勞。《詩·小雅·蓼莪》:"哀哀父母,生我劬勞。" [29]揾:擦拭。 [30]我七旬死後偏何老:"後"字爲語氣詞,與"呵"意近。下句同。 [31]休别了:休撇了。 [32]暢道是:正是。[33]素放:隨便放過。 [34]應襲:同"蔭襲"。 [35]後釁:後患。

【集評】

(明)孟稱舜《新鐫古今名劇酹江集》之《趙氏孤兒》眉批:"此是千古最痛最快之事,應有一篇極痛快文發之。讀此覺太史公傳猶爲寂寥,非大作手,不易辦也。"又評第三折【得勝令】:"故意攀指,機關轉妙。"評【鴛鴦煞】:"憤烈肚腸,説得淋漓痛快。"

劉　因

【作者簡介】

　　劉因(1249—1293),初名駰,字夢驥,後改名因,字夢吉,又自號樵庵、雷溪真隱,保定容城(今屬河北)人。因慕諸葛亮“静以修身”之語,表所居曰“静修”,世稱静修先生。世祖至元十九年(1282),有詔徵因,授承德郎、右贊善大夫。未幾,以母疾辭歸。二十八年以集賢學士再徵,復以疾辭。三十年卒,年四十五。延祐中,追封容城郡公,謚文靖。劉因爲元代著名學者和詩人,其詩風格沖淡,有《静修先生文集》二十二卷。《元史》卷一七一、《新元史》一七〇有傳。

山　　家

【題解】

　　這首絶句寫山行所見所感,溪水、明霞、清風、落花、山鵲,構成明麗生動的畫面,頗有晚唐詩歌的意趣。結句“鵲聲先我到山家”,尤爲精警,詩人的喜悦之情躍然紙上。

　　馬蹄踏水亂明霞[1],醉袖迎風受落花。怪見溪童出門望[2],鵲聲先我到山家。

《静修先生文集》卷一二

【校注】

[1]“馬蹄”句:指馬蹄踏在溪水上,使水中倒映的雲霞閃爍變幻。　　[2]怪:驚異,驚訝。

觀梅有感

【題解】

　　詩人因觀賞梅花而觸發感想,在對西湖梅花的嚮往中,委婉含蓄地表達了“此心元不爲梅花”的深沉憂慮。一説此詩作於元世祖至元二十四年(1287)或稍後,時元帝詔貴州縣限期捕獲江南"盜賊",詩人希望停止追捕行動(參見林庚、馮沅君主編《中國歷代詩歌選》下編[二])。

　　東風吹落戰塵沙[1],夢想西湖處士家[2]。祇恐江南春意減,此心元不爲梅花。

《静修先生文集》卷一二

【校注】

[1]"東風"句:指梅花上的戰塵已被東風吹落,喻戰事剛剛平定。　　　[2]西湖處士:指宋代詩人林逋。逋結廬於杭州西湖之孤山,二十年不入城市,惟喜植梅養鶴。以"疎影橫斜水清淺,暗香浮動月黃昏"(《山園小梅》)的詠梅詩句著稱。

【集評】

　　(元)李謙《静修先生文集序》:"若夫君之辭章,閑婉沖澹,清壯頓挫,理融而旨遠,備作者之體。"

　　(清)顧嗣立編《元詩選》初集甲集:"其論詩曰:'魏晉而降,詩學日盛,曹、劉、陶、謝,其至者也。隋唐而降,詩學日變,變而得正,李、杜、韓,其至者也。周宋而降,詩學日弱,弱而後强,歐、蘇、黃,其至者也'。静修詩才超卓,多豪邁不羈之氣,流派師承,於斯言見之矣。"

念　奴　嬌

憶　仲　良

【題解】

　　此詞爲亡友仲良而作。劉因《與趙安之手書》:"劉碑續入數事,改定附呈。若有未安,望就爲更正,以示仲良諸君。不然亦當見教,使再删潤也。"信中所言仲良當即詞中所憶仲良,其人待考。或謂仲良即元代畫家王庭鈺,字良仲,江西上饒人,與揭俣斯爲友,似非。此詞寫作者夢中跨越萬水千山,爲友人料理後事,並至墓前憑弔。追憶當年相約燕南、乘槎天上的遐想,既讚揚友人肝腸如鐵的個性,又對其干謁於人的不幸遭遇,寄予深切的同情,抒寫出兩人的生死交情。感情真摯深厚,意境豪放開闊,顯然受到蘇軾詞風的影響。

中原形勢，壯東南[1]，夢裏譙城秋色[2]。萬水千山收拾就[3]，一片空梁落月[4]。煙雨松楸[5]，風塵淚眼，滴盡青青血[6]。平生不信[7]，人間更有離別[8]。　　舊約把臂燕南[9]，乘槎天上[10]，曾對河山説。前日後期今日近[11]，悵望轉添愁絕。雙闕紅雲[12]，三江白浪[13]，應負肝腸鐵[14]。舊游新恨，一時都付長鋏[15]。

《静修先生文集》卷一五

【校注】

[1] 壯東南：原作“東南壯”，今據明吳訥《百家詞》本改。壯，强盛，雄壯。

[2] 譙(qiáo 橋)城：在今安徽亳州。　　[3] 萬水千山：唐賈島《送耿處士》：“萬水千山路，孤舟幾月程。”收拾就：疑指爲仲良料理後事。就，用於動詞後，表示完成，就緒。　　[4] 空梁落月：唐杜甫《夢李白》：“落月滿屋梁，猶疑照顔色。”此用其詩意以示對友人的懷念。　　[5] 松楸(qiū 秋)：松樹與楸樹。多植於墓地，故常代稱墳墓。　　[6] 青青血：猶言碧血。表示對友人極爲精誠。　　[7] 不信：未料到。　　[8] 更有：再有，還有。離別：這裏指死別。　　[9] 把臂：言親密地會晤。燕南：此處指今河北保定，作者家鄉。或指大都北京，與仲良相期把晤之處。　　[10] 乘槎天上：乘筏暢游。晉張華《博物志》卷一〇載：傳説天河與海通，有人居海邊，每年八月有浮槎來去，不失期，於是乘槎至天河，遇織女和牽牛。槎，竹筏或木排。　　[11] “前日”句：意謂以前約定的相會日子，如今已經臨近。

[12] 雙闕：皇宮門前兩邊的望樓，代指都城。　　[13] 三江：泛指江河。

[14] 負：辜負。肝腸鐵：肝腸如鐵。唐皮日休《梅花賦序》：“余嘗慕宋廣平之爲相，貞姿勁質，剛態毅狀，疑其鐵腸與石心。”此指仲良其人性格剛毅。　　[15] 長鋏：長劍。《戰國策·齊策四》載：齊人馮諼，爲孟嘗君門客，因食無魚、出無車、無以爲家，三次倚柱彈劍鋏而歌曰：“長鋏歸來乎！”後用來比喻處窘困而干求於人。這裏是慨歎仲良懷才不遇，一生窮愁潦倒。

【集評】

　　(清)况周頤《蕙風詞話》卷三：“余徧閲元人詞，最服膺劉文靖，以謂元之蘇文忠可也。文忠詞，以才情博大勝。文靖以性情樸厚勝。……【念奴嬌】《憶仲良》云(略)。如右各闋，寓騷雅於沖夷，足穠郁於平淡，讀之如飲醇醪，如鑒古錦。涵詠而玩索之，於性靈懷抱，胥有裨益。備録之，不覺其贅也。王半塘(鵬運)云：‘樵庵詞樸厚深醇中有真趣洋溢，是性情語，無道學氣。’”

馬致遠

【作者簡介】

馬致遠,號東籬,大都(今北京)人。曾出任江浙省務提舉。自稱"二十年漂泊生涯"(【大石調·青杏子】《悟迷》),"半世逢場作戲"(【般涉調·哨遍】《張玉嵒草書》);晚年則參透浮生,絕利名,拂袖歸隱田園。和散曲家盧摯相酬唱,同王伯成、張可久爲忘年交。賈仲明【淩波仙】吊詞讚揚其爲"戰文場,曲狀元,姓名香貫滿梨園"(天一閣本《録鬼簿》卷上),與關漢卿、白樸、鄭光祖並稱"元曲四大家"。所作雜劇十五種,今僅存七種,即《漢宮秋》、《薦福碑》、《青衫淚》、《岳陽樓》、《陳摶高卧》、《任瘋子》、《黃粱夢》(與李時中及藝人花李郎、紅字李二合作)。一説還作有南戲《牧羊記》(見明吕天成《曲品》卷上)。也是著名散曲家,今人任訥輯有《東籬樂府》一卷,《全元散曲》收録小令一百一十五首、套數十三套。

漢　宮　秋

【題解】

本篇選自《漢宮秋》第三折。《漢宮秋》全名《破幽夢孤雁漢宮秋》,是現存最早敷演王昭君故事的戲劇作品。此劇演漢元帝派毛延壽挑選宮女,王昭君因不肯行賄,被毛點破美人圖,打入冷宮。元帝偶遇昭君,驚其貌美,封爲明妃。毛延壽畏罪潛逃,將昭君圖像獻於匈奴單于,並挑撥單于派使者向漢朝强索昭君。面對匈奴的武力威脅,滿朝文武無計可施,元帝祇好割捨,讓昭君出塞和親,並親送至灞陵,與她告別。昭君行至邊境,投江自盡。元帝夢寐思念,甫夢見昭君,又被驚醒,長空大雁哀鳴,平添無限傷感。

關於昭君和親事,《漢書》、《後漢書》、《西京雜記》均有記載。馬致遠寫作《漢宮秋》時,對史料和傳説重新加以剪裁和處理,表達自己對歷史的態度和現實感慨。他一方面突出匈奴的武力脅迫,譴責漢室臣僚的無能,寫出漢元帝失去愛妃的無奈。另一方面則賦予昭君形象嶄新的含義,她爲了國家利益挺身而出,並以死殉國,顯示出高尚的氣節。反映了那個時代的一種特定的情緒。這是一齣末本戲,以漢元帝爲劇中主角,深入描寫他貴爲皇帝無法保護愛妃的悲哀,以及對昭君的深情思念。第三折寫漢元帝灞陵送別,一支支優美、細膩的抒情唱詞,揭示了元帝的内心世界和感情波瀾,而【梅花酒】運用頂真短句,迴環往復,活潑跳躍,具有鮮明的節奏感。其中

【七弟兄】、【收江南】、【駕鴦煞】也是膾炙人口的名曲。

（番使擁旦上，奏胡樂科，旦云）妾身王昭君，自從選入宮中，被毛延壽將美人圖點破，送入冷宮[1]。甫能得蒙恩幸[2]，又被他獻與番王形像[3]。今擁兵來索，待不去，又怕江山有失；没奈何將妾身出塞和番。這一去，胡地風霜，怎生消受也[4]！自古道："紅顏勝人多薄命，莫怨春風當自嗟[5]。"〔駕引文武内官上[6]，云）今日灞橋餞送明妃，卻早來到也。（唱）

【雙調·新水令】錦貂裘生改盡漢宮妝，我則索看昭君畫圖模樣[7]。舊恩金勒短[8]，新恨玉鞭長。本是對金殿駕鴦，分飛翼，怎承望。

（云）您文武百官計議，怎生退了番兵，免明妃和番者。（唱）

【駐馬聽】宰相每商量，大國使還朝多賜賞。早是俺夫妻悒怏[9]，小家兒出外也摇裝[10]。尚兀自渭城衰柳助凄涼[11]，共那灞橋流水添惆悵。偏您不斷腸，想娘娘那一天愁都撮在琵琶上[12]。

（做下馬科）（與旦打悲科）（駕云）左右慢慢唱者，我與明妃餞一杯酒。（唱）

【步步嬌】您將那一曲《陽關》休輕放[13]，俺咫尺如天樣，慢慢的捧玉觴。朕本意待尊前捱些時光[14]，且休問劣了宫商[15]，您則與我半句兒俄延着唱[16]。

（番使云）請娘娘早行，天色晚了也。（駕唱）

【落梅風】可憐俺別離重，你好是歸去的忙。寡人心先到他李陵臺上[17]，回頭兒卻纔魂夢裏想，便休題貴人多忘。

（旦云）妾這一去，再何時得見陛下？把我漢家衣服都留下者。

（詩云）正是：今日漢宮人，明朝胡地妾[18]。忍着主衣裳，爲人作春色[19]！（留衣服科）（駕唱）

【殿前歡】則甚麽留下舞衣裳，被西風吹散舊時香[20]。我委實怕宫車再過青苔巷[21]，猛到椒房[22]，那一會想菱花鏡裏妝，風流相，兜的又横心上[23]。看今日昭君出塞，幾時似蘇武還鄉[24]？

（番使云）請娘娘行罷，臣等來多時了也。（駕云）罷、罷、罷！明妃，你這一去，休怨朕躬也。（做別科，駕云）我那裏是大漢皇帝！

（唱）

【雁兒落】我做了別虞姬楚霸王[25]，全不見守玉關征西將[26]。那裏取保親的李左車，送女客的蕭丞相[27]？

（尚書云）陛下不必掛念。（駕唱）

【得勝令】他去也不沙架海紫金梁[28]，枉養着那邊庭上鐵衣郎[29]。您也要左右人扶侍，俺可甚糟糠妻下堂[30]！您但提起刀鎗，卻早小鹿兒心頭撞[31]。今日央及煞娘娘[32]，怎做的男兒當自强！

（尚書云）陛下，咱回朝去罷。（駕唱）

【川撥棹】怕不待放絲韁[33]，咱可甚鞭敲金鐙響[34]。你管變理陰陽[35]，掌握朝綱，治國安邦，展土開疆。假若俺高皇，差你個梅香[36]，背井離鄉，臥雪眠霜，若是他不戀恁春風畫堂，我便官封你一字王[37]。

（尚書云）陛下，不必苦死留他，着他去了罷。（駕唱）

【七弟兄】說甚麼大王、不當[38]、戀王嬙，兀良[39]，怎禁他臨去也回頭望。那堪這散風雪旌節影悠揚[40]，動關山鼓角聲悲壯。

【梅花酒】呀！俺向着這迴野悲凉[41]，草已添黃，兔早迎霜[42]。犬褪得毛蒼[43]，人搠起纓槍，馬負着行裝，車運着餱糧[44]，打獵起圍場[45]。他、他、他，傷心辭漢主；我、我、我，攜手上河梁[46]。他部從入窮荒[47]，我鑾輿返咸陽[48]。返咸陽，過宮墙；過宮墻，繞迴廊；繞迴廊，近椒房；近椒房，月昏黃；月昏黃，夜生凉；夜生凉，泣寒螿[49]；泣寒螿，綠紗窗；綠紗窗，不思量！

【收江南】呀！不思量，除是鐵心腸！鐵心腸，也愁淚滴千行。美人圖今夜掛昭陽[50]，我那裏供養[51]，便是我“高燒銀燭照紅妝”[52]。

（尚書云）陛下，回鑾罷，娘娘去遠了也。（駕唱）

【鴛鴦煞】我祇索大臣行説一個推辭謊[53]，又則怕筆尖兒那火編修講[54]。不見他花朵兒精神，怎趁那草地裏風光[55]？唱道竚立多時[56]，徘徊半晌，猛聽的塞雁南翔，呀呀的聲嘹亮，卻原來滿目牛羊，是兀那載離恨的氈車半坡裏響。（下）

（番王引部落擁昭君上，云）今日漢朝不棄舊盟，將王昭君與俺番家和親。我將昭君封爲寧胡閼氏[57]，坐我正宮。兩國息兵，多少是好。眾將士，傳下號令，大衆起行，望北而去。（做行科）（旦問云）這裏甚地面了？（番使云）這是黑龍江，番漢交界去處。南邊屬漢家，北邊屬我番國。（旦云）大王，借一杯酒望南澆奠，辭了漢家，長行去罷。（做奠酒科，云）漢朝皇帝，妾身今生已矣，尚待來生也。（做跳江科）（番王驚救不及，歎科，云）嗨！可惜，可惜！昭君不肯入番，投江而死。罷、罷、罷！就葬在此江邊，號爲青塚者。我想來，人也死了，枉與漢朝結下這般仇隙，都是毛延壽那厮搬弄出來的。把都兒[58]，將毛延壽拿下，解送漢朝處治。我依舊與漢朝結和，永爲甥舅[59]，卻不是好？（詩云）則爲他丹青畫誤了昭君，背漢主暗地私奔；將美人圖又來哄我，要索取出塞和親。豈知道投江而死，空落的一見消魂。似這等姦邪逆賊，留着他終是禍根，不如送他去漢朝哈喇[60]，依還的甥舅禮兩國長存。（下）

《元曲選》

【校注】

[1]冷宮：在古代戲曲小説中，指失寵后妃居住的地方。　　[2]甫：纔。　　[3]形像：指畫像。　　[4]怎生：怎麼，怎樣。消受：忍受。　　[5]“紅顔勝人”二句：此用歐陽修《再和明妃曲》：“紅顔勝人多薄命，莫怨春風當自嗟。”勝人：佳人，美人。　　[6]駕：元雜劇中扮演皇帝的角色。這裏指漢元帝。　　[7]則索：同“祇索”，祇得。　　[8]金勒：用金裝飾的帶嚼口的馬絡頭。　　[9]早是：祇是。悒（yì 億）怏（yàng 樣）：鬱悶不樂。　　[10]搖裝：《雍熙樂府》卷一〇【新水令】引此作“搖粧”。我國古代南方習俗，凡遠行者選擇吉日出門，親友至江邊餞行後，登舟稍行，即移棹而返，另日再啓程。說見顧學頡《元劇（曲）辭語詮釋舉例》（《社會科學戰綫》1978 年第 2 期）。　　[11]尚兀自：仍然，還。渭城衰柳：化用唐王維《送元二使安西》詩：“渭城朝雨浥輕塵，客舍青青柳色新。勸君更盡一杯酒，西出陽關無故人。”　　[12]撮：聚集，集中。　　[13]陽關：即《陽關三疊》。後人據王維《送元二使安西》詩，譜作送别曲。　　[14]捱：拖延。　　[15]劣了宮商：指音調不準、不諧和。劣，錯亂。宮商，我國古代五聲音階宮、商、角、徵（zhǐ 指）、羽的簡稱。此處指音調。　　[16]俄延：拖延。　　[17]李陵臺：即李陵墓，在今内蒙正藍旗南黑城。李陵，漢武帝時名將，出擊匈奴，兵敗投降。《史記》卷一〇九、《漢書》卷五四有傳。　　[18]今日漢宮人，明朝胡地妾：用唐李白《王昭君》詩。　　[19]忍着主衣裳，爲人作春色：化用宋陳師道《妾薄命》詩。忍，抑制

（内心痛苦）。　　　[20]西風吹散舊時香：元人元淮《昭君出塞》詩云：“西風吹散舊時香，收起宮裝換北裝。”詩題下自注曰：“馬智（致）遠詞。”由此可見馬致遠《漢宮秋》在當時的影響。　　　[21]青苔巷：指僻静、冷落的地方。即冷宮所在地。
[22]椒房：后妃居住的地方。以香椒和泥塗壁，取其有香氣，且有多子的意思。
[23]兜的：猛然。　　　[24]蘇武還鄉：蘇武，西漢人，出使匈奴被扣留。匈奴脅迫他投降，蘇武始終不屈。被禁錮十九年後，終得還鄉。《漢書》卷五四有傳。
[25]別虞姬楚霸王：楚霸王項羽被劉邦圍於垓下，四面楚歌聲中，慷慨悲歌，其愛妾虞姬起而和之，歌畢，姬自刎而亡。事見《史記·項羽本紀》。　　　[26]玉關：即玉門關，在今甘肅敦煌西北小方盤城。　　　[27]“那裏取”二句：李左車：漢初謀士。蕭丞相：即蕭何，漢初名相。《史記》卷五三、《漢書》卷三九有傳。送女客：舊時婚俗，女子出嫁，由親戚一人陪送到夫家，叫做送女客。歷史上均無李左車和蕭何做媒送親的記載，這裏是漢元帝借以諷刺文武大臣無能，祇知道讓昭君和親，不能安邦定國。　　　[28]不沙：曲辭中襯字，無意義。架海紫金梁：元雜劇常用語，比喻國家的棟梁之臣。元佚名《博望燒屯》第三折【得勝令】：“可不是架海紫金梁，那將軍須不是托塔李天王。”　　　[29]鐵衣郎：指身着盔甲的將士。
[30]糟糠妻：指共過患難的妻子。漢光武帝欲將湖陽公主下嫁給宋弘，弘已有妻室，便以“貧賤之交不可忘，糟糠之妻不下堂”婉言辭之。見《後漢書·宋弘傳》。
[31]小鹿兒心頭撞：元雜劇常用語，形容緊張而心跳，猶如小鹿在心頭撞一樣。
[32]煞：同“呵”、“哦”。　　　[33]怕不待：難道不。待，語助詞，無義。　　　[34]鞭敲金鐙響：元雜劇常用語，形容得勝歸來的喜悦。這裏反其意用之。　　　[35]燮（xiè 謝）理陰陽：比喻大臣輔佐皇帝治理國事。燮理，協調治理。　　　[36]梅香：元雜劇中對婢女的通稱。　　　[37]一字王：最高的爵位。以一字封王號，古已有之，但至遼代則規定，以封一字王者的地位最尊貴，如趙王、魏王。兩字次之，如混同郡王、蘭陵郡王等。漢代沒有這種制度，這裏是借用。　　　[38]不當：不該。
[39]兀良：無實際意義，用於句首，有加強語氣或指示方向的作用，略同於“呀”。元馬致遠等《黃粱夢》第三折：“遥望見一點青山，兀良，卻又早不見了。”
[40]旌節：這裏指“旌旗”。悠揚：飄揚，飛揚。唐胡曾《詠史詩·長安》：“關東新破項王歸，赤幟悠揚日月旗。”　　　[41]迴野：廣袤的原野。　　　[42]兔早迎霜：原作“色早迎霜”。今據王國維《〈元曲選〉跋》所説改。迎霜，遇霜，指天寒。唐高適《九月九日酬嚴少府》：“行子迎霜未授衣，主人得錢始沽酒。”此句與上文“草已添黄”對舉，謂天氣嚴寒，曠野一片深秋景象。　　　[43]蒼：灰白色。　　　[44]餱（hóu 喉）糧：乾糧。《詩·大雅·公劉》：“迺裏餱糧，于橐于囊。”　　　[45]圍場：爲打獵而圍起的大片場地。宋宇文懋昭《大金國志》卷三六《田獵》：“每獵，則以

隨駕之軍密布四圍，名曰圍場。"　[46]攜手上河梁：《文選》卷二九引李陵《與蘇武詩》："攜手上河梁，游子暮何之。"表示惜別之意。　[47]部從：部屬，隨從。[48]鑾輿：皇帝的車駕，車有鑾鈴，故稱。　[49]寒螿（jiāng 江）：寒蟬。[50]昭陽：漢代宫殿名。古代戲曲、小説常用來作皇后所居的宫殿。　[51]供養：即供奉。　[52]高燒銀燭照紅妝：宋蘇軾《海棠》詩："衹恐夜深花睡去，高燒銀燭照紅妝。"原詩"紅妝"指海棠花，這裏借指昭君的圖像。　[53]衹索：衹要。原作"煞"，據明孟稱舜《新鐫古今名劇酹江集》改。大臣行：大臣那裏，大臣跟前。[54]那火：即那夥。編修：官名，負責編寫國史。　[55]趁：尋覓，尋求。唐李商隱《樂游原》詩："羲和自趁虞泉宿，不放斜陽更向東。"　[56]唱道：元戲曲中【雙調・鴛鴦煞】的定格，第五句開頭必用此二字，有端的是、真正是等意。[57]閼（yān 煙）氏（zhī 之）：匈奴對皇后的稱呼。　[58]把都兒：蒙古語，或譯爲巴都兒、拔都、阿秃兒等，意爲勇士。　[59]甥舅：這裏指女婿和岳丈，也泛指外戚。唐杜甫《對雨》詩："西戎甥舅禮，未敢背恩私。"清仇兆鰲注引趙汸曰："中宗景龍二年，以金城公主妻贊普，故望其篤甥舅之禮。"　[60]哈喇：殺。元施惠《拜月亭記》第三折【水底魚】："閑戲耍，被他拿住，鐵裏温都哈喇。"羅懋登注："胡人謂殺爲哈喇。"

【集評】

（明）孟稱舜《新鐫古今名劇酹江集》之《漢宫秋》眉批："讀《漢宫秋》劇，真若孤雁横空，林風肅肅，遠近相和。前此惟白香山《琵琶行》，可相伯仲也。"又評第三折曰："全折俱極悲壯，不似喁喁小窗前語也。"

（清）焦循《劇説》卷五："王昭君事見《漢書》。《西京雜記》有誅畫工事。元明以來，作昭君雜劇者有四家，馬東籬《漢宫秋》一劇，可稱絶調。臧晉叔《元曲選》取爲第一，良非虚美。"

王國維《宋元戲曲考》一二《元劇之文章》："寫景之工者，則馬致遠之《漢宫秋》第三折【梅花酒】、【收江南】、【鴛鴦煞】（曲文略）。以上數曲，真所謂寫情則沁人心脾，寫景則在人耳目，述事則如其口出者。"

越調·天净沙

秋　　思

【題解】

　　此曲原載元盛如梓《庶齋老學叢談》卷中、明蔣一葵《堯山堂外紀》卷六八。關於此曲的作者,過去有不同説法,盛如梓《庶齋老學叢談》卷中稱"北方士友傳沙漠小詞三闋(按:其一即《秋思》,其他兩闋,《全元散曲》列入無名氏)頗能狀其景",而蔣一葵《堯山堂外紀》卷六八則屬諸馬致遠,學者一般傾向於馬作,今從之。

　　這首描寫"秋思"的著名小令,寥寥數筆,就點染出一幅情景交融、意境深遠的秋晚行旅圖。天涯游子的漂泊感受和思鄉之情,躍然紙上,真切感人。

　　枯藤老樹昏鴉[1],小橋流水人家,古道西風瘦馬。夕陽西下,斷腸人在天涯[2]。

《全元散曲》

【校注】

[1]昏鴉:暮鴉。元盛如梓《庶齋老學叢談》卷中下引此曲,前兩句作"瘦藤老樹昏鴉,遠山流水人家"。　　　[2]斷腸:形容内心極度悲傷。

【集評】

　　(元)周德清《中原音韻》:"前三對,更'瘦馬'二字去上,極妙。《秋思》之祖也。"

　　王國維《人間詞話》六十三:"此元人馬東籬《天净沙》小令也。寥寥數語,深得唐人絶句妙境。有元一代詞家,皆不能辦此也。"

趙孟頫

【作者簡介】

　　趙孟頫(1254—1322)，字子昂，號松雪道人，又號水晶宫道人，湖州（今屬浙江）人。宋宗室。年十四，以父蔭補官，調真州司户參軍。宋亡，家居。元世祖至元二十三年(1286)，徵入朝，授兵部郎中。二十七年，遷集賢殿學士。二十九年，出同知濟南路總管府事。後兩度辭歸。仁宗即位，除集賢侍講。延祐三年(1316)，遷翰林學士承旨。六年，得請南歸。至治二年(1322)卒，年六十九。追封魏國公，謚文敏。工詩善畫，又擅長書法，"絶妙當世"。有《松雪齋文集》十一卷，其中《松雪詞》一卷。《元史》卷一七二、《新元史》卷一九〇有傳。

漁　父　詞
其　　一

【題解】

　　這是作者和夫人管道昇的唱和詞，借題《漁父圖》，讚美漁父的休閒自在，以見其向往歸隱生活的情趣。格調清新，風致飄逸。

　　渺渺煙波一葉舟，西風落木五湖秋[1]。盟鷗鷺[2]，傲王侯，管甚鱸魚不上鈎。

《松雪齋文集》卷三

【校注】

[1]落木：即落葉。五湖：今江蘇太湖。《國語·越語下》："果興師而伐吴，戰於五湖。"韋昭注："五湖，今太湖。"　　[2]盟鷗鷺：與沙鷗、白鷺結爲盟友。

【集評】

　　(清)葉申薌《本事詞》卷下："松雪夫人管仲姬，生泖西，今其里尚名管道。善畫竹，亦工詩詞。嘗題《漁父圖》云：'人生貴極是王侯，浮利浮名不自由。争得似，一扁舟，弄月吟風歸去休。'松雪和云：'渺渺煙波一葉舟，西風木落五湖秋。盟鷗鷺，傲王侯，管甚鱸魚不上鈎。'"

馮子振

【作者簡介】

　　馮子振(1257—1314),字海粟,自號怪怪道人,又號瀛洲客,攸州(今湖南攸縣)人。仕爲承事郎、集賢待制。延祐元年(1314)卒,年五十八。博洽經史,文思敏捷。《元詩選》三集丙集輯有《海粟集》,錄詩七十三首;《全元散曲》存小令四十四首。今人王毅編有《海粟集輯存》(岳麓書社 1990 年版)。《新元史》卷二三七有傳。

鷓　鴣　天

贈珠簾秀

【題解】

　　珠簾秀姓朱,行第四,是元代著名雜劇演員。她與當時的文人學士如關漢卿、胡祗遹、王惲、盧摯、馮子振等,均有廣泛的交往。這首【鷓鴣天】,上片寫珠簾秀的美貌和雅趣,下片看似着重寫景物,其實以簾喻人,語意雙關。全詞既寫出她的姿容殊麗,又讚美其不同於流俗的人品。與關漢卿【一枝花】《贈朱簾秀》套曲,有異曲同工之妙。

　　憑倚東風遠映樓,流鶯窺面燕低頭[1]。蝦鬚瘦影纖纖織,龜背香紋細細浮[2]。　　紅霧歛,彩雲收[3],海霞爲帶月爲鈎。夜來捲盡西山雨,不着人間半點愁。

《全金元詞》

【校注】

[1]"憑依"兩句:清朱彝尊輯《詞綜》卷三三作"十二闌干映遠眸,醉鄉空斷楚天秋"。"流鶯"句與"沉魚落雁之容"意同,極力讚歎珠簾秀的美貌。　　　[2]"蝦鬚"兩句:《詞綜》作"蝦鬚影薄微微見,龜背紋輕細細浮"。蝦鬚:竹簾的別稱。唐陸暢《簾》詩:"勞將素手捲蝦鬚,瓊室流光更綴珠。"龜背香紋:形容烹茶所浮起的水紋。五代劉兼《從弟舍人惠茶》:"曾求芳茗貢蕣詞,果沐頒霑味甚奇。龜背起紋輕炙處,雲頭翻液乍烹時。"(《全唐詩》卷七六六)　　　[3]彩雲:《詞綜》

作"翠雲"。

【集評】

　　(元)夏庭芝《青樓集》"珠廉秀":"姓朱氏,行第四。雜劇爲當今獨步,駕頭、花旦、軟末泥等,悉造其妙。胡紫山宣慰嘗以【沈醉東風】曲贈云:'錦織江邊翠竹,絨穿海上明珠。月淡時,風清處,都隔斷落紅塵土。一片閒情任卷舒,掛盡朝雲暮雨。'馮海粟待制亦贈以【鷓鴣天】云(略)。蓋朱背微僂,馮故以簾鈎寓意,至今後輩有以'朱娘娘'稱之者。"

鮮于樞

【作者簡介】

　　鮮于樞(1259—1301),字伯機,號困學民,又號西溪子,別署直寄道人、虎林隱吏,漁陽(今河北薊縣)人。初爲路吏,至元間在浙江爲官。大德初,爲浙東宣慰都事,後北歸,以太常典簿致仕。善詩詞,尤工書畫,大字奇崛不凡,又精鑒賞,與趙孟頫相伯仲。有《困學齋詩集》二卷。《新元史》卷二三七有傳。

念 奴 嬌

八 詠 樓

【題解】

　　八詠樓爲浙東名樓,原名玄暢樓,在今浙江金華市區東南隅,坐北朝南,面臨婺江。南朝齊隆昌元年(494)建,梁沈約任東陽太守時,曾題《八詠詩》於其上,唐時遂易今名,歷代騷人墨客多有題詠。今存八詠樓爲清嘉慶年間重修。此詞上片寫登樓遠眺,山光水色,氣象恢弘;下片懷人,先讚賞唐代詩人嚴維的佳作,後對沈約多病略作調侃,藉以抒發自己的悠閒自得。詞風豪放曠達,爲後人所稱道。

　　長溪西注[1],似延平雙劍,千年初合[2]。溪上千峰明紫翠,放出群龍頭角[3]。瀟灑雲林,微茫煙草,極目春洲闊。城高樓迥[4],恍然身在寥廓[5]。　　我來陰雨兼旬[6]，灘聲怒起，日日東風惡[7]。須待青天明月夜，一試嚴維佳作[8]。風景不殊[9]，溪山信美[10]，處處堪行樂[11]。休文何事？年年多病如削[12]。

《詞綜》卷二九

【校注】

[1]長溪：俗名婺港（即婺江），雅稱雙溪。本來是兩條河，一爲東港（即東陽江），一爲南港（即武義江），由上游流至金華城南匯合爲一，然後繞城西流去。沿岸風光旖旎，城外有南山和北山相峙對立，氣勢雄偉。　　[2]"似延平雙劍"二句：比喻雙溪水在八詠樓前匯合。延平雙劍：晉雷煥爲豐城令，得龍泉、太阿兩劍，以一劍贈張華，自佩一劍。後張華被誅，劍失其所在。雷煥卒，其子爲州從事，持劍行經延平津，劍忽躍出墮水，化爲二龍蟠縈而去。事見《晉書·張華傳》。　　[3]放出群龍頭角：形容溪上千峰崢嶸，猶如群龍露出頭角。　　[4]樓迥：指城樓高聳。迥，遠。這裏借指高。　　[5]寥廓：遼遠空曠。　　[6]兼旬：二十天。[7]東風惡：形容東風猛烈。　　[8]一試：指領略。嚴維佳作：指唐代詩人嚴維的《送人入金華》詩："明月雙溪水，清風八詠樓。昔年爲客處，今日送君游。"（《全唐詩》卷二六三）　　[9]風景不殊：語出南朝宋劉義慶《世說新語·言語》："過江諸人，每至美日，輒相邀新亭，藉卉飲宴。周侯中坐而歎曰：'風景不殊，正自有山河之異。'皆相視流淚。"原意是慨歎國土淪亡，這裏指風光景物一樣，並沒有什麼不同。　　[10]信美：確實很美。東漢末王粲《登樓賦》："雖信美而非吾土兮，曾何足以少留。"　　[11]行樂：消遣娛樂。　　[12]休文：即沈休文，南朝梁詩人沈約的字。他年老多病，腰肢瘦損。

【集評】

　　(明)楊慎《詞品》卷六《八詠樓》："沈休文《八詠詩》，語麗而思深，後人遂以名樓，照映千古。近時趙子昂、鮮于伯機詩詞頗勝。趙詩云：'山城秋色靜朝暉，極目登臨未擬歸。羽士曾聞遼鶴語，征人又見塞鴻飛。西流二水玻瓈合，南去千峰紫翠圍。如此溪山良不惡，休文何事不勝衣。'鮮于【百字令】(即【念奴嬌】，略)……二作結句略同，稍含微意，不專爲詠景發。予故取而著之也。"

安　熙

【作者簡介】

安熙(1270—1311)，字敬仲，號默庵，真定藁城(今屬河北)人。祖滔，父松，皆以學行名聞鄉里。熙幼承家教，長慕劉因之學，崇尚宋儒朱熹。不屑仕進，家居講學，又主持封龍書院，四方從學者常至百人。卒後，門人蘇天爵編其遺著爲《默庵安先生文集》十卷，今存詩文五卷；另有《續皇極經世書》傳世。《元史》卷一八九、《新元史》卷二三五有傳。

慎　獨　箴

【題解】

安熙推崇朱子書，對其學尊信力行。這是一篇自警辭，强調尊德敬天，屏棄利欲，遇事謹言慎行，注重從細微處修身。通篇四言韻語，雖僅百字，但謀篇佈局井然，層次清楚，樸實無華，不染道學氣。

　　可尊者德，可畏者天。無處不有，無時不然。念慮之發[1]，必有其幾[2]。勿隱其隱[3]，勿微乎微[4]。從事於斯，是曰"慎獨"[5]。自此精之，萬物並育。毫髮有間[6]，天理弗存。利欲紛挐[7]，厥心則昏[8]。於乎戒哉[9]！敬作此箴[10]。書諸座隅[11]，以警某心[12]。

《國朝文類》卷一七

【校注】

[1]念慮：思慮。　　[2]幾：指事物的迹象、先兆。　　[3]隱：前者動詞，謂隱蔽、隱藏。後者名詞，指隱秘、幽微之處。　　[4]微：前者動詞，謂隱匿、隱藏。後者名詞，指細微、細小。　　[5]慎獨：在獨處中謹慎不苟。《禮記·大學》："此謂誠於中，形於外，故君子必慎其獨也。"　　[6]毫髮有間：指細微處有所差別。
[7]紛挐：繁盛貌，這裏形容衆多。　　[8]厥：指示代詞，他的。　　[9]於乎：同"嗚呼"，感歎詞。　　[10]箴：古代以勸誡或自警爲主要内容的一種文體。
[11]座隅：座旁。　　[12]某：自稱。代指"我"或本名。

【集評】

　　（清）紀昀等《四庫全書總目》卷一一六《默庵集》：“（安熙）雜文皆篤實力學之言，而傷於平沓，蓋本無意於求工耳。”

張可久

【作者簡介】

　　張可久（1270？—1348？），字小山（名號複雜，今從《録鬼簿》），慶元（今浙江寧波）人。出任過路吏、桐廬典史等小官。至正初，年七十餘，猶在崑山作幕僚。一生不得志，徜徉湖山，寄情詩酒。以詞曲名世，風格多樣，而以清麗典雅爲主。有《張小山北曲聯樂府》三卷、《外集》一卷，《張小山小令》二卷，《小山樂府》六卷。今人吕薇芬、楊鐮有《張可久集校注》（浙江古籍出版社1995年版）。孫楷第《元曲家考略》甲稿有傳。

黃鐘·人月圓

春日湖上
其　　一

【題解】

　　此爲《春日湖上》的第一首，寫春日游賞西湖的感慨，善於融詞語入曲，典雅明麗。又巧於用對仗，如前後用“金鞭俊影，羅帕香塵”和“花前燕子，墻裏佳人”作合璧對，中間插入“蹇驢破帽，荒池廢苑，流水閒雲”的鼎足對，不但極爲工緻，而且色彩與情緒也對比强烈，反襯出詩人的落魄、沮喪和煩惱。

　　東風西子湖邊路，白髮强尋春。儘教年少[1]，金鞭俊影，羅帕香塵[2]。蹇驢破帽[3]，荒池廢苑，流水閒雲。惱余歸思[4]，花前燕子，墻裏佳人。

　　　　　　　　　　　　　　　　　　　　　　　　　　　《全元散曲》

【校注】

[1] 儘教:任從,任憑。　　[2] "金鞭俊影"二句:指游春的俊男仕女。俊影:英俊的身影。香塵:指女子步履經過所揚起的飛塵。　　[3] 蹇驢:行動遲緩駑弱的驢子。　　[4] 余:我。

中呂·紅繡鞋

天台瀑布寺

【題解】

　　天台山,在今浙江天台縣北。山有方廣寺,始建於東晉。寺旁有石梁飛瀑,直瀉數十丈,宋米芾題"天下第一奇觀"。這首小令通過雪劍、冰簾的奇特比喻,哀猿、啼鵑、風吼等環境氣氛的渲染,極力描寫天台山的高聳險峻,陰冷淒清。結句筆鋒突然一轉,藉以對比人心的險惡,意味深長。筆力剛勁雄健,代表着小山散曲的另一種風格。

　　絕頂峰攢雪劍[1],懸崖水掛冰簾,倚樹哀猿弄雲尖[2]。血華啼杜宇[3],陰洞吼飛廉[4]。比人心山未險[5]。

《全元散曲》

【校注】

[1] 攢(cuán 竄陽平):聚集。雪劍:既形容山峰峭拔險峻,也寫出峰頂積雪的寒光閃爍。　　[2] "倚樹"句:指猿猴攀至山頂的樹梢,好像在雲端發出哀鳴。弄:原意奏曲,這裏指啼鳴。　　[3] "血華"句:指杜鵑淒厲的啼聲。血華:即血。杜宇:古蜀帝名,相傳死後化爲杜鵑鳥,日夜悲鳴,口出血乃止。唐白居易《琵琶行》:"其間旦暮聞何物,杜鵑啼血猿哀鳴。"　　[4] 飛廉:傳說中的風神。《楚辭·離騷》:"後飛廉使奔屬。"王逸注:"飛廉,風伯也。"　　[5] 比人心山未險:唐雍陶《峽中行》:"楚客莫言山勢險,世人心更險於山。"

越調·天净沙

魯卿庵中

【題解】

　　小令借山齋深秋景物喻人,表現魯卿恬静淡泊的生活,讚賞其超然物外的品格。而結句的"探梅人"則是作者自己的寫照,既寫其意趣閑雅,也寫出與友人的誠摯友情。

青苔古木蕭蕭[1],蒼雲秋水迢迢,紅葉山齋小小[2]。有誰曾到? 探梅人過溪橋。

《全元散曲》

【校注】

[1] 蕭蕭:象聲詞。形容風吹樹葉發出的聲音。　　[2] "紅葉"句:指楓葉掩映的幽静山齋。

【集評】

　　(明)朱權《太和正音譜》:"張小山之詞如瑶天笙鶴。其詞清而且麗,華而不艷,有不吃煙火食氣,真可謂不羈之材。若被太華之仙風,招蓬萊之海月,誠詞林之宗匠也,當以九方皋之眼相之。"

　　(明)唐文鳳《梧岡集》卷七《跋張小山所書樂府》:"昔之所稱者,北有關漢卿、馬九皋輩,語意雄渾,殊乏纖巧態。南有張小山,自《吴鹽》集一出,流傳京師,寵書於奎章,膾炙人口,珠璣璀璨,錦襮青紅。新奇而工緻,艷麗以清腴。論渾厚之氣,則有間矣。"

楊　載

【作者簡介】

　　楊載(1271—1323),字仲弘,建寧浦城(今屬福建)人,徙居杭州(今屬浙江)。年四十後,以布衣薦授翰林國史館編修官。仁宗延祐二年(1315),登進士第。授饒州路同知浮梁事。官終寧國路總管府推官。以詩文名,有《楊仲弘集》八卷。《元史》卷一九〇、《新元史》卷二三七有傳。

扇　上　竹

【題解】

　　這首題畫絕句,蘊藉含蓄,清新可喜。竹不在多,一竿亦自有神韻,這既道出竹之精神,也寫出愛竹之心。

　　種竹何須種萬竿,一枝分影亦檀欒[1]。秋宵更受風披拂[2],聽取清聲入夢寒。

　　　　　　　　　　　　　　　　　　　　　　　　　　《翰林楊仲弘詩》卷八

【校注】

[1]檀欒:形容竹子的秀美。西漢枚乘《梁王菟園賦》:"修竹檀欒,夾池水,旋菟園,並馳道。"　　　[2]秋宵:秋夜。

【集評】

　　(元)范梈《翰林楊仲弘詩序》:"蓋仲弘之天稟曠達,氣象宏朗,開口論議,直視千古。每大衆廣席,占紙命辭,敖睨橫放,盡意所止。衆方拘拘,己獨坦坦。衆方紆餘,己獨馳駿馬之長阪而無留行,故當時好之者雖多,而知之者絕少,要一代之傑作也。"

　　(清)紀昀等《四庫全書總目》卷一六七《楊仲弘集》:"載生於詩道弊壞之後,窮極而變,乃復其始。風規雅贍,雍雍有元祐之遺音。史之所稱,固非溢美。故清思不及范梈,秀韻不及揭傒斯,權奇飛動尤不及虞集,而四家並稱,終無怍色,蓋以此也。"

范　梈

【作者簡介】

　　范梈(1272—1330),字亨父,又字德機,人稱文白先生,清江(今屬江西)人。年三十六,游京師,即有聲於公卿間。薦爲左衛教授,遷翰林院編修官。後在海北、江西、閩海三道廉訪司任職,以疾辭歸故里。天曆二年(1329),授湖南嶺北道廉訪司經歷,以養親辭。明年,卒,年五十九。詩工近體,與虞集、楊載、揭傒斯齊名,被稱爲“元詩四大家”。有《范德機詩集》七卷。《元史》卷一八一、《新元史》卷二三七有傳。

離　揚　州

【題解】

　　范梈以歌行擅長,但所寫離愁別緒的小詩,也饒有情致。此詩始寫“孤篷如磨”,不忍離去,繼寫“回首竹西”勝處,卻在“一江煙雨”中漸漸消失,文筆跳脱變化,頗有唐詩餘韻。

　　孤篷如磨遠汀沙[1],葉滿平湖藕未花。回首竹西亭漸遠[2],一江煙雨酒旗斜。

《范德機詩集》卷六

【校注】

[1]汀沙:水中的沙洲。　　[2]竹西亭:唐杜牧《題揚州禪智寺》詩:“誰知竹西路,歌吹是揚州。”禪智寺在揚州城東,後人於寺側建竹西亭,又名歌吹亭。

【集評】

　　(元)揭傒斯《范先生詩序》:“范德機詩如秋空行雲,晴雷卷雨,縱横變化,出入無眹。又如空山道者,辟穀學仙,瘦骨崚嶒,神氣自若。又如豪鷹掠野,獨鶴叫群,四顧無人,一碧萬里,差有可仿佛耳。”

　　陳衍輯《元詩紀事》卷一三引《詩法正論》:“大德中,清江范德機先生,獨能以清拔之才,卓異之識,始專師李杜,以上溯三百篇。其在京師也,與伯生虞公、子昂趙公、仲弘楊公、曼碩揭公諸先生倡明雅道,以追古人,由是詩學丕變,范先生之功爲多。"

虞　集

【作者簡介】

　　虞集(1272—1348),字伯生,號邵庵,世稱邵安先生,蜀郡仁壽(今屬四川)人,徙居臨川崇仁(今屬江西)。早歲從吳澄游。大德初至京師,薦授大都路學教授。泰定帝時,拜翰林直學士兼國子祭酒。文宗立,官至奎章閣侍書學士。至正八年卒,年七十七,謚文靖。工詩文,爲"元詩四大家"之首。有《道園學古録》五十卷、《道園遺稿》六卷。《元史》卷一八一、《新元史》卷二〇六有傳。

挽文山丞相[1]

【題解】

　　這首挽詩頌揚文天祥堅持抵抗、至死不屈的忠烈精神。作爲文氏的鄉後輩,又是南宋抗金名相虞允文的五世孫,作者在感歎歷史滄桑的同時,也流露出對亡宋的深沉懷念和隱痛。詩作格律嚴整,筆力雄健,寄慨遥深。故元人陶宗儀説,讀此詩"而不泣下者幾希"(《輟耕録》卷四《挽文丞相詩》)。

　　徒把金戈挽落暉[2],南冠無奈北風吹[3]。子房本爲韓讎出[4],諸葛寧知漢祚移[5]。雲暗鼎湖龍去遠[6],月明華表鶴歸遲[7]。不須更上新亭望,大不如前灑淚時[8]。

《道園遺稿》

【校注】

[1]文山丞相:即南宋愛國志士文天祥,字履善,號文山,吉州廬陵(今江西吉安)人。官至右丞相。英勇抗元而被俘,至元十九年(1282)十二月初九,在大都(今北京)就義。《宋史》卷四一八有傳。　　　[2]金戈挽落暉:相傳魯陽公與韓作戰,戰

至正酣時,日將暮,他用戈揮日,"日爲之反三舍"(一舍三十里)。見《淮南子·覽冥訓》。落暉,喻南宋末年的頹敗時局。　　　[3]"南冠"句:指文天祥被拘囚於燕京。《左傳》成公九年:"晉侯觀於軍府,見鍾儀,問之曰:'南冠而繫者,誰也?'有司對曰:'鄭人所獻楚囚也。'"南冠:春秋時楚人所戴的帽子。借指囚徒。北風吹:喻元軍。　　　[4]子房:漢代張良字子房。爲韓讎出:張家五世相韓,秦滅韓後,良極力爲韓復讎,曾招募壯士,在博浪沙狙擊秦始皇。見《史記·留侯世家》。[5]諸葛:即諸葛亮。《三國志》卷三五有傳。寧知:豈知,怎知。漢祚移:漢朝的國運已盡。祚(zuò 作),福,福運。　　　[6]鼎湖龍去:指宋末代皇帝已死。據《史記·封禪書》:相傳黃帝鑄鼎於荆山,鼎成帝乘龍去。後人遂稱其地爲鼎湖,用"鼎湖龍去"指皇帝之死。　　　[7]"月明"句:謂文天祥之魂遲歸江南,將會有物是人非的感歎。華表鶴歸:《藝文類聚》卷九〇引《續搜神記》:漢丁令威學道靈虛山,後化鶴歸故鄉遼東,停於東城門華表柱上,歎曰:"去家千歲今來歸,城郭如故人民非。"　　　[8]"不須"兩句:借新亭淚灑的故事,慨歎東晉過江諸人尚有江南半壁河山,而南宋則徹底覆滅。新亭、灑淚:見鮮于樞【念奴嬌】《八詠樓》詞注。

【集評】

　　(清)顧嗣立編《元詩選》初集之丁集所選此詩注云:"楊鐵崖洪武初《不赴召》詩:'子房本爲韓讎出,諸葛寧知漢祚開。'全用此詩頷聯。《列朝詩集》所載一本云:'商山本爲儲君出,黃石終期孺子來。'豈鐵崖知襲用前人之非,後乃自改耶!"

風 入 松

寄柯敬仲

【題解】

　　柯敬仲即柯九思,字敬仲,號丹丘生,仙居(今屬浙江)人。官至奎章閣鑒書博士。工詩,善畫竹。柯敬仲是虞集官奎章閣侍書學士時的同僚,他倆都受到元文宗的寵顧,也同樣遭到時人的嫉妬。文宗崩,敬仲流寓江南,虞集也欲謀南還而不果。他曾在《退直同柯敬仲博士賦》中流露出"戀闕感時康,懷歸覺宵永"的複雜心情。這首【風入松】《寄柯敬仲》,乃元詞中懷人的名篇。上片寫春夜金殿值班,受到皇帝的寵遇,雖是一種自況,其實也是在思念故友,並暗示對朝廷還有所留戀。下片則表示抉擇已定,以歸訊相告。其心情的變化通過對景物的感受,真切而細膩地表現出來。通篇婉約雅緻,"杏花春雨江南"句尤爲精警,爲歷來詞家所稱賞。

　　畫堂紅袖倚清酣[1],華髮不勝簪[2]。幾回晚直金鑾殿[3],東風軟、花裏停驂[4]。書詔許傳宮燭[5],香羅初剪朝衫[6]。　　御溝冰泮水挼藍[7],飛燕又呢喃[8]。重重簾幕寒猶在,憑誰寄、銀字泥緘[9]。爲報先生歸也,杏花春雨江南[10]。

《詞綜》卷二八

【校注】

[1]"畫堂"句:侍女立在清新雅緻的廳堂裏。畫堂:指華美的廳堂。紅袖:指侍女。清酣:清新氣爽。酣,氣爽。宋蘇軾《西太一見王荆公舊詩偶次其韻二首》(其一):"秋早川原净麗,雨餘風日清酣。"　　[2]"華髮"句:指自己頭髮花白稀少,插不住簪子了。　　[3]直:通"值",值班。翰林學士每夜輪流一人值班。金鑾殿:唐宮殿名,文人、學士待詔之所。後學士掌內廷書詔,其值班之處常在金鑾殿側,故爲學士者稱金鑾以美之。見《文獻通考·學士院》。　　[4]驂:轅兩側之馬。這裏指車駕。　　[5]書詔:草擬詔書。傳宮燭:傳喚執燭的宮人。這裏暗用金蓮花燭送學士歸院的典故,表示皇帝對自己的禮遇。《宋史·蘇軾傳》:"軾嘗鎖宿禁中,召入對便殿……已而命坐賜茶,徹御前金蓮燭送歸院。"　　[6]剪:一作"試"。朝衫:官員上朝穿的禮服。《元史·輿服一》:"百官公服:制以羅,大袖,盤領,俱右衽。"　　[7]"御溝"句:御溝裏的冰已經融解,流水呈湛藍色。泮(pàn判):溶化。《詩·邶風·匏有苦葉》:"士如歸妻,迨冰未泮。"挼(ruó若陽平)藍:浸揉蘭草作染料。詩詞常用來指湛藍色。　　[8]呢喃:燕子鳴叫聲。　　[9]銀字泥緘:對書信的美稱。銀字,用銀粉書寫的文字。唐熊孺登《雪中答僧》:"八行銀字非常草,六出天花儘是梅。"泥緘,古人多以泥封書信。銀字泥緘,一作"金字泥緘"。　　[10]杏花春雨江南:用宋陸游《臨安春雨初霽》"小樓一夜聽春雨,深巷明朝賣杏花"詩意。

【集評】

　　(明)瞿佑《歸田詩話》卷下:"虞邵庵在翰林,有詩云:'屏風圍坐鬢毿毿,銀燭燒殘照暮酣。京國多年情盡改,忽聽春雨憶江南。'又作《風入松》詞云(略),蓋即詩意也,但繁簡不同爾。曾見機坊以詞織成帕,爲時所貴重如此。張仲舉詞云:'但留意江南,杏花春雨,和淚在羅帕。'即指此也。"

　　(清)陳廷焯《白雨齋詞話》卷三:"虞道園詞筆頗健,似出仲舉之右。然所作寥寥,規模未定,不能接武南宋諸家。惟'報道先生歸也,杏花春雨江南'二語,卻有自然風韻。"

薩都剌

【作者簡介】

薩都剌(1272—1355?),字天錫,號直齋,回族(陳垣《薩都剌的疑年》説)。祖父以功勳留鎮雲、代,遂爲雁門(今山西代縣)人。元泰定四年(1327)進士。出任京口録事長,辟爲南行臺掾,繼爲燕南架閣官,遷福建閩海廉訪知事,終河北廉訪司經歷(見《雁門集》卷一〇《溪行中秋玩月》詩序)。爲人正直清廉,不畏權貴,關心民瘼。晚年棄官,寓居於杭州,又轉至安慶,後不知所終。具有深厚的漢文化修養,工詩詞。其詩體裁多樣,以樂府和宮詞見長,多模山範水、描繪風土人情,也有反映人民疾苦之作。詩風綺麗清新,深受晚唐温庭筠、李商隱影響。詞雖不多,但別具一格,爲元詞中的翹楚。有《雁門集》十四卷(殷孟倫、朱廣祁有點校本,上海古籍出版社1982年版)。《新元史》卷二三八有傳。

鬻女謠[1]

【題解】

此詩作於元文宗天曆二年(1329),薩都剌時任鎮江録事司達魯花赤。是年關陝、兩河、東南等地遭受水旱災,飢民流離失所,賣兒鬻女,餓殍遍野。詩人以對比手法,揭露當時悲慘的社會現實,譴責當政者驕奢淫逸,置災民的苦難於不顧,甚至將矛頭指向元代的宮廷生活,表達了對人民疾苦的深切同情,並對政治清明寄予熱切的向往。

揚州嫋嫋紅樓女[2],玉筍銀箏響風雨[3]。繡衣貂帽白面郎,七寶雕籠呼翠羽[4]。冷官傲兀蘇與黄[5],提筆鼓吻趨文場[6]。平生睥睨紈袴習[7],不入歌舞春風鄉。道逢鬻女棄如土,慘淡悲風起天宇。荒村白日逢野狐,破屋黃昏聞嘯鬼。閉門愛惜冰雪膚[8],春風繡出花六銖[9]。人誇顏色重金璧,今日飢餓啼長途。悲啼淚盡黃河乾,縣官縣官何爾顏[10]！金帶紫衣郡太守,醉飽不問民食艱。傳聞關陝尤可憂[11],旱荒不獨東南州。枯魚吐沫澤雁叫,嗷嗷待食何時休[12]。漢宮有女出天然,青鳥飛下神書傳[13]。芙蓉帳暖春雲曉,玉樓梳洗銀魚懸[14]。承恩又上紫雲車[15],那知鬻女長欷歔。願逢昭代民富腴[16],兒童拍手歌康衢[17]。

《雁門集》卷二

【校注】

[1]鬻(yù 玉):賣。　　[2]嫋嫋:形容女子體態的輕盈纖美。紅樓:指富貴人家女子的住房。　　[3]玉筍:形容女子細嫩的手指。　　[4]七寶雕籠:裝飾和雕刻精美的鳥籠。　　[5]冷官:指地位不重要、事務不繁忙的官職。古代常用來指被貶的官職。傲兀:高傲。蘇與黃:指宋代蘇軾和黃庭堅。黃出於蘇軾門下,兩人政見與當政者多不合,常遭排擠而貶作冷官。蘇軾,《宋史》卷三三八有傳。黃庭堅,《宋史》卷四四四有傳。　　[6]鼓吻:形容大發議論。　　[7]睥睨:斜視,表示看不起。紈袴:指富家子弟。　　[8]冰雪膚:形容肌膚潔白滑潤。　　[9]花六銖:即六銖花,指精細微小的花朵。銖,古代的重量單位,一兩的二十四分之一。銖,原本誤作“株”,據《元詩選》戊集《天錫雁門集》改。　　[10]何爾顏:你有何顏面。　　[11]關陝:指陝西地區。　　[12]嗷嗷待食:形容因飢餓而急於得到食物的樣子。　　[13]青鳥:神話傳說中爲西王母傳信的使者。後作爲信使的代稱。　　[14]銀魚:即銀魚符,古代五品以上的達官貴人佩在身上,象徵身份地位。　　[15]承恩:蒙受帝王的恩澤。　　[16]昭代:指政治清明的時代。[17]康衢:指《康衢謠》。《列子·仲尼》載:堯治天下五十年,不知是否已治理好,就微服訪於康衢(大路),聞兒童謠曰:“立我蒸民,莫匪爾極。不識不知,順帝之則。”堯知道天下已治,便把帝位禪讓給了舜。後世用《康衢謠》作爲歌頌盛世之歌。

【集評】

　　(清)薩龍光編注《雁門集》卷二《鬻女謠》:“謹案《揚州府志》:天曆二年,揚州寶應、興化二縣,水沒民田。《元五行志》:天曆二年夏,真定、河間、大名、廣平等四州四十一縣旱。峽州二縣旱。八月,浙西湖州、江東池州、饒州旱。十二月,冀寧路旱。

《文宗本紀》:天曆二年,陝西飢民百二十三萬四千餘口。河南餓死者二千餘人。山東飢民六十七萬六千戶。詩云:'傳聞關陝尤可憂,旱荒不獨東南州。'正指是年事,然文宗於是年建龍翔集慶寺於建康,建崇禧萬壽寺於蔣山,病民甚矣。《后妃傳》:文宗卜荅失里皇后宏吉剌氏,天曆元年爲皇后,二年授册寶,詩中'漢宮有女出天然'及'承恩又上紫雲車'等句,蓋借皇后之富貴以形嬖女之慘傷,見上不恤民困,如天上人間之隔絕也。"

過 嘉 興

【題解】

　　元順帝元統三年(1335,是年十一月改元)薩都剌除閩憲,詩作於至元二年(1336)春由北京赴閩途中。作者以絢麗的彩筆,將早春江南水鄉的秀麗風光,描繪得細緻真切,具有清新自然的鄉土氣息。

　　三山雲海幾千里[1],十幅蒲帆掛煙水[2]。吳中過客莫思家[3],江南畫船如屋裏。蘆芽短短穿碧沙[4],船頭鯉魚吹浪花。吳姬蕩槳入城去[5],細雨小寒生綠紗[6]。我歌《水調》無人續[7],江上月涼吹紫竹[8]。春風一曲《鷓鴣詞》[9],花落鶯啼滿城綠。

《雁門集》卷九

【校注】

[1]三山:福州的別稱。福州城中,東有于山(即九仙山),西有烏石山(閩山),北有屏山(越王山),三山鼎峙,故稱。薩都剌《閩中苦雨》:"三山一夜雨,四月滿城秋。"　　[2]蒲帆:蒲草編織成的船帆。宋梅堯臣《使風》:"跨下橋南逆水風,十幅蒲帆彎若弓。"煙水:一作"秋水"。　　[3]莫:一作"不"。　　[4]蘆芽:指初出土的蘆筍。　　[5]吳姬:江南吳地一帶的年輕女子。　　[6]綠紗:指綠色的紗窗。薩都剌《江南樂》:"綠紗虛窗春霧薄,隔窗蛾眉秋水活。"　　[7]水調:曲調名。唐杜牧《揚州》詩:"誰家唱水調,明月滿揚州。"相傳隋煬帝開汴河時曾製《水調歌》,唐人演爲大曲。　　[8]紫竹:指紫竹製成的笙簫之類的樂器。
[9]鷓鴣詞:唐教坊曲名。唐高駢《贈歌者》:"酒滿金尊花滿枝,雙娥齊唱鷓鴣詞。"詞,一作"吟"。

【集評】

　　(明)張習《雁門集跋》:"嘗觀天錫《燕姬曲》、《過嘉興》、《織錦圖》等篇,婉而麗,切而暢,雖雲石、廉夫莫能道。"

百 字 令

登石頭城

【題解】

　　《百字令》一名《念奴嬌》,這首詞即步蘇軾【念奴嬌】《赤壁懷古》原韻。上片寫登臨騁目所見,讚美石頭城的雄奇壯麗。繼而筆鋒一轉,借憑弔六朝遺迹,譴責戰爭所造成的慘痛災難。下片由弔古轉到傷今,往日繁華的離宮輦路,已衰敗零落。如今是落日松逕,鬼火明滅,與上片"白骨紛如雪"正相呼應。面對歷史的滄桑巨變,詩人不禁抒發出"傷心千古,秦淮一片明月"的悲愴和感慨。全篇既能熔鑄蘇詞的立意,又不受其原韻的限制,氣勢闊大,沉鬱蒼勁,意境深遠,具有較強的藝術感染力。

　　石頭城上[1],望天低吳楚[2],眼空無物。指點六朝形勝地[3],惟有青山如壁。蔽日旌旗,連雲檣艣[4],白骨紛如雪。一江南北,消磨多少豪傑[5]。　　寂寞避暑離宮[6],東風輦路[7],芳草年年發。落日無人松逕裏,鬼火高低明滅。歌舞尊前,繁華鏡裏,暗換青青髮。傷心千古,秦淮一片明月。

《雁門集》附詩餘

【校注】

[1]石頭城:故址在今江蘇南京清涼山西麓。依山面江,南臨秦淮河口,地形險要,六朝時爲金陵的軍事重鎮。　　　[2]吳楚:指春秋時吳國、楚國的故地,今長江中下游一帶。　　　[3]形勝:地勢險要而壯美。　　　[4]檣艣:指戰船。　　　[5]消磨:消耗,磨滅。　　　[6]離宮:行宮,古代帝王出巡時的住所。　　　[7]輦路:宮中的御道。

【集評】

　　(清)許昂霄《詞綜偶評》:"【百字令】,薩都剌用東坡原韻。'鬼火高低明滅',

以上俱是觸目生慨。‘歌舞尊前’三句，略推開。‘傷心千古’二句，仍收歸石城。”

揭傒斯

【作者簡介】

揭傒斯（1274—1344），字曼碩，龍興富州（今江西豐城）人。大德年間，出游湘、漢。延祐初，薦授翰林國史院編修官，遷應奉翰林文字。前後三入翰林，官至翰林侍講學士。至正初年，詔修宋、遼、金三史，任總裁官。四年，《遼史》成，有旨獎諭，仍督早成金、宋二史。傒斯留宿史館，朝夕不敢休，因得寒疾，七日卒。六年，追封豫章郡公，謚文安。工詩文，善楷書，尤工行草。提倡“學詩宜以唐人爲宗，而其法寓諸律”（《詩宗正法眼藏》）。詩以清麗諧婉見長，爲“元詩四大家”之一。有《揭文安公集》十四卷，《補遺》一卷。《元史》卷一八一、《新元史》卷二〇六有傳。

夏五月武昌舟中觸目

【題解】

詩寫舟行所見，繪聲繪色，描摩出一幅夏日滄江煙雨圖：船前近處艄公背立搖櫓，遠處青山如龍；雨打船篷，歌聲賡和，有沙鷗不時掠水而過。詩風清麗婉轉，意趣天然。

　　兩髩背立鳴雙櫓，短蓑開合滄江雨。青山如龍入雲去，白髮何人並沙語[1]。船頭放歌船尾和，篷上雨鳴篷下坐。推篷不省是何鄉[2]，但見雙飛白鷗過[3]。

《揭傒斯全集》卷一

【校注】

[1]沙語：村野之言，難懂的方言。沙，粗野。元楊立齋【哨遍】套曲：“又有箇員外

村,有箇商賈沙。"元張國賓《羅李郎》第四折:"這哥哥恁地狠,没些兒淹潤,一剗地沙村,倒把人尋趁。"明高啓《題雜畫》其九:"何處趁墟人,侏儺並沙語。"

[2]不省:不知。　　　[3]雙飛:一作"雙雙"。

【集評】

　　(清)紀昀等《四庫全書總目》卷一六七《文安集》:"獨於詩則清麗婉轉,别饒風韻,與其文如出二手。然神骨秀削,寄託自深,要非嫣紅姹紫徒矜姿媚者所可比也。"

睢景臣

【作者簡介】

　　睢景臣,一作舜臣,字嘉賢(幾禮居傳抄本《録鬼簿》),後字景賢。元鍾嗣成《録鬼簿》將其列在"方今已亡名公才人余相知者"之列。大德七年(1303),自維揚來杭州,與鍾嗣成相識。以詩酒爲伴,功名無成。然"心性聰明,酷嗜音律",所作雜劇《千里投人》、《鶯鶯牡丹記》、《楚大夫屈原投江》三種,今俱不存。《全元散曲》收其套數三篇,殘曲一。

般涉調·哨遍

高祖還鄉

【題解】

　　此套數原載《太平樂府》卷九、《雍熙樂府》卷七。據《史記·高祖本紀》載,漢高祖十二年(前195),劉邦平定淮南王英布後,曾回到故鄉沛縣,召故人父老子弟暢飲。酒酣,擊筑,自爲歌詩:"大風起兮雲飛揚,威加海内兮歸故鄉,安得猛士兮守四方!"元代曲家多用這一歷史事件創作雜劇或套曲。睢景臣的《高祖還鄉》也藉此作爲創作背景,通過虛構的手法,以劉邦爲調侃對象,對其衣錦還鄉、作威作福大加嘲弄。作者以鄉民的視角和口吻來寫迎駕的喧鬧場面,對皇帝的儀仗、車駕作了繪聲繪色的描述,形象生動,滑稽可笑。而鄉民認清來人後的氣憤與數落,則有力地揭露了這個封建帝王"神聖"光環下的流氓無賴面目。全篇構思新穎巧妙,筆調詼諧幽默,語言通俗辛辣,富有藝術魅力和喜劇色彩,是元曲中具代表性的諷刺作品。

【哨遍】社長排門告示[1],但有的差使無推故[2]。這差使不尋俗[3],一壁廂納草也根[4],一邊又要差夫[5],索應付[6]。又言是車駕,都説是鑾輿[7],今日還鄉故[8]。王鄉老執定瓦臺盤[9],趙忙郎抱着酒胡蘆[10]。新刷來的頭巾[11],恰糨來的綢衫[12],暢好是妝么大户[13]。

【耍孩兒】瞎王留引定火喬男女[14],胡踢蹬吹笛擂鼓[15]。見一彪人馬到莊門[16],匹頭裏幾面旗舒[17]:一面旗白胡闌套住箇迎霜兔[18],一面旗紅曲連打着箇畢月烏[19],一面旗雞學舞[20],一面旗狗生雙翅[21],一面旗蛇纏胡蘆[22]。

【五煞】紅漆了叉,銀錚了斧[23],甜瓜苦瓜黃金鍍[24]。明晃晃馬爲槍尖上挑[25],白雪雪鵝毛扇上鋪[26]。這幾箇喬人物,拿着些不曾見的器仗,穿着些大作怪衣服[27]。

【四】轅條上都是馬[28],套頂上不見驢[29],黃羅傘柄天生曲[30]。車前八箇天曹判[31],車後若干遞送夫[32]。更幾箇多嬌女[33],一般穿着,一樣妝梳。

【三】那大漢下的車,眾人施禮數,那大漢覷得人如無物[34]。眾鄉老展腳舒腰拜,那大漢那身着手扶。猛可裏擡頭覷[35],覷多時認得,險氣破我胸脯。

【二】你須身姓劉[36],您妻須姓吕[37],把你兩家兒根腳從頭數[38]。你本身做亭長耽幾盞酒[39],你丈人教村學讀幾卷書。曾在俺莊東住,也曾與我喂牛切草,拽壩扶鋤[40]。

【一】春採了桑,冬借了俺粟,零支了米麥無重數[41]。換田契強秤了麻三秤[42],還酒債偷量了豆幾斛[43]。有甚胡突處[44]?明標着册曆[45],見放着文書[46]。

【尾】少我的錢差發内旋撥還[47];欠我的粟税糧中私準除[48]。只道劉三誰肯把你揪捽住[49]?白甚麼改了姓更了名唤做漢高祖[50]!

《全元散曲》

【校注】

[1]“社長”句：社長挨家挨户地通知。社長：元代以五十户爲一社，置社長一人。《元史》卷九三《食貨志》：至元七年（1270）頒農桑之制，“縣邑所屬村疃，凡五十家立一社，擇高年曉農事者一人爲之長”。排門：挨家挨户。告示：通知。　　[2]“但有的”句：所有的差事都不得藉故推託。　　[3]尋俗：尋常，平常。　　[4]一壁廂：一邊，一方面。納草也根：交納去根的草料。也，疑爲“去”字形誤。《雍熙樂府》作“除”。　　[5]差夫：攤派勞役。　　[6]索：須。　　[7]鑾輿：皇帝所乘的車駕，這裏代指皇帝。　　[8]鄉故：故鄉。元王沂《伊濱集》卷三《出城南餞羅與敬東歸》：“游子久不歸，淒然望鄉故。田園長荆棘，狐兔守墳墓。”　　[9]瓦臺盤：陶製的托盤。　　[10]忙郎：又作“芒郎”，宋元時俗語，用以稱呼牧童村叟。酒胡蘆：裝酒的葫蘆。　　[11]刷：洗。　　[12]恰：纔，方纔。糨（jiāng漿）：衣服洗净後，用稀釋的米湯或粉漿等浸一下，使其乾燥後挺括。　　[13]暢好是：正是。妝么（yāo腰）：裝模作樣。大户：有錢勢的人家。　　[14]王留：元曲中常用作村人的名字。引：引導。火：同“夥”。喬男女：裝腔作勢的人。

[15]胡踢蹬：胡亂地。　　[16]一彪（biāo標）：一隊。宋周密《癸辛雜識》別集卷下“一彪”：“虜中謂一聚馬爲彪，或三百疋，五百疋。”　　[17]匹頭裏：迎面，當頭。舒：舒展，飄動。　　[18]“白胡闌”句：指儀仗中的月旗。明徐一夔等《明集禮》卷四三：“宋太祖始置日月旗各一。《天聖鹵簿圖》：‘日旗赤質畫日，中以烏；月旗青質畫月，中以兔。白胡闌：白色的圓環。“胡闌”乃“環”的合音，即圓形圖案，指月亮。迎霜兔：即白兔。相傳月中有白兔擣藥。　　[19]“紅曲連”句：指儀仗中的日旗。參上注。紅曲連：紅圈。“曲連”乃“圈”的合音，指日。打：繞。畢月烏：二十八宿之一。相傳太陽裏有三足烏。漢劉安《淮南子·精神訓》：“日中有踆烏。”高誘注：“踆，猶蹲也，即三足烏。”　　[20]雞學舞：指鸞旗。《漢書》卷六四下《賈捐之傳》：“鸞旗在前。”顔師古注：“鸞旗，編以羽毛，列繫橦旁，載於車上。大駕出，則陳於道而先行。”宋、金、元三代皇帝儀仗中均用鸞旗。宋制，赤質繡鸞形，元因宋制。　　[21]狗生雙翅：疑指天馬旗。《宋史》卷一四五《儀衛志三》：“大駕鹵簿……次六軍儀仗……掩尾天馬旗二。”赤質繪馬形，兩肉翼。又《元史》卷七九《輿服志二》：“飛黄旗，赤質，赤火焰脚，形如馬，色黄，有兩翼。”

[22]蛇纏胡蘆：疑指盤龍戲珠旗。宋周密《武林舊事》卷二《御教儀衛次第》列有“黄羅戲珠龍旗”。然正史《儀衛志》或《輿服志》中未見記載。　　[23]銀錚了斧：指鍍銀的斧鉞，爲儀仗中的兵器。　　[24]甜瓜苦瓜黄金鍍：指儀仗中的卧瓜和立瓜。《元史》卷七九《輿服志》“儀仗”：“卧瓜，制形如瓜，塗以黄金，卧置，朱漆棒首。立瓜，制形如瓜，塗以黄金，立置，朱漆棒首。”　　[25]馬爲槍尖上挑：

指鐙仗。《宋史》卷一四八《儀衛志六》:"鐙杖,黑漆弩柄也。以金銅爲鐙及飾其末,紫絲絛繫之。"《元史》卷七九《輿服志二》:"鐙杖,朱漆棒首標以金塗馬鐙。"
[26]鵝毛扇上鋪:不詳。史載儀仗中有雉尾團扇,而無鵝毛扇。疑指雉尾扇。乘輿出入,用以前持障蔽。 [27]大作怪:非常奇怪。 [28]轅條:駕車用的轅木。 [29]套頂:牲口拉車時套在其脖頸上的繩索等物。 [30]"黃羅傘"句:指曲蓋。皇帝乘輿的曲柄傘蓋。《元史》卷七九《輿服志二》:"曲蓋,制如華蓋,緋瀝水,繡瑞草,曲柄,上施金浮屠。" [31]天曹判:指扈從的侍衛威嚴可怕,猶如天上的判官。 [32]遞送夫:指侍候皇帝的太監。 [33]多嬌女:嬌媚的女子。指隨駕的嬪妃宮女。 [34]覷(qù 去):看。 [35]猛可裏:突然間。 [36]須:應該。 [37]您妻須姓呂:劉邦的妻子姓呂名雉,即呂后。《史記》卷九、《漢書》卷三有傳。 [38]根腳:根底。 [39]亭長:秦時十里爲一亭,十亭爲一鄉。亭長的職位卑微。耽:嗜好。據《史記·高祖本紀》載,劉邦曾爲泗水亭長,好喝酒。 [40]拽壩:拉耙(bà 罷)。壩,《雍熙樂府》作"杷"。杷,耙。碎土平地的農具。 [41]零支:零星借支。無重數:數不清。 [42]"換田契"句:言換田契時强量取了三秤麻。秤:十斤爲一秤。
[43]斛(hú 湖):量詞。古代一斛爲十斗,南宋末年改爲五斗。 [44]胡突:糊塗。 [45]明標着册曆:清清楚楚地記在賬本上。册曆,賬册。 [46]見:同"現"。文書:指借據、契約等。 [47]"少我的錢"句:指劉邦過去欠的錢要在攤派的官差錢裏扣除。差發:指按年交納的賦税。宋彭士雅《黑韃事略》:"其賦斂,謂之差發。類馬而乳,宰羊而食,皆視民户畜牧之多寡而徵之。"旋:立即。 [48]私準除:私下裏扣除掉。 [49]揪捽(zuó 昨):抓,揪。
[50]白:平白地,無緣無故地。高祖:劉邦死後的廟號。這裏是曲家借鄉民的口吻給予調侃和挖苦。

【集評】

(元)鍾嗣成《録鬼簿》卷下:"維揚諸公,俱作《高祖還鄉》套數,公《哨遍》製作新奇,諸公者皆出其下。"

鄭振鐸《中國俗文學史》第九章《元代的散曲》:"《高祖還鄉》,確是奇作。他能够把流氓皇帝劉邦的無賴相,用旁敲側擊的方法曲曲傳出。他使劉邦的榮歸故鄉的故事,從一個村莊人眼裏和心底説出。村莊人心直嘴快,直把這個故使威風的大皇帝,弄得啼笑皆非。這雖是游戲作,卻嬉笑怒駡,皆成文章了。"

鄭光祖

【作者簡介】

鄭光祖，字德輝，平陽襄陵（今山西臨汾東南）人。以儒補杭州路吏。元鍾嗣成《録鬼簿》稱其“爲人方直，不妄與人交”，“公之所作，不待備述，名香天下，聲徹閨閣，伶倫輩稱‘鄭老先生’”。周德清《中原音韻序》最早將鄭光祖與關漢卿、白樸、馬致遠並列，被後人稱爲元曲四大家之一。所作雜劇十七種，今存《王粲登樓》、《倩女離魂》、《㑳梅香》等八種。有馮俊傑校注《鄭光祖集》（山西人民出版社1992年版）。

倩女離魂

【題解】

本篇選自《倩女離魂》第二折。《倩女離魂》，全名《迷青瑣倩女離魂》，與《西廂記》、《拜月亭》、《墻頭馬上》一起被譽爲元代四大愛情劇。劇本根據唐人陳玄祐的傳奇小説《離魂記》改編而成。劇寫張倩女與王文舉指腹爲婚，文舉長成後，往長安應舉，途經張家，探望岳母。張母卻讓倩女以兄妹之禮相認，並以“俺家三輩兒不招白衣秀士”爲由，讓文舉進取功名，得一官半職後，再回來成親。折柳亭送別以後，倩女恐婚姻變故，憂慮成疾，靈魂脱離軀殼，追趕文舉至江舟，兩人相偕進京，軀體則臥病在家。王文舉狀元及第，授官衡州府判，攜倩女衣錦還鄉。至岳母家，張母驚訝，倩女之魂附於昏迷的軀體，立即甦醒病癒。

劇本第二折寫張倩女的靈魂月夜追趕王文舉來到江邊，以真誠坦率的表白和敢作敢爲的決心感動王生，同意攜她進京。劇本通過月夜景物的烘托、内心世界的刻畫以及人物性格的對比，把倩女大膽、堅强的性格表現得尤爲感人。劇情充滿浪漫色彩，曲詞俊美細膩，具有濃郁的抒情氣息，頗能代表鄭光祖劇作的特色。

（夫人慌上，云）歡喜未盡，煩惱又来。自從倩女孩兒在折柳亭與王秀才送路，辭別回家，得其疾病，一卧不起。請的醫人看治，不得痊可，十分沉重，如之奈何？則怕孩兒思想湯水吃，老身親自去繡房中探望一遭去来。（下）（正末上，云）小生王文舉，自與小姐在折柳亭相別,使小生切切於懷,放心不下。今艤舟江岸[1],小生橫琴於膝,操一曲以適悶咱[2]。(做撫琴科)(正旦別扮離魂上,云)妾身倩女,自與王生相別,思想的無奈,不如跟他同去,背着母親,一徑的趕來[3]。王生也,你祇管去了,爭知我如何過遣也呵[4]!(唱)

【越調・鬥鵪鶉】人去陽臺,雲歸楚峽[5]。不爭他江渚停舟[6],幾時得門庭過馬[7]。悄悄冥冥,瀟瀟灑灑。我這裏踏岸沙,步月華[8]。我覷這萬水千山,都祇在一時半霎。

【紫花兒序】想倩女心間離恨,趕王生柳外蘭舟,似盼張騫天上浮槎[9]。汗溶溶瓊珠瑩臉[10],亂鬆鬆雲髻堆鴉,走的我筋力疲乏。你莫不夜泊秦淮賣酒家[11]。向斷橋西下,疏剌剌秋水菰蒲[12],冷清清明月蘆花。

(云)走了半日,來到江邊,聽的人語喧鬧,我試覷咱。(唱)

【小桃紅】我驀聽得馬嘶人語鬧喧嘩[13],掩映在垂楊下,誤的我心頭丕丕那驚怕[14],原來是響璫璫鳴榔板捕魚蝦[15]。我這裏順西風悄悄聽沉罷,趁着這厭厭露華[16],對着這澄澄月下,驚的那呀呀呀寒雁起平沙。

【調笑令】向沙堤款踏[17],莎草帶霜滑。掠濕湘裙翡翠紗,抵多少蒼苔露冷凌波襪[18]。看江上晚來堪畫,玩冰壺潋灩天上下[19],似一片碧玉無瑕。

【禿廝兒】你覷遠浦孤鶩落霞,枯藤老樹昏鴉[20]。聽長笛一聲何處發,歌欸乃[21],櫓咿啞。

(云)兀那船頭上琴聲響,敢是王生?我試聽咱。(唱)

【聖藥王】近蓼洼[22],纜釣槎,有折蒲衰柳老兼葭[23]。傍水凹,折藕芽[24],見煙籠寒水月籠沙[25],茅舍兩三家。

(正末云)這等夜深,祇聽得岸上女人音聲,好似我倩女小姐,我試問一聲波[26]。(做問科,云)那壁不是倩女小姐麼?這早晚來此怎的?(魂旦相見科,云)王生也,我背着母親,一徑的趕將你來,咱同上京去罷。(正末云)小姐,你怎生直趕到這裏來?(魂旦唱)

【麻郎兒】你好是舒心的伯牙[27]，我做了没路的渾家[28]。你道我爲甚麼私離繡榻，待和伊同走天涯。

（正末云）小姐是車兒來，是馬兒來？（魂旦唱）

【么】嶮把咱家走乏[29]，比及你遠赴京華，薄命妾爲伊牽掛，思量心幾時撇下。

【絡絲娘】你抛閃咱[30]，比及見咱，我不瘦殺，多應害殺[31]。（正末云）若老夫人知道，怎了也？（魂旦唱）他若是趕上咱，待怎麼？常言道：做着不怕[32]。

（正末做怒科，云）古人云："聘則爲妻，奔則爲妾。"[33] 老夫人許了親事，待小生得官回來，諧兩姓之好[34]，卻不名正言順！你今私自趕來，有玷風化，是何道理？（魂旦云）王生，（唱）

【雪裏梅】你振色怒增加[35]，我凝睇不歸家[36]。我本真情，非爲相謔，已主定心猿意馬[37]。

（正末云）小姐，你快回去罷。（魂旦唱）

【紫花兒序】祇道你急煎煎趨登程路，元來是悶沈沈困倚琴書，怎不教我痛煞煞淚濕琵琶。有甚心着霧鬢輕籠蟬翅，雙眉淡掃宮鴉[38]。似落絮飛花，誰待問出外争如祇在家[39]。更無多話，願秋風駕百尺高帆，儘春光付一樹鉛華[40]。

（云）王秀才，趕你不爲別，我祇防你一件。（正末云）小姐防我那一件來？（魂旦唱）

【東原樂】你若是赴御宴瓊林罷[41]，媒人每攔住馬，高挑起染渲佳人丹青畫，賣弄他生長在王侯宰相家。你戀着那奢華，你敢新婚燕爾在他門下[42]。

（正末云）小生此行，一舉及第，怎敢忘了小姐。（魂旦云）你若得登第呵，（唱）

【綿搭絮】你做了貴門嬌客[43]，一樣矜誇。那相府榮華，錦繡堆壓，你還想飛入尋常百姓家[44]？那時節似魚躍龍門播海涯[45]，飲御酒插宮花。那其間占鼇頭[46]，占鼇頭登上甲[47]。

（正末云）小生倘不中呵，却是怎生？（魂旦云）你若不中呵，妾身荆釵裙布，願同甘苦。（唱）

【拙魯速】你若是似賈誼困在長沙[48]，我敢似孟光般顯賢達[49]。休想我半星兒意差，一分兒抹搭[50]。我情願舉案齊眉傍書榻，任粗糲，淡薄生涯，遮莫戴荆釵[51]，穿布麻。

（正末云）小姐既如此真誠志意，就與小生同上京去如何？（魂旦云）秀才肯帶妾身去呵，（唱）

【幺篇】把艄公快喚咱，恐家中廝捉拿。祇見遠樹寒鴉，岸草汀沙，滿目黄花，幾縷殘霞。快先把雲帆高掛，月明直下。便東風刮，莫消停[52]，疾進發。

（正末云）小姐，則今日同我上京應舉去來。我若得了官，你便是夫人縣君也[53]。（魂旦唱）

【收尾】各剌剌向長安道上把車兒駕[54]，但願得文苑客當時奮發。則我這臨邛市沽酒卓文君[55]，甘伏侍你濯錦江題橋漢司馬[56]。（同下）

《元曲選》

【校注】

[1] 艤（yǐ乙）舟：泊船，停舟。　　[2] 適悶：遣悶，解悶。　　[3] 一徑的：一直地。　　[4] 爭知：怎知道。過遣：過活，過日子。《劉知遠諸宮調》卷一：“波波漉漉驅驅，受此般飢寒怎過遣！”　　[5] “人去陽臺”二句：指兩個相愛的人被迫分離。陽臺：楚懷王游高唐和巫山神女歡會之所。戰國宋玉《高唐賦序》：“妾在巫山之陽，高丘之岨，旦爲朝雲，暮爲行雨，朝朝暮暮，陽臺之下。”　　[6] 不爭：如果，若是。　　[7] 門庭過馬：車騎過門，指衣錦榮歸。　　[8] 步月華：趁着月光行走。　　[9] 張騫天上浮槎：相傳漢朝張騫出使大夏，尋黄河源，乘槎逆上，竟至天河。參見劉因【念奴嬌】《憶仲良》注。　　[10] 瓊珠瑩臉：形容臉上的汗珠晶瑩閃光。　　[11] 夜泊秦淮賣酒家：化用唐杜牧《泊秦淮》“煙籠寒水月籠沙，夜泊秦淮近酒家”詩句。　　[12] 菰蒲：茭白和蒲草。　　[13] 驀（mò末）：突然，猛然。　　[14] 丕丕：即撲撲，形容心跳。　　[15] 鳴榔（láng狼）板：一種捕魚用的方法，以長木叩響船舷，使魚蝦驚嚇而入網。　　[16] 厭厭：形容露水濃重。[17] 款踏：慢慢地走。　　[18] “掠濕”二句：言在江岸追趕王生，被路邊帶霜莎草將裙衫打濕，比久立在庭院臺階所沾濕的露水更多。凌波襪：這裏指美人的襪子。語出三國魏曹植《洛神賦》：“凌波微步，羅襪生塵。”“蒼苔露冷凌波襪”：化用元白樸【仙呂·點絳唇】套曲“立蒼苔冷透凌波襪”句。　　[19] “玩冰壺”句：化用宋楊時《江上夜行》“冰壺激灩接天浮，月色雲光寸寸秋”詩句和元馬致遠《青衫

淚》第三折"冰壺天上下"曲意。形容月光澄明,天光水色交相輝映,上下連成一片。玩:欣賞。冰壺:盛冰的玉壺,通體透明。借指月亮。瀲(liàn 練)灔(yàn 厭):形容水中波光閃耀。　　　[20]"你覷"二句:浦:水濱。孤鶩落霞:語出唐王勃《滕王閣序》:"落霞與孤鶩齊飛。"鶩,野鴨。枯藤老樹昏鴉:語出馬致遠【天净沙】小令首句。　　　[21]欸乃:這裏指船家所唱的棹歌。　　　[22]蓼汀:蓼草叢生的水邊。　　　[23]蒹(jiān 間)葭(jiā 加):蘆葦。　　　[24]"傍水凹"二句:明孟稱舜《柳枝集》本作"近水凹,傍短槎"。　　　[25]"煙籠"句:出自唐杜牧《泊秦淮》詩。　　　[26]波:語尾助詞,猶"吧"。　　　[27]"你好是"句:伯牙:春秋時人,善於鼓琴。這裏借指撫琴的王生。倩女埋怨他祇顧彈琴解悶,完全没把自己放在心上。　　　[28]渾家:妻子。　　　[29]咱家:我。　　　[30]抛閃:丢下。[31]害殺:相思到極點。　　　[32]做着不怕:做了就不害怕。　　　[33]"聘則爲妻"二句:語出《禮記·内則》:"二十而嫁……聘則爲妻,奔則爲妾。"奔:私奔。[34]諧兩姓之好:指結爲婚姻。　　　[35]振色:動容。形容人發怒的樣子。[36]凝睇:注視。　　　[37]"已主定"句:已下定決心。心猿意馬:比喻人的心思像猿和馬一樣難以控制。　　　[38]"有甚心"二句:指自己無心妝飾打扮。着:使,教。霧鬟:形容女子濃密秀美的髮式。蟬翅:兩鬢薄如蟬翼。宮鴉:比喻女子的黛眉。　　　[39]似落絮飛花:此句上一本有"情願"二字。誰待問:一作"誰更問"。[40]"願秋風"二句:前句祝願王生一帆風順,春風得意;後句則指自己任由青春容顔消逝。鉛華:化妝用的粉,這裏喻美麗的花朵。宋陳襄《古靈集》卷二五《和子瞻沿牒京口憶吉祥寺牡丹見寄》:"春工别與鉛華麗,佛地偏資好相嚴。"　　　[41]瓊林:宋代苑名。在汴京(開封)城西。宋徽宗政和二年(1112)以前,在這裏賜宴新及第的進士。這裏指考中進士。　　　[42]燕爾:代稱新婚。也作"宴爾",語出《詩·邶風·谷風》:"宴爾新昏(婚),如兄如弟。"　　　[43]嬌客:女婿。[44]飛入尋常百姓家:語出唐劉禹錫《烏衣巷》詩:"舊時王謝堂前燕,飛入尋常百姓家。"謂王生一旦高中,成了相府女婿,還會再回到我家嗎?　　　[45]魚躍龍門播海涯:比喻登上高位後遠走高飛。　　　[46]占鼇頭:科舉及第第一名。[47]上甲:即一甲,科舉考試,殿試成績最優的一等。　　　[48]賈誼:漢代政治家和文學家。年輕有抱負,爲人所忌,被貶爲長沙王太傅,鬱鬱不得志。《史記》卷八四、《漢書》卷四八有傳。　　　[49]孟光:東漢梁鴻的妻子。對丈夫非常恭敬,每食,皆舉案齊眉。後人把她作爲賢德妻子的典型。參見關漢卿《竇娥冤》第二折注。　　　[50]抹搭:怠慢,懶散。　　　[51]遮莫:儘管,不過是。荆釵:用荆條做釵。　　　[52]消停:停留。　　　[53]夫人縣君:古代命婦的封號。　　　[54]各剌剌:象聲詞,形容車子行進發出的聲音。　　　[55]臨邛市沽酒卓文君:漢代卓文君私奔司馬相如後,因家徒四壁,無以爲生,遂在臨邛賣酒爲生。事見《史記》卷一一七、《漢書》卷五七《司馬相如傳》。　　[56] 濯錦江題橋漢司馬:司馬相如離蜀赴長安,曾在成都城北題昇仙橋柱曰:"不乘赤車駟馬,不過汝下。"事見晉常璩《華陽國志》卷三《蜀志》。濯錦江,即錦江,岷江流經四川成都的一段。以江水濯錦,錦彩鮮明亮麗,故名。

【集評】

　　(明)何良俊《曲論》:"鄭德輝《倩女離魂》【越調·聖藥王】内:'近蓼花,纏釣槎,有折蒲衰柳綠兼葭,過水窪,傍淺沙,遥望見,煙籠寒水月籠沙,我只見茅舍兩三家。'如此等語,清麗流便,語入本色。然殊不穠鬱,宜不諧於俗耳也。"

　　(明)孟稱舜《新鐫古今名劇柳枝集》之《倩女離魂》"楔子"眉批:"酸楚哀怨,令人腸斷。昔時《西廂記》,近日《牡丹亭》,皆爲傳情絶調,兼之者其此劇乎?《牡丹亭》格調原祖此,讀者當自見也。"第二折【小桃紅】曲上眉批:"此數支怳怳惚惚夜行光景,勝過《會真》(按:指《西廂記》)'驚夢'一折。"

喬　吉

【作者簡介】

　　喬吉(1280？—1345),字夢符,號笙鶴翁,又號惺惺道人。太原(今屬山西)人,流寓杭州(今屬浙江)。爲人"美容儀,能詞章。以威嚴自飭,人敬畏之"(曹棟亭刊本《録鬼簿》)。放情詩酒,追求閒適和超脱,自稱"煙霞狀元,江湖醉仙"(【正宫·綠幺遍】《自述》)。爲元代後期著名的雜劇作家,有雜劇十一種,今存《揚州夢》、《金錢記》、《兩世姻緣》三種。也以散曲著稱,與張可久齊名,風格以清麗藴藉見長。今人任訥輯有《夢符散曲》三卷,包括《惺惺道人樂府》、《文湖州集詞》、《摭遺》(《散曲叢刊》本)。另有李修生等編校《喬吉集》(山西人民出版社1988年版),收《喬夢符小令》和《集外曲》,共有小令二〇九首、套數十一套。

雙調·水仙子

尋　梅

【題解】

　　此曲原載《樂府群玉》卷二。作者運用跌宕筆法寫出尋梅的感受。冬前冬後，到處尋覓，表現出對梅花的執著追求；風送幽香，忽逢白衣仙子，使詩人興致爲之振奮。而落梅春盡，月色昏黃，又平添幾許愁悵。通篇不著一“梅”字，梅花的形神風韻卻隨處可見。這首小令的藝術構思頗見匠心，又善於使典和化用前人詩句，寫得含蓄蘊藉。

　　冬前冬後幾村莊，溪北溪南兩履霜，樹頭樹底孤山上[1]。冷風來何處香，忽相逢縞袂綃裳[2]。酒醒寒驚夢[3]，笛淒春斷腸[4]，淡月昏黃[5]。

《全元散曲》

【校注】

[1] 孤山：在杭州西湖中，北宋著名詩人林逋曾隱居於此。參見劉因《觀梅有感》注。　　　[2] 縞（gǎo 搞）袂（ mèi 妹）：白絹衣袖。指白絹做的上衣。綃（xiāo 銷）裳，薄綢製成的下衣。用淡妝素衣的美人來形容梅花。　　　[3]酒醒寒夢驚：這裏用羅浮夢的典故。宋王銍《龍城錄》卷上“趙師雄醉憩梅花下”載：相傳隋開皇時，趙師雄游羅浮，遇一淡妝素服的女子，芳香襲人。兩人至酒肆共飲，師雄醉寢。酒醒，發現獨自睡在大梅樹下，纔知夢中所遇乃“梅花仙女”。　　　[4] 笛淒春斷腸：化用宋人連靜女《武陵春》“笛裏聲聲不忍聽，渾是斷腸聲”詞意。古笛曲有《落梅花》，因此聽到淒咽的笛聲，想到落梅春盡，不由得憂傷斷腸。　　　[5] 淡月昏黃：用宋林逋《詠梅》“暗香浮動月黃昏”詩句。

雙調·雁兒落過得勝令

憶　別

【題解】

　　此曲原載《太平樂府》卷三。這首帶過曲寫女子對遠方情人的思念，以清秋景色爲背景，抒寫游子遠去後的淒冷和孤寂。獨守空閨，投奔無門；魂牽夢繞，情義深厚。前四句【雁兒落】曲猶如宋人詞；後八句【得勝令】又儼然是一曲小令。“游子去何之，無處寄新詞”兩句，承上啓下，銜接無縫。全曲對仗工整，典雅清麗，委婉纏綿，反映出喬吉散曲“雅俗兼備”的特色。

殷勤紅葉詩[1]，冷淡黄花市[2]。清江天水箋[3]，白雁雲煙字[4]。游子去何之[5]，無處寄新詞[6]。酒醒燈昏夜，窗寒夢覺時。尋思，談笑十年事。嗟咨，風流兩鬢絲[7]。

《全元散曲》

【校注】

[1]殷勤紅葉詩：唐代有“紅葉題詩”締結良緣的佳話。唐范攄《雲谿友議》卷一〇：唐宣宗時，一宮女在紅葉上題詩，有“慇懃謝紅葉，好去到人間”句。將紅葉置於御溝，隨水流出，爲盧渥撿到。後宮女被放出，二人結爲夫妻。後用“紅葉題詩”表示傳情或情思。殷勤，情意深厚。　　[2]冷淡黄花市：指重陽佳節不能與所愛的人一起飲酒賞菊，顯得特別清冷孤獨。黄花，即菊花。　　[3]清江天水箋：言天樣大的紙上寫滿思念。清江，古代著名的紙産地。宋祝穆《方輿勝覽》卷二十一“撫州”：“土産清江紙。”天水箋，清澈的江水映照藍天，天水一色，猶如一幅巨大的箋紙。　　[4]白雁雲煙字：指白雁成行穿雲飛過，好像一行行文字。[5]之：往。　　[6]無處寄新詞：與“白雁”句相呼應，古有鴻雁傳書故事，寫滿相思的詩箋卻不知寄向何方。　　[7]“嗟(jiē 接)咨”兩句：化用唐白居易《追歡偶作》“猶自咨嗟兩鬢絲”詩句。嗟咨：慨歎。風流：指灑脱放逸的生活。

【集評】

（明）李開先《喬夢符小令序》：“評其詞者，以爲若天吳跨神鼇嘆沫於大洋，波濤洶湧，有截斷泉流之勢，此特言其雄健而已，要之未盡也。以予論之，蘊藉包含，風流調笑，種種出奇而不失之怪，多多益善而不失之繁，句句用俗而不失其爲文，自謂可與之傳神，如夢符復生，當必首肯，未知覽者心服之歟，或目笑之歟？是未可定也。”

任訥《散曲概論》卷二“派別”：“喬有《喬夢符小令》一卷。雅俗兼賅，融洽無間，最爲當行。清屬鶚評其曲，以爲出奇而不失之於怪，用俗而不失之爲文，殊得奥竅。……蓋笙鶴翁（喬之別號）之絕技，凡筆端祇能雅而不能俗者，一概無從問津矣。”

施　惠

【作者簡介】

施惠，字君美，浙江錢塘（今杭州）人。生卒年不可考。曹棟亭本《録鬼簿》將其列入元曲家中，或與喬吉、鄭光祖同時。《録鬼簿》并謂施惠“居吴山城隍廟前，以坐賈爲業”，“詩酒之暇，惟以填詞和曲爲事”。《太和正音譜》“群英所編雜劇”載，范居中（冰壺）與施均美等合撰《鶺鴒裘》雜劇，此施均美或即施惠。清無名氏《傳奇彙考標目》還著録施惠撰有《芙蓉城》、《周小郎月夜戲小喬》兩種南戲，可備一説。相傳南戲《拜月亭記》也爲他所作，但吕天成《曲品》表示懷疑，認爲“無的據”。今存諸本均經過明人的删改，以萬曆間世德堂刊本較多保留了古本面貌。

幽　閨　記

幽閨拜月

【題解】

本篇選自《幽閨記》第三十二齣。《幽閨記》又名《拜月亭記》，《永樂大典戲文目録》作《王瑞蘭閨怨拜月亭》，《南詞叙録·宋元舊篇》題爲《蔣世隆拜月亭》，明容與堂刻李卓吾評本、汲古閣刻《六十種曲》本並作《幽閨記》，爲元末明初四大南戲之一。

劇本據關漢卿《拜月亭》雜劇改編而成。演蒙古軍隊進攻金中都，金左丞相陀滿海牙因主戰而遭滅門之禍。其子陀滿興福爲書生蔣世隆所救，結爲兄弟。逃難途中，尚書王鎮之女瑞蘭與母失散，世隆也和妹妹瑞蓮走散。世隆與瑞蘭邂逅，患難中結爲夫妻；瑞蓮則被王夫人認作義女。後王鎮出使歸來，在旅店遇到瑞蘭，不顧世隆病重，强行將瑞蘭帶走。戰爭平息後，王鎮一家團聚。瑞蘭思念丈夫，焚香拜月，被瑞蓮發現，兩人方知是姑嫂，互相傾訴衷情。朝廷開科取士，蔣世隆、陀滿興福分別考取文武狀元，王鎮奉旨與兩個女兒招親，夫妻兄妹遂團圓。

全劇以蔣世隆與王瑞蘭的聚散爲主要綫索，陀滿興福、王瑞蓮的悲歡穿插其間，情節曲折跌宕，悲喜交集，而以抒情喜劇爲全劇的基調。所選第三十二齣《幽閨拜月》乃全劇最精彩之處。它大抵本於關劇第三折的情節。一方面寫王瑞蘭與義妹瑞蓮初夏之夜游園，瑞蘭觸景生情，直抒胸臆，將她的離愁閨怨渲染得悽楚惆悵，洋溢濃郁的悲劇氣氛；另一方面通過焚香拜月的關目，把瑞蘭和瑞蓮之間的微妙糾葛,運用誤會、調侃等戲劇手法表現出來,由此引出姑嫂相認的動人場面。劇情於是化悲爲喜,寓莊於諧,幽默風趣,具有强烈的抒情喜劇色彩。該齣和劇中《走雨》《踏傘》《招商》《串戲》諸齣傳唱於崑曲舞臺,顯示出經久不衰的藝術魅力。

【齊天樂】(旦)慘慘捱過殘春也[1],又是困人時節。景色供愁,天氣倦人,針指何曾拈刺[2]?(小旦)閒庭静悄,瑣窗瀟灑[3],小池澄澈。(合)疊青錢[4],泛水圓小嫩荷葉。

　　【浣溪沙】(小旦)階前萱草簇深黄[5],檻外榴花疊絳囊[6],清和天氣日初長。(旦)懶去梳妝臨寶鏡,慵拈針指向紗窗,晚來移步出蘭房[7]。(小旦)姐姐,當此良辰美景,正好快樂,你反眉頭不展,面帶憂容,爲甚麽來?

【青納襖】(旦)我幾時得煩惱絶?幾時得離恨徹?本待散悶閒行到臺榭,傷情對景腸寸結。(小旦)姐姐,撇下些罷。(旦)悶懷些兒,待撇下怎忍撇?待割捨難割捨。倚遍闌干,萬感情切,都分付長欷嗟。

【紅納襖】(小旦)姐姐,你繡裙兒寬褪了褶[8],爲傷春憔悴些。近日龐兒瘦成勞怯[9]。莫不是又傷夏月?姊妹每休見撇[10],斟量着你非爲別。(旦)你量着我甚麽?(小旦)多應把姐夫來縈牽,别無些話説。

【青納襖】(旦怒科)你把濫名兒將咱引惹,直恁的情性乖[11],心意劣。女孩兒家多口共饒舌,爹娘行快活,要他做甚的[12]?要妝衣滿篋,要食珍羞則盛設。和你寬打周折[13],(走科)(小旦)姐姐,到那裏去?(旦)到父親行先去説,(小旦)説些甚麽?(旦)説你小鬼頭春心動也。

【紅納襖】(小旦)我特地當要説[14]。(跪科)姐姐,望高擡貴手饒過些,一句話兒傷了俺賢姐姐。(旦)起來,且饒你這次,今後再不可如此。(小旦)若再如此呵,瑞蓮甘痛決[15],姐姐,你在此閒耍歇[16],小的每先去也。(旦)你那裏去?(小旦)衹管在此閒行,忘收了針綫帖[17]。

　　(旦)也罷,你先去!(小旦)推些緣故歸家早,花陰深處遮藏了。熱心閒管是非多,冷眼覷人煩惱少。(下)(旦)這丫頭果然去了。天色已晚,衹見半彎新月,斜掛柳梢;幾隊花陰,平鋪錦砌。不免

　　安排香案,對月禱告一番。【卜算子】款把桌兒擡,輕揭香爐蓋。
　　一炷心香訴怨懷,對月深深拜。(拜科)

【二郎神】(旦)拜新月,寶鼎中把明香滿爇[18]。(小旦潛上聽科,旦)
上蒼,這一炷香呵! 願我抛閃下男兒疾效些[19],得再睹同歡同悦。
(小旦)悄悄輕將衣袂拽。姐姐,卻不道小鬼頭春心動也。(走科)
(旦)妹子到那裏去?(小旦)我也到父親行去説。(旦扯科,小旦)放
手,我這回定要去。(旦跪科)妹子,饒了姐姐罷!(小旦)姐姐請
起。那喬怯[20],無言俯首,紅暈滿腮頰。

【鶯集御林春】(小旦)恰纔的亂掩胡遮,事到如今漏泄。姊妹每心腸
休見別,夫妻每是有些周折。(旦)教我難推怎阻,罷罷,妹子,我一星
星對伊仔細從頭説。(小旦)姐姐,他姓甚麼?(旦)姓蔣。(小旦)他
也姓蔣,叫甚麼名字?(旦)世隆名。(小旦)呀! 他家住在那裏?
(旦)中都路是家[21]。(小旦)姐姐,你怎麼認得他。他是甚麼樣人?
(旦)是我男兒受儒業。

【前腔】(小旦悲介)聽説罷姓名家鄉,這情苦意切,悶海愁山將我心上
撇[22],不由人不淚珠流血!(旦)我悽惶是正理,祇合此愁休對愁人
説[23]。妹子,你啼哭爲何因,莫非是我男兒舊妻妾?

【前腔】(小旦)他須是瑞蓮親兄。(旦)呀! 原來是令兄。爲何散失
了?(小旦)爲軍馬犯闕[24]。(旦)在那裏分別?(小旦)散失忙尋相
應者。(旦)人有個名字,怎麼胡應不成?(小旦)那時節你名瑞蘭,我
名瑞蓮,祇争個蓮、蘭二字相差迭[25]。(旦)好了,妹子,和你比先前
又親,自今越更着疼熱。你休隨着我跟腳,久已後是我男兒那枝
葉[26]。

【前腔】(小旦)我須是你妹妹姑姑,你是我的嫂嫂又是姐姐,未審家兄
和你因甚別[27],兩分離是何時節?(旦)正遇寒冬冷月,恨爹爹把奴
拆散在招商舍[28]。(小旦)如今還思量着我哥哥麼?(旦)思量起痛
辛酸,那其間他染病耽疾。(小旦)那時怎割捨得撇了?(旦)是我男
兒,教我怎割捨?

【四犯黃鶯兒】(小旦)他直恁太情切,你十分忒軟怯,眼睜睜怎忍相抛
撇。(旦)枉自怨嗟,無可計設[29],當不過他搶來推去望前扯。(合)

意似虺蛇[30],性似蠍蜇,一言如何訴説!

【前腔】(小旦)流水也似馬和車,傾刻間途路賒[31]。他在窮途逆旅應難捨。(旦)那時節呵!囊篋又竭,藥餌又缺。他那裏悶懨懨難捱過如年夜。(合)寶鏡分破[32],玉釵斷折[33],甚日重圓再接?

【尾聲】自從別後音書絶,這些時魂驚夢怯,莫不是煩惱憂愁將人斷送也[34]。

　　　　(旦)往時煩惱一人悲,　　(小旦)從此凄涼兩下知。
　　　　　　世上萬般哀苦事,　　　　　　無過死別共生離。

《李卓吾先生批評幽閨記》

【校注】

[1]懨懨:形容精神萎靡不振。　　[2]針指:針綫活。　　[3]瑣窗:鏤刻有連環圖案的窗子。瀟灑:這裏指凄清,寂寞。　　[4]青錢:這裏指荷葉。
[5]萱草:即忘憂草,夏秋間開花,色橘黄或橘紅。　　[6]榴花疊絳囊:形容石榴花盛開的樣子。絳囊,比喻紅色的花朵。唐皮日休《病中庭際海石榴花盛發感而有寄》:"一夜春工綻絳囊,碧油枝上晝煌煌。"　　[7]蘭房:指女子的閨房。
[8]"你繡裙兒"句:因消瘦而繡裙顯得寬鬆肥大。　　[9]"近日龐兒"句:意謂近日臉龐消瘦憔悴,猶如得了虛勞症。勞怯,指虛勞症。　　[10]休見撇(piē 瞥):也作"休見別",指不要見外。　　[11]直恁的:竟這樣。乖,怪。
[12]"爹娘行快活"二句:指在父母家生活得高興快樂,要他丈夫做什麽。
[13]寬打周折:指説話繞圈子。　　[14]當要説:原作"錯賭別",據世德堂本《拜月亭記》改。　　[15]甘痛決:甘願受到痛打。　　[16]耍歇:玩一會兒。"姐姐,你在此閒耍歇",原作"姐姐閒耍歇",今據世德堂本改。　　[17]帖(tiě 鐵):舊時女子放縫紉用品的器物。唐孟郊《古意》:"啓帖理針綫,非獨學裁縫。"
[18]爇(ruò 若):焚燒。　　[19]男兒:丈夫。效些:也作"較(jiào 叫)些",元關漢卿《閨怨佳人拜月亭》雜劇第三折:"則願俺那拋閃下的男兒較些。"指病情減輕,病癒。也作"較",宋陸游《與王懿恪公書》:"兒女多病,小女子患目,殆今未較,日頗憂煎。"又作"效可"、"較可",《張協狀元》第十四齣:"算來張協病,相將漸效可。"　　[20]喬怯:膽怯,害怕。　　[21]中都路:這裏指中都。金完顔亮貞元元年(1153)遷都燕京,遂改爲中都,即今北京。見《金史·地理志上》。
[22]將:從。撇(piē 瞥):拋掉。撇,原本作"瞥",今據世德堂本改。　　[23]祗合:祗該。　　[24]犯闕:指進犯都城。闕,宮門、城門兩側的高臺。借指帝王所

居,或京城。　　　[25]"(旦)在那裏分別?"至"(旦)好了,妹子"數句:原作"(旦)是,我曉得了。散失忙尋相應者,那時節只争個字兒差迭。妹子",今據世德堂本改。差疊:即"差跌",指差錯。　　　[26]"你休隨着"二句:意謂你不要隨王家的關係,我倆人認姐妹,將來就是我丈夫家的親眷,我倆人做姑嫂。關漢卿《拜月亭》第三折:"這般者,俺父母多宗派,您昆仲無枝葉;從今後休從俺爺娘家根腳排,祇做俺兒夫家親眷者"。跟腳:也作"根腳",即家世。久已後:將來。　　　[27]審:知道。　　　[28]招商舍:客店。　　　[29]無可計設:也作"無能計設",即無計可施,没有辦法。元楊文奎《兒女團圓》第三折:"急得我兩頭兒無能,無能計設。"[30]虺(huǐ悔)蛇:毒蛇。　　　[31]賒:遠。　　　[32]寶鏡分破:用徐德言與妻樂昌公主破鏡分離的故事,比喻夫妻分離。事見唐孟棨《本事詩·情感第一》。[33]玉釵斷折:以玉釵折斷比喻夫妻分别。　　　[34]斷送:引逗,引惹。宋吴潛《滿江紅》:"向黄昏斷送客魂銷,城頭角。"

【集評】

　　(明)何良俊《四友齋叢説》:"《拜月亭》是元人施君美所撰,《太和正音譜》'樂府群英姓氏'亦載此人。余謂其高出於《琵琶記》遠甚,蓋其才藻雖不及高,然終是當行。其'拜新月'二折,乃隱括關漢卿雜劇語。他如'走雨'、'錯認'、'上路'、'館驛中相逢'數折,彼此問答,皆不須賓白,而敍説情事,宛轉詳盡,全不費詞,可謂妙絶。"

　　(明)李贊《拜月亭序》:"此記關目極好,説得好,曲亦好,真元人手筆也。首似散漫,終至奇絶,以配《西廂》,不妨相追逐也。自當與天地相終始,有此世界,即離不得此傳奇。"

貫雲石

【作者簡介】

　　貫雲石(1286—1324),原名小雲石海涯,以父名貫只哥,遂以貫爲姓,字浮岑,號酸齋、蘆花道人。出身維吾爾貴族,生於大都(今北京)。祖阿里海牙爲元世祖重臣,父官江西省平章政事。年少膂力過人,善騎射,長折節讀書,接受漢文化熏陶。襲父官爲兩淮萬户府達魯花赤,不久讓於其弟。北上,從姚燧學,深受器重。仁宗皇慶二年(1313),拜翰林侍讀學士、中奉大夫、知制誥。未幾,稱疾辭官,浪跡江南,隱居於錢塘(今浙江杭州)。泰定元年卒,年三十九。諡文靖。工散曲,兼擅詩文和書法。今人楊鐮、胥惠民有《貫雲石作品輯注》(新疆人民出版社 1986 年版)。《元史》卷一四三、《新元史》卷一六〇有傳。

蘆花被　并序

【題解】

　　詩寫漁人織蘆花爲被,藉以歌頌漁人安於清貧、不羡慕富貴的高尚品質,而以詩易蘆花被,亦足見其瀟灑曠達的襟懷,一時傳爲文壇佳話。

　　僕過梁山泊[1],有漁翁織蘆花爲被,僕尚其清[2],欲易之以綢者。翁曰:“君尚吾清,願以詩輸之[3]。”遂賦,果卻綢[4]。

　　採得蘆花不浣塵[5],翠蓑聊復藉爲茵[6]。西風刮夢秋無際[7],夜月生香雪滿身[8]。毛骨已隨天地老[9],聲名不讓古今貧[10]。青綾莫爲鴛鴦妒[11],欸乃聲中別有春[12]。

《酸齋集》

【校注】

[1]梁山泊:本爲古代大野澤的一部分,在今山東梁山、鄆城一帶。　　[2]清:指清貧。有脱俗、高潔意。　　[3]願:表示請求。輸:更換。《廣雅》:“輸,更也。”[4]卻:辭卻。　　[5]浣(wò 握)塵:沾染塵埃。浣,污染。　　[6]“翠蓑”句:姑且用蓑衣作爲坐席。翠蓑:蓑衣,用草或棕毛製成的雨披。一作“绿莎”。藉:墊在下面。茵:坐墊,坐席。一作“裀”。　　[7]刮:通“颳”,吹。　　[8]雪滿身:形容身上披滿潔白如雪的蘆花。　　[9]毛骨:指蘆葦。老:指老死。　　[10]讓:避讓,推辭。　　[11]青綾:薄而有花紋的青色絲織品,富貴人家常用以製被服或幃帳。　　[12]欸(ǎi 矮)乃:象聲詞,搖櫓聲。這裏指棹歌聲。

【集評】

　　（元）歐陽玄《圭齋文集》卷九《元故翰林學士中奉大夫知制誥同修國史貫公神道碑》：“嘗過梁山濼，見漁父織蘆花絮爲被，愛之，以綢易被。漁父見其貴易賤，異其爲人。陽曰：‘君欲吾被，當更賦詩。’公援筆立成，竟持被往。詩傳人間，號蘆花道人。公至錢塘，因以自號。”

王　冕

【作者簡介】

　　王冕（1287—1359），字元章，號竹堂，別署飯牛翁、會稽外史、煮石山農、梅花屋主、江南野人等，諸暨（今屬浙江）人。出身農家，幼時牧牛，晚至佛寺長明燈下讀書。後從理學家韓性游，終力學成通儒。棄科舉，漫游淮、楚諸地。北至大都，士大夫爭薦之，不受。至正八年（1348）南歸，隱居會稽九里山。爲人“不會奔趨，不能諂佞，不會詭詐，不能干禄仕”（《梅花屋》詩後自跋）。擅長繪畫，以畫梅著稱。其詩剛健質樸，多憤世疾俗、題畫明志之作。有《竹齋詩集》三卷、《續集》一卷、《附録》一卷。《新元史》卷二三八、《明史》卷二八五有傳。

白　梅

【題解】

　　白梅屹立在冰雪中，超凡脱俗。它不畏嚴寒，傲然怒放，清香遠播萬里，給天地間帶來一片春色。詩人既是詠梅，也是自況。語言質樸而寓意深刻。

　　冰雪林中著此身[1]，不同桃李混芳塵[2]。忽然一夜清香發，散作乾坤萬里春[3]。

《竹齋詩集》卷四

【校注】

[1]著：顯著，突出。　　　[2]“不同”句：不與桃李的落花混雜在一起。芳塵：指落

花。唐司空曙《送高勝重謁曹王》：“想君登舊榭，重喜掃芳塵。”　　　[3]乾坤：天地。春：指春色。《太平御覽》卷一九引《荆州記》：“陸凱與范曄爲友，在江南寄梅花一枝，詣長安與曄，并贈詩云：‘折花逢驛使，寄與隴頭人。江南無所有，聊贈一枝春。’”

【集評】

　　（元）張辰《竹齋集》卷首《王冕傳》：“君善寫梅花竹石，士大夫皆爭走館下，縑素山積，君援筆立揮，千花萬蕊，成於俄頃。每畫竟，則自題其上，皆假圖以見志云。”

墨　　梅

【題解】

　　這是一首題畫贈人的詩。《墨梅圖》尚存，與元趙雍《松溪釣艇圖》等其他四位元代畫家的繪畫作品合裱爲一卷，題爲《元五家合繪》。由清内府流出，爲今人張伯駒收藏，後捐獻給故宫博物院。王冕所畫墨梅，紙本，墨筆，老榦橫出，蒼勁挺拔，以淡墨點染花瓣，再用濃墨勾蕊，繁花密枝，風神俊逸。題詩自署：“王冕元章爲良佐作。”爲今存各本《竹齋詩集》所無。“良佐”其人不詳，待考。

　　我家洗硯池頭樹[1]，個個花開淡墨痕[2]。不要人誇好顔色，只留清氣滿乾坤[3]。

《竹齋詩集》卷四

【校注】

[1]我家：指東晉書法家王羲之。王冕與他同姓，又同居會稽，故稱。洗硯池，據《嘉泰會稽志》，相傳王羲之任會稽内史時，其戒珠寺別業有養鵝池、洗硯池、題扇橋存焉。其故宅位於今浙江紹興蕺山南麓。頭：一作“邊”。　　[2]個個：一作“朵朵”。痕：痕迹。　　[3]清氣：指梅花的清香淡雅之氣。喻人的高潔品格。強調“祇留清氣滿乾坤”，顯然是對世俗濁氣的否定。

【集評】

　　（清）孫承澤《庚子銷夏記》卷二：“王元章畫梅。元章墨梅一株，信筆揮灑，直以古逸取勢。自題一詩：‘我家洗硯池頭樹，個個花開淡墨痕。不要人誇好顔色，祇留清氣滿乾坤。'宋元人作梅,有以工勝者,若論韻致,則惟元章耳。"

宋　褧

【作者簡介】

　　宋褧(jiǒng 迥)(1294—1346),字顯夫,大都(今北京)人。泰定元年(1324)進士,授校書郎,改翰林國史院編修。至元初,擢監察御史。累官至翰林直學士、監察御史。博覽群書,其文學與兄本齊名,人稱"二宋"。詩歌清新飄逸,有《燕石集》十五卷。《元史》卷一八二、《新元史》卷二〇八有傳。

菩　薩　蠻

丹陽道中

【題解】

　　這首小令雖然寫了秋風落日、寒鴉哀鳴,但没有一絲羈旅的惆悵,而是另一番清秋景象,沿途翠竹青松,練湖澄澈明净,詩人的愉悦心情躍然紙上。

　　西風落日丹陽道[1],竹岡松阪相環抱[2]。何處最多情,練湖秋水明[3]。　　驛城那憚遠[4],佳句初開卷。寒雁任相呼,羈愁一點無[5]。

《燕石集》卷一〇

【校注】

[1]丹陽:元屬浙江行省鎮江路,今屬江蘇。　　[2]松阪:長滿松樹的山坡。
[3]練湖:即古練塘。一名開家湖,在今江蘇丹陽西北,納諸溪水注入運河。
[4]憚:怕。　　[5]羈愁:客居在外的愁思。

【集評】

　　(清)况周頤《蕙風詞話》卷三:宋顯夫"《菩薩蠻·丹陽道中》云:'何處最多情,

練湖秋水明。'視楊升庵'塘水初澄似玉容'句,微妙略同,而超逸過之。非慧心絕世,
曷克領會到此?"

楊維楨

【作者簡介】

　　楊維楨(1296—1370),字廉夫,號鐵崖、鐵笛道人,晚號東維子,山陰(今浙江
紹興)人。泰定四年(1327)進士,授天台縣尹,改紹興錢清鹽場司令,十年不調。
後轉建德路總管府推官。元末避亂,先移家錢塘,後徙松江。入明,洪武初,明太
祖召諸儒纂禮樂書,三年(1370)正月至京師,賦《老客婦謠》明志,所纂敘例略定即
辭歸。抵家卒,年七十五。工詩文,長於書法。所著以樂府詩著稱,主張表現性
情,追求奇特新異,雄健綺麗,號稱"鐵崖體"。其《竹枝詞》亦清新可喜,別是一番
風貌。有《東維子集》三十卷、《鐵崖先生古樂府》十卷、《樂府補》六卷、《復古詩
集》六卷、《鐵崖賦稿》一卷等。《新元史》卷二三八、《明史》卷二八五有傳。

廬山瀑布謠　并序

【題解】

　　詩人運用一連串比喻,將黃河決口的歷史故事,天孫織練的神話,李白捉月騎
鯨的傳說,貫雲石吸乾滄海、枯死桑田的奇想,統統調遣到筆端,使古往今來的人事
交織在一起,竭力把廬山瀑布的神奇壯美描繪出來。全詩構思奇特,想象豐富,詞采
絢麗,充分表現了鐵崖樂府的藝術風格。

　　　　甲申秋八月十六夜[1],予夢與酸齋仙客游廬山,各賦
　　詩。酸齋賦《彭郎詞》[2],余賦《瀑布謠》。

　　　銀河忽如瓠子決[3],瀉諸五老之峰前[4]。我疑天仙織素練[5],素
練脫軸垂青天[5]。便欲手把并州剪[7],剪取一幅玻璃煙[8]。相逢雲

石子,有似捉月仙[9]。酒喉無耐夜渴甚,騎鯨吸海枯桑田[10]。居然化
作十萬丈,玉虹倒挂清泠淵[11]。

《鐵崖樂府注》卷三

【校注】

[1]甲申:元順帝至正四年(1344)。　　　　[2]酸齋:即貫雲石,號酸齋。《彭郎詞》:
"番之湖兮雲水杳,萬頃晴波净如掃。相逢漁子問二姑,大姑不如小姑好。小姑昨
夜妝束巧,新月半痕玉梳小。彭郎欲娶無良媒,飛向廬山尋五老。五老頹然不肯
起,彭郎怒踢香爐倒。彭郎彭郎歸去來,陶令門前煙樹曉。"(陳衍輯《元詩紀事》卷
四四)　　　　[3]"銀河"句:形容廬山瀑布猶如黄河瓠子决口水流傾瀉。瓠子:古堤
名,舊址在今河南濮陽境内。據《漢書·武帝紀》載:漢元封二年(前109年)四月,
瓠子堤决口,漢武帝親臨河口,堵塞不住,作《瓠子歌》悼之。　　　　[4]五老峰:在廬
山東南,形如五位老人並肩聳立,故名。　　　　[5]天仙:一作"天孫"。即天上的織
女,相傳爲玉帝的孫女。素練:白絹。　　　　[6]素練脱軸垂青天:一本無"素練"二
字。　　　　[7]手把:一作"手借"。并州剪:古時并州(今山西太原)所出産的剪子,
以鋒利著稱。唐杜甫《戲題畫山水圖歌》:"焉得并州快剪刀,剪取吴淞半江水。"
[8]玻璃煙:形容瀑布濺起的水氣,猶如澄明的輕煙薄霧。　　　　[9]捉月仙:指唐代
詩人李白。李白晚年依族人當塗令李陽冰,相傳他酒醉泛舟采石,俯身捉江中月
影,溺水而死。見宋洪邁《容齋隨筆》卷三《李太白》。　　　　[10]"騎鯨"句:指夢見
友人貫雲石,也成了騎鯨的仙人,喉嚨乾渴,吸盡海水,使大海乾涸變成桑田。騎
鯨:相傳李白酒醉捉月,騎鯨升天成仙。金李俊民《李太白圖》:"謫在人間凡幾年,
詩中豪傑酒中仙。不因采石江頭月,那得騎鯨去上天。"　　　　[11]玉虹:比喻明潔
的瀑布。清泠淵:指瀑布飛瀉而下,形成一個清凉的水潭。

【集評】

　　(明)蔣一葵《堯山堂外紀》卷七七:"至正甲申秋八月十六夜,廉夫夢與酸齋仙
客游廬山,各賦詩。酸齋賦《彭郎詞》云(略),廉夫賦《瀑布謡》曰(略)。詰旦,以語
富春吴復,復拍几大叫曰:'酸齋之詞,滑稽譎浪,固風流才仙,而先生之謡,雄偉俊
逸,真天仙也。各以其才相勝。'"

海鄉竹枝歌

其　一

【題解】

　　此爲《海鄉竹枝歌四首》的第一首。這首竹枝詞反映了海邊鹽民的艱辛和痛苦，語言通俗質樸，富有民歌風味。其他三首則寫鹽商和官府對鹽民的雙重盤剝。詩人情不自禁地在詩後發出感慨：“《海鄉竹枝》非敢以繼風人之鼓吹，於以達亭民（指鄉民）之疾苦也。觀民風者或有取焉。”表達他對民間疾苦的深切同情，希望引起當政者的關注。

　　潮來潮退白洋沙[1]，白洋女兒把鋤耙[2]。苦海熬乾是何日[3]，免得儂來爬雪沙[4]。

《鐵崖樂府注》卷一○

【校注】

[1]白洋：地名，在今浙江紹興西北的安昌鎮，瀕臨東海。古時此地鄉民以捕魚、曬鹽爲生。　　[2]鋤耙：這裏指曬鹽用的長柄帶齒的工具。　　[3]苦海：語意雙關，既是寫海水的苦澀，也指鹽民的辛苦生活。　　[4]儂：我。方言中爲他稱，指你，而詩文裏多用於自稱。雪沙：雪白的鹽堆。

【集評】

　　（清）翁方綱《石州詩話》卷五：“廉夫自負五言小樂府在七言絕句之上，然七言竹枝諸篇，當與小樂府俱爲絕唱。劉夢得以後，罕有倫比，而竹枝尤妙。”

顧　瑛

【作者簡介】

　　顧瑛(1310—1369)，一名阿瑛，又名德輝，字仲瑛，崑山(今屬江蘇)人。家貲富饒，輕財結客，年三十始折節讀書，"舉茂才，署會稽教諭，辟行省屬官，皆不就"(《明史·文苑傳》)。年四十，以田業盡付子壻，卜築玉山草堂，延致四方名士，主持詩酒文會，文采風流，傾動一時。至正十四年(1354)，江浙參政董搏霄除水軍副都萬户，顧瑛佐治軍務。次年，水軍都萬户納麟哈剌使其督守西關，並參與賑饑。元末，天下紛亂，曾隱居吳興之商溪。兩拒張士誠徵召，削髮爲在家僧，自稱金粟道人。明洪武元年(1368)，隨子徙臨濠(今安徽鳳陽)，二年卒。工書畫，精音律，詩多紀游、贈答、唱和之作。有《玉山璞稿》二十卷(今存一卷本和二卷本)，另輯刊《玉山名勝集》八卷、《外集》一卷及《草堂雅集》十四卷。明末毛晉據《玉山名勝集》諸書，輯刊《玉山草堂集》二卷、《玉山集外詩》一卷，收入汲古閣刻《元人十種詩》；清人鮑廷博偶得朱存理抄本《玉山璞稿》二卷，"取汲古閣本，考其自來，補所未備"(鮑廷博《玉山逸稿跋》)，節去其中二十二篇，編爲《玉山逸稿》四卷。《新元史》卷二三八、《明史》卷二八五有傳(附陶宗儀傳後)。

謾　成

【題解】

　　元朝末年政治腐敗，財政危機，民不聊生。順帝至正年間，脫脫爲相，爲挽救財政危機，更改鈔法，印造至正交鈔，使鈔法大壞，加速了元朝的經濟崩潰。劉福通、張士誠、朱元璋等領導的農民起義風起雲湧。加上海寇的滋擾，致使富裕的江南民生凋蔽。《謾成》作於至正十五年(1355)春，時顧瑛正督守西關(太倉之吳塘關)，賑濟饑荒。此詩揭露元末的時政弊端，表達詩人對時局的憂慮。語言平易，意象開闊，豪放曠達中流露着難以掩飾的感傷。

　　三月江南春尚寒，花枝强半雨摧殘[1]。通街不使新交鈔[2]，到處都添濫設官[3]。虎士揮戈回落日[4]，海神躍馬障狂瀾[5]。畏途客裏能相見[6]，取醉高歌拔劍看。

《玉山璞稿》至正乙未卷

【校注】

[1] 强半:過半。强,超過,勝過。　　[2] 通街:原作"通術",今據清抄朱厚章跋本改。通街,即通衢,四通八達的道路。新交鈔:指"至正交鈔"。金元兩代發行的紙幣稱"交鈔"。元代貨幣以紙幣爲主,元世祖中統元年發行"中統交鈔",至元二十四年造"至元交鈔",二鈔終元之世常行。順帝至正十年又發行"至正交鈔",不以絲或金銀爲本,而以紙爲母(本),銅錢爲子,並鑄至正通寶錢,與歷代銅錢並用,結果"行之未久,物價騰踊,價逾十倍……人視之若弊楮,而國用由是遂乏矣"(《元史》卷九七《食貨志》)。　　[3] 都添:清抄朱厚章跋本作"多添"。
[4] 虎士:勇猛如虎的戰士。揮戈回落日:《淮南子·覽冥訓》載,魯陽公與韓酣戰,日暮,以戈揮日,使太陽倒退了三舍(一舍三十里)。　　[5] 海神:傳説海中之神。《史記·秦始皇本紀》:"始皇夢與海神戰,如人狀。"障:阻擋。　　[6] 畏途:指艱難的世道。客裹:離鄉在外。顧瑛至正十五年春離家,在納麟哈剌手下任事,其《予以官守縶身七十日聞草堂松菊積雨半荒馬上口占一律》云:"我守西關七十日,朝朝騎馬入城行。"又《和瞿惠夫即事二首》其二云:"時事紛紛若聚沙,自憐客裹度春華。"

【集評】

　　(清)紀昀等《四庫全書總目》卷一六八《玉山璞稿》:"楊循吉《蘇談》曰:'阿瑛好事而能文,其所作不逮諸客,而詞語流麗,亦時動人。故在當時得以周旋騷壇之上,非獨以財故也。'今觀所作,雖生當元季,正詩格綺靡之時,未能自拔於流俗,而清麗芊綿,出入於溫岐、李賀間,亦復自饒高韻,未可概以詩餘斥之。"

高　明

【作者簡介】

　　高明,字則誠,號菜根道人,温州瑞安(今屬浙江)人。生年不詳,卒年舊有至正十九年(1359)和明洪武初二説,最新考證其卒年爲至正二十年(參徐永明《高則誠生平行實新證》)。出身書香門第,從名儒黄溍游。至正五年進士,授處州録事。八年,調浙東閫幕都事。歷紹興府判官、福建行省都事、慶元路推官,至正十七年,轉江南行台掾。方國珍欲招致幕府，力辭不從。後隱居寧波櫟社，以詞曲自娛。工詩文，著有《柔克齋集》二十卷，已散佚，《元詩選》三集錄其詩一卷。今存詩文五十餘篇。以南戲《琵琶記》最負盛名，被明代曲家奉爲"南曲之祖"，從元末至明萬曆年間，其刻本就有七十種之多（見萬曆二十五年［1597］汪光華玩虎軒刻本《琵琶記序》），今尚存傳本十餘種，以清陸貽典抄本較多保存了戲文的原貌。錢南揚校注本（中華書局1960版）最爲通行。《明史》卷二八五有傳（附陶宗儀傳後）。

琵　琶　記

五娘喫糠[1]

【題解】

　　本篇選自《琵琶記》第二十一齣。《琵琶記》是高則誠晚年隱居寧波櫟社時的作品，由南宋民間戲文《趙貞女蔡二郎》改編而成。此劇寫蔡伯喈新婚不久，迫於父命，赴京應試。妻趙五娘在家侍奉公婆。伯喈考中狀元後，辭官、辭婚均不允，奉旨入贅牛丞相府，心情抑鬱，滯留京師。時家鄉連遭災荒，五娘雖勉力支撐，公婆還是病餓交加，相繼去世。五娘埋葬公婆後，身背雙親遺像，懷抱琵琶，一路彈唱乞討，進京尋夫。牛小姐得知內情後，促使五娘與伯喈團聚。最後，伯喈偕二婦，回家廬墓，滿門旌表。

　　經過高則誠的改編，蔡伯喈已不再是"棄親背婦，爲暴雷震死"的負心書生，而變成了一個不能把握自己命運的怯懦文人，辭試、辭官、辭婚"三不從"，是造成其家庭悲劇的社會根源。作品一方面突出"子孝與妻賢"，強調戲曲美風俗、廣教化的作用；另一方面又真實地反映了當時的現實生活，對趙五娘的不幸遭遇、蔡伯喈的尷尬處境予以同情和關注。作者通過藝術形象所展示的豐富的生活畫面，客觀上暴露了封建社會的諸多矛盾，賦予劇本深刻的內涵。由於作品的思想內容比較複雜，不能用籠統的道德觀念加以簡單詮釋，因此如何理解和評價這部作品，曾經引起學術界對封建倫理道德、世界觀和創作方法的熱烈爭論。

　　第二十一齣《五娘喫糠》，寫趙五娘在饑荒歲月的艱難生活，她典盡衣衫首飾，四處籌措糧食，讓公婆喫米飯，自己卻暗吞糠秕。未料遭到婆婆的猜忌，她寧肯蒙受委屈，也不申辯。當真相大白後，婆婆深感愧疚，五娘反而好言寬慰。通過婆媳之間的這場誤會，在矛盾衝突中推動了劇情的發展。作品成功地塑造了趙五娘的藝術形象，竭力讚揚她的善良品格和忍辱負重的精神。曲白通俗質樸，比喻貼切生動。尤其是如泣如怨的抒情傾訴，因境生情的內心獨白，將五娘的悲苦心情表現得委婉盡緻,引起讀者和觀衆的强烈共鳴。

（旦上唱）

【山坡羊】亂荒荒不豐稔的年歲,遠迢迢不回來的夫婿。急煎煎不耐煩的二親,軟怯怯不濟事的孤身己[2]。衣盡典,寸絲不掛體。幾番要賣了奴身己,争奈没主公婆教誰管取[3]?（合）思之,虚飄飄命怎期?難捱,實丕丕災共危[4]。

【前腔】滴溜溜難窮盡珠淚,亂紛紛難寬解的愁緒。骨崖崖難扶持的病體[5],戰欽欽難捱過的時和歲[6]。這糠呵,我待不喫你,教奴怎忍飢?我待喫呵,怎喫得?（介）苦,思量起來,不如奴先死,圖得不知他親死時。（合前）

（白）奴家早上安排些飯與公婆,非不欲買些鮭菜[7],争奈無錢可買。不想婆婆抵死埋怨[8],祇道奴家背地喫了甚麽。不知奴家喫的卻是細米皮糠,喫時不敢教他知道,祇得回避。便埋怨殺了,也不敢分説。苦!真實這糠怎的喫得。（喫介）（唱）

【孝順歌】嘔得我肝腸痛,珠淚垂,喉嚨尚兀自牢嗄住[9]。糠,遭礱被舂杵[10],篩你簸揚你,喫盡控持[11]。悄似奴家身狼狽[12],千辛百苦皆經歷。苦人喫着苦味,兩苦相逢,可知道欲吞不去。（喫吐介）（唱）

【前腔】糠和米,本是兩倚依,誰人簸揚你作兩處飛?一賤與一貴,好似奴家共夫婿,終無見期。丈夫,你便是米麽,米在他方没尋處。奴便是糠麽,怎的把糠救得人飢餒?好似兒夫出去,怎的教奴,供給得公婆甘旨[13]?（不喫放碗介）（唱）

【前腔】思量我生無益,死又值甚的!不如忍飢爲怨鬼。公婆老年紀,靠着奴家相依倚,祇得苟活片時。片時苟活雖容易,到底日久也難相聚。謾把糠來相比,這糠尚兀自有人喫,奴家骨頭,知他埋在何處?

（外、净上探[14],白）媳婦,你在這裏説甚麽?（旦遮糠介）（净搜出打旦介）（白）公公,你看麽,真個背後自逼逼東西喫[15],這賤人好打!（外白）你把他喫了,看是什麽物事?（净荒喫介）（吐介）（外白）媳婦,你逼逼的是甚麽東西?（旦介）（唱）

【前腔】這是穀中膜,米上皮,將來逼逼堪療飢。（外、净白）這是糠,你

卻怎的喫得？（旦唱）嘗聞古賢書，狗彘食人食[16]，公公，婆婆，須強
如草根樹皮。（外、淨白）這的不嘎殺了你？（旦唱）嚼雪湌氈，蘇卿猶
健[17]，湌松食柏，到做得神仙侶[18]，縱然喫些何慮？（白）公公，婆婆，
別人喫不得，奴家須是喫得。（外、淨白）胡說，偏你如何喫得？（旦
唱）爹媽休疑，奴須是你孩兒的糟糠妻室[19]。

　　（外、淨哭介，白）元來錯埋冤了人，兀的不痛殺了我。（倒介）

　　（旦叫介，唱）

【雁過沙】他沉沉向迷途，空教我耳邊呼。公公，婆婆，我不能盡心相
奉事，番教你爲我歸黃土。公公，婆婆，人道你死緣何故？公公，婆
婆，你怎生割捨拋棄了奴？

　　公公，婆婆。（外醒介，唱）

【前腔】媳婦，你耽飢事公姑[20]。媳婦，你耽飢怎生度？錯埋冤，你也
不肯辭，我如今始信有糟糠婦。媳婦，我料應不久歸陰府。媳婦，你
休便爲我死的，把生的受苦。（旦叫婆婆介，唱）

【前腔】婆婆，你還死教奴家怎支吾[21]？你若死教我怎生度？我千辛
萬苦，回護丈夫[22]，如今到此難回護。我祇愁母死難留父，況衣衫盡
解[23]，囊篋又無[24]。（外叫淨介，唱）

【前腔】婆婆，我當初不尋思，教孩兒往皇都。把媳婦閃得苦又孤，把
婆婆送入黃泉路，祇怨是我相耽悞。我骨頭未知埋在何處所？

　　（旦白）婆婆都不省人事了，且扶入裏面去。正是：青龍共白虎同
行，吉凶事全然未保[25]。（并下）（末上白[26]）福無雙至猶難信，
禍不單行卻是真。自家爲甚說這兩句？爲鄰家蔡伯喈妻房，名
喚作趙氏五娘子，嫁得伯喈秀才，方才兩月，丈夫便出去赴選。
自去之後，連年饑荒，家裏只有公婆兩口，年紀八十之上。甘旨
之奉，虧殺這趙五娘子，把些衣服首飾之類盡皆典賣，糴些糧米，
做飯與公婆喫，他卻背地裏把些細米皮糠逼邐充飢。唧唧[27]，這
般荒年饑歲，少什麼有三五個孩兒的人家[28]，供膳不得爹娘。這
個小娘子，真個今人中少有，古人中難得。那公婆不知道，顛到
把他埋冤。今聽來得他公婆知道，卻又痛心，都害了病[29]。俺如
今去他家裏探取消息則個。（看介）這個來的卻是蔡小娘子，怎

生恁地走得荒?(旦荒走上介,白)天有不測風雲,人有旦夕禍福。(見末介)公公,我的婆婆死了。(末介)我却要來。(旦白)公公,我衣衫首飾盡行典賣,今日婆婆又死,教我如何區處?公公可憐見,相濟則個。(末白)不妨,婆婆衣衾棺槨之費皆出於我[30],你但盡心承值公公便了[31]。(旦哭介,唱)

【玉胞肚】千般生受[32],教奴家如何措手?終不然把他骸骨,没棺槨送在荒坵?(合)相看到此,不由人不珠淚流,正是不是冤家不聚頭[33]。(末唱)

【前腔】不須多憂,送婆婆是我身上有。你但小心承直公公,莫教又成不救。(合前)

(旦白)如此謝得公公!祇爲無錢送老娘。(末白)娘子放心,須知此事有商量。(合)正是:歸家不敢高聲哭,祇恐人聞也斷腸。(并下)

《新刊元本蔡伯喈琵琶記》

【校注】

[1]標題原缺,今據錢南揚校注《琵琶記》補。　[2]身己:身體。《宦門子弟錯立身》第四段:"我身己不快,去不得。"　[3]管取:包管,照應。　[4]實丕丕:實實在在的。丕丕,用以加重語氣。　[5]骨崖崖:形容骨瘦如柴。　[6]戰欽欽:戰戰兢兢。　[7]鮭(xié 鞋)菜:指魚類菜餚。　[8]抵死:竭力,格外。　[9]牢嗄(shà 廈):緊緊地卡住,噎住。　[10]礱(lóng 龍):用磨脱去稻穀的皮殼。舂杵:用杵臼擣去稻穀的皮殼,或將穀物擣碎。　[11]控持:折磨,磨難。《宋元戲文輯佚·唐伯亨因禍致富》:"扇頻揮,汗如珠,控持損玉骨冰肌。"　[12]悄似:好像,全像。　[13]甘旨:指肥美的食物。　[14]外:腳色名,這裏扮演蔡公。净:腳色名,可扮男,也可扮女。這裏扮演蔡婆。　[15]逼邐:張羅,安排。南宋南戲《張協狀元》第二齣:"我卻説與你媽媽,教逼邐些行李裏足之資。"　[16]狗彘食人食:語出《孟子·梁惠王上》:"狗彘食人食而不知檢,塗有餓莩而不知發。"意謂王養豬狗,喂它們人喫的東西。這裏反用其意,指人喫豬和狗的食物。　[17]"嚼雪飡氈"二句:漢代蘇武,字子卿。武帝時出使匈奴被扣,單于逼降不從,將他囚禁於大窖中,斷絕飲食。天下大雪,蘇武嚼雪餐氈,得以不死。事見《漢書·蘇武傳》。飡:同"餐"。　[18]"飡松食柏"二句:相傳神仙不食人間煙火,以松柏果實爲食。　[19]糟糠妻室:指貧賤時共

患難的妻子。參見《漢宮秋》校注。　　　[20] 耽飢：忍飢。公姑：即公婆。
[21] 支吾：支撐，應付。　　　[22] 回護：曲爲辯護。這裏是替夫孝養之意。
[23] 解：抵押，典當。　　　[24] 囊篋：口袋和小箱子。指財產。　　　[25] "青龍
共白虎同行"二句：宋元諺語。古人認爲"青龍"是吉星，"白虎"是凶星。比喻吉
凶難以預料。　　　[26] 末：腳色名，這裏扮演鄰居張大公。　　　[27] 唧唧：即嘖
嘖，讚歎聲。　　　[28] 少什麼：意爲"不少"。　　　[29] 卻又痛心都害了病：原作
"卻又用心都害了"，句義不通，疑有脫漏，今從錢南揚校注本改。　　　[30] 棺槨
(guǒ 果)：棺材。槨，套於棺外的大棺。　　　[31] 承值：侍候。　　　[32] 生受：
爲難。　　　[33] 不是冤家不聚頭：宋元諺語。這裏指今世之所以能相聚，成爲嫡
親的一家人，都是因爲前世的緣分。冤家，這裏昵稱所親愛的人。

【集評】

　　（明）徐渭《南詞叙錄》："用清麗之詞，一洗作者之陋，於是村坊小伎，進與古法
部相參，卓乎不可及已。""或言'《琵琶記》高處在《慶壽》、《成婚》、《彈琴》、《賞月》
諸大套'。此猶有規模可循。惟《食糠》、《嘗藥》、《築墳》、《寫真》諸作，從人心流出。
嚴滄浪言'水中之月，空中之影'，最不可到。如《十八答》，句句是常言俗語，扭作曲
子，點鐵成金，信是妙手。"

　　（明）呂天成《曲品》卷下："《琵琶》。蔡邕之託名無論矣，其詞之高絶處，在佈景
寫情，色色逼真，有運斤成風之妙。串插甚合局段，苦樂相錯，具見體裁。可師，可
法，而不必議者也。詞隱先生嘗謂予曰：'東嘉妙處，全在調中平、上、去聲字用得變
化，唱來和協。至於調之不倫，韻之太雜，則彼已自言，不必尋數矣。'萬吻共襃，允宜
首列。"

　　王國維《宋元戲曲考》十五《元南戲之文章》："《拜月亭》南戲，前有所因；至《琵
琶》則獨鑄偉詞，其佳處殆兼南北之勝。今錄其《喫糠》一節，可窺其一斑……此一
齣實爲一篇之警策，竹垞《静志居詩話》，謂聞則誠填詞，夜案燒雙燭，填至《喫糠》一
齣，句云'糠和米本一處飛'，雙燭花交爲一。吳舒鳬《長生殿傳奇序》，亦謂則誠居
櫟社沈氏樓，清夜按歌，几上蠟炬二枚，光交爲一。因名其樓曰瑞光。此事固屬附
會，可知自昔皆以此齣爲神來之作。然記中筆意近此者，亦尚不乏。"

採用底本目録

宋元小説家話本集　程毅中輯注　齊魯書社 2000 年版

董解元西廂記　（金）董解元撰　凌景埏校注　人民文學出版社 1978 年版

湛然居士文集　（元）耶律楚材撰　謝方點校　中華書局 1986 年版

陵川集　上海古籍出版社 1993 年版《四庫全書》本

西廂記　明凌濛初刻朱墨套印本

元曲選　（明）臧晉叔編　中華書局 1958 年版

元曲選外編　隋樹森編　中華書局 1959 年版

全元散曲　隋樹森編　中華書局 1964 年版

静修先生文集　（元）劉因撰　上海商務印書館 1929 年《四部叢刊》影印元小字本

松雪齋文集　（元）趙孟頫撰　上海商務印書館 1929 年《四部叢刊》影印元刻本

全金元詞　唐圭璋編　中華書局 1979 年版

詞綜　（清）朱彝尊、汪森輯　中華書局 1975 年版

國朝文類　（元）蘇天爵輯　西湖書院刻本

翰林楊仲弘詩集　（元）楊載撰　上海商務印書館 1929 年《四部叢刊》影印明嘉
　　靖十五年（1536）刻本

范德機詩集　上海商務印書館 1929 年《四部叢刊》影印元抄本

道園遺稿　（清）顧嗣立編　中華書局 1987 年版《元詩選》初集之丁集

道園學古錄　上海商務印書館 1929 年《四部叢刊》影印明刊本

雁門集　（清）薩龍光編注　上海古籍出版社 2002 年《續修四庫全書》影印清嘉
　　慶十二年（1807）刻本

揭傒斯全集　（元）揭傒斯撰　李夢生校點　上海古籍出版社 1985 年版

李卓吾先生批評幽閨記　《古本戲曲叢刊初集》影印明容與堂刻本

酸齋集　中華書局 1987 年版《元詩選》二集本

竹齋詩集　（元）王冕撰　清嘉慶四年（1799）刊本

燕石集　（元）宋褧撰　上海古籍出版社 1993 年版《四庫全書》本

鐵崖樂府注　（元）楊維楨撰　（清）樓卜瀍注　上海古籍出版社 2002 年版《續
　　修四庫全書》影印清乾隆三十九年（1774）聯桂堂刻本

玉山璞稿　（元）顧瑛撰　上海商務印書館 1936 年版《叢書集成初編》本

新刊元本蔡伯喈琵琶記　《古本戲曲叢刊初集》影印清陸貽典抄本

參考書目

關漢卿戲曲集　吳曉鈴等編校　中國戲劇出版社 1958 年排印本

集評校注西廂記　（元）王實甫撰　王季思校注　張人和集評　上海古籍出版
　　社 1987 年排印本

西廂記　（元）王實甫撰　張燕瑾校注　人民文學出版社 1979 年版

元本琵琶記校注　（元）高明撰　錢南揚校注　上海古籍出版社 1980 年排印
　　本

元詩選（初集、二集、三集）　（清）顧嗣立編　中華書局 1987 年排印本

元文類　（元）蘇天爵編　上海古籍出版社 1993 年版《四庫全書》本

全金元詞　唐圭璋編　中華書局 1979 年排印本

陵川集　（元）郝經撰　上海古籍出版社 1993 年版《四庫全書本》

范德機詩集　（元）范梈撰　《四部叢刊》影印元抄本

京本通俗小説　文學古籍刊行社 1957 年影印本

歷代詩話　（清）何文煥輯　中華書局 1981 年排印本

歷代詩話續編　丁福保輯　中華書局 1983 年排印本

元詩紀事（上下）　陳衍輯撰　上海古籍出版社 1987 年排印本

詞話叢編　唐圭璋編　中華書局 1997 年排印本

元曲紀事　王文才編著　人民文學出版社 1985 年排印本

宋元戲曲考　王國維撰　中國戲劇出版社 1957 年《王國維戲曲論文集》本

中國古典戲曲論著集成　中國戲曲研究院編　中國戲劇出版社 1959 年排印本